中国新锐派作家作品文库

天高地远

杨华团长篇小说

杨华团◎著

中国财富出版社

图书在版编目(CIP)数据

天高地远 / 杨华团著. —北京:中国财富出版社,2016.9

(中国新锐派作家作品文库)

ISBN 978-7-5047-6240-5

Ⅰ.①天… Ⅱ.①杨… Ⅲ.①长篇小说—中国—当代 Ⅳ.①I247.5

中国版本图书馆 CIP 数据核字(2016)第 192358 号

策划编辑 张彩霞 **责任编辑** 刘瑞彩
责任印制 方朋远 **责任校对** 杨小静 张营营 **责任发行** 张红燕

出版发行 中国财富出版社
社　　址 北京市丰台区南四环西路 188 号 5 区 20 楼 **邮政编码** 100070
电　　话 010-52227568(发行部) 010-52227588 转 307(总编室)
010-68589540(读者服务部) 010-52227588 转 305(质检部)
网　　址 http://www.cfpress.com.cn
经　　销 新华书店
印　　刷 北京兴星伟业印刷有限公司
书　　号 ISBN 978-7-5047-6240-5/I·0223
开　　本 710mm × 1000mm 1/16 **版　　次** 2016 年 9 月第 1 版
印　　张 17 **印　　次** 2016 年 9 月第 1 次印刷
字　　数 270 千字 **定　　价** 38.00 元

作品简介

一个历史阶段的真实记录，一部特殊的职场励志小说。

改革开放前期，经济发展大潮彰显出人才的宝贵，政策开明促成了知识分子的大流动。“孔雀东南飞”是主潮流，但也不排除少数地域特殊情况下知识分子向西流动，到更艰苦的、亟待发展而又人才稀缺的边远地区建功立业。这部小说真实记录了一批原为民办教师、代课教师的中学教员，由靠近中东部的某个省份，西行来到更边远的G省一座新建立的工业城市，在国有大企业职工子弟学校应聘、扎根、开创事业和人生新天地的曲折经历。

以主人公赵逸飞为代表的一批应聘者，在老家经历了乡村民办教师、代课教师的种种艰难困苦，积极追寻梦想，艰苦努力取得大学或大专学历，在人才流动的大潮中，为了改变命运，为了自我发展和家人生存条件的改善，他们选择了西行之路。这些人跳出“农门”，化蛹为蝶，击水弄潮，充满了奋斗精神，创造辉煌的过程极具故事性和传奇色彩。作品中青年男女独特的感情经历也是全书的亮点之一。

目　录

第一章　西行前奏

赵逸飞怎么敢和梁霞“生米做成熟饭”呢？在他心里，梁霞过去是朋友的妻子，现在是好哥们儿，这种关系不容亵渎，何况他对于周雅凤来说，必须是一个忠贞的丈夫，不能做出任何有负于她的事。于是商量好了，两人一起去省城，和G省大型国有企业祁北公司来招聘教师的人员面谈，然后一起去更边远的西部应聘。

1. 亲情似海

西行应聘的事不得不向妻子摊牌了。赵逸飞比谁都清楚，此事如同天一般大，绝对不是三两句话那么简单。

“我想好了。明儿就去省城，跟那边来招聘的人具体谈，谈好了就去应聘。”再难的事也得面对，赵逸飞只能对媳妇实话实说。

尽管事先做了种种假设，但周雅凤的反应还是让赵逸飞颇感意外。

周雅凤说：“你爱做啥做啥去，给我说啥哩？你看哪儿好哪儿去，把你爹你妈都带上，还有你爷。咱家两个娃都姓赵，跟我这个姓周的没啥关系，你都带走。我和你一刀两断，咱俩离婚！”周雅凤声音越来越高，脸色变得煞白，显然不是开玩笑。

赵逸飞只知道他的妻子很贤惠，平常说话从不高声大气，而且，这次萌生外出应聘的想法之后，他一直和媳妇保持密切沟通，两人一起分析形势和前景，他所有的想法周雅凤都了如指掌，而且在这之前她从来没有说过一句反对或者阻止的话，怎么一下子态度来了个一百八十度的大转弯？这变化也太大了，太突然了，弄得赵逸飞不知该如何应对。

“雅风，你咋了？我说要去G省应聘，你一直都很支持，从来没说过反对、拖后腿的话，我正准备迈出第一步呢，你却突然变卦了。我相信你刚才说的不是心里话，到底咋了，你有啥想法，都说出来，咱好商量。你叫我把一大家子人都带走，还要和我离婚，这不是胡说八道嘛，怎么可能呢？”赵逸飞对妻子说。

“这个我不管。你不能拔腿就走，把一大家子人留给我，你走，还不如我走。”周雅风这样讲话，实质上已经在回归理性。

“不是这样的。我怎么能拔腿一走就不管了呢？我一个人先出去，正是为了给全家人寻找一条更好的生存之道，最终还是要有福同享嘛。我是你的爱人，怎么会把全家人扔下不管呢？你还说我走不如你走，你要往哪儿走？你走不了。说说吧，到底心里有啥委屈，是不是谁在你跟前说什么了？”赵逸飞心里比刚才宽松些了，他听出来妻子并非胡搅蛮缠，大不了有点什么难言之隐。

“你问妈去，爹和妈要真心放你走，我不说啥。妈明明不想让你去应聘，又不当面阻拦你，拿我当出气筒。我在咱家就是个外人，就是个受气包，与其这样，我还不如自觉点，给你把路让开。”周雅风看上去不那么生气了，大概刚才说了几句使性子的话，有利于消解不良情绪，但她两腮却挂着泪珠，仿佛要将心里的委屈让泪水冲走。

赵逸飞明白了。

想想前因后果，在西行应聘这件事上，父母双亲和妻子表现得多么深明大义、通情达理呀，要不然，作为独生子，作为整个家庭的顶梁柱，赵逸飞想随随便便远走高飞，简直不可思议！眼下就要付诸行动了，难道还不允许家人有点思想上的反复？这太正常不过了。看来，思想工作还得做。明天弄不好去不了省城，万一自己在前方与人谈判，商量着怎样去应聘，大后方却笼罩着乌云，甚至电闪雷鸣，那样的话怎么能心安，应聘G省怎么能成行？

看了一眼竖在老式木柜“架板”（一种多层的木制储物架，兼具梳妆台功能）上嘀嗒作响的小座钟，时间还不到九点，想来父母还没有睡，赵逸飞决定去见父母。

“你先照看孩子睡觉，我和爹妈再商量商量。”赵逸飞对妻子说。

周雅凤瞪了丈夫一眼，泪眼迷离，怨尤依旧，没有说话。

果真，父母住的砖窑洞里灯还亮着。赵逸飞推门进去，父亲坐在炕上，后背靠着被子，戴着老花镜看章回小说，母亲坐在炕棱上，同样戴着老花镜缝补着赵逸飞儿子赵阳的一条裤子。白天儿子在村巷里玩耍，回家来裤腿儿撕开一个口子，缝补本应该由周雅凤完成，但母亲甘愿做此类事情，出于对孙子的疼爱。

“爹，妈，你们还没睡？”赵逸飞对父亲母亲也需要寒暄一番，说几句废话，否则直奔主题同样会显得突兀。

“你还不赶紧睡去，在学校忙了一礼拜，星期六回来好好歇一歇。”父亲说。其实父亲完全能判断出儿子这时候来找他们，肯定有话要说，但他不便于主动问及。

“我给赵阳补裤子哩。男娃儿淘气，老爱把衣服弄脏，弄破。”母亲说。

“这事情你叫雅凤做就成了，人老了，眼睛花了，还做针线活儿!”赵逸飞说。

“雅凤在地里干活儿，乏得很，再说，我还嫌她的针线活儿粗糙。”

“嘿嘿嘿，你看你，老不放心，你越替她，她越依赖你。”

“给我孙子做活儿哩，我乐意。”

寒暄得差不多了，赵逸飞逐渐把话引到正题：“爹，妈，我明儿要去省城。你二老知道，这段时间我正联系着，要到外头去应聘。有一家工矿企业办的子弟学校招聘老师哩，我已经跟人家联系好了，明儿在省城面试，对招聘单位来说，是对我的面试，对我来说，也想通过面谈，多了解些情况，再做最后的决定。”

“逸飞呀，你真的要出远门工作去哩？”母亲放下手里的活计，摘下老花镜，盯视着儿子。

“是真的。这事儿我也不是头一回跟你二老说，你和我爹以前答应过我，说只要有条件好的工作单位，能多挣钱，就同意我出去闯嘛，雅凤也好不容易才想通。要不是你们都大力支持，我也不可能去跟招聘单位联系。”赵逸飞说。

“是不是你媳妇支持，你就一定要去？既然这样，还跟我、跟你爹商量啥哩？人都说‘灰喜鹊尾巴长，娶了媳妇忘了娘’，以前我看你是个好娃，原来也是个没良心的！”母亲说着开始抹眼泪。

“妈呀，你说这话叫儿子怎么担当得起？都是一家人，我首先得尊重你二老的意见，周雅凤是你的儿媳妇，我真的应聘去了，她不得承担更大的责任？不和她商量也不行啊。”赵逸飞辩解说。他知道在家庭生活中，婆媳是天敌，要把关系处好并不容易，和同村其他人家比，自己家婆媳关系算最好的，原因就在于平常母亲十分通情达理，媳妇也勤谨孝敬，谁知到了关键时刻，婆媳关系也会出现不必要的矛盾。

“跟你媳妇商量就行了嘛，还来问我们老两口做啥？你平常不在家，雅凤主意大着哩，好像这家该由她来当，你出远门去应聘，她说行就行？反正这事我想不通，你看着办。”看来母亲心里的确结了疙瘩，一下子不见得能化解开。

“咱有事说事，你是长辈，也不能胡拉被子乱扯毡，我看雅凤这娃不错，平常对咱俩都好着哩。至于儿子去不去应聘，又不是媳妇说了算，逸飞这不是找咱商量来了嘛。你这个当婆婆的，不能对媳妇有枣一竿子，没枣一棍子，乱磕打，故意找茬儿。你有啥想法咱跟儿子尽量沟通，甭生气，也甭掉眼泪。”父亲显然更冷静一些，反倒站出来维护儿媳妇，“不过逸飞，你到外省去应聘，这事真得好好商量商量。不光你妈想不通，我这几天往深处想一想，觉得必须慎重对待。”

父亲的态度比起以前也发生了微妙的变化，这一点让赵逸飞难免有几分丧气。他说：“前些天你二老不都答应我了嘛。你们年纪一天天变老，我早该承担咱家的生活重担，可是，就凭我在西皋中学当代课教师，一个月挣五十块零五毛——这还是承认了我的师范函授学历，按照大专毕业对待哩——能养活咱一家子七口人？再说，树挪死人挪活，不出去闯一闯，永远窝在咱这块黄土地上，能有多大作为？你二老难道不盼望儿子有更大的出息？”

“以前是以前，我这几天越寻思越觉得不能叫你去。你想想，我的儿啊，我跟你爹这么大年龄了，还有你爷八十多岁了，都需要人伺候，还拖累着两个娃，你是咱家唯一的壮劳力，你要一走，真遇见点啥事情，我们老的老小的小，靠你媳妇一人咋能招架得住？再说，你觉得出去能多挣钱，谁知道究竟能不能挣得来？万一钱挣不上，人离几千里路，咱倒图个啥吗？就在老家这块黄土地上，别人能活，咱一家子也能活，穷是穷点，一家人在一起相互扶持，咋就不能过呢？应聘这事情你赶紧收刹了，再不要想。今儿黑了好好歇歇，明儿把猪圈里的肥起出来，沤一沤，收了麦还要上地（给地施肥）哩。”母亲态度明朗，表达得也很流畅。

父亲说：“我担心的事情和你妈不一样。家里过日子的事，我和你妈才五十多岁，身体没有啥明显的毛病，你爷八十多岁了还硬朗，你媳妇也能干，你出去闯几年应该没有啥问题。要是真的能闯出来，工资高些，再把媳妇和娃娃的户口迁出去，变成城市人，也是好事嘛。你在外头混得好，我跟你妈将来老了也能享福。可我担心的是，你应聘不往东南沿海经济发展好的地方去，偏偏要向西走。G 省明明是个穷省，你去的那地方——是不是叫个祁北市？——是啥样子咱更不知道。怕就怕那个地方、那个企业没有招聘宣传说的那么好，万一去了那里，条件很艰苦，没有太大的发展前途，到时候你后悔都来不及。逸飞你能不能换个思路，报纸上、广播里都说‘孔雀东南飞’哩，你要是到东南沿海去应聘，爹兴许就没有这么多的担心了。”

赵逸飞不能不承认，父亲的担忧并非完全站不住脚。二老以及妻子有种种顾虑，正是由于亲人之间情深似海，他们才会为自己想得更多更周到。赵逸飞之所以选择去更西部的 G 省祁北公司应聘，主要因为以前同在乡办初中教书的雷明老师打前站去了那里，这位热心的大哥一封又一封给赵逸飞写信，极力鼓动他去。按照雷明的说法，“新成立不久的祁北市方兴未艾，祁北公司发展前景光明，这里的人们生活富足，健康乐观。”正是因为雷明的极力推荐，祁北公司派来招聘人才的联络员主动跑到西皋中学与赵逸飞秘密接触，向他详细介绍了祁北公司及其子弟学校的现状和发展前景，说得赵逸飞心动，要不然也不会有西行应聘这件事。“孔雀东南飞”固然好，可是也得有门路有渠道，没有人引荐，两眼一抹黑，赵逸飞觉得他并不具备往东南沿海去闯荡的客观条件。去 G 省好就好在有雷明做了先遣军，想必这个实在人不至于蒙人，哪怕他只身一人没带家属会感到寂寞，希望有个同乡、熟人去陪伴着，但他鼓动赵逸飞去应聘，一定没有坏心眼儿，一定不是故意拉着赵逸飞跳火坑。对于雷明的为人，赵逸飞有十足的信心。况且G省和赵逸飞的家乡同为北方，气候、环境、饮食习惯乃至语言等都好适应，假如到了东南，说不定会有许多不习惯。另外，赵逸飞心中还有一个秘密，他上高中时真心喜欢的一位女孩远嫁G省，此次应聘祁北市如果能够成行，相当于尾随着曾经的初恋情人朝同一个方向进发，有没有重逢的机会倒在其次，内心深处有一种隐隐约约的期待倒是真的。

如何打消父母的忧虑，是赵逸飞首先要解决的问题。他说："要去的那家公司和那座城市，我的确了解得还不够多、不够深入，但毕竟熟人雷明去了那里，他给我写过好多信，介绍了许多具体情况，我相信都是真的。我明天到省城，和那边过来的人接触，也是对他们继续深入了解的过程，即使我答应去应聘，到那里之后还有试讲、试用的过程，也许人家看不上我，我也有选择不在那里工作的权利，也就是说，选择是双向的，并不是明天一去这事情就没有更改的余地了。我对我的选择有信心，也对要去的那家公司有信心。东南沿海的确经济更发达一些，可那边吸引的人才也更多，生存竞争也一定更激烈，别说找不到去那里的途径和门路，即使能去，我也不见得愿意去。既然儿子意识到了在家乡继续耗下去没有出路——我所说的没有出路，主要是说我恐怕今后没有能力承担、支撑咱这个家——那么就应该出去闯。只要敢闯，只要肯吃苦，我想总能闯出一条路来。我做出这个决定之前，也向许多我敬重的、有眼光有见识的人请教，他们都认为我经过这些年的学习、进步，已经具备了'走出去'的个人素质。相对于目前的处境来讲，我选择出去闯也是唯一正确的选择。既然留下来没有出路，国家改革开放、允许人才自由流动的大环境给我提供了出去闯的客观条件，为什么不去试一试呢？爹也说了，目前你二老的身体状况还能够支持我出去闯荡，真正到了你们需要我在身边伺候的时候，不管我在外面闯没闯开，发展得好不好，我一定会回到二老身边，尽到做儿子的责任，这一点我想你们不会不放心吧？"

"我们肯定不担心养老的事，你和你媳妇都是懂得感恩、懂得孝敬的孩子。我最担心你外出应聘究竟能不能成功。"父亲说。

母亲则显得比较沉闷，没有再说什么。

“你二老要相信儿子，我肯定不会叫你们失望。”赵逸飞看上去信心十足。即使内心深处还有那么一点点不自信，在父母面前也绝不能流露出来，“为了以防万一，我到省城去即使谈好了应聘的事，走的时候也不会跟原先的领导把话说死，先请长假，留条退路，万一不行还能回来。等那边真正能站住脚了，再回来办调动或者请辞的手续。”

赵逸飞这样说了，父亲点点头表示赞同。

周雅凤突然推门而入：“爹、妈、逸飞，娃发烧了，两个都烧，赵旭严重些。”

“还不赶紧抱上寻‘先生’去？该吃药吃药，该打针打针，碎娃不能烧得厉害，引起肺炎该咋办？”父亲说。

2. 一夜未眠

赵逸飞心想：看来明天省城去不了啦。拖延到下个星期天，谁知道那边过来招聘的人是否还能等？星期一到星期六，学校都很忙，请假还得编造个理由，看来这事儿要黄。唉……

毕竟给孩子治病最要紧。

赵逸飞和周雅凤的一双儿女是双胞龙凤胎。村上和赵逸飞同龄的人，差不多都有两个或两个以上的孩子，他因为忙于自学进修，想当个合格的、优秀的中学教师，所以耽搁了好多事，包括没有听从父母的意愿“早生贵子”。还好，周雅凤的肚子争气，一怀胎就俩，要不然近几年计划生育抓得紧了，他所在的公社有两位民办教师因为计划外生二胎都被取消了民办教师资格，赵逸飞想生二胎，显然也会受限制，几乎可以肯定会丢掉在公办中学当代课教师的资格。

两个孩子说发烧都发烧，是不是双胞胎兄妹有什么身体内部的联系或感应？赵逸飞、周雅凤一人抱了一个孩子，急慌慌出门。父亲说也要跟着去，拿手电筒给他们照路，赵逸飞说不用了，他抱孩子拿着手电筒照明没问题。

村上的人白天下地干活儿，很累，晚上八九点钟以前差不多都熄灯睡觉了，所以，村巷里没有一丝丝亮光，真叫一个黑。天上没有月亮，星汉灿烂却不足以给夜行人照亮，况且这两口子各自抱着一个三岁多的孩子，巷子里的黄土路面下雨天被踩出大大小小的坑儿，走路高一脚低一脚的，虽有手电筒照着，也走得十分艰难。

拐了两个弯，走了大约五百米，来到了一家私人开的小诊所。这里面的医生正是“文革”当中的新生事物“赤脚医生”的延续，只不过现在看病要花点钱，但很便宜。这里的药品和器械一般都用最便宜的，挂号费、诊断费、出诊费啥的一般都不收，乡里乡亲，服务态度也好。故而这样的小诊所是乡下人之必需，在村里具有不可替代的重要性和长久的生命力，村里人把大夫称“先生”，和教书“先生”一样，治病救命的“先生”同样受人尊敬。

这家诊所是夫妻店，两口子都是赵逸飞的中学同学。男的叫雷得喜，和赵逸飞上高中时同校同年级但不同班，女的黄秀秀也是赵逸飞的母校西皋中学毕业的，比他们晚两届，算是同乡兼学妹，另外这女的还有和赵逸飞在村小学一起当民办教师的经历，后来因为教学能力差被辞退，回家来和丈夫一起开诊所，其角色相当于护士兼财会人员。

小诊所的主人已经熄灯睡觉了。赵逸飞熄灭了手电筒，揣在裤兜里，腾出一只手来敲门。

“谁?”诊所晚上被人敲门很常见，里面很快有了回应，赵逸飞听出是雷得喜的声音。

“得喜，是我，逸飞。娃发烧哩，打扰你睡觉了。”赵逸飞高声回应。

“来了来了。娃发烧时辰不对嘛，半夜三更的。”里面灯亮了，雷得喜一边嘟囔，一边来开门。

进了门，雷得喜一副睡眼蒙眬的样子。黄秀秀穿着一身红线衣从里间屋子出来，一边打哈欠一边揉眼睛，要将瞌睡驱走。

尽管自家男人和赵逸飞的妻子周雅凤均在场，黄秀秀仍免不了朝赵逸飞抛媚眼。这里面有渊源，早在赵逸飞没有和周雅凤订婚之前，同村的热心人曾将黄秀秀介绍给赵逸飞做对象，后来因为赵家父母打听到黄秀秀的妈有过风流放荡的逸闻，从而质疑这家的女孩做媳妇恐不安分，故而这门亲事没有成。他俩在同一所小学校教书的那段时间，黄秀秀又暗恋赵逸飞，只不过两人都订婚了，赵逸飞对黄秀秀并不来电，故而也没有发生什么故事。

雷得喜是个极负责任的乡村医生。他认真给两个孩子量体温，打着手电筒看舌苔，向赵逸飞两口子仔细问询孩子发病的过程，然后说："感冒了。打个肌肉针吧，退烧快些，小孩口服药不好好吃。"周雅凤说："到你这儿了，就听'先生'的话嘛，你说咋就咋。"

黄秀秀看见赵逸飞难免兴奋，很快睡意全无，给孩子准备注射器具和药品倒也利索。那个年代根本没有后来的一次性注射器，针头只用碘酒消消毒而已。打针的时候周雅凤给两个孩子讲道理，说针扎上去像蚊子叮了一样，不疼，打完针病就好了，也就不难受了。具体实施的时候，赵阳咧了咧嘴，做出一副痛苦的表情，但没有哭，赵旭却发出尖锐的哭声，嘴里喊着"疼哩疼哩疼哩……"

雷得喜说："打了针就不用吃药了。晚上万一还发烧，弄点凉水把毛巾浸湿，放到娃额颅上，这叫物理降温。明儿早上万一烧还不退，你俩再来，咱给娃继续医治。"

赵逸飞周雅凤告辞，黄秀秀说："再坐一会儿嘛，急得咋哩?"说着又朝赵逸飞抛一媚眼，被周雅凤看见了，说："逸飞赶紧回呀，娃发烧哩。我俩走了得喜和秀秀你俩好好亲热嘛，我们来给娃看病，把你俩耽搁了。"她说这话有对黄秀秀讥讽警告的意思。都是同村的人，很熟悉，开开玩笑也不算过分。

"逸飞你俩急着回去是不是等不得了，要亲热?好不容易熬到星期六，不像我跟得喜，整天在一搭里，早都没意思了。"黄秀秀说这话，有回应周雅凤的意思，捎带透射出几分酸溜溜。

抱着孩子回到家，父母还没有睡，急忙问娃要紧不要紧。赵逸飞说："不要紧，打了退烧针。"

周雅凤赶紧安顿两个孩子睡觉。母亲当着儿子的面有感而发，说："你看这，黑地半夜的，只要娃哪里不美，就得赶紧去看'先生'。你在家里该有多好，要是你到外地应聘去了，晚上娃有病，我和你爹还不得高一脚低一脚陪着雅凤去给娃治病?"爹说："咱俩也没到七老八十的地步，逸飞不在家，有些事可不就得跑嘛，也没啥。”赵逸飞非常理解母亲对他外出应聘不舍，也感慨父亲的深明大义，瞬间眼角都湿了，好在窑洞里灯光暗，父母倒也没发觉。

赵逸飞和妻子商量，第二天起床以后万一孩子还发烧，就赶清早唯一上县城的班车，到县医院给娃治病。周雅凤说：“就这点小灾小病，感冒发烧，应该没事。实在不行咱到你教书的西皋镇去，那里有地段医院，比咱乡上的卫生院强多了，吃住在你们学校也方便。”赵逸飞点点头，其实他心里想的是：明儿上省城去应聘面试看来真的要黄，怎么办？

周雅凤真的累了。肌肉注射的针剂起了作用，两个孩子很快入睡，再加上有丈夫在身边，周雅凤心情一放松，很快就进入睡眠，发出轻微的香鼾。

赵逸飞躺在一旁却睡不着。做出西行应聘的决定，对赵逸飞来说绝不是一件容易的事。

无论如何，在故土黄原县教育系统，赵逸飞也算一个名人。虽说截至目前满打满算，他一个月的收入只有区区 50.5 元，虽说他的身份依然是“代课教师”（即在“公办教师”岗位上履职的“民办教师”），相当于农民身份的教书匠，但是，赵逸飞站在中学语文课讲堂上才华横溢，目前担任西皋中学教导主任也被大家公认颇有管理才能。早先他在乡办初中当语文教研组长的时候，县教育局下属的教研室领导到基层调研，偶然发现赵逸飞所在的乡办初中竟然有像模像样的教研活动，不仅组织形式规范，而且对促进教学质量提高有显著效果。那位姓冯的教研室主任爱才，像哥伦布发现新大陆一样兴奋异常，连续听了赵逸飞好几节课，并且翻检了他领导的教研组几乎所有的教研资料，从而得出结论：这个赵逸飞是黄原县教育系统不可多得的人才，是民办教师中的佼佼者。

正因为有了教研室冯主任的重大发现，才有了后来赵逸飞在县一级的教研活动中交流经验，才有了他以民办代课教师的身份被抽调去教高中语文。当他站在高中讲台上的时候，函授的中文大专课程在读，毕业文凭尚未拿到，这件事很让赵逸飞有点被破格重用的感觉，激发了他更加努力学习、勤奋工作的积极性。再后来，他拿到大专文凭之后继续上国家教育部所属一家师范大学的中文本科函授，以期使自己成为水平合格、学历达标的中学教师。再后来，姓冯的教研室主任当教育局长了，力主对赵逸飞委以重任，让他在不脱离教学的情况下担任了所在西皋中学的教导主任。

赵逸飞当教导主任也很称职。周围人都能看出，只要赵逸飞不断努力，加上教育局长的提携，他在黄原县教育系统一定会大有作为，一定会成为不容忽视的人物。

人非草木，感恩之心总应该有。如果说赵逸飞为了寻找更为广阔的天地，为了改变命运，为了更好地肩负起家庭责任，他不得不选择西行应聘，那么，该怎样向教育局领导辞行，该如何面对冯局长的惋惜、挽留，乃至拍桌子骂人？

这些问题，正是近些天来萦绕在赵逸飞脑海中挥之不去的阴影和重负。

当然了，前提是先去与祁北公司来招聘的人接触，将西行应聘的事定下来之后，才能考虑下一步行动。不光要争取教育局长的理解和支持，还要面对西皋中学领导和同事们的不舍与挽留，更要面对学生们那一双双明亮无邪的眼睛。这些东西多么值得留恋啊！

要是明天去不了省城，要是这次应聘的机会错失掉了，也就没有了辞行难、割舍难的烦恼，可是，就目前的生存条件而言，赵逸飞假如不思改变，他就不是赵逸飞了。

明天去不了省城，赵逸飞真的于心不安，这其中还有另外的因素，因为一个女人。

此次萌生西行应聘的想法之后，赵逸飞在他工作的学校没有告诉任何人。这种事在八字没见一撇的情况下，不宜告诉他人，否则的话，万一最终难以成行，空落一个话柄，还暴露了你不安心于目前的本职工作，岂不是得不偿失？但是，赵逸飞的保密工作也不是完全无懈可击，也许百密一疏，也许因为他对这位特殊的异性朋友并不刻意设防，想出去应聘的事被西皋中学一位女教师知道了。

这位女教师名叫梁霞。

梁霞是西皋中学公认的美女，个子高挑，皮肤白，眼睛大，鼻梁挺，唇红齿白。赵逸飞来西皋中学的时候，梁霞和她的爱人杨思成都是这里的数学老师。杨思成也一表人才，不但教课好，而且善于交际，一不小心喜欢上了一位比梁霞更年轻、刚刚大学毕业的女教师。

赵逸飞虽然来这所学校时间并不长，但梁霞两口子和他关系不错，他是他们共同的朋友，原因在于赵逸飞给人的好印象——老成、厚道、值得信赖。眼见得这两口子中间有了第三者，夫妻关系出现裂痕，赵逸飞很着急。一开始他所做的努力是用劲儿调停，尤其对杨思成晓之以理动之以情，想让他放弃那个青杏子女孩，与梁霞重归于好，继续琴瑟和谐。可是，后来他发现杨思成根本不听劝，反而和那个新教师越走越近，一直发展到与梁霞又打又闹，原本十分恩爱、在外人眼里挺般配的一对夫妻逐渐维持不下去了。

20 世纪 80 年代前期，一名人民教师发生婚变，分明是一件大事。何况杨思成是有妇之夫，放着安安宁宁的日子不过，非要勾引小姑娘，他的道德操守难免让周围人质疑。这一对夫妻因第三者插足引起冷战热战不断，以至于梁霞自尊心受不了，自己提出离婚。杨思成弄得声名狼藉，只好调到本县另外一所高级中学任教去了，那个钟情于他的姑娘也被调到一所乡办初中去教书，但她不改初衷，仍然克服重重阻力嫁给了杨思成。

与杨思成离婚之后，有一次梁霞单独和赵逸飞在一起，哭诉她遭遇感情背叛内心的苦痛，竟然主动抱紧了赵逸飞，哭得鼻涕一把眼泪一把。美丽女同事主动拥抱，但赵逸飞明白对方只是把他当作好朋友和倾诉的对象，心里并不敢动别的念头。果然，梁霞用眼泪打湿了赵逸飞的肩头之后说："哭一阵子，心里轻松多了。谢谢你的肩膀。"

这次赵逸飞动了西行应聘的念头，在西皋中学只有梁霞最早看出他有心事。架不住美女同事追问，赵逸飞心中的秘密也需要找个人泄露泄露，于是告诉了梁霞外出应聘的心思。不料梁霞听了赵逸飞远走高飞的宏伟志向和行动纲领，竟然提出要和赵逸飞一起去。梁霞说："杨思成这个没良心的把我甩了，弄得我待在这儿看见啥都烦。我生的儿子杨思成也非要带走，我成全了他——女人要是一开始爱上一个男人，就想把一切都给他，杨思成背叛了我，到现在为止我仍然不恨他，但却不想再在这里待下去了。本来想办调动，你说可以到外省应聘，我单身一人，行动自由，何不跟你一起去呢？”

“你可别，我的梁同志。你一个大美人刚刚离婚，我要带着你一起去应聘，在外人眼里岂不跟私奔似的？你可别坏了我的名声。”赵逸飞赶紧表达反对意见。

“平常看你是个有担当的，原来到了关键时刻是个滑头。你去应聘，我也去找份新工作，咱俩无非是偶尔志同道合，这与私奔风马牛不相及。你难道不承认咱俩只是哥们儿，只是好朋友？你要是心里有别的想法，我今儿晚上先陪你把生米做成熟饭，省得你枉担了虚名，我只问你敢不敢？你回答我，赵逸飞！”梁霞显然对赵逸飞的胡乱顾虑不满，故意将他一军。

赵逸飞怎么敢和梁霞“生米做成熟饭”呢？在他心里，梁霞过去是朋友妻，现在是好哥们儿，这种关系不容亵渎，何况他对于周雅凤来说，必须是一个忠贞的丈夫，不能做出任何有负于她的事。

于是商量好了，两人一起去省城，和G省大型国有企业祁北公司来招聘教师的人员面谈，然后一起去更边远的西部应聘。因为赵逸飞要回家来和父母妻子商量，两人商定各自去省城，到那里再会合。赵逸飞万一去不了，把梁霞闪了，该如何对她交代？何况相互之间打不成电话，无法事先告知，这事情闹的！

赵逸飞几乎一夜未眠。

3. 省城面试

不知到什么时候了，赵逸飞才朦朦胧胧睡了一小会儿，再睁眼一看，天亮了。他赶紧翻起身，伸手去摸两个孩子的额头，看看他们还发不发烧。周雅凤在一旁说：“甭摸啦，娃的烧退了，没事了。”

“啊，真的？没想到雷得喜还行，打一针就把病给治了。哎呀，既然娃没事了，我得赶紧去省城呀。”赵逸飞说。

“你想去就去，反正我也挡不住你。娃你放心，有我呢，实在不行再去找雷得喜，不就是个感冒发烧嘛，不要紧。”周雅凤说。

赵逸飞家所在的村子是乡政府所在地，天不亮有一趟直达省城的班车，但已经错过了。赵逸飞急急忙忙吃了一碗开水泡馍——将小麦面馍馍切成片，放点盐，放点油泼辣子，再调点醋，这是乡村人最简易的早餐。周雅凤说给他弄个荷包蛋，赵逸飞说：“我得赶时间，到省城饿了再吃。”吃过开水泡馍，赵逸飞还得让周雅凤用自行车把他送到五里路之外的邻村，那里有兄弟县一条乡村公路，有多趟到达邻县县城的班车，到那里再倒换去省城的车，虽说慢些，也能在大约中午十二点赶到。与祁北公司来招聘的人谈判时间不可能太长，弄不好赶晚班车还能回得来，万一来不及了，就得在省城住下，虽说也有三五块钱一夜的小旅馆，但这点钱对代课教师赵逸飞来说仍然偏贵。况且还约了梁霞一起去会见招聘单位来人，到时候，还不得一起吃个饭？赵逸飞不得不时时处处想到囊中羞涩，低收入无论如何不是好事情，赵逸飞何必要做出种种努力，还不是为了改变经济拮据、生活艰困的局面？当然了，不管如何拮据如何艰困，只有勇敢面对，通过努力去改变现状，才是唯一的出路。

乡村通往县城的班车堪称“脏、乱、差”。车窗玻璃严重残缺不全，幸亏时令已是夏日，冬天坐这样到处漏风的车子，能把人冻僵。车座套斑驳污秽得看不清原来的颜色，用手拍打一下，尘土飞扬，呛人鼻子。车子动辄超员，过道里往往人挤人，东倒西歪站不稳当，行车过程中摇来晃去，晕车的人根本受不了。车上充斥着汗腥味、脚臭味和其他复杂的气味，如此恶劣的环境仍然有人在车厢里抽烟，有的中老年男人竟然用烟袋锅子吸旱烟，呛得周围人纷纷大声咳嗽。人们高喉咙大嗓门吵吵嚷嚷，有和售票员讨价还价的，因为相互挤挤擦擦发生冲突的也有，说粗话骂人也属常见的现象。好在挤这样的车对赵逸飞来说绝不是第一次，也不会是最后一次，他早已习惯了，对于乡亲们的种种陋习和不够文明的行为方式早已见怪不怪。

到了邻县县城，换乘通往省城的客运汽车，车况比起从乡下通往县城的车子来有明显进步，但仍然破旧，内饰和坐席同样脏兮兮的。而且这些车子的司乘人员有一种不好的做法，对每一位前来乘车的人，他们都会说马上走马上走，但等你上了车，却不知道还要等多长时间。有时候从车站开出去了，但并不上公路，而是又在县城转圈圈招揽乘客，为了多拉几个人多挣点钱，超员倒不怕，就怕招揽不来顾客。像赵逸飞这样着急赶往省城的人，只能干着急没办法。你要是谴责司乘人员，他们会说：车上拉的人太少，我们总不能赔钱跑吧？大不了你下去。可是下去又能怎么样呢？你能保证找到下一辆车，就肯定不会拉着你满县城游逛？

这也是一种社会现实，你无力改变，只能被动适应，一点办法也没有。

还好，快下午一点的时候，赵逸飞搭乘的班车总算到达了省城汽车站。他又赶紧换乘公共汽车，赶往祁北公司来招聘的人所住的宾馆。

在这家宾馆的大堂，赵逸飞步履匆匆急着上楼，忽然有人从身后将他的衣服拽住了。

“你这个坏蛋！我还以为你不来了呢，等得我好苦。不是说从你家坐直达省城的汽车，九点多就能到嘛，你看看现在几点了，几点了？我刚才都想自个儿回去，不再等你这个不讲信用的家伙！”

拽住赵逸飞的正是他的美女同事梁霞，劈头盖脸将赵逸飞一阵猛烈批判。

“实在对不起呀，我的梁同志，梁老师，梁哥们儿。昨天晚上临时出了状况，我家的两位革命接班人集体发烧，折腾到半夜，我怀疑今天来不了了，但是也没办法通知你。还好老天爷保佑，不，毛主席保佑，今儿早上起来孩子退烧了，要不然我这会儿说不定正陪着孩子到县城治病呢。”赵逸飞赶紧解释，“我这不急急忙忙赶来了嘛，见谅见谅，一会儿事情办完了我请你吃饭——在省城请你吃饭，那得多破费呀，足见我向你致歉多有诚意。”

“你可不许当‘嘴匠’（‘嘴匠’是当地流行的老百姓创造的词语，意指嘴上言过其实却说到做不到的人），必须请我好好吃一顿，就饶了你。”梁霞看赵逸飞态度诚恳，且理由充分，故而不再追究。

两人一起上楼，拜见祁北公司派出专门来搞人才招聘的“大员”。

敲门进去以后，接待他们的是一位五十岁左右的男子，操四川口音，努力向普通话靠拢，但很蹩脚，穿一身不很板正的浅灰中山装——这装束与时令不符，初夏的省城穿衬衣也不显得冷。他自我介绍说："我姓胡，是祁北公司教育处劳资科的老胡。"这个自我介绍在梁霞听来很可笑，既然你姓胡，就不必再说你是老胡，这不明显用词重复嘛，但赵逸飞却听懂了，老胡同志不是科长，只不过是祁北公司下属教育处管劳动人事的科室的普通工作人员，不是科长，也不是副科长。也就是说，"大员"并不大。

"你们是来应聘的吧？我认为。先坐下吧，我给你们倒杯水。"老胡客气寒暄，并亲自动手清洗宾馆里的茶杯，梁霞挺有眼色，赶紧说："我来洗杯子。"

梁霞将瓷茶杯清洗干净，看了看茶几上并无茶叶筒之类，于是自己动手给她和赵逸飞各倒了一杯暖瓶里的白开水。老胡一直盯视着梁霞的一系列动作，仿佛在享用美女的视觉盛宴。交谈招聘事宜在梁霞洗杯子倒水的环节里略作停顿。

好不容易缓过神儿来了，老胡问了一句："你们两口子都愿意到我们那里去教书？"

赵逸飞差点笑出声来，觉得这位老胡同志有令人喷饭之功效，怎么看见一对年龄相仿的男女就乱点鸳鸯谱，什么智商啊！

梁霞说："你怎么知道我俩是两口子啊？我倒是离婚了，想嫁给他，可人家赵老师有老婆哩。"说罢掩嘴。

老胡这才意识到自己说话严重不靠谱、不严谨，很尴尬地咧咧嘴，干笑两声，说："呵呵，我还以为你们一起来，是一家人呢。你俩看上去很般配嘛，我认为。"

赵逸飞心想，看上去般配就非得是一家人呀？此人不仅智商不行，逻辑也很混乱。

"哦，不是两口子也不要紧嘛。"老胡继续他的逻辑混乱，"我认为，我们招聘老师，主要看教学能力行不行，至于是不是两口子嘛，并不重要。"

赵、梁二人相互对视一眼，相互交流的潜台词是：这个来招聘的人啥水平呀，被这种人招了去会不会误入歧途？对视完又各自轻轻摇头。

还好，老胡接下来所说的话总算让他们稍稍放心些：“我认为我被单位派出来呢，主要起个联络员的作用。初步审查一下来应聘的人有没有大专以上学历，这是硬杠杠。我认为看着顺眼——相当于面试的意思，约莫着能胜任工作，就给你们开个介绍信，然后到了我们那儿要通过试讲等环节来确定是否招聘。”

赵逸飞注意到了这位老胡同志说话超喜欢使用“我认为”这几个字，大约是他的口头禅，未免觉得有几分可笑，心想你幸亏只是个联络员，你要是握有生杀大权的领导，我们才不到你那儿去呢。

“你俩学历证书带了没有？这个我得看。”

赵逸飞本科学历在读，大专是本省一家教育学院函授毕业，国家承认的正式学历，梁霞是自己考的大专，正儿八经上过大学，有文凭。他们来应聘，毕业证书随身带着，交给老胡验看。老胡眼睛有点花了，戴上老花镜认真审查了一番，让赵逸飞想到老家人常说的一句话，叫作“狗看星星一片光明”，意思是说看不明白装样子而已，不过这话不能说出来，要不然对老胡同志大不敬，应聘的事还能办成吗？

老胡看完后说：“我认为你俩的文凭都没问题，至于面试嘛，我认为你俩比前面经过我审查的部分应聘人员要好许多，起码人长得精神，普通话也标准。你俩在我这儿呢，我认为就算通过了，我会给你们开介绍信。”

赵逸飞和梁霞自打一进门，都说的是略带本省口音的普通话。四川腔严重的老胡竟然能听出他们“普通话标准”，也让赵逸飞觉得有点小幽默。

“最近情况是这样的，我们那里招聘老师基本满员了，领导给我打过电话，除非特别优秀的，否则不要再介绍过去试讲了。我认为我们单位对人才的要求越来越高了，要不是看你俩很优秀，我是不会答应让你们去试讲的，万一去了以后不合格，祁北公司还得给你们报销路费，我认为这对单位来说是极为不利的。”老胡又说。

老胡说话有分寸不当的问题，但这番话明确流露出一个信息，似乎对方对积极主动应聘的人不大欢迎的意思，这一点让赵逸飞心中未免有顾虑。明明人家不大欢迎，自己硬要去，弄不好就会热脸贴了冷屁股，自降身价，弄不好即使去了，拿到的待遇也不见得优厚。面对这个变化，还要不要继续往前走？

经过一番紧张思考，赵逸飞觉得既然走到了这一步，还得硬着头皮走下去。先去那边看看再说，反正老胡已经答应他和梁霞去试讲，即使经过试讲没被留用，他们还给报销来回路费，起码不至于有太大的损失。他和梁霞交换了一下眼神，两个人相当于用语言沟通过了，然后一起等待着老胡给开介绍信。

老胡从写字台抽屉里拿出来的介绍信是事先印好并事先盖了章的那种，只在空白处填写上不同的人名，再填上年月日，还有他本人的签名。老胡字写得歪歪扭扭，但却是繁体字，表露出他那样的年龄学习汉字的时代特征。

开完介绍信，老胡这儿大约再没有什么事了。赵、梁二人礼貌性地道谢、告别，握别时老胡拉梁霞的手的时间偏长，可见爱美之心人皆有之，看上去笨笨的老胡同志概莫能外。赵逸飞观察到了这一点，出来后揶揄梁霞道："今儿咱俩能拿到介绍信，有了西行应聘的初步资格，还得感谢你呀，我跟着你沾了光。"梁霞不解，说："我都成你的小跟班儿了，怎么还说沾了我的光？"赵逸飞说："你没发现老胡同志对你更感兴趣？你不觉得他刚才和你握手用的劲儿特别大，握的时间有些长？要不是美女效应，谁知道那家伙会不会给我俩放行呢。"梁霞说："我怎么听见赵逸飞同志这番话有一股浓浓的醋意呢？难道你对我有那么点意思？"赵逸飞说："说你胖你就喘，自我感觉咋就那么好呢？"

与美女斗嘴何尝不是一种美好的体验？

出来以后，赵逸飞特意提醒梁霞说："根据老胡同志所说，我估计祁北公司对于主动来应聘的人才不见得会捧为至宝。所以说，咱们即使去，也不要张扬，还应该想办法留条后路，万一到那里站不住脚，或者感觉不理想，起码要能回得来。"

梁霞说："你以为就你聪明？你以为我梁霞是个傻子呀？"

赵逸飞笑了，问："接下来咱俩该干啥？"

梁霞说："还能干啥？你请我吃饭呀。致歉有没有诚意，全看饭菜的质量了。"

后来真来到了小饭馆，梁霞只让赵逸飞买了两碗蛋炒饭，又向厨房要了两碗面汤，最简易地解决了饥饿问题。然后，两个人去汽车站，坐同一趟班车回家了。

4. 形势严峻

“李成杰，你这劳资科长还想不想干了？想干就好好干，不想干早点吭声啊。你别以为我们这儿人才奇缺，比你这种庸才更能干的人多得是！”祁北公司教育处的一把手，处长文宏远是一位铁腕领导，干起工作来雷厉风行，令行禁止，对下属的态度也以严厉著称。这天，他把劳资科长李成杰叫去，劈头盖脸好一顿教训。这位领导脸板得像一块生铁，直训得与他年龄相仿的劳资科长变脸失色。

“处长你要批评什么事直接点出来，我这人愚笨，一下子领悟不了领导的意图。你这样骂我，骂了白骂，也起不到多大作用不是？”其实，李成杰和文宏远是同一所师范大学同一届的学友，只是专业不同而已，被这位领导兼同窗兜头收拾，虽说不是第一次，但李成杰仍然感到难以接受，毕竟人人都有自尊。

“还要我点出来吗？你不知道你是干什么吃的？也不检讨检讨你的工作做好了没有？你们劳资科的工作做好了没有？要是都做好了，我何必在这儿费唾沫星子？”文宏远大概训得还不过瘾，故而仍不向李成杰说明缘由，反倒提高声音继续训斥。

“你是说我当劳资科长不称职吧？大不了你把我撤了。我也一把年纪了，人都活个脸皮，整天被顶头上司像三孙子一样训，搁你你能受得了？”李成杰终于忍受不了了，口气变得强硬，声音也略有提高，“我又不是不接受批评，更不是不服从领导，只要你批评得有理，哪一次我不是虚心接受，坚决改正？人的能力有大小，但我李成杰工作态度还是挺端正的嘛。反正，你不说出所以然来，就这样训我，我不服。”

听了劳资科长一番辩解，文宏远更加勃然大怒：“李成杰你是猪脑子呀？我批评你、批评劳资科，还能有啥事？我也承认最近我们大量引进人才，对外招聘工作量挺大，我不是让你适当抽调人力帮你们完成任务嘛，但无论怎样说，你们在招聘人才方面有把关的责任。招来的人要上讲台，要承担教书育人的神圣使命，你总不能随随便便什么人都接收，随随便便什么人都拿来充实教师队伍，这岂不是要给事业造成极大的隐患，甚至是不可估量的损失？误人子弟如同杀人父兄你懂不懂？我骂你几句又怎么啦，我还没日老子骂娘，算给你留面子了。你要是短时间内不改正，不把工作做好，接下来就不是骂人的问题，你赶紧不吃凉粉腾板凳儿，不拉屎别占着茅坑，别以为我不敢撤了你劳资科长的职务!”

训斥得差不多了，觉得李成杰大致上能领会是什么意思了，文宏远说：“你赶紧干事去，我还要向公司分管教育的领导汇报，没工夫看你这蠢头蠢脑的样子!”说罢竟扬长而去，把个满腹委屈的李成杰扔在了办公室。

李成杰被训得一肚子火，但却没地方发泄。他离开的时候还得给处长大人把门关好，于是用劲儿将门扇弄出巨大的响声，以发泄对领导训斥的不满。

总体来看，文宏远是一位个人修养挺好的领导者。他之所以对李成杰简单粗暴，背后的原因是他们有深厚的私交，个人感情好，才能相互之间说话豪放无忌，不怕得罪对方。往远处说，他们当年有同窗之谊，“文化大革命”期间曾一起借“革命大串联”之机到处游逛，在天安门广场受到过毛主席的接见，在南方买了柚子不知该剥皮吃还是直接啃着吃，这种天然的同学关系，中间渗透着终生化解不开的浓浓情谊，局外人不见得能感受得到。后来经过军训和劳动锻炼之后，他们都被分配到处于创业起步阶段的祁北公司，到子弟学校当老师。参加工作之后，大概由于个人素质有差异，经营人脉关系的能力也起相当大的作用，两个人慢慢就拉开距离了。文宏远年轻时候就显现出领导才能，被校长一眼看中，从班主任到教研组长，到教导主任、副校长，没几年就当上了一所子弟中学的校长。正是这位当年的文校长念同学之谊，提拔教学水平略显苍白，但人却老实厚道的李成杰先后担任了总务主任和副校长。后来文宏远成为统辖祁北公司 8 所中小学以及职工中专、技校的教育处领导，也将李成杰调到身边。等文宏远成了一把手，为了将人事权掌控在自己信任的人手里，才安排李成杰当了劳资科长，为他鞍前马后。这一切足以证明此二人关系非同寻常，文宏远骂李成杰几句不至于造成离心离德，故而才有他在下属面前偶尔的霸道。这种霸道对其他机关的科长，乃至各基层学校的校长，未免会有杀鸡儆猴的威慑作用。从这个意义上讲，不能不说文宏远偶尔发发脾气，正是他领导艺术之一种。

回到办公室之后，李成杰倒一杯茶，慢慢品咂着，以平复刚才被顶头上司训斥引起的不良情绪。他不抽烟，平常思考、调整情绪都靠喝茶。

等情绪慢慢恢复正常了，李成杰再将刚才文宏远所说的话在脑海里回放，仔细琢磨，也能将领导的意图领会个八九成。

祁北公司大量招聘人才，包括子弟中小学大批量招聘教师，其背景是这家企业近几年取得了突飞猛进的发展。

祁北公司的矿产资源曾被1966年前来视察的邓小平称之为共和国的“聚宝盆”“金娃娃”，其产品对于国计民生来讲十分重要。况且这里的资源得天独厚，论储量排名亚洲第一、世界第三，以产品的稀有和在全国的垄断地位论，这座矿山对于全国的工业、国防来讲，都具有举足轻重的地位和影响力。乘改革开放的东风，祁北在全国科技大会上被确定为资源综合利用三大基地之一，一位国务院副总理负责抓这项工作，组织全国相关的科技力量对祁北矿山资源的开发利用展开大规模科技攻关，收效十分明显，使这家企业实现了所谓的“三年三大步”，产品产量和企业效益都噌噌往上走。为了给企业发展提供更好的外部条件，经国务院批准，这个原来的行政建制仅为镇的地方依托祁北公司，成立了一个省辖市，成为本省乃至西部地区因企设市的范例之一。

企业效益好，不仅对国家贡献大，员工的收入和生活水平也随之水涨船高。祁北公司员工的工资收入不仅远远高于本省其他地区，也远远高于全国的平均水平，故而当时祁北人有一种说法：“在这里挣钱，拿到外地去花，那才来劲儿哩。”员工的福利也很优厚，大米、清油、海产、南北水果，几乎什么都无偿分配，多到大家都说吃不完，家家冰箱容积不够大。

企业能给员工的福利，最大的一宗莫过于向国家和所在省份争取政策，大量解决广大职工尤其是生产一线老工人家属“农转非”的问题。有相当一部分老职工，自打祁北公司成立，就在这戈壁滩上为国家建设出力流汗，吃苦耐劳，贡献很大，但他们的亲属大多都在很遥远的故土乡村，两地分居，苦不堪言。所以，能将他们的妻子儿女转为城镇（非农）户口，让他们全家团圆，共享幸福，真是善莫大焉。

偿还历史欠账，在短时间内大量解决职工家属农转非，也给企业带来沉重的负担，其中一个很大的麻烦就是刚刚迁到城市的职工子女需要就学。原有的职工子弟学校一下子显得不堪重负。最严峻的时候，每个教学班要容纳六七十人，教室几乎挤破了，老师、校长都说没法管、没法教，严重违反教育教学规律，再这样搞下去谁都受不了。于是，校舍急着要扩建，大量补充老师更是火烧眉毛的事情，好在公司领导有魄力，有办法。不是改革开放了吗？不是人才可以自由流动吗？插起招军旗，自有吃粮人，只要承诺给足够高的待遇，不愁中东部的人才不来，更何况中小学教师都很清贫，有谁不愿意改变贫穷落后？于是，祁北公司通过新闻媒体发布了招聘广告，通过各种渠道广纳人才，也包括派出相关人员到中东部以及邻近的省份去“挖墙脚”，动员外地的知识分子来祁北这块热土效力。比方普通教育这一块，既把眼睛盯着师范院校，吸引大量的应届毕业生来应聘，也到师资力量相对充裕的地方，暗自动员有教学经验的在岗老师弃旧图新。对于应届毕业生，哪怕没有派遣证，只要有文凭就行，工作关系乃至档案一切都可以重建；对于已经成家立业的在岗老师，则许诺解决家属“农转非”，调动手续办不全的也可以通融。

祁北公司在人才招聘方面的优惠政策还真管用。普通教育这一块，派出招聘的人员签了多个省份十多家师范院校的应届毕业生近两百人，其中许多都打乱了学校原订的分配计划，真有挖墙脚之嫌，但祁北的普通教育的确超常规的缺人，所以只能用超常规的方式予以解决，否则一大批孩子要上学，没有老师教他们如何是好？

既然招聘老师取得这么大的成效，主要负责此项工作的教育处劳资科理应受到表扬才是，处长文宏远凭什么不给劳资科长好脸，还劈头盖脸训斥？李成杰仔细一想，问题出在最近招来的一批有大专文凭、有教学经历，但水平却参差不齐的民办教师身上。这批人都来自赵逸飞所在省份，而且都是来自他的家乡附近的两个县，原因在于有一位民办教师名叫程雨涵，经亲戚介绍早早去了祁北公司，不但自己站住脚了，还被派出做招聘联络员，经这个人牵线，从老家来了大约三十多位民办教师。

客观地说，这批民办教师当中也不乏称职的甚至是优秀的中小学老师，但其中也有少数人或因为原有的文化水平低，或因为普通话基础差方言音太重，或因为缺少家乡以外的生活体验，刚刚来到一个新地方很不适应，总而言之，有那么将近10个应聘者给人的印象不够好，恐难以胜任教学工作。祁北公司教育处派出的招聘人员一开始急于延揽人才，只顾给应聘者条件优厚的许诺，并没有说经试讲不合格要退回，故而让这些人走也不是留也不是，给单位带来不必要的麻烦。按理说，招聘人才时间紧、任务重，其中出现一点点差错或者不尽如人意的小插曲在所难免，出现问题再想办法解决问题，最终不会有太大的问题，只不过处长大人脾气大，仗着李成杰是忠实下属，故而敢发雷霆之怒，这对于劳资科长来说只能被动接受，没有谁傻到非得和顶头上司论长道短。

挨骂就挨骂吧，谁让文宏远是处长呢？处长也有处长的难处，总不能劳资科办了错事让处长跟着背黑锅吧？也许文宏远将我李成杰一顿训，他对上、对外就好交代了，我也算为领导分忧……

这样一想，李成杰释然了。

在此之前，李成杰已经电话指示在邻省负责延揽人才的本科室老胡同志，从现在开始要重质量，而不是一味追求数量，尤其对于民办教师、代课教师，乃至在岗的老师，一定要从严把关，不是十分优秀的，不要再给开介绍信，不要再把人弄到祁北，然后再辞退，请神容易送神难！

这正是赵逸飞、梁霞去和招聘者面谈，老胡同志对他们的观察和盘问相对苛刻，并不轻易放行的缘故。还好，赵逸飞和梁霞在老胡面前表现出了较高素质——不怕不识货，就怕货比货，毕竟赵逸飞、梁霞二人与前面被老胡招了去的某些民办教师相比，素质要明显高出一截——或许还因为梁霞长得漂亮，美女效应也让老胡犯晕，总而言之他们被放行了。至于到了祁北公司，能不能通过进一步的考察和面试，那就要凭真本事了。反正老胡说了，面试不合格要退回来。好在赵逸飞和梁霞都想到了留后路的问题，想必他们不至于陷入绝境。

李成杰一番思考之后做出另外一个决定，他立即打长途电话给老胡，指示他撤回来，不再招收邻省更多的具有民办教师身份的人，并且再次对赴东北、四川等地的招聘人员发出了要质量不要数量的指令。

第二章　艰难告别

孩子们的眼神无法躲避，孩子们纯真的心不容欺骗。赵逸飞没有办法，只能正面应答："对不起，同学们。我本来想在下课的时候再告诉你们，以免影响这节课的完整性和应有的效果，既然毕燕同学作为课代表问了你们都想问的问题，我也只能十分遗憾地告诉大家，这是真的。上完今天这节课，我就要和同学们告别……"

1. 教育局长

未知的西部向赵逸飞敞开了胸怀。漫漫千里西行之路，祁北公司派出招聘教师的老胡同志所开具的介绍信是他的通关路条。这大概能算八字有一撇了，接下来他会有一系列的告别活动。

故乡的黄土地养育了赵逸飞的生命，同样养育了他的精神。如果说出身黄土地决定了他的草根命运，那么这里的皇天后土也给了他敦厚、坚实、不屈、耐摔打、不达目的决不罢休等优良品质。正像感恩父母给了他来到世界上的权利一样，小伙子同样感恩这片黄土地对他的厚待，包括给他艰苦磨砺的生存环境，以及考验他灵魂的种种磨难。

出于感恩，赵逸飞决不能一走了之。

他首先去了县教育局。走进教育局狭窄的院子，敲响冯局长办公室门的那一瞬，赵逸飞心中充满了愧疚与惶惑。如果说在老家当民办教师、代课教师乃至中学教导主任还算有点名堂的话，除了自身努力，这位冯局长何尝不是发现和培养他的伯乐？冯局长无疑对赵逸飞是寄予厚望的，赵逸飞清楚地记得，有一次他与冯局长单独面谈，局长说："咱这个黄土高坡上的小县，要说经济欠发达，恐怕还不是要命的缺陷，更大的问题在于人才缺乏。你知道我当初带着教研室的人到各乡镇中小学调研，发现了你组织的教研活动，我有多么惊喜吗？惊喜不在于你做了多大的事，而在于我发现了一个人才，一个偏远乡下难得的人才！你这几年的表现，让我对这一重大发现感到骄傲。小伙子，好好干，我完全可以预言，在咱们这个小地方，在本县的教育系统，你一定会大有作为。”当时冯局长的这番话，何尝不让赵逸飞热血沸腾？后来，赵逸飞一直踏踏实实干工作，为本县的教育事业贡献出了最大限度的心智和体力，也为他赢得了更多的好口碑。

赵逸飞想，冯局长无疑对自己充满期待，可这次踏进局长大人的办公室，是要谈到外地应聘的事，是表达自己张开翅膀飞向更广阔天空的心愿。面对这样一位令人尊敬的领导，一位为了本地的教育事业呕心沥血、鞠躬尽瘁的上司，赵逸飞觉得很难张口。

但是，这个口必须得张，他已经没有退路了，为了个人的未来，更为了家人，这是一种别无选择的选择。

门开了。冯局长见到赵逸飞满脸笑意：“赵逸飞呀，你怎么主动登门了？根据我的经验，教育局不通知开会，你是不会来县城的，尤其不会主动来找我。先坐，先喝口水，有事情慢慢谈，我今天正好不算太忙。”

不知怎的，赵逸飞忽然觉得鼻子酸酸的。

“逸飞呀，你是不是有啥难处？我看你的表情很沉重。来都来了，有啥话直接说，咱俩之间除了上下级关系，也算是忘年交，在我面前你不必忌讳。”冯局长是个善解人意的领导，他看出了赵逸飞似有难言之隐。

“冯局长，不是忌讳，是我实在不好意思张嘴啊。”

“你从来没有为私事求过我。是不是遇到什么难办的事儿了？需要我怎么帮你，说吧。”

“冯局长，就冲你对我这么器重，就冲你对我这么好，我觉得说出来会羞死。”赵逸飞低下头，他的确感到很羞惭。

“那你也得说，你来找我不就是因为有要紧事嘛。你说出来，我会认真考虑，能帮你的一定不含糊。”冯局长的目光中充满了关切和鼓励。

“如果说我提出来要离开咱们县，到外地去工作，去应聘，你是不是会觉得赵逸飞很没良心，很不懂得感恩?”赵逸飞鼓起勇气，抬起头来看着局长。

“真有这事?”局长真有点意外，“不过，这算意料之外，情理之中。你能不能具体说说?”

“我来是要向你彻底坦白交代，只不过见了你的面，觉得羞愧得很，好像要当叛徒一样。”赵逸飞说。

“呵呵，没有这么严重。你总不是要叛逃到美国去吧?只要是在祖国大陆为党为人民工作，那就是正当的，跟叛徒啥的扯不上。你继续说。”

赵逸飞于是详细向冯局长介绍了他的家庭面对的经济上的窘境，以及他为人子、为人夫、为人父的责任，这些因素决定了他必须找到一条新的生存之路。而眼下国家对人才流动的限制有所放松，为他外出应聘打开了一扇门。赵逸飞毫不隐晦地将他与西部G省的祁北公司联系过，打算去那里应聘中学老师的情况向冯局长作了汇报。

冯局长听完，难免要皱眉头，弄得赵逸飞心中十分不安，惶惑地猜测着这位可尊敬的领导会怎样发落自己，甚至做好了接受局长雷霆之怒的准备，只要局长能理解和原谅他所做出的选择，哪怕被他骂一顿，甚至打一顿都行。

还好，预料中的雷霆万钧之怒并没有发生。冯局长也没有流露出任何责怪赵逸飞的意思，而是很关切地问他：“那个地方、那个单位，你到底了解多少啊?别让人把你骗了。他们说好，你就认为好?他们说待遇高，你就认为去了以后一定会高?逸飞呀，你最好把事情想得复杂一些，把困难尽可能想得多一些，要不然有可能遭遇意外的挫折，甚至后悔都来不及。”

“冯局长，听你的意思，局里可以给我放行?也就是说，你能答应我离开西皋中学去外地应聘?”赵逸飞有些意外，甚至还有点儿隐隐约约的失落。原来我在局长眼里无关紧要，黄原县教育系统有没有我这个人算不得什么大事？

“不是我，或者县教育局愿意给你放行，问题是你已经拿定主意了，理由又那么充分，你说说，我该怎么办？我不放你走，你就一定会留下来吗？你究竟是希望教育局放你走呢，还是希望把你留下？”冯局长显然比年轻的赵逸飞清醒得多，也深沉得多。

“我衷心感谢局长你，还有县教育局这些年来对我的关心、帮助和培养，说实话我也舍不得离开咱这片厚实的黄土地，舍不得你和教育局给我创造的良好的成长环境。”赵逸飞这些话发自肺腑，说着说着动感情了，眼泪在眼眶里直打转转，“可是，考虑到我家的实际状况，考虑到在咱们这儿当代课教师收入水平很难再有大的改观，对于今后的日子我一点信心都没有。我除了是你手下的小兵，也要养家，可是，以我目前的状况，的确无力承担应尽的责任。正因为这样，我才感到两难，我才觉得这件事无法向你开口，才觉得外出应聘对我来说是一件多么无奈的事情!”

“逸飞呀，我相信你说的都是真心话，我对你表示充分理解。你今天来对我来说也算突然袭击，我来不及和教育局别的领导商量，但我还是想问你一句：假如我能保证让你在三年之内转为公办教师，并且在县教育局力所能及的范围内给你尽可能好的待遇，你能不能放弃外出应聘的想法？我不要你贸然回答，你仔细想好了再回答我，甚至可以今天不回答，等回去再做深入思考，然后负责任地回答我。”冯局长说。

赵逸飞心里明白，以冯局长手中的权力，出于对他的真心挽留，能做出的许诺已经达到极限了。他心中涌起一股热浪，对面前这位领导充满了感激之情。他说：“冯局长，如果说在咱们县教育系统能有我这个很不成熟的民办代课教师赵逸飞的一席之地，完全是由于你对我的发现、培养和器重。你对我有知遇之恩，这一点我比谁都清楚。按理说，你尽最大努力真心挽留我，我不应该不识抬举，可是，面对目前无力承担家庭责任的窘迫境遇，我得对你说实话，G省那家公司开出的招聘条件对我的确有吸引力。我现在最真实的想法，就是想去那里看看，试试，看看这是不是一条值得我走下去的路，试试我有没有到外面更大的世界去闯一片新天地的能力。我真的想看，想试，不想放弃这个想法。冯局长请你原谅我。”

“好，我明白了。”

“局长，我还有个不情之请，不知道你能不能答应我？”

“你说。”

“这次出去，我想先请个长假，万一到那边站不住脚，我再回来，你不至于不要我了吧？”

“明明是G省的这家公司不合常规地招聘，挖了我们的墙脚，你还让我给你留后路，这简直让我‘丧权辱国’嘛！不过，这点事我能做主，你就编造个理由请长假吧，我亲自给你批。也就是说，我答应给你留条后路，万一你往出闯遇到不可克服的障碍了，我们照样欢迎你回来。”

赵逸飞再次感觉眼角湿润了，连声说：“谢谢，谢谢冯局长，你对我真做到仁至义尽了。”

“唉，谁让你是个人才呢？谁让咱这个小地方人才又那么缺乏呢？还有两件事，我得跟你商量。”冯局长说。

“跟我商量个啥，你尽管吩咐。”

“第一呢，假如你真走了——我是说假如，并不是盼望着你走——西皋中学的教导主任，你得给我推荐一个合适的人选，就在你们学校的老师当中选。第二，今天你跟我到家去，我让老婆弄个简单的家宴请一下你。也说不上送别，只是想让你到我家去，咱俩再继续谝一谝，聊聊。”

“推荐西皋中学教导主任人选，我得好好想想，绝不能不负责任地乱说，等我想好了再来专门告诉你，或者托人带话给你。到你家里去吃饭，我不敢去，一是怕给你和你夫人添麻烦，二是我愧得慌。我要往外面去另找一份工作，对于你和咱们县教育系统来说，简直是叛逃，你不仅不拾掇我，还请我吃饭，天下没有这样的道理。何况我囊中羞涩，连一点见面礼都拿不出来，再到你家里去叨扰，我不得羞愧死？”

“你这个小伙子，想多了。不就擀一碗面吃嘛，最多再炒个鸡蛋，酒都没有。你实在不想去，我也不勉强，只是觉得对你有些不舍，心里过意不去。都怨咱这个地方穷，咱们教育系统穷，不过我相信将来会好的。”

赵逸飞不得不在内心佩服冯局长善解人意。他说：“等我从 G 省回来——无论是近期站不住脚灰溜溜回来，或者半年、一年之后回来，我一定请你在县城最好的餐馆吃顿饭，以表达对你的衷心感谢。如果在那边站住脚了，我相信到时候请你吃顿饭的钱肯定会有的。”

从局长办公室出来，赵逸飞心里明白，他在冯局长这里争取到了最好的结果。也就是说，假如他到 G 省去应聘，教育局可以给他开绿灯。除了大专毕业文凭在手里之外，其他存放在县教育局的个人档案材料也能在适当的时候拿到手。有了这份档案材料，到了应聘目的地会省却许多麻烦，甚至近些年来自己在故土优良的工作表现，档案材料里也有所记载有所体现，这对于他以后在祁北公司站稳脚跟具有积极意义。退一步说，即使这次外出应聘不成功，万一要走回头路，本县的教育行业仍然会是他的栖身之地。

真该好好感谢局长啊。他是那么的善解人意，那么的体贴关怀，一切都站在赵逸飞的角度思考问题，一切都表现出对他的爱惜、器重和宽容。近几年赵逸飞在本县教育行业崭露头角，冯局长恰恰是他的伯乐，而现在要借着局长给插上的翅膀远走高飞，冯局长仍然表现出高度的理解和宽容，这一切多么难得！

然而，君子之交淡如水。赵逸飞没有以物质的形式向冯局长充分表达谢意的实力，但他的感激之情都在脸上写着呢，想必聪明如冯局长，一定能够看明白。冯局长要设家宴送别赵逸飞，也被小伙子婉拒了，他实在觉得不好意思，这样的尴尬尽量避免为好。冯局长的这份恩情，牢牢记在心里就行。

外出应聘，与接收单位建立了有效的联系渠道，县教育局领导也首肯放行，下一步该向西皋中学的领导坦白这件事了，然后还得把工作妥善移交，为顺利西行准备好一切必要的条件。

2. 应对之策

朱本松心里发虚，跑去问程雨涵："你不是说来了就没问题嘛，咋还要试讲哩？试讲不行还要给退回去，我都把民办教师给辞了，退回去该咋办，叫我去种地？这不麻烦大了！你听听劳资科李科长说的，试讲通过了还有三个月试用期，试用期满了不行还得走人。我从老家出来把后路断了，都是因为你说过，只要到这儿来了，就一定能给安排工作，万一人家不要我，雨涵哥你得给想办法。"

程雨涵最早来到祁北公司子弟学校应聘并被录用，然后他又被当成联络员派回老家去，联络了一大批拥有大专文凭的民办教师应聘，经教育处派出的老胡面试后再给开介绍信到祁北公司报到。最早来的一批，因为祁北公司各个学校缺人缺得厉害，只要有个人就赶紧给安排岗位，所谓试讲的程序都省略了，说有三个月的试用期，也只是说说而已。但到后来，教育处和下属的各个中学发现招聘来的民办教师中有的人并不具备合格教师的素质，文凭只是文凭，不见得能代表能力，故而对于后来者要求变得越来越严。程雨涵的联络员工作早已宣告结束，被安排到祁北公司第三中学给初中生上语文课去了。作为应聘者之一，朱本松之所以来找程雨涵，是因为从老家来的这一批民办教师，无形中把程雨涵当成领袖，遇见困难都会向他讨主意，遇见难题都来朝他要办法，况且程雨涵还是朱本松的远房表哥。

"我给你想个球办法!"程雨涵有点看不上朱本松的呆头呆脑，对他说话很不客气，"虽说你把我叫哥，但我又不是你爹，你的啥事都要我管？试讲就试讲嘛，按照劳资科的说法，还有一星期时间准备哩，你好好备课，到时候尽最大努力讲好，不就啥事情都没有嘛。是骡子是马总要拉出来遛，看你害怕成这个样子，当初为啥要出来？本来试讲只是个过程，我就不信祁北公司把咱这些人弄来了，轻易能给退回去？你先不要怂，屎爬牛支桌子哩——硬撑，把试讲这一关过了，后面的事好说。人家没把你咋的，自己先怂了，谁也帮不了你。我和你一样，都是来应聘的，啥事都想靠我，看把你的腰闪了！”

和一般的民办教师比，程雨涵本来不是一个安分守己的人。他初中毕业回乡，当农民吃不了苦，凭着伯父是生产大队支部书记的关系，当上了村小学的民办教师，后来辞去民办教师职务当了村干部，实行联产承包责任制以后村干部的权力被削弱了，他又钻营到乡办中学当了民办教师，并通过师范院校的函授拿到大专文凭。此次他之所以成为这批民办教师来祁北公司子弟学校应聘事实上的先遣人员，是因为他有一位表哥在祁北公司工作，给他提供了这里招聘老师的信息，故而他先于别人来到这里，不仅被聘用，还自告奋勇回老家串联了一批通过函授拿到文凭的民办教师陆续来到祁北公司。他在这批人当中的准领袖身份，也是天然形成的。

程雨涵作为外出招聘的联络员，尽最大努力串联了一批人，原本没有任何私念。一方面，祁北公司子弟学校的确急需老师，多介绍些人来应聘是帮这家公司；另一方面，家乡的民办教师收入微薄，大多拖家带口生活艰困，能给大家找到一个相对较好的去处，并且有可能在较短时间内解决公办教师身份，甚至能将一家人转为城镇户口，程雨涵觉得这是做好事，何乐而不为？可是，他在做这件事的时候忽略了老家的民办教师队伍整体质量不见得高，鱼龙混杂这一点。有些凭关系当上村小学、乡办初中民办教师的人其实并不具备相应的素质，即使有文凭，其含金量也不一样，有的是真学出来的，有的是混的。故而但凡能联络上的一律给牵线，并不是一种认真做事的态度，再加上祁北公司教育处派出的老胡也比较糊涂，招聘老师只顾盲目要数量而不顾及质量，这才造成了招来的人有一部分不合格、不适用，某种程度上给招聘单位带来了麻烦和负担。

“程雨涵，你弄不好把人闪了，闪得劲大，闪得严重。”朱本松嘟囔着，很不满意地走了。

虽说将远房表弟打发走了，但程雨涵心里很不得劲儿。朱本松是老实人，他的困惑和担忧也不无道理。这些人在老家好赖有个民办教师身份，除了一年到头不管天阴下雨都能拿到出满勤的劳动工分，还有每月数元到十数元的津贴，其待遇明显优于一般农民。假如因为应聘丢了民办教师的身份和待遇，这边又不收留，给他们造成的损失也不可小视。虽说责任并不在程雨涵，但程雨涵却感到对不起这些乡党。无论如何，要向祁北公司教育处争取优惠政策，尽可能让来的人都留下。比方说，招来的人按原计划都要进中学，一些水平相对较差的可不可以退一步，去教小学也好，只是不要拒之门外，陷他们于绝境。当然了，这样的结果并不是程雨涵能说了算，他只能在力所能及的范围内争取。

看来，需要把来应聘的老乡召集起来，起码要把几个有头脑的叫到一起，大家共同议一议，看看有没有好办法，看看能不能采取些什么措施，争取让事情向较好的方向发展。

新来应聘的老师一般都被安排在各个学校原有的简易平房居住。被褥是从家带来的，一张简易的木板单人床，同一间屋子两个人共用一张废旧的三屉桌，每人一把木椅，再加上自购的暖瓶、洗脸盆，起码的居住条件算是具备了。吃饭要自行解决，买个煤油炉，一个小铝锅，一只小炒瓢，铲子勺子碗筷，米、面和各种调料，倒也一样都不能少。这些人当中有的会做饭，有的在家靠老婆，这次出门来才赶着鸭子上架，基本的生存能力也还具备。

程雨涵是来得最早的应聘者，他和教育处以及所在学校的人混得熟，竟然弄了一套石头砌墙的干打垒房子，这房是有资格搬进楼房居住的老教师腾出来的。虽然简陋，但有卧室有厨房也有厕所，还有自来水，住上去蛮舒服的。程雨涵虽说也属于试用期的招聘老师，但已经提前把老婆和最小的孩子接来了，是这帮来应聘的民办教师中唯一一位带家属的人。有房子有家属，相当于在这个地方安家了，程雨涵提前享受到的待遇让其他应聘者羡慕，这一点也彰显了他比别人更有本事。

程雨涵让老婆凉拌了蒜泥黄瓜，油炸了花生米，再买来一块卤猪头肉，两只猪耳朵，一切，总共四盘菜，从商店打来散装的青稞酒，叫几个人来商量事，有吃有喝挺像那么一回事儿。沙发、茶几虽然破旧，但完全可以用，是原来的房主人废弃的，不用花钱。他还花两百块钱买来一台旧的 12 英寸黑白电视，营造出一种家的氛围。

“老程你狗日的滋润！老婆娃娃热炕头，还有沙发茶几电视，看上去像个城里人。咱一起来的其他兄弟们还受苦受难哩，啥时候才能把家搬来，把老婆娃娃的户口也迁了，才算不枉跟着你跑到这个鬼地方来。”第一个进门来的是倪胖子。来应聘的这批人大多是民办教师，倪胖子是为数很少的公办教师之一。他在老家虽说也在乡镇中学干，但按月领工资，待遇稍好，故而是穷教师当中少见的胖人。倪胖子是大家喊他的外号，大名叫倪志强。

“你甭以为你是公办教师就比谁尿得高，出门在外才看本事哩。不服气你也弄一套石头房来，只可惜你没这本事。”程雨涵很自得，大言不惭，“赶紧坐下坐下，我请你们几个喝酒吃肉该行了吧？”

第二个来赴约的是个瘦高个儿，姓糜，绰号叫“麻糜子”。在老家一带，“麻糜子”是浑球不讲理的意思，但糜老师得此外号却完全因为他姓糜，一帮来应聘的人寻开心调侃他而已。实事求是说，糜老师的性格当中也有点直通通的豪爽，虽不“麻糜子”，但偶尔犯愣。

糜老师进了屋，看程雨涵茶几上有酒有菜，说：“你早点儿打招呼，晚饭我就不吃了，多喝些酒，多吃些菜不就结了？害得我擀面吃，弄得多了，肚子胀，到这儿给你省了。”

“我还不知道你的酒量？你能少喝，狗都不啃肉骨头了。”程雨涵调侃说。

第三个来做客的正是赵逸飞同村的老乡兼曾经的同事雷明，他们和程雨涵、倪志强、糜老师在老家分属两个相邻的县份。

“老程，你叫我们几个来商量事，商量就商量吧，还弄这些酒菜做啥？你看你，这么破费，早点说，我来的时候提两瓶‘绵竹大曲’，心里也安然些。”雷明为人谦虚厚道，他这样说是真诚的。

“老雷你这么说太见外了。我也没弄啥，散白酒不值钱，总不能叫大家来了干坐着。你有啥安然不安然的，等你有钱了，叫我喝酒吃肉，我才不客气哩。”程雨涵说。

几个人先吃喝了一阵儿，程雨涵方才谈到正事：“我请你们几个来，有重要事情商量。最近看形势有些不妙，从咱老家来的这些应聘老师，像老倪这样的公办教师问题不大，后头陆续来的应届大学毕业生也问题不大，唯有咱这批民办教师，虽然说都有文凭，但咱不能否认有的人文凭含金量不行，个人的文化素养、教学水平的确不适应站中学讲台。看祁北公司教育处最近的动向，试讲、试用都认真起来了，有一小部分人如果通不过试讲，弄不好真要给退回去哩。据我了解，咱这一批人从老家来，基本上都把后路断了，再回去连原来的民办教师身份都保不住，咋办？虽说祁北教育处也不至于将大批的应聘者拒之门外，但哪怕是少数人，也不是小事情。对单个的人来讲，不要你了，你就是百分之百的失败，不光坑本人，还会祸及家庭，的确是大事。我想说的意思是，虽然是个别人的事，但咱这些人是一个团体，一定程度上就像《红楼梦》里说的，是'一荣俱荣，一损俱损'的关系，所以咱不能眼看着少数来应聘的乡党被赶回去，那样的话咱大家都没面子。我想听听你们几个有没有啥好主意。"

糜老师抢先说："祁北公司不能做缺德事。咱这些人都是他们请来的，请来了就得给个安排。说不要就不要了，哪有这种事？阉割人不见血，拉出来的屎能再塞回去？他们要是敢把一部分人给辞了，咱大家一起去闹，不信不能把天日个窟窿，叫他们知道马王爷是三只眼！到时候有我，豁出去跟他们闹。"

"老糜你真是个'麻糜子'。咱这些人出门在外，来到别人的地盘上，靠浑闹显然不行。"倪胖子接过糜老师的话头说，"依我看，人各有命，富贵在天，有些人没本事，实在胜任不了工作，人家祁北公司不要他们也属情理之中。咱们虽然出于老乡的同情心，认为这些人不应该被退回去，可招聘方执意要退，咱能有什么办法？我的意思，听其自然比较好。有些事，明知不可为强为之，不见得会有好效果，反倒显得我们不智。"

"倪胖子，你这人看上去聪明，实际上小聪明。啥叫个'不智'，你这样不讲情义，只顾自个儿苟安，不管他人死活，这才叫不智。我看你就是个怂包，单怕树叶掉下来砸破头。自私自利，各人顾各人，不管一起来受苦受难的乡党，这样行事，还算个人吗？"糜老师果然有点愣，对倪志强说话很不客气。

“我看这样，对个别乡党要被退回去这件事，咱不能放任不管。毕竟是一搭里来的，应该相互帮衬，有难处大家一起想办法。只不过我也不赞同麋老师说的，跟人家硬弄。毕竟咱出门在外，人生地不熟，不讲方式硬来，有时候适得其反。我的意思是，咱不能一点都不作为，但究竟要怎么办，也得想好，有理有利有节，花最小的代价，争取最大的利益。你说哩，老程?”雷明仍然是一副谦谦君子貌，相比较头脑很冷静。

几个人辩论了一阵子，最后趋向于要有所作为，不能放任不管。程雨涵以领袖的身份总结大家的意见，取长补短，决定采取以下几条措施：第一，由今天到场的几个人作为应聘者代表，首先找祁北公司教育处的领导申诉，言明利害，让文宏远、李成杰他们尽可能照顾到来应聘的民办教师没有退路这种现实，尽可能不要辞退。第二，找祁北公司教育处的上级领导，尤其是主管人才引进的部门负责人甚至公司分管领导，必要时候大家凑些钱，送送礼，为有可能被退回的乡党们通融。第三，朝最好处努力也要做最坏的打算，从现在开始就要为有可能被辞退的人寻找其他出路，比方说地方上条件更差的学校也有招聘老师的意向，实在不行找个更艰苦的地方，只要能站住脚，也算一种出路，最终要以解决“公办教师”身份为目的。

3. 情深意长

赵逸飞所在的西皋中学，“文化大革命”前是本县一所农业中学。之所以叫“农业中学”，是因为学校除了开设一般中学课程，还加开农业技术课，其培养对象不以升入高一级学校为主要目标，而是要学生“一颗红心两种准备”，考不上高一级学校深造就回乡劳动，为成为新式农民准备有利条件，类似于现在的职业中学。1970 年恢复了高中招生，这里成为全县共五所高级中学其中的一所。赵逸飞曾经是这里设立高中之后的第一届毕业生，高中毕业后成为“回乡知识青年”，当了两年人民公社社员，又到村上的小学校当了民办教师。通过个人不断努力上进，各方面表现出色，被抽调到公社办的初级中学（后来人民公社体制解体，改称“乡办中学”）任教。因为种种原因，赵逸飞错过了恢复高考前通过“推荐”上大学的机会，也错过了绝无仅有的一次已婚农村青年考大学的机会，后来只好通过参加省教育学院正规的函授教育攻读大学课程，取得国家承认的大专学历。工作方面也再次取得进步，被抽调到母校西皋中学，以“代课教师”的身份任高中教员。“代课教师”要比民办教师高一个层次，工资全由教育系统的经费支付，基本上算跳出“农门”了，不再挣工分，而且距离拥有“公办教师”身份更近一步。再后来，国家要适当缩减高中教育的规模，赵逸飞所在县份的高级中学由五所压缩为两所，西皋中学被改制为县办的初级中学，办学条件和师资力量方面远远优于各乡镇办的初级中学。改制之后，赵逸飞被留在这里，成为学校的教导主任。而且怕生疏了业务，他主动兼课，并且继续考上了国家教育部所属一所师范大学正规的本科函授，一边工作，一边攻读大学本科课程，迄今为止尚未本科毕业。

西皋中学的校长姓洪，他本来是北京一家著名的外国语大学的高才生，快要大学毕业时赶上“文化大革命”，后来被莫名其妙划到了“五一六反革命集团”的圈子里，但问题不是很大，并没有被抓捕判刑，最终被下放劳动，从北京来到西部这个贫穷的县份，接受监督劳动。但他下放劳动的地方上，偏偏有十分爱才的领导，发现这个姓洪的不是一般人，就将他安排到一所中学当临时代课教师。姓洪的的确非同凡响，明明大学的专业是外语，但经过一番努力钻研和向本地一位有名的中学语文老师拜师学艺，他竟然将中学语文课教得十分出色。最终加在他身上的“五一六分子”的枷锁被去掉了，他就在当地娶妻成家，当老师，最后当上了校长。

洪校长和赵逸飞工作上相处得十分融洽，个人关系也相当好。当赵逸飞告诉洪校长，说他打算西行应聘，到相邻的G省去寻找一条生路时，洪校长并不十分吃惊，而是说：“我虽然舍不得你走，但对你做出这样的决定表示充分理解。”

洪校长这样说，赵逸飞的眼圈湿润了，两个人紧紧握手，很多想要表达的意思都在眼神和紧握着的双手之间得到充分交流。

“这事儿咱先别声张。你不是给县教育局请了长假嘛，咱在学校里就当啥事没有。你该走就走，等到了那边，真正站住脚了，我再给老师们宣布——到那时候，教育局也该给学校安排新的教导主任了。不过，我要想办法送送你。”洪校长说。

接下来洪校长做了两件事。一是借初三年级学生拍毕业照的时机，组织全校老师拍了教职员工的“全家福”，特意将赵逸飞放在最中间的位置。这张集体合影实际上成了全校老师对赵逸飞主任的送别留影。二是利用五一国际劳动节放假并串休一个星期天，组织全校老师去省会一带旅游，参观了几个著名的文化古迹和山水名胜。好在那时候最有名的景点门票也不过五毛钱，这一趟公费旅游给学校经费所造成的压力不算太大。旅游这种事皆大欢喜，但赵逸飞明白，洪校长这是尽最大努力向他表达一种情谊，一种同事和朋友之间在共同的工作劳动中所结下的深厚情谊。

其实，说请长假不过是为了留条退路，赵逸飞心中明白，他这一走，肯定不会再回西皋中学来了。这里既是他的母校，又是他倾尽心血付出过劳动的地方，真要走了，的确有一种难以割舍的情愫萦绕心间，难以消散。

还有那些可爱的学生。老师和学生之间的情谊，没有教过书的人难以体味个中滋味，包括有些人虽然当了老师，但却把教书育人的工作仅仅当作职业而并非事业，即那些并没有把身心完全放在学生身上的人，也难以体味到老师这个职业真正的幸福所在。而赵逸飞仿佛天生是个当老师的料，但凡他带过的班级，教过的学生，都是他倾尽心血浇灌过的园地和花木，也是他心理满足和职业幸福感产生的源泉。简言之，他对他所教过的学生，都有一份深厚的、难以割舍的感情，包括在西皋中学担任教导主任之后兼语文课的那个班级的学生。

孩子们眼看要初中毕业了，赵逸飞本来雄心勃勃，不仅要把教导主任的工作做好，而且给毕业班学生兼课也要争取最好的成绩，在中考中放个卫星，冒个尖儿，以维护他在本县中学语文教学方面良好的声誉。

可是，这样猛地离开，不能将教学工作善始善终，他觉得很对不起孩子们，也对不起他们的家长，故而心中充满了愧疚。

赵逸飞兼课的初三（1）班班主任孙老师特意来找他。

“逸飞”，学校老师很少有人称呼赵逸飞的职衔，年龄小于他的一般称“赵老师”，年长的和年龄相仿的都直呼其名，这位孙老师也不例外，“你真的要走啊？咱们班的学生都舍不得你呀！”

“看来世上没有不透风的墙，连学生都知道我要走？”赵逸飞原来想说走就走，不给孩子们造成不必要的干扰，走利索了再让孙老师告诉他们，现在看来不是那么回事儿了。

“你走的事学校老师都知道了，咱们班有本校老师的孩子，不知谁泄露给孩子了，他们相互传，眼下好像都知道了。今天都给我说舍不得你走，有几个女生眼泪汪汪的呢。”

“那咋办呢？明天我给他们上最后一节课，干脆向他们告个别算了。本不想伤孩子们的心，更不想给他们紧张的学习造成干扰，还要拜托孙老师给学生做做工作，把影响降到最低限度。”

“这个自然，谁让我是班主任呢？不过逸飞，我今儿来找你，不仅仅为了孩子们，我个人也有事拜托你。”

“你说吧，孙老师。”

“你知道，我也是民办教师，咱拿的是同一家大学的函授文凭，只不过你是中文，我是数学而已。你找好了外出应聘的地方，这一点让我很羡慕。我也想改变民办教师的身份，也想有一份较高的工资收入，咱们都上有老下有小，在这儿拿的工资太低了，难以尽到做丈夫、做儿子、做父亲的责任。我的意思是，你到了那边，看看还有没有机会，让我也出去应聘，到你去的地方，咱们再做同事。你说如何？”

“哎呀，孙老师，这可不是一件小事，我才在探路，有几分冒险，所以实在不敢给你承诺什么。再说了，我这样出去，虽说迫于无奈，但有点像叛逃，感觉很不光彩呢，要是再影响得咱们学校老师人心不稳，我的罪过就大了。你的事我会记在心里，到了那边，情况怎样，我无论如何会写信向你通报情况。感谢孙老师对我的信任，但我也不知道能不能帮上你。”

“逸飞，我理解你，我想你也不难理解我，毕竟咱们的生活处境都一样。我也跟你说实话，正是你勇敢地迈出这一步，给了我信心和勇气，我才敢这样想，你是我的榜样啊。拜托了，我相信我的事你一定会上心，我相信咱们之间的情谊。”

赵逸飞无言地点点头，其实，他心里诚惶诚恐。

送走了孙老师，赵逸飞不由得想起了梁霞。这位梁哥们儿和他约好一起去应聘，不仅方向一致，目标一致，就连西行要坐的火车，都约好了同一时间同一车次。可这两天，梁霞一点动静都没有，该上课上课，参加学校老师开会、教研等活动，看不出任何异常。这是什么情况呢？梁霞想好要做的事情，不可能轻易改变主意，即使要改变，也不可能不对我说一声。这个女人真能沉得住气！

外出应聘不是一件小事情，事先该做的工作必须得做，要不然到时候不光本人很狼狈，学校也没有一点点回旋的余地，岂不是害人不浅？再说啦，赵逸飞作为学校的教导主任突然出走，美女教师梁霞同时突兀地消失，这对西皋中学来说，岂不等于引爆了一颗原子弹？大家会怎样想，有没有可能被人编造出桃色故事，从而坏了我赵逸飞苦心经营好几年才累积起来的好名声？

不行，我得找梁霞去问问。

赵逸飞借夜色掩护来到梁霞宿办合一的房间，庆幸没人看见。过去梁霞有丈夫，赵逸飞晚上办公时间过后到他们这里来串门儿，甚至有时候让梁霞搞点夜宵啥的，都属正常，可现在梁霞成了单身女人，快熄灯睡觉的时候你一个差不多年岁的男子来访，别人看见了弄不好会有想法，况且赵逸飞平素与梁霞交好。虽然这个女子一副大大咧咧的男人性格，从来没有过什么蝇营狗苟的毛病或者桃色传闻，但毕竟男女有别，防人之口甚于防川，该避嫌的还得避嫌。他一进门就问梁霞：“你咋回事儿，一点儿动静没有？你是给学校请假呢，还是一走了之？哪怕打算一去不复返，你也得跟洪校长打声招呼吧？要不然猛地走了，你的课怎么办，学生怎么办？”

"啧啧，这话听上去，你还是这所学校的领导呀！既然你对西皋中学感情这么深，就不要去应聘了嘛。你打了招呼难道就不是一走了之？人都要走了还操这些闲心有意思吗？你就记着咱俩约好的火车是哪一趟，按时到火车站会合，不要把我耽闪了就行。至于我有没有动静，要不要跟老洪打招呼，那都是我的事。我有责任能力，你也不是我的监护人，逸飞同志不要婆婆妈妈好不好？"梁霞还是她一以贯之大大咧咧的做派，听上去跟没事儿人似的。

"我还是想听听你具体的行动计划。看你一点儿不动声色，还以为你不去了呢，要把我耽闪了。"赵逸飞只好放松心情，放松语气。

"倒也不是我不想打招呼。一是这个招呼没法儿打。总归外出应聘对西皋中学来说是背弃，肯定对不起老洪也对不起学生，但我并不能因为对不起他们而放弃行动，就像你同样不能放弃外出应聘的打算一样。既然这样，说了不如不说，与其让老洪苦苦挽留我，还不如不给他这样的机会。二是打了招呼也没有意义。我不像你那么狡猾，还考虑什么退路，我的目标只有一个，就是决计要走，并且不打算回头。万一到了祁北公司站不住脚，我再去别的地方应聘就是了，绝不会再回到这个伤心之地来。另外我也想了，地球离了谁都照样转，也许两个班一下子没有数学老师了，老洪他们会手忙脚乱一阵，但新来的几个师范院校毕业生年轻力壮，暂时让他们多兼点课，再赶紧找县教育局要人，也不是太大的难事。咱是要走的人了，多想想你我前路艰险，不要为别人想那么多好不好？做人厚道得过分了，看上去像是虚伪。"梁霞伶牙俐齿说了一长串。

"你的意思是说，你要在某一时间点上，倏地一下从西皋中学消失，让他们目瞪口呆，然后不知所措？"

"没有那么严重。不过，我真的要在这个星期六突然连人带物从这里彻底消失，只留给洪校长一个便条。反正我啥手续也不要，手里有一张文凭就行，眼下的招聘，许多地方不都只要一张文凭嘛，别的都好办。"

"你也太潇洒了，梁大侠，鄙人患得患失，婆婆妈妈，在你面前惭愧得要紧。”

“这说明你做人比我成熟，比我圆润，我可没说你留后路、积极善后有什么不对哟。”

赵逸飞告别的时候，梁霞说：“夜已深，人已静，你也不考虑留在这里陪我过夜？”

“羞不羞？你赶紧拉倒吧，我胆儿小。今后再开这种玩笑，小心我胆子变大了，弄假成真。”赵逸飞望风而逃。

4. 直达心扉

也不知道孙老师给学生透露了什么信息，赵逸飞去给兼课的班级上最后一节课，刚刚走进教室就觉得气氛特别凝重，仿佛他要面对的绝不是一群十四五岁的孩子，而是50多个感情丰富的成年人。

班长喊了声“起立”，全班学生站起来问“老师好”，那声音听上去整齐、洪亮，且显凝重，与往日大不同。赵逸飞扫视一眼，看见几个感情相对脆弱的女生凝望着他，眼泪在眼眶里打转转。

赵逸飞知道，这会儿他不能理会孩子们的感情波澜，要不然今天这最后一堂课的教学任务没法儿完成。这节课要讲授的是鲁迅的小说《孔乙己》的最后一个课时——环境和人物形象分析。

“请坐。”赵逸飞首先稳定一下情绪，“同学们，今天我们继续完成《孔乙己》这篇课文的教学任务。我们先来分析小说主人公所处的社会环境。作者塑造的孔乙己这个人物之所以能给我们留下深刻的印象，需要我们了解当时典型的生活环境与时代背景。我们先来认识一下孔乙己所生活的年代与环境……”

赵逸飞讲课时，有不停扫视学生的习惯。关注听讲者的反应，才能掌握教学的实际节奏，假如有一个学生走神了，也会影响他的情绪，这意味着教学组织的不成功，故而是不能允许的。可今天他明明感觉到了，走神的何止一个学生？

“请注意听讲。难道你们当中有人希望老师这节课完不成任务，上成一节失败的课吗？我相信不会有人这样想。”赵逸飞不得不用语言收拢一下军心，“下面我请一位同学用自己的语言描述一下孔乙己所处的社会环境。愿意回答问题的请举手。”

虽然有一点点犹疑，但差不多全部的学生仍然齐刷刷举起了右手，可见赵逸飞的课堂组织相当有效。他点了语文课代表毕燕，她是在这节课上情绪最不稳定的女生之一。

毕燕略带怨尤地看了老师一眼，这个眼神十分成人化。然后，这孩子凭借她良好的语文功底，从分析孔乙己的性格入手，点出正是封建时代麻木、冷漠的社会环境和“万般皆下品，唯有读书高”“学而优则仕”的科举制度造成了孔乙己性格上的抱残守缺、死要面子、好吃懒做，但他仍然具有心地善良等的优点。

“毕燕同学回答得很好。”赵逸飞用鼓励的眼神直视着语文课代表，“说明你对课文的理解是深刻的、全面的。请坐下。”

课堂气氛终于回归正常。赵逸飞有效地引导学生通过分析社会环境和人物性格形成的关系，归纳出这篇课文的主题思想：“孔乙己是一个深受封建科举制度毒害的落魄的知识分子，文章通过孔乙己的悲惨命运，表现了封建社会末期，下层知识分子精神和肉体受到的双重摧残。揭露了封建文化、封建教育的罪恶。更主要的是，揭示了民众的精神麻木、思想愚钝的精神状态。小说深刻揭示社会的病态，正是为了‘引起疗救的注意’。”

教学任务顺利完成，赵逸飞将本节课剩下的时间留给学生做练习。他站在讲台上，表面上很平静，但内心翻江倒海。在西皋中学的教学生涯，将以完成鲁迅小说《孔乙己》的教学而宣告结束。别了，我曾经的母校；别了，亲爱的同事和可爱的孩子们；别了，我在这个校园曾经的喜怒哀乐和终生难忘的深刻记忆……

偏偏又是毕燕举手发言，问道：“赵老师，你能不能告诉我们，今天这节课是不是你给我们上的最后一课？”

所有的学生都停下笔，眼睛齐刷刷盯视着他们的老师。

孩子们的眼神无法躲避，孩子们纯真的心不容欺骗。赵逸飞没有办法，只能正面应答：“对不起，同学们。我本来想在下课的时候再告诉你们，以免影响这节课的完整性和应有的效果，既然毕燕同学作为课代表问了你们都想问的问题，我也只能十分遗憾地告诉大家，这是真的。上完今天这节课，我就要和同学们告别，也许是短暂的，也许是永久性的。下一节语文课，学校就会安排别的老师来上。我希望大家像支持我一样支持继任的老师，共同努力，圆满完成初中阶段语文课程的学习任务，并争取在中考中取得优异成绩。祝福你们，孩子们!”

赵逸飞说着，他的眼圈也湿润了。

“这是为什么呢？赵老师你能不能告诉我们这是为什么呢?”毕燕又站起来问。

“这个问题，本来不是你们应该关心的。这完全是我个人的事情，或者说，某种程度上属于个人隐私，我有权利不告诉你们。不过，既然同学们都想知道，毕燕同学提问的时候，你们的目光告诉我，你们都想知道答案，我就不妨说说。首先我想说的是，我并不想离开你们。教书育人是老师的天职，而每一位有责任心的老师都会喜欢自己的工作对象，都会把学生看成最亲近的人——你们在我眼里，就像我的弟弟妹妹。既然我从心底里喜欢你们，给你们上课是我莫大的幸福，我为什么又要离开你们呢？我只能说，离开我的学生，离开西皋中学，都不是我的本意。但是，选择外出应聘——我要到另外一个地方去教书，要继续当老师——这也是我自觉的行动。既然离不开，又选择了离开，这种自相矛盾让我很痛苦，这就意味着这件事背后还有一股更大的力量，是我无力抗拒的，也就是说，我离开你们是被迫的、无可奈何的。我这样说，不知道同学们听明白了没有？问题在于，你们明白与否、同意与否，都不能改变我在这节课之后将不再是你们的语文老师这个事实。对不起了，同学们……”赵逸飞哽咽了，他不知道还能对孩子们说些什么。

老师的哽咽落泪深深地震撼了孩子们的心灵。他们也不知道接下来该怎样表达，该做些什么，反正心里有无尽的不舍，还有一种莫名其妙的恐惧感。

“赵老师，我们不让你走！”毕燕带头哭了。

几乎所有的女生都哭了，男生大半也流泪了。

下课铃响了。赵逸飞说声再见，向他的学生深深鞠躬，然后抹着眼泪离开了三尺讲台。

他的身后哭声一片。

既然离去已不再是秘密，故而同事们也纷纷来送别。有的只是来坐坐，叙友情，表达惜别之意，有的还送个塑料皮笔记本，作为离别留念。也有工资收入相对较高的同事叙别之后，非要留下五元、十元人民币，说是让赵逸飞在路上买饭吃，或者到了应聘目的地之后买个洗脸盆、暖瓶啥的，总归是表达一份情意。

赵逸飞对送笔记本等小礼物的，都采用回赠一份小礼品的方式回报，情意领了，友谊长存，且礼尚往来，符合中国人传统的礼仪道德。而对于现金馈赠，则一律坚辞不受。他知道，对于每月只有几十元最多不超过百元的同事们来说，五元、十元对于养家糊口都具有实际意义，都是不能忽视的一笔开支，这样的钱如果收了会让他良心不安。他一再表示领受并珍视同志间的情谊，但收大家的钱无以回报，实在受之有愧，并且对拒绝收礼表示诚挚的歉意。大家看他实在不愿意收也只好作罢，只是由洪校长出面，邀了几个最亲近的人，在西皋镇的一家饭馆点了几个菜，小酌一次，算是为赵逸飞送行最庄重的仪式。

在这次小酌之后，赵逸飞与洪校长有一次彻夜长谈，是两个惺惺相惜的男人之间一次直达心扉的交流与互勉。

“洪校长，不，洪大哥，这几年跟你在一起共事，向你学到了不少东西。在这个不得不惜别的时刻，我心中最放不下的东西，就是和你在共同战斗的日子里所结下的深厚情谊，以及不断向你学习、鞭策我不断进步的机会。走，对我来说是无可奈何的事情，临走之时，洪校长你作为兄长，再好好教导我一次也是你不可推卸的责任。今晚上我就待在你这房间里不走了，洗耳恭听你的谆谆教导。”借着喝了一点酒，赵逸飞四仰八叉倒在洪校长的床上，看似放浪形骸，实际上表现出他和洪校长之间情谊深厚故而不拘小节。

“教导说不上，不过你我共事一场，眼看就要天各一方，彼此之间说说知心话倒也不失为快意之事。也不光该我‘教导’你，你也得对我、对咱们学校的工作留下宝贵意见，毕竟这样的机会今后不见得还会有。”洪校长也不完全是客气，“别‘你’‘你’的，受不了这个，你我是兄弟，太客套了反而觉得生分。”

“好吧，那就不客气了，你先好好教导教导兄弟我。别看我在这儿躺着，我的耳朵像录音机，我的脑子像会议记录本，你说的话我都会铭记在心里。洪大哥见谅，兄弟没出息，喝那么一点酒上脸上头，我稍躺一会儿就好了。”

“随你便。”洪校长给赵逸飞沏好一杯茶放在床头的一只方凳上，然后他也仰在沙发上，点着了一支类似于雪茄的黑卷烟，开始喷云吐雾。抽这种卷烟，显示出洪校长的烟瘾超乎寻常。

“逸飞呀，人都是从年轻时候过来的，你比我更年轻。人年轻的时候由于社会阅历浅，经验欠缺，往往容易犯错误。相比较而言，你比我要聪明得多，年纪轻轻显得很成熟，不光能干事会干事，与人相处也算老到。其实呢，人生路上遇到些挫折并不见得是坏事。我尚未走出大学门就遇到过重大挫折，现在回过头来看，除了客观环境出了问题，自身不成熟、缺乏人生阅历才是我遭受挫折的主要原因。重大的人生挫折给我带来极大的痛苦，也给我上了人生最重要的一课。我现在不光知道自己的人生目标是什么，而且也初步找到了为实现目标而奋斗的人生道路，总体来看，人活得挺带劲儿的。除了确定目标，选择正确的道路，心态也很重要，如果能将得失进退看得不那么重要，遇到任何情况都能够坦然面对，那就达到一种新的高度、新的境界了。当然啦，我这样说绝不是批评你没有达到应有的境界，而只是想告诉你，人生是有境界、有层次的，而人生路上的种种不顺利、不如意也许正是我们到达某种高境界、高层次的台阶和必由之路。具体到你目前的状况，之所以你做出背井离乡、外出应聘的决定，主要是因为对你而言，这里的生存环境有点儿恶劣，恶劣到让一个男子汉大丈夫无力承受必需的生活负担。正因为不愿意被压垮，被逼入绝境，才有了你今天西行应聘的勇敢行动。在我眼里，这是一种自我救赎的伟大行动，比消极等死要伟大一百倍。你能做出这样的决定，也恰恰证明了我没有看错你，你不是一个甘于蛰伏在泥土之中的平庸的物种，你骨子里有一种奋斗精神和不屈的意志力，你是一位值得人尊敬的年轻人。”洪校长一边喷云吐雾，一边侃侃而谈。

“洪大哥，跟你在一起时间不短了，从来没见你这么表扬过我。可我现在最想听的并不是这些，而是想听到你对我最直接的、最诚恳的批评。一个人只有知道了自己的弱点和命门在什么地方，才有可能取得更大的进步。”赵逸飞坐起身来，与洪校长对视着。

“你别以为我只会表扬你。以前之所以没有像今天这样长篇大论地评价你，是因为你我相知，你又是个自知之人，我说多了完全没有必要，可是今天不一样，我要再不说，就可能没机会了，所以我今天一定会知无不言言无不尽，你不要责怪我不讲方式、不给你留情面就是。”

“怎么会呢？我继续洗耳恭听。”

“虽说你聪颖练达，甚至有些少年老成，但毕竟受年龄和阅历的限制，有时候难免暴露出为人处世略显稚嫩的缺点。除了我刚才讲到的，不要过分计较得失进退，尤其不要太在意一时一事一城一池的得失，要有长远眼光，要有大境界，还有另外一点也十分重要，那就是包容心。有没有包容心是一个人成熟与否的重要标志，不仅要包容形形色色的人，尤其要能够包容别人的缺点，包括谁都能遇到的刁钻自私之人，还有一些爱搞阴谋诡计的小人，对他们都要有充分的包容心。包容正是一种境界，一种胸怀。‘海纳百川有容乃大’，说的就是这个意思。自己拥有了海一般宽广的胸怀，也就拥有了不战而屈人之兵的力量，这样才能无往而不胜……”

洪校长说了很多很多，有的是赵逸飞从他嘴里从来没有听到过的。临别赠言，其言也善，赵逸飞总体感觉获益匪浅。

后来话题不知怎的转到了婚姻家庭。大概是喝了酒，洪校长有点把握不住情绪，忽然间谈到了他的婚姻生活的不如意。

“人到了逆境中，自觉不自觉地对生活质量的追求会降低，比方我在最落魄的时候，找了你的中学同班同学做老婆。当时就觉得这辈子没啥希望了，能有个女的嫁给自己就不错了，掀起尾巴来是个母的就成，何况你的老同学人挺善良，她们一家人都对我同情、照顾，一念之差就和她做了夫妻。可现在看来，我和她哪有什么共同语言呀，好几个娃娃生下了，再想改弦易辙也来不及了。”洪校长说。他当年找老婆是在被监督劳动的乡村，房东一家人对他很照顾，于是就娶了这家的女儿，当时还感恩不尽呢。洪校长的媳妇与赵逸飞是高中同学，但比赵逸飞大两岁，比洪校长小许多。在赵逸飞印象中，这位同学的确智商不高，人老实得一塌糊涂，估计与北京来的大学生“五一六分子”有很大的文化差异。

“呵呵，人都是此一时彼一时，当初我的老同学嫁给你，不计较你被监督劳动，也算深明大义，你没有理由嫌弃她。”赵逸飞说。

“可不是咋的。可我不甘心哪！所以说，我倒对你有个建议，何不借这次远走高飞，到了外地再另择良妻，省得和你老婆没有共同语言，没有深厚的感情基础，这可是一种无期徒刑啊！”洪校长继续发表他的酒后宏论，“你还别不承认。你老婆我见过，人长得还算周正，但文化程度太低。我估计你的婚姻也属于父母之命、媒妁之言吧？或者当时考虑了更多的其他因素，故而牺牲了个人的感情幸福。咱所处的这种边远乡村，凑合型的婚姻太多了，我始终认为这种婚姻应该解体。比方说吧，你起码应该找个像咱们学校梁霞那样的，人漂亮，性格上也放得开，同样当老师，共同语言肯定多一些。这不，梁霞离婚了，你要是不走的话，我真想建议你和她发展发展。”

洪校长带着酒意的乱点鸳鸯谱弄得赵逸飞心惊肉跳，原因在于梁霞马上要和他一起出走，向着同一目标进发。是不是老洪这家伙对这件事有所觉察，故意在这儿敲打、试探我？梁霞说过她要将保密工作进行到底，难道这女人行事不密哪里露出了破绽？

“洪校长，洪大哥，你是不是也喝多了？你这阵儿说的话越来越不踏犁沟了！”（“不踏犁沟”是当地村上人一种比喻的说法，本意是说犁地的牲口不听指挥，不在规定的线路——犁沟上走，从而会导致偏离方向，和北京人说的“不靠谱”意思相近。）

“我怎么不踏犁沟了？我说的都是实话。咱弟兄俩关系好，你又要马上离开这里，我才跟你说这样的话。”

“对我来说，我老婆正是所谓的‘良妻’。无论在什么情况下，做人都要有良心，咱不能不承认历史存在，不能做对不起结发妻子的事情。你也一样，你要是胆敢抛弃了我老同学，我也会看不起你，相信周围人都会认为你这人不咋样。”赵逸飞反过来教训洪校长，“至于你说梁霞这样的女人对我合适，我觉得你也是说醉话。且不说我不可能停妻再娶，即使要另外选择，梁霞也只适合做哥们儿，而不是做老婆。”

“你就是嘴硬。我就不信，假如有机会让你在你老婆和梁霞之间做选择，你能拒绝梁霞而抱着你现在的老婆不放手？我才不信呢！”

“信不信由你。”

“哼！”

“洪大哥，我又想起一件事。”聊至夜深，赵逸飞告别之前对洪校长说，“教育局冯局长说让我走之前给他推荐一个咱们学校教导主任的人选。我想过了，平常老围着你我打转转的梁大宝当领导的欲望比较强，但这个人言过其实，文过饰非，滑得跟泥鳅似的，不堪重任。哪怕他拍得你很舒服，这种有野心的小人千万不可重用。倒是参加工作刚刚三年的丁鹏，小伙子为人实在，业务水平一流，在老师中间口碑不错，宁可选这样的好苗子，培养培养就出来了。走之前我可能没机会见到冯局长了，再说，我一去不复返还只是一种可能，等有机会了请你把我的看法转告给局长。”

洪校长说：“你的看法我听来还挺新鲜的。要是你不说这番话，让我找个人接替你，我一定会选梁大宝。当领导谁不喜欢被人围着、顺着、捧着、拍着？那样舒服！可是听了兄弟你的观点，我得重新掂量掂量了。相信教育局要给咱们学校派新的教导主任，肯定会征求意见，到时候我会对冯局长说。”

5. 谈判交涉

朱本松成了面临被辞退的第一人。

实事求是地讲，朱本松在老家的确没有站过中学讲台。他是一位村小学的语文老师，也曾做过往乡镇中学调动的努力，并没有成功。祁北公司从邻省招来的这批有大专学历，但身份仍为民办教师的人，言明是要当中学老师的，能胜任高中教学最好，起码也要能教初中课程。至于小学，这里有一批原先从有文化的工人和家属中选聘的代课老师，大多经多年教学实践的锻炼，基本上能胜任工作，从外面招来的个别中师学历的应聘者，也可以安排去教小学，大专学历的派到小学去是对人才的浪费，目前尚无这样的打算和安排。而朱本松之所以被当作中学教师人选招到这里来，是因为他和祁北公司派出的联络人员程雨涵有远房亲戚关系，故而程雨涵向劳资科的老胡隐瞒了朱本松从来没有教过中学的事实，并且从一家乡办初级中学开了朱本松系合格初中教师的证明。

这段时间由祁北公司教育处组织的应聘老师试讲活动，处长文宏远亲自过问，劳资科长李成杰一线监督执行，各个学校都不敢马虎，于是试讲成了对应聘人员货真价实的考验。

朱本松试讲在祁北公司第一中学高二（1）班。这个班级是所谓尖子班，集中了本校本年级最好的学生，配备的老师也是本校最优秀的。试讲的前一天，由学校教导处指定一篇课文，要求试讲者独立备课，第二天上午便要正式试讲，弄来一大批领导和语文老师听课评课，教室后面黑压压坐了一片。

给朱本松指定的课文为龚自珍的《病梅馆记》。按理说，这是一篇短小浅易的文言文，如果认真备好课，授课班级的学生也不差，一个课时可以完成教学任务，即使不能完成也可以设计出一节相对完整的公开课来。仅从选教材、安排班级来讲，学校没有故意为难朱本松的意思。

可是，这节课朱本松却上砸了。首先因为他站在高中讲台上根本没底气，一开始就显现出窘迫，不敢用眼神与学生正面交流，更没有从容不迫地做好教学组织，而是一上来就按照准备好的教案照本宣科，根本没有顾及学生的反应，老师的讲和学生的学完全脱节。况且在老家教小学，所在学校也没有使用普通话的语言环境，到了这里一律要求用普通话授课，他那一口蹩脚的、醋溜的普通话先要把自己难为死，在学生听来简直是笑柄，故而从一开始学生们就小瞧了讲台上的老师，根本没有人积极配合，而是像看耍猴一般看着这位老师出洋相。

中途，班级的语文课代表节外生枝，在老师提及课文中“夭梅病梅”里面的“夭”和“病”为“使动用法”时，主动站起来提问，让老师讲讲“使动用法”和“意动用法”的区别。这个问题朱本松根本没有准备，故而回答得一塌糊涂，不知所云，惹得学生对他侧目，也引起了后面听课人的一阵低声议论，许多人摇头叹气，都觉得讲台上站的这位老兄怎么敢来应聘中学教师？

本来试讲之后还有评课的程序，要让听课的人对这节课评头论足，以促进试讲者提高、进步，但朱本松的试讲结束后，这道程序被省略了，教育处劳资科直接通知他：通过试讲，证明朱本松同志不能胜任中学教学，故不予录用。请本人到劳资科领取回家路费，自行返回原籍。

朱本松接到这个通知一下子懵了，犹如天塌地陷一般，赶紧跑去找程雨涵。

“这咋弄哩？我就这么回去，根本没脸见人呀，况且老家的民办教师身份也丢了，我回去喝西北风呀？雨涵哥，你得给我想办法，要不是你把这儿说得多好多好，我也不会轻易出远门，也不至于落到这种地步啊！”朱本松见了程雨涵，带着哭腔说。

“看你窝囊的样子！一个大男人家，哭啥哩？人家叫你回去，还不是因为你试讲课上得太臭？我虽然没去听你的课，可我听说了，你那节课上得简直不叫个课嘛。本事大小先不说，吓得连学生都不敢看，学生娃又不吃人，你怕啥？学生提个问题你张口结舌说不清，人家不叫你走人该叫谁卷铺盖？我看你活该，上课是独当一面的事情，谁也代替不了你。你不能胜任工作，哪怕我是这儿的领导，也不能留你。”程雨涵先兜头泼了朱本松一盆冷水。

“你叫我出来的时候可没这样说呀。你说到这里总会有一碗饭吃，总比在老家强，要不然我也不会到这儿来。到这时候了，你不管我，还一味责怪我。雨涵哥我一直把你当亲戚，一心依靠你，谁知道墙倒众人推，我遇到难关了你也大撒手不管事，你这不是坑人吗？要是逼得走投无路了，我就到祁北公司教育处去闹，到公司办公楼去闹，大不了死到他们这儿。我还不信了，他们叫我没活路，我能叫他们安宁?”朱本松用他的思维方式表达着想要表达的意思。

“啧啧，本松呀本松，你有这两下子还算是个男人嘛，讲课的时候咋就那么不争气哩？也不是说我不想管你，试讲不合格要被辞退，这不是你一个人的事，也不是我该管的事，可谁叫我弄下这卖屁眼的事呢?既然我当联络员从老家弄来这么一批人，我就应该对大家负责任。再说，辞退你朱本松是第一个，谁知道紧接着他们还会辞退多少人？要是有好几个、甚至十几个都跟你一样被退回去，怎么得了？真那样的话我怎么对得起咱这些乡党？你先不要着急，更不要找上面的人去浑闹，容我先想想办法，看有没有别的路可走，看能不能让人家把你留下，把来应聘的人都留下。你先不要去领回家的路费，回宿舍待着去，听我的信儿。”程雨涵说。

朱本松像个没头苍蝇，只好听命于程雨涵，心里战战兢兢、忐忐忑忑地回去了。

程雨涵急招雷明、倪胖子和糜老师等人，组成一个谈判交涉的临时小组，越过劳资科，直接找到祁北公司教育处文宏远处长，和他商谈应聘老师有人要被遣送回原籍的问题。

文宏远对直接下属，比如劳资科长等人，往往居高临下，很有领导的威严，但对于找上门来的普通教师，包括新来的应聘老师，反而显得十分客气。

“各位请坐。”文宏远甚至亲手给来访者每人沏了一杯茶，“几个人一起来找我，想必有事？有事慢慢说。”

“文处长，既然来了，我们也不想拐弯抹角，我就直说了吧。”程雨涵当仁不让地先发言，“听说咱们教育处要让试讲不合格的应聘者卷铺盖走人，朱本松好像是第一个接到通知的。我们认为简单地这样做不合适，所以想来跟文处长谈谈，希望教育处能改变决定，做得更合情理一些，或者说更人道一些。”

“是有这么回事儿。通过试讲，证实朱本松这个人确实不具备适应中学教学的能力，出于对教育事业负责，对学生及其家长负责，我们不得不做出这样的决定，毕竟每位被聘用的老师都要独当一面胜任教学，我们不能让任何一个没有教书育人基本能力和素质的人占据讲台误人子弟。所以说，做出这样的决定也属无奈。”文宏远耐心做解释。

“文处长说得有理。当老师的确需要最基本的文化知识素养和教书育人的能力，组织上绝不能听任不称职的人误人子弟。只不过我们来应聘的这一批有学历的民办教师情况有点儿特殊，有的人来应聘，将在这里立足当作唯一出路，假如咱们这儿不收留，回去之后根本没有别的出路，并且连原有的民办教师身份也会丢掉，这样对他们来说未免太残酷。所以我们请求文处长，看看有没有什么变通的方式，给类似朱本松这样的人留条活路，不至于让他们无路可走，这样才显得更人道一些。”

“怎么变通？反正我想不出变通的理由和方式。无论如何，能胜任工作是前提，不能误人子弟是原则，我们招聘的是老师岗位，的确不是任何一个人都可以随意安排，类似你们提到的朱本松这样的情况，我认为爱莫能助。”文宏远态度依然和蔼，但行事有他的一定之规，并不轻易退让迁就。

“文处长，我来说句公道话吧。总归你们领导手里有权，要想办法就一定有办法，关键看你有没有同情心。无论如何，我们这些人出来应聘不容易，本来想走出一条阳关道，却不料有的人走上了独木桥，万一连这么个独木桥也给断掉了，岂不是把人逼上了绝路？无论是谁，人一旦无路可走了，就有可能破罐子破摔，到那时候出现什么情况都有可能。所以我认为，矛盾还是不要激化的好。”糜老师站出来插话。他的话柔中有刚，仿佛要给文宏远处长施加点压力。

“呵呵，听这位老师的意思，是逼着我没有办法也要想出办法来？我这人有个毛病，吃软不吃硬，一般情况下不怕威胁，也不怕出点什么事。这事情我认为不能通融，你们要有啥好主意不妨说出来听听。”文宏远眼见得脸上的表情不如刚才那么好了。

“我们不是逼着你要怎样，这不可能，我们也不敢。”雷明感觉糜老师的话有点不得体，他怕万一惹恼了文领导，事情弄不好会适得其反，于是赶紧站出来打圆场，“我有这么点想法，说出来供领导参考。文处长要是觉得不合适，就权当我没说。为了慎重起见，也为了对每一位来应聘的人负责，我想能不能这样，给每个应聘者试讲的机会大于或者等于一次。是什么意思呢？就是说，试讲要能一次通过，留用了，就不用再试讲第二次，而对于第一次试讲没有通过的人，再给一次或者两次试讲机会。毕竟人犯错误都有偶然性，一个水平不错的老师也有可能某一节课发挥得不太好，何况这种招聘老师的试讲有可能一节课决定人的命运，故而造成紧张也在所难免，人一紧张就有可能发挥失常，所以仅凭一节课把一个人彻底否定了，的确不是太慎重。文处长你说呢？”雷明语气比糜老师平和许多，而且言之有理，文宏远脸上的表情又有所好转，还微微颔首。

“我也觉得雷老师这主意不错。多给一次两次试讲机会，既是对每位应聘者负责，也能显现出咱们教育处对招聘来的同志负责。我还有一点补充意见，比方像刚才提到的朱本松，第一次试讲证明了他适应高中教学显然有困难，那么第二次试讲能不能安排到初中甚至小学去呢？一个老师教不了高中，有可能会教初中，教不了初中，也有可能当小学老师没问题。朱本松不管怎么说有国家承认的大专学历，也许他站到高中讲台上怯场，到初中、到小学会不会好一些呢？万一他能适应初中或者小学的教学工作，留下来岂不是皆大欢喜，总比把人逼到绝路上好吧？我想一个完整学习过大学课程的人，总该比咱们祁北公司有些直接从工人、家属中选调上来，只有高中、初中学历的人强一些吧？”程雨涵赶紧接过雷明的话头，比较巧妙地为朱本松和其他有可能通不过试讲的人寻求更宽阔的出路。

倪志强在老家是公办教师，他来应聘属于调动，不存在被辞退的问题，所以有点事不关己高高挂起，没怎么用心，也不说话。

听了程雨涵等人一番表述，文宏远经过思考，觉得他们的意见和看法也不是胡搅蛮缠，而是为了维护他们同一批人的利益，几乎是出于本能的申诉，且有一定的合理性和可操作性。于是他表态说：“你们的意见和诉求我知道了。人的问题无论如何不能马虎草率，所以我们还要研究。你们提出不要仅通过一节课试讲就把一个人彻底否定，而应该给同一个人提供相对较多的机会，既是对应聘者本人负责，也不至于错过了有用的人才。我觉得这个想法有道理，下一步的工作安排，我会让劳资科参考你们的意见。但具体到咱们刚才所说的朱本松，我觉得他根本不具备当中学教师的素质，初中也不给机会了，让他再到小学试讲一次，万一还不行，那就爱莫能助了。”

程雨涵等人觉得，能在文处长这里争取到这样的结果，已经很不容易了，于是很礼貌地告退。出来之后程雨涵对雷明、縻老师和倪胖子说：“我们还得继续想别的办法，为一起来应聘的这些乡党争取最大的利益，包括个人素质有问题的人，也不能束手就擒任人宰割。”

第三章　一路向西

过了不大一会儿，梁霞抓住赵逸飞的胳膊把他摇醒了："你往车窗外头看！这咋越来越荒凉了？刚进入G省那一段，感觉跟咱们那边差不多，连房子也半边盖，就像到了咱们省的郊区，可现在你看，山是光秃秃的，偶尔有点农田，地里的庄稼长得有气无力。这是啥鬼地方呀！弄不好咱俩要去的地方比这儿还荒凉。真是这样的话，咱到底待在那儿呢，还是不待？"

1. 难舍难分

与家人告别的时刻已来临，无可回避。

前些日子，赵逸飞要到千里之外去应聘、去工作，对他的父母来讲只是一种说法，两位老人——尤其是母亲——虽然心里排斥，也质疑过，也企图阻止过，但最终因为没有充分的理由可以说服儿子，故而采取了默许的态度。可现在，原先觉得只是个影子的那件事突然变为现实，儿子说了，明天从省城坐火车，要到那个遥远的地方去了！

母亲没能忍得住。把儿子叫到跟前，鼻涕一把眼泪一把地说："我和你爹就你这么一个儿子，我们将来得靠你和你媳妇养老送终。你明儿说走就走，到那里站住脚了，过不了多久连媳妇、娃娃都得弄走，我和你爹膝下不光没有儿子儿媳，连孙子孙女儿也见不着影子，叫我老两口日子该咋过？娃呀，你这么一走，是最大的不孝顺呀！说到底我不同意叫你走，你爹嘴里不说，心里肯定也不愿意。逸飞，你能不能答应妈，咱不去应聘了？你答应我吧，儿呀！"

母亲一番带泪的诉求，弄得赵逸飞诚惶诚恐。他说："妈呀，你以前表过态，说要支持我外出应聘。我实在没办法才选择走这条路，是为了咱一家人将来能有起码的生活保障。我爹也说过支持我。如今我跟招聘方约好了，人家给开了介绍信，等着我去呢，这边也把学校工作辞掉了，咱再说反悔的话已经来不及了。我从来没说过将来只把媳妇娃娃带走，留下你二老孤孤单单在家里。等我站住脚了，有条件了，咱全家人都搬到城里去，还在一起生活，永远也不分开。不管到哪里，儿子儿媳妇，还有孙子孙女儿，都是你二老永不分离的亲人。我一个人先出去闯，也是没有办法的选择，好在我这么大年龄了，也有一定的社会经验，出门在外我会小心谨慎，妈你就放心吧……”

后来幸亏父亲站出来说话，劝母亲要有长远眼光，要支持儿子有远大理想和积极改变现状的奋斗精神，只有这样才能改变一家人的生活处境。“咱作为老人，不能束缚孩子的手脚。何况咱身体还好，能跑能走能干活儿，有啥愁的？我相信咱儿子是个有良心的，到啥时候也不会置父母双亲于不顾。娃明天就要出远门，你连哭带闹的，叫他出门去怎么安心？”父亲说。

赵逸飞内心万分感谢父亲深明大义，也充分理解母亲对儿子难舍难分以及对他出远门的不放心。

媳妇周雅凤更舍不得让赵逸飞走。

缠绵是必需的。不管怎样，暂时分开不可避免，不像原先，哪怕教书的地方离家有十多里路，每到星期六总能回来团聚。尤其到了农闲，周雅凤偶尔也到赵逸飞工作的学校小住，体味一下当家属的感觉。可是今夜一别，便有了千里之遥的空间阻隔，恐怕到不了寒暑假，夫妻将难以团聚，何况去了之后能不能站稳脚跟？能不能去掉代课教师、民办教师的旧身份？什么时候才能修成正果将老婆孩子带出去，转为城市户口？这些都还是未知数。越是对未来有一种未知的恐惧，越觉得丈夫离去仿佛掩盖着一份危险，人放走了，今后一段时间，夜里能抱在怀里的到底是沉甸甸的希望呢，还是没完没了的空空荡荡？这些都是周雅凤作为妻子不能不有所顾虑的问题。

想又有什么用？缠绵带来的快乐是一种麻醉剂，先忘掉担忧和烦恼，先抓住眼前的幸福比什么都重要！

缠绵过后是无尽的絮语。周雅凤不让赵逸飞睡觉，说："等上了火车你再睡吧，我觉得今天憋在心里的话说不完。"

"明天赶到省城火车站才买票，我估计能不能有座位很难说。弄不好上了火车我得一直站着，怎么睡觉？我早就困了，你咋一点儿都不瞌睡呢？"赵逸飞说。

"我就不困，没有一点点瞌睡。不管火车上能不能睡，到省城的汽车上，你靠着睡一觉。反正今晚上我不想让你睡。"

妻子有说不完的话，赵逸飞听着听着迷糊劲儿也熬过去了，天快亮的时候，周雅凤终于熬不住，睡着了，赵逸飞却全然没有了睡意。看着媳妇的睡态，想到面临着难以避免的别离，他也觉得心中不舍。好在眼下出去，距离学校放暑假不算太久，两个月时间，熬一熬就过来了。

第二天在前往省城的班车上，赵逸飞实在难以抑制打瞌睡，不小心竟然将眉棱骨位置磕在前排座位靠背上方作为扶手的钢管上，受了伤，止住血之后稍稍有点肿胀。

"完了完了，我到祁北公司应聘，给人第一印象是个青肿眼眶，像刚刚跟人打过架似的。唉，初来乍到如此尊容，不好不好。"眉棱骨磕了一下，小小不言的疼痛弄得赵逸飞没了睡意，他这样对送行的妻子说，有点自我调侃的意思。

"都怪我都怪我，昨晚上只顾说话，让你没有睡成觉。疼得厉害不厉害呀？"周雅凤一脸的歉意，不住地朝丈夫受伤的部位看，伸手去摸又怕触到伤口给丈夫增添疼痛感，心中很不忍，"你眉棱骨上有个伤，到了那里真的会让人笑话？哎呀，这事情，真是的，都怪我。"

"没事没事。这咋能怪你呢？怪我不小心。这点小伤，坐一天一晚火车，就长好了，到了应聘的地方，估计别人看不出来了，有什么要紧？"赵逸飞故意说得轻描淡写，为了不让妻子担忧。

"不要紧最好，但无论如何不像你说的那样，哪儿能长得这么快呢？"

"咱不说它了，我这会儿不困，你靠我肩膀上睡一会儿。"

"我哪儿能睡得着？你今天晚上就要上火车，至少几个月不得见。"

“你不要一直等到我晚上坐火车，送到省城你赶紧坐车回来，住旅馆我不放心呢，火车站一带有些乱。我说不要你来送，非要来，把我送到火车上，最终还得分别，白添些惆怅。”

“我不送你谁送？你该不会约了什么人在省城等你吧？怕我来了碍你事？”

周雅凤这么一说，弄得赵逸飞心中一紧。他和梁霞相约在省城火车站会合，并且相约一起去祁北公司应聘，这件事并没有告诉妻子。到了省城，两个女人弄不好会碰面，到时候周雅凤会不会有什么想法？要不要提前把这件事告诉她？反正现在告诉也晚了，等碰面了再说不迟，说到底不就是一起去应聘的同路人嘛，又没有什么见不得人的关系或者猫腻。于是他说：“你不要瞎想。我哪里约了人啊，万一遇到个同路去应聘的，路上还有个伴儿，求之不得呢。”也算是一种铺垫。

到了省城，赵逸飞和妻子急匆匆下了汽车，赶紧到火车站售票窗口去买票。卧铺且不说有没有，嫌贵，硬座和站票（无座票）是一个价，能赶上买张有座的总比站着强。

他们在火车站售票处门口碰见一个人，这个人不是别人，正是眼巴巴盼着等着赵逸飞到来的梁霞女士。

“哎，赵逸飞！”梁霞眼尖，先看见了只顾低头往售票厅里面闯的赵逸飞，赶忙大声喊。

“梁老师，是你呀。”不知怎的，平常赵逸飞见了梁霞直呼其名，现在当着老婆的面，竟很客气地称对方“梁老师”，下意识地要故意拉开点距离，怕周雅凤起疑心，“你咋来得这么早？”

“买火车票就得来早点儿。我是昨天晚上到的，住在亲戚家，今天不亮就来排队买票，给你也买了。你这时候来，恐怕只有站票。我打听过，到咱们要去的地方，火车要走 26 个小时，站着怕受不了。”梁霞说。

“你给我也把票买了？感谢感谢，实在太感谢了。”赵逸飞意识到了梁霞只顾自说自话，忽视了他身边还有一个女人，弄不好会让周雅凤不高兴，何况他和梁霞如此碰面，对方还替他买好了车票，怎么看都是事先约好的，怎么装也不像意外邂逅，但他偏偏没有早点告诉妻子省城还有一位同行者等着他，是个女的。如果说周雅凤为此不高兴，甚至发脾气，跟他翻脸，赵逸飞自知理亏。所以他赶紧采取主动，对梁霞说："梁老师，我给你介绍一下，这是我家那位，娃他妈，叫周雅凤。"

"嫂子呀？你专门跑到省城来送赵老师？哎呀，你人真好。"梁霞十分聪明，马上进入状态，某种程度上配合了赵逸飞的表演，比方她也改口称赵逸飞为赵老师。

完全可以想象出，丈夫和眼前这位美女"梁老师"并非意外相遇，他们俩对话当中透露出来大量的信息，足够让周雅凤对丈夫的言行提出质疑，假如她像一般村妇那样撒泼发脾气，给这俩人制造些难堪，想必赵逸飞也一定拿她没办法，但周雅凤不是那样的人。

"逸飞，给我介绍一下嘛。梁老师看上去眼熟，是不是西皋中学的老师？她买了火车票，是不是和你一样，要到西边去应聘？"周雅凤问道。

"哦，这不正要给你介绍嘛。"赵逸飞有点脸红，赶紧努力弥补漏洞，"我一直没顾上给你说，这次祁北公司到咱们这里招聘了不少老师，咱们县有，邻县也有，西皋中学想去应聘的也不止我和梁老师两个人，有些人想去还去不了呢，比方我代课的那个班的班主任孙老师。梁老师也和祁北公司的人见过面了，跟我一样要去应聘，去试讲，也想到外面创一番事业，改变生活处境。她知道我今天也要去，这不，还给我代买了火车票。"

"哦。梁老师真是个好人，幸亏你给我家赵逸飞买票，要不然火车上站 26 个小时，还要过夜，人累得受不了。逸飞，你还不赶紧谢谢梁老师？赶紧把车票钱给梁老师。"周雅凤没有责怪丈夫有事瞒她，而是满面春风对梁霞表达谢意。

其实，梁霞事先没想到赵逸飞会带妻子来省城，意外遭遇他的老婆，梁女士心中难免也有点不得劲儿，但只能按照常规礼仪打招呼寒暄。看见赵逸飞妻子落落大方，并且表现出一般乡村妇女少见的胸襟，梁霞不知怎的心中有点失落感。

"车票钱不急，火车站这地方有小偷，甭急着掏钱了，先把票拿上。”梁霞说。

“也对。到了祁北公司再慢慢算账也来得及。”赵逸飞接过梁霞的话头说，说完了又感觉不妥，心中直后悔，暗暗责怪自己面对着两个女人有失状态，表现得很弱智。

后来他们相约开个钟点房放行李，并休息。在火车站这种地方，如果要寄存行李，花的钱比开钟点房只多不少。往旅馆走的路上，周雅凤和赵逸飞一度落在后面，妻子找机会在丈夫腰里拧了一把，表达妒忌、质疑、警告等复杂的内容。

开了钟点房，将行李安顿好，赵逸飞对妻子说：“你还不如早点回去呢，现在赶班车天黑前就到家了。要不然我上火车走了，你一个人住旅馆，安全不安全呀？”周雅凤说：“我不走，我要送你上火车。我有个同学，她男的在省城上班，她当家属，就住在火车站附近。等你上火车了，我到她家里去住一晚，明天一大早坐班车回去。”

周雅凤坚持陪伴丈夫，梁霞忽然感觉她夹在这对夫妻之间很碍事，于是说出去买些东西，借故离开了。

“怪不得不想叫我来，原来这儿有个漂亮女人等着你哩！怪不得早早想把我打发走，我走了你俩想咋就咋，是不是？”梁霞一走，周雅凤便对丈夫发起进攻，半开玩笑半认真。

“看你说的！我承认事先没把梁霞也去祁北公司应聘的事告诉你，是我不对，但我也是怕你多想。哪怕初次接触，你也能看出来，梁霞是个男人性格，光明磊落。我承认我跟她关系不错，不光是同事，而且是朋友，可朋友就是朋友，相互之间哥们儿一样，绝不会有半点儿女私情。我想在这个问题上，你该不至于怀疑我吧？”赵逸飞半是解释，半为辩白。

“肚里没冷病不怕吃西瓜。我说你有儿女私情了？可是现在没有，不等于到了外地也不会有。到那边去应聘，你俩孤男寡女，况且原先有基础，弄不好关系会发生变化。要是爱上了就早点告诉我，我这人不死皮赖脸，不吃凉粉腾板凳儿，自觉给你把路让开。”

“看看看，越说越不像话了。等一会儿梁霞回来，你可不要让她看出来你有情绪，那样的话我会很难堪。”

“哼，你太小看我了。”

果然，等梁霞再回来，周雅凤对她超乎寻常地亲热，不再称呼梁霞为“梁老师”，而是“妹子”“妹子”叫得亲热。她还对梁霞千叮咛万嘱咐，说到了祁北公司，你和赵逸飞要相互照顾。

“就像衣服上掉了个扣子这种事，赵逸飞不见得能缝上，你得帮他。”周雅凤说。

“哎呀我的嫂夫人，你让我这样帮他，也不怕帮出啥事情来？”梁霞改不了她爽快、喜好开玩笑的天性，竟然反过来调侃周雅凤。

“我当然不怕啦。一个是我娃他爸，一个是我妹子，有啥怕的？再说了，离两千多里路哩，我不放心又能咋的？”

“还是不放心嘛。我向嫂子保证，也向毛主席保证，我永远是你‘娃他爸’的哥们儿，而不是别的什么。”

“你看你，妹子……”

2. 硬席火车

由省城始发开往西部边疆 X 区首府，途经 G 省，可以直达目的地祁北市的这列火车即将发车，汽笛长鸣。

赵逸飞意识到，他这一生中相当重要的一次旅程正式开始了。站在月台上的妻子周雅凤向他挥手告别，眼泪挂在两腮，弄得赵逸飞也心里酸酸的。

火车启动，加速。车轮与钢轨协同演奏出铿锵的交响。

西行。义无反顾的西行。

应聘。从未经历过的应聘。

父母妻儿暂别身后，前路迷茫中蕴含着希望。前行，既是一种奋斗，也是向命运的抗争。奋斗，才有可能创造出人生新的辉煌；抗争，才有可能赢得柳暗花明又一村的新境界。

车开了，赵逸飞心中不觉又涌起一股热浪。无论怎样讲，告别亲人，告别故土，到异地他乡去闯荡，总是一件凄凉悲壮的事情，况且还有许多不确定性。不确定恰恰意味着等待你的，有可能是理想中的优厚待遇和开创人生新境界的肥沃土壤，也可能是布满荆棘乃至陷阱的曲折道路，天堂和地狱的差异有时候只在一念之间，全看你的造化以及适应新环境的能力。总而言之，从现在开始，更得打起精神应对挑战，勇敢面对一切艰难险阻，勇敢迎接将不得不面对的种种考验。这是一次人生大考，考得及格，甚至优秀，前进路上就会打开一扇门，相反，如果考砸了，最终的结果有可能变为零乃至负数，成为人生路上难以承受之重，甚至也有可能被彻底压垮。

当然了，事在人为，赵逸飞有足够的自信，他认为自己不是孬种，也不是弱智，各方面的准备很充分。自信没有错，自信有依据就更好，而无根据的自卑是庸人自扰，完全可以将其排除到九霄云外去！

“想啥呢，哥们儿？”同样靠车窗，和赵逸飞面对面坐着的梁霞问他，“你眉棱上的伤是咋回事儿？你媳妇在，我一直没好意思问。”

“没想啥。”赵逸飞倒不是故意要隐瞒，而是他不知道该怎样对梁霞说，“来省城的路上打瞌睡，眉棱磕到前排座椅靠背的钢管上了，不要紧。”

“不要紧就好。还说没想啥，我看你眼泪都差点儿流出来。火车刚开就想老婆了？站台告别，也没见你激情拥吻一下，这阵儿感情再怎么丰富，嫂夫人也看不见呀！”梁霞调侃道。

“你少来！你咋知道我想媳妇呢？老夫老妻了，也没啥想头。激情拥吻，咱这古老的省城车站月台上也没有那样的氛围，真那么干，会围一圈人看，像看耍猴一般，再说，我媳妇不一定敢哪。”赵逸飞索性与梁霞油嘴滑舌。他突然意识到，出远门了，身边能有梁霞这样一位堪称红颜知己的人陪着，何尝不是一种幸运？

“总而言之，概而括之，背井离乡，万端感慨。一切都不用说，但这一切都在心里翻卷，你我同心同理。我说你要掉眼泪，并不是恶意攻击，而是表扬你挺有人性。千万别想歪了，辜负我一片好心。”梁霞压低声音说。毕竟硬座车厢不仅满员，而且超员，周围都是耳目，说话不太方便。

“我怎么能想歪呢。有一句话叫心有灵犀一点通，你我之间便是如此。”

“你这样说我很高兴。”

接下来，他俩多用眼神交流。都说人的眼睛会说话，敢于承认相互之间心有灵犀的一对男女，可用眼神交流的内容，要多丰富就有多丰富。这种交流不仅可以排遣寂寞，而且动辄触及心灵，弄得心房一颤一颤的，睡意也被驱离。直到周围人差不多都伏在小茶几上或者仰头靠在椅背上，相继发出或粗或细的鼾声，赵逸飞与梁霞还在用眼神交流。坐硬座这样乏味且累人的事情，在他俩切身的体验当中，似乎并非那么难以忍受。硬座车厢彻夜不关灯也给他们提供了方便。

终于，美女上下眼皮打架，有点支撑不下去了。赵逸飞说：“你趴在茶几上睡。别操心行李，我看着，到站停车的时候我眼睛睁得大大的。”梁霞说：“我才不操心哩。就一床铺盖，还有纸箱子里的几本书，小偷看不上。”

的确，他们的行李都很简单。赵逸飞也只带了一件用细麻绳捆扎好的行李卷儿，另有一个纸箱，里面装着高中语文的教学参考书，还有前几年他教中学语文几乎全部的教案。这些教案既是他的心血，也是他到了祁北公司当称职的中学教师的底气。这些东西虽不值钱，但也不能遗失，心血和底气能随随便便丢掉吗？

梁霞果真要睡。她临睡前，将两小臂叠加在一起，用来枕头，但却伸出一只纤纤之手，将赵逸飞的手紧紧攥住，悄声说：“只要你丢不了，就行。”

对于梁霞这样的举动，赵逸飞从心理到生理都不排斥，况且拒绝她太不合时宜了，所以默认。他其实也很困，有必要小睡一会儿，但既然梁霞要睡，他就得担任保护神的角色，强忍着保持一份清醒。看护行李在其次，关键要在这位梁哥们儿面前保住男子汉的强大和自尊。

满车厢的人差不多都睡着了。根据上车以来五六个小时的经验，似乎车厢里没有小偷出没的迹象。既然梁霞睡得很香，自己不妨也稍稍迷糊一阵儿。就在他将头伏在小臂上，准备入睡的时候，梁霞在茶几下恣意伸开的双腿用劲儿夹住了他的一条腿，似乎在用肢体语言提醒他：我还没睡踏实哩，你不许睡。

虽说茶几下面腿上的动作不会引起别人注意，何况身边的乘客们个个已熟睡，但梁霞的这个动作未免让赵逸飞想入非非。回顾准备外出应聘的这段时间，他和梁霞之间的确有比较多的交集，种种迹象表明，两人之间岂止是哥们儿，简直就是铁哥们儿！或者换句话说，他和她的关系，似乎走到了最要好的朋友和有暧昧情愫的男女之间那个临界点。自打告别了妻子，哪怕在火车上这种公众场所，梁霞却用语言、眼神以及动作，有意无意地暗示，只要他愿意和她走得更近，他俩之间发生什么状况都有可能！

后来，梁霞发出香鼾，看来真的睡着了，可是赵逸飞刚才那点睡意又消失了，套用一个最蹩脚的比喻：思绪如脱缰的野马，毫无羁绊地狂奔。后来他很严肃地想到一个问题：以他和梁霞目前的关系，到了一个举目无亲、人生地不熟的新环境里，他俩之间会不会演绎出男欢女爱的浪漫故事？

得出正确答案似乎不很困难。赵逸飞认为，他和梁霞会不会有事，并不取决于两人之间有无思想上或者客观环境方面的障碍，而是最终将取决于两人——尤其是赵逸飞——自我克制的意志力是否强大。

这也是一桩考验啊。前路迷茫，未来充满了大大小小、有难有易的考验，能不能经受得住这一系列考验，是他能否在未来人生路上走出精彩的关键所在。一切都要三思而后行，一切都要和最重要的人生规划挂起钩来，放任或者放松都不能允许……

“哎呀，累死我了。”美女梁霞不计较硬席车厢条件艰苦，竟然美美地睡了一觉，醒过来之后觉得腰酸背痛，胳膊发麻，于是长长地伸了个懒腰，哈欠连连。

“你还累呀？睡得那么香。天亮了，你去看看洗脸间能排上队的话赶紧洗把脸，等你过来了我睡一小会儿——我实在困得招架不住了。”

梁霞去洗脸间看了看，回来之后说：“人太多，水都没了。今天干脆不要脸了，洗什么洗。厕所也排长队，唉，苦哇！”

“你说不洗就不洗吧。脸不过脏些，还得要。我睡会儿吧。”

过了不大一会儿，梁霞抓住赵逸飞的胳膊把他摇醒了：“你往车窗外头看！这咋越来越荒凉了？刚进入 G 省那一段，感觉跟咱们那边差不多，连房子也半边盖，就像到了咱们省的郊区，可现在你看，山是光秃秃的，偶尔有点农田，地里的庄稼长得有气无力。这是啥鬼地方呀！弄不好咱俩要去的地方比这儿还荒凉。真是这样的话，咱到底待在那儿呢，还是不待?”

“你死活不让我睡觉。”赵逸飞睡眼惺忪，起劲儿搓了几把脸，甚至用劲儿揪扯头发，以强迫自己醒来，“对于这边比咱老家荒凉，我有思想准备。G省更偏西，大部分属于内陆干旱地区。这一带是旱原，靠天吃饭，山上光秃秃，地里庄稼不茂盛都不奇怪。再往西走，有水的地方才有绿洲，更多的将会是荒漠、戈壁，你不要大呼小叫乱发感慨，好不好，我的妹妹?”

“你倒能沉得住气。同志哥，咱俩此次西行不是旅行，小住几天就回来了，而是要扎下根，在那里工作，甚至要奉献出今生今世所剩的岁月，对于环境是否恶劣，生存条件究竟有多艰苦，你难道一点儿都不计较?”梁霞撇嘴，翻白眼，她认为赵逸飞只不过故作镇静，她在感受到内心极大震撼的同时，认为赵逸飞应该和她一样受到了刺激。

“嗯，这里的确很荒凉。不过，这只是在半道上嘛，又不是现在下车，就在这荒凉的野外工作。我们要去的地方毕竟是一座省辖市，城市里总会有树木花草，不会像车窗外那么荒凉。还没有到达目的地，你就开始自我否定咱们的行动，这不是庸人自扰是什么?淡定，梁霞同志一定要淡定。你好赖让我睡一会儿吧，一夜无眠，这阵儿瞌睡得紧，体谅体谅。”赵逸飞说罢又将胳膊放在小茶几上，头伏在胳膊上。虽然有姿势，也不过是假寐。白天了，车厢里很嘈杂。

后来火车停靠在G省省会的火车站。坐了十五六个小时硬座，赵逸飞觉得全身酸痛，说要到站台上去走走，看有没有啥好吃的买点。梁霞说她看行李，在座位上没动。赵逸飞来到月台上，卖东西的小推车上无非是些简易食品和饮料，死贵，最终他买了两块面包，还有两瓶相对便宜的汽水，拿回来对梁霞说：“吃点喝点，坐车还得10个小时呢。”

“我在地图上用尺子量过，按照比例尺推算，从G省省会到祁北市，直线距离只不过有300千米左右，怎么火车要走10个小时，蜗牛啊?”梁霞说。

“谁知道呢。我问过列车员到站时间，晚上快11点才能到。要有打持久战的思想准备哦。”

“我的妈呀，从来没坐过这么长时间的硬座，把人能乏死！”

“刚才在站台上，有个小偷把手伸到我上衣兜里，被我抓住了，还好兜里没钱，只有火车票。”赵逸飞又说。

“还说呢，车一停就有几个小伙子上来，从车厢里穿过，衣帽钩上挂的衣服兜都被他们掏了一遍，咱们相邻座席上的旅客有丢钱的。旁边有人看见，也不敢说，等小偷走了，再说有什么用？”梁霞也说。

“看来出门在外得格外小心。”

“就是就是。”

穿过省城继续向西北方向行进，相比较而言，这一带村庄、农田和绿洲相对多些，并不显得十分荒凉。只是越往西降雨量越少，铁道边能看见的民居大多为土坯房，房顶只糊了一层泥，并没有瓦片。这种地域特色在赵逸飞、梁霞看来很稀奇。房顶上怎么能没有瓦呢？没有屋脊和青瓦红瓦的房子还是房子吗？这样式样的房子颠覆了他们自小在家乡所形成的房子的概念。

火车到了一个叫“打柴沟”的车站，加挂了两个火车头——都是蒸汽机车。据说再往前走要翻越一道著名的山岭，过了这道岭，就将进入那个著名的地理教科书上所讲的“走廊”。

这道山岭是“走廊”东大门，也是一道地理意义上重要的屏障。山很高，火车这种庞然大物翻越它很不容易。具体的办法是在大山上不断进行很大弧度的迂回，盘旋而上，又盘旋而下，走得很慢很慢。梁霞说：“难怪300多千米路程要走10个小时，这哪里是火车，简直像蜗牛在爬嘛。”偶尔也有隧洞，大家忙不迭关车窗，要不然隧洞里蒸汽机车的烟排不掉，都跑车厢里来了，呛得旅客们大声咳嗽，黑色的粉末弥漫在空气当中，污染衣服和鼻孔。

翻越这道山岭，车窗外的风景挺好看。这里属于所谓高寒地带，气温低，湿冷，但地面都是绿的。除了草原，还有正在生长过程中的春小麦、油菜。麦子没有秀穗，油菜花也没有开，赵逸飞联想到老家油菜籽该收了，麦子也该黄了，方才知道不同的地域和气候条件，庄稼生长和成熟的季节也有很大差异。

看了好长时间车窗风景，赵逸飞有点倦了，靠在椅背上闭目养神，但凭感觉也能知道火车在上坡、下坡，或者左转、右转。梁霞说："你就是个瞌睡虫。这阵儿看风景多好？等过一阵儿天黑了，啥也看不见。"

果然，翻越了这道岭，火车好不容易加速了，天也慢慢黑了。

3. 求神告庙

虽说通过找教育处领导，给朱本松等人争取到了再次试讲的机会，但谁又能保证个别自身素质有问题的"乡党"最终不会被辞退、被推入万劫不复的狼狈境地呢？

作为这批以民办教师为主体的应聘者群体天然形成的领袖、召集人，程雨涵觉得不能就此甘休，还得做出更深入、更有效的努力，以保证所有经他联络来到这里的人最终都能站住脚，能有个较好的结局。

几经打听，程雨涵了解到祁北公司劳资处处长的老家和他们属同一个省份，怎么说也是"乡党"，况且劳资处不就是管人事、管人才招聘的部门吗，要是这位姓杨的处长能出面帮同乡说说话，想必教育处一定会买他的账。于是，程雨涵不惜花血本，自己拿钱买了两条烟，叫上糜老师和倪胖子壮胆，找到劳资处长家里去了。

或许是程雨涵等人送的香烟不够档次，杨处长看不上，或许这位领导同志本身很滑头，总而言之他们找了一趟劳资处长，只不过得到了几句官话、空话、套话。杨处长说："学校招聘老师的是由教育处具体办的，公司劳资处只不过负责宏观调控，掌握招聘人数不要超出计划，最终给备案、办手续而已。所以说，你们找我没用，甚至找教育处的领导也没用。毕竟招聘人才不是一件马马虎虎的事情，每招进来一个人，我们不但要考虑给这个人开一份工资，还要考虑后续的家属问题、房子问题，等等，这些都需要公司拿钱来解决。所以说，教育处坚持原则，保证招聘人才的质量是正确的。既然你们当中有少数人自身素质不能胜任学校工作，经过试讲以后被退回去也很正常。我哪儿有权力非让教育处接收不合格的老师呢？你们太高看我了。要想解决问题，你们还是去找教育处文宏远处长吧，他要是没办法，我也爱莫能助。”

程雨涵等人明显感觉杨处长不好打交道，无奈之中想用同乡情谊打动这位领导。程雨涵说：“杨处长，你要念及咱们都是乡党，同情同情、关心关心我们这批人的处境。你想想，只要是来应聘的人，再怎么说都有文凭，在老家都正儿八经当老师，我就不信他们还不如那些稍微认识几个字的家属、工人？既然祁北公司教师队伍中有不少从工人、家属中聘用的代课老师，那么从咱老家来的这批人都应该被留用。还有一个关键问题，我们这些人来投奔祁北公司，都把后路断掉了，想回也回不去，我想祁北公司总不能把人逼到绝路上去吧？我们几个来找你并不是为自己，只不过怕个别人陷入绝境，万一闹出什么事儿来，对谁都不好。”

杨处长听程雨涵的话有些不顺耳，于是语带讥讽说：“你这个程雨涵呀，我看不像个当老师的料，干脆你来当劳资处长得啦！招聘来的人怎么安置，是我们说了算，还是你说了算？不管你们这些人是不是有退路，学校招来的人要教书育人，总不能把不胜任工作的人安排到教学岗位上去吧？总不能误人子弟吧？至于那些从工人、家属中选拔的老师有没有学历、认识多少个字，好像也不是你可以说长道短的。这些人经过实践锻炼，完全能够胜任工作——我明白告诉你，我老婆就是小学老师，也没有文凭——他们和你们没有可比性！”

听杨处长说出他的夫人也是从家属当中选出的小学老师，程雨涵自知前面的话没有说好，赶紧补充说：“杨处长你说得对，啥事情都不是绝对的，我想你夫人一定是顶呱呱的小学老师。我只不过是说来应聘的老乡，有的根本没有退路，我们是来求你帮帮忙的，求你照顾照顾咱这些乡党。我哪里敢对劳资处的工作说长道短，还当着劳资处长的面。杨处长你吓死我了。”

“程雨涵你不要一味拉老乡关系，这样太庸俗。说实话这事情我帮不上忙，你要找老乡，祁北公司的常务副经理老金，才和你们是近老乡哩，我老家和你们离得太远，隔着一道大山哩。”杨处长说。

眼见得这位杨处长只会耍滑头，想在他这里得到什么承诺简直是痴心妄想。倒是他提供了祁北公司有老乡当更大的官，这对程雨涵来说也许是一个有用的信息。

临别，杨处长说：“程老师，把你拿来的香烟拿走。我正准备戒烟哩，收下这烟对我没啥好处。”程雨涵看劳资处长态度挺坚决，只好悻悻地把装着两条烟的塑料袋拎起，心想这狗日的是不是嫌礼物太轻？看来找这个老乡算找错人了。

从劳资处长那里回来，程雨涵对同去的糜老师和倪志强说：“咋办呢？把我跑得都没信心了。老家人讲话，‘怂管’的意思就是不管。像朱本松这样的笨猪，不被录用也属正常，咱们已经给他争取到了再次试讲的机会，要是在小学讲台上还站不住，算他活该。咱几个倒为个啥嘛，这么求爷爷告奶奶，伤脸墩沟子的。”

糜老师说：“你咋也打退堂鼓了？反正咱这批人都是你程雨涵联络来的，万一有人被撵回去，一定会抱怨你，我看你的良心能安宁？咱不能就此罢休。那个杨处长你难道没看出来，是个明哲保身的滑头嘛。人家跟咱不沾亲不带故，同一个省的乡党，还离得那么远，不讲情面也属正常。再说，你拿的两条烂烟又不值钱，当糖衣炮弹用明显分量不够。杨处长不是说了吗，咱还有个老乡在这里当常务副经理哩，三把手，除了经理、书记，就数他大，咱何不再去找找这位金副经理，求他帮忙关照，岂不比劳资处长更得力？”

倪胖子也帮腔说：“老糜说得有理。”

有了在劳资处长跟前碰钉子的教训，再去找姓金的常务副经理，程雨涵等人经过了精心策划。程雨涵通过打听，弄清楚了金副经理老家具体的村庄所在，然后精心编造出他在金副经理老家邻村有亲戚的故事，并且能说出金副经理老家的一些地理特征甚至传闻趣事，以期让金副经理首先从心理上认同他们的确是“乡党”，达到套近乎的目的。另外，他和糜老师、倪胖子等人将应聘者虽然原身份是民办教师，但民办教师也有能吃苦、意志坚韧等优点，以及这些人万一不能被录用，回老家去必然陷入绝境的现实情况等都做了充分准备，以便见到这位姓金的领导能够用最简洁的语言表达最重要的诉求，尽量争取最好的结果。

至于要不要给金副经理送礼，几个人却发生了争论。

糜老师坚决主张不送。他说：“咱来到这里之后都听说过，最近几年祁北公司效益好，职工工资收入大幅度提高，领导肯定工资更高。咱这些应聘老师，一个个穷得要命，哪怕大家凑份子，又能凑来几个钱？你送给领导的礼物太微薄，人家根本看不上眼，白白给人添堵，还不如不送。只要金副经理能认老乡，比你买两条烟、两瓶酒管用得多。除非你老程有钱，送点真金白银，能把金副经理打动了，可咱没有这样的实力。再说，这个人能不能办事还说不定哩，投资太多，没有回报，咱岂不是亏大发了？”

倪胖子为人比较世故，他认为礼多人不怪，空着手找上门去首先失礼了，人家不给办事咱也没话说。要是能送进去点礼物，常言说吃了人的嘴软，拿了人的手短，他再不给办事说不过去。

最终，程雨涵折中这俩人的意见，将劳资处长没有接受的两条香烟用上，再弄了两瓶老家的名牌白酒，价钱都不贵，看上去最多算是一点见面礼，绝无行贿之嫌，带着找到金副经理家里去了。

果然，这位金副经理是个顾念老乡情谊的人。

首先老金同志没有什么架子。有客人来访，并自称是老乡，金副经理热情让座，并且亲手给每人沏了茶，拿出 G 省产最高档的香烟招待，他老婆洗了一大盘水果，往每位客人手里递上一个，让客人有一种宾至如归的感觉。

经过程雨涵一番有准备的忽悠，金副经理果然相信来人都是他的近老乡。且不管他们有什么目的，出门在外都不容易，老乡见老乡两眼泪汪汪，金副经理首先在心理上对这几个人不再有戒备，并且做好了能帮就帮他们一把的心理准备。

等到程雨涵几人说清楚来意，金副经理当场就表态了：“虽说按照公司领导分工，你们说的事情不归我管，但老乡的事情嘛，我总不能袖手旁观。听你们说了事情经过，是非曲直也算入情入理，提出的要求呢，也不算太过分。既然祁北公司专门派人到咱老家把你们招聘来了，怎么能不负责任地把人给推出去呢？根据你们说的，所有来应聘的人都有国家承认的文凭，在老家那边都在教学一线干过，还有什么理由不能接收呢？哪怕有的人实际水平稍差一些，教不了高中教初中总行吧？实在不行还可以教小学嘛。再退一万步说，个别人实在不能当老师，既然招来了，就给找一个适合他的岗位，干点体力活儿，拿一份养家糊口的工资，也算祁北公司做事情有人情味儿嘛。”

“对呀对呀对呀，还是金经理你说话办事通情达理，你真是一位能设身处地为底层小老百姓着想的好领导！要是教育处的领导、劳资处的杨处长都像你这么看问题，我们还有啥发愁的？”程雨涵赶紧接过话茬儿将金副经理一阵奉承，“所以说，要想办事，最重要的是要找对人。今儿能见到金经理你这样一位高水平的领导，真是我们这帮人的福分。”

“你们也别高兴得太早。我说过了，这事情我又不具体管，祁北公司分管教育的是王副经理，我可以给他建议建议。人事问题虽说是公司经理——行政一把手直接管，但他太忙，最多宏观指导，劳资处杨处长那里我也会给打招呼。总而言之，我认为祁北公司要讲信誉，既然把人招来了就要负责到底。至于最终这事情能办成啥样，我也不敢给你们打包票。”金副经理说。

“金经理呀，你能这样说、这样做，我们感激不尽！至于事情最终的结局，相信有你的关照，一定不会太糟糕。我代表从咱老家来的这批人，先对你表示最真挚的感谢！我们拿的烟酒实在不上档次，只能算对你表达一点敬意，还望你笑纳——我这人脸皮特别薄，你别让我羞臊得走不出你家门。”程雨涵又说。

“本来我是坚决不收礼的，不过你们把话说到这种程度了，我再拒绝好像不近情理。这样吧，烟酒留下，但得让我家老婆子给你们拿点东西。大米清油都是单位分的福利，我们家吃饭的人少，平常用不掉，放久了就不新鲜了，想必你们刚来，啥东西都缺，给你们拿去应该用得上。不过这些东西重，楼下邻居家有三轮车，让老婆子帮你们借用一下。这样也算礼尚往来，我收下你们的烟酒心里就不愧疚了。”

金副经理送了程雨涵等人两袋子共 200 斤大米，还有两桶 10 斤装的食用胡麻油，假如要算账，肯定比程雨涵他们带来的烟酒更值钱。

从金副经理家出来，程雨涵感慨万端：“这下算找对人了！金副经理人真好，既给足了我们面子，还变相地不让我们吃一点点亏，咱几个短时间内不用买大米清油了。想来他能出面说话办事，咱们来的这些人不至于吃太大的亏。”

糜老师和倪志强也都啧啧称赞这位金副经理是个好干部、好领导，感慨说这样的领导少见，不光给人办事，还十分清正廉洁。

4. 夜宿车站

硬席车厢的确十分难熬。

列车严重超员，想走动很不方便，上厕所更需要经历“过五关斩六将”一般的艰难，故而能忍着不去最好不去。

一天一夜了，坐得人腰酸背痛，赵逸飞感觉腿脚不听使唤，又麻又胀。好在有一位美女相伴同行，感觉轻松愉悦许多，要不然会更难熬呢。

又一个黑夜降临，赵逸飞一阵儿困倦袭来，特别想睡觉。

“不许睡觉!”眼看着赵逸飞不住打盹儿，梁霞敲击着茶几告诫道，“你要睡着了，我干啥去?”

“你干啥去？你静静坐着嘛。我的妹妹，你哥我实在撑不住了，你让我小睡一会儿行不行？就一小会儿，稍稍缓过来一点点，就继续陪你聊天谝闲传。行不行啊，姑奶奶?”赵逸飞苦苦哀求。

梁霞“扑哧”掩嘴笑了：“看你可怜见的，本姑奶奶允许你睡十分钟，然后必须醒来。计时开始，睡!”

偏偏赵逸飞又睡不着了。

“唉，女人真麻烦，自己睡好了，害别人不能睡觉。”赵逸飞抱怨，“看我一副狼狈相——眉梢上还像被人打了一老拳——你是不是心里特滋润?”

“是又怎么样？我让你睡，是你自己不睡的。既然不瞌睡，就好好陪我说话，等下了车，住下了再好好补一觉，不就成了？一个大男人，一点不懂得怜香惜玉。我跟着谁不好，偏偏跟你一起出来应聘，我已经够倒霉了，你还说我心里滋润，滋润个屁!”

“这么个漂亮女人，不许说脏话，也不怕别人笑话。唉，遇上你我也够倒霉的，连打个盹儿都不得安宁。”

时间一分一秒算着过，总算熬到了目的地，总算该下火车了。

踏上火车站的月台，远方来的客人第一感觉是颇有凉意。

“大夏天的，晚上竟然这么凉？”穿短袖衫的梁霞接连打了几个喷嚏，“啊嚏，啊嚏！原以为暑假就回去，长袖衣服根本用不着呢。幸亏我带了一件。”

“我来之前查过地图了。这里是沙漠戈壁地区，昼夜温差大。白天一出太阳火辣辣的，晚上气温降得快，估计睡觉还得盖被子哩。你赶紧把外衣找出来穿上，小心感冒。”

“麻烦！你把行李拿好，让我靠着你取暖，不就行了？”

“手都占住了，我又不能抱着你。再说了，孤男寡女的，咱俩依偎得太紧，算咋回事儿吗？”

“你少伪君子。抱着取暖，你不许想入非非，不就行了？”

“你知道我现在是啥感觉吗？我想尿尿，冻的，还不得暂时忍着。”

“流氓！你想尿尿用不着向我汇报，找个没灯的黑处去尿不就得啦。”

两个人相互依偎着，说说话，寒意似乎被倒逼回去了，感觉不太冷了。出了车站，一打听，火车站距离祁北公司所在的市区还有 20 千米的路程，晚上九点以后没有班车，看来只能在火车站这里的小镇过夜，好在旅馆有的是，也不贵。于是，赵逸飞和梁霞决定住下来。

进了一家旅馆，问了问价格。双人间每晚 6 元，单个人可以占一个床位，每人 3 元，但需要和别的旅客合住。问完价格，梁霞扯着赵逸飞出来了，说：“咱再另外找一家旅馆，说咱俩是夫妻，开一间房——你可不许胡思乱想，咱们住一间屋，和衣而眠即可——我不愿意和陌生人住。”

“谁跟你是夫妻呀？这事儿可不能随便冒充。再说，咱在半路上的住宿费，祁北公司教育处会给报销的，咱俩住一间房怎么说？”赵逸飞大摇其头，表示坚决不同意。

“你笨呀，住宿发票可以分开，不让他们知道咱们住在一起不就得啦。”

“不行不行不行，跟你这么个大美女住一间屋，我要是忍不住亵渎了你怎么办？我可不是柳下惠。”

“哼，德行！跟我住一间屋，要是你敢不老实，看我不阉了你！”

“那我何必自找苦吃？再说了，一男一女想住同一间屋，旅馆肯定朝你我要结婚证，没有结婚证肯定不让住一起，你不要枉费心机了。你实在不愿意和陌生人住，就自个儿开一间房，我给你赞助一半房费。只能这样，我的妹妹。”

“唉，我怎么拿你这么个窝囊废当知己？先不说旅馆能不能给开一间房，你先吓得要死。算了算了算了，算我自作多情。”梁霞说着趁夜色又在赵逸飞胳膊上拧了一把。

后来的实践证明，赵逸飞还算有先见之明。进了另外一家旅馆，打问一下，价位和刚才那家一样。梁霞试探地说：“我俩是夫妻，开一间房可以吧？”旅馆接待人员马上表露出一脸的警惕性：“你俩有结婚证吗？拿出来看看。”梁霞说，“我们到这里来应聘当老师，带结婚证干吗？再说都老夫老妻了，结婚证早找不着了。你看我俩没有夫妻相吗？你看我俩长得不像好人吗？”旅馆工作人员说，“我不管长相，就认结婚证，没有结婚证只能分开住，没有商量的余地。”赵逸飞赶紧打圆场说，“那就分开住吧，没带结婚证怪我们自己。”梁霞狠狠瞪了赵逸飞一眼，那种怨尤的眼神真像是赵逸飞的妻子。

开好了房，赵逸飞先送梁霞到她的房间，这里已经住了一位女宾。梁霞说没有必要浪费三块钱，不就睡一晚上嘛，和陌生人住在一起也没什么不可以，况且女人没有侵略性，即使遇到人贩子也不至于被贩卖了。

因为有生人，赵逸飞不便久留，返回他的房间去了。

赵逸飞虚掩上门，拿暖瓶去打开水。等他回来时，房间里也来了同住的房客，刚刚放下行李，看样子也刚下火车。

对方一开口说话，赵逸飞便听出他那普通话有一股家乡的柿子醋味道，蹩脚中带着亲切。

“我听你是乡党。也是刚刚从×××次火车上下来的吧？”赵逸飞干脆换成了家乡话。

“哎呀，真个是乡党。说狗屁的普通话哩，咱就来老家话。”对方高喉咙大嗓门的。

聊了一阵儿，赵逸飞知道对方名叫刘刚，是老家相邻县份的民办教师，和他一样拥有某教育学院的大专函授文凭，也有着差不多相同的奋斗史、求学史。赵逸飞说：“咱俩不光是乡党，还是同一家大学的同窗——函授同学也是同学嘛，咱肯定听过同一个教授的课，做过同样的作业，参加过同样的考试。这关系，亲近得了得！难道你也是来祁北公司应聘的？和我一样到这里来教书？”

刘刚说：“咱俩的情况略有不同。你到祁北公司子弟学校应聘，我要到祁北市地方上的学校当老师。据说他们这里人才缺乏，不光企业四处招聘人才——不仅招聘老师，也招聘工程技术人员——地方上也一样。新建立的城市，到处都缺人，尤其缺知识分子，我有个远房亲戚在祁北市人事局上班，具体负责招聘人才这一块儿，要不然我也来不了这里。”

“哦。”赵逸飞觉得，刘刚所说的情况让他对这座城市缺少人才、求贤若渴的状况有了进一步的了解，心想只要自己的确是人才，倒也不愁没有出路，于是心里更增添了几分自信。

后来两个人又扯到祁北市企业和地方招聘人才待遇有所不同。相比较而言，祁北公司给的待遇要比地方上更优厚，原因是这家企业近年来发展很快，效益挺好，员工收入普遍优于地方。

“既然你有亲戚在人事局，对祁北市各方面的状况都比较了解，为啥不想办法到祁北公司呢？明明他们给的待遇比地方上要好。”赵逸飞问道。

“来之前我让亲戚打听过了，祁北公司招聘老师差不多满员了。他们更欢迎各个师范院校的应届毕业生，对你我这样的民办教师、代课教师兴趣不大，来了以后还要试讲，试讲不合格照样不录用。没有十分的把握，与其到他们那里去，还不如让我的亲戚一下子给弄好，能进祁北市第一中学我认为也挺好，待遇比祁北公司估计也差不了多少。到了市一中，我先从初中老师干起，这样比较有把握，毕竟我在老家只教过初中，然后看情况，再向高中部发展。这样对我来说稳妥一些，没有多大风险。我本来是个比较保守的人，求稳，不愿意冒风险，这样走更适合我。”刘刚说。

“哦。你这样想这样做是对的。我们到了祁北公司子弟学校，的确要试讲，即使试讲通过了还有试用期，弄不好很难端上这里的饭碗了。到时候万一不行，我还得投靠你哩。叫你的亲戚帮个忙，也在地方学校谋一份差事。”赵逸飞说。

“一看你就是个有本事的人，试讲肯定能通过，到祁北公司站住脚绝对没问题。听说祁北刚建市不久，是个新城市，也是个小城市，以后咱肯定低头不见抬头见，都是乡党，还要相互帮助、相互提携哩。甭看咱现在来应聘，说不好听点，就是来讨口饭吃，将来时间一长，就看个人的本事和造化了。万一你将来当了这里的校长，甚至是教育处长、教育局长，我不还得靠你提携嘛。”刘刚很会说话，不经意间把赵逸飞奉承一番。

“借你吉言，先能站住脚就行。至于当校长、当局长，这目标过于远大，目前还不敢想。哈哈哈哈哈，咱到了一个新地方，要好好努力倒是真的。就像你说的，咱是乡党，以后要有条件，一定相互帮助。”赵逸飞说。

嘴上说得很谦虚，但赵逸飞内心未必没有当校长、当局长的“野心”，有句话说得好，不想当将军的士兵不是好士兵，一个人要是没有远大的目标追求，岂不就会失去前进的动力？将来的事情谁能说得准呢？只要努力奋斗，一切皆有可能！

刘刚是个特别饶舌的人，赵逸飞在火车上没怎么睡觉，实在困倦得不行，先上床睡了，一直到他进入梦乡，刘刚还在耳边叨叨，话题十分广泛，谈什么都意犹未尽，只可惜成了赵逸飞的催眠曲。

“唉，到一个生地方，我有睡不着觉的毛病，况且来这里应聘，说不定是这辈子最大的人生转折呢，如此激动人心的时刻，怎么能睡得着觉呢？”刘刚说，“啊呀，你都打呼噜了，真睡着了？赵老师你真睡着了？唉，没劲。我也睡吧，不睡又能干啥？我说话你又不听，只顾自个睡……”

第二天一大早，梁霞来敲赵逸飞的门："赵逸飞，赶紧的，起床了！睡觉是个意思嘛，你还真要睡到太阳把屁股晒红？起来洗把脸，吃点饭，还得坐车，要不报到就晚了。赶紧的，起床起床起床！"

听外面有人敲门，刘刚爬起身来穿上衣服，把门打开。原来敲门喊赵逸飞起床的是一位漂亮女士，刘刚满脸热情将梁霞让进门，然后拍打仍在熟睡中的赵逸飞："赵老师，快快快，起床，你看看谁找你来了！"

梁霞一点不客气，直接掀开赵逸飞的被子，在他胳膊上拧了一把："睡得像死猪。你有这么多瞌睡吗？我都起床半天了，你再不起来我一个人到祁北公司应聘去了，你睡够了直接坐车回老家去得啦！"

"唉，女人真麻烦，女人真多事！人家困得不行，想睡会儿懒觉都不得安宁。"赵逸飞终于睁开眼睛，抱怨道。

"限你 5 分钟起床洗漱，10 分钟以内到我的房间报到，过时不候。"梁霞用最后通牒的口气说。

"这女的是你什么人啊？这么厉害。"梁霞离去，刘刚问赵逸飞。

"什么人也不是，就是一哥们儿，同路来应聘的。在老家和我是一个学校的同事。"赵逸飞说。

"嗬，我还以为跟你有特殊关系哩。看上去跟你媳妇差不多，连掐带拧的。"

"唉，那是个女鲁智深嘛，我也拿她没办法。"

其实，梁霞晚上也没睡好。吃早餐的时候她告诉赵逸飞，和她住一间房的女客，同样是个饶舌的人，叨叨叨说个没完没了，一直到她朦朦胧胧入睡。

"她是祁北公司的工人家属，'农转非'了，带着孩子来这里定居。对她们来说，跳出'农门'，当个有户口的工人家属，是多么了不起的事情啊，难怪这个女人激动。"梁霞说。

"激动成那样了，她的老头儿也不来火车站接？"赵逸飞觉得这不符合常理。

"那个名叫春花的嫂子说了，她不让丈夫接，在火车站这里住店，多一个人就得多花几块钱。她带着儿子，今儿一大早赶过去就行。她儿子上初中，昨晚也没有单独弄张床，和她挤在一起住。半大小伙子，弄得我都不好意思呢。刚从乡里来的人，过日子可节俭了。其实咱也一样，我要是单独开间房，不也能少受干扰吗，还不是舍不得三块钱！昨晚一直听这位春花大姐说话，入睡也很晚。”

“赶紧，吃完饭还得坐车，差不多赶8点钟祁北公司教育处上班时，咱就能报到。”

“急啥？这牛肉面汤有点辣，味道还不错，你让我慢慢品一品行不行？起床不积极，这阵儿倒显得你比我着急。”

“女人总是有理。好吧好吧，都听你的。”

第四章　初来乍到

祁北公司教育系统最高长官的一席话，听得赵逸飞心中一热。他的感动不仅在于文宏远处长对他的试讲课做出了公正的评价，更重要的是他体味到这位领导对教育很内行，认识问题有高度，教育思想十分先进。相比较滕副校长、鲁副校长等人给他留下的霸道和低水平而言，这个地方还真有懂行的、有水平的领导……赵逸飞心中豁然开朗。

1. 滕副校长

从火车站到祁北市的20千米路曲曲折折，虽铺设了沥青路面，但路况并不好，走了一个多小时才进入市区。汽车站位于据说是市区最繁华的“北京路”，用来卖票、候车的是一幢土木结构的平房，停车场也显得破败，凹凸不平。赵逸飞和梁霞走出车站，看了看街道，实在看不出哪怕一点点“繁华”的样子来。建筑都很低矮，比较高的楼房仅有三层，而且呈灰黑色，很不起眼，商业网点也显得稀少。主街道是沥青路面，不够宽，能对开两辆汽车，用后来的说法只有“两车道”，两边栽种着西北最常见的白杨树，长得也不够茂密。

在汽车上，赵逸飞就打问过祁北公司教育处的位置，有乘客告诉说：你们先去祁北公司第一中学，教育处在一中的后院，并且大致告诉了他们从汽车站到祁北公司第一中学怎么走。所以，下了车，他和梁霞径直找到了一中门口，并不远。

学校大门也很简易。样子十分简陋的水泥框架，中间安装着铁栅门，左侧有门房。不知怎的，学校大门口没有挂校牌。

校门外面有一位老妇人，守着一辆小售货车，卖炒货、饮料和其他零碎小吃，看上去主要利用课间卖东西给学生。这位小摊贩是唯一可以问询的人，于是赵逸飞上去搭讪，问道："这个学校就是祁北公司一中吧？我们是来应聘当老师的，到教育处去报到，请问该怎么走？"

"哦，你俩都是老师，到这儿来教书的？好啊好啊好啊！"老妇人很热情，其实赵逸飞想不出他和梁霞来应聘对于老妇人来说有什么好不好的，但她的确很热情，"这段时间老有人走到这儿，向我打听祁北公司教育处，我都成专门指路的啦。不过最近来的大半是刚毕业的学生娃，很少有像你俩这样的——你们该不是两口子吧？来的人越多越好，就不愁学生娃没人教了。我的小孙子也在祁北公司的学校念书，才上一年级，一个教室坐 60 多个人，挤不下。不光缺教室，更缺老师呢。"

赵逸飞和梁霞相视而笑，心里说：又遇到了个饶舌的。

还好，卖东西的老妇人终于"刹车"，不再扯没用的，用简洁的语言告诉他们："这就是一中。你们进了校门，往最深处走，有个三层的白色小楼就是教育处。被校门里头这栋教学楼挡住了，要不然能看见。"

"谢谢，谢谢啊！"赵逸飞赶紧道谢。

"我看你俩嘴有点儿干。这地方干燥，从东边来的人一下子不适应，我开两瓶汽水给你们喝，不要钱。"老妇人说罢，手脚麻利地打开两瓶汽水，递给赵逸飞、梁霞，"你俩还没告诉我，到底是不是两口子呀？"

"不是不是，一起来应聘的。"赵逸飞说。

"大妈，我们得给你钱。一块钱够不够？"梁霞觉得白喝老妇人的汽水不忍心，赶紧掏钱。

"汽水现场喝掉，瓶子退给我，每瓶只值一毛钱。我说了，送给你们喝的，不要钱。你俩都是老师，要是能看得起我，就再甭说给钱了，要不然我太没面子。"老妇人说。

"大妈，我们会记住你。来到祁北市，你是第一位真心实意帮助我俩的人。”赵逸飞由衷地说。

赵逸飞和梁霞走进一中校门，有一位留着山羊胡子的守门人盘问了一下，得知他们是前来应聘的老师，便说：“从这栋楼两边都能绕过去，隔着操场看见对面的小三层楼，是教育处，不过教育处有单独的小院，要先从学校后门出去——后门是一个小木门，白天一般都开着，也没有人看守——再进教育处的大门，然后上楼。办公室、劳资科都在二楼。我姓吕，是一中看门打更的，咱这就算认识了。两位老师贵姓？”

“免贵，我姓赵，这位女老师姓梁。”赵逸飞赶紧回答。他觉得吕师傅虽然话显多，但很明显是个热心肠的人。

二人按照第一中学门卫人员吕师傅的指引，径直走进了祁北公司教育处的办公楼，上了二楼。出发之前，他们按照教育处派出招聘老师的老胡同志的叮嘱，曾给祁北公司教育处办公室发过一个电报，赵逸飞在火车上甚至幻想教育处会不会派车来接站，但事实证明他们的到来并没有得到应有的重视，于是只好自行到办公室报到。负责接待的办公室秘书是个白净的年轻人，问清来由后，很客气地将他们带到了劳资科，交给劳资科长李成杰。

李成杰看了赵逸飞、梁霞一眼，大概第一印象还不错，于是礼让二人坐下。紧接着科长同志仿佛换了副面孔，一脸的公事公办：“你们先各自做个自我介绍吧。姓名、年龄、受教育经历、工作经历，要简明扼要。”

赵逸飞立即感受到一种被对方居高临下审视、评判的压迫感，浑身上下都不舒服。但他仍然按照李成杰的要求，做了一句不多、一句不少的自我介绍，真正符合对方“简明扼要”的要求。介绍完了，他看见梁霞满脸的大大咧咧不在乎，说：“我姓梁，当老师快十年了，性别、年龄啥的就不说了。我看李科长手里拿着一张表，是我们填过的‘应聘人员登记表’？是老胡同志传真给你的吧？那上面该填写的都写清楚了，你还用得着再问？”

“嘿嘿。”李成杰科长竟然被梁霞的爽直逗笑了，不知是不是有美女效应起作用，他竟然绷不住了，面部表情立即去掉了公事公办的成分，“你这个小梁同志啊，挺有意思。填过表的相关情况我就不能再问？我就当再次对你们进行简单的面试行不行？你俩一说话，我起码能听出语言表达能力咋样，普通话标准不标准。再给你们安排具体的岗位，对下面的学校说话就有依据了不是？”

“哦，原来这样。那你问吧，你问多少，我回答多少，保证不打折扣，不偷懒。”梁霞油嘴滑舌地说。

“我看，也不需要问了。我给下面学校打电话吧。”李成杰说。

赵逸飞、梁霞相互交换了一下眼神，似乎觉得李科长挺好对付。梁霞甚至有点小得意，觉得她没有像赵逸飞那样循规蹈矩，未必不是更好的选择。

李成杰打电话给一中。先拨了一个号码，打不通，再拨另一个号码：“喂，是滕校长吗？我是李成杰。啥事，看你这口气，好像对劳资科的电话不‘感冒’啊？你们那儿不是还缺好几个老师吗？我刚才打贺校长电话，他不在办公室，这会儿来了个应聘的老师，我想让他到你们那儿去。……什么情况？他在老家是一位在岗的代课教师，应该说比一般的民办教师更优秀。我大概考查了一下，看上去素质不错，在他们老家是一所中学的教导主任，曾经担任过高三年级的班主任和语文课，胜任工作应该没问题。……打什么包票？不是还有试讲环节吗，到时候你们认为不合格，还可以退回来嘛。不过我觉得，这位老师一定会受欢迎，到时候让你放弃，恐怕还舍不得呢。……你见我什么时候吹过牛？你先接收吧，剩下的事再说。……你这个老滕，怎么变得这么啰唆？好啦好啦，我先挂啦，等一会儿这位老师就到你们那儿去，他姓赵，叫赵逸飞。”

李成杰打电话的过程中，赵逸飞和梁霞在一旁听，仅从劳资科长一人的话语里，他们能听出电话另一头应是第一中学的领导——大概是二把手，电话没有打通的“贺校长”应该才是一把手——对新来的应聘者并不欢迎。

“李科长，看来你把我派到一中去有一定难度啊？人家要是不欢迎，我去了岂不难堪？要么你给我另外安排一所学校。”赵逸飞试探地说。

“哦，你这个小伙子，还挺敏感。这事情不是你应该考虑的。放心去吧，一中需要人。他们欢迎不欢迎，最终取决于你的个人素质，取决于你能不能胜任工作，我对你充满信心。这个老滕，不知好歹，教育处一直把一中当龙头老大，好教师尽着他们先挑，我给他推荐你，还不是为了一中好?”李成杰很明显是个实诚人，一不小心就在两位新来的应聘者面前暴露了他的真实想法。赵逸飞暗自庆幸他作为一个应聘者，起码在劳资科长面前所得的第一印象分不错。

“我呢?李科长，赵逸飞到一中，我也要去。”梁霞心直口快的性格到哪儿也改不了。

“为啥?小赵老师去一中，你也非得去一中?‘应聘人员登记表’中反映不出来，你俩难道有什么特殊关系?如果真有特殊关系，就更不适宜安排到同一所学校。作为劳资科，我们从工作出发考虑，作为个人，你们要服从组织分配，况且，现在派你到哪一所学校去，只不过相当于安排试讲地点，等正式录用了，再做正式的安排。当然啦，在哪个学校试讲，留到哪个学校的可能性大一些，这也是事实。”李成杰说。

“我俩的关系嘛，要说不特殊，它还就不特殊。我是我，赵逸飞是赵逸飞，我既不是他媳妇，也不是他的情人，只不过是原来在一所学校干过，是同事而已。要说有特殊性嘛，倒也有些特殊性，那就是我俩关系特别好，铁哥们儿。毕竟到你们这里，不，咱们这里，人生地不熟，我俩在一起，还能相互照应不是?况且我一个单身女同志，有一位熟识的好朋友照顾，安全感会更强些，你难道不认为是这样的?”梁霞口无遮拦，直言不讳，反倒让待在一旁的赵逸飞有几分尴尬。我和你是铁哥们儿不假，难道非得到处张扬?

“呵呵呵，这位小梁同志挺有个性嘛。铁哥们儿，好朋友，说到底只不过是曾经的同事，算不得什么特殊关系。就你俩这样的状况，不在一个学校更好，省得在一起相处分寸把握不好，引起别人说闲话怎么办?小梁你长得这么漂亮，尽量远离是是非非才对。”面对一个口无遮拦的人，李成杰说话也很直接。

“李科长，我长得漂亮也是错吗?长得漂亮就一定会惹出是是非非?

我看你人不老，思想却是个老封建哩。你放心，我跟赵逸飞关系百分之百正常，不会有啥是是非非。不过，你真要把我俩分开，我也没办法。个人服从组织，这点纪律性我还有。”

梁霞说话尖锐、不客气，反倒让李成杰暗自喜欢她的个性，说：“我也不封建，是为你俩好。你干脆到第二中学去吧，那里环境不错，距离一中和教育处近，你们以后来往也方便。我还算挺有人情味吧？你这个小梁同志不能乱批评，随随便便说我老封建。”

“好吧好吧好吧，反正我们是应聘者，你是能决定我们生杀予夺的劳资科长，身在屋檐下焉能不低头，胳膊总归拧不过大腿，我听你的不就行了嘛。”梁霞有个性但不执拗，用半开玩笑的口气给了李科长台阶下。

赵逸飞被安排到一中，和教育处差不多在同一个院子里，去报到很方便，而梁霞去二中还有一段距离。于是他将行李暂时寄放到一中门卫吕师傅那里，先送梁霞去报到。吕师傅很热心地给他们指路：“就从你们下汽车那个地方往前走几步，然后朝右转弯，一直向前走，大约一里多路，左手边有个学校，是二中，门口有牌子。咱这一块属于老城区，街道方向不正，‘北京路’是东南—西北走向的，你们转个弯之后朝东北方向走。”赵逸飞、梁霞赶忙道谢，觉得今天遇到的人差不多都是好人，包括劳资科长李成杰。

将梁霞送到祁北公司第二中学，女校长让办公室主任带着梁霞去安排具体的办公地点和住宿，看上去热情周到。于是赵逸飞很放心地回来了，他并没有拿行李，而是先去找那位在电话里不大欢迎他的滕副校长报到。

赵逸飞向吕师傅问清楚了滕副校长办公室的位置，直接上了校门内左侧的一栋教学楼二楼，学校领导都在这里办公。赵逸飞敲门进入滕副校长办公室，对方冷冰冰地说：“你先去语文教研组，看他们那里有没有多余的凳子，找一个坐下。至于你的办公桌椅，今天管总务的鲁副校长不在，等她回来了再给你解决，住宿也一样，你今天还到外面住旅馆去吧，等她回来了再给你安排住宿，吃饭也自行解决。”

滕副校长这番话让赵逸飞感觉十分不舒服。到教研组去不仅没有人引领，还让他自己找找看有没有多余的凳子坐，这样的待遇连坐冷板凳都不如。还有住宿吃饭都不给解决，根本不考虑他人生地不熟，要啥没啥，解决基本的生活问题会遇到困难。赵逸飞打量了一下这位未来要打很多交道的副校长大人，发现他体格挺拔，像个打篮球的，看上去也干练，穿着十分讲究，不像个修养差的人，可他对人怎么可以如此不尊重？于是赵逸飞说话间也流露出少许的不满情绪："到教研组万一没有多余的凳子呢？是不是我就得一直罚站？还有，我们来应聘的路上坐车、住旅馆，教育处都给报销，我今儿接着住旅馆，谁给报销？管总务的副校长不在，是不是总务处再没有其他人，整个总务工作都会停顿下来？咱们这儿学校管理的程序和规矩好奇怪呀，我从来没见过这样的。"

滕副校长显然听出了新来的应聘者在发泄不满，但赵逸飞的这份不满只不过激起了他更多的反感，于是滕副校长更加没好气地说："听上去你不满情绪挺大？我们这儿学校管理的程序和规矩还轮不到你一个新来的评头论足。管总务的副校长不在，我不可能给你去找总务处的人办事，你想不通慢慢想。语文教研组多余的凳子还是有的，老师们听课都有简易的小圆凳，你到那里不用站着，甚至有人去上课了，他们的办公椅你也可以坐一坐。你报完到就是主人了，我们这儿的老师吃住都自行解决，平常没有人找学校报销。要么你就别吃别睡，我看你也不像超人，总得食人间烟火吧，小伙子？"

"滕副校长你什么态度？你要是不愿意接收我，现在就请给教育处劳资科打电话，把我退回去得啦。我是来应聘工作的，凭本事、凭劳动换一碗饭吃，不是来向谁乞讨的。"一向修养很好的赵逸飞终于火了。

"我并没有说不接收你。你本人如果不愿意来，就待在教育处得啦，我又没请你。何去何从，你请便，我没有多余的工夫伺候你。请你马上从我这里出去！"滕副校长也火了。

2. 他乡故知

从滕副校长办公室出来，赵逸飞用劲儿将门板摔得响亮，以示对这位刚刚见面的领导同志的不满。滕副校长那种待人接物的方式，以及他对应聘人员的轻蔑、不尊重，足以让刚满30岁、仍然年轻的赵逸飞满腔怒火。但是，走出滕副校长房间之后，赵逸飞在楼梯间、走廊上感受到一丝凉风，被滕副校长搞热了的头脑瞬间变得冷静些了。站在校园里稍稍平息一下胸中的愤懑，他仍然按照滕副校长的要求，到语文教研组报到去了。

祁北公司第一中学是一所完全中学，初、高中共6个年级，语文教研组有十多位老师。走进教研组的大办公室，赵逸飞脸上的愠怒和不快被他完全掩饰起来了。

"我是来应聘的，昨天晚上刚下火车。学校领导让我先到语文组，等待试讲，所以我来向各位老师报个到。我叫赵逸飞，专业跟大家一样，汉语言文学，以前教过初中和高中语文课。希望各位老师能接纳我。拜托了，我先给大家鞠一躬，算是认门儿了。"赵逸飞说罢深鞠一躬。

"欢迎，欢迎!"教研组长带了头，大家噼里啪啦一阵鼓掌。

"滕副校长说我今天暂时领不上办公桌椅，哪位老师有多余的凳子先给我坐坐。"赵逸飞脸上的笑容略显苦涩，也算实话实说。

"哎呀，赵老师，你来了，咱们就是同事，就是一家人，不必见外。今天领不上办公桌椅，肯定是总务处忙得顾不上，明天我们帮你去领。咱教研组有的是凳子，正好有一位老师这两天请假了，他的办公桌椅你先用上。再有啥困难跟大家说，小问题我们都能解决。我是教研组长，姓王，别的老师我也先给你介绍介绍。"教研组长是个中年女同志，脸上的表情除了热情，还有稳重。

王组长一番话让赵逸飞又感受到了人间的温暖，心中暗自觉得唯有那位滕副校长高高在上，有着神的威严和魔鬼的邪恶，基本上算不得人类，别的人都还可亲可交，相互之间一比较，他甚至又有一股热浪从心底里涌起，对大家说：“我也没什么困难，就是刚来，环境、情况都不熟悉。相信有教研组各位老师的关照，即使有困难也能克服。我由衷地希望能尽快成为大家真正的同事，能和你们一起教书育人，享受工作的乐趣。”

赵逸飞简单的几句话，又激起一阵掌声。大约他的话得体，里面蕴含着一种自信的力量。

教研组长王老师挨个儿向赵逸飞介绍了教研组的同志，他和大家一一握手，就算认识了。这个教研组以中年人为多，也有少数相对年轻的，给赵逸飞的第一印象是这里的确应该补充一些新生力量。相互认识完了，有好几位老师嘘寒问暖，关心他怎么住宿，怎么吃饭。有几个中年女同志尤其热心，说等到赵逸飞安顿下来了，假如要做饭，他们有弃置不用的煤油炉子、小案板、擀面杖、锅碗瓢盆，等等，都可以借给或者送给赵逸飞使用，弄得赵逸飞心中的热浪一漾一漾的。他想，要不是方才在滕副校长那里遭到冷遇，甚至受到伤害，他也不会觉得来自周围人的关心关怀是如此可贵！

赵逸飞并没有忙于接受大家的关心和帮忙，而是连连道谢，表示今后如果需要帮忙，一定不怕麻烦大家。他说：“我还要通过试讲、试用，才能决定是否会留下来，眼下还不到考虑生活条件的时候。”

语文教研组未来的同事们热情的欢迎和真心的关心照顾，冲淡了滕副校长带给赵逸飞的不快。他在语文教研组应过卯之后，决定先去找极力鼓动他来这里应聘的同乡兼老熟人雷明。他知道雷明被安排到第三中学教课，于是他又向门卫吕师傅打问到三中怎么走，然后托付吕师傅继续照看行李，随后步行找雷明去了。

从一中出来到三中去，也得从汽车站往西北方向走几步，然后拐弯，只不过和去第二中学不同，是朝左拐弯，向西南方向走。三中和二中在同一条街道上，这条街道叫祁连路，很长，称之为“十里长街”一点不为过。一路走过来，经过了一条河、一座桥——应该是用于农灌的引水渠——又经过一片平房区，街道两旁稀稀拉拉有一些商店、饭馆之类，总体看上去不够繁华，反倒有几分破败。赵逸飞心想：雷明老师一再告诉我这里的人们富足康乐，他是不是故意夸大其词啊？

到了三中，校门也是简易的铁栅门，有门房，有守门人。赵逸飞申明要找雷明老师，门卫人员告诉他雷明住在教学楼左后侧一座两层小楼里，那栋楼改成了临时的单身公寓，里面住的都是近两年新分来的和最近从外地招聘来的老师。

经过打问，赵逸飞找到了雷明老师的房间。和他同住一间屋的年轻老师说，“雷老师有课，下了课也有可能在办公室，我帮你找他去吧。”过了不一会儿，这位姓张的年轻老师将雷明找回来了。

“逸飞呀，你总算来了！我盼你来就像盼星星盼月亮一样，望眼欲穿！”赵逸飞这位小他几岁的同乡能来祁北市，雷明非常兴奋，喜不自胜，“你是昨天晚上下火车的吧？这个烂地方晚上没有班车，是不是在火车站住了一晚上？报到了没有？他们怎么安排你？到哪个学校？我听说最近招来的民办教师、代课教师都要试讲，他们告诉你了没有？”雷明一口气问了好多问题，问得赵逸飞不知该先回答哪一个。

“咱慢慢说吧。你在这儿还好吧？”赵逸飞反客为主，问及雷明的现状。

“我挺好的，两个班语文课，初中，都是以前教过的教材，也没当班主任，不费劲。待遇比起咱在老家来好多了，根本不在同一个水平线上。且不说等咱这些人地位稳定了，工资还会涨，就我现在拿到的水平，一个月顶在老家三个月。这样下来，一年至少能积攒一千多元呢。攒上 10 年，在老家能修一院子新住宅。真挺好的。你比我教课教得好，对高中教材也熟悉，还有过当学校领导的经历，将来站住脚了，待遇一定会比我好。”雷明说的都是实话，但也不乏尽力美化现状的意向。毕竟赵逸飞是被他鼓动来的，总不能让小伙子一来就觉得这里不好，岂不是证明了我以前给他介绍的情况不实？雷明内心自然有他的小九九。

“反正我一路走来，看这个城市一般般，比咱老家的县城好不了多少。况且今天一报到，明显感觉有点受冷遇，也不知道前景会怎样。”赵逸飞说出他的担心。

“你肯定没问题。说到底要靠本事吃饭，只要你教课没问题，工作能力没问题，站住脚肯定也没问题，他们这里毕竟缺人才啊。这个城市刚建立不久，以前的行政建制只不过是个镇，发展起来有个过程。这几年企业效益好，职工收入高，市容市貌肯定也会一天天好起来。人家是真富，只不过还没来得及打扮外表，不像咱老家是真穷，让人看不到一点希望。要不然，你我也不会远离家乡来应聘嘛。”雷明讲话仍然极力想让赵逸飞安心，从而认可西行应聘是一个正确的选择。

“嗯，既来之则安之，尽最大的努力，争取最好的结果，要不然咋办呢?”赵逸飞说。

“对了，你坐了一路火车，身上肯定脏了。这会儿离吃午饭时间还有一阵子，要么我领你去洗个澡吧？从三中出去，朝矿山方向走两三百米，有个矿山单位的洗澡堂子，我这儿有学生家长赠送的洗澡票，咱去洗一洗，然后再吃午饭。”雷明对接下来的活动做出安排。

赵逸飞在老家的西皋中学工作，那个学校的老师并没有洗澡的条件。身上脏了，只能在房间里关上门，脱光衣服，弄盆热水擦洗擦洗。冬天嫌冷，擦澡也是一种奢侈的愿望而已。听雷明说能洗澡，他觉得挺好，便说，“那就去吧。”

按照雷明的经验和习惯，洗澡的过程首先要在大澡池子里用热水泡，然后是搓，最后再用淋浴喷头冲一冲。大池子里水温比较高，对于以前没怎么洗过澡的赵逸飞来说，腿伸进去就觉得烫，要全身入水一下子很难适应。雷明告诉他，“慢慢来，腿脚先进去，再慢慢往下蹲，等到全身都进去了，你就不觉得烫了。烫一烫舒服、解乏，并且能洗干净。”赵逸飞按照雷明讲的操作要领循序渐进，慢慢把身体脖子以下的部位全泡进去了。

虽说早上也有下夜班的工人洗澡，但总体上澡池子里的水不太浑浊。赵逸飞想起他上高中的时候，有一次跟着同学去了距离西皋中学近十里地的一个矿工洗澡堂子里面洗过一回澡。煤矿工人刚从井下上来，身上有足够的煤黑，所以那个澡堂子里面的水真叫一个黑，相比较而言，眼下正在泡的池水干净多了。

泡着泡着，赵逸飞忽然感到头晕目眩。他对身旁的雷明说：“雷老师，我咋有点晕呢?”雷明观察了一下，赵逸飞的脸色的确不大好，蜡黄，额头上冒虚汗。雷明说：“哎呀，你可能不习惯用热水泡，热着了，跟中暑差不多。要么就是饿了，低血糖。你早上吃饭了没有?”赵逸飞说：“在火车站吃了碗牛肉面。不过跑来跑去，早消化掉了，感觉热，也有点饿。这阵儿更难受了。”雷明说，“赶紧，我扶你上去，到水龙头下面，把水温调低些，冲一冲，咱早点出去吧。凉一凉，再赶紧出去吃点东西，就没事了。早知道这样，应该吃了饭再来洗。怪我粗心了。”赵逸飞赶忙说，“不过没大事，洗个澡挺好的。”

果真，出了热水池，用较凉的水冲了冲，然后出了澡堂子，让外面的风一吹，赵逸飞头脑清醒多了，也不再冒虚汗。雷明说：“就是热着了，再加上你坐火车太累，肚子也空。以后注意点，习惯了就好了。”

洗完澡，差不多到了职工食堂供应午饭的时间。就在他们洗澡的矿山单位附近，还有一家机械修理制造分厂，也是祁北公司下属的二级单位。他们的食堂对学校老师开放，雷明有饭票，和赵逸飞一起到这里来用午餐。

雷明要了两荤两素四份菜肴，再要了几个馒头。荤菜 5 角，素菜 2 角，真不贵，但在赵逸飞看来，已经很奢侈了。他说：“雷老师你弄得太多了，吃不完。”雷明说，“你饿了，鼓劲吃，实在吃不完咱带走。”就这样一顿简单的饭菜，让赵逸飞感受到了雷老师的盛情，他的心里暖烘烘的，觉得到了一个人生地不熟的地方，有一位故人，这感觉真不错，难怪古人说“他乡遇故知”是人生幸事哩。

吃饭过程中，赵逸飞讲了今天到祁北公司教育处和第一中学报到的经历，说他的感觉还不错，遇到的大半是好人，唯有一中的滕副校长不是好玩意儿，待人接物不仅不像个校长，而且有点欺人太甚。

雷明说：“我知道这个滕副校长。各个学校新来应聘的老师常常有机会在一起交流，分配到一中的都说滕副校长不是什么好鸟，官架子足足的，不过是个球大的副科级。也可能因为在你之前来的少数应聘教师素质不高，让人家小看了，姓滕的才会对后来的应聘者不热不冷。一中还有个管总务的副校长，姓鲁，女的，正在更年期，听他们说也不是啥好东西，你要有思想准备。不过一中主事的一把手贺校长人不错，所以说大的方面不至于太离谱。”

赵逸飞说："就是嘛。我们来应聘，主要凭本事吃饭，靠汗水和劳动换取一份报酬，也不是来乞讨的，用不着看谁的脸。人要相互尊重，我最反感不尊重别人的人。"

"咱们刚来，人生地不熟，还没站稳脚跟，凡事得忍耐着点，尤其犯不上和小人斤斤计较。"

"雷老师你说得对。我还年轻，修养不到家，有时候难免急躁，尤其受不得窝囊气。看来我还得向你学习，在这方面多注意。"

后来赵逸飞又提及住宿的问题没有着落，雷明说："你先暂时住我这里。和我住同一间屋的小张父母在祁北，晚上把他赶回去。估计明天一中的总务副校长回来了，该给你解决的问题就能解决，实在不行你直接找贺校长。"

"嗯。有你在这儿，我一来就感觉有依靠，真好。"

3. 受宠若惊

相比较赵逸飞在第一中学遇到滕副校长那种不近人情的领导，梁霞到第二中学报到显得一切很顺利，甚至让她有点受宠若惊的感觉。

二中校长是个女的，姓黄，很干练，性格也直爽。她第一眼看见梁霞，感觉挺不错，长得端庄漂亮但不显妖艳，着装新潮但不失得体，况且一言一行都显现出干净利落和自信。故而黄校长一点儿也不客气，直接对梁霞说："你来得正是时候。我们这儿有一位教初三的数学老师刚刚休产假，我正愁她的课没人代，学校本来人手紧张啊。要不这样，你把这位休产假老师两个班的数学课接过来，连同班主任，明天就正式上课。咱今天快刀斩乱麻，我让总务方面全力以赴，把你生活方面所有的问题一次性解决。你说行不行，小梁同志?"

梁霞本来也是爽快人，二中校长一点不拿她当外人，让她的自我感觉一下子好起来了。她说："没问题呀。我到这儿就是来工作的，能立即给我两个班的课，还有班主任，说明学校领导信任我，这才是对我真心的欢迎和优待，我得领这份情。我的要求也不高，能有地方住，能解决吃饭问题就行。更重要的是办公的地方要安排好，能让我有充足的时间把课备好，第一节课尤其重要，给学生的第一印象一定要好，一定要让他们认可我这个新老师，这样才能为做好工作开个好头。”

梁霞的这一番话正合了黄校长的心思和脾气，她主动上前来握住梁霞的手，说：“一看你就是个干脆利落、有个性的人，一看你就是个好老师！小梁呀，我对你寄予厚望，好好干吧，二中一定不会亏待你。”

果然，黄校长立即请来了管后勤总务的倪副校长。祁北公司的学校管理体制有点烦琐，每所学校除了校长、书记，教导主任上头有管教学的副校长，总务主任上面也必然有一个管后勤的副校长。这种人事安排大概与待遇有关，副校长才是科级干部，而主任没有级别。黄校长当面向她的副手下达指令：“老倪，这位是新来的梁老师，我让她立即上岗，明天就上课带班，顶替休产假的×老师。你们总务方面今天的头等大事，就是满足梁老师办公、生活等一切物资需要，保证她明天能正常工作。这是硬任务，不能打任何折扣。我说的你都听明白了吗？”

听黄校长的口气，似乎对这位倪副校长不够尊重，完全是居高临下的命令主义，而不是商量着办。果然，倪副校长听了有点不高兴，说：“老黄你是校长，只管指手画脚发布命令，也不管我们执行起来有没有难度。既然你校长发话了，我尽力去办就是。”

“不是尽力去办，而是必须办好。这是工作，没有讨价还价的余地，对我有意见，等啥时候学校班子开民主生活会，你再提不迟。”黄校长依然是命令的口气，也不管有个新来的梁霞在场，的确让倪副校长面子上下不来。

倪副校长在一把手这里被动接受任务本属正常，但却因为黄校长霸道而又居高临下的做派被弄得嘴噘脸吊。有什么办法呢？这个女人总是一副女强人、母夜叉的样子，她是正校长，俗话说官大一级压死人，作为副手你不得不服从她，但心里就觉得窝囊！难怪有人说女的不能当官，当了官就不是女人，也不知姓黄的她老头儿平常怎么忍受？我老倪要是娶这么个女人做老婆，早把她打成肉酱了！

从黄校长房间出来，倪副校长身后跟着梁霞，他一边走，一边忍不住回头看一眼，看过一眼之后，又忍不住再看第二眼，然后还有第三眼、第四眼……哎呀，这个新来的小梁老师确实漂亮，容貌姣好的程度超过二中所有女老师！仅从成年人这个范围来评价，说她将成为二中的校花应该毫无疑义。无论如何，美女总是养眼，要不然倪副校长作为四十六七岁的男人，也不至于看了一眼又一眼，忍不住心痒……

走到总务处的大办公室，倪副校长刚才让黄校长训斥出来的一肚子怨气竟然不知不觉消散了，不知是因为平常黄校长总不给他好脸，老倪同志早就习惯了，还是因为身边陪着个梁霞，美女对男人有消气化瘀之功效，反正倪副校长一时间觉得心情大好。

倪副校长对着他的下属——总务主任和总务干事、会计和出纳兼保管员们发号施令："你们先把手头所有的工作都停下，今天最大的任务就是帮这位新来的小梁老师安排好办公和住宿。小梁老师明天要正式上岗、上课，接替休产假的×老师，咱们必须用最短的时间帮助小梁老师克服一切困难，为她明天能全身心投入工作创造好一切必要的条件。这件事交给总务主任负责，总务处全体同志密切配合。我不管过程，只要结果。办好这件事，既是黄校长交代的硬任务，也是我这个管总务的副校长责无旁贷的责任。我希望大家不讲价钱，尽一切努力把事情做好。"

梁霞站在倪副校长身边，听他如此拿着鸡毛当令箭，把一件小事情弄得很严重，反倒觉得浑身不自在。她说："学校领导让明天上课，我只不过需要有个办公的地方，能备课就行了。住宿我自己带着被褥，能有个地方支张床足矣。领导过分关心反倒让我心中不自在，倪校长你太把我当回事儿了，让我诚惶诚恐。咱别弄得风声鹤唳、草木皆兵好不好？好像我来了是专给大家添麻烦的。"

总务处别的人一听，这位新来的漂亮女同志倒也通情达理，倪副校长的确有点小题大做，大家对梁霞第一印象挺好，为她办事服务反倒凭空增添了很多热情。总务主任表态说："这是小事一桩，我们肯定尽力办好。感谢小梁老师对我们的理解和支持，也请倪校长放心。"

倪副校长继续拿着鸡毛当令箭，对总务主任说："这件事要是办不好，我拿你是问。"

本来，有关给梁霞老师创造办公和住宿条件的事情，倪副校长做到这种程度就够了，剩下的事情让手下的人去办。可是，不知道哪根筋抽着了，接下来总务人员具体办事的过程中，他一直坚守在现场，甚至亲力亲为帮着给梁霞搬办公桌椅，甚至连办公桌椅在数学教研组如何摆放，他也要亲自过问，非得给梁霞安排一个临窗的、采光条件比较好的位置，弄得教研组长有点不高兴，其余数学老师也侧目，暗自猜忌这位新来的漂亮女教师是不是和倪副校长有什么特殊关系？看样子至少也和倪副校长是亲戚！

安排住宿，倪副校长依然亲自督查过问。和第一中学一样，二中后院也有一排平房，是原有的教职工家属房，现在被开辟为单身老师公寓，梁霞也被安排住到这里。本来有一位较早来的单身女教师一个人住一间房，让梁霞插进去是合理的安排，但倪副校长力主给梁霞新开一间没有住人的房子，理由是单住的那位女教师是军属，自己带孩子，再让梁霞住进去有诸多不便。这样做虽然有点破例的意思，但既然主管副校长说话了，总务处的其他人不好再说什么，有谁知道这位新来的小梁和倪副校长有什么不为人知的特殊关系呢？作为下属，谁也不愿意为这点小事得罪顶头上司。

给梁霞挑选单人床和寝室应该配备的简单家具，倪副校长也亲自到库房挑选，总而言之在现有条件下给了梁霞最大限度的关照。倪副校长所做的一切都让梁霞有点儿受宠若惊，心想倪副校长这是怎么啦，难道被姓黄的一把手女校长训斥一顿，竟然超乎寻常地激发了他的工作积极性？这个人如此表现，你要说他是贱骨头绝对没错！

不料，后来又发生了一件让梁霞更为吃惊的事情。

倪副校长亲自督促总务处的人给梁霞弄来一应生活必需品，并且亲自找来学校的清洁工给梁霞把房间打扫干净。一直到亲眼看着小梁老师将从原籍带来的铺盖卷儿打开，在床上铺开、放好，他突然有一个重大发现，梁霞带来的被子偏厚，而且只有 床被了。

“你这被子有点厚啊，适合冬天，夏季盖上肯定热。”倪副校长摇头说。

“来之前听说这边比我们老家冷，而且昼夜温差大，所以就带了厚被子。不要紧，万一热了我再买一床薄的不就成了？”梁霞满不在乎地说。

“哪有那么方便？这地方商业落后，有时候拿上钱买不着合适的东西，再说你又人生地不熟，还是我来帮你想办法吧。要不然，你今天晚上就会热得睡不好觉，明天上课没有精神怎么办？”

“这是小事，我这人适应性强，不用麻烦倪校长了。”梁霞赶紧推辞，她觉得倪副校长对她的关怀、关照有点超乎寻常，她可不愿意接受一个并不熟悉的男人莫名其妙的关心、关怀。美女常常会受到外界莫名其妙的干扰，梁霞在这方面保持警惕几乎出于本能。

“嘿嘿，你这个小梁，和我不用客气。把你照顾好，是我今天最重要的工作，也是咱们校长大人交给我必须完成的任务。是这样，现在总算有个床了，开水也打来了，你先休息休息，喝口水，剩下的小问题都由我来解决，你等着就是了。”倪副校长说罢急匆匆出去了。

过了不大一会儿，倪副校长返回，手里拿着一个折叠成四方块儿、包装尚未拆开的物件，对梁霞说：“一条毛巾被。这是我私人的物品，去年被评为先进教育工作者发的奖品，一直放在办公室的柜子里。这东西对我来说基本没有用，家里还有，但对你用处会很大。你住的是平房，夏天太阳晒一大，起码前半夜热得盖不住被子，要是不盖呢又容易着凉感冒，盖一条毛巾被正好。所以说呢，这东西送给你了。”

倪副校长要将他私人的奖品赠送给梁霞使用，梁霞觉得这事情简直匪夷所思。她要是不明不白接受了倪副校长的赐赠，这算怎么回事儿呢？传出去岂不成了能让人尽情发挥想象力的故事？

“倪校长，我谢谢你的关心和照顾，但这条毛巾被我坚决不能要。晚上睡觉盖什么，有没有合适的东西盖，都是我个人的事情。这方面领导过分关心，是不是有些不合适？你说呢？”梁霞坚决推辞。

“你看你这个小梁同志，这不就是一条毛巾被嘛，想那么多干什么。我个人的东西，我愿意给你用，不关任何其他人的事，也没有什么合适不合适——你要是觉得合适，那就再合适不过。”

“我要是觉得不合适呢？”

“那只能说明你想多了。我说合适就合适，希望小梁同志不要再推辞，给我这个老同志一次关心和爱护小同志的机会好不好？”

“既然你把话说到这种程度了，这样吧，我付给你钱，这条毛巾被算我买你的，而且我照样感谢你对我的关心。这样总可以吧？要不然，我就只能驳你的面子了。”梁霞说。

“你看你，你看你！”倪副校长的确被弄得有几分尴尬。

就在两个人相互推辞没有结果的时候，外头有人敲门。梁霞打开门，竟然是学校门口不远处一家饭馆送来打包的炒菜米饭。梁霞对饭馆送菜的小伙子说：“我没有订饭菜，你送错了吧？”倪副校长赶紧接过来说：“是我让送的。你不是还不具备做饭的条件吗，我让他们送点现成的，你一吃不就结了，很省事。”梁霞摇摇头，只好接受。她要付饭菜钱，来人说倪副校长在他们那里有账户，记在他账上了。

梁霞打开饭菜一看，竟然有四个菜，两份米饭，足够两个人吃，里面有一次性筷子。于是她说：“倪校长你让送这么多干吗？足够我吃两顿了。”

倪副校长说：“你要是不介意，我在这里陪你一起吃。我今天一直忙着你的事，到现在也饿了。”

梁霞听倪副校长这样说，心里有一种说不出的感觉，很厌烦。于是她说：“倪校长，这饭菜你还是拿回家去和你的家人一起用吧，我一会儿出去，自己买着吃点就行。”

“好吧好吧好吧，既然不愿意和我一起吃，你就一个人吃吧，吃不完下一顿热热再吃——我吃过饭再给你送个小煤油炉子，还有锅碗瓢盆。我家都有现成的，拿来给你用。”倪副校长说。

4. 哀其不智

应聘人员朱本松被安排到祁北公司教育处下属的第一小学再次试讲。这是最后的机会，假如试讲再通不过，估计此人就剩下卷铺盖回家一条路了。

性命攸关，不能说朱本松本人不重视。自从拿到指定教材，他几乎一天一夜没睡觉，自个儿先搞了一份教案，然后拿去找老乡兼远房表兄程雨涵，向他请教教案写得是否合适，是否可以一鸣惊人，挽狂澜于既倒。程雨涵也不敢含糊，召集了好几位老乡一起为他这位远房亲戚诊断把脉，将一份小学五年级语文课的教案改了再改，一直到大家都满意为止。

从某种程度上来说，老师讲课，尤其公开观摩课，和演员登台演戏是一样的道理，既要看个人的基本功和事先排练是否扎实认真，也要靠临场发挥。事先准备很充分也不能百分之百保证临场效果好，说到底个人素质起决定性作用。

朱本松这节课最终仍然搞得一塌糊涂。失败的原因无外乎两个方面，一是精神高度紧张，思想压力过大，导致临场发挥失常；二是他对学生的状况，尤其是孩子们在课堂上的反应缺乏科学准确的预估，又不善于随机应变，故而他的失败有一定的必然性。

从一开始，朱本松组织课堂教学的方式方法就不大适合五年级学生，缺少亲和力，更谈不上与孩子们高度的心理契合。当他意识到学生的反应和配合明显与他的教学进程脱节，心里难免着急，对学生又瞪眼睛又训斥，但又顾忌到教室里面有许多人听课，态度不能太粗暴，故而对学生起不到震慑或者整肃的作用，于是课堂教学组织陷入了无序和混乱，搞得学生无所适从，师生互动无法正常进行，教和学两个关键因素全然脱节。学生越组织不起来，老师越手忙脚乱。从刚开始的照本宣科，到后来不知所云、惊慌失措，完全陷入了难以自拔的窘境。

讲课的人把课上成这样，坐在下面听课的人也很难受。包括被劳资科请来共同参与听评朱本松试讲课的程雨涵、雷明等人在内，但凡善良的人都为站在讲台上的人捏一把汗。眼见得朱本松把这节课上成了一桶糨糊，眼见得授课者陷入困境难以自我救赎，坐在下面听课的人除了同情、怜悯，也有相当一部分人对朱本松充满了鄙夷，心想你如此这般的水平，怎么敢来我们这里应聘？祁北公司的中小学校再缺人，也不至于要你这样的饭桶来滥竽充数啊！课上到后来，听课的几乎没有人再有兴趣和讲课的进行眼神、表情的交流，大半都低着头，既是一种回避，也是一种态度。

试讲结束了，组织者趁热打铁让大家对朱本松的试讲课做出评价。结果可想而知，除了否定还是否定。即使是真心想帮助朱本松的程雨涵等人，也不能睁着眼睛说瞎话，非把差的说成好的。于是，朱本松不能胜任教学工作成了高度一致的共识。

试讲结束后，组织者没让朱本松到评课现场去。这样做一是为了大家能够畅所欲言，二是让教者避免再次遭遇尴尬，但这样的安排却让朱本松更为心虚。评课一结束，他赶紧找到参与其中的程雨涵，问道："评课的时候大家咋说的？领导咋说的？我能不能留到小学任教？"

程雨涵哀其不智，怒其不争，没好气地说："你想让评课的人咋说？你想让领导咋说？你把课上成那样，哪怕我是祁北公司教育处的处长，也不能把你留下。人家招聘合格老师呢，不是闹着玩哩。你说说，你不争气到了这种地步，别人还怎么帮你？反正你的事我管不了啦，你准备卷铺盖回家吧。"

程雨涵的态度和言辞让朱本松一下子慌神了："老程，雨涵哥，你怎么也这样说话？在这个生地方别人都排挤我、欺负我，唯一能帮助我的肯定是你。你要这样说，我还有啥活路？反正我不管，祁北公司教育处要是不收留，我就死到他们办公楼里，死到文宏远处长、李成杰科长的办公室里！"

"听你的意思，我也和祁北公司的人一样，都是排挤你、欺负你哩？早知今日，何必当初，我最后悔的事情，就是不该把你这种人勾引到这儿来应聘。我本来为你好，是你自己不争气，别人怎么帮你？咱平心而论，你在中学试讲没有通过，是谁给你争取到了在小学试讲的机会？就连你这次准备试讲，我和咱几个老乡都帮你出主意想办法，帮你一起准备教案。可上试讲课我们总不能替你去上吧？你不光组织教学不行，课讲得也一塌糊涂，恐怕连你都不知道站在讲台上说了些啥。全班学生让你整得不知所措，那节课实在不成样子，你让人家怎么留下你来任教？再说了，咱遇到事情要沉着冷静，你好赖是个男人，总要有些担当，动不动死呀活呀，看你那出息！人家又没有过分为难你，哪怕送你回去，他们也会给'遣送费'，你凭啥要到领导那里寻死觅活？你要是死了，轻如鸿毛，淡得跟凉水一样，除了害你在老家的婆娘娃娃，能对别人造成啥损失？我看你太糊涂，岂止是糊涂，简直就是个窝囊废！"程雨涵没好气，又把他的远房表弟教训了一顿。

朱本松让程雨涵训斥得更加绝望，干脆大嘴一咧，哇的一声大哭，涕泪交流，让人看上去不知该同情还是该鄙视。

虽然当面对朱本松没好气，也没给好脸，但程雨涵的内心却为这位远房亲戚焦急。他一方面劝慰朱本松先安分下来，另一方面急急忙忙找教育处管人事招聘的科长李成杰。

“李科长，我是来向你作检讨的。都怨我给你们推介应聘人员把关不严，只想到咱们这里缺人，忽视了来应聘的必须能胜任工作这个关键因素，以致朱本松这号货也来了。教育处、劳资科能给他再安排一次小学的试讲，也算仁至义尽了。从他试讲的效果看，不用你说，我也认为这样的水平和能力当小学老师不行，真把他留在教学岗位上，那是误人子弟，万万不能。”见到李科长，程雨涵先来一番大迂回，先争取劳资科长的认同，然后再退而求其次，帮朱本松谋一条生路。

“算你是个明白人。既然你作为老乡和引荐者，同样认为朱本松难以胜任教学工作，我们作为一级组织，对他也爱莫能助。这个人只能辞退，考虑到他出来应聘，丢掉了原有的乡村民办教师身份，再回去一定很艰难，我努力向领导汇报，看能不能多给他争取点‘遣送费’，稍稍补偿一下。”李成杰说。

“李科长呀，你真是个好人！不管怎样，朱本松都应该感谢你，我们这些应聘的人也都感谢你。不过，具体到朱本松的问题，我还想请你、请组织上再慎重考虑一下。对他本人来说，绝不是‘遣送费’多少的问题，而是咱们这儿真的不收留，他恐怕再没有别的路好走。好赖是个五尺男儿，回去以后无颜见江东父老，况且这次出来已经把后路断了，实在不好回去呢。”

“那你说怎么办？我们总不能把一个根本不能胜任工作的人放到教学岗位上，让他去误人子弟。这事情没有商量的余地，再说，这种事我也没有权力办，你说这些属于多管闲事，咱俩就此打住，我还有许多事要忙。”

“李科长李科长，就算我多管闲事吧，谁让我把朱本松介绍来了呢？我也悔不当初啊。以后再回老家，我对朱本松的家人无法交代，谁让我们还是远房亲戚呢。”

“你也是，哪怕再是亲戚，也不能把没有基本能力的人给我们介绍来。弄到现在，给组织上添了麻烦，把朱本松弄得进退两难，你也不尴不尬。程雨涵呀程雨涵，你是个聪明人，这件事办得不漂亮。”李成杰反过来抱怨程雨涵。

“李科长你批评得对，到现在，我的肠子都悔青了。尽管这样，我还有个不情之请，说出来请李科长考虑考虑。”

“你说说看。”

“我是这样想的，从两次试讲的状况看，朱本松的确不适合教学岗位，但是，考虑到他现在面临的困境，回老家去基本上是死路一条——朱本松不光垂头丧气，说严重些，死的心都有了——我有这么个建议：教学岗位不行，劳资科能不能想办法给朱本松安排个工勤岗位？看个门，打个更，搞个收发啥的。这些岗位也需要人嘛，总算你发扬革命的人道主义，给这个笨人寻一条出路。如果真能这样做，你简直是救人于水火，善莫大焉！”程雨涵终于把他的想法说出来了。

“程雨涵你少给我戴高帽子，没用。我不能不说你这个想法有一定的道理，出于人道主义考虑，真要有办法帮朱本松一把，我也愿意帮他。咱都能看出来，这是个老实人，老实得不能再老实，让老实人吃亏，说实话我也于心不忍。可是，我这儿也有实际的难处，毕竟祁北公司的学校从来不缺工勤人员。原因是咱的学校是企业办的，人事问题都由企业领导说了算，学校的工勤岗位正好被他们拿来安排在生产岗位干不动的老工人和需要照顾的职工家属。在这个问题上，教育处和学校没有活动的余地，说话一点不管用。所以说，想用这办法解决朱本松的问题，一点儿可能性都没有，你这样想白想，给我戴高帽子说好话也是瞎子点灯白费蜡。”李成杰说。

李科长一番话把程雨涵扔到了冰窖里。看来朱本松真的没救了！

“李科长，既然你把话说到这种程度了，我也没话可说，朱本松留不下怪他没本事，也没这命。事情的结果咱们都没办法改变，我也不想抱怨，抱怨没有任何意义。不过，李科长我还想再替朱本松争取一下，毕竟他是经我引荐才来应聘的，这个应聘的经历给他造成了不可弥补的损失，无论如何我是有责任的——我也希望科长你理解我的心情。我的意思是，朱本松实在留不下只能遣返的话，遣送费是不是尽可能多给一点？毕竟他很可怜，处境也很惨，多给几个钱也许是你李科长和祁北公司教育处唯一能做到的，也算积德行善吧。多给一点钱，他的思想工作难度会减小，我也是为组织上考虑。要不然这个老实人想不通，犯了一根筋，万一闹出点什么事儿来，对谁都不好。李科长你说呢?”

“唉，朱本松要是能有你这脑子的一半，也不至于落这样的下场。我理解你程雨涵的心情，遣送费的事我会给他努力争取，尽量多给点，让老实人少吃亏。同情心谁都有，我李成杰也不是坏人。只不过你也不要故意夸大事实来吓唬我，朱本松犯一根筋，干了不该干的事，他只会吃更大的亏。我们是一级组织，不是被谁吓大的。”

“李科长你别多心，我哪里敢吓唬你？我说的都是实情。我在这里先谢谢李科长，知道你是个好心人，我也替朱本松谢谢你。”

“你先甭谢。我也不知道能争取到什么程度，你们不要抱太大希望，否则我的压力会很大。”

后来，经过李成杰科长的争取，朱本松在被辞退的时候，除了按照出公差的标准给报销来回车费、发给补助费之外，还给了两千元额外的、可称作“遣送费”的资金。按照当时祁北公司老师们的工资标准，差不多相当于一位中等收入老师半年的薪水，和朱本松在老家当小学民办教师每月除了工分只能拿六七块钱的补助费来比，相当于发给他二十多年的民办教师补助。换句话说，以当时的人民币实际价值来衡量，两千元也算得一笔可观的收入。

程雨涵等人认为，祁北公司教育处能对朱本松做到这样，也算说得过去了。于是他和几个老乡努力做朱本松的思想工作，让他面对现实，尽可能往好处想，不要过分悲观失望，更不要干出什么不该干的事情来。

但是，朱本松最终还是出问题了。他将从祁北公司教育处拿到的两千元“遣送费”悉数寄给家里，然后人却不知去向。既没有告诉老乡加亲戚程雨涵他去了哪里，也没有给家里人说清楚他将何去何从，只是给亲属写信说：两千元算是他对家人的一个交代，目前的境况让他没有脸回老家，希望妻子儿女把他忘记。

程雨涵知道了从老家传来的信息，心中暗骂朱本松不是个东西。你哪怕死了呢，玩失踪让家里的亲人多担心呀！何况他的老妈七十多岁了，身体还不好……

5. 初试锋芒

赵逸飞要解决与住宿、办公相关的一系列问题，不可避免地要和一中管总务的鲁副校长接触。真正打过交道了，他才体会到雷明老师曾提醒说这个老女人到更年期了是什么意思。的确，这是一个低水平、低层次而又自我感觉良好的人，对新来的应聘者赵逸飞根本不放在眼里。

在雷明那里借宿一夜，第二天一大早，赵逸飞回到第一中学。听说管总务的鲁副校长因事外出刚刚回来，于是他直接找到女副校长的办公室去了。

赵逸飞敲门进去，鲁副校长坐在办公桌后面，屁股并没有抬起，抬头看人，脸上挂着不屑："你是谁？找错人了吧？我不认识你。"

"呵呵，你不认识我很正常。"赵逸飞初步感知到了对方的傲慢无礼，但他仍然调动起满脸的笑意，很想给这个今后将不得不打交道的女人留下不错的印象，"我先做个自我介绍。我是刚刚来应聘的教师，昨天到的。我来找你，是想让你给安排一下住宿，也解决一下办公桌椅的问题。"

"哦，你是来应聘的。工作安排了没有？教啥课？在哪个教研组？"鲁副校长脸上依然冷若冰霜，先将来访者盘问一番。

"滕副校长安排我先去语文教研组。我们来了以后还要通过试讲，最终才能正式安排。"赵逸飞实话实说。

"还要试讲呀？你在原籍是民办教师吧？你这样的前面来过好多了，其中很多人都不行，素质太差。你说说，你们在老家待得好好的，跑到这里干啥来了？试讲万一通不过，不还得回老家去？既然是临时的，有些事情只能先将就一下。正好，前几天有一个叫朱本松的，在中学试讲不行，领导同情他，给了一次在小学试讲的机会，结果还是被淘汰，走了。这个人是你老乡吧？我听你们说话口音有点像。他没走之前在我们学校后院的平房住，有一张床位，你先住到那里去吧。办公桌椅也暂时不要领，领了将来再退，怪麻烦的。”

鲁副校长一席话，让赵逸飞听出了那么多的不欢迎和不耐烦，而且这个女人似乎先知先觉，预知赵逸飞试讲肯定通不过，将来一定会哪儿来哪儿去，听她的意思，领办公桌椅纯属多余，住宿问题也先临时凑合凑合就行了。毕竟赵逸飞在老家也当过学校领导，从初步打交道的第一印象来推断，赵逸飞自认为他的水平绝不在这位鲁副校长之下，在如此人等面前遭此冷遇，让血气方刚的他心里窝火，于是说话不知不觉也有了火药味：“鲁校长，我们来这里应聘是经过双向选择的，好像是咱们这儿很需要人，派人到我们老家专门去招聘的。所以说，我是被祁北公司请来的，不是自己在老家待得难受，故意跑到这里来给谁找麻烦的。办公桌椅我认为现在就有领取的必要，哪怕试讲，也得备课，没有办公桌椅，我总不能蹲到地上在膝盖上写字吧？住宿只要有张床，临时凑合一下还行，只不过我是准备长期扎根的，没有临时对付的思想准备。鲁校长，我看，该咋办就咋办吧。”

鲁副校长听出了赵逸飞的不满情绪，说：“既然你非得要个办公桌椅，我让保管员领上你到库房去挑。那里有淘汰了的旧桌椅，你先搬一套去用，打个借条，将来如果要走，再还回来。你这个小伙子自我感觉蛮好，也许将来能留下，留不下也不能怪组织，怪别人。”

总归鲁副校长的话仍然不中听，怎么听怎么别扭，但赵逸飞新来乍到，又不能过分与之较真。于是他点点头，表示认可鲁副校长的安排，至于她用言辞制造的那份不愉快，只能强忍着吞咽下去。毕竟到这里是来应聘的，不是找着和人吵架的。

保管员姓易，也是个女的，挺胖。她看出了鲁副校长对新来的应聘老师不冷不热，于是她的态度也不冷不热：“我给你把库房门打开，自己进去挑吧。反正都是些淘汰的破旧桌椅，随便拿一套凑合着用。”

赵逸飞走进光线昏暗的库房，感觉到里面累积了很厚的尘土。他先让眼睛适应一下里面的光线，然后找到一把木椅，像是学生用的课椅，摇了摇，还算结实，坐一段时间不至于散架。于是搬了出来，对保管员说："桌子我一个人搬不动，何况层层叠叠的，搬一个，别的倒了、摔坏了怎么办？我到语文组找个老师来帮忙吧。"

"那你快点，我还忙着哩。"保管员说。

赵逸飞搬了把椅子来到语文组，说需要个人帮他去搬张桌子。没课的语文老师都积极响应，一下子去了四五个，有男有女。到了库房，大家挑挑拣拣，给赵逸飞弄了一张相对结实、不算太破旧的办公桌。而且，去的老师异口同声将总务处的人声讨一番，说他们对新来的同志不帮忙不关照，简直是缺乏起码的礼貌以及职业道德，弄得那位易保管员很尴尬。回到办公室，老师们还给赵逸飞赠送了崭新的茶杯和茶叶，组长一再问他还需要什么，大家都可以帮着解决。

语文组老师们的热情相助冲淡了鲁副校长和易保管员带给赵逸飞的不快。办公的基本条件创造好了，赵逸飞却很难进入工作、备课的状态。一中两位副校长给他留下的印象太深刻了，不能不让他浮想联翩，不能不让他为今后的处境担忧。

从第一中学的校名推断，这所学校一定是祁北公司教育处下属最重要的、最有影响的学校，也应该是这里最好的学校。可是，仅从赵逸飞接触过的两位副校长来看，他对这所学校的印象并不怎么好。据说学校还有个校长兼书记的一把手老贺，但姓滕的和姓鲁的无论如何是学校的第二号和第三号人物啊，他们竟然是这样的水平和做派，那么这所学校整体的管理和办学水平能有多高呀？无外乎两种可能，一种是学校的确不错，只不过两个重要的岗位上放错人了，而一把手更强大，整体教职员工队伍的正能量够大，足以抵消这两个人所代表的负面力量，学校仍然是一所好学校。另一种可能，既然如此水平、如此行事风格的人都能放到这么重要的领导岗位，足以证明这里的风气不怎么正，整个领导层的管理水平不怎么高，学校的教育教学水平和社会评价也都一般般，作为一个新来的、尚且不知能否站住脚的新人，你对这一切将无可奈何，只能消极适应。想到这里，赵逸飞未免很丧气。背井离乡出来闯荡，本来想找一块能让自己茁壮成长的肥沃土壤，能趁着青春年华和旺盛的精力干一番事业，在解决家庭生活困境的同时也让个人得到长足发展，假如周围的人整体上只不过是以滕、鲁二人为代表的那种水平，所处的环境也是个萎缩狭小、容不得人的小地方，那么来到这里岂不是大错特错？

不过，从他到教育处报到接触的李成杰科长等人来看，这里的管理层也有好人，也有善良的、讲原则又讲办事效率的人。还有，就语文组的老师而言，他们所表现出来的热情、乐于助人和充满正义感，已经让他感受到了集体的温暖，尽管他暂时还没有融入这个集体。这些普通人的表现，让赵逸飞看到了一种整体上的素质，也看到了一种希望。也许，到了一个新地方，对人、对环境的认识尚且需要一个过程，需要在过程中加深认识的深度，故而不宜过早地下结论，更不应该杞人忧天、庸人自扰。还是先安下心来认真备课，第一步先通过试讲，后面的事情再走一步看一步吧。无论如何，自乱阵脚总是不应该的，冷静应对，甚至韬光养晦，都是有必要的，胜利往往在于再坚持一下的努力之中，出水才看两腿泥……

其实，赵逸飞并没有多少时间可以用来浪费。这天上午下班前，一中教务处派人通知赵逸飞，明天上午第二节课，让他在本校高二（1）班试讲一节语文课，教材指定为韩愈的《师说》。

赵逸飞接到通知准备试讲，语文组的老师们很热情，纷纷凑上来问他还需不需要什么帮助。教研组长王老师说："赵老师你今天抓紧备课，明天早上第一节——甚至可以提前到早读时间——先在高二别的班试讲一下。高二（1）班正好是我代课的班级，我会事先给学生安排一下，让他们好好配合你。"

教研组老师们的热情帮助让赵逸飞信心大增。他想，试讲无非是要看看我作为一个高中语文老师是否胜任工作，而能否在试讲中表现出个人的高素质，除了认真备课以及学生配合外，更重要的得看自己平日里修炼的结果，临时抱佛脚不能说没有作用，但毕竟不是决定性因素。好在就《师说》这篇课文而言，教材是熟悉的，也有以前积累的现成教案，拿出来修改修改就能做成新的教案，教法上再认真想想，看能不能有新的创意，能不能制造出新的亮点。至于在试讲之前先在别的班级演练一下，也不失为准备过程中一个锦上添花的环节，同时也不能辜负了教研组这些未来同事的一片好心……

第二天的试讲，赵逸飞自我感觉属于正常发挥。

“古之学者必有师。师者，所以传道受业解惑也。人非生而知之者，孰能无惑？惑而不从师，其为惑也，终不解矣。生乎吾前，其闻道也固先乎吾，吾从而师之；生乎吾后，其闻道也亦先乎吾，吾从而师之。吾师道也，夫庸知其年之先后生于吾乎？是故无贵无贱，无长无少，道之所存，师之所存也……”

韩愈的《师说》属于相对浅易的文言文，对有了一定古文基础的高二年级学生来说不算太艰涩。赵逸飞以往的文言文教学重诵读，在完成了一节课开始时的教学组织，以及作者介绍、背景介绍之后，他让学生先认真看课本上的注释，自行克服一些相对难理解的字词，然后用了差不多半节课的时间诵读。先由老师范读，再让学生试诵读，然后再领读，一直到朗朗上口。

诵读之后，进入讲解课文的环节。按一般人的想法，作为一节招聘老师的试讲课，应聘者总要展示一下个人的能力，尤其是口才。讲课讲课，“讲”是老师的第一基本功，没有这方面能力的展现，恐怕很难说是一节成功的公开课。但是，赵逸飞在这个环节依然突出了学生的主体作用，让他们对照课本注释，尽可能自主翻译课文。只是到了个别关键的虚词或句式，学生哪怕通过讨论也不甚了了，他才画龙点睛讲几句，而且点到为止，言简意赅，绝不重复。

毕竟只有一个课时，全篇课文的教学过程不可能全部完成。有效翻译完了课文的第一段：

“古代求学的人必定有老师。老师，是用来传授道理、讲授学业、解答疑难问题的。人不是一生下来就懂得道理的，谁能没有疑惑？有了疑惑，如果不跟老师学习，那些成为疑难的问题，就始终不能解开。出生在我之前的人，他懂得的道理本来就比我早，我跟从他，拜他为老师；出生在我之后的人，如果他懂得道理也比我早，我也跟从他，拜他为老师。我是向他学习道理的，哪管他的年龄比我大还是小呢？因此，无论高低贵贱，无论年长年幼，道理存在的地方，就是老师所在的地方。”

这节课也就结束了。让人捏一把汗的地方，正是赵逸飞“讲”的基本功没有充分展现的机会，那么，这节课能算一节成功的试讲课、公开课吗？

后来评课的过程，证明了大家对赵逸飞试讲课评价的确有分歧。语文组参与听课的人不少，但毕竟这节课是招聘人才的试讲，不是一般的公开课，故而一般老师在评课过程中连发言的机会都没有。教研组长王老师被邀请作为评委，她的发言显现出相当的重要性。王老师认为，赵逸飞的课是一节很成功的课，教者顺利、圆满地完成了当堂课的教学任务，学生该掌握的知识都掌握了，而且在学的过程中培养了动手动口的能力，从这节课也能看出应聘老师赵逸飞具有胜任高中语文课的能力。

听了王老师的发言，在场的赵逸飞对她投去感谢的目光。但是紧接着，第一中学分管教学的滕副校长的发言又让赵逸飞一头雾水，如坐针毡。

滕副校长所表达的主要观点是赵逸飞在这节试讲课上没有表现出优良的个人素质，看不出这位应聘者能够胜任高中语文教学。“明明是试讲课，老师为什么不讲？为什么讲得很少？教者是不是觉得自己知识积累不够，讲课的能力有限，所以故意避重就轻，用学生的活动来掩盖老师的无能？”腾副校长说，“我作为一中主管教学的副校长先表个态，我认为新来的赵逸飞同志不见得能适应高中语文教学，我们学校希望能补进更高水平的语文老师，而不是一些滥竽充数的应聘者。”

滕副校长一席话很打击人，等于将试讲者赵逸飞否定了，而且使用了“滥竽充数”这样的字眼，让赵逸飞自尊心有点受不了。

语文教研组长的话某种程度上代表了参与听课的老师们的意见，而滕副校长是领导，说话应该更具分量，于是后面的发言有说好的，有说差的，也有模棱两可的，对于赵逸飞来讲，听这些发言如同被一把钝刀子在心上割，感觉十分不舒服。心想我认认真真上了一节课，能不能决定留用是一码事，起码应该得到更为客观公正的评价，而滕副校长因为初次接触时我给他留下的印象不好，评课明显带有报复和故意贬损的倾向，看来这是一位心胸狭隘的领导，假如他的话最终起到决定性作用，那么这次试讲岂不成了一场闹剧，一幕悲剧？

还好，后来终于有了比滕副校长说话更管用的领导站出来帮赵逸飞说话。

第一中学的贺校长说："我对这节课的看法和滕副校长有所不同。我们经常讲教学、教学，一堂课不仅要看'教'，更要看'学'。我认为老师表演得是否精彩并不重要，更重要的是学生'学'的积极性得到充分调动，发挥了他们的主观能动性，这样最终的受益者是学生，不仅学到了知识，而且培养了能力。从这个观点出发，我认为赵逸飞老师这节课是成功的，甚至可以说是很精彩的。通过这节课能看出他作为一名老师各方面的基本功都很不错，尤其善于调动学生，与学生交流互动非常好。这样的应聘老师我个人还是很欢迎的。既然滕副校长有不同意见，我们学校领导班子下来以后统一一下意见，然后再表态。"

贺校长话音刚落，教育处的文宏远处长接过话茬儿说："我大致同意老贺以及一中教研组长代表老师们所发表的意见。这段时间事务性工作比较多，我很少有机会直接听应聘老师的试讲课，今天听了一节，感觉十分满意。为什么这样说呢？因为赵逸飞同志这节课，代表了一种先进的教学思想、教学理念。我们以往听到的观摩课、公开课，讲课的老师自觉不自觉总要把个人的表演放在第一位，总想把老师的才华展现得淋漓尽致，似乎不如此不足以表现出能力和水平。但实质上呢，课堂教学必须以学生为主体，假如学生参与不积极，只是一味消极接受，教学效果总是有限的。外因是变化的条件，内因才是变化的依据，我认为，只有充分调动了学生的主观能动性，课堂教学才能进入一种全新的境界，我们的教学质量才能不断迈上新的台阶。既然一中两位领导都表态了，我也不妨表个态。赵逸飞老师我们留用了，这个不用再开会商量，李成杰你们劳资科执行就是了。至于一中要不要这位老师加盟，老贺你们最好今天评课结束后马上能有个态度，要不然劳资科就把赵老师调配给其他学校，让第一中学后悔去吧！"

祁北公司教育系统最高长官的一席话，听得赵逸飞心中一热。他的感动不仅在于文宏远处长对他的试讲课做出了公正的评价，更重要的是他体味到这位领导对教育很内行，认识问题有高度，教育思想十分先进。相比较滕副校长、鲁副校长等人给他留下的霸道和低水平而言，这个地方还真有懂行的、有水平的领导。如果说滕副校长、鲁副校长的做派让人生厌，但他们毕竟是文处长、贺校长的下属，整个管理队伍中有个把不称职甚至极不称职的人，也许并不能影响整体管理水平的高低，将此类人忽略不计甚至蔑视他们，才是正确的选择。

这样一想，赵逸飞心中豁然开朗。

第五章　攻坚克难

“赵老师，赵逸飞，我要是不让你走出家门呢？”黑子突然变得面目狰狞。

“哼，你以为你是天王老子呀，连我都要怕你不成？”赵逸飞脸上挂着冷笑和不屑，“你小子有种，敢动我一根毫毛，我一定让你吃不了兜着走。”赵逸飞说罢，大步朝门外走去。

“赵老师，你别生气。我听你的，我当面向那两个挨了打的学生道歉还不成？”黑子上前一步拉住赵逸飞，脸上挂着尴尬的笑意……

1. 压力山大

评课一结束，第一中学的贺校长把两位副手叫到一起开碰头会，商量要不要接收应聘者赵逸飞为本校老师。

两位副校长意见高度一致，都表态说这个赵逸飞不能要。滕副校长的看法是：“虽说试讲课大家对赵逸飞的评价有分歧，但我始终认为这些从乡下来的民办教师、代课教师，毕竟没有经过系统的师范教育培养，文化知识有缺陷，教学能力也不敢恭维。再说，这个小伙儿给我的初步印象一点儿都不好，自以为是，目中无人，把他放到教师队伍当中，会给我们的管理增加难度。我的意思，咱们学校再向教育处要几个应届的师范院校毕业生得啦，不必接收赵逸飞这一类说不清来历的人，省得将来麻烦。”鲁副校长接过滕副校长的话茬儿表态说：“先不说赵逸飞在教学方面有没有本事，人是个刺儿头，对我、对我们总务上的工作人员一点儿都不尊重。这种人我们要他干什么？我同意滕校长的意见，坚决不要！”

两位副手的话让贺校长听得皱眉头。他说：“据我知道，我国的中小学教育，尤其农村的中小学教育，许多年来民办教师一直顶着半壁江山。民办教师、代课教师生存条件艰苦，他们中间却不乏优秀的知识分子，有些人堪称教育家——我老家也在农村，我比你俩更了解乡村民办教师是咋回事儿。我的意思是，咱不能随意给一个人贴标签，然后因为标签就把人看死了，随意否定。更不能因为祁北公司招聘人才，前面来过几个素质不高的民办教师，然后对后面来的同类人简单加以否定。实事求是地说，从试讲课和初步接触所留下的印象来看，我认为赵逸飞这个年轻人素质很好。你俩也听见了教育处文处长对他的评价，老文对这位年轻人的肯定和赞扬更加直接，也更有力度。从爱惜人才的角度出发，从咱们学校需要高素质语文老师的实际情况出发，我认为赵逸飞应该留在一中。文处长说了，要是不留，一中会后悔，我也觉得是这样的。我今天行使一下校长负责制这种体制下校长的决策权，赵逸飞咱们第一中学要了。你俩有不同意见先保留吧，我相信随着对这个年轻人进一步的了解，你们会改变看法的。另外，他们这批人不是还有三个月试用期嘛，到时候你们还有发表意见的机会。”

贺校长立即叫来校长办公室主任，让给劳资科打电话，说一中同意接收赵逸飞老师。滕副校长、鲁副校长虽然心中不服气，但他们知道在校长负责制的规则下，再提反对意见已经没有什么意义了，于是都保持沉默。

于是，赵逸飞正式成为祁北公司第一中学的语文老师。

很快，赵逸飞接到学校教务处的工作安排：任高二年级（3）班、（4）班（即两个多月之后就将升入高三的毕业班级）的语文课，并兼任（4）班班主任。

听到学校给赵逸飞所做的工作安排，语文教研组的老师们一片惊呼。

“啧啧，直接让赵老师带高二两个‘差班’，学校对新来的应聘老师一点儿不客气啊！”

“高二（4）班原来的班主任小严老师说身体不好，谁知道呢！还不是让这个班那帮捣蛋鬼给气得招架不住了。这个班给谁带都不好办，也不知道赵老师有没有揽这瓷器活儿的金刚钻。”

“原先代这两个班课的语文老师小莫之所以调走，还不是因为学生管不住，课没法儿上？高二（3）班、（4）班是学校领导最头疼的，这下可算找到替罪羊了。”

“直接让新来的老师上这两个班的课，兼（4）班班主任，学校领导不是故意整治人家？起码也不厚道。”

……

等赵逸飞来到办公室，大家都不吭声了，望着他，眼神里面含义复杂。

“赵老师，学校说让你接高二年级后两个班的语文课，兼（4）班班主任，他们没给你做什么特殊的交代？”语文教研组长王老师没能忍得住，主动问赵逸飞。

“没有什么额外的交代。作为一个语文老师，代两个班的课，兼班主任，这算正常工作量，也没啥特殊性吧？教务处告诉我，这两个班的课你和宋老师临时给代着，让我向你们问问进度，明天就把课接过来。（4）班班主任——教化学的小严老师给我把班级的情况大致说了说，我也知道（4）班学生都是所谓的‘差生’。这个不怕，好学生、差学生都得有人教，我尽心尽力去做就是了。”赵逸飞说。

“这两个班都是差生，而且不是一般的差——我指的是班级的学习风气相当的差，学生不好管，课不好上，你要有思想准备。有什么困难，咱们教研组的老师们都会尽力帮你。”教研组长说。

赵逸飞说：“感谢王老师，感谢大家。”

这天下午最后一节自习，原班主任严老师陪着赵逸飞到高二（4）班和学生见面，也算是班主任工作的交接。严老师说：“从现在开始，我不再是你们的班主任了，赵老师将接任高二（4）班班主任。请同学们鼓掌，对赵老师表示欢迎。”

掌声稀稀拉拉，后排座位上却有人打口哨，很尖锐，也很刺耳，紧接着一阵哄堂大笑。

小严老师觉得学生打口哨是对老师权威的挑战，也是对她这个即将卸任的班主任最大的不尊重，于是脸马上拉下了，说：“谁打口哨了？

你再打一个我看看，有本事站起来，让我看看你是谁。新老师刚来，你们就这样起哄，想要个处分我到学校去给你申请。”

小严老师有点近视，究竟是谁吹口哨了，她的确没看清。

学生倒是暂时安静了，但赵逸飞注意到有不少学生在下面撇嘴，做鬼脸，显然对严老师的严厉很不屑。

“好吧，我来说两句。”赵逸飞清了清嗓子，面带微笑，站到讲台居中的位置，向他刚刚结识的弟子们发表“就职演说”，“感谢同学们稀稀拉拉的掌声。刚才的口哨声我也愿意把它理解为对我这个新班主任的欢迎——尽管这种表达欢迎的方式似乎不大合适——到底合适不合适以后我们再找机会讨论。我先表个态，不管大家是不是真心欢迎我，我肯定是真心实意来向同学们报到的。我愿意做高二（4）班班主任，愿意成为大家的好朋友，我也相信随着时间的推移和相互认识的加深，我们也一定能成为好朋友。既然是朋友，我们在人格上是相互平等的，同学们要不要尊重我，首先取决于我作为班主任是不是真正做到了尊重大家。初次见面，你们怎么对待我都不要紧，毕竟新来的陌生人既有可能是你们的朋友，也有可能是你们的对头，路遥知马力，日久见人心，当老师的也不能光靠耍嘴皮子，请大家从明天开始，不，从现在开始，看我的实际行动吧。我的讲话完了，此处可以有掌声。”

学生鼓掌比刚才热烈多了，赵逸飞甚至看见一位圆脑袋、大脸庞的男生已经将手指塞到嘴里了，但终于没有打口哨。

从班里出来，小严老师对赵逸飞说：“这帮学生坏着呢，给好心也不能给好脸。你态度这么软，小心他们蹬鼻子上脸。”

赵逸飞说：“应该不至于。”

第二天到高二（4）班上第一节课，学生给他们的新班主任搞了个特殊的“欢迎仪式”。赵逸飞来上课的时候，教室门半掩着，推门进去，头顶上掉下来个黑板擦，恰好砸在赵逸飞额头上，然后他看见教室里四十来号人，有一大半憋着坏笑，对他们当中的某一人或某几人制造的恶作剧成功表示得意。

好在这个恶作剧的情节还不算太恶劣，赵逸飞瞬间意识到发生了什么，也想好了应对之策。他并没有恼羞骂人，而是正常走上讲台，注目全场，等着学生常规性地向老师问好，然后他微鞠躬还礼，示意全班学生坐下。这时候学生的注意力倒是很集中，都用眼睛盯着老师，看新班主任对刚才的恶作剧作何反应。

赵逸飞开口："今天是我给大家上的第一节课，同学们送给我的欢迎仪式挺特别的，和我预想的差不多。没有在我头顶放一盆脏水，浇我个落汤鸡，算你们客气。谢谢做这件事的同学手下留情。课堂时间是用来学知识学文化的，不是用来浪费的，我看大家听讲很认真，咱赶紧进入正题，请将课本翻到第 68 页……"

让赵逸飞没有想到的是，这节课秩序竟然特别好，所谓"差班"的学生竟然做到了全体认真听讲，积极配合老师，于是课堂教学取得了十分理想的效果。走出课堂的时候，赵逸飞松了一口气，心想，这第一节课的效果比预想的好多了。

更让赵逸飞没有想到的是，他刚刚回到办公室，竟然有两个男生——卫宏和李煜追着来找他，主动向老师承认错误，说往门楣上放置黑板擦是他俩干的，对老师不礼貌，破坏课堂纪律，请老师批评和原谅。

赵逸飞望了望来认错的两个男孩，一高一矮，一胖一瘦，高的李煜能比他高半头，胖的卫华估计能比他体重多出几十斤来，可见城市孩子营养不差。快升高三的孩子已经开始长胡子了，这两个调皮捣蛋的家伙看上去眼神有些空洞，但一点儿也不复杂。

"呵呵，我在课堂上就原谅你们了。能主动来认错，说明你们都是品质很好的学生。想给老师一个下马威，这想法虽然幼稚，但也算有想法，是不是还想借此机会在全班同学面前逞个能、出个风头？你们的目的达到了，也没有给我造成什么伤害，甚至无形中还帮了我，第一节课取得了不错的教学效果。所以说，这件事到此为止了。以后对老师有什么意见或者建议，同样可以积极表达，只是方法上更讲究一些，出发点更善良一些，就好了。赶紧回去准备上下一节课吧，预备铃马上就要响了。"赵逸飞说。

"老师，我们错了。"卫宏深深向老师鞠躬。

"老师，我们以后再不制造恶作剧了，一定好好上你的课。"李煜说。

“知错能改就好。不光要好好上我的课，而是要好好上所有的课。赶紧去吧。”

“老师再见。”

“哎哎哎，高二（4）班最坏、最调皮的学生竟然主动来向老师认错，岂不是太阳从西边出来了？”语文组一位姓陈的男老师说。

“对呀。我最近给这个班代课，课堂纪律简直没法儿维持，看上去这个班教室里有一大群顽劣不驯的家伙。小赵你上第一节课竟然把他们制服了，你用的什么高招儿呀？”教研组长王老师说。

“我能有啥高招儿？第一次进教室给他们上课，人家在门上放了个黑板擦砸我，我也没说什么，照常上课就是。没想到一下课就有人来认错，这个班的学生没有我想象的那么糟糕，这件事让我增强了带好班、上好课的信心。”

“还说没有高招儿，你没有对学生的恶作剧大发雷霆，而是因势利导，组织好了第一节课，这正是一般人做不到的。小赵你有教育家的胸襟和风范呢，很了不起。”王老师不吝表扬。

“就是就是，赵老师是高手。”陈老师附和。

赵逸飞苦笑一下。高手不高手暂且不论，他接手的这个班看上去的确不好弄，必须花大气力，不惜耗费心血和精力，最终也不知道能不能搞出点名堂来。教课带班遇到学生群体素质差，这种把学业成绩及品德表现相对落后的学生汇聚到一起的“差班”“慢班”，对老师来说，就好比种庄稼的农民遇到了贫瘠的地块，和别人花一样的气力，收成却有可能不及别人的三两成。放弃吧，你没有别的土地可供耕种，不放弃吧，就得下更大的功夫、花更多的气力，才有可能在一定程度上缩小与别人在收成方面的差距，除此而外，没有什么更好的办法。

第二天、第三天，赵逸飞除了上课，一有时间就到他所带的班去听别的老师上课。一方面，他想借此考察学生，看看这个班学生成绩差、纪律表现差，除了基础性的原因之外，更重要的症结在哪里。另一方面，他也想多看看别的老师给“差班”怎样上课，学学别人的经验，或许也能发现学生之所以差，是与老师的教学方法、教学态度有一定关联的。

听了几节课，还真让赵逸飞听出问题来了。

这个班的学生的确问题很大。从他们在课堂上的表现完全能够看出，就高中学业而言，他们中间不乏自暴自弃的人，人数上占了相当大的比例。作为担任过多年中学课程，初中、高中毕业班都带过的老师，赵逸飞完全懂得，有许多课程，尤其数理化和外语，前面的课没有学会，后面的学习就失去了必须有的基础，也就是说，前面的荒废了，后面的就没法学了。到了高二、高三年级，所谓的“差生”也是冰冻三尺非一日之寒，他们中间有些人的部分学科，也许在初中，甚至更早就开始荒废，以至于到后来上课犹如听天书，根本不知老师在讲些什么，或者说他们坐在教室里上课，基本上等同于被关禁闭，这样的孩子在课堂上没有正经事可干，能静静坐着不捣乱实属不易！既然“关禁闭”，总不能都是些服服帖帖的良民，于是，交头接耳开小差的有之，大胆一些，男生女生手拉着手眉目传情谈情说爱者有之！

任何现象，存在的就是合理的，但是，面对着这样的班级、这样的学生，作为新任班主任赵逸飞，作为一个有责任心、事业心的老师，他何尝能够轻松面对，何尝能没有天大的压力？

此外，除了学生的问题，给这个班级上课的老师也不能说没有问题。客观地说，有多个学科的老师都抱着应付的态度，上课认真的程度完全可以用“敷衍塞责”来形容。大家都觉得这块土地贫瘠，花再大的气力也是瞎子点灯白费蜡，与其管得严了让学生逆反，还不如得过且过走走形式得啦。也有个别老师工作态度还算端正，但却对学生过分调皮捣蛋缺乏有效治理的方式方法。比方教这个班数学的彭老师——是另外一个“差班”高二（3）班的班主任——上课只顾照本宣科，将准备好的课程内容像背书一般唠叨一遍算完事，根本不看学生的反应，更不管学生究竟学到了多少东西。

老师如果不用心、不用劲，这个基础本来就很差的班级还有什么希望？学生被荒废了，对他们来讲是人生一大悲剧，对老师来说，岂不是误人子弟？老话说得好，误人子弟如杀人父兄，做老师的不尽职尽责，何尝不是一件既丧良心也失却了职业道德操守的事情？

赵逸飞压力山大。

2. 死皮赖脸

梁霞的感觉没有错。

从一开始，她就觉得倪副校长对她的关照超乎寻常，似乎背后有什么不可告人的目的，于是她对他一直保持着警惕。果然，对梁霞事事处处关照了一段时间之后，这个老男人的狐狸尾巴逐渐露出来了。

赵逸飞、梁霞他们来应聘的那个年份，交谊舞作为一种社交方式，在全国尚处在悄然兴起、渐成风尚的阶段。就祁北这样的工矿城市来说，当时连一家像样的舞厅都没有，但却有几处利用饭厅、礼堂等有较大室内面积的场地改成的临时舞厅。乐队更谈不上，弄个录音机，接上功放，连两个音箱，用磁带播放舞曲，便有了舞场的意思。

倪副校长主导，安排梁霞住了单间的教师宿舍，并且在生活琐事方面尽最大可能关照梁霞。在为梁霞做了许多事情之后，倪副校长自我感觉，他和这位新来的漂亮女教师之间似乎建立起了一种特殊的关系。有一天吃过晚饭，倪副校长独自一人来到梁霞的宿舍，邀请她和他一起去跳交谊舞。

“跳舞？倪校长，你怎么想起邀请我去跳交谊舞？我对跳舞一点儿兴趣都没有。再说，我也不会跳，老踩别人的脚也不是个事儿，你找错人了。”梁霞说。倪副校长单独邀她跳舞，梁霞用脚后跟儿想也能想出这事情有点不对味儿，故而从心理上很反感，毫不犹豫地推辞。

“啧啧，你说你，小梁老师，这么好的身材，这么漂亮的女同志，不跳舞岂不可惜了？再说，你说不会跳舞我也不信哪，交谊舞对你这样的女同志来说根本不用学，天生就会。哪怕真的不会，找个会跳舞的男伴，带着你跳就是了。比方说你现在跟我去，到了舞场，我带着你跳，三支曲目下来，保管你就会了。万一还学不会，跟着舞曲的节奏走路总会吧？那样就行！所以说，用不会跳做借口，根本不能算理由。”倪副校长看来抱定了不达目的不罢休的信念，非得要梁霞陪着他去。

“倪校长，我的确不会跳舞，也不想去跳舞。再说，我跟你单独去跳舞，让咱们学校的同事们知道了，大家说闲话怎么办？你是有家庭的，我在这里又是单身，恐怕都得注意影响。你如果对跳舞有兴趣，我相信你以副校长的身份，邀请几个女老师一起去，应该能办到，你下次多邀请几个同事，我也跟着你们去学学，体味一下时尚生活。一起来应聘的人有我的朋友，我也叫上几个人，大家一起去。”梁霞说。

“唉，你这个小梁同志，顾虑太多了。不就跳个交谊舞吗，想那么多干什么？既然你怕这怕那，以后再去跳舞我就多约几个人，反正舞票一张才两毛钱。不过，今儿既然我来了，还是希望小梁你能给个面子，咱们共同去跳一次交谊舞吧。舞场是公共场所，那么多人在一起，而且跳交谊舞是一件很高雅的事情，哪怕是一男一女单独去，我也不至于对你有非分之想啊。你不要想太多，咱们一起去吧。算我求你了，小梁同志，谁让我有跳交谊舞的业余爱好呢？今天真的犯瘾了，要是你不陪我去，对我来说该是一件多么痛苦的事情啊！漂亮女同志得有同情心，我相信小梁同志不会让我失望的。”倪副校长死缠烂打。

其实，大多数女人都自恋，漂亮女子尤甚。尽管眼前这个男人有点莫名其妙，甚至有点招人烦，但倪副校长一味奉承梁霞长得漂亮，表现出对美色的倾慕和欣赏，也在一定程度上打动了梁霞。也许倪副校长说得有道理，舞场是公共场所，一个男人纵然想对女人使坏，想必在众目睽睽之下也不至于干太出格的事。老倪同志缠磨了老半天，无非想和我一起跳跳舞嘛，要么就满足他一次，照顾一下他可怜兮兮的虚荣心，假如他在舞场上真有什么不良表现，下不为例就是了，自己也不至于会损失什么。

这样一想，梁霞对倪副校长态度变得温和了许多，说：“本来跳个舞也不是大不了的事，只不过我和你单独去显得怪怪的。”

“下次，下次我一定多喊几个人。今天已经晚了，舞会都要开场了，咱们赶紧去吧。”

梁霞点点头。

梁霞对倪副校长的无耻还是低估了。舞场固然是公众场合，但灯光暗淡，而且来跳舞的男男女女当中不乏来“找感觉”的，相互搂抱着、舞姿不雅者大有人在。在这种场合里，你作为舞伴，即使被男舞伴搂得紧一些，被吃豆腐被轻度骚扰，周围不会有人站出来为你打抱不平，况且还有几支曲目进行中全场关灯，好像故意要给色狼色女们创造肆意妄为的条件。可想而知，心怀鬼胎的倪副校长不可能表现得十分老实，梁霞尽力自保，感觉还是被侮辱了。

灯光再次亮起来的时候，梁霞选择了提前退场，将倪副校长一个人甩在了舞厅。

梁霞万万没有想到，第二天中午下班，她刚刚回到宿舍，倪副校长竟然腆着脸找上门来了。

“小梁老师，你太不够意思了。昨晚上你竟然把我一个人扔到舞厅，中途退场了。你知道没有你在，我哪里还有心思继续跳舞啊？你刚一走，我也回来了，回到家失眠了，心里难受，睡不着，都怪你。为了对你表示惩罚，我特意给你送来午餐，请你笑纳。”倪副校长竟然给梁霞送来丰盛的午餐，在附近餐馆打包带过来的。

梁霞对倪副校长脸皮的厚度也低估了。姓倪的这么一搞，她反倒不知道该咋办了，伸手不打笑脸人，你难道能把他赶出去不成？能把倪副校长拿来的饭菜摔到他脸上不成？

“倪校长，我昨天晚上半途而废很正常，至于为什么你比我更清楚。何况我本来不喜欢跳舞，昨晚能和你一起去，我已经很勉强自己了。以后这样的场合我再不会去，尤其不会和你一起去。很抱歉，倪校长，我就是这种人。给我送午餐也是你自愿的，我付钱吧，要不然你拿走。今后你对我的关心照顾最好少一些、淡一些，否则我有可能会认为你是一个别有用心的男人，这样对你的形象不好，你毕竟是学校领导啊！”梁霞说。

“你又错了，小梁同志。我之所以愿意帮你，想有更多的机会和你在一起，与我是不是学校领导一点儿关系也没有。我就想做你的一个朋友，一个关心你照顾你的朋友。所以说，在你这儿，我不讲究什么领导的形象不形象，我只要做你的朋友。如果你能把我老倪当朋友对待，我将会感到无比荣幸。”倪副校长说。

“做不做朋友是两个人的事，并不是其中一人强求另一人。在我心目中，你就是我单位的领导，你我之间只不过是同事和上下级关系，除此而外没有别的。你作为领导，或者说作为长辈——你的年龄做我的叔叔差不多吧——对我关心和照顾，我对你表示由衷的感谢，但我并没有在思想上把你当成亲密的朋友。所以说，你今后没有必要过分地关照我，你这样做会对我造成压力，而你也得不到你想得到的东西，达不到你所要达到的目的。”梁霞的神情有几分凛然。

“唉，你这个小梁，想多了，真想多了。我哪有什么目的呀，无非是欣赏你的美貌，心甘情愿多为你做点事情罢了。爱美之心人皆有之，我对你好完全出于自觉自愿，你不要认为我一定会有什么目的性。我想咱俩的关系，你想让它有多纯洁，它就一定会有多纯洁，一切主动性都在你手里。从这些天打交道的过程来看，我还算不上死皮赖脸的人吧？更不是坏人。小梁你要有宽容心，要有同情心，我没有别的要求，只希望和你的交往还能继续下去……”

梁霞心想：我岂不是遇上泼皮无赖了？

梁霞忽然特别想见赵逸飞。虽说学校各处室和门卫都有电话，但打电话不见得能找到本人，托人带话也挺麻烦的，于是，梁霞找了一个没有课的下午，向教研组长打声招呼，跑到一中找赵逸飞去了。赵逸飞这天下午也没事儿，他对梁霞说：“咱干脆到郊外走走吧。走得累了、饿了，回到市区一起吃个饭。”梁霞颔首表示赞同。于是两人从一中出来，穿过祁北市一条主要的街道，临街的那些门面房后面，竟然就是农田，阡陌纵横，渠水潺潺，麦子秀穗，油菜花黄，一片让人心旷神怡的田园风光。

赵逸飞扑哧笑了：“这个城市，原来就这么大呀，往外迈一步就成乡村了。”

“你以为会有多大呀？说到底只是一座矿山，以及和这座矿山有关的选矿冶炼，两万多员工的企业及其家属。说是建立了省辖市，但城市规模只不过是由一个建制镇向地级市发展过渡，目前大约相当于一个县城。”梁霞发表了她的看法。

“总而言之，概而括之，这样的城市规模让我有几分丧气——这就是你我想要找到的安身立命之地？这就是你我准备宏图大展的广阔舞台？看上去不是很乐观啊！”

“你少发这些没用的感慨。我觉得，以祁北公司、祁北市目前的发展势头来看，这里肯定会一天天好起来。咱不说这些，我这几天遇到些事情，被弄得无所适从，叫你出来是想和你探讨探讨。”梁霞说。

“那好吧，我洗耳恭听。”赵逸飞说。

于是，梁霞给赵逸飞详细叙述了二中倪副校长对她过分关心和照顾，显现出有不良企图的苗头，弄得她简直难以招架。

“我以前从来没遇到过这么死皮赖脸的男人。你跟他翻脸吧，人家只不过一味对你好，也没做什么明显出格的事；你对他宽容接受吧，又总觉得这是一个莫大的威胁。你说说，遇到这种人该咋办？总不能因为已经发生的、那些提不到台面上的事情，我就申请离开二中吧？这样会不会让人觉得我是一个惹是生非的女人，是红颜祸水？再说，二中黄校长对我确实不错，很赏识，让我觉得遇到知音了，真要离开这所学校我还舍不得呢。”梁霞说。

“呵呵，看来天下乌鸦一般黑，漂亮女人到哪儿都能遇见色狼，都能制造出桃色故事。有人喜欢你、关照你该有多好，还是学校领导呢。哪像我呀，在第一中学净被人挤兑。看来我应该祝贺你呀，梁霞同志。”赵逸飞说话酸溜溜的，似乎不无醋意。

“呔，你赵逸飞怎么变成这种货色了？本小女子受人欺侮，遇到了难事，危难之时仍不忘你是好朋友、铁哥们儿，来向你问问计策，讨个主意，谁知你竟然隔岸观火、冷嘲热讽，顾左右而言他。看来我瞎了眼了，竟然一直把你当好人。是不是这个地方风水不对，原来还算不错的赵逸飞到了这里，一下子变得让我不认识了？”梁霞声音一下子提高了八度，好像赵逸飞真给她受了天大的委屈。

“‘橘生淮南则为橘，生于淮北则为枳’，看来的确是这地方风水不好。岂止我变坏了，你到这里不也被坏男人盯上了？苍蝇不叮无缝的蛋，谁让你对男人的吸引力那么大呢？”

“你岂止变坏了，简直狗嘴里吐不出象牙。本姑奶奶是一只漂亮的蛋，但绝不是有缝的蛋，如蝇逐臭的男人，在我身边统统死了死了的！哎，赵逸飞，你是不是听说别的男人觊觎我，自己羡慕加嫉妒？我怎么听出你刚才的话醋味十足？你要是心里真喜欢我，本姑娘对你一直持开放态度。你要有勇气把老家的媳妇给离了，咱俩在这山高皇帝远的地方组建一个新家庭，也是不错的选择。”

“得啦得啦，你又啥嘴里吐不出啥牙了，说话不仅没遮拦，而且没原则。刚才算我不对，但我也必须承认，听到一个歪瓜裂枣的老男人竟然敢打你的主意，我的确心里很不舒服。哪怕咱俩是哥们儿，也绝对不允许别的臭男人插足呀。让我想想，真得给你出个主意，想个解决问题的办法。”

赵逸飞略作思索，然后说：“一切龌龊的思想和言行都怕见阳光。我的意思是，你要利用一切机会，将倪副校长在你跟前所做的、你认为超乎寻常的事情公之于众。假如他怕更多的人知道这些事实，那就证明他心中有鬼，想必公之于众也是遏制他鬼蜮伎俩的有效手段。假如人家心里真的没鬼，只不过因为欣赏你的美貌而甘愿为你付出，那么公之于众的方法对他也许没有用，假如真是那样的话，我建议你欣然接受他对你的种种好，我也不再羡慕和嫉妒。”

“公之于众，让他自认为私密的事情变成公开，这倒是个办法，我愿意一试。不过，我对你的瞎吃醋、瞎嫉妒也要提出警告，那样会让我误以为你爱上了我，弄不好我会致力于拆散你的家庭，以达到嫁给你的目的。”梁霞说。

“你又啥嘴里吐不出啥牙了。今后谁再敢在我面前扬言要拆散我的家庭，我就跟谁急。”赵逸飞说。

3. 想念家人

虽说从老家出来的时间不算长，赵逸飞真的十分想念家人。

这段时间，该是老家的麦收季节。对于身处黄土高坡的家乡父老而言，截至目前，种植小麦仍然是他们首要的农业项目。且不论收成如何，有了收成收入又如何，反正每年麦收季节（人民公社时期称之为“三夏”，即夏收、夏播、夏管之简称）对于乡亲们来说，都是一年四季当中劳动强度最大的特殊时期。在老家当民办教师、代课教师十年间，多数处在人民公社、大集体的历史阶段。那时候，赵逸飞作为乡村教书先生，每到“三夏”时节有两周农忙假，在这半个月的假期里，村上的老师们要么带领小学生捡拾麦穗，要么自愿参加集体劳动，没有硬性量的规定，参加劳动也是尽义务没有任何报酬。这样一来，更多的民办教师、代课教师都会选择象征性地干些活儿，用来换取乡亲们一点积极的评价而已，并不见得非要每日黑水汗流，磨炼筋骨。但是近几年情况不一样了，人民公社消亡了，农村实行家庭联产承包责任制，带来的明显变化是粮食产量提高了，全国不再闹粮荒。这件事对民办教师来说，意味着新增了种庄稼的艰巨任务，毕竟民办教师、代课教师身份还是农民，每人都分有"责任田"，况且他们按照年龄和身体以及在各自家庭中所处的核心地位，毫无疑义都要承担种责任田的任务，何况到了麦收季节，学校依然会放农忙假，给自己家干责任田的活儿，你没有任何偷懒的理由和借口。

毕竟平日是教书先生的身份，虽说星期天回到家里也有出猪圈肥、挖茅坑等体力劳动必须做，但比起常年在农村干活儿的其他壮劳力，民办教师、代课教师手上的老茧要少许多，吃大苦耐大劳的身体准备明显不足。所以说，自打实行了家庭联产承包责任制，每年的麦收时节对赵逸飞来说，都是一次严峻的考验。用镰刀手工割麦子，用架子车拉运，最原始的畜力拉石碌碡碾打，以及交送公粮扛一百五十斤重的粮桩子（装满小麦的帆布口袋），这些对于平常站讲台吃粉笔末的乡村教书先生来说，怎么能说不是一次炼狱般的磨炼和考验呢？

今年倒好，自己外出应聘，跑到远远的G省祁北市，麦收显然帮不上忙。家里老的老，小的小，唯有妻子周雅凤是正当年的劳动力，可她毕竟是女人。往年有赵逸飞在，麦收会弄得全家人筋疲力尽、狼狈不堪，今年少了他这个最主要的劳动力，艰苦的程度可想而知！

对他来说，明知家里最近正在收麦子，正在经受每年一次最艰苦的考验，但只能干着急。以工矿企业为依托建立的城市，学校不会放农忙假，何况地域不同气候不同，这里的春小麦收割时节恰好在暑假。哪怕真有农忙假，自己身处千余千米之外，想要回家帮着收麦子也是不可能的！

只能写一封平安家信，向父母、向妻子简单汇报一下来到这里之后的境遇，以报喜不报忧为原则，顺便问问麦收的情况，表达关切和慰问之意。这封信发出不久，赵逸飞收到一封妻子周雅凤的回信：

逸飞：

你好！你的来信收到了。知道你在外一切都好，我就放心了。

家里没事，啥都好。收麦很累，这你都知道，只不过也撑下来了。爹和妈身体都好，不必挂念。爷八十多岁了，收麦子竟然还能用钐麦杆子（一种效率数倍于镰刀的割麦子的工具，一般情况下需强壮劳力才能操作），割麦顶个壮劳力。

赵阳、赵旭也好，一天天在长大。我教他们各自给你写了一句话，知道你想念孩子。

祝你一切顺利！

雅凤

19××年×月×日

两个孩子写的话分别是：赵阳说，“爸，我想你！”赵旭说，“我妈收麦时昏迷了，先生（医生）说中暑了。”

孩子的字歪歪扭扭，也许是他们的妈妈捉着手写的。

这封家信让赵逸飞流泪了，心情久久难以平静。妻子文化程度有限，能将简短的文字写得通顺很不容易，她短短的几句话所传递的信息量相当大，让赵逸飞通过补充想象，大致上知道了家里是怎样的情况。关于麦收，周雅凤说“也撑下来了”，这句话能让赵逸飞充分想象到他不在家，家人完成夏收任务是多么的不容易。一个“撑”字，包含了无尽的酸甜苦辣。女儿说她妈“收麦时昏迷了”。“中暑”，更让赵逸飞心中不是滋味，心里充满了对妻子的挂念和愧疚。

心情久久难以平静，但仔细想想目前的状况，他又实在帮不了家里什么忙。对赵逸飞来说，目前他能做的事情，就是尽心尽力把祁北公司第一中学交给他的工作任务完成好，通过辛勤努力来保证自己尽快站住脚，在试用期结束时不被辞退，然后尽快获得正式教师的身份，再进一步争取，看能不能在较短时间内将妻子儿女的农村户籍转变为城镇户籍，在国家双重户籍制度的现状下争取尽快携家人“跳出农门”，这样，亲属才有可能摆脱繁重的农业生产劳动，这正是中国社会不知多少人、多少“一头沉”家庭梦寐以求的事情。

既然家里的事情干着急没办法，毕竟有一千多千米空间距离的阻隔，那么，只能把时间和精力都用到学生身上。作为一个负责任的教师，对教育对象负有难以具体衡量其轻重的责任，作为一个家属不在身边的临时单身教师，学生何尝不也是老师最大的精神寄托?

于是，赵逸飞的心思都用在工作上，用在学生身上。

高二（4）班的学生，真不让赵逸飞省心。有一天，突然有两位男生同时缺课，家长让别的学生带来请假条，说本班学生李煜和朱波都生病住院了。

有个别学生生病住院本属正常现象，可这两个学生同时住院，却让班主任赵逸飞觉得很蹊跷。头天下午放学的时候，两个人都好好的，没有任何生病的迹象，十七八岁正值生命力最旺盛的年龄，怎么可能一下子说病倒就病倒了呢？于是，赵逸飞上完第一节课，决定到医院去看个究竟。

祁北公司的员工及其家属生病住院，一般只会住在公司的职工医院，原因在于其他医院距离相对较远，医疗水平也比不过职工医院。赵逸飞到了这家医院，根据自己的判断，直接去外科病房寻找他的学生，果然一下子找到了目标。

李煜躺在神经外科病床上，脑袋肿得失却了原来的形状，包括眼眶在内，多处青紫瘀血。见班主任来到病床前，李煜勉强挤出笑容，眼神里面仍然有惯常那种七个不含糊八个不在乎的意思。

赵逸飞问：“你怎么了，李煜？头部怎么受伤了？”

“没事儿，摔的。”李煜说。

恰好陪护李煜的家长到 CT 室去拿一份检查结果，赵逸飞问了问值班大夫李煜是什么情况。大夫说：“被人打了。主要伤情在头部，还好不算很严重，轻微脑震荡是肯定的，需要住院观察几天，主要防止颅内出血。要是没有太大问题，大约一周时间能出院。”赵逸飞还想问问大夫是谁打的，又一想这事儿不归医院大夫管，于是从医生办公室出来了。

后来李煜父亲回到病房，赵逸飞把家长叫到病房外面问了问情况。李父说：“是昨晚上被人打的。打人的跑掉了，我问李煜认识不认识打他的人，李煜说不认识。这孩子有时候不说实话，赵老师你帮我问问，到底怎么回事儿，总不能白白让人打了，医疗费也没人出。”

赵逸飞说：“我尽力吧。兰老师没来医院照管李煜?”赵逸飞所说的兰老师是祁北公司第四小学一位女老师，李煜的妈妈。

“别提了。她一方面因为忙，另一方面对儿子不争气很恼火，嫌李煜给她这个当老师的丢人现眼，说儿子爱咋咋吧。她今儿早上照常上班去了，我只好给单位请假，照顾这个不争气的儿子。”李煜的爸爸说。

“哦。我问过医生了，李煜的伤情倒也无大碍。关键问题先要抓紧治伤，能找到打人凶手最好，找不到也不能耽误治病。李煜学习本来就差，尽量少耽误课程才是。我回去以后尽量问问他的同学，看能不能调查出一些蛛丝马迹。今儿还有另外一个学生也说生病住院了，我还得继续在医院找找，弄清楚是怎么回事儿。”

赵逸飞离开李煜的病房，又在骨科找到了另一位请假的学生朱波。

赵逸飞在骨科护理站找到朱波的名字和所在病房，来到病房时他的学生刚刚从治疗室被送回来，右小臂打上了石膏，显然骨折了。看上去脸部也有擦伤的痕迹，身上有没有伤不清楚，因为有衣服遮盖，想来即使有也不会太严重，毕竟看不见有包扎的痕迹。

赵逸飞问朱波怎么受伤了，谁知道他和李煜给老师的回答如出一辙：“不小心摔的。”

赵逸飞轻轻摇头。看来新接手班级的学生和新班主任之间有心理隔阂，想让学生对老师说实话，看来还需要更多的交流与磨合。

后来赵逸飞见到了朱波的妈妈。这个女人心疼孩子，见了老师眼泪巴叉的：“赵老师，多谢你亲自到医院来看我家孩子。我儿子不争气，总惹事，让老师不省心，原先的班主任严老师根本不待见他，朱波一犯错误老师就请家长，我每次去了都要挨老师训斥——都怪我家孩子不争气。这次明明被人打的，朱波还不承认，非说是走路不小心摔的。赵老师你要是有办法调查出真相，一定要帮助我们，消除孩子和打人者之间的矛盾，要不然我们当爹妈的整天提心吊胆。”

后来医生也向赵逸飞证明朱波是被人打的，他身上有多处软组织挫伤，右小臂骨折估计是被推倒摔在了马路牙子上。至于为什么打架，和谁打架，医生和家长都不能提供有效证据和相关情况，成为班主任赵逸飞必须弄清楚的一个谜。

很显然，赵逸飞想弄清楚事情真相，一是可以求助于警察，二是内部挖潜——向本班学生做调查，寻找蛛丝马迹。只有掌握了一定的线索和证据，才有可能在当事人李煜和朱波身上进一步打开突破口。

从医院出来，赵逸飞径直去了一中附近的北京路公安派出所。他想向警察求助，让他们帮助搞清楚学生被打的事件真相。可是，他在派出所碰了钉子。警察说："祁北市的小年轻打架很普遍。你没看一到晚上，马路边上净是摔破的啤酒瓶碎渣？企业效益好，家长有钱了，对子女却不严格要求。像这样打得鼻青脸肿，胳膊腿儿有点小骨折的不少见，要是当事人不报案，我们一般都不管——主要是类似的事情太多了，派出所人力有限，真要管也顾不过来呀。希望老师谅解，你要是真能找到打人者以及打伤人的切实证据，我们再出面管一管也可以。"

比起在派出所一无所获，赵逸飞向他的学生做调查，倒找到了一点点蛛丝马迹，或者说让他对进一步搞清楚事情真相有了更大的信心。

那个又傻又坏，曾经和李煜一起在门楣上放黑板擦打中赵逸飞脑袋的卫宏说："赵老师，李煜和朱波被人打了，这个你要问白婷。保不齐这里面的渠渠道道她都清楚。"

白婷是全班最漂亮的女生。细高个儿，瘦长美腿，脖颈颀长，五官搭配特别精巧，大眼睛顾盼有神，皮肤略微偏黑，但却黑得十分有光泽，黑得特别引人注目。据赵逸飞后来了解到的情况，班里有多个男生都对白婷有好感，都想充当她的保护神，其中李煜、朱波是两个突出的代表。按照卫宏所说，李煜、朱波挨打都和白婷有关系，要想弄清楚背后的故事，白婷显然是个突破口。

白婷可不是一个简单的孩子，小小年纪的她所经历的事情，复杂得让人瞠目结舌！

4. 暴力事件

一般情况下，貌美的女孩总会招致更多的人关注，但关注漂亮女生的人群当中也难免夹杂着坏人。

白婷初中毕业前年满15岁，个子较高，女孩性征发育得较早，所以早早被男孩子们盯上了。上学、放学，总会有男孩子对她献殷勤，主动接送者有之，买吃买喝者有之，为争风吃醋大打出手者亦有之。

事情发展到后来，每当学校下了晚自习，总有一个男青年将白婷接走。这个大男孩名叫李强，但更多的人知道他叫“黑子”。

黑子是社会上的无业青年，其父早逝，母亲改嫁他乡，从小养大他的爷爷奶奶管教不严，所以黑子上学时将学业荒废了，初中没毕业就辍学，和社会上的无良青年混迹在一起。黑子在一帮无良青年当中，身体不是最健壮的，但他以狠劲儿出名。比方和别人打架，砖头石块，甚至匕首菜刀，任什么家伙都敢往对方身上招呼，眉头不带皱的。这样一来，他在一帮伙伴中逐渐有了地位，混成了小头目模样，来来去去身边总有几个跟班儿的小哥们儿。

黑子是在一次滑旱冰时认识白婷的。可以说他对初中生白婷一见钟情，看见了再也放不下。于是每天到放学时间，黑子一定会在白婷读书的一中校门口等着接这个漂亮女孩。时间一长，别的敢对白婷献殷勤的男孩都被黑子和他的哥们儿给打跑了，似乎白婷成了他专属专有的“物品”。

起先，黑子对白婷除了好还是好。接她出去要么请她吃饭，要么请她喝饮料吃冰激凌，要么送她个小礼物，然后就会将白婷送回家，而且在她面前从来不轻佻，更没有表现出任何骚扰、侵犯的趋向。这样一来，白婷对他的好感不断加深，自觉自愿向母亲撒谎，总是说放学之后和同学一起写作业，然后半夜趁妈妈睡着了才草草了事完成作业，学业成绩从此开始走下坡路。

黑子兽性大发是在白婷毫无防范心理的前提下突然发生的。有一天晚上，黑子接了刚上完晚自习的白婷，并请他吃烤羊肉串，然后要求白婷跟着到他家去。白婷不愿去，黑子一声口哨，招来他的两个小跟班儿，三个人一起胁迫着白婷，生拉硬扯给弄到黑子家。原来这天黑子的爷爷奶奶不在家，被姑姑接走了。黑子将白婷拽进他平常睡觉的屋子，回手关上门。在白婷激烈反抗的情况下，他甚至对白婷拳脚相向，一直将白婷打服帖了，才强行与之发生性关系。黑子在对白婷施暴的过程中，他的两个哥们儿在房子门外面守着，他威胁白婷说："你要不听话，我把那两个也叫进来，轮奸你！"

白婷不仅下身流血了，嘴角也流血了。就在她疼痛加惊恐的情况下，黑子完事之后小心翼翼给她穿上衣服，然后跪倒在白婷脚下，给她磕响头，并且左右开弓扇自己耳光，一直打得嘴角鲜血直流。嘴里一再讨饶，说他之所以失去理智，实在因为太爱白婷了，占有白婷的身体属于情不自禁。最后，黑子拿来一把匕首，在自己左小臂上划一道口子，起血誓说："我李强这辈子都要对你好，将来一定要娶你白婷为妻，一辈子为你当牛做马。如果做不到，就请你用这把刀把我杀了。"

白婷被黑子的举动弄得心惊胆寒，脑子昏沉沉如腾云驾雾，根本不知道接下来该怎样应对。

事后，白婷作为受害人并没有向公安机关报案，而是悄然接受了黑子对她的占有。过了不久，白婷的妈妈发现女儿身边经常跟着一位面貌丑陋、皮肤黝黑的年轻男子，于是追问女儿是怎么回事。白婷告诉妈妈，这位名叫李强的男青年在和她谈对象，对她非常好。白婷妈妈听了女儿的话几乎气懵了："你才多大呀就谈恋爱找对象？你初中还没毕业，学业还要不要了？再说这个小伙儿是什么人你弄清楚了没有？我怎么看他眼露凶光根本不像一个好青年！这事情没有商量的余地，你赶紧离他远远的，要不然我报警，说这个坏小子强暴我姑娘。"白婷说："反正李强对我好，我也喜欢他，你非要把我俩分开，我宁可离开你，也不会和李强分开。"女儿这几句话将妈妈气得差点儿背过气去。

白婷妈妈是单身母亲，她的丈夫因为婚外情，在白婷两岁的时候就和她离异了。

白婷被强暴之后不久，黑子因为打架斗殴致人轻度伤残，被抓进大牢，判了两年半徒刑。黑子服刑期间，白婷每月至少要去劳改农场探望一次，身份俨然是李强的女朋友。白婷的妈妈尽管知道此事，但她拿女儿没办法。白婷不仅主意正，而且性格上有一种天然的叛逆，妈妈越干预，她也许会做得更加出格，相比较而言，家长睁只眼闭只眼是更好的选择。

可想而知，痴迷于这样一个男子，白婷的学业成绩从高一开始，一路下滑，导致她在进入高二分“快慢班”（即“尖子班”和“基础班”）时，被分到了渣滓云集的“慢班”。

白婷虽然学习不好，但她有漂亮的脸蛋和魔鬼般的身材，故而在班级里仍然具有明星地位，被为数不少的男生众星拱月一般护卫着。

最近，白婷的男友黑子因减刑提前释放。经过观察，他发现漂亮女友身边竟然有几位同班男生萦绕，其中李煜和朱波尤其对白婷好，于是黑子醋意大发，不问青红皂白，率领两位哥们儿将李煜、朱波各自教训一顿，打得对方喊爹叫娘，临了还警告说：“不许说是被人打的。只能说不小心摔的，要不然下一次打得更重！”这也正是李煜、朱波都对来探望伤情的班主任老师说“摔的”原因之所在。

为了弄清楚事情的真相，赵逸飞只好把白婷叫来问询相关情况。

“白婷同学，咱们班李煜、朱波都被人打了，受了伤住院了。据我知道，他俩都是你的好朋友，有人告诉我，说他们俩被人打，都和你有一定的关系。我叫你来，想问问究竟是怎么回事。我希望你能帮助我弄清楚事情真相。”赵逸飞对白婷说。

虽说赵逸飞是新来的老师，但高二（4）班的学生都觉得这个老师和以前的老师大不同，不是来整治他们的，而是来和他们交朋友的。和以前的老师们比，赵老师是真心对大家好，而且心里向着本班同学，所以，同学们都很服气赵老师，大家都愿意支持赵老师的工作。正因为如此，赵逸飞作为班主任，在白婷这里也有权威性，白婷打心眼儿里愿意听赵老师的话，愿意真心实意帮助赵老师。于是她对老师说：“具体情况我不是很清楚。如果说是黑子——他大名叫李强——打了李煜和朱波，我认为有可能。这事情我问问黑子，大概能搞清楚。等我问清情况了再来向你汇报。”

白婷去问黑子，黑子倒有一种好汉做事好汉当的气概，承认李煜和朱波是他和他的哥们儿揍的。“你怎么知道我揍了他们？难道他俩还敢找你诉说？我看揍得轻，下次一定让他们缺胳膊少腿儿长记性。”黑子说。

“你忘了你是怎么进去的？刚出来又寻衅挑事，打架斗殴。李煜和朱波都是我同学，他们都对我好，但从来没有过什么不良举动。要论人品，这两个都比你强。现在这事儿我们老师知道了，找我了解情况，我得给赵老师说实话。”白婷说。

“什么？他们还敢把挨揍的事告诉老师？老师管这闲事干什么？你们老师要跟我过不去，我找人也把他揍一顿。”黑子说。

“你简直就是个畜生！”白婷让黑子逼得发飙，她流着眼泪朝男友咆哮，“班里学生无故旷课，我们老师能不弄清楚缘由？老师知道了这件事，你怎么能肯定是李煜、朱波告诉的？再说了，人家无故被你打伤住院，别说告诉老师，直接向公安局报案难道不应该？就你目前这种样子，我看迟早还得进去。咱俩从现在开始一刀两断，以前算我瞎眼了成不成？我告诉你李强，我们现在的班主任赵老师是天底下难得的好老师，他对每个同学都很关心，真心实意帮助我们进步，全班同学都非常爱戴赵老师，你要是敢动他一根毫毛，我拿这条命跟你拼了！摆在你面前的路有两条，一是主动去找我们老师，承认李煜、朱波是你打的，然后向人家道歉，赔偿医药费。要么我现在立即去派出所报案，连同你当初强奸我的事一起给警察汇报。用不着别人告你，我先把你送进去！就这两条路，你看着办吧，你这个畜生……”

无论如何，黑子李强在服刑期间，白婷作为一个中学生认真充当他女友的角色，特别是定期去劳改农场探望，没有经济来源还给他买烟买食品，这份情谊比天高比海深，再说，黑子打心眼儿里喜欢这个漂亮妞，眼下他最不能接受的就是失去白婷。之所以对白婷身边的男孩大打出手，正是因为这小女子在他心中分量重啊！所以，看到白婷真的急了，并且为眼下的事发飙，黑子毕竟有所顾忌。他对白婷说：“好吧好吧好吧，这件事我依你还不成？当面去向挨打的两个臭小子道歉没问题，只不过我刚刚出来，手里没钱啊。要是我当面去道歉，又没钱赔偿医药费，人家还不得把我吃了？难道你真的愿意亲眼看见我被警察抓起来再送进监狱？这事我听你的，只不过我要先想办法挣一笔钱，才能彻底把事情了结掉。你也要理解我的难处呀，我最心爱的小宝贝。”说罢对白婷又是搂抱又是亲吻。

黑子一服软，白婷立马丧失了立场。这个浑小子是这位涉世未深的小美女的一剂温柔毒药，她一而再再而三中毒也属必然。

白婷一方面向赵老师汇报，承认本班男同学李煜、朱波的确是被她的男友李强打了，另一方面又为黑子辩解说：“他刚刚从监狱出来，没有经济实力承担赔偿的责任，再说李强也没有给人道歉的习惯。至于给李煜、朱波的赔偿我来替黑子给吧。”

“你一个中学生哪来的钱？你总不能为了给黑子平事儿朝父母伸手要钱吧？”赵逸飞心中暗自感慨白婷的痴情，但又不赞同她的做法。

“赵老师你说得对，到了关键时刻我可以向父母伸手——尤其我爸爸，他将我留给妈妈，没有尽到做父亲的责任，这阵儿他又混得不错，让他为我多花几个钱完全办得到。”

“问题是这钱并没有花在你身上，你爸爸和随随便便打人的黑子有什么相干？平白无故拿钱为他填黑窟窿冤不冤呀？”

“我爸爸是帮我，至于帮黑子我自愿。我有了事情还可以向父母求助，黑子却没有这个福分，他妈虽然在世，但和他没有任何关系，爷爷奶奶都老了，黑子干脆是个孤儿，我不帮他谁帮他？”白婷自有她的逻辑，言之凿凿振振有词。

“白婷呀白婷，不是我说你，你就是一个糊涂蛋！且不说中学生本来应该专心学业，不应该交什么男朋友，即使要交朋友，你也不应该和黑子这种人打得火热。整天打架斗殴，无端把别人打得受伤住院，这样的人简直就是危险分子嘛，你不怕将来有一天他会伤害到你？”

“老师我知道你一片好心，可我和黑子已经这样了，我不可能离开他，也不可能不管他的事，我也相信他在任何情况下都不至于故意伤害我。”

“你呀你呀，简直没有立场。什么叫黑子‘没有给人道歉的习惯’？这件事他必须当面向李煜、朱波道歉。你要是不能说服李强，我亲自去找他。我倒要看看这个黑子到底有多黑，有多浑。”

“赵老师你真要去找这个混蛋呀？”

“看看看，你也承认他是个混蛋。”

“是混蛋。不过你放心，我会给这个混蛋说，让他绝不敢在你面前犯浑。”

“他真要犯浑，我也不怕。我们老家有一句俗话，牛头再大，总还有煮牛头的锅。我根本不相信一个人靠犯浑能走遍天下，在社会上要能站住脚，说到底得守规矩，得按照社会公理办事。”

“嗯，老师你说得对。”白婷对班主任老师的赞同与支持，和她对“男友”黑子的无条件支持一样，具有一定的盲目性。

白婷果真弄来一笔钱，是向她爸爸要的。这笔钱用来赔偿李煜、朱波的医疗费大致上够了。白婷亲自把钱送到李煜、朱波的病床前，说李煜、朱波作为她的好朋友，因为她被人打了，让她十分过意不去，甘愿为两人承担医疗费。她还对李煜、朱波说：“本来黑子应该当面向你们道歉，可他说没有赔偿你们医药费的经济能力，所以不好意思来，我在这里代表他向你俩诚挚地道歉。班主任赵老师说了，他要去教训黑子，一定要让他来给你们道歉，我也支持赵老师这样做。你俩看在我的面子上，原谅黑子这一次吧。他今后再也不会跟你俩过不去了。”

李煜、朱波作为美女白婷的忠实粉丝，竟然都被白婷的一番表白感化了，两人不约而同表示：“治伤没花几个钱，我们父母都给处理掉了，白婷你的钱我们不能要。”

最终白婷坚持把钱留下，哪怕是买点营养品也好。

5. 黑子道歉

真要去找社会上称之为“二混子”的黑子这类人理论，赵逸飞觉得自己首先应该做好思想准备，成功与否要有两手打算，其次对谈话的艰巨性应该估计得充分一些，事先应该花点气力打腹稿做预案。但无论怎样思想准备，总归还得直接面对，只有直接面对了，才有可能达到预期目的，事先做出种种设想也只能是设想而已。

白婷告诉了老师黑子的住处，并且说这个人一般情况下晚上睡觉很晚，早上10点左右才起床，去早一点能在家里堵住他。白婷还说：“赵老师，要不我陪你去吧，万一黑子犯浑，有我在他不敢对你怎么样。”赵逸飞半开玩笑地说：“这个不用。他要真犯浑，我就跟他打一架，谁打过谁还不一定呢。”

黑子李强所住，是一套破旧的石头砌墙的土坯房。黑子入狱服刑的这两年，他的爷爷奶奶也去世了，这房子没人居住，故而显得更加破旧。赵逸飞敲开门，走进去看了看，觉得黑子的住处真是家徒四壁，说他穷得一无所有，大概不算夸张。

“赵老师，我还真没想到，你竟然能亲自跑到我这个破地方来。你看看，让你站没地方站，坐没地方坐，真觉得对不住你哪。不过，我实在想不通，你有什么必要非到这里来？白婷说你要来，我还以为只是说说而已，没想到你真的来了。说吧，你是要给我上一堂道德教育课，还是想让我做点什么？既然你来了，我总得听你说呀。说吧，你哪。”黑子的口气听上去真有点“二混子”的味道。

“这样说吧，从我来到这里，你的言谈举止比我预想的要好许多，起码看上去对我这个不速之客并没有太多的戒备和敌意。这样呢，我认为咱们之间有最起码的对话基础。”赵逸飞说，“我来到你这里，也有几个没想到。这第一个没想到呢，是你的贫穷比我想象的情况还要严重。看看你这个家，也就是有张床能睡觉，做饭用的锅碗瓢盆明显残缺不全。从看到的境况我可不可以推断，你平常的生活质量——我指的是物质生活——大概算不上好。既然穷成这样了，你还动不动和人打架，比方这几天把我的学生李煜、朱波打得住院了，你有什么经济基础来承担打架的成本？在我看来，打架不能白打，把人打伤了，除了承担法律上的责任——比如被挨打的人告发了，公安方面把你拘留起来，一点儿也不奇怪——你还得承担给人治伤的医疗费用吧？你打了人之后，装出一副大大咧咧不在乎的样子，喜欢你的女孩白婷——她自认为是你的‘对象’、女朋友，我不知道这个傻女孩在你心目中的地位到底有多重要？——她想方设法弄来一笔钱，代替你承担了李煜、朱波的医疗费用。这事情想来你应该知道，难道你不觉得羞愧吗？除非你是个冷血动物！”

赵逸飞说话的过程中，黑子的脸色越来越不好看，但恼怒之间也夹杂着一丝羞惭。

“我的第二个没想到，既然你不一定是坏人——如果你一味地坏，坏得头顶长疮脚底流脓，我相信漂亮单纯的白婷不至于为你神魂颠倒，是非不分——那么你为什么不多做些好事，或者尽量避免干坏事呢？李强你还别朝我瞪眼睛，你说说，就拿李煜、朱波被你打这件事来说，能说你干的是好事吗？或者说，你这样做有什么正当理由吗？”

“赵老师，就凭白婷那么尊敬你，我尽量给你留面子，但你也不能没完没了批评我呀。谁让李煜、朱波这两个小子敢对白婷不老实呢？白婷是我的‘对象’，他俩像苍蝇一样围着白婷嗡嗡嗡算怎么回事儿？我打他们是轻的，如果再不离白婷远远的，我要了他俩的命！”黑子自有他的道理。

“你说李煜、朱波对白婷不老实，有什么证据？据我了解到的情况，他们和白婷之间只不过是一般的同学关系，最多能算同学当中的好朋友。李煜和朱波对白婷做过任何出格的事情吗？根本没有。所以说，你把这两位同学打得住院，完全是无辜伤害。正因为如此，我今天来这里，一个最重要的目的，是想让你到医院去，向李煜、朱波及其家长表示衷心的歉意，以期能取得他们的原谅。而且，你要向我保证，今后决不允许发生类似的事情。如果再发生我的学生被人无辜殴打，不要学生和家长出面，我作为班主任一定要向公安报案，一定要将故意伤害别人的人绳之以法。”赵逸飞态度十分严肃，言辞犀利。

“赵老师，你说的这些我基本上办不到。至于你想怎么办，也只好随你便啦。”黑子继续犯浑。

“你还嘴硬是不是？你还要继续犯浑是不是？什么叫随我的便，随我的便你就惨了。李强我告诉你一个很简单的道理，任何形式、任何程度的道歉和自我批评，都能换来别人的宽容和谅解，所以说，聪明人一般情况下都愿意道歉。再说了，你平白无故打人本来就是流氓行为，而且把人打伤住院，让你道个歉天经地义，你凭什么推三阻四？”

“反正我没有给人道歉的习惯。你说我是流氓我就是流氓，我是流氓我怕谁？我是流氓我干吗要给人道歉？赵老师，甭说我不给你面子，想让我给那两个小屁孩道歉，你还不如杀了我呢。”

“李强，来之前我还在想，你这个人虽然混账些，但一定不乏男人气概，来了以后，经过和你接触，才发现你很不男人，没有一点点男人应有的担当。你自己闯了祸，不但不道歉，也不承担赔偿的责任，却让一个正在上中学的小女生替你担责。白婷给李煜和朱波又是赔钱又是道歉，你知道了难道一点不脸红？我让你去给李煜、朱波道歉，是想让你承担你应该承担的责任，我哪里知道你的表现竟然如此之差。别看表面上气壮如牛，我看你实际上胆小如鼠——一个没有承担的男人算啥男人？李强呀李强，你太让我瞧不起了。我再问你最后一遍，你到底能不能去向李煜、朱波道歉？”

“我做不到。赵老师你不要难为我，要不然我就没法儿欢迎你了，你该干啥干啥去吧。”黑子脸上的尴尬难掩心中的愠怒，他的确认为赵逸飞逼迫太甚。

听黑子这样说，赵逸飞也动怒了，他说：“李强你信不信，如果你这样赶我走，我从你这儿出去之后，要不了多久一定会有警察来找你，他们会采用强制手段，让你承担你必须承担的责任。你可能会说，不等警察来你就躲起来了。当然，那样做也是你的自由，如果你愿意再次离开家，再次去过四处流浪、躲躲藏藏、像丧家犬一样的生活，你就狼狈逃窜吧。我可以明明白白告诉你，我来之前已经和派出所打好招呼了。接下来的事情怎样发展，完全取决于你的态度。”

“赵老师，我今天对你够客气，是因为白婷说过你人不错，对她和她的同学都很好，可是你非要把我逼到绝路上，难道你不怕我对你不客气？”

“随你便。我既然敢来找你，就已经把各种情况都预想到了。不过，每个人都要对自己的行为负责，尤其男人，该承担的责任躲是躲不掉的。我看你是一块茅厕里的石头，又臭又硬，我认为没有必要再和你费唾沫了。我告辞。”

“赵老师，赵逸飞，我要是不让你走出家门呢？”黑子突然变得面目狰狞。

“哼，你以为你是天王老子呀，连我都要怕你不成？”赵逸飞脸上挂着冷笑和不屑，“你小子有种，敢动我一根毫毛，我一定让你吃不了兜着走。”赵逸飞说罢，大步朝门外走去。

“赵老师，你别生气。我听你的，我当面向那两个挨了打的学生道歉还不成?”黑子上前一步拉住赵逸飞，脸上挂着尴尬的笑意，这个滚刀肉型的坏男孩终于在正义面前服软了。

黑子果然到医院向李煜、朱波当面道歉，说：“哥误会你们了。等你俩伤养好了，联合起来把我揍一顿，我不还手就是了。治伤的钱我暂时拿不出，白婷要出钱你们也别客气，谁让她是我的女人呢?”

李煜、朱波都表示原谅黑子，都说要和黑子交朋友。且不说这件事的结局有点黑色幽默，但无论如何对赵逸飞来说算了结了一件事，能让他作为高二（4）班班主任紧绷着的心弦暂时松弛一下。

这天下午，赵逸飞没有课，被人约出去小酌。

邀约赵逸飞的是他来应聘时在祁北火车站邂逅相遇的同乡刘刚。刘刚来找赵逸飞，说他到了祁北市地方学校，经过短暂的考察期，市一中决定和他签聘用合同，公办教师的身份签完合同就可以确定，下一步学校也会积极给解决家属“农转非”的问题，尽管这样，他本人却不打算在地方上的学校加盟了。为了增加待遇，他特别想进祁北公司职工子弟学校，因为地方学校老师的待遇，比起祁北公司来要差一大截。之所以来找赵逸飞，无非想让他给引荐引荐，看看能不能也到祁北公司的学校试讲，只要这边愿意接收，地方学校那边的合同就不签了。

赵逸飞自己立足未稳，感觉似乎帮不上老乡的忙。他说：“我给你打听一下，看看祁北公司教育处是啥态度。”

于是赵逸飞抽空到教育处劳资科去问，李成杰科长对他说：“祁北市是个新建立的城市，不光企业需要人才，地方上同样需要人才。咱们作为祁北公司子弟学校，哪怕人才十分稀缺，也绝不能挖地方学校的墙脚。像你说的这位老师，既然和市一中联系好了，那边也答应给解决公职和家属‘农转非’的问题，他就应该在那里安下心来。相比较而言，咱们这边来应聘的你们这批人，公职问题以及下一步家属‘农转非’的问题，解决起来都有一定的难度，这正是我们选聘人才持慎重态度的原因之一。另外我还有个看法，作为应聘者不能这山望着那山高，你既然到地方学校去了，却身在曹营心在汉，这种人不大靠得住，反正我作为劳资科长，不大喜欢这样的人。”

赵逸飞碰了个钉子回来，只好将真实的情况告诉刘刚：“听祁北公司教育处劳资科长的意思，凡是已经到地方上应聘的人，这边不能再接纳。他们和地方上有默契，相互之间不挖墙脚。再说，地方上答应给你解决公职和家属‘农转非’，这一点比祁北公司好多了。像我这样的，虽说已经将工作任务给你安排扎实了，但个人的待遇问题能解决到什么程度还是一个谜。所以说，我建议你安心在地方学校干吧。反正都在这么个不大不小的城市里，咱们以后能常见面，老乡之间相互有个照应，也不错。”

刘刚听了很失望，说：“来应聘之前没有把情况打听清楚，一步走错了，想纠正都来不及。我已经打听清楚了，同样资历的中学老师，祁北公司的比起地方上的每个月要多拿一百块钱哩。一百块钱，咱在老家当民办教师，得多长时间才能挣回来？唉，没办法，这都是命啊！”

第六章　暑假生活

从北京回来，屈指算算，距离开学已经不到20天了。赵逸飞觉得剩下的这半个多月时间，应该完完全全贡献给家人。……他不在家，妻子是一切家务乃至农活儿的中坚力量，顾里也要顾外，真难为她了。父母年过半百，都是坚守岗位的体力劳动者，就连年过八旬的爷爷也经常干农活儿。好不容易能在家待十来天，不把重活儿累活儿尽量干了，实在说不过去。

1. 铁路中断

赵逸飞在给刘刚打听事儿的时候，顺便问了劳资科长一句："我们这批人什么时候能解决公职问题?"李成杰回答说："你们一起来的这些人，除了极少数类似朱本松那样的实在没有办法留用，其他人陆续都安排了岗位，都正儿八经教书育人站讲台了。教育处文处长前两天催我，说让尽快给你们办正式的聘用手续。他说，既然这件事要办，迟办不如早办，省得夜长梦多，耽误了应聘者个人的事情，我们作为用人单位也会有麻烦。处长大人催着办呢，你还愁什么愁? 所谓办聘用手续，就是要将大家聘为正式教师。只不过像你这样在老家当民办教师、代课教师的，和师范院校应届毕业生情况不一样，你们需要回老家去开个工作经历的证明。聘为正式教师之后，民办教师、代课教师的教龄也要计算进去，与将来确定工资标准会发生联系。另外，已婚的、有孩子的还需要到老家的乡镇或者街道办事处开具计划生育证明，县一级计划生育管理部门盖章，超计划生育的要有接受过相关处罚的证明，否则，办理正式聘任手续会遇到障碍。等你们个人的正式聘用手续办完了，家属'农转非'（即由农业户口转为非农业户口）的事情随后也会提上议事日程。”

李科长一席话给赵逸飞吃下了定心丸。他觉得，自己只需要一心扑在工作上，公职、家属农转非等待遇问题组织上会按部就班去办，耐心等着就是了。

果然，临近放暑假的时候，赵逸飞接到教育处劳资科的通知，让他给所在学校请假，迅速回老家去办工作经历证明和计划生育证明，限一周之内办好，并且交到劳资科。赵逸飞算算时间，等坐火车回到老家，将这两项证明办好，差不多就该去参加暑期的本科函授面授学习。赵逸飞正在读国家教育部所属某师范大学的中文本科函授，这所大学的函授教育在老家地区行政公署（相当于现在的省辖市）所在城市开设面授点，一般情况下要比正常暑假提前若干天开课面授，并且在面授结束后会组织几门课的结业考试。于是，赵逸飞去向具体管专任教师考勤的一中滕副校长请假，希望能准几天假，回老家办完证明之后让他能直接去参加本科函授学习、考试，证明材料用挂号信函寄回来即可。

不料滕副校长的回答很蛮横，一点儿都不通情达理：“准假让你回老家开证明，已经很够意思啦。你难道不知道你带的是什么样的班？班主任长时间不在，谁知道这个班会乱成什么样儿！再说，放假前每个人都有相当多的工作，尤其班主任事情更多，尤其学生的操行鉴定别人没法代替你做。所以说，你办完证明必须尽快赶回来，这个没有商量的余地。”赵逸飞听了心中不快，说：“我在老家，凡是参加函授学习，学校都无条件支持，还给报销面授考试的来回路费。函授平常靠自学，但面授很重要，不参加听课，弄不好考试会通不过。滕校长能不能考虑一下这是个实际困难，准个假就算你帮我大忙了。”滕副校长说：“不要动不动就说老家怎样怎样，老家那么好你跑到这儿干啥来了？我不准假完全是从学校工作出发考虑问题，不存在帮忙不帮忙，这事儿没有商量的余地。”赵逸飞说：“我把所有的工作都提前做完，学生的操行鉴定也提前写出来。高二（4）班的同学整体上有很大进步，即使我离岗一段时间，也能保证他们遵守学校纪律，不会出现大的问题，学校只要指定一位科任老师临时照看一下就行了。”滕副校长说：“你说这话哄鬼哩？高二（4）班的学生啥样我比你更清楚。难道你神通广大，接任班主任没几天就能化腐朽为神奇？年轻人谦虚一点好，不要吹牛不打草稿。吹牛虽然不上税，但牛皮吹破了总是不好。我这儿不准你假，你也可以向函授辅导点请假嘛，你不是自认为很聪明吗，耽误几天面授，也不至于考试不及格吧？”

赵逸飞眼见得和这位滕副校长有理说不清，于是他从滕副校长办公室出来，想立即去找学校一把手贺校长，申述自己因为参加面授需提前离岗的理由。可是，走到贺校长办公室门口，又转念一想，既然分管教学的副校长不准假，自己再去找正校长，岂不是会给领导之间制造裂痕，也是给贺校长出难题？罢罢罢，这件事忍了吧，身在屋檐下，焉敢不低头，省得彻底和滕副校长闹翻了，这哥们儿今后不知道还会给自己多少小鞋穿呢。先回老家办工作经历和计划生育的相关证明，能不能办下来，有没有困难还不知道，只顾在这儿和姓滕的副校长较劲儿，实际上也没劲。

赵逸飞赶紧收拾行装，准备回老家。就在这个时候，他接到老家黄原县教育局下属教研室的领导辗转打来的电话，说赵逸飞离开老家到祁北公司应聘之前，县教研室确定了几个人报名参加在北京举办的一个作文教学研讨班，参会名额有赵逸飞一个，但目前情况有变，本来决定去北京参加研讨班的教研室主任和县中学语文教研组长因为经费短缺，去不了了，县教研室的人觉得参加研讨班是提高作文教学水平的好机会，故而想问问赵逸飞在新的单位是否能争取到参加研讨会的经费，如果能去，就将报名登记表寄给他。县教研室领导私下的想法，认为赵逸飞如果能去北京参加研讨班，回来之后让他把学习所得向全县语文教学的骨干力量传达一下，也算费劲巴拉联系报名参加研讨班没有白费功夫。

接到这个电话，赵逸飞十分犹疑。首先，他顾虑自己作为新来的应聘者，正式的教师资格尚未取得，外出参加学习研讨这种美事，领导不可能同意他去。另外，因为要办工作经历和计划生育证明，需要马上回老家，即使这边领导同意了，即使黄原县教研室能将报名表寄来，自己也顾不上办相关的报名手续，机会岂不是也要白白丧失？

虽说有种种顾虑，但赵逸飞毕竟不死心。对他来说，到首都北京参加研讨班，是一件多么令人向往的事情啊！一方面可以学到新的教学思想、教学方法，促进自身作文教学水平的提高；另一方面他局限于以前的生存环境，几乎没有到外地大城市出差的经历，能有出公差游历北京的机会，也是让人想起来就激动的好事情啊！

尽管犹犹豫豫，赵逸飞最终为此事专门去找了管外出培训学习的劳资科。劳资科长李成杰也认为派人到北京参加教学方面的研讨班是件好事，作为祁北公司教育处派个把人去北京出差，差旅费和研讨班应交的费用都不是问题，但李科长同样因为赵逸飞是新来的应聘者，在本单位地位未定，故而有几分犹疑，于是他去请示教育处文宏远处长。文宏远一听，立即表态说："这是好事情嘛。既然赵逸飞在原先的工作单位就报了名，我们应该支持他去。毕竟小赵已经是我们的人了，他能出去一趟，学有所得，也是祁北公司的中学教育的好处。我看这小伙儿素质不错，让他去一趟北京吧。具体有什么困难，你们劳资科帮着克服一下，把这件事促成。"

李成杰请示完以后告诉赵逸飞："你先放心回老家去，办理相关证明。到北京参加研讨班的事情没问题，有文处长发话了，所有的困难和问题都好解决，保证到时候让你去北京。"赵逸飞听了十分高兴，连连说"谢谢，谢谢……"

赵逸飞再次在心里做了一番比较，祁北公司教育处有文宏远处长，还有李成杰科长和一中贺校长这样的领导，相对而言，什么滕副校长、鲁副校长这些让人感觉高高在上而又低水平的领导者毕竟不是主流，从这些日子遇到的种种事情来看，祁北公司教育系统对我赵逸飞来讲，应该算是一个不错的发展环境。来日方长，风物长宜放眼量，大可不必被一些小小的烦恼消磨了意志，放弃了人生的既定目标。

临行前，赵逸飞给他的学生做好了班主任老师暂时离开的安排。他要求学生，班主任在和不在一个样儿，决不能给学校领导和别的老师、别班同学留下高二（4）班是个差班、是个离开班主任就会乱作一团的烂班这样的概念。

赵逸飞没有想到，他的学生特别给老师面子。高个子的男班长向老师保证："赵老师你放心回老家办事去吧，高二（4）班全体同学决不会给你丢脸！你走了以后，班级的同学如果有哪个表现不好，回来以后你拿我是问。”班上平常让赵逸飞不得不多操心的某些男生女生，似乎都满脸慷慨激昂，信誓旦旦向老师表示一定不捣乱、不调皮，不给高二（4）班掉链子！

学生如此的表现，也让赵逸飞感慨良多。谁说“差班”的学生都是渣滓？他们照样有优点，有长项，有自尊心，有追求进步的心理需求，只要引导有方，持续努力，带这样的班，教这样的学生，也决不会是无效劳动。

赵逸飞心中自有一份属于他个人的职业自豪感。

回老家办理工作经历和计划生育证明，赵逸飞并没有遇到太大的困难和障碍。外出应聘的时候，他和黄原县教育局领导以及原单位西皋中学的领导、同事，都有相当的默契，保持了一份深情厚谊，别说给他办理有关工作经历的证明，哪怕他要再回来上岗工作，也不会有阻力。至于计划生育，他更没有违反相关政策，也没有受到过处罚，村、乡和县上的计划生育主管部门按照规定出具了赵逸飞夫妇没有违反相关政策的证明信。

可是，赵逸飞带着相关证明，以及从县教研室拿到的北京某作文教学研讨班的报名表，返程走到老家省城，却遇到了意外的情况——陇海铁路宝鸡至天水段因下雨塌方中断，铁路方面预告修复大约需一周时间。那时候，从宝鸡到天水的铁路只有单线，沿着渭河川蜿蜒曲折，每每遇到下雨天特别容易塌方中断，尤其到了多雨季节，发生这种状况简直是家常便饭，通往西北腹地的这条交通大动脉经常性地瘫痪，谁也拿它没奈何。

到了省城火车站，正准备排队买车票，赵逸飞听到了、看到了车站广播和文字的相关告示，知道自己暂时回不到新工作单位了。于是他赶紧来到市区中心一个著名的标志性建筑附近的一家邮电局，交了押金，排着队，要给单位打长途电话。

暂时回不到祁北公司一中，而且赵逸飞想，既然一周之内去不了，放假前再回去也没什么意义，正好在老家参加本科函授的面授辅导，至于去北京参加作文教学研讨班，只要办好了相关手续，时间上和函授辅导正好能错开，只是不可避免要牺牲一些暑假和家人团聚的时间而已。

于是，他想给学校打电话告假，意思说因为客观存在的铁路运输意外，他在放暑假前不能返回学校。想来想去，赵逸飞直接把电话打给了学校管专任教师的滕副校长。

滕副校长接到赵逸飞的电话显然很不高兴，但铁路中断又不是赵逸飞个人所为，于是滕副校长说："放假前学校有许多工作，你作为班主任不能回来完成放假前的相关工作，会给别人带来一些不必要的麻烦——我得找人替你完成相关工作。既然你请假参加函授学习和考试，正是放假前这段时间，学校只能给你算事假。正规的请假手续等你返回学校再补办吧。"说完把电话挂断了，不给赵逸飞任何申诉的机会。

仔细想想这件事，赵逸飞的确有点恼火。祁北公司的中小学作为企业办的职工子弟学校，不仅完全由公司出经费，而且管理上也和企业对员工的管理采用同一模式，作为员工，一个月之内如果请了一周左右的事假，那么工资、奖金方面的损失会相当大，对于赵逸飞这样刚刚来应聘，工资待遇相对低，家庭生活又很困难、十分缺钱的人来讲，损失可不是一般的大！按理说，因为铁路中断回不去，是天灾，参加函授面授考试本应得到学校大力支持，滕副校长要给算成事假简直是欺负人嘛！可是，眼下不可能通过长途电话来申诉，也不可能去找贺校长、李科长、文处长等更通情达理的领导解决问题。罢罢罢，先忍下吧，谁让自己运气不好遇见这么个滕副校长呢？

赵逸飞又给劳资科打电话，告知了因铁路中断暂时不能返回祁北市的情况，然后将相关的证明材料以及去北京参加研讨班的报名表都用挂号信函寄回了祁北市。

办完这些事，赵逸飞又回到了老家。

2. 也有例外

一起从老家来应聘的这批民办教师、代课教师和祁北公司招聘来的大批师范院校应届毕业生几乎同时解决了公职问题，对于程雨涵、赵逸飞他们来说，无疑是天大的喜事。大家一个个兴高采烈，按照教育处人事部门的要求，纷纷回老家办理相关证明。尽管也有人和赵逸飞一样遇到了铁路中断的阻隔，但这基本上都不是事儿。只要顺利拿到了相关证明，人来不了，挂号信函哪怕慢一些，总可以寄达。一旦教育处劳资科收到了相关证明材料，那么转为正式教师只剩下程序性的问题，不会再有大的障碍。

但也有例外。比方和程雨涵来自同一个县份、分配到祁北公司第四中学任教的李明善就遇到了额外的困难。他的困难在于两个方面，一是违反计划生育政策生了第三胎——李明善是独生子，他的前两个孩子都是女儿，父母力主让他们夫妇再生一胎，哪怕卖了房子家具缴罚款，总要生个男孩出来。谁知道生男生女这种事决定权在老天爷，李明善的妻子第三胎照例生了女孩。生了女孩之后，父母却改了主意，主张不缴罚款，说为一个女娃不值得，还说要找机会把这个多余的孩子送给别人，让李明善的媳妇继续生，直到生出男孩为止。这样一来，李明善违反计划生育政策没有得到处理，村、乡和县上主管计划生育的部门都没有办法给他开证明，假如非要开，也只能证明他违反政策生了三胎，并且拒不接受处罚。这样的证明开出来，无疑会断了李明善转为正式教师的路子。二是李明善还犯了一个小小的错误，一年前为了填写一份无关紧要的登记表，他竟然将函授大专文凭上的个人照片撕下来贴到了那张登记表上，弄得函授大专毕业证成了一张无效文凭，他的学历要得到承认，也必须到给他发放文凭的教育学院去开证明。

李明善麻烦大了！首先是计划生育的相关证明完全卡壳。虽说乡村类似李明善夫妇这样，为了生出一个儿子来，不惜违反政策，不止一次超生的状况也有，但一般农户都会选择老老实实接受处罚，以达到给孩子上户口，乃至分配责任田等的目的。李明善以前故意逃避处罚，现在想要开具被处理过的证明，只好追着管计划生育的乡、村两级干部，主动要求接受处罚，然后才有可能商量开证明的事。但乡、村两级的计划生育干部反感他和他的家人以前故意逃避处罚，故而拖着不给办。甚至还有乡上的干部说："按照相关规定，处罚李明善超生第三胎，他的民办教师身份一并要被撤销，既然连民办教师资格都没有了，还开证明转正式教师，根本不可能。"言下之意，乡上的计划生育部门绝不会再给李明善开具对他有好处的任何证明。

这事儿明知难办，但李明善不得不办。祁北公司那边给的政策，以前违反了计划生育相关规定，只要处理过了，接受了相关处罚，这次转正式教师不再作为障碍性因素。假如错过了这次极佳的机会，对于李明善来讲，还有别的机会吗？够呛！于是，这个证明必须办，而且必须办成。

还好，天无绝人之路，李明善绞尽脑汁寻求能走通的门子，山重水复之间忽然发现他家所在乡刚刚到任的党委书记竟然是他当了一辈子中学教员的本家伯父曾经的弟子。李明善于是先给远房伯父备了厚礼——将新近购买的全羊毛黑呢子大衣恭恭敬敬奉送。这件大衣是李明善在祁北公司拿到薪酬之后，特意买来准备孝敬老爹的，他父亲说："我整天把日头从东山背到西山，黑水汗流的，弄个呢子大衣啥时候穿哩？我娃有孝心，情领了，大衣你拿上穿去，走到人前体面。"现在既然要求老伯父办大事，李明善咬咬牙，黑呢子大衣就变成了礼品。

老伯父说："计划生育政策严格得很，许书记虽说是我的学生，你这事能不能办成还两说，看在一笔写不出两个李字，我给你去说说看。"听到老伯父答应给跑动跑动，李明善像犯人遇到大赦一般如释重负，赶紧想方设法凑出500元拿给老伯父，意思让老人家拿这钱去打通关节。那个年月，500元简直是一笔巨款。老伯父说："我寻许峰（乡党委书记大名叫'许峰'）办事，能办是一句话，不能办也是一句话，叫我给他送钱送东西，我丢不起那人。要是事情办成了，明善你多多少少对他表示点谢意就成了。这500元你先收着，要不然我就帮不了你娃的忙。一样的道理，伯要是给你办不了事，那件呢子大衣我也不能要，还拿回去给你爹穿。"

事实证明，乡党委书记的权力挺大。有许峰书记一句话，乡、村两级搞计划生育的人都显得好说话了。最终，李明善夫妇按照乡村超生第三胎的处罚标准，补缴了罚款，乡上村上给他们出具了虽曾有过超计划生育，但已按照相关政策及时做出处罚，今后不再追究等内容的证明信。然后到县计划生育主管部门找熟人，也给盖了章，这件事有了一个十分理想的结局。事后，李明善给乡党委书记买了好烟好酒，以示感谢，许峰书记推辞一番，然后就收下了。

相对于办理计划生育证明，李明善大专文凭上少了照片这件事补救起来相对难度小一些。毕竟他是这家教育学院正儿八经的函授生，学籍档案是完整的，到学校找到有关部门一查马上就有结果。只不过补发文凭有困难，教育学院主管学籍的部门也只能给他补办一份学历证明，写明“李明善同志系我校××专业大专函授××届毕业生。已发毕业证遗失，特此证明。毕业证号：××××××”。

开具学历证明虽说没有搞送礼行贿，但从教育学院所在的省城跑了不止一个来回，也得花路费和吃饭钱。这两件事办完之后，李明善媳妇对着丈夫慨叹：“唉，你去G省应聘，还没挣上钱，这次回来又花了许多钱，不光把你拿回来的花完了，还借债。”李明善说：“要不是我在祁北公司领了几个月工资，如果像原先那样，凭在老家当民办教师的收入，这些事都没法办。说到底咱得想办法把一切手续办好，把所有的障碍消除掉，等我成了祁北公司正式的教师、正式的员工，咱家今后的日子一定会比原先好过。”媳妇听了点点头，表示赞同丈夫有远见、有担当。

等李明善将所有的证明办好，因下雨中断的陇海铁路已经修复了。虽说学校放暑假的时间已到，再返回学校也没有多大意义，但考虑到用挂号信函邮寄相对较慢，李明善决定坐火车返回祁北公司，以便尽快把证明材料送给劳资科。这样一来，他等于又多花了从老家到祁北市一个来回的车费路费。

让李明善没有想到的是，后来因为学历证书上面没有照片，在转为正式教师这件事上，他仍然被暂时搁置了。

情况是这样的，当他们这批人被转为正式教师的所有材料送到祁北公司劳资处审查的时候，有一位科长对李明善的学历证明提出质疑。科长说：“比起全日制大学来，函授学历本来含金量不足，何况这位李明善连个正规的学历证书都没有。仅有的一张有关学历的证明是手写的，印章谁知道真的假的？如果找个熟人，走走后门，开具这样一张证明完全能够办得到。我认为李明善的学历证明不足为信，要么让本人拿来正规的、合格的学历文凭，要么我们劳资部门再派员去做一次专门的调查，以证明此学历的真假。”这位科长的意见得到了劳资处长的重视，处长认为，招聘人才是一件十分严肃的工作，必须按照政策严格把关，既要热忱欢迎前来应聘的每一个人才，也不能让个别不符合条件的人混进来。于是他赞同科长的意见，指示将李明善转为正式教师的材料暂时压下，待下一批处理。

原来约定三个月的试用期到了，赵逸飞他们这批人均被批转为国家干部、人民教师，并且成为祁北公司正式员工。而李明善却因为学历证书上的照片被擅自撕下，转为正式教师的事情被搁置。有一句俗话说，一步赶不上，步步赶不上。后来这批同来的应聘者解决家属农转非问题，李明善同样因为转正式教师迟了一步，从而导致家属农转非也相应滞后，比别人晚了大半年。再后来，从乡下农转非进城的家属大多被招工，成为祁北公司下属集体所有制企业的工人，而李明善的妻子恰恰因为转户口晚了一步，从而失去了被招为正式职工的机会。这件事皆因撕照片的小细节引起，却足够李明善后悔一辈子。此是后话。

所有来祁北公司中小学校应聘的非师范院校应届毕业生的老师，唯有赵逸飞的“铁哥们儿”梁霞一人没有在暑假前回老家办理相关证明。她在原工作单位虽然具有正式教师的身份，但她来祁北公司并没有正规的调动手续，只是拿着一张文凭来应聘。这意味着原有的教师身份已经放弃了，再要取得在祁北公司中小学合法任教的资格，也需要和赵逸飞等人一样，办理转聘为正式教师的相关手续，也就是说，她同样需要到老家开具工作经历以及计划生育等方面的证明。

梁霞之所以放暑假之前没有回老家，是因为她把开具证明等一应事宜都交给了赵逸飞代办。

“来回坐火车累得很，还费钱。你替我把证明开了，回来之后我好好请你搓一顿儿。”梁霞对赵逸飞说。

“你就会偷懒，万一你本人不去，人家不给你开证明怎么办?”赵逸飞想到了由他来给梁霞代办证明也许会遇到一些障碍。

“这个我不管。反正我从老家出来不辞而别，也没打算留后路。不像你想得长远，想办法处理好了各种关系。但是我相信你神通广大，大不了动用一下你的人脉关系，我这点事你肯定能办好。”梁霞说。

"唉，谁叫我认识你这个'粘皮桃'呢？把人箍住了。"

代梁霞办理相关证明，对赵逸飞来说也不是难事。无非是跑跑腿儿，找找人儿，事情最终也顺利地办完了。遇见陇海铁路因下雨中断，梁霞的证明材料连同他本人的，一起寄回了祁北公司教育处劳资科。反倒是梁霞委托他的另一件事，弄得赵逸飞心里有点不得劲儿。

赵逸飞回老家办证明的时候，梁霞委派他代她去看看她和前夫所生的孩子。这件事本来也没难度，梁霞的孩子由前夫带着，而且杨思成与赵逸飞是同事兼好友，去看看他们的孩子，回到G省之后向梁霞当面汇报汇报情况，就算完成任务了。

不料，梁霞前夫那里出了状况。刚刚见到杨思成，赵逸飞立即发现他脸色特别差，面黄肌瘦。一问，才知道杨思成竟然得了胃癌，虽说做了切除手术，也做了化疗、放疗，但谁也不能保证这病肯定能去根儿。那个拆散了杨思成和梁霞夫妻关系的小女人见了赵逸飞眼神游离，能看出她不是一个有担当的女人。虽说嫁给杨思成属感情使然，但眼下遇见杨思成身体突然出了大状况，女人难免会产生别的想法。杨思成以前身体健康，在讲台上潇洒恣意，带着个小女人过日子肯定不成问题，可假如他的身体垮了，这个小女子能撑得起这个家吗？能给杨思成和梁霞所生的男孩当一个合格的后娘吗？杨思成后半辈子的家庭生活能够平平安安波澜不惊吗？根据观察，赵逸飞心中存留了诸多疑问。

等到放暑假，梁霞一回来，赵逸飞没能忍得住，把杨思成的病状以及他的担忧统统告诉了梁哥们儿。

梁霞听了，一双大眼睛很失神，仿佛心头一下子压上了千斤重担。

"我得去看看杨思成。好端端一个人，怎么得癌症了？癌细胞万一扩散了怎么办？他要死了怎么办？我的孩子谁来管？我一定得去看看，他万一管不了孩子，我得把儿子要回来呀。"梁霞说。

"看看看，我就怕你知道了这件事不冷静，果然如此。看来你对老杨一往情深啊，早知今日，何必当初，你俩离的什么婚呀？"赵逸飞说，"我告诉你，情况没那么严重。你实在不放心，可以用看孩子的名义去看看杨思成。至于把孩子要来你自己带之类的话，千万别说出来，还没到那个份上。我看老杨手术后恢复得不错，也许人家啥事没有，你大可不必杞人忧天。”

“什么杞人忧天，我才发现赵逸飞你是个冷血动物！俗话说一日夫妻百日恩，杨思成得癌症了，我怎么能无动于衷？剩下的事情是我自己的，用不着你瞎干预。”

“女人啊，都是感性动物，你爱咋咋的吧。”赵逸飞摇摇头。

3. 向往北京

又到中文本科函授面授辅导的时间了。面授辅导点在一所中等师范学校。

赵逸飞眼下在读的大学课程，是以大专学历为起点的三年制本科函授教育，为许多耽误上大学机会的人提供了圆大学梦的机会。赵逸飞所在县份共有8位中文本科函授同学，经常和他同吃同住、共同完成学业的有老白（“老白”并不老，只不过比赵逸飞大一两岁，县教师进修学校老师）、皇甫（复姓“皇甫”，和赵逸飞同样是代课教师）和小孙（县中学的语文老师）几个人。

这所大学的本科函授办得很正规。到面授点讲课的老师动辄是著名教授、学者，听他们讲课真是一种享受。在这里，赵逸飞常常感受到知识殿堂的神圣和绚烂，也对学养达到非凡境界的学者和教授们感到由衷的敬佩。不过，函授毕竟以自学为主，听完课，还需要好好消化，认真研究教材，扎扎实实完成作业。为了准备考试，有许多东西需要背熟记牢。作为函授学员，赵逸飞和老白、皇甫的年龄都在三十岁上下，小孙也比他们几个小不了几岁，大家的记忆力显然和一般的大学生不能相提并论，死记硬背的效果肯定不会好。于是，他们凑在一起，用相互问答的方式来记忆，一个问题提出，先由一人作答，后面的人补充纠正，大家凑一凑，答案逐渐就会趋于完整，并且在讨论的过程中加深了记忆。不仅教室、宿舍、学校的操场树下是大家学习的地方，面授点周边的田间地头也是讨论问题、记住知识要点的重要场所。手里一根秸秆树棍儿在地上写写画画，写出来的全都是学问，大家相互之间都是学生，也都是先生，现代汉语、古代汉语，古代、现代、当代文学和外国文学，从

《诗经》到李白、杜甫，到鲁迅，再到王蒙、蒋子龙、舒婷、顾城，从《荷马史诗》到莎士比亚、巴尔扎克，再到托尔斯泰、高尔基，等等，由一点一滴积累起来的系统的知识体系在每个人的头脑里逐渐形成了，扎根了，每个人都感觉自己逐渐地强壮了，越来越像个知识分子了，逐渐地为适应中学教学乃至更重要的岗位工作创造出十分有利的条件。

客观地讲，函授大学面授点的物质条件很艰苦。就在赵逸飞到G省应聘的前一个冬天，寒假面授也安排在这家师范学校。春节过了，气候给人的感觉似乎不会再有严冬，冷也冷不到哪儿去，于是赵逸飞穿了一双家做的千层底黑灯芯绒布面鞋去了，结果面授期间又遇到一场雪，生生把一双脚冻出了许多青紫的肿块、冻疮，又痛又痒。晚上睡在师范学校的教室里用课桌拼起来的“床”上，窗户透风，也没有取暖设施，学员们个个缩在被窝里当“团长”。

冬天不好过，夏天照样不好过。

这次，赵逸飞照样和老白、皇甫、小孙几人同住在这所师范学校一栋学生宿舍楼的“2－13”房间。住了没几天，赵逸飞突然诗兴大发，以这里的吃住条件为描述对象作了一首打油诗：“世界上空气污染最严重的地方——/某学校住人的地方臭味胜过毒气弹/世界上蚊蝇最多的地方——/某宿舍这玩意儿与人耳鬓厮磨朝夕相伴/世界上拉肚子率最高的地方——/主人和客人协力拼搏勇夺桂冠/还有世界上最奇特的美味佳肴——/高分贝的电锯声顿顿为我们佐餐……”打油诗描述的都是事实。臭味太浓因为楼上的厕所没有水却坚持使用，弄得楼道臭不可闻，房间里面也难幸免；蚊子之多，早上起床时在窗纱上抹一巴掌能弄出一手血，苍蝇自不必说；食堂饭菜也不知什么东西卫生不达标，学员们纷纷拉肚子；电锯声是因为学校利用假期施工，学员吃饭的时候电锯就在耳边轰鸣……即使在这样的条件下，“追赶青春的好同胞/相聚恨晚/简陋的2－13/是个值得永久记忆的/房间！”打油诗如此写道。

紧张的学习之余，赵逸飞和他的函授同窗有时用很高雅的方式制造乐趣，比如对对联。就地取材的上联说“两蝉栖树喧声大噪凉意却少”，就有人对出“一扇在手清风徐来暑气顿消”。民办教师、代课教师皇甫出上联“忙种地忙教书百忙未了还须忙忙来赶考”，老白给对了

“苦劳心苦费神乃苦遍尝皆为苦苦图生存”。还有随意触景生情出上联，数秒钟之内就有人争着对下联的，诸如“文坛巨匠鲁迅，抬杠专家老白”“四个疯子联句，两对智者打诨”“暖瓶有水，空盒无烟”“墙面三颗图钉，床上四具光身”“蛛网织墙角，蚊香燃地心”“窗纱挡蚊虫，手掌打苍蝇”，等等。此类活动符合中文本科函授生的学养和习惯，也给大家艰苦单调的学习生活制造出许多乐趣。

艰苦归艰苦，面授学习任务总算圆满完成了。本次面授所安排的两门学科考试照样十分严格，就连学员考试过程中上厕所也由一位监考人员陪同前往，严防考试作弊。但有了扎扎实实的听课学习、作业练习和重点记忆，考试取得合格以上的成绩，赵逸飞觉得颇有把握。

函授辅导和考试一结束，赵逸飞仅仅能在家待三天，就得赶往北京参加作文教学研讨班。祁北公司教育处劳资科已经给他办好了相关手续，将报名表和交费手续等用挂号信函寄到了赵逸飞家里。

按规定，祁北公司的教师出公差，可以报销火车硬卧车票，可是赵逸飞就近上车，只能坐过路车，又是到了火车站才买票，估计只能买到硬座。他私下里的想法是，坐硬座稍显艰苦，但也没问题，假如回去能按同车次、同里程的硬卧报销，还能赚一点差价，相当于提高了出差补贴标准，这对于家庭生活贫困的他来说岂不是一件好事？

赵逸飞只带了极简单的行装，又是夏天，衣服也不用多带，所以只背了一个小帆布包就够用了。先乘乡村公路破旧拥挤的班车到邻县县城，然后再换乘长途客车到地区行署所在的城市坐火车。赶到火车站才买的票，能有硬座号算不错了。

这是赵逸飞平生第一次上北京，坐到风驰电掣向东奔驰的火车上，他难以抑制心中的激动：北京是伟大祖国的首都啊，天安门、人民英雄纪念碑、毛主席纪念堂，以及八达岭长城、颐和园、天坛、圆明园，等等，早已铭刻在心，十分向往和崇敬。有了这次出差的机会，亲眼见到、亲身经历这些以往只能心向往之的神圣之地，将是一件多么让人心潮澎湃的事情！

晚上乘硬座火车本是一件很受罪的事情，但赵逸飞心情激动，多年农村生活养成了他吃苦耐劳的意志品质，所以这点苦对他来说根本不算什么。一直熬到后半夜，车厢里多数旅客都睡着了，他才将胳膊放在面前的小茶几上，再将头枕上迷糊了一阵子，就算解决了睡觉问题。

第二天，赵逸飞乘坐的火车早早到达北京站。从老家到北京，不比老家到G省的祁北市近，可这趟火车只用了16个小时，而从老家省城到祁北市，却要用20多个小时，而车次都是同样级别的普快。这是为什么呢？他总结了一下在这两个不同方向乘车的感受，觉得原因在于铁路的质量有差异。从老家往西去，一出宝鸡，火车的行进曲里拐弯，钻山过桥，速度很慢。尤其过了G省的省城之后，继续向西要翻越被称作“走廊”东大门的一道山岭，那一带的铁路在山上大迂回、大盘旋，两个火车头很吃力地牵引着，如同蜗牛一般爬行，岂能不慢？而从老家往东、再往北，地势基本上是一马平川，而且走的都是国家最主要的铁路干线，运行速度显然不能与相对落后的西部地区相提并论。就连坐在车上的感觉也完全不一样，往西走的火车，车轮与钢轨摩擦，发出的声音基本上是“咣当咣当”，而陇海线东段以及京广线上，车轮与钢轨显得和谐许多，发出的声音是“沙沙沙沙”，体现了速度快慢上相当大的差异。

这就是中东部地区和西部地区的差别啊！况且国家搞改革开放以来，中东部尤其东南沿海发展速度进一步加快，短时间内中东部和西部的差距还将进一步拉大，不以人的意志为转移。联想到自己外出应聘并不是像更多的知识分子那样“孔雀东南飞”，而是继续深入西部，跑到天高地远的G省，这究竟是一个英明正确的举动呢，还是一个错误？

国家是一个整体，西部终究也要发展进步，何况越是落后的地区，越需要人才，只有通过更多的人共同努力奋斗，才有可能改变西部的面貌，才有可能缩小西部和中东部的差距。如果说大家都瞧不起西部欠发达地区，都往东南改革开放前沿跑，西部岂不是会发展得更慢？这对整个国家来讲绝不是好事，想必党中央、国务院也一定会越来越重视西部地区的发展……

想到这里，赵逸飞十分自嘲地笑了：我想这些事情有意义吗？我又不是党中央、国务院的领导！好在自己投奔的这家企业不错，所在单位也不错。新建的祁北市很显眼是G省的一块经济高地，也是有发展前景的工业新城，能立足于这块地方为国家建设做贡献，为教育事业献身，也不失为一种人生理想，也是一种相对美好的选择。犹豫彷徨没有意义，选择了一条道儿只能勇往直前。何况这次竟然来到了首都北京，要不是投身于祁北公司，我赵逸飞能有上北京出差的机会吗？

按照作文教学研讨班主办方通知的路线，赵逸飞在北京站下车之后直接坐地铁，由二号线换乘一号线即可到达目的地。坐地铁对赵逸飞来讲也是第一次，他对这种在城市街道地下穿行、安全快捷平稳的交通工具充满了新奇感。大城市就是不一样，首善之区的北京就是不一样！他特意选择了通过天安门的线路，当地铁通过东单、王府井、天安门、西单一带时，小伙子想象着头顶上就是伟大的、举世瞩目的天安门广场，心中又一阵儿激动，只是感慨在地铁里全都看不见，心想等开会报到手续办完了，一定先来这里看看。

研讨班是由一个民间的作文教学研究会主办的，会址设在一所著名大学的附属中学，原因是这次研讨班主讲人是这所大学附中一位全国著名的特级教师，她和她老公的研究成果、教学经验总结是大家来学习取经的主要对象。

报到手续倒也不复杂，缴了预先约定好的“研讨费”和很便宜的住宿费，再用少量的钱和全国通用粮票购买了饭票（此后不久，“粮票”之类的票证便逐渐失去了作用），一切很快都安排好了。吃饭就在这所中学的学生食堂，住宿是临时将教室用作宿舍，有很简单但也算清洁的卧具。

安排好住宿之后，相关服务人员告诉他有洗澡的地方，五分钱就可以痛痛快快洗个淋浴。赵逸飞回到老家没有洗浴的条件，再加上坐了火车，又脏又累，于是决定先去洗洗。可能因为他去得晚了，澡堂子里已经中断了热水供应，淋浴头上放出来的只有冷水。别无选择，赵逸飞只好洗了个冷水澡。虽说一开始有点激冷，但冲几分钟也就适应了，毕竟大夏天的自来水不算太凉，总体上洗得也算过瘾。

研讨班的学习、听课安排得挺紧凑，也很严谨。作为有过长时间作文教学实践的中学语文老师，赵逸飞感觉收获很大，不仅从理论上得到进一步的武装，而且自我感觉学到了那位女特级教师在作文教学方面的真经、真谛，拿回去在教学实践中加以运用，肯定能使作文教学水平上一个台阶，能给学生带来诸多裨益。

抽出学习之余的时间，赵逸飞专程前往天安门，简单游览了广场和故宫，瞻仰了毛主席遗容，也在广场花钱照了几张相，留作纪念。此外，他还去了八达岭长城、颐和园和天坛公园，算是草草游览了一趟北京。这对于以前几乎没出过远门、没出过公差的赵逸飞来说，也是一次前所未有的不平凡经历，足够小伙子骄傲一阵子。

4. 疲于应付

从北京回来，屈指算算，距离开学已经不到 20 天了。赵逸飞觉得剩下的这半个多月时间，应该完完全全贡献给家人。首先要利用这段时间，将家里、地里能干的重活儿都尽量干了。本来论年龄论角色，自己都应该是家里第一劳动力，但由于外出应聘，就连在老家教书时利用星期天帮家里干重活儿的机会也失去了。好不容易能在家待十来天，不把重活儿累活儿尽量干了，实在说不过去。

可是，干扰因素仍然很多。

到北京参加作文教学研讨班，虽是新单位祁北公司教育处给拿的差旅费，但最早联系报名却是老家黄原县教研室给办的。假如没有黄原县教育系统给他报名，也就不会有北京学习、出差这件事。既然回到家乡了，既然在北京的学习收获颇丰，那么要不要利用暑假，将这次学习研讨所得贡献给家乡的教育事业呢？且不说县教育局、教研室的领导给他邮寄报名表的时候，就有让他学有所得之后将成果拿来分享的意思，赵逸飞自己也觉得不把这次学习所得贡献给家乡，似乎从根本上对不起家乡人，他的内心会留下深深的歉疚。于是，赵逸飞主动去了一趟县城，找到教育局、教研室，提出能不能安排一下，让他在结束暑假回 G 省之前，将这次学习研讨所得向本县教育系统的同行们做个汇报？

当然是一拍即合，这是双方都非常愿意做的事情。于是，由县教研室出面安排，召集本县各个中学的语文教研组长和骨干教师，由赵逸飞将在北京参加作文教学研讨班学习所得向大家做了介绍和汇报。接到这个任务以后，赵逸飞免不了将在北京学习的大量笔记做了整理，再加上自己的理解发挥，弄出了一个将近两万字的讲稿。在家里昏暗的15瓦灯泡下面，苦苦准备了好几个夜晚。做这件事免不了吃苦头，但他心里很安慰，这算是对家乡教育行业报恩，毕竟这块黄土地培养了他，而且在他外出应聘时，县教育局领导给了最大的理解和支持。另外，现在加班加点准备个讲稿，开学回到祁北公司照样用得上，岂不是一举两得？

赵逸飞的学习研讨汇报搞得很漂亮。来参会的同志都觉得深受启发，收获很大，都评价说这次赵逸飞同志学回来的东西，肯定会对全县中学作文教学水平的提高产生极大的促进作用。甚至有人借机感叹说：县教育局把赵逸飞放走，简直是黄原县教育界的一大损失，毕竟他是个人才啊！

搞完学习研讨成果汇报，赵逸飞想起外出应聘时他曾经对县教育局冯局长说过，再回到家乡要请局长吃顿饭，报答恩情，于是他主动去找冯局长，要履行诺言。冯局长见到赵逸飞很高兴，嘘寒问暖，问这问那，知道赵逸飞西行应聘的第一步勇敢地迈出去了，说："哪儿让你请我吃饭呢？咱县上再穷，教育局还能管得起一顿饭，况且你回来给本县的语文老师传经送宝，我一定要请你吃顿饭。"

结果，赵逸飞请客没请成，反倒让冯局长请了他一顿。既然盛情难却，又有回到老领导面前的亲切和感动，赵逸飞竟然喝得有些高。吃罢饭，在县城住了一夜才回家。

暑假期间，原先在西皋中学的同事孙老师也来找过赵逸飞，问他在祁北公司应聘情况好不好，那里还需不需要更多的人才，问赵逸飞能不能介绍他也去应聘。赵逸飞向孙老师详细介绍了祁北公司所在城市以及企业本身的相关情况，告诉他以民办教师的身份去应聘难度越来越大，要试讲，有试用期，被退回来的可能性也存在。孙老师掂量许久，最后说："我还是算了吧。我没有逸飞你那么大的勇气，再说，我听在县上当干部的一位亲戚说，改革开放以来，党和政府越来越重视知识分子，政策越来越好，在老家转为公办教师机会肯定比以前多。我还是继续在老家努力争取转正吧，只要一转正，别的事情就不打紧了。"

时间飞快地消逝，赵逸飞总觉得留给他为家人分忧、出力流汗的时间越来越少。临近开学返回 G 省的前一个星期，和他一起外出应聘的梁霞女士找到家里来，说有件事情她决定不下来，要听听赵逸飞的意见。

梁霞说：“开学我不想再去祁北公司，想留下来照顾杨思成，我看他的病相当严重，实在放心不下。”

赵逸飞一听，知道梁霞感情大于理智，犯痴，但却拿不定主意，来找他是出于对他哥们儿一般的信任。

“我先问你几个问题。”赵逸飞尽量让自己保持清醒的头脑，根据推断和思考的结果问梁霞，“第一，你现在和杨思成是什么关系？也就是说，你在思想上怎样给你俩当下的关系定位？第二，杨思成目前有媳妇，且不管那个媳妇有多年轻，且不管他们夫妻之间有没有什么解决不了的问题，人家有媳妇在，你怎么直接去照顾杨思成？第三，杨思成是什么态度？是他主动要求你留在他身边照顾，还是你一厢情愿、想当然做出这样的决定？第四，即使照顾杨思成是你应该做的，那么因此就放弃已经确立的、在祁北公司子弟学校的身份和地位，从而导致丢了工作，没有了工资收入，没有了基本的生活和物质保障。这些问题你想明白了没有，随随便便就能做出如此重大的决定？”

梁霞说：“唉，我就知道找你商量这事是自寻烦恼，我就知道你赵逸飞太过冷静——冷静得有时候像个冷血动物——肯定不会支持我的想法，可是我再没人可以商量。我也明白你问的这一系列问题都有道理，我又何尝没想过？可是，看到杨思成那样，我实在放心不下，从我现在的感觉出发，真想把一切事情都放下，全心全意帮助老杨，帮他渡过难关，养好身体。等他一切都好了，再安排我的事情不迟。”

“说到底你不够冷静，我干脆帮你再分析得具体一些、实际一些，你听听有没有道理。第一，你现在的身份是杨思成的前妻，比起人家现任的妻子来，你必须摆正位置，不能越俎代庖，哪怕你感情上依然放不下老杨，但应该遵守的常理和规则你必须遵守。第二，杨思成所得的病不大好，作为朋友，我和你一样为他可惜，为他担忧，也愿意尽最大努力帮助他。可是，杨思成主动离开你，和现在的小媳妇组成家庭，是他自觉自愿的选择。起码到目前为止，他得对他的选择负责。既然选择了做夫妻，也就包括了选择由现任的媳妇照顾他。你非要插进去，且不说人家媳妇干不干，杨思成本人恐怕非常难办。你去看望他，杨思成有让你留下来照顾他的意思？我认为不可能。既然杨思成没有这样的要求，你也就没有这样的义务，所以，你做出留下来的决定难免荒唐。我们都不年轻了，做事情除了感情，更需要理智。第三，你得从长远考虑，你还有没有可能与杨思成破镜重圆？他们的夫妻关系不见得有裂痕，难道你要回过头去做破坏杨思成夫妻关系的第三者吗？除非杨思成对你，也和你对他一样痴情，但我觉得这是不可能的，要不然你俩也不会走到这一步。第四，既然目前的客观情况以及你们之间的关系定位决定了你不可能留下来照顾杨思成，你就没有理由不回祁北公司上班。我们辛辛苦苦去应聘，就是为了能有一份事业和生存所需的物质条件，这些东西对谁来说都很重要，没有人可以不食人间烟火，所以说你轻言放弃是不负责任的瞎扯。”

“那你说，我目前究竟该怎么办？”梁霞发热的头脑在赵逸飞的劝说下逐渐冷静下来了，问道。

“其实，只要你真正冷静下来了，以你的聪明智慧，完全能想清楚该怎么做，根本用不着我啰唆，关键在于你要冷静。不过我看你脑子发热有点严重，一下子冷静下来也不容易，无可奈何，只能帮你，但愿你能听我的。”

“你说说看。”

“我知道，你对老杨有感情。我听人说过，但凡女子将自己全身心交付给一个男人，尤其是第一个男人，恐怕一辈子再也放不下，你对杨思成正是如此。既然这样，你对老杨得了癌症表示关切，对他的身体状况以及今后的生存质量，乃至他生活中的一切难以放下，这都是人之常情。但从另外一方面来讲，你放不下也得放，原因在于先前老杨已经把你放下了。虽说他目前的境况更需要同情和照顾，但是你对他过分同情和照顾却不合适，很不合适。你不仅要考虑自己的感受，还得考虑杨思成的感受和杨思成作为男人的自尊，甚至也得考虑他的小媳妇会怎样想。毕竟人家是杨思成身边的人，因此也是主角，不以你的意志为转移。以我的看法，你最近可以多看望杨思成几次，毕竟夫妻一场，毕竟他是你孩子的爸爸。在杨思成和他的小媳妇能接受的前提下，你哪怕以朋友的身份，多给他一些关心和照顾，这样心里也会平衡些。但另一方面，你必须遏制感情泛滥，尤其现在，你并没有和杨思成旧情复燃的客观条件，所以你的表现必须注意分寸、注意得体，这样对几个当事人都好。到最后，你还得强忍着难以割舍的牵挂，抑制你不该发生或者复萌的情感，毅然决然离开杨思成，回到G省祁北公司继续你的人生历程。当然了，对孩子，你尽可以表达感情，要是杨思成能改变想法，你把儿子从他身边带走也没什么不可以。不过考虑到他目前的身体状况和心境，这事情你也得尊重他的想法。唉，我说这些都是废话，你自己看着办吧，就当我没说。”赵逸飞说。

“你虚伪！赵逸飞你也在我面前虚伪。我之所以来找你，明明是因为想得到你的帮助，你刚才说了这些所谓的废话，对我来说很有助益，这些话能给我信心和力量，也能帮我找回迷失的方向。你明明做了好事，却又自我否定，难道不是虚伪？我看你对我不够哥们儿，什么人啊你！”梁霞说着话竟然泪光闪闪。

“好啦好啦好啦，我明白你的意思，可我确实帮不了你多大的忙。说点废话假如对你有用，简直是我的造化，我相信你不会继续犯糊涂。在回G省之前，我也要抽空再去看看老杨，朋友一场，真希望他早日康复，彻底康复。”

梁霞一双大眼睛含情脉脉直视着赵逸飞。要不是忌讳身处赵家，她也许会扑上去与赵逸飞拥吻，然而，她保持了应有的理智。赵逸飞比她更理智，一以贯之的理智。

梁霞闯到家里来找赵逸飞，两人相谈甚密，而且所谈内容对赵逸飞的妻子周雅凤来说风马牛不相及。这件事很难说周雅凤心中不会产生疙疙瘩瘩，但她表面上依然波澜不惊，像一位老朋友一样，十分友好地对待来客，礼数周全，照顾有加。

送走了客人梁霞，周雅凤在丈夫面前免不了有小话。

“看来你跟梁霞关系的确不一般啊！是不是在G省这几个月，你俩的亲密关系更上一层楼了？不管咋样，毕竟在外地，我眼不见心不烦，哪怕真有点啥我也权当没有。可你放暑假回来，在家里才能住几天，梁霞就耐不住性子寻你来了？又说又笑，又哭又闹，我看她在你面前啥都不遮掩，啥都毫无保留，你是她的什么人呀？”周雅凤说。

“你说我是梁霞的什么人？我能是她的什么人？梁霞这人你又不是不知道，性格外向、豪爽，朋友哥们儿之间交往她往往把性别忽略了，我跟她除了是哥们儿，还能是个啥？如果我说在G省这几个月，梁霞和我走得很近，你想想究竟能走得有多近？要说我俩之间能有男女之间的事，别说我不信，你自己信不信？”赵逸飞理直气壮地辩解。

“那谁知道哩？信还是不信，我又奈何不得你俩，这事情全靠自觉。”周雅凤说罢掩嘴一笑，其实她心里对丈夫有足够的信心，她不相信赵逸飞会在外面做什么对不起她的事，她也不相信有什么女人能在他俩之间插足，包括这个漂亮的、性格大大咧咧的梁霞。

“我万一不自觉呢？”赵逸飞半开玩笑。

“那我就不要你了，咱全家人都不要，开除你！”周雅凤半开玩笑半认真。

匆匆一个暑假眼看就要结束。这次去祁北公司正儿八经上班，不到放寒假，大约再没有机会回家探亲，与家人的分隔必将持续小半年，这期间的思念和牵挂想来不好熬过，但这是没有办法的事情。

“家里上有老下有小，这次回来度假我看到了，爹和妈身体好像在走下坡路，况且听口气，他们很想把家庭生活的担子彻底交给咱们，这样你的压力会更大。雅凤，对不起，我还得暂时离开，为咱俩和咱的儿女，为全家人创造更好的生活前景，这一点暂时无可改变，家里的事我只能拜托你了。”临行前的一个晚上，赵逸飞很庄重地对妻子说。

“其实你还没看出问题的关键。父母年纪慢慢大了，身体必然一天天走下坡路，所以他们想交班完全属于正常，我早有思想准备，只不过你平常不在跟前，感受没有我那么明显罢了。还有一个问题，两个孩子一直在爹妈膝下，他们现在最担忧的是你在那边站住脚了，把家属户口也解决了，万一要把孙子孙女给带走，这才是老人最受不了的！他们在我面前多次流露心情，我正为这事发愁呢。”周雅凤说。

“这个倒不必，你这叫‘隔夜愁’，提前量偏大。你想想，我个人转为正式教师的手续正在办，家属农转非谁知道啥时候才会有希望？再说，即使要转家属户口，咱也可以考虑连同老人一起转到城市去，一家人仍然不分离。”赵逸飞说。

“你想得太简单了。老人离开家乡、离开故土有那么容易？他们会不习惯。再说，还有爷呢，八十多岁的老人也能跟着咱们进城去?”

“让你这么一说，事情的确有点复杂。好在还没到迫在眉睫的关口，咱从长计议吧，不着急。”

“你不着急，我着急。比起这些让人为难的方方面面，我宁可早点把户口解决掉，早早进城……我受不了两地分居。”

“唉……”

分手，仍然免不了惆怅和叹息。

第七章　纷纭繁复

“你怎么会在这儿?”马红柳调整了半天，才对她上高中时的班主任说出一句还算正常的话。“我当老师不奇怪，因为我上大学学的师范。可你不是在老家教书吗，怎么会出现在我刚刚参加工作的祁北公司第一中学?”赵逸飞扑哧笑了：“马红柳呀马红柳，咱俩有必要在这里相互审问，而且必须马上问出结果来吗？我只能告诉你，我也是这所学校的老师……”

1. 意外邂逅

新学期开学第一天，赵逸飞遇到了一个大大的意外。

学校召开教职工大会，领导向全体教职工介绍本学期新招聘来和新分配来的教师，念到了一个名字，让赵逸飞猛地打了个激灵。他听到的这个名字叫“马红柳”!

学校领导念到姓名，名叫马红柳的新同事站起来向大家示意，赵逸飞定睛一看，可不就是马红柳嘛。然而，他不好意思在会场向她打招呼示意，而她大概也不知道这个学校有一位刚来不久的老师曾经是她高中时期的班主任。

那时候，赵逸飞在老家的西皋中学，第一次把一届学生从高一带到高中毕业。他在每个学生身上都花费了大量心血，故而和学生建立了深厚的师生情谊。

马红柳是一个很有个性、很有特点的学生。就赵逸飞所带班级而言，马红柳的家庭背景和别的同学比具有特殊性。她的父母在相邻的G省工作，母亲是汉族，父亲是回族。马红柳父母所从事的是一种特殊的科研项目，其特点是工作地点常年远离城镇，所以孩子上学极不方便。于是，自从马红柳上了中学，父母就让她寄居在外祖母家。马红柳的母亲娘家在赵逸飞工作所在地西皋镇，这孩子寄居在这里上学，有缘成为赵逸飞的学生。

马红柳的长相极像后来中央电视台一位播新闻的回族女主持人，大眼睛，挺鼻梁，脸部各个部分线条分明，组合得特别合理、精致。这个长相集合了父母二人的优点，并且显现出父亲的民族特征。如果忽略了眉宇到鼻梁一带有淡淡的雀斑，这简直是一个美人胚子。而能给她的班主任老师留下更深印象的，是马红柳的眼神。

不知因为长期寄居在外祖母外祖父身边，缺乏父爱母爱，还是因为性格方面有点孤僻，总之马红柳那一双略带茶色的大眼睛总是显现出忧郁，再加上面部表情相对单调一些，马红柳给人的印象是一个忧郁的女孩。赵逸飞上课的时候，往往会遇见马红柳忧郁的眼神，不知为什么，他觉得这孩子的眼神含义复杂，而且特别动人，这正是他愿意较多关注马红柳的原因之所在。女学生的眼神清澈，加上那份淡淡的忧郁，以及和这孩子对视过程中产生莫名的心的悸动，让年轻的高中老师赵逸飞领略到了一种超常的、另类的美。当赵逸飞通过看学籍档案和家访了解清楚马红柳的家庭背景之后，他觉得应该给这个学生更多的关心和关照。

然而，马红柳是一个不让老师费心的学生。

首先，她学习勤奋刻苦，认真自觉。马红柳的舅表兄是一位踏实可靠的乡村青年，在西皋中学当校工，在门卫值班并司铃（铃，即铁铃，用手工敲击，其声音为全校师生上课下课及一切活动的信号），是每天学校起得最早的人。这位校工告诉他表妹的班主任说："我妹妹马红柳是每天到校最早的学生。她在我家住，从来不用我大我妈喊起床，床头放个小闹钟，每天早早起来，吃早饭也自行解决。我姑家的这个女娃很争气。""争气"是一种品格，这种品格决定了马红柳特别有上进心。除了从不迟到早退，她在课堂上认真听讲，完成作业一丝不苟，从而保证了每次的考试成绩在全班名列前茅。

其次，马红柳的品德表现同样无可挑剔。乡村中学的女生，一般容易犯的毛病，除了学习不够刻苦之外，还有散漫，纪律上大错不犯小错不断，爱吵嘴爱说闲话，同学之间小小不言的是是非非十分常见。这些毛病在马红柳身上都不存在，也许因为她的出身、生活经历和同班其余女生有差异。与其他孩子比，马红柳平日显得寡言，但偶尔说一句却具有爆炸性效果，但也不会太出格。比方她猛乍说某一位关系不错的女生："你是个吃匠！"将小小不言贪吃的毛病上升到"匠"（工匠、巨匠）的高度，除了让人忍俊不禁，还有点惊世骇俗的效果。再比如乡村中学的男生女生相互交往一般都比较保守，也有个别男生在女生面前表现得有一定攻击性，这样的男生往往让女同学们不待见。有一次，一个男生在马红柳面前说了一句稍带挑逗性的话，马红柳立即回击他说："你将来有可能是一个流氓，万一被逮起来判了，没人给你送饭。"恰恰这个男生父母早亡，跟着爷爷奶奶过活，等他长大成人之后，爷爷奶奶年迈，弄不好真存在没人送饭的问题，故而马红柳很可能一语成谶，打击得这位男生从此不敢造次。除了说话偶尔犯愣，其他方面真还挑不出她有什么毛病。

最让赵逸飞老师满意的一点，是马红柳的语文学科成绩很出众，尤其作文写得特别好。根据赵逸飞教语文课多年积累的经验，但凡语文学科突出的孩子，大半都以爱读书为基本特征。马红柳就是一个最爱读课外书的典型，相比较而言她的文体活动是弱项。只要有空闲时间，你总能看到她手里拿着一本书，埋着头读得很认真。马红柳的读书习惯是从小养成的，培养这种习惯的是她的爹妈。自从来到西皋中学，赵逸飞这个语文老师总在不断提倡学生课外阅读，并且想方设法给学生课外阅读创造条件，也让马红柳如鱼得水，从这方面来讲，马红柳够得上是赵老师的得意门生。这个孩子寡言，但善于观察生活，同样的命题作文，她总能比别的同学写出更多、更传神的细节来。细节是文章的生命，有了精彩的细节，文章才能真正反映独特的生活以及作者独特的感悟，有了活生生的细节，文章才能有嚼头、有韵味。颇有味道的内容，再加上马红柳女性化的、隽秀的字体，以及流畅而又素雅的文字，以及行文当中所表露出来的如同作者眼神一般的淡淡的忧郁，谁能说这样的文章不是学生习作当中的绝品呢？综合起来看，马红柳的小文章让她的语文老师觉得特别美，美得让赵逸飞心颤。于是，马红柳的作文常常受表扬，常常被当作范文读给全班学生听。

本来，作为老师，对于喜爱自己所教学科、成绩超乎一般的学生青睐有加很正常，受到老师喜爱和关照的学生对老师产生一份感激和依赖也毫不奇怪。可是，十六七岁的高中女生正处于情窦初开、对男女感情似懂非懂的年龄段，她们对有才华的、关爱自己的男老师，一不小心也会产生一种超乎师生情谊的、倾慕加喜爱，但又绝不等同于一般的男女之情，从而显得似是而非的师生情。这一类感情是在长期积累的基础上不经意间形成和发展的，不以人的意志为转移，在高中女生中并不罕见。

逐渐地，在教学和班主任工作过程中，赵逸飞感觉到了得意门生马红柳对他的那份依恋之情。

只要走进教室上课或者辅导，不管他有心无心，总能接收到来自马红柳同学炽热的眼神，熠熠闪放的光芒掩盖了她一以贯之的忧郁，赤裸裸地表达着对这位男老师的热爱、期待与渴求。要知道，高中学生依体貌特征来衡量已经不是小孩子了，起码应该算半大人。尽管乡村学生营养状况不是很好，尽管马红柳同学和别的女生比，生理发育属于相对滞后——比方她的第二性征发育比起相同年龄的女生来并不是很明显——但赵逸飞同样能感受到，她对于老师的那份关注和期待，已经不能用崇敬和感激来概括了。对于马红柳同学过多投向他的眼光，赵老师只好采取尽可能回避的策略，否则，这会对他的正常工作形成一定的干扰。

课外，马红柳与老师的接触也显现出超乎寻常的主动。地方上的中学老师，学校给各自安排一间房，既是办公室，也是宿舍，学生向老师请教学习上的问题，以及与班主任交谈思想，寻求帮助，都可以主动到老师房间里去，老师只要有空闲，一般也乐于接待学生登门。但是，每个老师的房间都是一个相对封闭的空间，老师和学生接触，假如当事人自身不能严以律己，发生一点正常交往之外的小插曲也不是没有可能，类似的例证赵逸飞和他的同事也不是没有听到、看到过，所以，大多数高中老师在与学生接触过程中，尤其男老师和女生的交往，一般都避讳女生过多地到自己房间来，尤其晚上或者星期天。但这个马红柳特别喜欢到赵老师房间来，有时候请教语文学科的相关问题，有时候借书还书，也有的时候看不出有什么明确的目的性，似乎多在老师身边逗留些时间，对她来说显得十分重要。

每每到了周末，赵逸飞周六下午总要回家，周日下午一回到学校，马红柳一般都会出现在他面前，看看能不能帮他干点什么，或者啥也不干，在他房间多逗留一会儿。还好，马红柳一般不是单独来，总会有另外一个或两个女同学陪伴着。这是她聪明的地方，也给赵老师免除了引起误会的口实。

尽管这样，赵逸飞仍然对这位女生和他频繁接触而感到压力，哪怕这孩子总能给他带来愉悦的心情。他也曾善意地提醒马红柳："你没事少到我这儿来。来得太频繁恐怕会影响你学习，一个人的时间和精力总是有限的。再说，总让别的同学和老师看到你在我这儿，影响不好，他们会不会有不好的看法呢？"

马红柳的五官往一堆儿蹙了蹙，然后又散开，说："别的同学都有和父母家人在一起的时候，除了走读生天天回家吃饭睡觉，其他人星期天也可以回家，我的父母却远在天边。一个人不能把所有的时间和精力都用来学习，我又不是机器。我是你的学生，我来找你很正常。别人有啥不好的看法，那是因为他自己思想不纯洁，我有什么错？"

想想也是。赵逸飞说："你的意思，你和我在一起，就跟别的同学和父母家人在一起是一样的？"

"一样，又不一样。这个我说不清。"方才熠熠闪光的眼神，又变得忧郁。

马红柳的学习成绩在班级里一直保持着领先，这一点让班主任赵逸飞很欣慰。

人非草木，孰能无情？时间长了，很难说赵逸飞对他的女弟子没有喜爱之情，但是，他得遵守教师应有的道德规范，他得接受纪律和内心某种守则的约束。他始终保持了正人君子的形象，尽管心中也颇受煎熬。

对赵逸飞最大的考验，发生在他所带的马红柳这一届学生高中毕业前那段时间。

高考之前，马红柳必须要回到她户口所在地G省报名参加高考。原因是G省每年的高考录取分数线，都比赵逸飞老家所在的省份低一大截，同样的成绩，录取的结果会大不同，另外，按规定参加高考必须在户口所在地。就在不得不离开母校的那几天，马红柳只要一有机会，就待在赵老师那里不走，而且不像往常那样带别的女生一起来，而是喜欢与老师单独相处。眼见得这位有性格，自己心中又十分不舍的女孩马上要离去，况且分手之后也可能永无再见的机缘，赵逸飞心中也有难以遏制的离别之痛。

有一个晚上，马红柳延宕在赵老师的办公室，迟迟不愿离去。晚上10点，学校大门要上锁，禁止随便出入，赵逸飞不止一次提醒他的女弟子："红柳，你该回家去了。"马红柳说："我给住校的同学说好了，一会儿我到女生宿舍去住。"赵逸飞说："那你也该回宿舍去了，太晚别的同学会有想法。"马红柳就用她那忧郁的眼睛盯视着赵逸飞，不说话，然后眼圈红了，眼泪无声地滑落，弄得赵逸飞心中的滋味难以言表，也不好意思、不忍心一再催促女弟子离去。

这一夜，马红柳最终没有离去。

孩子提出最出格的要求是："我想抱抱你。"

老师最出格的举动是果真让他的女弟子抱了抱，他也轻轻抚摸了学生的头发。

交谈至凌晨4点多，两人各自和衣小睡。学生在床上，老师在办公椅上。

做一回柳下惠着实不容易，但赵逸飞做到了。还好，这件事没有引起什么波澜，实属万幸。

马红柳回到G省之后，给老师写过绝不超过3封的书信。最后一次写道："你忘了我吧。我心中留下了美好，也留下了愧疚。现在有点后悔，也有点后怕。"

从此以后，赵逸飞再无马红柳任何消息。

就是这样一位昔日弟子，忽然间自天而降，竟成了赵逸飞的新同事！

2. 引燃地火

马红柳根本没想到，在她刚刚参加工作，成为中学教师的第一天，竟然邂逅了高中时由崇敬发展到喜爱，直至倾慕、暗恋的老师赵逸飞。教职工大会结束后，赵逸飞有意在会场门外等着，当昔日女弟子来到面前时，他猛地喊了一声“马红柳”，弄得这位新教师一愣神。当马红柳停下脚步，看清喊她的是何许人之后，突然有一种晕眩的感觉。

当初离开母校西皋中学，回到G省距离父母工作地点最近的一所城市中学备战高考，马红柳之所以选择了不再与赵逸飞书信往来，是因为她在很短的时间内对自己应该做什么，不应该做什么有了清醒的思考。大概因为和老师有了时空的阻隔，再要四目相对，感受到那个成熟男子的气息、眼神、谈吐和风采已经不可能，这个即将年满十八岁的女孩一下子产生了和以前完全不同的感觉。脑海中那个曾让她梦萦魂牵的赵逸飞忽然间变得模模糊糊，成了一种符号，一种过去时的绚丽梦境。同时，过去一段时间为了见到赵老师、接近赵老师而不管不顾的那股劲儿不仅散去了，而且隐约之间对刚刚过去的疯狂产生了一种羞耻感。干吗呢，我一个高中女生，竟然对男老师发生朦朦胧胧的爱，这位老师哪怕很优秀，他毕竟是为人夫为人父的男子，和他之间产生感情纠葛岂不是天下最大的荒唐事？

有了这样的幡然猛醒，马红柳当机立断停止了与赵逸飞的书信往来。然后，她拼尽全力准备高考，以超常发挥的成绩考入了一家本科师范院校。在选择专业的时候，她故意放弃了自己的强项——汉语言文学，而选择了基础较弱的英语专业。做出这一选择，是否属有意无意要避开赵逸飞老师的专长，连马红柳自己也说不清。

上大学期间，马红柳是一个专心学习的好学生。她用艰苦卓绝的努力，弥补了中学阶段在妈妈的老家上高中时英语学科的薄弱——那时候她的英语老师都是临时选出、经过短时间培训就上岗的半瓶子醋，教给他们的口语带有浓厚的方言音——最终以优异的成绩毕业，被分配到了距离她父母工作地不是很遥远的祁北公司职工子弟学校，成为中学英语教师。

“你怎么会在这儿?”马红柳调整了半天，才对她上高中时的班主任说出一句还算正常的话。

“我也有点奇怪，你怎么也当老师了，而且到这儿来了?”赵逸飞反问道。

“我当老师不奇怪，因为我上大学学的师范。可你不是在老家教书吗，怎么会出现在我刚刚参加工作的祁北公司第一中学?”

赵逸飞扑哧笑了：“马红柳呀马红柳，咱俩有必要在这里相互审问，而且必须马上问出结果来吗？我只能告诉你，我也是这所学校的老师，高中毕业班老师，教两个‘差班’的语文课，兼一个班的班主任。事实告诉我，你我的关系不仅是过去的师生，而且是当下的同事。”

“我简直不敢相信。”

“世界本来就是这么奇妙。”

“我是跟你有缘呢，还是命运中摆不脱的轮回?”

“这个我也搞不懂，但有一点我可以告诉你，马红柳，无论过去是你的老师也罢，今天是你的同事也罢，对你来说我绝不是一个威胁。”

“嗯，这一点我赞同。不过，在这儿见到你，我有点莫名其妙的丧气，本来应该有幸福感。”

“我相信，过段时间就好了。这所学校有我，对你绝不是一件坏事，就像我见到你，主要的感觉是惊喜。”

“我有点懵。等我清醒了再和你说话，好吗?”

“当然。”

暑假过后回到祁北公司，赵逸飞继续遭遇滕副校长的刁难。放假前，他因为铁路中断没能返回学校，直接参加函授学业的面授辅导去了，一中主管专任教师的滕副校长坚持要给他算几天事假。如果真按照滕副校长的意思执行，赵逸飞会被扣掉100多块钱，而100块钱对赵逸飞来说又显得那么重要，简直就是一笔巨款啊。更让人难以接受的是，其余和他有类似情况的人，所在学校都考虑到铁路中断不是个人因素，故而对因此延宕返校的人都没有扣除工资或奖金，这就凸显出滕副校长对赵逸飞的做法基本属于挟私报复。

赵逸飞很恼火。扣钱是一个方面，更重要的是无辜受人欺侮，让他觉得胸中的愤懑难以抑制，但他也知道，找上门去拿这件事和滕副校长理论，肯定不会有结果，因为这个人和他之间似乎从来没有道理可讲。那么，自认倒霉装三孙子？这又不符合赵逸飞的性格。

恰好要到劳资科去汇报在北京参加作文教学研讨班的情况，问问李成杰科长通过什么方式能让他将学习所得向本系统的老师们交流汇报，借这个机会，赵逸飞也想给劳资科长说说他在第一中学受到的不公正待遇。

没等赵逸飞说，李成杰科长主动问他："放暑假前你回老家办相关证明，没能按时回来，除了铁路因下雨中断，有没有别的原因？一中怎么给你算成事假了？"

赵逸飞回答说："正是因为铁路遭灾中断，我没能及时赶回来，然后我就去参加本科学业的面授和考试了。再说，放假前赶回来也没啥意义，只不过多买两趟火车票，给铁道部做点贡献。"

"别的学校有类似的情况，都没有按事假算，况且参加函授学习应该得到鼓励和支持。一中给你算事假明显不合理，你应该主动和滕副校长沟通沟通。老师的考勤由各学校具体管，我们劳资科也不好出面替你说话。"

"估计我和滕副校长沟通没用，我干脆自认倒霉吧，只不过想一想这件事，气儿有点不顺。"

后来，赵逸飞按照教育处劳资科和教务科的安排，给祁北公司各个中学的语文老师做了一次讲座，交流汇报他暑假在北京期间学习所得。这次讲座有赵逸飞在老家县城的交流做预演，再加上花了大气力充实讲稿，以及他个人在知识积累、演讲口才等方面的修养，非常的精彩，为他赢得了一片赞扬声。

然后学校有人通知他：因为放暑假前那几天“事假”被扣的工资奖金，将在下个月予以补发。也就是说，滕副校长主张的“事假”告吹了。

这是怎么回事儿？

后来赵逸飞零零碎碎地听说，他的外出学习汇报赢得好口碑，不少人在文宏远处长面前对他赞美有加，也不乏有人奉承文处长同意派他去北京学习研讨是慧眼识珠，于是文处长顺便表扬了李成杰科长，说他们安排赵逸飞外出学习并组织交流讲座是成功的学术教研活动。李成杰无意中提起赵逸飞因暑假前的“事假”要被扣工资奖金，文处长听了觉得一中简直是制造笑话，亲自给贺校长打电话，让这位基层一把手过问一下应聘老师赵逸飞的“事假”，结果这件事最终被扭转了。

实际上，当贺校长力主将赵逸飞的“事假”忽略不计，并指出是上面的意思，滕副校长心中依然愤愤不平，说：“这个赵逸飞本事大呀，这点事竟然到教育处领导那里去告状！”滕副校长的不满情绪对赵逸飞来说，弄不好是定时炸弹，埋设在他前行的路上。

一点小小不言的挫折和不愉快，对赵逸飞来讲只不过是小插曲，他没有工夫沉溺于这些事中，他得沿着计划好的人生道路勇往直前。

进入新的学期，赵逸飞所带的学生进入高三，成为即将迎接高考的毕业班。

面对着名副其实的“差班”“差生”，却不愿意接受高考必然一败涂地的现状，赵逸飞非要绝处逢生，非要在麻袋片上绣花，非要在贫瘠的土壤上取得理想的收成，这个绝对是挑战自我，难度简直太大了！

赵逸飞仔细研究分析了班级的现状，如果给学生分分类，大致上有这么几种情况。

第一种，属于有上进心，并且安分守己的学生。这些孩子因为种种原因，或智商不算太高，或学习上努力不够，或一时疏忽一时松懈，或因为某种客观条件的限制，总而言之一不小心被弄到“差班”来了。这部分学生虽说与更多不爱学习的同窗为伍，但对自己的学习成绩和高考前景仍然怀有一丝希望，愿意通过艰苦努力争取较好的结果。他们从心底里希望班级风气能够有所进步，学习环境能够不断改善，他们是班主任老师整治班风、培养良好风气的积极拥护者。这部分学生大约占全班人数的三分之一。假如能给这些孩子创造尽可能好的班级环境、学习环境，他们考上高一级学校不仅有可能，而且有把握。重点院校、名牌大学就不想了，但很多人起码能考上大专、中专，个别突出的考个本科也不是没有可能。给这部分孩子创设学习环境，不仅对他们有利，而且也是改善整个班级风气的重要出发点和努力方向。

第二种情况，当一天和尚却懒得撞一天钟，浑浑噩噩混日子的学生。这些孩子由于长时间被耽误，学业完全荒废了，别说数理化和外语课堂上他们完全听不懂，即使稍稍能听得进去的文史科目他们也懒得再花气力，大不了混到高中毕业，想必学校照顾情绪也得给张毕业证，然后拿上中学毕业证去上家长所在祁北公司的技工学校，混出来就能上班当工人，就业基本上不存在问题。这部分学生在班级人数最多，几乎占到一小半，他们的优点是安于现状，一般不主动参与破坏纪律。要保持班级稳定就必须维持这些人的稳定，经过努力争取，他们也有可能成为积极因素，弄得不好也有可能转化为消极因素。

第三种情况，自觉不自觉被定位成“差生”，学校、老师和家长对其不抱希望，而学生自身也难免自暴自弃。这部分学生为数并不多，他们根本无心向学，被逼无奈每天来到学校，不得不在教室和课堂上出现，其感觉犹如坐监牢关禁闭一般，心中憋屈，浑身难受，于是难免要找一些发泄的渠道。比方在课堂、自习时，他们最好的表现就是打盹睡觉，能不干扰别人就算烧高香了。实在忍耐不住，相互之间或使坏，搞点恶作剧，或肆意放纵人的生物性，谈个恋爱啥的。这部分学生人数虽少，但却是班级管理、思想教育的老大难，没有强势的手段，没有过人的硬功夫，班主任要在这部分学生身上取得良好的工作效果，简直是痴心妄想！

有了这个基本的分析和认识，赵逸飞理清思路，觉得对这几部分学生要区别对待，各自对症下药，但有一个统一的前提，那就是必须对他们充满关爱——一种老师对学生的、人民教师对待教育对象的人间大爱、至爱。

工作的重点应该放在中间那部分学生，调动了他们的学习积极性，整个力量的对比就会发生根本性变化，积极因素就能裹挟着消极力量，一道把全班学生带到积极上进的正轨。

赵逸飞主持召开了“升入高三，冲击高考，高三（4）班怎么办”主题班会。事先精心组织准备了几个重点发言的学生，既有相对好的学生代表，更有中间力量的典型，还有在班里最具有象征意义的女生白婷。

好学生的代表强烈表达了“差班学生也是人，我们也有自尊心；考入大中专院校是我们的目标，良好的班风是冲击高考的前提和条件”，强烈呼吁全班同学团结一心，营造良好的学习风气，“考一个好成绩，争一口气，做一个扬眉吐气的人”。发言的代表是全班语文最好、口才最好的学生，他的话颇有煽动性，弄得大家热血沸腾。

中间力量的代表发言的主旨是一篇觉醒宣言，由一位感情丰富的女生来完成。这个女生痛哭流涕，表达了对以前不懂事荒废了学业的悔恨之情和亡羊补牢为时未晚的期待，表示要尽最大努力改变现状，把浪费了的青春追回来。她说，作为有自尊心的高三学生，她和她的同学们要以努力学习为荣，荒废学业为耻，绝对不做高考成绩上拖全班后腿的可怜虫，而要用奋斗所得的新成绩、新面貌，向老师、向家长、向学校、向社会交一份满意的答卷。

漂亮女生白婷的发言是自我剖析，现身说法，感情丰富，感染力强。她痛心疾首地回顾了以前只顾盲目交友，陷入莫名其妙的感情，将学习和品德修养搁在脑后，从而导致学习成绩一落千丈，成为班级当中最落后、最差的学生，表达了十分后悔的心情。展望未来，如果还不能幡然猛醒，凤凰涅槃，恐怕只能沦为时代的弃儿，乃至社会上的渣滓。“不管以前耽误了多少青春，不管现在奋起直追有多大的难度，我们都不甘沉沦，我们都要接受命运的挑战。敬爱的赵老师，亲爱的全班同学，请你们看我白婷今后的行动吧!”白婷在教室讲台上来了一个造型，泪珠子挂在脸上。

当然了，这些重点发言都是在赵逸飞老师主导下精心准备的，既有催泪的效果，更有触动心灵的内在力量。

仅有一次主题班会是远远不够的。

好在一个教学班总共不过 40 多个学生，借着主题班会煽呼起来的热度，班主任赵逸飞趁热打铁，逐个找学生做深入的谈话。谈话的内容也是精心准备的，依据每个学生的实际情况，分别具有不同的针对性和着力点。

相对较好的学生比较好办，主要是帮他们鼓鼓劲儿，确定好高三这一年努力的目标和方向，然后用班级工作的最佳效果给他们提供相对优良的学习环境，剩下的事情就看他们自身的努力了。中间状态的学生也得给鼓鼓劲儿，让他们正确认识各自的实力和现状，不要对高考前景丧失信心，然后引导他们在原有的基础上努力追求新的进步。班级人数比例最大的中间力量每个人都进步了，班级整体肯定也会取得进步，这一点不用怀疑。

个别谈话，工作的着重点仍在于那些“差班”里的“差生”。

这些孩子整个学业早已荒废掉了，仅凭高三这一年，你想让他把前面的损失补回来，基本上是不切实际的空想。如果说他们中间有人想从现在起发奋学习，从基础开始补起，要想考上中专乃至大学，恐怕也要在毕业之后通过复读来达成目标。对于他们中间的大多数来说，高三这一年真的只有陪太子读书的份儿。面对着这样一个群体，你要让他们怎么办?

赵逸飞经过思考认为，作为班主任，对于这些孩子，你能做到让他们安分守己，在正常的教学和班级活动中遵循一定的规矩，不对止常秩序形成干扰和破坏，给通过努力有可能考上高一级学校的其他同学创设相对较好的学习环境，你的工作就算相当成功了。

具体执行起来，赵逸飞对这部分学生大多采取了怀柔政策，安抚政策。他给他们分析了各自的发展前景，指出即使考不上本科、大专和中专，高中毕业以后，祁北公司的技工学校在招收初中毕业生的同时，尤其欢迎高中毕业生，而进入祁北公司技工学校就读，意味着将来能有一份工作，能成为祁北公司各个工厂、矿山的技术工人，然后通过劳动获取一份薪酬，成为自食其力的工人阶级一员。有了这样的客观条件做保障，各位同学只要保证遵守纪律，不犯大的错误，就能顺利走到高中毕业，前景依然很光明。当然了，不管将来干什么，多学些文化知识总没有坏处。所以说，希望你们各位安分守己，在班级内部起码不当捣乱分子。你们遵守纪律，不捣乱，就是对其余想学有所得考上高一级学校的同学的最大支持，也是对班主任老师工作最大的支持。

对于班级内部少数所谓老大难人物，赵逸飞老师不止一次和他们进行个别谈话，态度之亲切，言辞之诚恳，设身处地为学生思虑之周密，都让这些学生难以拒绝，也无以逃遁。于是，类似李煜、朱波那样最顽劣的学生，都对老师表态说："赵老师，不管咋样，我都不会再捣乱，要不然，心里会觉得对不起你啊。""你不光是老师，还是我们的朋友、哥们儿，你对我们够意思，我们也不能不识抬举啊。"

被称之为"差班""慢班"的高三（4）班正在悄无声息地发生着变化，犹如地火在隐匿状态下燃烧。

3. 碰碰运气

忽然有一天，应聘者当中的领袖人物程雨涵让人带话给赵逸飞，说星期天大家找个饭馆聚一聚，有事情商量。那时候没有 AA 制的说法，但声明吃饭的费用均摊。从老家来的这批民办教师、代课教师，似乎天然形成了一个小圈子，既有共同命运、共同经历的黏合，更有当下和未来一些共同利益需要相互帮衬着实现，故而这一类的相聚赵逸飞难以拒绝，哪怕他因学校工作忙得焦头烂额。

程雨涵之所以召集大家相聚，是因为最近他们中间一部分人，通过种种渠道得来的消息，牵涉大家的切身利益，但却不是什么好消息，所以程雨涵认为应该找几个人一起合计合计，看能不能采取点应对之策。

祁北公司将从邻省招聘来的这批民办教师、代课教师转为正式教师，已经是板上钉钉的事情了，相关程序正在进行中。紧接着，就该给这部分人解决家属农转非的问题了，毕竟他们都是拖家带口的人，而国家的知识分子政策有一条，要给两地分居的人解决家属随迁问题。可是，具体到赵逸飞他们这批人，相关部门讨论的时候意见却有分歧。

有的人认为，从邻省招来的这批民办教师，能在较短时间内转为正式教师，已经算便宜他们了，毕竟在更多的地方，民办教师转正依然是分配指标、择优解决，是十分困难的事情。持这种意见的人，主要理由是基层学校反映这批人总体上素质不是太好，祁北公司招聘他们来任教，比起挖墙脚弄来一批师范院校应届毕业生的成本要高得多，于是建议给这批人转家属户口的事情暂时放一放。持这种主张的人认为，给员工增加待遇，主要应该看对本企业的贡献，等这批人累积了一定量的本企业工龄之后再给解决家属问题，这样也并非不合乎情理。

另外一种意见认为，眼下因为祁北公司、祁北市地方都有人才缺乏的问题，故而政府给了优惠政策，祁北公司职工家属正在大规模、大批量迁户口进城，就连那些生产一线老工人的家属都农转非了。这样的政策不见得能一直持续下去，而从邻省招来的这批老师尽管原有身份是民办教师，但他们都有学历，也有或长或短的工作经历——民办教师的教龄按国家政策是必须承认的——这样一来，给他们解决家属农转非是迟早的事情，不可能永久拖着不办，既然这样，还不如借目前的好政策好形势给一次性解决得了，既符合党的知识分子政策，还不给以后的工作留后遗症。

这两种意见相互顶牛，意味着赵逸飞他们这批人能否解决家属户口，正处在两可之间，处在十字路口，具体的走向如何最终要看决策者怎样拍板。

程雨涵将这批人召集到一起，相互交流各自掌握的信息，使大家对关乎切身利益的重大事项有了基本的了解。毕竟这件事牵涉到每个人的重大利益，对多数人来讲，解决家属户口似乎比解决个人的公职问题更重要、更具分量，所以说，每个人都表现出超乎寻常的关切。

经过一番议论，大家基本上形成共识，认为应该想办法给相关部门、相关领导施加点影响，以促进家属农转非这件事朝大家所期待的方向发展。想来想去也没有什么特别高明的办法，无非是再去找找祁北公司最高领导层的那位老乡，给他诉诉苦衷，博取同情和支持，要么再给主管部门——祁北公司劳资处的领导送点礼行点贿，让人家为我们这批人说说话，用点力，事情差不多就成了。想要达成目标，无非需要大家集点资、凑点钱，然后选两个代表，为乡党们跑跑腿，找找人。

等到事情商量得有眉目了，程雨涵发表了一通感慨："为大家的事操心受累，跑腿求人，这都没说的，谁让咱们是老乡，还是一搭里来的，况且我还是最早给大家牵线的人。不过有些话我想当着大伙儿的面说清楚，不说出来，我觉得憋在心里难受。同样是家属农转非，祁北公司的职工成千上万，那么多的老工人，大半还多子女，公司都给积极地办理家属户口，为啥到了咱们这里困难重重，有人想设置障碍？这里头有一个重要原因，就是因为咱们这批人总体上的工作表现、在学校里造成的影响不大好。我这样说绝对不是空口无凭。咱先不说朱本松那样的被辞退了，即使被录用的这些人，有没有个别人素质不行、难以胜任工作？有没有自身素质不过硬还不愿付出艰苦劳动、工作态度不积极不上进的？我必须把话说明白，劳资科的李科长，还有我接触到的一些学校领导，人家把话说到当面了。咱们中间有的人，自身知识能力方面有缺陷，好不容易留到了祁北公司各个学校教书，个别人各方面表现依然不好，不努力不上进。这正是领导当中有人不主张给我们解决家属户口的重要原因。人家觉得你工作不好，凭啥要给你把所有的问题都解决了？当然也有截然相反的例子，比方咱们中间的赵逸飞老师，在一中尽最大努力把工作干好，让领导和周围的同志没话可说。赵老师本身素质高，干工作又全身心投入。反正咱这些人家都没搬来，时间和精力有的是，为啥不把工作给干得好上加好呢？赵老师不光工作好，他假期被派到北京学习研讨，回来搞了个汇报学习所得的报告会，在座的教语文的都去听了，那个报告做得好啊，把大家都震了，获得广泛的好评，领导十分满意。如果说我们这批人工作表现都像赵老师那样，我们给人的整体印象就会完全不一样，咱们解决家属户口也可能会顺利得多。所以我认为，诸位在各自的学校，工作表现要尽可能好，哪怕短时间内不能有大的成绩，起码也得夹着尾巴做人，表现出积极努力的工作态度，这样才能换取同情分。我觉得，大家在工作方面积极努力，也是解决待遇问题的前提和条件。不是我爱说这些多余的话，不是我故意让大家难堪，毕竟跑路求人找领导不是啥好事。要不然你们选几个人出头露面，我更愿意落得啥心都不操，那样的话，我再也不会说这些屁话。”

程雨涵的一番话虽然尖刻，但大家基本上没有异议。反倒是赵逸飞，让老程表扬得有点不好意思，说：“我哪有程老师说的那么好？尽点本分，做应该做的事。”

被大家推举出来跑腿办事的程雨涵、糜老师和雷明几人又去找了祁北公司高层的老乡金副经理。比起上次对待老乡十分和善的态度，这次见了面，金副经理竟然冷若冰霜。没等程雨涵等人说明来意，老金先板着面孔将他们几个教训了一顿：“我听说了，你们一起来的这批人，有的不合格被辞退了，有的难以胜任工作。所以说，把你们转为正式教师，已经引起很多议论。你们几个来找我，是不是又要谈待遇问题？是对工资收入水平不满意呢，还是对转正的进度不满意？如果真是这些事，干脆免谈，说了我也没法替你们说话。按理说，等你们转正手续办完了，下一步就该考虑要不要把家属都转为城镇户口，甚至要不要给家属乃至子女安排工作，可是，这一系列事情能不能办，全看你们的工作表现。我劝大家几句话，干活儿要靠自己，待遇问题要相信组织。祁北公司绝不会亏待任何一个为企业——包括为企业职工子女教育做出贡献的人，但是，祁北公司也反对一味要待遇，斤斤计较个人得失的人……”

程雨涵他们一看，领导是这个态度，也不敢再说什么了，只好唯唯诺诺表示一定要向大家转达金领导的意思，一定要让每个人努力工作，绝不辜负领导的期望，也不给领导添麻烦。本来还给金副经理准备了一个小信封，里面装着500元现金，也吓得不敢拿出来了。

从金副经理办公室出来，程雨涵说："本来还想金副经理是老乡，也是我们的靠山，看来一定有人在他面前败坏咱们。也怪我们当中有的人不争气，弄得靠山山倒，靠水水流，谁知道家属农转非的事情还能不能解决呢？"

说到底，求人办事不容易，人家不给面子，不给好脸，上门求情的人能有什么办法？

后来，几个人又硬着头皮去找劳资处的杨处长。

这一次，杨处长倒很热情。给大家拿烟抽，倒茶喝，并且十分客气地问来访者有什么事情需要他帮忙，能帮上忙的一定帮。

程雨涵等人先连声向杨处长道谢，说祁北公司的领导和劳资处对他们这批人很关照，正给解决转为正式教师的问题，让他们很感动，很激动，很受鼓舞，都想用努力工作的实际行动来报答公司和相关领导的关怀。他们这样说，明显有奉承、巴结的意味，但好话谁都爱听，反正杨处长听完了没有表示出反感或者厌恶，而是乐呵呵的脸上笑出一朵花。这样一来，程雨涵等几人很受鼓舞，一鼓作气把来意说明白了，就是他们这些人都是从外省过来的，如果长期在这里工作，家属户口不给解决，会面临难以克服的种种困难，所以希望公司和劳资处的领导，能早日把这批人家属迁转户口的事提上议事日程。等这个问题解决了，大家都安心了，会把对公司的感激之情转化为工作的原动力，一定能为祁北公司的教育事业做出更大的贡献。

杨处长听明白了程雨涵等人的来意，没有说不行，也没有说行，只是说这件事并非他一个人能决定，劳资处不过是职能部门，只要上头的领导同意了，给指示让办，劳资处肯定会积极去办。

这话听上去有点推辞的意思，但也说的是实情。程雨涵说："哪怕决策权在公司领导，但劳资处是具体办事的部门。只有劳资处有了办成这件事的意向，将初步意见提供给领导参考，领导才能最终拍板拿主意。说到底我们这些人的生杀大权就在杨处长你手里。你要是愿意帮忙，我们的事就有了七分把握。所以说，我们只能依靠杨处长你。你要是用了劲儿，帮了忙，我们这些人一定会感激不尽。”

杨处长笑了笑，未置可否。

临走，程雨涵他们把给劳资处长准备的一份“意思”意思出去了。因为手段较为隐蔽，杨处长装糊涂，其实算笑纳了。

程雨涵等几人为一起来应聘的老乡争取待遇，促进在解决转正问题之后尽快解决家属户口农转非的努力告一段落。事后他们向大家通报了相关情况，以及在“做工作”的过程中所花费用的人民币数额，按照均摊的原则让大家一起分担。至于做过这番努力之后会取得怎样的效果，用程雨涵的话说，叫作“装在布袋里买猫狸，黑的白的摸不清，碰碰运气吧”。

对于程雨涵等人操作送礼行贿，以促进解决家属农转非的做法，赵逸飞觉得他们太着急，心急吃不了热豆腐，有时候欲速则不达，另外操作的手法也失之庸俗，但无论如何出发点是为了大家，自己作为这个群体当中的一员，不好泼冷水，只能随大溜。至于最终的效果，只能像程雨涵自己所说的：碰碰运气吧。

赵逸飞很忙，赵逸飞要做的事情很多，赵逸飞还会遇到许多意料之外的事情。

4. 白婷遇险

最近一段时间，赵逸飞的女弟子白婷又有事儿了，很明显学习不够专心，心思估计又用到别的地方去了。

应该说，赵逸飞作为班主任，对白婷的影响力、感召力相当大。正因为在赵逸飞的影响和感召下，白婷有了上进心，有了通过高三这一年的努力争取考上大中专院校的奋斗目标。自从在主题班会上流着眼泪激情发言之后，白婷的学习态度的确有了很大转变，尽管以前的课程落下不少，但她积极主动向老师请教，认认真真对待每一堂课和每一天的作业，慢慢地找到了一点自信，学习成绩的提高指日可待。但是，就在白婷努力追求进步的关键时刻，那个一直被白婷视为男友的黑子李强又被抓进去了，因为打架斗殴致人伤残，再次被判了一年半有期徒刑。

黑子被抓、被判刑，一下子搅扰得白婷像丢了魂儿似的。赵逸飞观察到了白婷的异常状况，把她叫到办公室问询遇到了什么事情，有什么困难需要老师帮助解决。

逐步建立并不断加深的师生关系使白婷对赵老师有充分的信任和依赖。当赵逸飞问起白婷有什么问题需要老师帮助解决时，漂亮女孩眼泪一下子流出来了。她向班主任如实叙述了最近遇到的事情，然后说："我也没想到，李强突然又犯事儿了。他进去了，我的心也被牵进去了。赵老师你要谅解我，遇到探监的日子，我还得请假去给李强送东西。他离了烟不行，监狱里的伙食也不好。"

白婷的话听得赵逸飞直皱眉头。他问白婷："李强犯事你是不是一点思想准备都没有？他在监狱里几进几出，是不是能够说明他即使今天不犯事，明天照样还得犯事？你好端端一个中学生，为什么非得把你和他这样的人紧紧捆绑在一起？你怎么知道李强离了烟不行？我认为一个人不吃饭不行，不抽烟是死不了人的，哪怕大烟瘾、毒瘾也能够戒除。监狱里的伙食不可能是山珍海味，但总不至于饿肚子，尤其正式服刑劳动改造期间，应该能吃饱。你为李强操过多的心对他究竟能有多大的正面作用我说不清，但对你来说太分心，太影响学习却属必然。作为高三学生，努力学习冲刺高考是你的首要任务，为了李强荒废学业，影响了你的前途和命运，真的很值得吗？"

"老师，我知道这样做让你很失望，辜负了你对我的关心和帮助，但是，我没有办法不管李强。在我的心目中，他是我在这个世界上最重要的男人，或者干脆说我已经是、将来也一定是他的女人，我的命运和他紧密相连，让我放弃他是根本不可能的。老师你要理解我，你一定要准我假，要不然到时候我只能旷课。"白婷说。

"那好吧。你非要坚持，我会准你的假。不过白婷，你要向我保证，不到探监的日子，平常你要尽最大努力好好学习，准备高考。对每一个人来说，上高中只有一次机会，而高考成绩往往和每位同学的前途命运密切相关。我倒不是说考不上大学一定没有出路，但上不上大学对一个人一生的影响和作用实在太大了。这件事情不容许你分心，更不能轻易放弃个人的既定目标。我对你抱有希望，充满期待，你可不能辜负了老师和家长，更不应该辜负你自己。”赵逸飞意识到不可能一下子改变白婷，他只能退而求其次，尽可能让白婷保持正常的高三学生应有的状态。

“嗯。赵老师我会努力的，我也不想对不起你的一片苦心。”

经过一段时间的观察，赵逸飞发现白婷受她所谓的“男友”黑子（李强）入狱事件的影响很大。这孩子不仅要定期到李强服刑的地方去探望，给这个坏男孩送吃的、送衣物、送香烟，而且回来以后依然神情恍惚，心不在焉，会有几天时间学习不在状态。赵逸飞心里觉得很别扭，那么个坏小子，值得天真的白婷为他付出这么多？但是，白婷却执迷不悟。赵逸飞想不出来，白婷作为没有经济收入的高中生，从哪儿弄来钱给黑子花？如果说白婷的钱来路不正当，岂不是让李强给害的？

这件事成为赵逸飞不得不牵肠挂肚的思想负担。为了自己的学生不至于被一个服刑人员拖累得走了邪路，他觉得作为班主任还应该做更多更细致的工作。

于是，赵逸飞通过一位在公安机关担任领导职务的学生家长牵线搭桥，专门到李强服刑的劳改农场去了一趟，了解这位让女生白婷神魂颠倒的服刑人员犯罪以及接受改造的相关情况。因为有公安系统内部一位领导的介绍和支持，相关的公安干警给赵逸飞较详细地介绍了李强的情况。原来，李强这次被判刑，直接原因的确是把别人打坏了，但他的问题又不仅仅是简单的打架斗殴致人伤残。据公安方面所掌握的信息，李强这次被抓捕之前，和一个贩毒团伙有种种联系，很有可能参与过一次重大的贩毒活动。但因为公安干警这次打击吸贩毒的重要行动没有取得理想战果，导致一些参与贩毒的人侥幸逃脱。好在李强因为别的犯罪行为被收监，故而不怕他逃脱。据干警介绍，总有一天那些吸毒贩毒的坏家伙们难以逃脱法网，到那时候，如果案情彻底查清，预计李强一定会判重刑，最严重也可能被处以极刑。

劳改农场的干警也提到有一位高中女生常来探望李强，当他们知道赵逸飞老师正是为这个女生而来，都表示惋惜。干警说："本来，我们不反对服刑人员的家人或者朋友来探望，我们有时候也通过他们的亲人、朋友对服刑人员施加正面影响，尤其男犯人的女朋友要是愿意配合，往往能收到意想不到的教育效果。但是，李强不是这么回事儿，据我们观察，他对你的学生，完全是在利用。明明知道对方是没有任何经济收入的中学生，还不断向她要这要那，简直没有人性。而且，李强在监狱里表现很不好，即使没有别的事情，看来他也没有减刑的可能，但加刑的危险性却很大。那个女同学真傻，把感情和爱心放到李强身上，真是白白浪费了。"

赵逸飞掌握了李强的现状以及他背后有可能存在的危险性，回来以后极力劝阻女弟子远离这个坏男孩，但白婷却不愿意听老师的话。她说："不管别人怎么说李强，反正在我心目中他不是一个坏蛋。人到落难的时候需要帮助，这时候我不帮他谁帮他？赵老师，我俩的事情你就别管啦。为了李强，我宁可耽误学业。我不放弃，或许他还有救，我要是对他落井下石，李强岂不是真的就完了？"

赵逸飞心中为学生惋惜，但他似乎没有更高明的办法来改变白婷。

过了没多长时间，白婷被李强害惨了。

不知是想要提前结束劳改生活，还是因为身上背负着更大的罪孽，黑子李强决计从劳改农场逃脱。经过一番精心策划，这个二进宫的囚犯竟然伙同另外 3 名服刑人员从劳改农场越狱。明明知道越狱是罪上加罪，逃遁的过程肯定是亡命之旅，李强仍然借着夜色潜进祁北市，想方设法找到了白婷。他对白婷说："我逃出来正是因为想见你，现在见到你了，我决不让你再和我分开。"白婷一是糊涂，二是无奈，竟然跟着这个所谓男友一起逃亡，将自己置于十分危险的境地。

果然，后来在被公安干警追捕的过程中，李强竟然将白婷作为人质，挟持了她与公安周旋，讨价还价。越狱逃跑的犯罪分子竟然挟持人质继续顽抗，公安方面当然不会客气。结果，与李强一同逃脱的犯人一人被击毙，其余均被子弹打伤。白婷虽然被公安干警救出，但脸上却留下了刀伤，预计治疗之后也会留下疤痕。罪恶的黑子李强不仅将一位美丽少女的肉体和灵魂玷污，也在一定程度上毁坏了她的美丽。

有了这番惊心动魄的被挟持的经历，劫后余生的白婷同学不仅肉体受了伤，精神也几乎被击垮了。为了让这个女孩子尽快恢复正常的学习生活，在她住院疗伤期间，赵逸飞曾数次到医院探望。白婷见到了班主任泪如雨下，说："赵老师，都怪我糊涂，没有听你的话，结果走到今天这一步。我根本想不到，人恶到一定程度会变成野兽，我怎么也想不通李强那个畜生能对我下毒手。老师，我错了，我后悔死了，我简直没脸见人，没脸再回咱们班上课。"

赵逸飞劝慰她说："白婷你甭哭，脸上有伤。这次事件虽说是坏事，但是如果你能从此认清李强的丑恶嘴脸，能够认识到错在哪里，那么我相信这次的经历对你来说会是分水岭。从今以后，你可以排除干扰，走好人生之路。这件事情虽然很糟糕，但不幸中的万幸是你没有生命之虞，脸上的伤我问过大夫了，不算太严重，将来他们有办法让你恢复正常。你更没有必要说什么没脸见人，发生这样的事是因为李强太恶，而你又太单纯、太善良。我想无论是学校的老师同学，还是你的家人，以及周围的其他人，大家都不会责怪你。你要做的就是彻底认清李强的丑恶面目，再也不要让他成为你人生路上的干扰因素——不过我觉得今后他再要干扰你也不容易，越狱逃跑加上挟持人质拒捕，他的罪责轻不了，估计后半辈子只能在监狱里度过了。另外，据我了解到的情况，李强有可能参与了贩毒，案情搞清楚了，他被判死刑也不是没有可能。你实话告诉我，事情到了今天这个地步，你还对黑子有同情、有牵挂吗？"

"老师，我恨死这个坏蛋了。如果他再敢出现在我面前，我一定亲手杀了他！"白婷说。

赵逸飞除了自己去看望白婷，开导白婷，还让班里的学生轮流到医院探望。大家给了白婷源源不断的关心爱护以及鼓励，使这个误入歧途、被人伤害的女生感受到了来自老师和同学的温暖，增强了改错纠错、重拾信心的勇气。后来，脸上的伤还在恢复过程中，白婷就回到班级上课了。她对班主任说："我现在一门心思全在学习上。我一定发奋努力读书，绝不辜负老师、同学对我的殷切期望。"

白婷果真很发奋，让赵逸飞感到一丝丝安慰。

5. 风味羊肉

在祁北公司第一中学门口推着小售货车卖炒货、饮料、小食品的老太太突然不见了。

老太太姓杜。赵逸飞和梁霞来到祁北市的第一天遇见了杜老太，这个做小生意的老妇人给他们指路，而且赠送两瓶汽水给他俩解渴，赵逸飞从此把这位老人看作是他来到新地方第一个给他提供了帮助的人，将老人的"滴水之恩"视为应当"涌泉相报"的根据。他和梁霞一直与杜老太保持着联系，不光有事没事和老太太聊聊天，买点她的东西，而且利用休息时间带着礼品到老太太家里去探望，去做客，弄得杜老太十分喜爱赵逸飞。老太太家有个姑娘，小赵逸飞八九岁，杜老太说："小赵老师，也就是你成家了，有小孩，要不然我一定让姑娘嫁给你。天底下像你这样有情有义的小伙子不多呀。"赵逸飞约梁霞一起去看望杜老太，老太太也会说："我没见过小赵老师的家属，你要是没结婚的话，我看你跟小梁老师配成一对也挺好的，都长得俊俏，金童配玉女，多合适！"赵逸飞笑了，说："大妈你还会乱点鸳鸯谱？我可不敢要梁霞，你没看她嘴皮子那么利索，在一起过日子，吵架我绝对吵不过她。"梁霞就说："赵逸飞你自我感觉咋就那么好呢？你想要我，我还不想要你呢。一个大男人没有担当，我对你好点，把你吓得直哆嗦，好像我要破坏你家庭似的。如此胆小怕事的男人有什么好？"杜老太于是圆场说："你俩看来没缘分。这世上，看着合适的人不一定能在一起，谁和谁是夫妻全凭老天爷安排。”

杜老太忽然从一中门口的摊位上消失了，赵逸飞每每走过那里，觉得不光眼中空空荡荡，连心里也空落落的。于是他抽出时间，专门去了老太太家，想弄清楚到底出了什么事，为什么突然不摆摊儿了。

原来，杜老太病了，突发脑梗，导致卧床不起，目前还在住院。

打听清楚相关情况之后，赵逸飞约了梁霞一起到医院看望。去的时候杜老太意识基本上清楚，对他俩来探病相当激动。虽然因为中风导致口齿不清，老太太仍然努力向她的亲属表达，说小赵老师和小梁老师都是有良心的人，她一个不相干的摆摊卖小零碎的，只不过一般的认识，这俩年轻人却不嫌弃她家穷，总是关心她，到家里来看望她，当成亲戚一样。现在得了重病，俩年轻人能到医院来探望，让她心里十分安慰，一下子觉得身上轻松了不老少。老太太含含糊糊指挥亲属给赵逸飞、梁霞倒水，拿水果吃，他俩赶紧推辞，说老太太别把他们当外人，没有必要客气，说他们来看望老太太是晚辈尊敬长辈，完全应该。当初刚刚来到祁北市，第一位给他们提供真心实意帮助的就是杜大妈，所以在他俩心目中，杜大妈是亲人，和自己家长辈、老人一样，来看望她老人家是完全应该的。

杜老太住院期间，赵逸飞和梁霞相约看望过多次，每次去了给老太太喂吃喂喝，梁霞甚至还给接屎倒尿，感动得杜老太家人连连称赞：你俩真是世间少有的好人啊！有时候时间紧促，来不及约梁霞，赵逸飞一个人也会去陪老人一会儿，拉着老人树皮一般的手嘘寒问暖，真像亲儿子一般。

杜老太住了一个多月医院，虽说基本治愈，但留下了后遗症，右腿站立不稳，哪怕拄着拐杖，独立行走也很困难，右胳膊右手发抖，自主料理生活仍然有困难。出院以后，赵逸飞和梁霞继续抽时间多次看望老太太，并且两人凑钱给老人买了一辆轮椅。杜老太觉得无以为谢，感动得眼泪哗哗的，见谁给谁说：“这个小赵老师，还有小梁老师，对我简直比亲生儿女还要好啊。我上辈子积啥德了，遇上这俩年轻人，真是我的福气呀！”

自打暑假回老家之后，梁霞一直挂牵着她的前夫杨思成。担忧老杨胃癌切除手术以后身体是否元气大伤，能不能承受工作和家庭的责任，万一癌细胞没有处理彻底，再在身体内部别的地方生长出来怎么办。虽说十分关切，但毕竟有时空阻隔，打电话不方便，写信又太慢，而且信上不能说任何肉麻的话，恐怕给杨思成夫妻关系带来麻烦。挂牵得太厉害了，免不了要找赵逸飞说说心中的苦闷。赵逸飞虽觉得梁霞大可不必，但作为在这个地方梁霞最重要的哥们儿，他只能耐心倾听，耐心解释，耐心开导，力求让梁霞思想负担轻一些。

一个星期天的早上，梁霞又来找赵逸飞，说她心里有点烦，想一起出去坐坐。

赵逸飞说："好啊好啊，我带了个毕业年级的'差班'，这段时间也累得够呛，正想出去吃点东西，喝点小酒，放松放松。"

梁霞说："我也想喝酒，只是不知道这地方有啥好吃的？"

赵逸飞想了想，说："要不这样吧，咱俩骑上自行车到郊外，吃一吃本地老乡做的羊肉垫卷子。"

梁霞一听要吃羊肉，头摇得跟拨浪鼓似的："在老家我根本就不吃羊肉，嫌膻气。"

赵逸飞说："那是你不知道，这个地方的羊肉和咱老家的不一样。我原先也认为只要是羊肉，总会有膻味，不过跟着学校老师去吃过两次本地的羊肉，才知道这里的羊肉的确不膻，吃起来嫩香可口。要不然你跟着我去试一回，万一有膻味吃不成，我来吃肉，给你弄些素菜。"

梁霞说："凭什么你吃肉我吃素菜？我偏要试试，哪怕有膻味，我也豁出去了，陪你。"

于是两个人骑车来到郊外一个叫西坡的村子，村头有老乡开的羊肉馆，面向城里人经营，菜肴以本地羊肉系列、鸡肉系列为主。

祁北这一带的羊肉没有腥膻味，据说是水草的缘故。本地的土壤富含碱，长出来的草喂羊，羊肉便不像别的地方那样有很浓的腥膻味。本地羊肉最流行的吃法就是所谓"羊肉垫卷子"，是市辖骊靬县民间传统的羊肉吃法。具体的做法是将当年的羯羊羔现宰，剁成比拳头小比鸡蛋大的块儿，加上调料，大锅慢火，煮到半熟，肉上面再放一层小麦精粉做成的卷子——将面和好，擀开，卷起来，再用刀切成不足一寸的小段——然后盖上锅盖，蒸煮至汤之将干，肉烂熟。然后用大大的搪瓷盆端上来，羊肉鲜美熟软，面卷子筋道入味，主食副食都有了，就上生大蒜，管饱地吃，要多香有多香，要多解馋有多解馋。其中羊头要给最尊贵的客人吃，讲究吃羊脑，大补。除了羊肉垫卷子，还有一种做法叫“大煮羊肉”，将新鲜羊肉连同骨头剁成更大的块儿——煮出来之后有拳头大、巴掌大，带肉的肋巴骨一拃多长——直接放在清水里煮，只加鲜姜、花椒等调料，连咸盐都不放，煮熟了，也是大盆大盆地端上来，热腾腾冒着蒸气，直接用手抓一大块儿，撒上椒盐末子，就着蒜瓣，真正的大块吃肉，鲜香无比。然后再喝一大碗撒了香菜和大葱碎末的新鲜羊汤，不仅味美，而且舒筋活血，滋阴壮阳，其美妙难以言状。另外，羊肉系列还包括黄焖羊肉和爆炒羊肚、羊肝、羊杂等。鸡肉系列菜肴原料是家养的农家土鸡，味道也很好，其他还有各类新鲜蔬菜，以及地方风味面食，如石坑麦秸火烤制的大馍馍、羊肉面片、羊肉香头子、扁豆面条、黄米面条等。

俩人进了一家羊肉馆，老板说我们这里的消费方式是按人收费，成年人每人 15 元，你可以从早吃到晚，除了羊肉管够，另有各类面条、馍馍和炒菜、凉菜，客人要啥上啥，只是不要浪费，打麻将玩扑克想咋玩咋玩。茶水也是免费供应，只不过喝酒得掏钱。

赵逸飞说：“我们只有俩人，主要想吃吃羊肉垫卷子，其他你们随便给配点菜，可口就行。”

羊肉垫卷子现做需要一段时间，赵逸飞和梁霞先坐着喝茶。梁霞吃了一块老乡用石坑麦秸火烤制的馍馍，连连说“好吃好吃”。

闲聊期间，梁霞又提到二中的倪副校长是个色鬼，一直觊觎她的美色，让人非常讨厌。

“自从过完暑假从老家回来，我心里一直为杨思成担忧。每每遇见姓倪的老畜生、活畜生来烦人，我恨不得唾他一脸，扇他几个响亮的耳光。”梁霞说。

赵逸飞说：“这个倪副校长怎么骚扰你了？唉，谁让你长这么漂亮呢，你要是个丑人，也许那些不要脸的男人就不会纠缠你了。”

“你少来！难道你希望我是个丑八怪？学校女老师也有不少漂亮的，姓倪的专门欺负我是新来的，狗日的不得好死！”梁霞咬牙切齿。

“你先说说，姓倪的到底把你怎么样了？”

“倒也没怎么样。无非是老来关心关心，给我送这送那，你要拒绝吧，他总有办法把东西放下。看着你，那一对小眼睛色眯眯的，差不多快要流涎水了，没有人的时候总往人跟前凑，弄得我像癞蛤蟆跳到脚面上，咬不咬人先把你膈应死。”

“唉，倪副校长如果这样帮助男青年的话，他简直是助人为乐的活雷锋嘛。只可惜搞错了对象，起劲巴结还让你厌恶得要死。这也难怪，男人见了漂亮女人，就像苍蝇见了血，围上来嗡嗡嗡是本性所致。”

“你少说风凉话。你是不是见了漂亮女人也像苍蝇见了血？照你这样说，我倒不应该反感倪副校长，难道我还要感激他不成？”

“感激倒不必，不过这种人的确不大好对付。他要是侵犯你的话也好办，直接跟他翻脸，将他的丑行公之于众，估计也能制服他。可人家偏偏不强行侵犯，而是以关心、照顾、帮助的形式出现在你面前，如果说在这种情况下你翻脸了，反倒是你不占理，自毁形象，自讨没趣。我觉得目前情况下，你仍然只能冷处理，尽可能冷落他，对于来自这个人的关心照顾尽可能拒绝。如果他坚持这样做，你可以尝试将他的种种作为予以公开。他关心你帮助你的背后隐藏着不可告人的目的，这种龌龊的想法毕竟见不得人，你要给公开了，就等于剥开了他的伪装，将他丑陋的一面暴露在光天化日之下，估计能起到警告、惩戒的作用，也许他从此收手也未可知。”赵逸飞说。

“你说的倒是个办法。姓倪的老家伙在我面前占不到便宜，最近竟然给我写言辞肉麻的信。说它是情书吧，实在算不上，因为不上档次，表达的感情畸形、肮脏。对我来说，他的文字就跟他人一样，简直是癞蛤蟆，膈应死人。你说说，赵逸飞，如果我把他写给我的信转赠给他老婆，效果会怎样?”梁霞说。

“效果一定不错。还有你们那个女校长，我听说她收拾倪副校长跟收拾孙子似的，你必要时可以向她求援，我估计，黄校长很欣赏你，对敢于亵渎你的倪副校长一定不客气。”

“这个倒也是。必要时候我尝试尝试。”

“另外，杨思成的事也别太牵挂，通过写信、打电话关心关心就行了。尽管你心里放不下老杨，作为前妻关心他、牵挂他也没什么错，但你这样做对他来说用处不大，对你却是一种折磨，何苦来呢?”

“不说了不说了，我今天想喝酒，和你一醉方休。”

羊肉垫卷子，赵逸飞和别人吃过两次，而梁霞是第一次吃。一开始，她有点怕膻，小心翼翼弄到鼻子跟前闻，闻到的是香味，然后试探着咬了一口，嫩香酥烂，感觉是一种人间佳肴。接下来大口大口吃，一副饕餮之徒的贪婪。

赵逸飞调侃她：“还说从来不吃羊肉，还说怕膻气，看你这样子，像是不吃羊肉的人吗?”

“我以前从来不知道，羊肉竟然这么香，的确没有膻味。”梁霞嘴里还有羊肉，说话呜哩呜啦，“要知道这么香，我早吃不知多少回了。你也太不够意思了，这么好的美食竟然背着我享用过不止一次，太不够哥们儿了!”

赵逸飞哈哈大笑：“好吃就行，你爱吃就行，今儿你放开肚皮吃，反正按人收费，没人限制你吃多少。”

“感觉我一人能吃一头羊。”

梁霞大嚼大咽，赵逸飞也不甘落后，两人饱餐一顿羊肉垫卷子，并且喝了一瓶白酒。

梁霞女士喝了半斤白酒，便有了几分醉态，对赵逸飞说：“我想让你抱抱我。”

赵逸飞说：“胡闹!这是羊肉馆，让人看见成何体统?我俩都是当老师的，况且咱是哥们儿，又不是狗男女，怎么能随随便便搂搂抱抱呢?”

梁霞说："你少在我面前假充柳下惠，我看你不像个男人！"

"我是不是男人用不着你来鉴定。你喝点酒把握不住自己，像什么话？女人淑女一点好，不要随随便便。"

"你说我随随便便？你干脆说我是荡妇得啦！我随随便便，怎么不上倪副校长的当？我随随便便，一个人孤身在外也没有啥风流韵事。只不过念起你是哥们儿，在你面前不拘小节罢了。你想占我的便宜，门儿也没有！"

"好好好好好好，允许你不拘小节，但一定要无伤大雅。"

后来，两个人互有妥协，赵逸飞允许梁霞头枕在他的腿上，躺在沙发上小憩醒酒。

梁霞微醉，头枕在赵逸飞腿上闭了眼睛，不久发出香鼾。赵逸飞保持着清醒，看着几乎零距离的美丽少妇俊俏的脸庞，内心也很难说没有一点点冲动。他轻轻抚了抚梁霞的秀发，真想俯下头亲吻她一下，哪怕额头也行，但最终还是忍住了。

在祁北市，梁霞目前是单身，自己的亲属也不在跟前，某种程度上两人是孤男寡女，犹如干柴烈火，燃烧起来那怎么得了？且不说发生这样的事不仅对不起远在家乡守望亲情的妻子，也对不起充分信任自己的梁霞，某种程度上也是不尊重自己。

赵逸飞不敢越雷池半步，苦苦坚守着内心的纯净。

梁霞睡了一小觉，终于醒了。两个人走出去，到周围农田里转了转，感觉乡村空气更清新，没有祁北公司大烟囱里常常放出来的二氧化硫味道。庄稼，羊群，田埂，绿树，周围的一切似乎都充满诗意，中文系本科在读的赵逸飞很想作一首诗，不是"大海呀，真他妈的大"之类，很想抒发点小资情调，但似乎没有抒发的对象。梁霞是哥们儿，不是女友，更不是浪漫情怀的落脚点，故而憋了半天也没吟出像样的诗句来。

一直延宕到肚子又有点饿了，他们让餐馆做了相对清淡的羊肉黄米面条，就着凉拌的小菜，吃得清爽可口。赵逸飞联想到老家也有将早饭没有吃完的小米粥倒进后晌饭面条锅里的做法，称之为"米儿面"，吃起来黏稠，别有一番味道。这里的黄米面条用的是糜子碾成的米，只不过不是剩饭，而是现熬成的黄米粥，加在汤面条当中，不知是不是早先也和老家将剩饭再利用属于同类做法？

这个倒不必搞清楚，好吃就行。

回城的路上，梁霞说：“今天跟你大吃一顿，喝了半斤酒，心里感觉痛快多了。”

第八章 才华初显

赵逸飞突然就火了。且不说这个爆棚的效果对他来说究竟是好事还是坏事，赵逸飞本人对这种受人尊重、得到广泛信任的现状，心里多多少少有点小得意。这说明我干得好，所以才能得到好评和肯定。若干年之后央视春晚小品制造出了一个流行语叫作“我骄傲”，正是当时赵逸飞内心感受的真实写照。

1. 分外工作

赴北京参加作文教学研讨班之后所做的汇报交流为赵逸飞赢得了好口碑，他的好文笔、好口才被祁北公司教育系统的好多人看在眼里，记到心里。有一天，教育处主管教学业务的教务科派人来找他，说刘科长有请。

赵逸飞教两个班语文课，再加上所带班级的学生让人不省心，他整天忙得不可开交。教务科一位年轻的干事来找，他赶紧放下手里正在批改的学生作文，来教务科了。好在教育处与一中一墙之隔，走着去倒也不费时间。

教务科刘科长是个方脸络腮胡的男子，两颊胡茬呈铁青色，人很爽朗。赵逸飞一进门，刘科长赶紧让座倒茶，随后说了请赵逸飞来的用意。原来，祁北公司要召开职工田径运动会，中小学教育系统承担了开幕式上的团体操表演，以及部分仪仗表演，另外还有入场式的解说词也要教育处来完成，这些事情主要由教务科负责协调安排。刘科长急需找一个为运动会入场式写解说词的人，忽然想到了一中新来的招聘老师赵逸飞。

“小赵，你是咱们祁北公司教育系统刚刚发现的人才，笔杆子兼演说家。”刘科长先给赵逸飞戴高帽子，“这话不光我说，包括咱们的大头儿文处长都夸你是个人才。”

“过奖过奖，刘科长你这样说让我诚惶诚恐，实在担当不起啊。”赵逸飞弄不清科长同志葫芦里卖的什么药，只好赶紧谦虚一把。

“我这样说是实事求是。咱不说没用的话了，我今天请你来，是想交给你一个额外的任务。祁北公司要召开职工运动会，开幕式上许多事情都交给学校来办，我这儿负责协调安排。开幕式各二级单位运动员和裁判员以及仪仗队入场的时候需要现场解说，我想让你受累，给写一下解说词。解说词涉及的相关材料，大会秘书处和各个运动队会给提供，你的任务是把这些内容串起来，同时要考虑现场解说的效果，弄得文字美一些，还要讲究押韵，基本上像朗诵诗一样。这活儿以前有个小学老师干过，但效果不理想，我再不想用他了，我相信你一定能弄得很精彩。”刘科长把请赵逸飞来干什么表述得很清楚。

“啊呀，这种活儿我还真没干过。不过既然是一项工作任务，我愿意尽最大努力去完成。到时候万一弄得不好，达不到领导的要求，还望刘科长见谅。”赵逸飞痛快答应了。他并非不想推辞，毕竟高三教学和班主任工作很忙，压力也很大，但考虑到自己在新单位是新人，领导和科室交代一项额外的任务是看得起自己，推三阻四总是不好。接了这项任务，无非加加班，多吃些苦而已，况且家人又不在身边，大不了把别人用于休息或者陪伴家人的时间拿来干活儿便是。多干活儿总会招人喜欢，轻易拒绝上级机关分派的任务反倒会有风险，这道理赵逸飞心里很清楚。

“你别谦虚了。你的文笔我略知一二，我看到前两天报纸上登了你几首诗，估摸你写点带韵脚的文字一定是拿手好戏。这事情交给你我很放心，相关的材料我让科室的同志整理好给你送去，辛苦你啦，小赵老师。”

等到具体动手做了，赵逸飞才感觉到教务科给他派的这差事也挺难干。运动会秘书处收集来的相关材料，有的不着边际，有的大而无当，有用的东西少之又少，要从一大堆纸张里面把可用的材料找出来，就是一项不小的工程，还得摘抄、记录。但是，已经接了这活儿，再难再累也没地方讲去，只好浪里淘沙、沙里淘金，费尽千辛万苦先把有用的东西整理出来。光这项预备性的工作就让他好几个晚上熬到下半夜，第二天上课眼睛都是红的。

具体创作过程也不轻松。赵逸飞以前写过散文，也写过诗歌，虽说写得不十分好，但总算是真实情感的抒发，是对现实生活的记录和感慨，和做这种歌功颂德式的、标语口号式的、激情顺口溜式的官样文章完全不一样。也就是说，这种题材和表现形式对他来说是平生第一次，想找个可供借鉴的文本，一下子还找不到，只好苦思冥想，苦苦编造。编出来先用播音员的朗读方式试读，觉得不合适再改，一而再，再而三，凭功夫，凭汗水，总算给弄出来了。

拿去给教务科交差的时候，赵逸飞心里忐忐忑忑，对付出了辛勤劳动、好不容易才搞出来的解说词究竟是不是个东西，没有十分的把握。好在教务科刘科长并不怎么挑剔，连连说行行行，好好好，你帮我们解决了一个难题，我让人送给公司运动会秘书处，看他们怎么说。

赵逸飞离开教务科的时候依然忐忑，怕被运动会秘书处退回来，他简直不知道万一需要返工他还能弄出什么新花样来。

过了两天，教务科又派人请赵逸飞去。刘科长见了他比上次更热情，说："小赵呀小赵，我没有看错人！我就知道你是个人才，文笔不是一般的好，果然，你写的解说词一下子就通过了。公司运动会秘书处的人说，这次教育处写出来的解说词，比以往任何一届运动会的都要好，关键是把各单位的特点、成就都概括进去了，内容很贴切，既不胡吹，又做到了充分宣扬，读起来朗朗上口，铿锵有力。真的要谢谢你啊，小赵老师。"

听教务科长这样说，赵逸飞松了一口气，说："领导通过了就好。我以前没写过此类东西，大姑娘上轿头一回，也没你说的那么好，惭愧惭愧。"

"不要再谦虚了。小赵你的悟性真不是一般的好，第一次写就弄成这样，以后祁北公司的运动会，教育系统的中小学生运动会，写解说词非你莫属。反正这事儿都是由教务科具体来做，我再不会找别人，就靠你啦！”

赵逸飞听了心里咯噔一下，完了，这还成我一项固定的任务了。写这种文字言不由衷，瞎编乱造，做的过程干脆是受洋罪，一点点创造的乐趣都没有，今后不知道还要干多少次，简直是自找苦吃嘛。早知道这样还不如糊弄一下，勉强交差得啦。但他嘴上说：“咱们学校这么大，人才荟萃，今年又来了不少中文专业的大学生，他们中间肯定有人比我强多了。只这一回，我感觉早已江郎才尽，今后再不敢打肿脸充胖子，刘科长饶了我吧。”

刘科长说：“不能饶。不仅不能饶，今儿我请你来也不是光让你听表扬的，还得给你分配新任务。”

“还有任务呀？最近为了写这个东西晚上熬夜，白天上课都受影响。幸亏完成了，再继续下去我害怕会对不起学生。我带的班级本来基础差，就靠苦功夫弥补哩。刘科长你饶了我吧，高三的教学工作真不敢再耽搁。”赵逸飞很诚恳地说。

“这项任务比起写解说词来，要省脑子得多。我知道高三教学工作重要，可我也知道你带的是两个‘慢班’，在这些学生身上花费气力再大，作用也很有限，抓紧点放松点能有多大差别呀？”

“刘科长你可别这样说。‘快班’‘慢班’都是一样的学生，家长都对孩子寄予厚望。越是‘慢班’的孩子越需要抓紧，这样才能缩小与‘快班’的差距。”

“哎呀，我就知道你小赵是个不一般的人。大多数带‘差班’的老师，都会抱着应付的态度，没有像你这样卖力气的。咱不往远处扯了，我直接说吧。祁北公司职工运动会在即，开幕式和运动会进行过程中需要一男一女两个播音员，也就是现场的广播员。负责运动会组织工作的公司工会说，他们那里没有合适的人选，让学校给找两个普通话好的老师承担这项任务。我通过交谈，发现你普通话不错，而且嗓音浑厚，男性味道十足，所以想让你来做这件事。况且开幕式的解说词是你写的，读起来肯定比别人顺畅。这事情到时候去做就行了，不太费脑筋。今天叫你来就是商量这件事，你看行不行？”刘科长说。

“刘科长呀，按理说，你是领导，让我干这干那证明了你对我的赏识和器重，我要是不听话，不按你的要求去做，岂不是太不识抬举？不过，我也得跟你说实话，我放不下班级，放不下学生。再说，我的普通话并不好，自己都能听出来我们老家的一股黄土味儿。”赵逸飞说。

“小赵你又谦虚。在咱们这儿，你这普通话就算好的啦，再也找不到比你更好的。再说，还有对文字的理解力、朗读的表现力，你的强项可以弥补你的不足。公司运动会开 3 天，开幕式彩排大概也得要一天，加起来 4 天时间。我给一中领导说一声，让别人暂时把你的工作替一替，哪怕真有点耽搁，也不会有人怪你。”

“不是别人怪不怪的问题，是我放不下。不过，刘科长你既然把话说到这程度了，再推辞我就不是东西了。任务我接受，而且一定做到百分之百努力，请领导放心吧。学生我也会尽量教育他们自觉一些，自我约束一些，4 天时间问题不算太大。”赵逸飞知道胳膊拧不过大腿，何况受人抬举心里总会有几分痒，一味拒绝是不明智的，何况自己在祁北公司教育系统是新人，听领导的话，多干点有益的事，应该没错。

后来有那么几天，祁北公司职工运动会的场地上充斥着赵逸飞和另一位初中女教师的声音。那个女教师的声音女性特点突出，圆润动听，与赵逸飞配合得很默契，人也长得漂亮清秀。运动会上播音员的工作，对赵逸飞来说也算一种美妙的体验。

在老家，他当过中学教导主任，不光有经常在老师面前讲话的经历，也有过在全校师生面前通过扩音器演说的体验。相比较而言，老家学校的扩音设备落后，扩出来的声音失真，而且不是那么响亮。祁北公司这几年效益好，慢慢富起来了，这次开运动会专门购置了一套新的音响设备，无论放音乐还是文稿广播，混响的音效十分好，让赵逸飞体验到自己的声音被放大、被美化、被传扬，原来是一种非常美妙的感觉。反正这几天学校工作也放下了，专注于运动会的事情，如同平常一丝不苟的工作态度，赵逸飞干得非常认真，也非常投入。不光播音，各单位通讯员送来的广播稿，他作为语文老师也给修改修改，润色润色，使得播出稿件的文字质量有了明显提高。甚至有了空闲，他也即兴写一点与运动会和赛场状况有关的、短小的诗歌，调节广播稿的内容，增加色彩，播出之后反响很不错。

运动会最后一天是假日，赵逸飞正专注于他的播音工作，刚刚读完一篇稿子，抬起头来，才发现桌子前面站着几个他的弟子，三男两女，冲着他兴高采烈。

“还真是你呀，赵老师！我们几个刚刚来到运动场，听见广播里的声音像你，又觉得你不可能在公司运动会上当播音员，走到跟前一看，才发现真的是你。”五位弟子当中最爱说话的正是前不久遭遇“男友”伤害，目前正幡然猛醒，好好学习天天向上的女孩白婷。

“对呀，赵老师你不是说这几天有一趟公差，上省城去了嘛。这事儿又不是秘密，你瞒着我们干什么?”另外一女生说。

“不是有意要瞒你们。临时抽调在公司运动会服务几天，播音工作很生疏，怕干不好，让你们知道了觉得老师给你们丢脸。”赵逸飞自我解嘲说。他的确没有告诉孩子们这几天他要去干什么，只是叮嘱全班学生，班主任不在，你们要表现得更出色。

“赵老师，你这几天不在，咱班同学挺好的，没有人调皮捣蛋，都说要给你争气。”一位男生说。

“谢谢同学们。我这儿的工作今天结束，明天就能和你们在一起了。这几天忍着没去学校，是想考验考验你们，其实挺想同学们的。”赵逸飞说的是心里话。

“今天休息，听家长说公司开运动会，我们来看看。”另一男生说。

“赵老师，我给你提点意见成不成?”白婷说，“我们几个听你播音，声音很有磁力，也很有感染力，可是你的普通话里能听出一点方言音，需要改进。”

赵逸飞不由看了白婷一眼，觉得这位漂亮女弟子说得对。他的普通话的确有改进的空间，他对白婷同学的心无芥蒂、直白表达看法从内心里很赞赏。上次白婷面部受伤，尽管医院采用了美容缝合的方法，尽可能不留瘢痕，但最终这孩子漂亮的脸蛋上还是留下了一道线状的刀痕。也不知将来会不会消失，眼下看这刀痕简直是对美的破坏。白婷也和老师对视了一眼，不知怎的，赵逸飞作为一个男子，忽然感受到了一种妩媚，一种女人眼神对男人的杀伤力。

我这是怎么了？面对自己的学生！不过，赵逸飞不得不承认，白婷的眼神少了一点中学生的纯真，而多了一点有过复杂经历的女子的成人化。他心中感慨，原来有的女孩子妩媚（或曰妖媚）是天生的，白婷应该就属于这一类。这样的女孩容易招惹是非，并非自找，而是她的美貌和天生的妖媚气质惹的祸。看来，美貌也是有利有弊的事情。

“你们玩去吧，我要继续工作。”赵逸飞说。

几个学生嘻嘻哈哈离去了。

2. 开花结果

因为北京作文教学研讨班的汇报交流，赵逸飞在教语文的同行中间有了一定的知名度。这次给公司职工运动会做了点文案工作，然后又在现场当广播员，通过认真努力和自身水平的正常发挥，事后也得到很高的评价。慢慢地，赵逸飞在祁北公司教育系统有了一定的名望，这在与他同时来应聘的一批人当中绝无仅有。知名度的增加应该是好事，赵逸飞内心对此也有一丝淡淡的喜悦。可是，任何事情都有两面性，好事累积到了一定程度，说不定也会变成麻烦。

运动会过后不久，一个学期的工作将告结束，兼任党支部书记的贺校长将赵逸飞找了去，对他说：“小赵呀，经过慎重考虑，我和别的党支部委员商量过了，想给你增加点工作任务。”

听贺校长这样说，赵逸飞本能的反应并不是得到领导信任的喜悦，而是负重当中又被压上了一块石头的沉重感。毕竟高三两个班的语文课，加上相对费劲的‘慢班’班主任工作，以及他超强的工作责任心和自加压力的成就欲，说实话这多半年来赵逸飞身心疲惫，况且越是临近高考，工作压力还会进一步加大。如果领导再往他身上加担子，第一反应是排斥一点都不奇怪。于是他对贺校长说：“还要给我加工作呀？高三两个班的教学加一个班主任，能把这些工作完成好已经很不容易了，再增加新的工作量，我怕完不成任务，辜负了领导的信任。”

“没事，我相信你一定能干好。你毕竟年轻嘛，家属还没带来，加班加点多承担点工作，应该没问题。”贺校长说，“我们想让你承担学校党支部的文字和事务性工作，也就是说，在教学工作以外，兼任学校党支部干事。具体任务嘛，无非是写写党支部的文字材料，开会做做记录，管理党支部的档案材料啥的。按照教育处制定的工作量计算办法，党支部干事的工作量是一个人正常量的一半，这就意味着你今后一段时间，要承担一个半人的工作量，学校会按照规定给你增加超量津贴。等到半年之后，这一届毕业班工作结束了，再给你安排新工作时，带一个班的课就可以了。”

听了贺校长的话，赵逸飞心中暗暗叫苦。一个半人的工作量，毕业班工作的巨大压力，加上对党支部干事工作又很生疏、需要从头学起，岂不是要将我累死？但他嘴上不好对校长直接说：“贺校长，我非常感谢领导对我的信任，可是党支部的文案和事务性工作对我来说完全是陌生的领域，就怕我一下子拿不起来，耽误了工作怎么办？”

“这个不要紧。任何工作都有一个从生疏到熟练的过程。我看你给公司运动会帮忙，把从来没干过的事情干得很漂亮，咱们学校的工作你更加义不容辞。临时性加大你的工作量，是因为学校目前仍然缺人手，承担超量工作的不止你一个人。事情就这样定了，你再不要讨价还价。”校长的语气没有商量的余地。

既然没得商量，只能欣然领命，但是从校长办公室出来，赵逸飞心里沉甸甸的。他想，走到哪儿都一样啊，都是鞭打快牛——越能干越爱干的人领导越发喜欢使用你，尽管不见得是坏事，但要完成超乎寻常的工作量，要靠汗水和心血，并非儿戏！

等到具体接手党支部干事的工作，赵逸飞才发现多承担点儿任务也不见得会吃亏。比方说，党支部有一间独立的办公室，书记由校长兼任，那么这间办公室兼党支部的档案室基本上由赵逸飞独立掌握。原先在老家教书的时候，尽管宿办合一，但每人一间屋，工作起来互不干扰。来到祁北公司第一中学，语文组初、高中十多位老师用同一间教室做办公室，相互之间难免干扰。尤其几个教初中女老师，把学生叫到办公室谈话，动辄大声训斥，与来访的家长交谈也高喉咙大嗓门，旁若无人，弄得赵逸飞往往皱眉头。有了掌管党支部办公室的权力，赵逸飞备课、办公也可以待在这个房间里，免受干扰。再比如，原来兼任党支部干事的晁老师当了学校办公室主任，走时将该带走的东西都带走了，赵逸飞要完成相应的工作需要领取新的办公用品，到总务处领东西的时候，发现原先对他像母夜叉一样凶狠的鲁副校长竟然笑脸相迎，指示部下对赵逸飞所提出的需要有求必应，尽量办好，让赵逸飞有受宠若惊的感觉。

赵逸飞想不通这位女副校长对他的态度怎么突然一百八十度大转弯。后来，鲁副校长说话当中泄露了天机。

鲁副校长说："小赵呀，我才知道你原来是个相当能干的人啊！以前对你不了解，如果有啥得罪的地方，还请你不要记在心上，有水平的人一般都有大胸怀。你在咱们学校是个人物，党支部干事过渡过渡就成学校的中层领导了，以后遇到需要你关照的事情，还请小赵多帮忙。"

鲁副校长的话至少让赵逸飞感受到了两条重要信息。第一，在别人眼里，包括鲁副校长这样的学校领导者之一，都认为他是个人物了，这标志着他在祁北公司一中地位的提高。是不是人物不要紧，关键在单位、在周围人群当中取得了让人尊重的地位和分量，对今后的工作有利，也对改善处境有利。第二，党支部干事这个不起眼的职位，正是他成为一个"人物"的外在标志。在许多人眼里，教学一线的老师是学校里最普通的劳动者，是受人管的，而大大小小的管理岗位都是管人的，故而，一沾上管理层的边，身价立刻见涨。以前在他面前牛气冲天的鲁副校长，竟然对他赔笑脸，谁能说这不是一个标志性的事件呢？

赵逸飞心中立即有了异样的感觉，原来，成为一个人物是这般受用？在老家还当过中学教导主任哩，老家的学校没有那么多的副校长，除了校长就数教导主任官儿最大，那时候为啥没有很受用的感觉呢？原来，来到这里成为应聘者之后，一度遭遇虎落平阳被犬欺的逆境，才让他体会到地位提高之后的反差，很受用的感觉与此有关。奶奶的，赵逸飞不觉哑然，世界上的事情原来这样滑稽！

后来赵逸飞才知道，鲁副校长之所以在他刚刚当上党支部干事就赶紧套近乎，原来还有更具体的事想求他帮忙。

尝试着干了一段时间，赵逸飞觉得党支部干事这份活儿并没有对教学和班主任工作造成太大的影响。除了偶尔召开支部委员会和党员会需要做记录——其实不做记录，党员会他也得参加——之外，别的工作都可以利用休息时间加班加点干，他主要的时间和精力仍然能保证用在高三工作中。

越是临近高考，对学生的工作越要细致入微。虽说赵逸飞所带的“慢班”当中不乏学习上得过且过的孩子，但在他的努力下，班级形成了一种人人争取进步，各个不甘颓废的风气，将那些原先基础不好，对学习丧失信心的人统统裹挟进来，逼得他们不得不随大溜做出一副很努力的样子。如果说高考前是一个高强度的冲刺阶段，那么学生的营养问题以及适当锻炼和放松的问题都需要班主任操心。为此，赵逸飞专门请教了医院对营养学有研究的医师以及比他更有经验的老教师，专门就毕业班学生加强营养的问题给所带班级的学生家长写了一封信，详细介绍了科学的营养搭配以及对家长的希望和要求。至于每天的体育活动，除了早操赵逸飞带着本班学生认真跑步、认真做广播体操之外，下午的课外活动时间，他要求学生一定要到室外活动，缓解紧张，放松心情，劳逸结合，保护健康。而且只要没有大的干扰，他都坚持和学生一起活动、锻炼。

赵逸飞这样做，也难免被人讽刺挖苦，说他非要在青石板上钉钉，在麻袋片子上绣花，简直是瞎子点灯白费蜡。相比较而言，同为“慢班”的高三（3）班班主任以及除赵逸飞之外的其他任课老师，大家都优哉游哉，没有人像他那样把“差班”的工作做得那样细致，步步到位。

这一年放寒假之前，赵逸飞有了正式教师的身份，再加上他在学校承担超量工作，按规定能多拿一点津贴，所以，等兜里揣着在他看来已是相当数量的人民币回老家的时候，多多少少有点衣锦还乡的味道。假期同样有大学本科函授的面授辅导和考试，学习结束时，赵逸飞大大方方请平常要好的、本县的几位函授同窗老白、皇甫、小孙他们吃了顿饭，这些人难免说他“发了”“阔了”，赵逸飞淡然一笑，心中觉得有钱总比没钱好。

妻子和父母最关心的当然是什么时候可以办家属农转非，以便他能将家属带在身边，不再孤身一人在外打拼。赵逸飞安慰父母妻儿说：“快了快了，单位正给努力，估计问题不大。”其实，这件事有没有问题，问题究竟有多大，他心中并没有太大的把握。

等到再开学，毕业班的工作更加紧张。赵逸飞顾不上别的，一心一意要让他的弟子尽可能在高考当中取得好成绩，以证明他的所谓“青石板上钉钉”“麻袋片子上绣花”不是异想天开，以证明功夫不负有心人，什么人间奇迹都可以创造出来。再说啦，包括学校领导乃至家长在内，大家都没有理由对“差班”的高考成绩抱太大希望，只要最终的成绩高于大家的期望值，对赵逸飞来说就是胜利。从这个意义上讲，成功和胜利是手拿把掐的，不会出现太大的意外。赵逸飞就像一位辛勤劳作过后静静等待收获的农夫一样，心中除了期待，还有一种幸福感和踏实感，以及将军般的惬意。

果然，赵逸飞所带的高三（4）班的高考成绩出奇的好。

好和不好是相对的。和同年级的（1）班、（2）班比，这两个“快班”绝大部分学生都考上了大专以上的院校，对于招收高中毕业生的中等专业学校，好学生们不屑于报考，故而“快班”也有没考中的学生，为数不算太少。相比较而言，“慢班”的学生都是经过“快班”筛选之后剩下的，从分快慢班那个时候的考试成绩来看，只要有一个“快班”的学生考不上大中专院校，那么从理论上讲，“慢班”一个都考不上似乎也合情合理。当然了，被分到“慢班”的学生，个别人也许因为分班考试时没有发挥好，本身的素质和学业水平进“快班”应该没问题，这样的少数可以算作“漏网之鱼”，本身不是虾米。当然“慢班”也许有忽然间发奋了，成绩突飞猛进的典型，但一般来讲这两种人不可能多，故而“慢班”象征性地有几个人考上，哪怕只是考上中专、大专，就可以被认为成绩优良，从学校领导到学生家长，都不应该对“慢班”寄予更高的期望值。问题在于，赵逸飞所带的高三（4）班，竟然有一多半学生考上了，不仅有中专，还有大专，乃至本科，甚至有个别人考上了重点大学！考上大中专院校的，不乏当初老师同学眼里的问题学生，包括被侮辱与伤害过的女生白婷，也包括曾因打架斗殴出名的朱波、李煜。就连那些没考上的，也纷纷表示还会继续努力，或者复读一年，争取明年考上，或者哪怕上技校，将来也要当个有文化的劳动者。

大家都认为高三（4）班创造了奇迹，班主任赵逸飞创造了奇迹。

相比较而言，另一个“差班”高三（3）班也考出了“差班”应有的成绩，有近10个学生被大中专院校录取，中专居多。这些被录取的学生中，不乏得益于赵逸飞所教语文学科成绩较好的例证，也就是说，他们之所以能考上，很大程度上也是因为赵逸飞。这样一来，（3）班班主任彭老师脸上有点挂不住了，遇见赵逸飞这个带平行“慢班”的拼命三郎，将他比得相形见绌。好在彭老师是个宽容善良的人，见了面起劲儿向赵逸飞道贺，并且连连表达自愧不如的意思，弄得赵逸飞反倒不好意思，仿佛他故意伤害了彭老师一般。

“彭老师，（4）班有这么多学生考上，很大程度上因为你给他们带数学课尽心尽力。成绩是全体科任老师共同努力的结果，你也有很大一份功劳啊。”赵逸飞的话有安慰彭老师的意思，但也不无道理。

一分汗水，一分收获，赵逸飞只不过用他的辛勤劳动和那股积极上进的韧劲儿，再一次验证了功夫不负有心人的古老真理。

高考成绩公布之前，这一届学生举行了例行的毕业典礼，学校领导除了肯定全年级同学的成长过程和所取得的进步以及各类各项成绩之外，特意点名表扬了高三（4）班和班主任赵逸飞，让在座的（4）班学生喜气洋洋，全然没有了往常“差班”“慢班”受歧视的落寞和沮丧。典礼结束的时候，高三（4）班的学生竟然在会场上将他们的班主任往空中抛起，以示庆祝和感谢。

向老师告别的时候，许多学生都表示要一辈子不忘师恩，今后要继续好好学习，将来做对社会有用的人，用实际行动来报答老师，报答母校。有不少学生舍不得离开他们的班主任，女生当中好多人流下了眼泪。白婷哭红了眼睛，给赵逸飞留下了久久难忘的印象。

3. 转学事宜

又一个新学年开始了。

家属农转非的事情还拖着，赵逸飞在祁北公司上班，仍是只身一人。一中领导原先说新学期只给他安排一个班的课，加上党支部事务，工作就满量了，但实际情况是学校有老师调出，语文学科仍然人员紧缺，于是继续给他安排两个班的课，并且继续兼班主任。对于这样的工作安排，赵逸飞没说什么，毕竟家属不在身边，自己年富力强，多干点工作怕什么？挑肥拣瘦本来不是赵逸飞的风格，何况来到祁北公司不久，仍然是新人，需要累积更多的业绩和好口碑，多承担点工作量既是坏事也是好事。

赵逸飞被指派担任新高一两个班的语文课并兼任（1）班班主任，他的班级竟然成了大热门！

原来，赵逸飞带上届毕业班所创造的工作业绩早已为学校老师所称道，于是，新一届高一编班的时候，有许多本校的、外校的老师，以及社会上有一定能量的学生家长，都想为孩子选老师、选班级，赵逸飞所带班级其他科任老师也是学校有意安排的较强阵容，所以，想挤进他这个班的学生显得特别多，可以用后来的流行词汇“爆棚”来形容。

赵逸飞突然就火了。且不说这个爆棚的效果对他来说究竟是好事还是坏事，赵逸飞本人对这种受人尊重、得到广泛信任的现状，心里多多少少有点小得意。这说明我干得好，所以才能得到好评和肯定。若干年之后央视春晚小品制造出了一个流行语叫作“我骄傲”，正是当时赵逸飞内心感受的真实写照。

新高一编班已经完成，只等明天学生报到时公布。就在此时，赵逸飞的“铁哥们儿”梁霞领着一位学生家长来找他。

“我听说有的人混得挺好，在这里干了才一年多就成‘名师’了。”梁霞走进办公室，连她领来的客人都没顾上介绍，先用戏谑的口气调侃赵逸飞，“于是，小女子慕名前来，恳求祁北公司第一中学大红大紫的、大名鼎鼎的赵逸飞赵老师，照顾一下我的熟人，帮忙接收个高一新生，不知可否？”

还好，赵逸飞正好在党支部独立的办公室，任由梁霞调侃，除了和她一起来的女人，不会有更多的人听到看到，所以赵逸飞并不觉得尴尬。

“有话好好说，不带这样‘讽刺挖苦’。这位大姐看上去好像是熟人？我想想，我想想，哦，想起来了，原来是故人！我们坐火车来到祁北市的头一夜，在火车站住旅馆，你和梁霞住同一间屋？我该怎么称呼你？春花大姐，行不行？”赵逸飞还算反应快，一下子想起了来人是谁。毕竟在火车站附近的旅馆只有一面之缘，而且是晚上，他差点想不起来。幸亏这个女人眉梢上有一颗智慧痣，是一个鲜明的特征，给他留下了印象。

女人连连点头，说：“赵老师好记性！我都不敢相信你还能记得我，还能叫上名字。我让梁霞老师领着来找你，很冒昧，是为了我家孩子的事。”

春花的丈夫是祁北公司的老工人，他们有个儿子，刚刚跟随母亲农转非成为祁北公司职工有户口的子女。孩子转来的时候上初二，在祁北公司第四中学上了一年多，今年顺利通过中考，按照就近入学的原则应该继续在四中上高中。刚开始，老实巴交的春花夫妇并没有想到四中有什么不好，一直到即将开学报到，他们才听孩子说，同学当中有几个人本来也应该在四中就读，但通过家长想办法走门子，都弄到一中上高一了。原因在于一中教学质量高，而四中在城市边缘，生源状况相对较差，学校里学习风气不够好，对孩子健康成长不利。这样一来，春花夫妇便萌生了把孩子弄到一中来上高中的想法。

春花之所以对儿子的学业特别重视，背后有个鲜为人知的原因。他们夫妻除了儿子，本来还有一个女儿，比儿子大三岁，上学时一直是优秀生、尖子生，相比较而言，儿子要迟钝、木讷一些，学习成绩并不是太好。谁知天有不测风云，人有旦夕祸福，女儿在老家上高中，乘坐班车去县一中的路上遭遇车祸，意外死亡，给做父母的春花夫妇造成巨大的心灵伤害。女儿没了，两口子把希望都寄托在儿子身上，期待儿子能有好的学业成绩，将来能有个好前途。正因为如此，当他们听到选择一中对孩子成长进步有利的信息之后，春花决意要想方设法把孩子弄到一中来。

春花的老公是矿山一线产业工人，她本人也只是刚刚进城的家属，都不认识学校的人。想来想去，春花忽然想起她一年多之前曾经在火车站旅馆与前来应聘的女老师梁霞有一面之缘，觉得梁霞热情善良，是个可以去找、可以求她帮忙的人。再经过一番打听，不但弄清楚了梁霞目前在二中当老师，还知道和梁霞一同来应聘的赵逸飞老师在一中带高一，所带班级正是家长和学生向往的热门，于是春花夫妇决计要找梁霞和赵逸飞帮忙。

春花先找到梁霞，说到儿子的事难免提起女儿遭遇意外，伤心掉泪不可避免。梁霞是个热心肠，难免有同情弱者的心理趋向，于是领着春花找赵逸飞来了。

赵逸飞听春花说明白了来意，自然而然意识到要给这个女人帮忙办事，对他来说相当有难度。

且不说赵逸飞在一中只不过是个新来的老师，人微言轻，关键在于春花夫妇给孩子办这事明显迟了好几步。想让孩子在一中上高中，应该在中考录取的时候托人找门子，直接给录取到一中就是了，甚至早早地在初三阶段就将学籍转到一中来，考上高中顺理成章就会在一中。到现在，孩子已经被四中录取，班都编好了，再弄到一中来相当于要转学，手续比较麻烦，而且要打破就近入学的学籍管理惯例，超越常规，意味着这件事必然不好办。但是，春花来找意味着对他高度的信任，况且是梁霞领来的，春花再次提到她家女儿夭亡、儿子身上寄托着两口子所有的希望，脸上热泪长流，弄得赵逸飞干脆没有办法拒绝。

“春花大姐呀，你托付的这事，对我来说相当难办，难办的原因之一，因为你着手太晚了。不过请你相信，我会尽最大努力。这会儿我不敢给你做承诺、做保证，但我可以说，你儿子的事情办不好，我会和你一样不甘心。”赵逸飞表态说。

一中学籍方面的事情，滕副校长是主管。赵逸飞明明知道姓滕的对他不感冒，但要给春花大姐办事，从老滕那儿绕不过去，所以，只好硬着头皮去找。

果然不出赵逸飞预料，滕副校长头摇得跟拨浪鼓似的：“不行不行，这怎么有可能呢？都是祁北公司的学校，在哪个学校上学都一样，有什么挑的拣的？再说啦，都是兄弟学校，我们怎么能挖四中的墙脚？他们录取过的学生，一中坚决不能接收。”

赵逸飞心想，你说这些空话大话官话有什么用？要是每一所学校办学条件、教学质量都一模一样，家长怎么会挑挑拣拣？既然没有挑拣的必要，你们当学校领导的为啥给我带的班级里塞了那么多走后门进来的学生？说是不挖兄弟学校墙脚，据我知道你姓滕的从外校弄到一中来的学生也不在少数，怎么到了我这儿就一点点通融的余地都没有？但是，他表面上又不能和滕副校长过于较真儿，毕竟还得求他办事，只能笑脸相陪：“我知道这事情挺为难，可咱们一中接收兄弟学校学区的学生并非没有先例。家长找到我这里来了，不给帮忙办一下，实在推不过去，请滕校长看我在新高一任课的份上，给一点点面子，把这个孩子接收了吧。”

“明明知道很为难，你偏要来为难我？你说的不错，我们的确有接收兄弟校学区学生的先例，但那都是推不过去的关系，水至清则无鱼，谁当领导也不可能做到一个后门都不走。你到这个时候了还给人办学生择校的事，这个孩子的家长给了你多大的好处呀？”滕副校长满脸的不可通融，还带着一点点讥讽。

“既然水并非至清，多混进来一条鱼也不打紧。既然你们领导能走后门，也给我们小老百姓开一道门缝行不行？”抓住了滕副校长说话当中明显的漏洞，赵逸飞不想放弃目标，“至于你说到学生家长给我好处，这是对我人格的侮辱，我赵逸飞不至于为了一点蝇头小利做本不该做的事。我说的这个学生，本来与我没任何特殊关系，我本人更没有从家长那里得到好处，只不过出于同情，自认为应该帮这个忙。”

“我不管什么理由，更不管你的人格如何，这个时候来办这种事，是正月十五卖门神，太迟了，没有一点点可能性。你该干啥干啥去吧，我还忙着呢。”滕副校长很反感赵逸飞对他说话时的那种高傲，于是下了逐客令。

明明知道滕副校长这里绕不过去，但找他会无疾而终也在赵逸飞预料当中。春花大姐的事情不能不办，尤其在滕副校长这里碰钉子之后，他更想把这件事办成。接下来该去找谁，赵逸飞早已想好了。

“贺校长，我有一件很为难的事情，不得不找你老来寻求帮助。”进了贺校长办公室，赵逸飞态度毕恭毕敬。不同的人得有不同的对待，老贺在赵逸飞心目中，是一位值得尊敬的领导者。

“说吧。你好像从来没求我办过什么事儿。”贺校长十分和蔼可亲。

“有一位学生家长今天刚刚来找我，想把她家孩子转到咱们学校来上高一，这孩子本来应该上四中。”赵逸飞实话实说。

“这事情啊？这阵儿来说，你不觉得有点迟了吗？”

“正因为我知道迟了，才觉得很为难嘛，实在不好意思向你开口。”

“明明为难，明明不好意思，你还是来了，我估计这家长一定和你有特殊关系。对我不保密吧？”

“没有什么秘密。孩子的妈是普通工人的家属，我来应聘时，和二中的梁霞一起在火车站小旅馆认识的。只不过我觉得这位名叫春花的家长很淳朴，她家聪明好学的女儿不幸夭折了，所以两口子对儿子寄予厚望，她来找我的那份殷切让我不忍心拒绝。没办法了，我才硬着头皮来找学校领导。”

“哦，是这样啊。这事儿你应该去找滕副校长，他是分管学籍的副校长。”

“我找了，滕副校长那里我说不上话，他将我拒之千里之外，根本没有商量的余地。”赵逸飞尴尬地笑笑，看贺校长的眼神充满期待。

“你把那个学生的姓名和原毕业学校、中考考号和成绩告诉我。我直接去办，你隐身，好不好？不过，这个学生将来要放到你的班级里，你弄来的你负责消化。”贺校长说。

“这就妥啦？”

“嗯。”

“啥事情到了领导手里就变得简单了。贺校长，我想喊你万岁呢。”赵逸飞这样说，眼睛里已经有泪光。他根本没想到，老贺竟然如此痛快，还处处为他着想，避免了他与滕副校长之间为此事再添龃龉。

“唉，谁让你已经成了咱们学校的骨干，党支部的工作也靠你操心呢。”贺校长说。

从贺校长办公室出来，赵逸飞心里流淌着一股暖流。古人尚且讲究士为知己者死，以后跟着贺校长干活儿，不讲价钱，不讲条件，累死也心甘！

4. 轻取色狼

与赵逸飞在祁北公司一中异军突起、顺风顺水相比，梁霞在二中的处境也算差强人意。

要论干工作，梁霞身上并没有赵逸飞那种拼命三郎的精神，但她也能兢兢业业认认真真对待工作，再加上自身的高素质，总能将该干的活儿弄出高质量高效率来，故而一直深得二中一把手黄校长赞赏，在老师、学生中的口碑也不错。在二中，能给梁霞带来烦恼的，唯有那个色眯眯的倪副校长。

作为貌美如花的女子，对身边男人们的追捧，梁霞本该见怪不怪，淡然处之即可，但是，这位倪副校长可不是一般喜爱冒充护花使者的轻佻男子，他对梁霞所构成的干扰，的确是一般美貌女子难以承受之重。

一开始，梁霞面对倪副校长过于殷勤、超常规肉麻的接近和照顾采取了坚定拒绝的态度，心想但凡是个人总会有自尊心，何况对方是领导，热脸贴冷屁股的事情不可能长时间持续下去。但是，梁霞对倪副校长脸皮的厚度严重估计不足，因而自身的心理准备和应对手段也显得严重不足。一年多来，倪副校长在梁霞这里不知看了多少冷眼，吃了多少闭门羹，咽下了多少奚落与嘲弄，但他对这位美女下属仍然痴心不改。以至于弄得全校老师都知道倪副校长在向新来的美女教师梁霞发动进攻，达到了不管不顾的程度。这事情也难免会传到黄校长耳朵里，女校长经过仔细观察，同样认为她的副手老倪是个不要脸的家伙，她不止一次提醒、警告倪副校长，让他不要对新来的女教师如此这般，弄得丢人现眼，对学校领导班子的整体形象也有负面影响。但倪副校长对黄校长的干预完全不管不顾，而且振振有词地说："我老婆都不管，你老黄也不要狗拿耗子多管闲事。我老婆真敢管，我就和她离婚，你一个外姓旁人，其奈我何?"黄校长说："狗无廉耻，一棍打死；人无廉耻，无法可治。问题是你在二中当副校长，难道就给老师同学起这种带头作用?"倪副校长说："我宁可不当这个副校长。"黄校长说："你真是一个'泥腿子'!"倪副校长的姓氏与"泥"同音，而祁北市所在地域人们所说的“泥腿子”，并非专指腿上有泥巴的劳动人民，而是含有地痞流氓不讲理之类的意思，黄校长算是送给老倪一个别称。

应该说，倪副校长在美丽女下属面前如此表现，也不能简单用好色来解释，谁又能说清楚他的内心是不是真对梁霞产生了一份真感情？反正，据梁霞对她的铁哥们儿赵逸飞透露，倪副校长在她面前失态绝非一次两次。

如果说刚开始，倪副校长只是不断向梁霞表达，说他对她有好感，心甘情愿关照她、爱护她、做她的护花使者，发展到后来，老倪干脆毫不隐晦地说：“小梁你难道没看出来？我是发自内心爱你，情不自禁，身不由己啊！”

在倪副校长的干预下，梁霞在二中一直独自拥有一间单身宿舍，虽说这给她提供了宽敞和方便，但也给倪副校长留下了可乘之机。前不久，有一天晚上倪副校长在梁霞宿舍里延宕到夜深不肯离去，以至于弄得梁霞和他翻脸了，说：“倪大校长，你顾惜一下脸面行不行？你好赖是学校领导，我也不是不顾廉耻的、随随便便的女人，你大半夜待到我的宿舍不走，让别人知道了算怎么回事儿？你除了是一个男人，还是丈夫、是父亲，你这样做对得起你的老婆和儿女吗？不管怎样我还要在二中当老师，你不但糟践自己，而且败坏我的声誉。你难道不觉得这样做很不合适，很不道德吗？”

“我当然知道这样做很失态、很丢脸，可我管不住自己啊。小梁你别赶我走，今天晚上我下定决心不走了，哪怕只能匍匐在你的脚下，哪怕像一条狗一样卧在你床下甚至墙角，我都愿意。我并不想伤害你，也请你给我留一条生路，要不然我真的活不下去了。都说人可以为爱疯狂，以前我不信，可现实让我不得不信。你就把我看成一个疯子，看成一个为爱你犯了神经病的男人，原谅我，包容我。好不好呀，霞霞？”姓倪的男人一副可怜相，对他的行为做出解释和表白。

“不管你怎么说，作为中年男人，深夜赖在女同志房间不走，简直是耍流氓，是一种为正常人所不齿的行为。你实在不走，我只好自己走，再见，倪大校长！”

梁霞说罢就要离开，至于去哪里过夜她并没有想好。不料倪副校长竟伸开双臂拦住梁霞，扑通一声双膝跪下，说：“我心中的天仙和女神，我亲爱的霞霞，你不要走，我求求你不要走！你走了，留我在你这里算怎么回事儿?”说罢抱住梁霞的两条腿不让她走。

梁霞气得浑身颤抖，说：“你不仅仅是强人所难，干脆是在耍流氓。我请你让开，要不然我会大声喊人，让住在学校的单身教师都知道你的丑行，我看你明天怎样面对全校老师同学，怎样当你的副校长?”

“我求求你，别这样，你就可怜可怜我，不要将咱俩的事情弄得满城风雨。”倪副校长继续抱着梁霞的腿苦苦哀求，竟然满脸是泪，看得梁霞难免心中不忍。

“你不让我把事情闹大，闹得人人皆知，那你必须让我走，而且要保证这是最后一次，下不为例，要不然我只能把事情公开化，甚至我会把你的种种表现直接告诉你老婆。”梁霞说。

倪副校长扑通坐在地上：“霞霞呀，你是我见过这世界上心肠最硬的女人!”

梁霞好不容易脱身，半夜跑到街上，找谁去好像都不方便，而且不安全，只好到附近一家宾馆开房，住了一夜。

第二天回到宿舍，梁霞发现倪副校长将她的房间整理得井井有条，还留下一封言辞肉麻的信，无非是重申他之所以失态，完全出于对梁霞真心的爱，还说“我唯一不怕的就是你把咱俩的事告诉我老婆。她要是敢提出异议，我坚决和她离婚。到那时候，我获得了自由，你也是单身，我就能名正言顺地追求你了”。这几句话又看得梁霞起了一身鸡皮疙瘩。

当梁霞将倪副校长在她面前的种种表现告诉赵逸飞之后，赵逸飞说：“我估计，姓倪的这货色说不怕老婆知道丑行，只不过是走夜路吹口哨，自己给自己壮胆，说不定他最怕老婆知道他在外面骚扰别的女人。要么你收集点证据，他如果还继续纠缠，你就来真的，把他恶心的表演完完整整告诉他老婆，这样做也许能根治他的毛病——见过不要脸的，没见过这么不要脸的!”

梁霞说：“你出的主意听上去也不厚道啊。”

“对这种人厚道?你是不是被骚扰有瘾，特享受是不是?”

“我享受你的头！”

“那你照我说的去办，不信治不了他。”

听了赵逸飞的话，梁霞将倪副校长赖在她房间留下的信保留下来，后来又有一次，倪副校长故技重演，拖延到夜深不肯离去，赌咒发誓表白他对梁霞的“爱”，梁霞趁姓倪的不备，拿教学用的录音机对他丑恶表演进行了录音。梁霞手里有了证据之后，很严肃地和倪副校长谈了一次，正告说：“倪校长你已经对我构成了严重的骚扰和威胁，我对你多次劝阻无效。说是对我示爱，可你有家庭有老婆有孩子，且不说我对你根本没有好感，更谈不到爱与不爱，仅就你在一个单身女教师宿舍里的种种表现，我认为已经远远超出了道德范畴，对我是严重伤害。如果你从现在开始能够停止这种无聊的、甚至是可耻的骚扰活动，并且保证今后不再继续对我构成伤害，我可以既往不咎，今后你还是我的领导，你我还是正常的同事和上下级关系，也可以继续做朋友，但是你如果坚持不改正错误，我将被迫采取措施，将你种种见不得人的表现公之于众，包括告诉你的家人，甚至你的上级领导，让他们帮助我排除干扰。倪校长，交往这么长时间了，你应该了解我的性格，我一定说到做到，到时候你别后悔，勿谓言之不预也！”

听了梁霞一番义正词严的警告，倪副校长仍然嬉皮笑脸，大大咧咧满不在乎说：“我就不信，你小梁能对我下此毒手？我作为热血男人，遇到了钟情的女人，发自内心表达一份真感情，何错之有？再说啦，女人让人疼让人爱并不是一件坏事呀，我心甘情愿对你好，做你的奴仆，给你带来的难道仅仅是骚扰和伤害，就没有一点点好处？这事情你看着办，我不管。你非要张扬出去，对你来说也不是光彩的事情啊，再说啦，你把这些告诉我老婆，我还求之不得呢，那个黄脸婆能跟我闹离婚更好。总而言之你看着办，我不怕！”

其实，倪副校长想充分利用梁霞作为女人的自尊，抱着一份侥幸，寄希望于梁霞的那一番硬话只是说说而已，但他的确将梁霞想得太软弱、太好欺负了。

梁霞付诸行动，将倪副校长向她表达“爱意”的信件和录音带分别复制了两份，一份当面送给了倪副校长的老婆——祁北公司下属一家工厂机关的副科长，一份送给了公司教育处党组织主管纪检监察的负责人。

梁霞此举的确够倪副校长喝一壶。

先说副科长——倪副校长的老婆。经过私下鉴定，副科长认为素不相识的女子梁霞所提供的她家老公犯贱的证据真实可信，于是断然采取报复措施：将证据与老公当面验证之后，直接扑上去用锐利的指甲把倪副校长的脸皮抓得惨不忍睹，然后向儿女们宣布，坚决和姓倪的离婚。倪副校长并不像他在梁霞面前表白的那样不怕老婆，而是在老婆的反制措施之下立即怂了，自打嘴巴检讨不迭，就差尿裤子。想必从此以后倪副校长在家庭中地位一落千丈，再也没有翻身得解放的机会啦。

再说上级组织。纪检部门负责人经鉴定同样认为女教师梁霞提供的证据真实可信，于是将倪副校长的丑行如实向教育处文宏远处长和党委负责人做了汇报，教育处领导班子一致认为姓倪的太给组织丢脸，于是迅速做出处理决定，给姓倪的党内严重警告处分，行政上撤销副校长职务，调离二中，到新建立的第五中学总务处当一名普通工作人员。

倪副校长惨了。

梁霞自认为她没有做错什么，但心中仍免不了有几分不安，仿佛是她故意整治了姓倪的。赵逸飞安慰梁霞说："姓倪的是个人渣，他得到这样的下场活该。"

因为梁霞的缘故，倪副校长给撸掉了，二中的黄校长似乎特别满意，见了梁霞说："梁霞呀，让你受委屈了。姓倪的简直是个大流氓嘛，你揭露他的丑行，为二中除了一害，年轻女老师都安全了，我心里也感到很爽。好好干，你在咱们学校永远是骨干，是顶梁柱，我继续看好你哟。"

但是，梁霞本人似乎没有因为排除了一大干扰而获得轻松愉悦，她对赵逸飞说："赵哥们儿，我还是放心不下老杨啊。他最近给我写了一封信，说我要想儿子，就把孩子接过来，由我带着就是了。你给我分析分析，杨思成什么意思？是不是他的病情恶化了，癌症扩散了，不久于人世了，把孩子托付给我是在安排后事？我要不要向学校请个假，回老家接孩子，也看看老杨到底怎么了？"

“你呀，平常看上去像个女强人，怎么一遇到前夫有事，马上就不冷静了?”赵逸飞奚落梁霞说，“打长途电话虽说不很方便，但杨思成所在学校总有电话吧，你到邮电局花钱打一个，听听他的声音，问问具体情况，再看看要不要采取应对措施。听我的，冷静，你必须冷静!”

果然，打过长途电话之后，梁霞情绪好多了。杨思成之所以提出让梁霞把孩子接过来，是因为他现任的妻子不仅对身患癌症的老公尽不到应尽的义务，而且当后妈不够格，随着孩子逐渐长大，梁霞儿子和继母的关系日益紧张，到了让杨思成左右为难的地步，而老杨因为身体状况不佳导致心气儿下降，于是产生了想放弃儿子抚养监护权的想法。梁霞说：“老杨同志后悔了。我真想立即回去把儿子接来，不想让孩子再在那个小女人手底下受委屈。”

赵逸飞劝解说：“如果这样的话，也不算十万火急。你干脆坚持到学校放寒假，回家过年的时候再和老杨商量，看要不要将孩子监护抚养的权利拿过来。”

第九章　举家搬迁

“逸飞呀，能不能你跟雅凤先去，把两个娃留到家里?”妈说。说着说着就流眼泪了。

“你看你，那咋可能哩? 娃眼看着快上小学了，到那边还要适应适应环境。河西走廊不是雨水少嘛，干燥，我记得逸飞刚去的时候，说干得嘴唇起皮，鼻子里有血痂，两个碎娃去了还不知道能成不能成哩，但是迟早都得去，迟去不如早去。”爹不同意妈的意见，“我说叫你有思想准备，就是说要早早想到这一天，到时候不要拖娃的后腿……”

1. 千里奔丧

赵逸飞尽全力帮助梁霞解决麻烦，可他自己也突然遇到了意外的麻烦。

有一天，赵逸飞正上课，学校门卫吕师傅推开了教室门说：“小赵呀，有你的长途电话。”赵逸飞赶忙跑到门房去接，电话是同村一位中学同学兼好友打来的，告诉他说：“你爷去世了，你爹说怕你路远赶不回来，还怕影响你的工作，准备到老人入土为安了再通知你。我知道你对你爷感情深，才跑老远到公社（乡政府，百姓习惯沿用‘公社’的称谓）给你打这个电话。能不能赶回来给老人送葬，你看情况吧。”

这个电话对赵逸飞来说犹如晴天霹雳。虽说暑假回家时赵逸飞感知到了爷爷身体大不如前，行动颤巍巍的，眼神无光彩，但他迷信老人家一生硬朗，并不曾想到风烛残年、八十多岁高龄的爷爷会突然离去。一下子听到噩耗，知道与祖父已是阴阳相隔，再也不可能听到爷爷的说话声，再也不可能看到他的和蔼笑容，一下子觉得五脏俱焚，如雷轰顶一般。

赵逸飞当时的想法只有一个，无论如何要赶回去见爷爷最后一面，哪怕见到老人家的遗容也好，一定要披麻戴孝为老人磕头跪拜送行，尽到为人孙最后的孝道。于是，他回到教室将学生安顿了一下，立即去找滕副校长请假。

“滕校长，我有急事，请几天假，回老家去。”赵逸飞开门见山地说。

滕副校长对赵逸飞焦虑以及悲伤的表情视而不见，说：“老家能有多大的事儿呀，别忘了你带的是什么样的班，能轻易走开吗？年轻人，任何时候都要以工作为重啊！”

赵逸飞很反感滕副校长居高临下打官腔，口气当中也带了一点点情绪：“家里怎么不能有大事？老人去世了算不算大事？”

“哦？你爹死了还是你妈死了？果真这样的话学校领导可以研究研究。”

你爹你妈才死了呢！赵逸飞差点喊出来。他对滕副校长如此说话，对下属没有起码的尊重感到愤怒，但他来到此人办公室是为了请假，而不是为了吵架，于是他强忍着内心的不快，解释说：“我爷爷去世了，我想回一趟老家，为老人家送终。”

“弄了半天才是你爷爷啊？爷爷毕竟隔了一代，算不上直系亲属。所以我可以直接回答你，假不能批。你要知道，学校人员紧张，大家都是一个萝卜一个坑，你兼着党支部干事的活儿，照样带两个班的语文课，正说明学校人手紧张，你要走开很不容易，况且你带的是本年级最重要的班，是大家都用眼睛盯着的班，我要放你走了，学生家长还不得提意见？你们班的学生家长除了领导干部多，学校老师也多。我对你祖父的去世表示同情和悼念，但不能批你的假。”滕副校长说。

“我是爷爷唯一的孙子，我对老人家感情很深。况且我爹没有及时通知，使我失去了见爷爷最后一面的机会，再不回去给老人家送葬，自己内心的坎儿过不去。所以说，这假必须请。”赵逸飞很坚持。

“你看看你看看，连你爹都知道工作重要，大概也考虑到路途遥远不方便，所以才没有及时通知你。既然你爹认为你回不回老家都可以，我看你不必再请假了。就这样吧，赶紧回去上课，你跑到我这儿来都耽误十多分钟了，咱们对教学工作一点都不能马虎啊！去吧去吧去吧。”

“反正，我必须赶回去给爷爷送葬。你要是不批假，我这就算给你打招呼了。我马上去赶火车，算事假，还是算旷工，你看着办吧。”赵逸飞犟脾气上来了，很生硬地应答说。

“哎，赵逸飞，你还有没有组织观念呀？你既然来请假，组织上就有批与不批两种选择；你既然愿意旷工，还来请假干什么？你怎么说也是共产党员，应该懂得组织纪律，应该给非党员老师起模范带头作用，怎么能用这种态度对我说话？你要是不服从组织，不遵守纪律，敢随随便便扔下工作回老家，那就不仅仅是旷工的问题了，恐怕要给你纪律处分！”滕副校长提高调门，想以他的权势来压服赵逸飞。

“你爱咋咋的！”赵逸飞扭头就走，狠狠地将门摔了一下。

“赵逸飞，你给我回来！什么态度？”滕副校长在身后气急败坏地喊。

赵逸飞虽说和滕副校长吵翻了，但他并没有意气用事。从姓滕的办公室出来，他径直去了学校一把手贺校长的办公室。

“贺校长，我来找你是因为又遇到了为难事。我祖父在老家病故了，父亲怕影响我工作，所以在爷爷病重的时候没有及时通知我，家人也没有要求我必须回去奔丧，可我非常想见爷爷最后一面，送老人家入土为安。这并不仅仅因为我是长房长孙和爷爷唯一的孙子，按照乡俗我必须为爷爷披麻戴孝，更主要的是我和爷爷之间的感情，要是不能回老家一趟为他送行，我会遗憾终生。我去向滕副校长请假，他不同意，而且没有一点点商量的余地，实在出于无奈，只好来找你。”赵逸飞说着眼睛里泪光闪闪。

“去，为老人送葬，尽孝道，这是做人的本分。老滕不批假，估计是考虑到学校人手紧张，怕影响工作，你也要理解。这个假我来批，滕副校长那里也由我来说，你赶紧收拾行装去吧。学校的车并不好，客货两用，平常主要拉东西用，我让办公室安排一下，用公家的车送你去火车站。”

贺校长对赵逸飞请假的处置方式和结果，又让当事人感动了一次。赵逸飞走出老贺办公室的时候，脸颊上淌着两行热泪。

后来贺校长去向滕副校长交代这件事，把他的副手批评了几句："老滕呀，处理任何事情都要多想想，尤其要多为教学一线的老师们考虑，要以人为本。你想想，赵逸飞自从来到咱学校，工作上从来不讲价钱，不计较工作量和个人的报酬高低，况且从他所承担工作的重要性以及工作效果来看，咱们得承认他已经是学校的骨干力量。我们平常讲爱惜人才尊重人才，遇到具体事情，尤其不能忘了尊重人关心人的办学理念，该有的灵活性一定要有。这件事我觉得你处理得欠考虑，不够妥当，何必为了几天事假让赵逸飞伤心？这事情要在老师们中间传扬开来，恐怕大家都会认为学校领导不近人情。"滕副校长辩解说："我还不是为了学校工作？放赵逸飞走，找不到合适的人替他代课，党支部的具体事务你不也得多操心？"老贺笑着说："老滕呀，人常说灯下黑，我看你是骑驴找驴。你不就是汉语言文学专业嘛，你不就是呱呱叫的语文老师嘛，赵逸飞的课没人代只能由你来暂代，党支部的事不用操心，我亲自去做就是了。"

赵逸飞最终没能见上爷爷最后一面。毕竟他的发小、同学给他打电话并非在第一时间，毕竟他从学校急急忙忙赶去车站却没有赶上最合适的车次，弄得中途转换了一次，毕竟从省城到老家的汽车班次也很少，而且走起来摇摇晃晃慢慢腾腾差不多要花费半天时间，毕竟按照习俗与客观条件爷爷的遗体不能长时间存放，而且父母的本意也没有确定非等儿子回来。当赵逸飞走进家门的时候，院子里办完丧事之后的善后工作还在进行中，帆布棚和简易炉灶正在拆除，帮忙的村邻正逐渐散去。

走进院落，赵逸飞看一眼，立即明白了是怎么回事儿，他的眼泪喷涌而出，跪倒在家里为爷爷设立的灵位跟前悲呼一声："爷呀……"，然后泣不成声。

"逸飞呀，我跟你妈本来没想叫你回来，也就没打电话，没拍电报。"赵逸飞的父母双亲听见了儿子大放悲声，都赶忙来到亡父灵前，陪着垂泪，父亲解释说，"你回来迟了，没赶上见你爷最后一面，这也没关系。"

“逸飞，你甭太恓惶。你爷活了八十六岁，最后没有一点点病，安安宁宁睡一觉走了，这是他一辈子积来的福分。这个年纪的人去世，村里人把这叫‘喜丧’，我娃你要想开些，哭几声就行了……”母亲也说。

“就是就是。逸飞，你爷一辈子勤劳，积德行善，他是咱村里临终最少受罪的老人，真正是善终，你不要太伤心难过。”帮忙的邻人也过来劝解赵逸飞。

赵逸飞的妻子周雅凤携一双儿女来到丈夫身边，默默看着，泪流两行。

“雅凤，你领上逸飞，到你爷坟上去烧纸，两个娃也跟着去。”母亲对儿媳说。

爷爷与九年前仙逝的奶奶合葬在一起，新土积起来的坟堆看上去很刺目，上面插着引魂幡和许多花圈。赵逸飞看到这些，意识到与祖父阴阳相隔，永无相见的机缘了，不由得再次大放悲声。

焚烧纸钱、跪拜祭奠之后，赵逸飞用铁锨给爷爷奶奶的坟茔添了些黄土，铲除了周围残余的杂草，这才与妻子面对面，相互盯视着。眼见得周雅凤因为给爷爷操办丧事劳累，眼睛里有血丝，人显得很憔悴，赵逸飞不禁心中涌上一股浓烈的亲情，眼圈儿一下子红了，说：“雅凤，我不在家，辛苦你了。”周雅凤咬着下嘴唇，没能忍住眼泪，说：“辛苦是应该的。你要是早回来一天，就能赶上见爷一面，也怪我没主意，没有及时给你拍电报——咱屋里的事都是爹妈做主。”

“走，咱回。”赵逸飞两条胳膊抱上两个娃，对妻子说。周雅凤跟在他身后，心中不由感慨与丈夫团聚不易，又有一股热浪涌上心头。

夜里，赵逸飞忍不住，想和妻子温存，周雅凤说：“不行，爷刚刚入土，头七还没过哩。”赵逸飞只好忍了，心想，弄不好等不到爷爷过头七，我就该返回学校了。

两个人都睡不着，妻子对丈夫细说起爷爷种种的好。比方说，以他老人家八十多岁的高龄，直到临终前一天，还帮着儿子儿媳和孙媳干农活儿，一直劳作到生命的最后一刻；比方说，老人知道孙媳孝顺，但凡遇见街上有集会，买来一点好吃的，除了给重孙重孙女吃，总要给周雅风品尝；再比方说，前些日子，老人大概感知到了自己时日不多，将不知什么积攒下来的一点钱都拿出来，分成三等份，说一份给儿子儿媳，一份给孙子孙媳，还有一份给重孙重孙女，说是“临走要给后辈留下点念想”……

妻子的一番叙说，又惹得赵逸飞伤感不已，说：“我没能赶上见爷最后一面，终生抱憾！”

“逸飞呀，既然你回来了，赶紧领上你媳妇、娃，到你丈人丈母那里去看看。你平常不在家，雅风只顾在咱家里忙活，对那头的老人孝敬得太少了。”第二天一大早，妈对赵逸飞说。

“还真是的。”爹也附和说，“你这次请假回来，反正没赶上给你爷送埋（送葬），头七就不必等了，早点回去上班，工作不敢马虎。”

赵逸飞看一眼站在身边的妻子，不知说什么好。

从老家返回到祁北市，赵逸飞又遇到一场令人唏嘘不已的丧葬仪式。

2. 有悲有喜

原来，那个被祁北公司教育处拒之门外，后来又神秘失踪的应聘者朱本松终于现身了，但已是一具残缺不全的遗体。

赵逸飞从老家赶回祁北市，一帮同为应聘者的老乡正着急找他，商量怎么处理好朱本松的后事。

朱本松的死讯来自祁北市所辖的一个郊县。这个县临近祁连山脉，大片区域有许多私人开采的小煤矿。一年多之前，作为和赵逸飞、程雨涵等人一起来到祁北公司的应聘者，朱本松惨遭淘汰。虽说也拿到了一笔也不算少的“遣返费”，但朱本松仍然觉得没有脸面回去面对亲人和家乡父老。别人出来应聘，都被招收留用了，不但本人可以解决公职问题，随后也能让家属随迁，成为商品粮户口，而他却被遣返！如此狼狈地回到老家，还不得被唾沫星子淹死？怎么面对眼巴巴在家等着他好消息的妻儿和七十多岁的老母亲，怎么面对曾经工作过的村小学的领导和同事？无论如何不能回去！在祁北市，在河西走廊，我朱本松即使不能找到一份合适的工作，总该想办法挣一笔钱，用来翻修家里破旧的房屋，用来给日渐长大的儿子未来娶媳妇，用来给老母亲养老送终，要不然，我朱本松还能算个男人吗？

朱本松擅自跑到有煤炭资源的市郊县一打听，有人告诉他，到私人开的小煤矿去挖煤，虽说很艰苦，但挣钱却不少。一般来说，一个“煤黑子”靠下苦所挣的钱，不见得比坐办公室的国家工作人员和国营企业的管理人员少，只不过条件艰苦些，并且有一定的危险性而已。这样的信息，对当时穷途末路的朱本松来讲，何尝不具有强大的诱惑力？我豁出去，到私人煤矿去挖煤，挣够了一笔钱再回老家去。虽说私人煤矿的矿工不好干，但自己农村出身，从小吃过许多苦，想必干重活儿累活儿也能适应。至于说到挖煤有一定的危险性，被形容为“四片石头中间夹着一块肉”，那也无须过度害怕。人活一世总有一死，有的人平地跌跤还要命呢，好端端的人被汽车轧死，被水淹死，甚至被雷击了，不都是常事吗？人一辈子在哪儿生，到哪儿死，都是老天爷安排好的，该活的死不了，该死的活不成，斤斤计较毫无意义，怕死啥也不干了，那才是真正的愚蠢呢。

拿定了主意，朱本松将祁北公司给他的一笔“遣返费”悉数寄给老家的亲人，然后神秘失踪了，实际上是去私人小煤矿当了采煤工。

人到了穷途末路的情况下，往往会被激发出旺盛的生命力。据朱本松所在煤矿的老板说，这个“朱老师”很不简单，当过教书先生的人竟然比他从南方招来的挖煤小工还能干，特别能吃苦，按照挖煤的量来计算薪酬，朱本松几乎每个月在工人当中都能拿到最高的工资额。

“只可惜煤矿遇到了塌方，把朱老师的命要了。这事情也不能怨我的安全措施不到位，哪家私人煤矿不出事故，不死人？相比较而言我的矿算好的。人都死了，我作为他的老板不能坏了良心。我要是没良心的话，像朱老师这样完全向外界隐瞒了他在煤矿上班、自身来路不明的矿工，我挖个坑把他埋了，岂不是神不知鬼不觉？可我没有这样做，老朱积攒的钱财，我分文不少都给你们拿来了，而且我还愿意给他一笔钱作为赔偿，你们把这笔钱看作‘命价’也行，反正我觉得对得起良心。再怎么说朱老师死于意外事故，也不是谁把他给害了。”私人煤矿的老板专程来到祁北市找到朱本松的一帮老乡，对着程雨涵等人自我表白说。

煤矿老板赔了 5 千元，再加上朱本松一年多挣的钱，差不多有 1 万块钱了，这笔钱绝不是小数目，“万元户”是那个历史阶段富人的代称。大家在为朱本松的死叹息哀痛的同时，也觉得老朱选择了一条适合他自己的路，仅用一年时间挣了好几千块钱，真是不容易。眼下虽说赔上了一条命，但能给妻儿老小留下 1 万块钱，也算尽到为人子为人夫的责任了。

程雨涵等人合计了一下，认为朱本松遇到的煤矿主，是众多煤老板当中比较有良心的一位，人家给的赔偿，以及处理事情的方式，完全能够让人接受，所以大家商量不再为难煤老板，只是要求他继续承担朱本松的丧葬费用，然后老乡们都愿意帮着给朱本松的家属做工作，让他们接受这个现实。程雨涵说：“本松是我的远房亲戚，我把他的老妈叫姑哩。在这儿，我能当他一半的家，他家属的工作我来做。”

程雨涵等人见到朱本松的遗体时，都为他的头部、面部被塌方弄得惨不忍睹而唏嘘。多数人都认为，与其让家属看见亲人被砸得面目全非，还不如直接让他们面对骨灰盒，这样反而显得更人道一些。后来程雨涵站出来说话：“这事我做主了，先火化。家属来了告诉他们，因为尸体不好保护，怕把人放得腐烂了，只好先火化。”于是，朱本松在亲人没有到达之前，被烧成了灰。

朱本松的追悼仪式在殡仪馆吊唁堂举行。一起来应聘的老乡们都为朱本松的不幸命运而垂泪，反倒是他的家属——妻子、儿子和弟弟、妹妹，显得不那么悲痛。也许因为朱本松“消失”已久，家人早已接受了没有他的现实，故而悲伤不起来，或者是那一笔钱的确能在亲属身上起到安抚作用。

在朱本松的追悼仪式上，赵逸飞还听到一个好消息：同来应聘的这批人，家属农转非的指标就要批下来了。除了李明善因为学历证书上缺照片，故而影响到家属转户口，估计要延后一批办理，其他人都有希望在最近拿到家属户口的准迁证，差不多寒假就可以将家属接来 G 省祁北市，结束两地分居的现状。

这当然是一个巨大的喜讯。好消息冲淡了朱本松丧仪的悲痛气氛，赵逸飞不由得将两者联系起来，未免内心又为朱本松和他的亲属感到遗憾和不公平，但事已至此，谁也改变不了现状，人各有命，老天爷的安排就是如此，其奈它何？包括李明善，一个小小的、不应有的失误，却要耽误了人生大事，岂不是也很冤枉？

迁转家属户口很快变成现实。要知道，仅仅在一年半之前，作为在乡村学校任教的、包括赵逸飞在内的民办教师、代课教师群体，转为正式教师，甚至家属农转非，对他们来讲简直就是梦想啊！要是没有国家放开人才流动的政策，就没有他们自主选择的西行应聘，也更谈不到转正以及迁转家属户口。回过头来看，当初毅然决然离家远行，看来是走对了人生最重要的一步棋，这步棋将改变并且正在改变他们每个人及其家属的命运！

办理家属户口准迁手续之前，要不要将父母一起转为城镇户口，全家人都改吃商品粮，还是仅仅迁转妻子儿女的户口，赵逸飞很费了一番神思。

赵逸飞作为独生子女，按照国家政策，家属农转非，除了妻子儿女，父母随迁也没有问题。按照他的想法，爷爷已经去世了，剩下的一家三代人都迁到祁北市来，举家团聚，共同过城市生活，何尝不是一件其乐融融的好事？但是，当他通过在乡政府工作的高中同学帮助，好不容易有机会和父母通过长途电话商量迁转户口事宜时，二老却不同意将他们的户口迁入城市。爹说：“你把媳妇、娃娃的户口迁了肯定是好事，将来孩子在城市上学念书，长大了就业找工作，没有商品粮户口肯定不行。你媳妇转成城镇户口，她还年轻，说不定能找到正式工作，当个工人比当农民强多了。至于我和你妈，转户口还不如不转呢。转了，这边责任田要交回去，可我们习惯了在黄土地上劳动，进了城没事干，还不得把人急出毛病来？再说，要是我俩没事干，没有一点点收入，你的负担也太重，仅仅靠你的工资养活得过来吗？”妈说：“我跟你爹劳动惯了，要是整天坐着不干活儿，还不把人憋屈坏了？再说，咱农村空气好，环境好，亲戚邻居的，人熟，我们住到这儿不心急。”爹又说：“我和你妈身体都好，种点庄稼，务劳点果树，不光能够吃穿，身体也锻炼了。”妈又说：“养儿防老，主要是真正老得不能动，才需要儿女们尽孝。眼下你放心把媳妇娃娃领上去，等我和你爹真正老了，再到城市里享福去不迟……”

赵逸飞不得不认真考虑父母双亲的意见。经过商量和思考，最终决定只将妻子和孩子的户口迁入城市，父母仍留在农村耕种责任田。

等到放寒假的时候，赵逸飞和同来应聘的那批人相继办好了家属户口的准迁手续。这次回家，就可以将家属及其户口搬迁来祁北市，从下学期开始，大家都将结束前段时间那种特殊的单身生活。

祁北是新建立不久的城市，途经本市的铁路客运列车为数不多，始发车就更谈不到了。过路车在祁北车站并没有多少带铺位和席次的车票，况且等到学校放寒假，全中国的铁路、公路、民航，差不多都进入了所谓的“春运”时期，乘车之难不言而喻。记得去年放寒假，赵逸飞背着一个草绿色的帆布包和一个类似于民工们使用的编织袋，里面装着衣物和回家过年的东西，好不容易挤上火车，搭在肩膀上的行李却迟迟拿不下来，因为四周全是人，拥挤的程度不允许将行李卸下来。据站在车门口的人说，开车之后好长时间，列车员连车门都关不上。一路上，赵逸飞只能站在过道，每每有人通过，只能侧着身子让别人过去。一直站到快要下车的前一站，才有了四个人挤三人座席的机会，在火车上站立二十多个小时，小腿和脚都肿了。

这次放寒假回家，乘车同样会遇到很大的困难，祁北公司教育处考虑到有大量新招聘来的教师——大多为上年度刚刚招来的师范院校应届毕业生——需要回老家探亲，故而联系了汽车客运站，让他们给本单位的老师们发专车到省城，然后再转乘火车。毕竟省城是大站，开往外地的始发车较多，火车票的问题相对好解决。于是，赵逸飞也选择了乘坐单位统一买票的大客车到省城，再转乘火车到老家。

教育处统一购票的长途汽车，发车时间为凌晨4点。赵逸飞和许多同事一样，3点钟起床，带着很笨重的行李赶去汽车站。虽说行包里面没有太值钱的东西，但那时候祁北公司的员工有很好的生活福利，单位发的大米清油和新鲜的以及冷冻的食品根本吃不完，所以回老家的人各个都带了不少东西，鼓鼓囊囊的。赵逸飞仍然带了一个帆布包和一个编织袋。按照他的想法，编织袋不起眼，即使遇到了偷包贼，人家也许看不上，所以他把相对贵重的东西放到了编织袋里，其中最重要的一件衣物是新买的、当时十分流行的黑呢子长大衣，打算拿回家去过年穿，也算有点衣锦还乡的味道。回家所带的现金，一部分是孝敬老人补贴家用的，一部分是用来搬家作路费的。害怕将钱放到一处，万一丢了就全丢了，故而他将一半钱装在身上，另一半装在新买的黑呢子大衣兜里。之所以这样装，还因为他想着编织袋并不大，也柔软，也许能带在身边，可是，上车的时候才发现，车厢空间太小，但凡有一点体积的行李，都要放到车顶上去。将编织袋交给安放行李的司乘人员时，赵逸飞心里有几分忐忑：万一丢了怎么办？但也无可奈何，只好自我安慰说，这么多的人，这么多的行李，别人的丢不了，我的也不会丢。

赵逸飞的运气并不好，侥幸心理不能用来保证他的财产安全，这次回老家的路上，出事了。

3. 难舍亲情

由教育处统一订票的老师们一辆大轿车坐不下，两辆坐不满。上车时，赵逸飞根据车票上限定的车次和座号，不经意上了由本单位同事和一般旅客混装的那辆车。他根本没有意识到，如果同车的乘员都是本单位同事，不至于有人会故意拿走他人的行李，即使拿错了也容易找回来。有时候，不经意间所犯的错误不见得不是大错误。

赵逸飞所乘的客运大巴上没有短途乘客，但是，当车子进了 G 省省会金城，陆续有人下车，尤其到了一个叫七里河的地方，同时下去了好几个人。陆续下车的人也有行李装在车顶上的，班车上一位相当于售票员的小伙子每每要爬到车顶上解开网着行包的网绳，给中途下车的人取出行李。这些行李没有记名，也没有收取和发放的手续，客人指着哪个行李说是他的，司乘人员只能盲目认可，没有办法也没有义务辨别真假和正确与否。刚开始下人的时候，赵逸飞还想通过后车窗以及观察离去乘客所拿行包颜色形状的方式确认自己的编织袋没有被错拿，后来不断有人下去，他却逐渐麻痹大意了，心想乘客都是赶着回家过年的劳动人民，估计不会有贼，不会有人故意拿走别人的行李。在七里河，乘客中有人爬上车顶，往下扔了不少行包，但毕竟车上还有一大半人，大半是赵逸飞同单位赶火车的同事，大家都没有操心放置在车顶上的行李，他也不好意思下车去监管一个不起眼的编织袋。

可是，到了火车站附近的一个站点，汽车算到达终点了，大家都下车，等到车顶上的行李全部卸下来，赵逸飞才发现他的编织袋竟然没有了！

过年回家给父母妻儿买的衣服和礼物，给自己新买的黑呢子大衣，更重要的还有好几百块钱——他半年来工资收入之一半，搬家费用之全部——也随着呢子大衣和编织袋一同消失得无影无踪！

赵逸飞的脑子“嗡”的一下，瞬间出现了空白。他懵了，一下子不知该做何反应。

“我的编织袋呢？红白相间的格子布，这么大。”赵逸飞终于找回了意识，用手比画着，问客车上负责装卸行李的人。

“我不知道呀。行李不都在这儿呢嘛，除了你们随身携带的小物件。”负责装卸行李的售票员模样的青年男子两手一摊，说。

“上车的时候，我的袋子交给了你，这会儿下车取行李，你并没有把编织袋还给我。连你都说不知道，我还能向谁去要？”赵逸飞说。

“对呀对呀对呀，连你都不知道向谁去要，我能到哪里给你找行李？上车的时候人那么多，行李那么多，我怎么知道你的行李到底交给我了没有？即使你真交给我了，我也肯定装到车顶上了，一路上网子好好的，行包不可能掉下去，如果你交给我了，别的乘客也没有拿错的话，你的行李应该在呀。”

“问题是我的行李并不在。我的编织袋究竟到哪里去了，你得给我个说法。”

“你说行李不见了，谁知道呢？反正我也没有拿，你的行李究竟到哪儿去了呢？”

“我问你呢，你问谁哩？”

“是呀是呀，我问谁哩？我也无处可问。对不起，我不知道你的行李是怎么回事儿。”

“你不知道谁知道？我亲手交给你了，你大瞪两眼说不知道？不行，你们要对我的行李负责任，我包里不光有值钱的东西，还有现金，对我来说很贵重，你们一定要给我一个说法，或者帮助我找到它。”赵逸飞很着急，眼睛都红了。

尽管赵逸飞情绪激动，尽管同乘一辆车的同事也有几个人围拢过来，打问情况，帮赵逸飞说话，但客车上的司乘人员一再表示爱莫能助，说乘客行李被错拿的事情很少发生，行李不记名不给手续是常规做法，真的丢了他们也没办法，如果东西贵重只好请当事人报案，找警察解决。眼见得与客运大巴的司乘人员交涉于事无补，人家的行李运送方式有漏洞需改进，但改进与否与赵逸飞行李能否找回来没有任何必然联系，所以围过来的同事除了安慰赵逸飞，也有人给他出主意，让他到派出所报警，最好到丢包的七里河去报警，去找。于是，有两个第一中学的年轻老师陪着赵逸飞乘公交车去了七里河，向当地派出所报了案，民警明确表示，这样的案子不好侦破，如果能有结果，他们会联系赵逸飞本人或者他所在的单位。除了报案，丢失的行李的确无处可找，几个人一合计，认为再在七里河延宕没有任何作用，晚上的火车又不能耽误，还是得尽快赶到火车站去。赵逸飞想了想也是，看来丢失行李只能自认倒霉，将现金和较为贵重的东西装在编织袋当中也许是一个错误，但除了汲取教训，眼下有什么办法呢？

总归这件事将人弄得心情很糟糕，或者说简直有几分失魂落魄。

这个金城，这个省会城市，赵逸飞四岁的时候曾经来过，所经历的事情深刻地留在了他儿时的记忆里。在所谓“三年困难时期”，赵逸飞作为因国家修建三门峡黄河水利工程而迁徙的小移民，由母亲带领着躲避饥荒，乘车由迁徙地宁夏返回老家投亲靠友。在金城火车站换乘时，母亲用身上所带十分珍贵的钱和粮票给喊饿的儿子买了两个糖包子，结果一转身就被一位衣衫褴褛乞丐模样的男人抢走了。那个饥饿而又肮脏的男人赶紧将鼻涕唾沫抹在正冒热气的糖包子上面，以防止被抢的人再要回去，并且赶紧狼吞虎咽。赵逸飞的母亲十分无奈，只好再给儿子重新买吃的。虽说这件事在饥饿的岁月里不算奇怪，但赵逸飞幼小的心灵却受到一次创伤，这个城市给他留下了十分恶劣的印象。

有了今天在金城被人偷包的新经历（赵逸飞认为他的行李丢失绝不是错拿，而是故意的盗窃），这座城市在赵逸飞心目中，简直是个强盗出没的蛮荒之地！他想，以后尽可能不再来这里，即使乘车路过，也绝不到站台上购物。他亲身经历过，这里火车站的月台，也是小偷猖獗的地方。

这个狗日的城市！

火车票是从始发站购买的，上车以后有座。赵逸飞由于心情难以平复，故而不觉得饿，也不觉得渴，不吃不喝坐着发呆，甚至一晚上没有合眼，一点儿也不觉得困。

第二天早上，在老家的省城下了火车，赵逸飞带着熊猫眼，拖着疲惫的身躯，手里总算还拿着一件行李。这个草绿色帆布包里有学校放寒假时提前发放的年货，干鲜食品，也装得鼓鼓囊囊。按理说，赵逸飞这样回家也不算辱没，再加上带着妻子儿女被转为城镇户口的好消息，想必也能给家人带来极大的快乐，但毕竟丢失了在当时看来是一笔巨大的财产，弄得心中有很强烈的痛苦感。踏上回家的长途汽车，赵逸飞依然哭丧着脸。和他同路回家、同样要搬迁家属的雷明老师安慰说："逸飞，东西失遗就失遗了，好在你还有更重要的东西没丢，比方搬迁家属户口的手续还在，最重要的事情不受影响，这是不幸中的万幸，坏事当中的好事呀。甭丧气，更用不着丢了点东西把自己弄得跟丢了魂儿似的，打起精神来，高高兴兴回家。你高兴，你爹你妈你媳妇才能高兴，好情绪坏情绪都能传染，你是个聪明人，知道该咋办。"

赵逸飞一想，雷明老师说得对，难道非要把丢东西造成的坏心情带到家里去吗？难道要将本该一人承受的小灾难与家人一起分享吗？心里难受了一晚上，应该差不多了，回到家一定要高高兴兴，情绪饱满，丢东西的事情干脆忘记它，就此打住，烂在心里，不让家人知道更好，实在憋不住，找个机会告诉妻子就行了，不能让父母再操这些闲心！

通往乡村的长途汽车显得很破旧，一路上晃晃悠悠走得并不快，赵逸飞到家差不多是村里人吃晌午饭的时间了。在慢悠悠的长途汽车上睡了一小觉，赵逸飞精神状态还算可以。父母妻儿见到久别的亲人，都显得兴高采烈，赵逸飞满脸堆笑，在父母嘘寒问暖的过程中完成了简单的除尘清洗，端上家里的饭碗，品尝到了最熟悉不过的家常饭味道，赵逸飞忽然觉得有一股热浪涌上心头，还是家好，还是父母妻儿最亲最近啊！

本想将路上丢失钱财的事情隐瞒家人，可是，他一个学期能挣多少工资，放假回来该带多少钱，父母和妻子都心里有底，呢子大衣可以不说，但买大衣的花销加上丢失的现金，是一个黑窟窿，真要隐瞒过去并不容易。除非让家人怀疑自己的品德，猜想你是不是把钱花到不该花的地方去了，这样的话，给家人造成的心灵伤害，还不如让他们知道行包丢失了更好。

犹疑再三，赵逸飞最终把路上行李被人拿走，丢失了部分钱财的事告诉了父母和妻子。爹说："遗了就遗了，谁也不爱遗失钱财，遇上这种事没办法。重要的是人心里不要受影响，钱财都是身外之物，失遗了再买、再挣，这不算个事。"妈说："村里人都说破财免灾哩。你回来拿的钱够搬家用，这就行了。咱过平常日子的钱够用，再没有啥可发愁的。"媳妇说："东西失遗了不要紧，只要你人没失遗……"

父母和妻子各自安慰的话，让赵逸飞心中熨帖了许多，丢失钱财真的不算啥，家人浓浓的亲情比什么都重要，也更值钱。

这次搬家，赵逸飞清楚地意识到，虽说路上丢失钱财给他带来损失，增加了困难，但最大的问题并不在这里，而在于父母双亲与儿子儿媳，尤其孙子孙女的割舍，必定会给他们带来情感上巨大的失落和不适应，哪怕这种割舍并不见得是长期的。要知道，自打两个孩子出生，一直由父母双亲照看着、呵护着长大，而赵逸飞作为父亲，除了寒暑假和星期天，他一直不在儿女身边，相对而言，在孩子身上所尽到的责任十分有限。老人在孩子身上付出得最多，故而两个孩子和爷爷奶奶感情最深，况且"隔代亲"是人之常情，是普遍规律，猛乍一下让一对孙子孙女和老人分开，对父母来说，会是多大的感情伤害呀！一年半之前，赵逸飞一个人外出闯荡，眼下不得不再次面对骨肉分离，肯定会在二老心中掀起更大的感情波澜，让他们坦然接受这种现实，是摆在赵逸飞面前一项十分艰巨的任务。

"爹，妈，过完寒假，开学之前，我得带着媳妇和两个娃到那边去。

赵阳、赵旭是你二老一手带大的，我知道你们舍不得让孩子走，可这是没办法的事情。两个娃到了那边，先在幼儿园过渡过渡，差不多就该上小学了。好在等我安顿好了，你二老也能过去住，咱们一家人分成两摊子是暂时的。我说这些，是想叫你二老有个思想准备，甭到时候娃娃走的时候伤心，恓惶。”

“伤心，恓惶，流眼泪也是正常的，不过，我跟你妈思想准备早都有。自从你外出应聘，就知道迟早会有这一天——你出去闯，不就是为了多挣钱，为了把家属户口迁到城市去嘛。”爹说。

“知道是知道，有思想准备也不假，可我无论如何舍不得。逸飞呀，能不能你跟雅凤先去，把两个娃留到家里?”妈说。说着说着就流眼泪了。

“你看你，那咋可能哩?娃眼看着快上小学了，到那边还要适应适应环境。河西走廊不是雨水少嘛，干燥，我记得逸飞刚去的时候，说干得嘴唇起皮，鼻子里有血痂，两个碎娃去了还不知道能成不能成哩，但是迟早都得去，迟去不如早去。”爹不同意妈的意见，“我说叫你有思想准备，就是说要早早想到这一天，到时候不要拖娃的后腿，事到临头了，你又说这种话。”

“道理谁都懂，我就是舍不得嘛。”母亲眼泪流得更加汹涌。

“爹，妈，咱不着急。这不还没过年嘛，离开学还有二十几天哩，咱先高高兴兴、开开心心过年。到该走的时候，我跟雅凤带着两个娃就走。妈你不要伤心，毕竟迁转城市户口，叫娃到教育条件更好的地方上学，是好事。”赵逸飞说。

“你说得轻松，可我心里转不过这个弯子。”妈说。

尽管做了许多思想工作，尽管母亲大人一再表示道理上很明白，对孙子孙女跟着父母迁入城市早想通了，但过完寒假带着媳妇和儿女离开的时候，赵逸飞能从母亲凄楚的表情中，看出孙子孙女的离去对老人来说如同尖刀剜心，父亲的眼泪同样忍不住。赵逸飞突然间觉得将妻儿带走，对父母来说，简直是一种残忍，也是一种不孝，只可惜这件事没有回转的可能性，弄得他的心里十分难受。

4. 不敢赎罪

回到祁北市，在学校给安排的临时住所——教学楼辅助部分的一间房子——将妻子儿女安顿下来。马上面临开学，置办必不可少的生活用品，开始拖家带口的城市生活也是摆在赵逸飞面前的一项任务。

这天，赵逸飞曾经的女弟子，如今的女同事马红柳突然来访，给赵逸飞的妻子、儿女买了一大堆礼品，告诉赵逸飞："这学期我要调走了，去青海，我有个叔叔在西宁，给我找好了接收单位。我正在办手续，手续办完就会离开。"

"为什么要调走？你在这儿不是好好的嘛。"赵逸飞觉得马红柳要调走是一件很奇怪的事情，同时他有一种莫名其妙的失落，甚至还有点莫名其妙的惶惑，想向女弟子问个究竟。

"不为什么，我不想在这儿待下去了。"马红柳的语气尽可能平淡，赵逸飞却感受到了她内心的不平静，听出她的声音发颤，眼神当中的含义也相当复杂。

"知道你把家搬来了，我过来看看师母，看看孩子。等办好了调动手续，我请赵老师你吃顿饭，算是告别宴吧。你先安排新家，我就不打扰了。"马红柳告辞。

马红柳这一来，弄得赵逸飞心中难以平静。

毕竟，对赵逸飞来说，马红柳既不是普通的女同事，也不是简单的昔日女弟子。虽说高中时代的女孩子稍显懵懂，够得上够不上情窦初开另当别论，但那时候的马红柳对他这个年轻男老师动情了，而且很痴迷，这是不争的事实。虽说一年前马红柳出现在祁北公司第一中学，对他们两人来说只是一次意外的邂逅，并且自从她来了之后，两个人各自忙工作，并没有出现念旧情，乃至过从甚密的情况，但赵逸飞从他和马红柳为数不多的交往中，仍然能够清晰地感受到，因为当年的师生情以及马红柳对他的单相思，女孩在他面前无论如何表现得超乎寻常，躲躲闪闪的眼神、羞怯的表情和欲说还休的掩饰，都表明了他在马红柳心目中仍然占有无可取代的位置。正因为意识到了这一点，赵逸飞某种程度上对马红柳采取了回避的态度，毕竟他在这里刚刚站住脚，还没有完全打开局面，不允许有任何大的干扰因素对他的前程和发展计划构成威胁，或者说，宁可心照不宣地辜负了女弟子，也不能因为马红柳的出现给他造成绯闻或者不良影响。

马红柳不仅人长得漂亮，作为新教师，业务能力也为人称道。记得半年实习期满，马红柳上了一节公开课——实习教师的业务汇报课——赵逸飞也去听了。马红柳公开课的评议会，演变成了对她一边倒的肯定和赞美。大家都说作为刚刚参加工作的实习老师，作为尚无丰富经验的新教师，马红柳驾驭课堂俨然是一位将军级的人物，那份淡定从容和睿智让许多老教师自愧不如。至于她作为中学教师的种种基本功，比如知识积累、口头表达，以及板书、仪态，等等，都无可挑剔。就连以往待人刻薄的滕副校长也断言："我认为，马红柳同志是我校新教师当中毫无疑义的新秀，我相信，马红柳同志很快就能成为骨干老师。"

谁都认为，马红柳入职的过程很顺利，顺利得让人羡慕，让人嫉妒。赵逸飞对女弟子的良好表现看在眼里，喜在心中。人的天资是老天爷给的，无论长得漂亮也罢，智慧聪颖也罢，都应该感谢爹娘，但仅有良好的天赋是不够的，要胜任工作。成为合格的乃至优秀的中学教师，自身努力必不可少。从这个意义上讲，赵逸飞认为马红柳除了天资聪颖，自身也很努力，而且很懂得经营自己，内外兼修，扬长避短，该展示的绝不隐晦，该收敛的绝不张扬，总而言之概而括之这是一位天资聪颖且肯奋斗知进退的年轻人，她有一个较好的乃至辉煌的前途属天经地义，作为马红柳曾经的老师，他为她感到骄傲和自豪！

虽说马红柳表现出了作为新教师令人羡慕的高素质和难以估量的巨大潜质，并且得到周围人一致赞誉，但她在祁北公司一中似乎并不如意。经过一段时间的相互交往之后，同事当中有相当大一部分人认为她很孤傲。

"小马，给你介绍个小伙子，条件相当不错——你这年龄该找男朋友了。"有不止一位相对年长的女教师对马红柳说类似的话。马红柳总是淡淡一笑："这事儿不着急，合适的男朋友可遇不可求。"这样的状况持续久了，周围人难免会有许多猜想。这个马红柳，到底要找个什么样的男朋友呀？是想找个有钱的，还是要找个爹妈当官的？哪怕你自身条件不错，太挑剔，眼头太高，最终也会耽误自己！

除了热心人为马红柳介绍对象，一中和其他兄弟学校的单身男教师，以及和学校老师有接触的外单位尚无女友的男青年，也不乏主动冲上来和马红柳做朋友谈对象的，毕竟她人长得挺好，刚参加工作又显现出很强的业务实力。但是，马红柳对追求她的男青年一律采用很礼貌的方式表达出冷淡乃至忽视，接触不久，就能让对方知难而退。那些主动追求过马红柳的男青年都说：马红柳是女神，咱是庸人，高攀不上。这样的事情流传开来，马红柳被视为孤傲之人也就不难理解了。

赵逸飞也曾问过马红柳："你到底要找个什么样的小伙儿做男朋友啊？那么多优秀的男青年追求你，难道一个都看不上？"马红柳两腮绯红，十分嗔怪地瞪了赵逸飞一眼："我找不找对象，找什么样的对象，非得要你操心吗？"赵逸飞被女弟子这一眼瞪得心中忐忑，想了许久也不明白这孩子怎么了。男大当婚女大当嫁是常理，你马红柳难道要成为例外，要做一辈子单身不成？

忐忑和疑问一直盘踞在赵逸飞心中，但却始终无解。

过了没几天，马红柳果然邀赵逸飞餐叙，并且申明："你不要带家属，我有话要对你单独说。"与当着外人和家人的面对他十分尊敬、总是称"您"相比，单独面对昔日的中学老师，马红柳不用"您"这个敬称。

两个人坐在马红柳事先订好的小包厢里，要了简单而又精致的几个菜，一瓶红酒，开始了一场告别宴。

"为啥突然间要走？你在这儿不也挺好的嘛。"赵逸飞问。

"你觉得我在这儿挺好？不好，一点儿都不好！"马红柳说。她的情绪看上去有点激动。

"我没看出来你有什么不好。说说看，怎么不好？"

"我说不好就不好。还不是因为你！"

"因为我？"赵逸飞有点惊讶，"我搞不懂。难道我做错什么了？"

"你犯不着推卸责任，我又没责怪你。"

"你都要走了，而且因为我。尽管你说没有责怪我的意思，但我的压力很大呀。解释解释，到底为什么。”

“你想听解释？我没有这个兴致，自己去想。”

“自己想？马红柳你难道不知道吗，我很迟钝，想不出来。”

“哼，你是老师。老师在学生面前装洋蒜，你觉得有意思吗？”

“没装，真想不出来。”

“想不出来算了，懒得跟你解释。今天只喝酒，我要走了，只想跟你在一起痛痛快快醉一场。”

“干吗要醉？喝酒应该适量。”

“看你那假道学样儿！适量适量，我偏不适量，非要醉给你看看，然后赖上你，朝你要一个说法，起码也要醉得有水平，吓你个半死。”

“那就来吧。我也豁出去了。”

于是，二人开怀畅饮。

赵逸飞并非完全不明白女弟子所表达的意思，只不过他不愿意接招。有些事情，说破了反而无趣，留下一份美好在心里就是了。

一瓶红酒没有打住，马红柳竟然要求将酒换成白的，说葡萄酒喝到嘴里没味道。赵逸飞说：“换就换吧，看来你真的想大醉一场。”于是，两个人又开了一瓶 52 度的烈性白酒。

“现在，你，能不能告……告诉我，你好端端的，干吗要……要离开这里？还说，还说跟我，有关系，难……难道是我赵……赵逸飞不让你在这儿继……继续待下去吗？岂……岂有此理，莫名……其妙！”白酒快喝完的时候，赵逸飞舌头硬了。

“你非要刨根问底吗？那……那好吧，我就告……告诉你。”马红柳在大西北少数民族地区长大，要论酒量也算得女中豪杰，但这阵儿也有了醉意，说话同样打结巴，“我不想在这儿干……干了，并不是因为工作上有……有什么困难。你知道，我好像天……天生是个教书的料，我当老师一定是个优秀分子，周……周围的人对我也……也不错。”

“既……既然知道自己是……是个教书的料，学校对你也器重，你还……还要走，你傻呀你，马红柳？”

“我傻？哼，我一点儿也不傻。我……我还告诉你，我想离开这个地方，也不是因……因为找不着对象。我一点儿也不夸张，追……追求我的小伙子没有一个连，一个排总还有吧？排着队呢！可……可我就是不愿意，不想找。这是为什么呢？”

“为……为什么呢？你总……总不能说是因为我，因为我你才不……不找对象的吧？”赵逸飞也喝大了，故而接马红柳的话茬儿更加随意。

“恭喜你，答对啦！”马红柳说，“就……就是因为我的心里一……一直放……放不下你，我才……才没有办法接受那些男……男的。跟你一……一比较，那……那些男的都……都不怎么样！换一种说法，无……无论我和哪个男的交往，你都是横……横在中间的一个障碍，巨……巨大的障碍，都是我心中难以抹去的记忆，不，阴影。你这个阴影太……太大了，害得我看见别的男人都烦。烦，你懂不懂，你让我看见别的男人都……都觉得烦，真他妈的烦！”

听了马红柳这样的表白，赵逸飞的酒意仿佛一下子消退了不少。他说：“怎么能这样呢？马红柳你……你是跟我开……开玩笑哩吧？这都多少年了，况且，咱俩不就是正常的师生关系吗，我至于……至于有这么大的魅力？”

“开玩笑？你觉得我这是开……开玩笑？哼！”马红柳忽然就泪流满面，“我……我知道，在你的心里，我只不过……只不过是一个普普通通的学生，一个狗屁不通、啥也不懂的小黄毛丫头，一个寄……寄养在外爷外婆家的小可怜虫，你根本没有把我看成一个女……女人！可我知道，我是一个女人，从高中时代开始我就是一个女人。这个女……女人不属于任何别的男人，她只属于你。你知道吗，我这……这些年最大的愿望，就是想重新找到你，然后，以我长大成人的新面貌来……来正儿八经做你的女人！怎样做？按……按照我的想法，这辈子就是要嫁给你！虽然我知道你有家，虽然我知道，这辈子甚至永远，永远找不到你，可这并……并不影响我心中一直装着你的事实。分配工作到祁北公司第一中学，本来我并没有……没有指望这个分配去向能和你有任何联系，可谁知道，就在我刚刚来到这个学校的第一天，竟然……竟然遇见了你……”

“喝口水，喝口水，慢慢说。喝口水不影响你给我讲……讲故事。”

赵逸飞将茶水递给马红柳。

“你认为我是在讲故事？好吧，我就讲……讲给你听。”马红柳接过茶水喝了一口，“你知道在这里与你意外邂逅之后，我是怎样想……想的？我认为，这是老天爷安排的！老天爷不负我心，知道我想你好些年，知道我苦苦期盼着与……与你的重逢，所以，就把你送到了我面前，分明是……是要给我一个惊喜。当我看到你的真身，确认站在面前的、的确是那个让我梦萦魂牵的男人时，我差点晕过去！我想，难道还会有什么力量、什么障碍能够阻挡我和你的接近吗？但是，我错了。冲动的时候，晚上睡……睡觉的时候，我始终觉得你就是我的，可是，只要我清醒的时候，只要我置身于正常的社会人群当中，只要我意识到自己已经是一名中学教……教师，而当老师必然要遵从种种条条框框的时候，尤其是当我有机会和你的爱人四目相对的时候，我就知道，你离我很近，但也很远，你属于她，属于你的亲人，你和我差不多只是路人甲和路人乙的关系！你知道这对我来说是多么巨……巨大的痛苦吗？你知道你在我心中制造的这个矛盾能把人活活折磨死吗？所以，我恨你！我恨你，你知道吗，我恨你，赵老师，赵逸飞！”

赵逸飞彻底清醒了，他只能遏止住内心的感慨，态度十分认真地聆听昔日女弟子的表白。

“既然你赵逸飞并不属于我，那么，我就应该开始新的生活，应该像正常人一样找……找对象成家，可是，有你横亘在我的心里，让我开始新的生活简直成了一种奢望。奢望，你懂不懂？我没法儿找对象，没法儿正常生活，所以说，你罪孽大啦，你害得我好苦啊！”

“唉，我也不知道我有这么大的罪孽，更不知道我还有这么大的魅力啊！”赵逸飞自嘲地笑笑。他的酒彻底醒了，马红柳说话也越来越流畅。

“你现在知道也不晚。为了让你赎罪，也为了让你展现魅力，借着今天你我喝得有些大，有些高，我想让你做一件事。”马红柳说。

“你想让我做一件事？甭说一件，十件也成啊，只要对你有好处。”赵逸飞答应得十分痛快，“说吧，你要我做什么？”

“我要你再陪我喝一瓶酒，然后，然后今天不要回你家了，到我的宿舍去。”

“到你的宿舍去干啥？难道你、不怕你的老师酒后乱性，做出什么不……不道德的事情来？”

“要的就是这效果。赵逸飞——请原谅我借着酒劲儿直呼你的大名——在我心里，我早就是你的女人了，可实际上我不是。我之所以这样，就是不想再担这样的虚名，我要名副其实做一回你的女人，这是我离开祁北公司第一中学之前必须要做的一件事，这件事需要你配合。”

“啊呀，我的马红柳同学，你这玩笑开……开大了！你要我做别的事情，十件八件尽管开口，我赴汤蹈火决不推辞，唯有这件事我没法儿配合。我不仅是已婚男人，我还有两个孩子，咱俩的年龄差距也偏大，更重要的是你尚且没有对象，没有结婚，我要是答应你做这件事，那我成什么人了？流氓，还是可耻的花心男人？这件事我无论如何帮不上你的忙，你就饶了我吧，红柳。我可以送你到宿舍，但我必须回家去。”

“懦夫！太监！起码你不是一个好男人！”马红柳咬牙切齿地表达着对赵逸飞的鄙夷，然后热泪长流。

最终，赵逸飞送马红柳回到宿舍，两个人紧紧相拥，马红柳索吻，赵逸飞只敢轻轻吻了吻她的额头。

第十章　拥抱戈壁

“……简而言之，概而括之，在座的各位，已经是这座城市的主人了，今后必然要更加深刻地融入这座城市，因此，我们没有理由不感谢给了我们机遇和光明前景的祁北公司和祁北市。尽管时间不长，我已经深深爱上这座城市了，不知道在座的各位爱不爱？每个人爱与不爱，那是你的自由，但我认为，咱们还是爱她吧，张开双臂拥抱她吧，这里是大家的祁北市，大家的祁北公司！”

1. 城市生活

送走马红柳，赵逸飞心中惆怅了好多天，总有一种心被掏空了的感觉，但这位昔日女弟子走得毅然决然，根本没有给赵逸飞挽留她的任何机会，况且无论挽留还是拖延，赵逸飞似乎也没这个资格，只能心中留下一份缺憾而已。

马红柳离去，勾起了赵逸飞另一桩心事。当初他决定西行应聘的时候，思想深处有一个念头，他有一位高中时代的初恋情人，名叫柳雅平。当年阴差阳错，他和她没能走到一起，柳雅平嫁给一位军人，去了G省某地，他的西行相当于追随她的脚步。赵逸飞甚至幻想到了G省，总会有和柳雅平邂逅相遇的那一天。可谁知道，虽然多次在梦境里与柳雅平相逢，虽然多方打听，他却始终没有寻觅到高中时代恋人的踪迹，甚至连一点点蛛丝马迹也没有。后来马红柳出现了，他心中暗自感叹冥冥中神奇的力量无处不在。既然老天爷能将马红柳送到他面前，那么，柳雅平的出现难道不是迟早的事？

问题在于，马红柳走了，柳雅平依然没有出现。赵逸飞心中依然埋藏着秘密。

毕竟家属来到祁北市了，一家人开始新的城市生活，这才是摆在赵逸飞面前最重要的任务。

近两年祁北公司教育处招聘了大量新老师，相比较而言，安置那些刚刚毕业的大学生们要简单得多，两人一间单身公寓，就算给他们创造了最起码的生活条件，剩下诸如找对象成家等后续的事情听其自然、任其发展就成了，而赵逸飞他们这批人拖家带口，给解决了家属农转非的问题，接下来住房等一系列问题也得慢慢来，所以居住条件暂时只能由所在学校临时性解决。一中能在教学楼里面给安排一间大约 16 平方米的房间，对赵逸飞及其家属也算挺照顾。

一家四口，无论如何需要两张床。要让房子的所有空间得到合理利用，赵逸飞打算支一张双人床和一张单人床，两个孩子还小，只能让他们暂时挤在一张单人床上。房子是临时的，床也没有必要买新的。学校库房有简易的单人床，贺校长做主，说可以借给这些新近将家属接到城里的招聘老师用。赵逸飞借了两副单人床，其中一副给孩子用，大人的“双人床”也只能在单人床基础上加宽——即在单人床边加上一块木板，两头用凳子支起来。两张床都靠墙，孩子的床头顶着大人的床尾，组成一个拐角，这样房间里才能腾出做饭和放置其他物品的空间。一张旧的三屉办公桌和一把课椅，也是向学校借的。这些东西齐备之后，赵逸飞一家有了最起码的居住条件。

做饭暂时只能用煤油炉。据学校总务方面说，教育处正想办法为他们这些刚刚将家属带来的招聘老师逐步解决液化气罐和液化气灶的问题，尚需假以时日。单位的同事很热心，比方和赵逸飞同一个教研组的几位女老师，有的给他拿来小案板，有的赠送切菜墩儿，有的将家里多余的菜刀、擀面杖和盆盆罐罐等慷慨赠予，让赵逸飞觉得很温暖。除了同事的支援，自己再添置一点锅碗瓢盆勺子筷子啥的，做饭的条件也具备了。

毕竟赵逸飞取得正式教师身份时间不长，工资偏低，带着家属来到城里两手空空，留在老家的父母双亲也需要用钱来表达孝敬，故而经济上难免捉襟见肘。教研组有一位教初中的皮老师给他出主意说：“你做饭用煤油全靠买？这个不合算。咱们祁北公司有的单位生产过程中本身使用煤油，而且做饭用的煤油拿柴油也可以代替，单位用柴油的地方更多。据我知道，有好多老师做饭，煤油柴油都是向学生家长要的，根本不用买。你带的那个班，学生家长有许多是祁北公司二级单位的头头，只要找着一个合适的，开个口，让人家支援支援，你还愁做饭没油烧？你家属刚转来，花钱的地方多了去了，能省钱为啥不省？”

听了皮老师一番话，赵逸飞有点心动，毕竟他经济上拮据，能省点钱总是好事。于是赵逸飞打开他所带班级学生的花名册，研究每个家长是干什么的，一看，果然有若干厂长副厂长、经理副经理、书记副书记，然后打问一下，这些学生家长所在单位生产流程使用煤油、柴油的也有好几家。接下来就该考虑究竟向哪一位家长开口求援比较合适，回想回想与家长接触过的点点滴滴，权衡权衡看哪位家长更重视孩子的教育，对老师更尊重一些，同时还要看人家所在的岗位离煤油、柴油远与近，最好是直接管的领导，不用再拐着弯求别人，这样相对好办一些。

经过一番掂量，赵逸飞在他的学生家长当中确定了两位可以求援的对象，一位副厂长，一位副经理。那个副厂长和赵逸飞是老乡，曾经主动表示，说赵老师生活有困难可以找他，那个副经理管汽车，其中有许多烧柴油的大车，而且副经理的老婆特别重视孩子的教育，总是主动和赵逸飞联系，问她家儿子的学习和表现，对老师十分尊重和亲近。

这件事准备了许久，具体操作过程也设想了多种方案，但到后来，赵逸飞决定放弃。原因也很简单，尽管事先做了充分准备，但当他面对学生的时候，所有的理由都显得那么苍白。作为一个老师，怎么好意思向学生，或者背过学生向他们的家长求援？况且，求援的事项无非是让家长利用手中的权力，将本属于工厂的财物拿来私用，这是一件多么令人难堪的事情啊！是的，赵逸飞很穷，缺钱，但节约了几个买煤油的钱，却大大损害了作为老师的形象以及自尊心，想明白了，这样做是世间最不合算的，因小失大。失去的东西虽然无形，但却弥足珍贵，得到的无非是几斤煤油或者柴油，根本值不了几个钱！

没有向学生家长索要做饭用的煤油、柴油和其他安排家居生活所需要的物品，赵逸飞事后觉得，他简直太英明了，坚持了当老师的行为操守，相当于避免了人生路上的一次大错误。

无论有多艰难，一家人的城市生活总算开始了，并且逐渐步入正轨。

有一天，一个新的好消息自天而降。学校管后勤总务的鲁副校长亲自来找赵逸飞，对他说："你一家四口挤在一间小房子里，还要做饭，条件实在太艰苦了，现在有个机会，我想给你改善改善。"

原来，就在赵逸飞暂居的那排房间顶头，有两间屋子是早已废弃不用的男女厕所，被携家带口居住在校园里的老师临时用作厨房，而且是两户人家合用一间。新近有一位在本地名气挺大的全国模范教师升任学校领导，教育处给解决了住房，故而将半间废弃的厕所腾出来了。鲁副校长主动找到赵逸飞，要将新提任领导腾出来的临时厨房让他接着用，这的确有点破格照顾的意思，毕竟拖家带口住在校园里，需要厨房的老师绝不止赵逸飞一人。

"这一排房子住的老师不少，你为什么先给我解决做饭的地方？其他人会不会有意见？"赵逸飞自我感觉有几分受宠若惊，故而发问。

"和他们比，你的情况有所不同。一是他们都只有一个孩子，有的还没孩子，只有你是四口人，住一间屋更拥挤；二是你担任学校党支部干事好长时间了，以前的支部干事都由办公室主任或者工会主席兼任，算学校中层领导，你不也是半个中层领导了嘛，这个条件他们都不具备。所以说，经过比较，我认为先给你解决厨房是正确的，别人如果有意见，我能给他们做出合理的解释。"鲁副校长说。

鲁副校长的话让赵逸飞感慨良多。一年半之前，这个姓鲁的女人对新来的招聘老师赵逸飞也曾百般刁难，眼下怎么来了个一百八十度大转弯，对他变得客气，而且给予实实在在的照顾，难道一个党支部干事的兼职，就能让人对自己高看一眼？抑或这一年半来，自己在祁北公司一中教书育人小有成绩，从而获得了好评，这些都是加分项，也算通过自身的努力改善了生存环境？

管它呢，反正有个做饭的地方总比没有强。一间屋支两张床，住四口人，还有许多必须添置的家具和生活用品正愁买来了没法安置呢，况且在住人的屋子里用煤油炉做饭，整天烟熏火燎，弄得人鼻孔里一股煤油味道，能改善一下是大好事啊，应该感谢鲁副校长才是，想那么多干什么！

这半间屋子虽说别人用作厨房好几年了，但搬进去做饭，赵逸飞总觉得丝丝缕缕仍然有一股厕所的味道，但能有这个条件在当时来说已经很奢侈了，妻子周雅凤很高兴，说："总算有个做饭的地方了，还有自来水，洗菜啥的都方便，不用再拿桶到水房去接水。"打扫清理搬出去的那家人遗留的东西，发现有一大包装在塑料袋里的葵花籽已经霉变，不能继续食用了，周雅凤说："这些人有钱还是咋的，这么糟蹋东西，好好的葵花籽硬给放坏了。"赵逸飞说："你没见过世面，太节俭了。"周雅凤说："节俭有啥不好？这跟见没见过世面有啥关系？无论穷富，都不应该浪费。"赵逸飞说："你说得对，但是造成浪费的前提是有东西可以拿来浪费，富裕才是浪费的前提，咱还太穷，要创造能放开手浪费的物质条件，还需要继续努力。"周雅凤说："你说的这是啥话呀？哪怕富裕了也不能浪费，浪费永远是不对的。"

后来赵逸飞才知道，鲁副校长之所以热心为他解决厨房问题，并非良心发现，也不是因为党支部干事这个职务能顶半个中层领导，而是因为她的侄女儿——一中的年轻老师鲁琛——想入党，鲁副校长想让党支部在发展她侄女儿入党的问题上加快脚步，想在一定程度上借用赵逸飞主办党支部事务行个方便，开个绿灯。

"小赵呀，你说，这段时间我对你关心照顾得够不够？你刚来的时候，我对你确实不够好，因为咱们相互之间比较生疏嘛。一回生二回熟，不打不相识，我在一中虽是老太婆级的年龄，但好赖也是副校长，我要想关照你，机会多的是。"鲁副校长趁赵逸飞单独在党支部办公室，特意来和他套近乎。

"鲁校长，你对我很好，我从内心非常感谢。我相信刚来时有些问题学校不能给解决，也是因为有困难。那时候我初来乍到，咱们前世无冤今世无仇，你肯定不会故意为难我，所以我把那些不愉快的事情都忘记了。你这会儿来找我究竟有什么事，干脆直接说吧，我是你们手下的小卒子、新兵，你有什么事情尽管吩咐就是了。"赵逸飞这样说除了有打哈哈、虚与委蛇的意思，更因为他心里对鲁副校长确实有点烦。

“唉，你这个小赵呀，说话挺直接。那好吧，我也不和你绕弯子了，还真有一点小事求你帮忙。我的侄女儿，外语组那个小鲁，鲁琛，比你小几岁，不过也大学毕业好几年了，一直在咱们学校工作，各方面表现都不错。这孩子除了工作上努力，政治上也积极追求进步，一来就写了入党申请书。我始终认为，年轻人政治上追求进步是好事，组织上应该积极支持，抓紧培养。可是，鲁琛总归是普通的一线教师，工作上尽管很努力，但也不可能一下子干出惊天动地的成绩，要被党支部列为重点培养对象，尽快发展，并不是一件很容易的事情。除了她自身的努力，还需要党组织多关心、多培养、多照顾。这件事我也给贺校长说过，他那人原则性太强，说要确定为入党积极分子，需要党小组先拿出意见，你这个支部干事不是还兼着文科党小组长吗，鲁琛入党的事情需要你多帮助，何况开支委会的时候你肯定在场做记录，必要时候提醒领导们一下，作用会很大。这事情你看能不能帮助一下呢？”鲁副校长拐弯抹角，总算把她想要表达的意思说清楚了。

“这事情啊？鲁校长，我给你表个态，你的意思我听明白了，也愿意在符合组织原则的前提下给你的侄女儿提供帮助，但入党这件事我即使能说话，也人微言轻，没多大作用，关键在于申请入党的人自身表现如何。谢谢你对我的信任，但这件事还得贺校长他们做主，你不也兼着党支部委员吗？开会的时候我只是个做记录的，一般情况下没有资格说话。”赵逸飞说。

赵逸飞的话听上去模棱两可，鲁副校长要把这番话理解成不愿意帮忙，恐怕也没冤枉他。

“我是兼任着支部委员，可在我侄女儿的事情上，我说话不大方便。贺校长原则性强，真要关乎我侄女儿，他还不得让我回避？这事情你看着办吧，能帮忙当然最好了。”鲁副校长临走悻悻的，似乎表情不那么自然，也不那么友好。

后来，赵逸飞在鲁副校长侄女儿入党的问题上，的确没怎么用劲儿，抱着听其自然的态度。但是，鲁琛时间不长就被列为入党积极分子了，赵逸飞还被指定为她的培养人之一。赵逸飞觉得，鲁副校长能在他面前求情，开方便之门，在学校领导和别的党支部委员面前岂能不尽力发挥作用？

鲁副校长为侄女儿寻求方便之门这件事，给了赵逸飞一个启发。有一次，党支部召开支委会，分析几个申请入党的年轻同志的工作、思想表现，准备确定新的发展对象，兼任支部书记的贺校长对赵逸飞客气了一下，说："小赵你在教学一线，也相对年轻，你发表一下意见，看看咱们学校支部申请入党的年轻人，还有谁应该重点培养？"赵逸飞略加思索，提醒了支部委员们一句："语文教研组的彭玉花老师是不是可以考虑一下？"贺校长听了他的话竟然一拍脑袋，说："我们怎么就忽视了彭玉花同志呢？这个年轻人相当不错，教书育人兢兢业业，教学成绩和班级管理都很好，还做了不少助人为乐、关心集体利益的好人好事。咱不能因为人家低调，默默无闻，就忽视了这样的好同志。小赵提醒得好，我看，彭玉花这次就列为入党积极分子，重点培养，尽快发展吧。"

彭玉花很快就入党了，各方面表现更加优秀，当了教研组长，后来还当了管教学的副校长，最终被破格提拔为市教育局的副局长。赵逸飞关键时刻一句话，应该说在此人成长进步的过程中起到了积极的作用。此为后话。

2. 离别之吻

昔日爱徒马红柳倏忽离去所带给赵逸飞的那份惆怅尚未完全消散，他最为铁杆儿的女性朋友梁霞又决计要吃回头草，铁了心要返回老家去，原因在于她心里永远放不下前夫杨思成。

"给我一个理由。难道除了回老家去，再没有别的解决办法？"应梁霞之约，赵逸飞又一次和这位貌似强大的美丽女子单独坐在饭馆的小包厢里。

"我认为是这样的，没有别的办法。老杨癌症扩散了，人之将死，其言也善，其情也哀，他向我托付孩子，托付后事，你说说我该怎么办？"和赵逸飞单独坐在一起，梁霞基本上没有了往日的那份强悍，相比较而言更女性一些，不仅体态变得柔软，表情也有几分凄婉。

"这个杨思成，他也好意思！当初你俩分手，是他搞婚外情，把本来很幸福的小家庭拆散了，才逼得你离家出走，外出应聘，现在他濒临绝境又想起你了？你不去管他，也不会有人说你不对，老杨更没有资格责怪你。”赵逸飞说。

“话是这么说，可我怎么能不管老杨呢？俗话说，一日夫妻百日恩，百日夫妻似海深。况且我和杨思成做了6年夫妻，我俩还有个孩子。”

“虽说人吃五谷得百病，老杨得癌症，还扩散了，的确值得同情，但我说句不好听的话，他之所以有今天，很大程度上也是自己造成的。如果说你放不下杨思成，非得要去照顾他，那么他的新老婆——当初破坏你俩婚姻家庭的第三者，更应该好好照顾她的男人，人家排第一位，你即使排第二位也是自找，你远远地躲开谁又能说你什么？”

“问题就出在那个可耻的第三者身上。杨思成身体好、能挣钱的时候，她像狗皮膏药一样死死地贴在老杨身上，现在老杨身体不行了，人家跑得比兔子还快，早就躲到她父母那里去了，根本不管杨思成死活。”

“当初他们之所以走到一起，不也是因为相互之间有感情了吗？难道杨思成得了癌症，他们之间的感情也得癌症了？”

“感情是会变的，有的女人水性杨花，抛弃一份感情根本不费劲，也不奇怪。”

“原先说爱得要死要活，原来根本经不起考验呀。你说说杨思成，是不是眼睛瞎了，怎么被这么个没品行的小女子迷惑了？”

“你们男人就这样没出息，见到个年轻些的、漂亮些的女子就腿发软，走不动路，不等女人来迷惑，自己先找不着北了。”

“你不能一竿子打翻一船人，杨思成没出息，我就比他强！比方你吧，迷惑了我好几年，我在你跟前走不动路了？找不着北了？”

“你只不过更能装罢了。咱先不说你，说我。我究竟该咋办？我选择回老家去你支持不支持？”

“我支持与否都不可能改变你的决定，你把你的决定通报给我，只能说明你还把我当朋友，但我不是你的指路人，更不是能左右你人生脚步的无敌男。我心里很清楚，你并不是向我讨主意，只不过感觉自己有点扛不住，想在我这儿寻找一点点安慰罢了。尽管这样，我还是想问问你，即使人生最后阶段的杨思成需要你照顾，而且你也愿意去照顾他，那么你将他送走了之后——请你原谅我这样说，癌症扩散就意味着死亡，这是常识——再带着你的儿子回到这里来，岂不更好？毕竟这儿比老家工资要高出一大截，况且你在这里已经打开了局面，你不是说黄校长很赞赏你，二中的环境对你来说也弥足珍贵吗？”

“赵逸飞先生，你之所以这样说，是不是意味着舍不得让我离开？如果是这样的话，我会感到很安慰。”

“是的，我的确舍不得你离开。可是，你真要离开的时候，我舍得舍不得又有屁作用？”

“问题在于，你最多只不过是我的朋友，我的铁哥们儿，你毕竟有家庭有女人，而杨思成是我心中永远放不下的男人。所以说，相对于杨思成在我心中的重要性，你肯定排在后面，这是必须的。我想这点你应该明白，请不要责怪我。”

“我哪有资格责怪你？我只是站在你的角度，帮你分析分析而已。”

“我决定回去，并且知道我肯定再也回不来了，尽管这里很值得留恋。毕竟二中黄校长和同志们待我不薄，工作上我也自认为能胜任，能干出成绩来，可是赵逸飞，你并不知道，杨思成不仅在病入膏肓的时候需要我，而且他的身后更需要我。自从我来这里应聘，尽管杨思成很疼爱我们的孩子，但他的小媳妇根本当不了合格的后妈，杨思成出于无奈，一直将孩子放在父母身边。他的父母很疼爱孙子，这很符合一般的世态人情。说实话，那老两口对我也不错。杨思成有个妹妹，前不久遭遇车祸，弄成植物人了，弄不好要拖累她的丈夫一辈子，这样杨思成的父母晚年必然凄凉，我回到老家去，肯定要和老杨复婚，他的父母双亲恐怕也得靠我来养老送终。你说，我还回得来吗？”

“唉，你非得飞蛾扑火，把沉重的枷锁背在身上，还有谁能救得了你呢？我只能对你深表同情。”

“我不需要廉价的同情，我只需要你作为朋友对我的理解和支持。”

“理解理解，支持支持。我还有一个担心，你当初从老家出来，只拿了一纸文凭，这次回去，老家的学校还能接收你？会不会把工作弄丢了啊？”

“这个倒不会。我哪敢把工作丢掉呀？丢掉了我拿什么生活，拿什么养活我的孩子以及杨思成的父母？这次，杨思成想让我回去照顾他，动用他家的亲戚和社会关系进行疏通，能让我按照正常调动返回，祁北公司这边也谈好了，同意给我放行。这里的领导通情达理，咱们现在的单位做事情大气，不愧为国有大企业，有气魄，有胸怀。”

赵逸飞心中明白，梁霞的离去无可改变。不管梁霞本人所想、所做的究竟对不对，反正她去意已决。根据赵逸飞往常对这个女人的了解，任何外部力量都不可能再让她改变决定，况且在这个问题上赵逸飞有自知之明，并不企图用自己的影响力去改变什么。但是，面对红颜知己铁定要离去的事实，赵逸飞内心仍免不了隐隐作痛。

梁霞是谁？梁霞无疑是赵逸飞最重要的女性朋友，也是他眼下唯一的红颜知己。要知道，对一个男人来讲，身边有一位真正的红颜知己是多么重要！比方现在，梁霞女士面临她人生路上又一次重要抉择，她会在第一时间选择赵逸飞作为唯一的倾诉和商量的对象，创造条件和他单独面对，然后将内心所想一股脑儿倒给他。这岂止是一种信任，简直就是一种依赖！而漂亮女人对你的信任和依赖，何尝不是男人骄傲和自豪的源头和依据？况且，自从两人结伴来到G省祁北公司应聘，除了作为异性朋友、铁哥们儿之间相互关照，他和她之间何尝没有青年男女之间的暧昧？这世界上有的人根本不相信会有真正纯洁的、不以性事活动为目的的男女朋友关系，一对相互欣赏、相互有好感的男女，在一段时间里各自独居，完全有彼此亲近的客观条件，不发生越轨行为，那该需要多么强的自制力，以及自身道德观念和行为规范的约束？反正赵逸飞自己知道，在那一年半夫妻分居，身边没有女人的情况下，他偶尔会用自慰的方式解决饥渴，假想中的性对象除了自家媳妇，个别情况下也十分可耻地选择了梁霞！此次告别宴之后，美丽、善良、开朗、热情似火的梁霞女士将会离开这里，返回她的前夫身边，从而和赵逸飞天各一方，相见相聚将变得不再可能，赵逸飞不心痛才怪呢。

这场离别宴，梁霞抱着不醉不休的态度，开怀豪饮。到了醉与不醉的临界状态，梁霞主动上前拥抱了赵逸飞。唇吻是违规的，赵逸飞在用劲儿搂抱梁霞的同时，只敢在她的额头认真亲吻了一次，而梁霞则毫不客气地在赵逸飞胳膊上狠狠咬了一口，疼得赵逸飞龇牙咧嘴。

“在你胳膊上留个标记，看你回去给媳妇如何交代!”梁霞狡黠地说。拥抱了许久，两个人继续坐下来茶饮叙谈。

“我就说不小心被狗咬了——一条有点疯狂的小母狗。哈哈哈哈哈……”赵逸飞反唇相讥，然后大笑。

“你个没良心的，敢骂我是狗?”

“狗才咬人嘛。你也够狠的，都快出血了。”

“不狠你怎么能记住我? 反正以后没机会咬了。”

“要不要这会儿再咬一口? 反正我接受过考验了，再咬我也不知道疼。”

“你还上瘾了? 告诉你，没机会了。”

梁霞说着，忽然泪流满面。

“怎么哭了? 我又没欺负你，还让你咬了一口。”不知怎的，梁霞的热泪弄得赵逸飞心里酸酸的。

“呜呜呜……”梁霞干脆哭出声来了，将头伏在胳膊上，哭得肩膀一耸一耸的。

哭够了，梁霞抬起头来，问赵逸飞：“你难道真不知道我为什么哭吗?”

赵逸飞摇摇头，表示他真不知道梁霞为啥哭，但他心里能猜出几分。

“你也够笨的。罢了罢了，以前总觉得不好意思说，今天再不说出来，以后恐怕没机会了。赵逸飞，我的确挺恨你的，要不然也不会咬你。”梁霞说。

“我这人的确愚钝。你还是说出来吧，否则你憋得难受，我也死得不明不白。你说吧，梁霞。”赵逸飞一脸恳切，真想听听梁霞会怎么说。

“唉，说出来够丢人的，好像我非要把自己脱光给人看。好在只是说给你听，好在只是脱给你看，我心甘情愿，也就不怕难为情了。”

“说说可以，千万别脱，会把我吓跑的。”

“哼，德行! 那只是个比喻你懂不懂? 我还真脱衣服给你看呀? 我真脱了，你敢看吗? 德行!”

“嘿嘿嘿嘿，嘿嘿嘿嘿嘿嘿嘿……”赵逸飞故意傻笑。

“不过，说实话，在这个即将离别的时刻，我对你真有些恋恋不舍。如果你敢要，我把自己完完全全奉献给你也没什么不可以。你敢要吗，赵逸飞？”

“打住，又来了。早就说好了，咱俩是哥们儿，不能有非分之想。”

“你真没有非分之想？一丝一毫都没有？哼，我要相信这是真的，除非我首先相信你不是个男人！赵逸飞，在我跟前用不着假道学，我今天把所有的心里话都说出来，请你不要打断我。”梁霞神情严肃，又有几分凄楚，“说来话长，在老家西皋中学，自打你从乡中学调来，第一次出现在我面前，不知怎的，我觉得你好像是我很久很久以前认识的老朋友，也许上辈子就认识也未可知，一见面就觉得你可亲近、可深交。后来事实证明我的感觉是对的。你这个人嘛，长相虽然说得过去，但也算不上英俊，衣着朴素中带着几分乡村气息，或者说你从相貌上、外观上并不显得出众，但奇怪的是只要你来到身边，我就能感受到一种强大的气场，你身上的男人气息不可遏止地往我鼻孔和脑子里钻。我几乎能记起你我打交道所有的场景和经过，你不知道用什么魔力，轻而易举走进了我的内心，并且盘踞在里面不出来。也许这世界上本来就有一见钟情，只不过我遇到你的时候已经有爱人、有孩子了，你也一样。况且从一开始，我也真心爱杨思成，所以我对你的感觉只能是感觉，也许因为我刻意限制了这种感觉，不让它发展壮大。后来，杨思成这个没良心的在感情和肉体上都背叛了我，弄得我心里很失落，也很痛苦，在我最痛苦的时候，深藏在心底里的那份对你的好感觉被激活了。说实话，我不知有多少次在心里做过种种假设。如果说我在没有遇到杨思成之前先遇见了你，而你也没有恋爱结婚的话，咱俩有没有可能走在一起，成为夫妻？我认为完全有可能！如果说我的丈夫不是杨思成，不是一个见异思迁的男子，而是如同你赵逸飞一样有家庭责任感的男人，或者干脆就是你，那么我这辈子是不是就会幸福永远？我明知这些假设没有意义，但我忍不住这样想。”

“明知道没有意义，就别做无谓的假设了。”其实，梁霞的一番话对赵逸飞相当有冲击力，他感觉心跳加快，真有冲上去对梁霞非礼一番的冲动。

“今天注定是你我再次分别的日子，而且以后在一起的机会的确不多了。一想到从此天各一方，我就难以抑制内心的冲动。这样说吧，今天，不，就现在，只要你敢要，愿意要，我仍然愿意把我整个给你，毫无保留，或者换一种说法，我想占有你的欲望空前强烈。怎么样，赵逸飞，你敢不敢?”

“哥们儿，这是吃饭的地方！再说啦，我还真不敢。我这辈子从来没有做过对不起我媳妇的事，目前和今后也都不想做，你饶了我吧。”赵逸飞说着站起身来，绕过餐桌，主动走到梁霞跟前，紧紧拥抱了对方，两人一阵子热吻——不在额头，也不在脸颊，是真正的唇吻加舌吻。

毕竟在餐馆的小包厢，毕竟两个人都有自制力，他们的告别最终止于狂吻。

送走梁霞之后，赵逸飞就自身送别梁霞的所有举动进行了认真的反思，也对他以往和婚外女性的交往进行了反思，觉得自己算是一个有家庭责任感的男人。但他也有几分怀疑，在以后的岁月里，万一遇到比梁霞更漂亮、更温柔、更具吸引力的女子，自己会不会出轨呢?

反复思考的结果是，他不愿意面对结果。这种事情，恐怕谁也他妈的说不准，而且做这样的假设又有什么意义呢？犯傻而已。但是，我赵逸飞这辈子都会对周雅凤好，都不会抛弃家庭责任，这一点应该准确无误。

3. 工会主席

虽说兼任了一点行政事务，但对教学和班主任工作，赵逸飞一点儿不敢懈怠。且不说党支部干事算不上什么职务，根本满足不了男人潜意识里都会有的权力欲望，仅从赵逸飞自打当民办教师以来一直在教学一线的经历来说，他根本舍不得放弃看家本领。你本来是个教书匠，只有站在讲台上挥洒自如，只有管理学生、当班主任干得漂亮，才有在学校立足的资本，否则你啥也不是，别说给你个事务性的行政职务，就是让你当校长，业务能力难以服众恐怕也不成。

在教育教学工作中，他不光兢兢业业殚精竭虑，而且特别注重学习借鉴那些全国知名的特级教师、模范教师的工作经验，尽可能使工作更加出色，更加高效率。比方他在班主任和语文教学方面，认真学习借鉴了著名教育改革家、特级教师魏书生的经验，尽可能让学生发挥主观能动性，组织学生自主学习、主动学习，让他们在掌握知识的同时更要学会汲取知识的本领。他每天早上领着学生坚持长跑，既锻炼他们的身体，更有利于培养他们坚持不懈的意志品质……

坚持了一段时间，学生们都觉得跟着赵老师不仅能学到东西，而且能发挥主观能动性，所以他们都打心眼儿里喜欢班主任老师。学生家长虽说也有质疑赵老师违反常规的，但更多的人对他好评如潮，认为把孩子交给这样的老师很放心。

赵逸飞根本没想到，本学年即将结束的时候，学校一把手老贺找他谈话，说："小赵呀，我觉得你这个人很全面，除了教学能力不错，也适合干行政。毕竟你有一支好笔杆子，写得一手好文章，口才也挺好，组织协调能力同样出色。所以呢，我考虑从下学年开始，学校工会主席的工作你也接过来吧。原来的主席另有任用，教育处要把他调到兄弟学校去。这样一来呢，你当学校工会主席，兼党支部干事，工作就满量了。先干一段时间，如果干得出色，你同样会有被提拔为副校长、校长，或者教育处机关科长的可能性。我认为，你干行政有可能比在教学第一线有更好的发展前景。我很欣赏你的能力和人品，由衷地想为你的发展进步创造更好的条件。到目前为止，这只是我个人的想法，先征求一下你的意见，如果你同意了，我再和其他领导商量，然后还要走组织程序，比方工会主席要通过教职工大会选举。你好好考虑一下我的意见，尽快给我个答复。"

赵逸飞略加思索，对贺校长说："贺校长，我非常感谢学校领导、感谢你对我的信任和培养。自打来到咱们学校，在你和其他领导、其他老师的关心、帮助下，我工作得很顺畅，心情也很好。领导对我的能力和业绩给予肯定，这是对我的鞭策和鼓励，我由衷地感谢你。你提出的要求和希望，我现在就可以表态。虽说工会主席只是一个为大家服务、办事的职务，不见得是我的强项，但我能感觉到你想让我担任这份工作，代表着一份信任，也是给我提供更多锻炼的机会。不管我是不是真心喜欢，如果领导和组织上觉得这份工作需要我去做，我就一定会去做，而且一定认真努力把它做好。干一行爱一行，干一行专一行是我的本分，也是我一贯的工作态度。但同时我还有个想法，希望学校领导考虑我一直在一线从事教学和班主任工作，而且我非常热爱学生，喜欢三尺讲台，所以在兼任行政工作的同时，能让我继续保留教学和班主任工作，至少也要保留我兼课的权利。如果领导不能答应我这个想法和请求，我宁可放弃行政工作，继续留在教学一线。”

贺校长说：“哦，不愿意放弃专业工作，想继续坚持在教学一线？你的想法很好呀。更多的人往往嫌教学一线太累，巴不得跳出三尺讲台呢。你这个想法我支持，不过，在行政工作满量的前提下，再让你兼课，工作肯定会超过常量，你会很累，而且不见得有额外的报酬。这样的话你愿意吗？”

赵逸飞点点头。

“那好吧。我再和其他领导交换交换意见，最终一切服从组织安排。你最近几天再好好想想，如果有什么新的想法尽快告诉我，放假前要安排下学期工作，如果组织上做决定了，再改变比较麻烦。”

“我的想法都说出来了，不会再有新的想法。组织上决定了，我会无条件服从。”

“谢谢你呀，小赵。你是个好同志！”老贺主动握了赵逸飞的手，使劲儿摇了摇。

后来，贺校长和学校其他领导就赵逸飞的工作安排交换意见，却遇到了一些阻力。

老贺召集支委会讨论新任工会主席人选，支部委员鲁副校长坚决反对贺校长提议的赵逸飞。她说：“赵逸飞来我们学校工作还不到两年，为人处世显得毛毛躁躁，在老师中间威信也不高，怎么能让他当工会主席呢？我估计，拿他作为工会主席人选，教职工大会选举不一定能通过。”

鲁副校长提出反对意见，立即得到滕副校长的支持应和。老滕说：“我也觉得赵逸飞不行。咱先不论他能力如何，这小伙儿身上很有点自以为是的劲头，固执，骄傲。这样的人当工会主席，能为老师们服好务吗？我持怀疑态度。”

“呵呵，你俩都反对，这事情不好办了。今天开会因为涉及赵逸飞，我也没让他来做记录，在场的只有我们三个支部委员。虽说学校实行校长负责制，大事情我可以说了算，但咱现在召开的是支委会，你俩都投反对票，支部就很难形成决议。我看，咱还是充分讨论讨论，沟通沟通，然后再做决议。我实话实说，对赵逸飞的看法，我和你俩有所不同。你们认为他资历不够，毛毛躁躁，自以为是，骄傲固执。在我看来，资历是相对的，赵逸飞虽说来咱这里时间不长，但在此之前他也有过大约 10 年的从教经历，担任过教研组长、教导主任等职务，在我们这里当个工会主席起码不存在理论上的、政策上的不可以，资历也不应成为障碍。至于说他毛躁、固执，我认为这只不过是个性。越有本事的人，越会有点个性，唯唯诺诺、只会在领导面前当跟屁虫的人能有多大出息呢？况且赵逸飞的工作成绩有目共睹，本学年他所带的班成为大家争着要挤进去的热门，恰恰说明学校老师、学生家长对他的信任，兼任支部干事以来，他在处理行政事务、撰写公文方面表现出很高的才能，组织协调能力也挺好。我想赵逸飞的这些优点，你们也不会否认吧？就咱们学校目前的情况，你们认为还有谁来当工会主席比赵逸飞更合适，也可以提出来，我们再比较鉴别一下。”贺校长说。

鲁副校长说：“我这儿倒有一个人选。数学组的江老师年龄大了，教学方面显得力不从心，干脆让她别再教课了，当专职的工会主席得啦。我之所以想到江老师，还有另外一个原因，她家老头是公司财务部的头儿，咱们适当关照一下江老师，以后通过财务部给学校申请点额外的经费，岂不是一条捷径？我这样想也没有什么私心，说到底是为了学校。”

贺校长听了轻轻摇头，说：“鲁校长我给你讲一个笑话。说有一个教育单位来了几位新人，管人事的领导问甲，你是学什么专业的？甲回答，语文。领导说，那你去教语文吧。再问乙，你是学啥的？乙说，数学。领导说，那你去教数学吧。接着问丙，你是学啥专业的？丙说，物理。领导说，那你去教物理吧。最后问到丁，丁说，我没上过学，啥专业也没有。领导说，那就派你去当校长吧。”

鲁副校长听不懂，问：“老贺你讲这笑话啥意思？”

贺校长解释说：“这笑话本来是糟蹋我们这些当校长的没文化。我给你讲这个笑话是想表明一个观点，我认为让一个教书教不动、业务上比较差的人去干行政、去当管理人员不合适，或者说很荒唐。你举荐的江老师不光年纪大了干不动，而且她的教学能力一直相对较差，随着年龄增大越来越差。我也考虑把她从教学一线调出来，安排到你们总务处去打打杂，等着退休算了，也算一种照顾，当工会主席根本不行。至于你说的通过她爱人给学校办事，我看也没有必要。咱们学校的经费虽然来自公司，但中间还要通过教育处再分配，和江老师的丈夫关系并不大，再说还有组织原则和财经纪律，不是哪个人随随便便想给谁多少就给多少。你提的这个人选咱就不考虑了吧？老滕也表个态。”

鲁副校长虽然心中不大愿意，但又没有理由反对，于是很勉强地点了点头，滕副校长说：“江老师当工会主席的确不合适，选她还不如选赵逸飞呢。”

其实，鲁副校长之所以反对赵逸飞当学校工会主席，主要原因仍在于她侄女儿鲁琛入党问题没有得到解决。虽说已经确定为入党积极分子，但贺校长坚持原则，认为发展入党的火候还不到，赵逸飞在这个问题上同样没给用劲儿，证明这小伙儿把她的嘱托没当回事儿。既然你不仁，我也不义，颇有点打击报复的意思。

贺校长继续为他提出的人选张目：“我一直有个观点，在学校搞管理的人，首先应该是教学方面的强手，否则老师们心里不服，用人导向上会出现偏差。从这个意义上讲，让赵逸飞当工会主席是合适的。”

滕副校长说：“咱们开的是支委会，在党内我也就知无不言言无不尽了。我个人觉得，老贺你对赵逸飞的赞赏和关照有些过分。你认为他业务上过硬，其实他在工作上也不那么尽善尽美，比方他带班有一些另类的做法，每天早上要求学生提前到校，全班练长跑，学生家长有负面的反映。一中把孩子放到他班上的几位女老师都表示不理解，说孩子还要上早操，加上他们班集体长跑，运动量是不是过大，都说把孩子放到这个班后悔了。”

“这个事情我了解。赵逸飞带着学生练长跑是培养意志品质的一种尝试，特级教师魏书生就是这样做的。效果好不好要看长期效果，现在就简单否定不合适。咱们有些老师给孩子挑老师、挑班级，爱子心切可以理解，但动不动大惊小怪，还想左右学校的人事安排，这就有些过分了。”贺校长说。

“我看贺校长你是铁了心要安排赵逸飞当工会主席，你是一把手嘛，我服从。那么从下个学期开始，他带的班、教的课我让教导处另外安排，省得校外学生家长质疑，本校老师当中的家长提意见。”滕副校长继续发表意见。

“我看，赵逸飞即使当上工会主席，还得让他继续兼课，甚至可以继续当班主任。年轻人嘛，多干点怕什么？何况他本人也有这个意愿。”贺校长说。

“既然要给安排行政工作，教学方面就让他彻底放手，眼下咱们学校语文老师够用，不像前两年严重缺员，老师们普遍一个人带三个班语文课。”滕副校长坚持说。

“你说的语文老师够用，是将赵逸飞计算在内的，他要是放弃教学，完全干行政了，还缺一个人。不过，我也不打算再向教育处要语文老师。我一直主张学校领导要兼课，这样在教育教学方面才更有发言权。赵逸飞当上工会主席以后，给他去掉一个班的语文课，老滕你兼上——你本来也是挺称职的语文老师嘛。”

滕副校长听了很不高兴，但也不好反驳。

到了放假前安排下学年工作任务时，赵逸飞被宣布暂任学校工会主席，等下次召开教职工大会时再正式选举，他原来所带的班级和课程都被调整掉了，另给他安排到新高一年级兼一个班的语文课。对这样的安排，赵逸飞觉得有点意外，不明就里，但也只好服从。

在一中的日子还长着呢，个人的得失以及喜好不宜过分计较，努力工作、夹着尾巴做人才是正道。

赵逸飞告诫自己。

4. 欢乐相聚

虽说时间已经过去了两年，从老家来到G省、来到祁北公司应聘的这一批民办教师、代课教师，依然把程雨涵视作核心人物、领袖人物。一般情况下，只要程雨涵振臂一呼，大家都愿意响应。

放暑假之前，程雨涵专门来到一中，找到赵逸飞，说要和他商量事。

“有啥事你直接说吧，程老师。你是咱们这批人的领导，大家公认的。”赵逸飞半为客套、半是认真地说。

“狗屁领导！当初来应聘，我早走了一步，是给大家牵过线、搭过桥，可咱们这批人之所以能在这儿站住脚，说到底还得靠每个人自身的努力，我不敢贪天之功。比方你小赵，就是我们这批人当中的佼佼者，是一颗闪光耀眼的明星，也是大家的骄傲。”程雨涵说。

“程老师，你这样说才叫我诚惶诚恐哩。我哪里是什么佼佼者，还明星呢，你吓死我了。说事情吧，咱俩互相吹捧也没啥意思。”

“是这样的，小赵，我来跟你商量一件事，一件大事。”

“你说吧。”

“我有个想法，想在放暑假之前，把咱们一起来应聘的这批老乡——老家人说‘乡党’——召集到一块儿，大家好好聚一次餐，庆祝我们远离家乡，来祁北市、祁北公司应聘两周年。”程雨涵较详尽地向赵逸飞介绍他的想法，“之所以有这个想法，是因为我考虑到这么几个因素。第一，到现在为止，咱一同来应聘的这批人，该解决的问题都解决了。李明善因为毕业证书上照片撕掉了，影响了转正和家属户口迁转，比大伙儿慢了一步，最近得到消息，所有的障碍都排除了，他的家属户口正在办手续，很快也能迁到这里来。他的事情办完了，咱们这批人就算圆满了。公职问题、家属户口问题，要是放到老家等待机会，不知要到猴年马月！接下来无非再有个房子的问题，大家成了祁北公司正式的员工和有户口的家属，等着福利分房就是了，迟早的事，不用着急。第二，两年前由春到夏那段时间，我们这批人陆陆续续来到祁连山下的戈壁滩上，来到祁北市，到暑假前，大家聚在一起搞个应聘两周年纪念，恰逢其时，也算是对西行应聘这件事做个总结。不管怎么说，这件事对每个人来说，都是人生路上一个重要的节点、重要的阶段，或者说从此改变了个人以及家属的命运也未可知。所以说，这件事值得庆祝，值得纪念。小赵，你以为呢？”

赵逸飞心想，你老兄把这件事的伟大意义上升到如此高度了，我以为不以为又有什么意义呢？于是他轻轻点头，未置可否。

“搞个纪念活动，是一件喜事，也是善事、美事，我想兄弟你该不会反对吧？”程雨涵非要赵逸飞表个态。

“不反对，坚决支持，积极参与。搞这个活动需要我做些什么，程老兄你吩咐就是了。”赵逸飞起码在表面上显得很积极。

“这就对了嘛。”程雨涵很高兴，“其实这件事做起来很简单，无非是大家在一起吃顿饭，乐呵乐呵。我再跟其他人商量商量，定个时间，定个地方，再通知大家。费用嘛，均摊就是了。你是咱这批人里头的优秀分子，到时候发表个讲话啥的，给大家鼓鼓劲儿。”

“呵呵，责任重大。一切听你老兄的安排就是。”赵逸飞既然答应了，只能跟着打哈哈。

后来，在程雨涵等人张罗下，从老家来的这一批应聘者真的搞了一次像模像样的庆典餐饮活动。

聚会地点选在一个叫作“谷香楼”的小酒店。

程雨涵等几位最早来到祁北公司应聘的人首次来到祁北市，经老乡介绍就住在谷香楼的简易客房里。那时候，他们人生地不熟，暂时在这里落脚，以谷香楼为据点，完成了有关前途命运的一次重大人生转折，也以这里为圆心向四周发散，很快熟悉了地域面积并不大的祁北市的概貌。所以说，程雨涵等人对这个在祁北市没有多大名气的谷香楼情有独钟，认为在这里举办应聘两周年活动最有纪念意义，也是一种必然的选择。

酒店用屏风将大餐厅隔断，给程雨涵他们这批客人创造出了可容纳四张餐桌的空间。大家陆陆续续来了以后，先各自寒暄、茶饮，并随意叙谈。

赵逸飞到达时，应该来的人差不多到了一半。出席这次活动的人员，在祁北公司各个学校应聘当老师的近三十个人是主体，另外程雨涵还邀请了差不多同时来祁北市应聘、落脚到地方学校和其他企业子弟学校的同乡十多人。加起来四张餐桌刚刚坐满。

因为文凭出故障，转正和家属户口迟了一步的李明善看见赵逸飞进来，很热情地和他握手，拉他坐到同一张餐桌上。在这一批应聘者当中，李明善的年龄和赵逸飞最接近，两人同年，出生日子也相差不到一个月，再加上脾气秉性投缘，所以见面显得分外亲近而又自然。

“祝贺你，明善。”赵逸飞用劲儿握了握李明善的手，“不管怎么说，转正的问题解决了，家属转城镇户口也马上要办手续，这样咱们一切的一切也算同步，你以前遇到的障碍只不过是无伤大雅的小插曲。值得祝贺，一会儿和你多喝两杯。”

李明善很兴奋：“一定一定，好好喝几杯。尽管我酒量不行，天生对酒精过敏，今儿也要好好喝几杯。逸飞你是不知道，就因为文凭上的照片被我撕下来挪作他用，差点影响了我和全家人的大事。不知道有多少个夜晚，我为这件事睡不着觉，多少个白天吃饭不香！总算过去了，的确值得高兴。谢谢你！”

那个和赵逸飞坐同一趟火车，在车站旅馆邂逅相识，后来落脚到祁北市地方学校的刘刚也来了。他看见赵逸飞进来，跑过来打招呼：“赵老师，赵逸飞，这才短短的两年时间，你在祁北公司的普通教育行业声名鹊起，成了很抢手的名师，让学生和家长十分向往。你简直了不起嘛，了不起了不起！”

赵逸飞伸手将刘刚翘起的大拇指扳倒：“这么多人，都是乡党，都是熟人，你这么夸我，叫我脸红不脸红？啥狗屁名师，一样干活儿，我没觉得比别人干得好。”赵逸飞也不是故作谦虚，他对在这种场合被人吹捧的确感到有一丝不快，觉得完全没有必要。

刘刚又对赵逸飞谈起他在祁北市第一中学的工资待遇：“比起你们这些在祁北公司中小学上班的老乡们来，我的工资太寒酸了，差一大截。你说说，都是一样的地理环境，干的活儿也差不多，待遇咋就相差这么大呢？同样是应聘，走错了单位，就跟投错了胎似的，差多大事儿呀，还无从改变。现在想起来，当初应聘到这里，情况完全没有搞清楚，糊里糊涂到了地方学校，真是一个大错误！要是能和你们一样，在祁北公司的学校干，待遇立即提高一大截。肠子都悔青了，有啥办法，唉……”

“这事情，你大可不必太在意。我们的工资待遇跟着企业走，企业职工的待遇跟着效益走，万一哪天市场不行了，企业效益下滑了，我们开不出工资来也未可知，而地方学校老师的工资旱涝保收。啥事情都要辩证地看，有时候好事里面有坏事，坏事里面也有好事，长远看哪个好哪个赖还真说不准。”赵逸飞说。

“你这么一说，我心里还能平衡些。难怪人都说你水平高，看问题有眼光嘛。”刘刚说。

“又来了又来了。兄弟，你不说这些让人犯晕的话不成?”

“好好好，好好好，再不说了。一会儿好好干几杯。”

该来的人都来了。程雨涵当仁不让充当主持人的角色，他首先提议：“请在座的各位全体起立，先不要端酒杯。我提议，为曾经和我们一起来应聘，但却流年不利，竟然在这个地方断送了生命的朱本松先生默哀!”

默哀的过程中，程雨涵将一满杯酒洒在地上，祭奠他的远房表弟——应聘者当中不幸亡故的朱本松。默哀结束后，程雨涵解释说：“本来，今天是个高兴的日子，不应该让大家扫兴。可我刚才清点人数的时候，总觉得少了一个人，仔细想想，朱本松和大家一起离开家乡，一起来这里应聘，虽说他没有被聘用是因为个人素质问题，但他最终的不幸遭遇却因为命运之神戏弄。无论如何，他曾经是我们这群人当中的一员，在我们高高兴兴庆祝西行应聘圆满成功，庆祝每个人转为国家正式教师和家属农转非的时候，我们不应该忘记这位难兄难弟。好啦，现在我宣布，今天的庆祝宴会正式开始，请大家共同举杯。我们来到这里两年之后第一次全员相聚，隆重纪念西行应聘两周年。我们尤其欢迎在祁北公司以外别的单位应聘成功的乡党们也来出席今天的宴会。大家先干了第一杯，干!”

席间，大家觥筹交错，互致祝愿，表现出对应聘以来所取得的阶段性成果和个人命运、家庭命运改变的一种满足感，也表现出对在祁北公司、祁北市继续发展，走向未来的憧憬以及信心。

为了活跃气氛，主持人程雨涵建议，请大家自由发表祝酒词，拿着麦克风，站到餐桌旁的一个小台阶上，把自己最重要的感慨和对大家的美好祝愿，大声地表达出来。

结果，主动站出来发言、祝酒的应聘者不在少数。他们中间，有的人慷慨激昂；有的人敦厚实在；有的人蜻蜓点水；有的人委婉客套；也有人借着酒劲儿着实自我表现，大声嘶吼歌唱者有之，痛哭流涕真情流露者有之。反正搞的是一次欢乐相聚，不是正襟危坐地开会，所以任站在台子上的人如何表现，都没有人觉得过分，得到的统统是喝彩和积极应和。

赵逸飞本来没打算在这种场合刻意表现，但到了宴会后半段，程雨涵扯着胳膊把他拽出来，硬将麦克风塞在手里，对大家宣布："小赵，赵逸飞，是我们这批应聘者当中无可争议的优秀分子，来到这里时间不长，已经得到所在单位领导和群众的一致公认，不光教课带班受到追捧，在学校行政管理方面也锋芒初露，相信在不久的将来，小赵一定会有更大的作为，成为一颗明星，成为我们这批西行应聘者当中的翘楚，前程无量！我提议，请赵逸飞老师发表演讲。大家鼓掌欢迎！"

此时酒已酣，满座的人们情绪正高涨，故而程雨涵的提议引来一阵欢呼和热烈的掌声，赵逸飞被推到了一个众人瞩目的位置上，想不说话已经不可能了。他略微有点脸红，并非饮酒的缘故。接过麦克风，头略微低下，沉思几秒钟，再抬起头来，赵逸飞显得目光炯炯，扫视大家一眼，全场瞬间安静了，应聘者们期待着他的演讲、他的肺腑之言。

赵逸飞说："没有演讲。今儿的聚会，是我们这么一个特殊的团体，在一个有纪念意义的日子里一次欢乐的相聚，大家都高兴，我也高兴。程老师特意把我拉出来示众，还给我戴高帽子，这让我诚惶诚恐。不说几句对不起大家，我就随便说几句吧。"

"两年前，在座的各位每人都做了一个决定，一个背井离乡、西行应聘、闯荡世界、改变命运的重大决定，于是，我们朝着一个方向，朝着一个目标，汇聚到了天高地远的大漠戈壁，汇聚到了河西走廊的工业新城祁北市。实践证明，这是一次勇敢者的行动，这是一次不向命运屈服的激烈抗争，也是一次成功的突围，一次取得了理想成果的勇敢冲锋。时至今日，我们大家都由原来的民办教师、代课教师演变成了正式的人民教师，而且拖家带口，让家属也从乡下人蜕变成了城市人。放到两年前来构想，这是一个宏伟而又艰难的目标，但这个目标完成了！所以，我们有理由高兴。我再次提议，大家共同干一杯！”

“干杯！”“干杯！”众人热烈响应，都觉得赵逸飞用十分诗意的语言，对西行应聘的过程进行了凝练的概括，表达出了大家的心声。

赵逸飞继续：“来到这个地方两年时间了，我的感觉，这是一个新生不久、刚刚起步的年轻城市，也是一个生机勃勃、生命力旺盛的城市；这是一个到处能看到建筑工地的城市，也是一个飞速发展的城市；这是一个常年刮风、不缺乏沙尘的城市，也是一个气候干爽、夏天热不着、冬天冷不着的城市；这是一个商业欠发达、一定程度上有钱没地方花的城市，也是一个工资收入较高、在G省乃至西部都可以算作经济高地的城市；这是一个人口来自五湖四海、口音南北杂陈的移民城市，也是一个各种文化和地域风情大融合、更具包容性与广阔胸怀的城市；这是一个我们初来乍到、比较陌生的城市，也是大家今后将长期生活、永久居住，你不能不承认她是第二故乡的城市……简而言之，概而括之，在座的各位，已经是这座城市的主人了，今后必然要更加深刻地融入这座城市，因此，我们没有理由不感谢给了我们机遇和光明前景的祁北公司和祁北市。尽管时间不长，我已经深深爱上这座城市了，不知道在座的各位爱不爱？每个人爱与不爱，那是你的自由，但我认为，咱们还是爱她吧，张开双臂拥抱她吧，这里是大家的祁北市，大家的祁北公司！

“我为什么这样说呢？毕竟这座城市、这块地方本身是美好的。据我最近看到的一则新闻报道，说这里是全国率先实现小康的14个城市之一，足以证明了祁北市发展得很好，也足以证明我们选择在这里立足是一个聪明的选择。既来之则安之，我认为，大家应该更好地融入这座城市、这块热土，在这里做主人公，做弄潮儿，从而实现远大的人生理想、人生目标。这难道不是一种理想的境界和令人鼓舞的前景吗？

“我爱祁北公司，我爱祁北市，我爱河西走廊，我爱大西北的草原、绿洲、戈壁、大漠……”

赵逸飞的发言戛然而止。他像一座雕像，瞬间定格。

现场响起一片掌声、叫好声。

开国领袖
毛泽东

KAI GUO LING XIU
MAO ZE DONG

下册

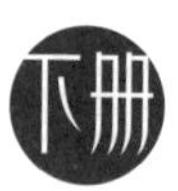

王正民・著

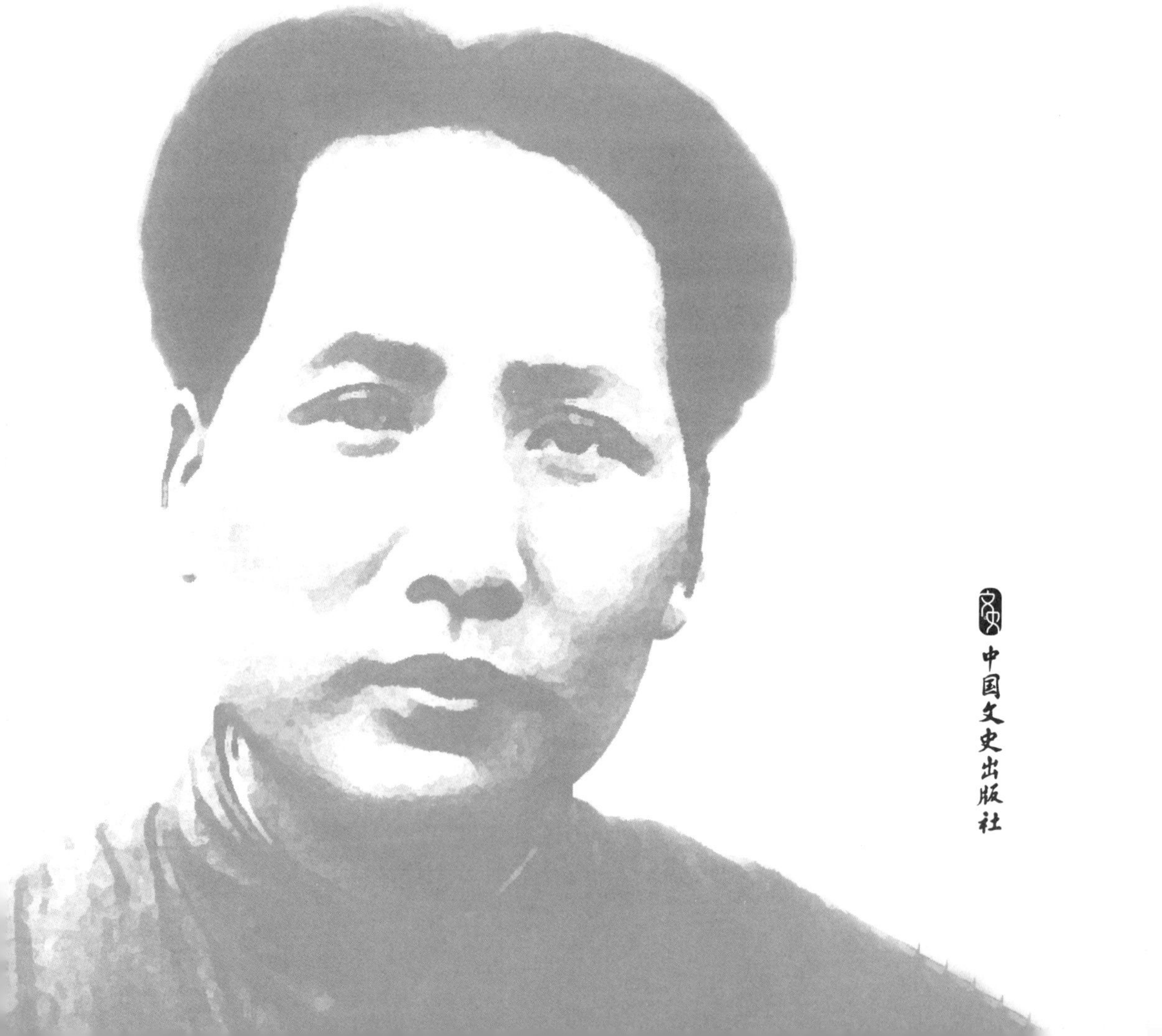

中国文史出版社

十一 领导全民族抗战

从1931年的九一八事变到1945年8月15日日本投降，中华民族进行了14年的英勇斗争，终于取得了百年来第一次反侵略的伟大胜利，这是战争史上的奇观，惊天动地的伟业，中华民族的壮举。

在抗战中，中国共产党起到了中流砥柱的作用，其领袖毛泽东作出了无与伦比的卓越贡献。

在陕北建立革命大本营

抗日战争时期，陕北成了革命的大本营，延安成了抗战的红都。

1945年4月21日，毛泽东在《中国共产党第七次全国代表大会的工作方针》中指出：“有人说，陕北这地方不好，地瘠民贫。但是我说陕北是两点，一个落脚点，一个出发点。”

红军长征落脚于陕北，是远见卓识的选择，挽救了革命，挽救了党。从此，中国共产党领导的人民军队，不断发展壮大，取得了抗日战争的胜利，并为解放战争的胜利和建立了中华人民共和国奠定了坚实基础。

延安，外国人眼中的神秘的红色堡垒，中国人心中的神圣的革命圣地。

延安是一块古老的土地。传说“人文始祖”黄帝及其部落就兴起在这块土地上，后来黄帝族沿洛河南下，并东渡黄河才定居于河北涿鹿。黄帝完成统一中原大业后，仍叶落归根，安葬于桥山之巅，这就是今天的黄陵。史籍还记载，远在夏代，这里就出现了村镇，公元前221年，秦朝在延安一带建有上郡。南北朝时期，建起了城池。隋朝初年，以延水取名为延州。唐、五代、宋、元

革命圣地延安

等朝代，又称肤施。直到明洪武二年（1369），才改为延安府。

在漫长的中国历史上，陕北和延安曾迎来了无数名臣大将和仁人志士。战国时著名兵家吴起，任魏将时屡建战功，被魏文侯封为西河守，吴起镇就是吴起坐镇陕北的记载；秦皇、汉武曾经驰骋陕北，抗击匈奴；秦朝大将蒙恬、公子扶苏，汉朝名将李广、卫青，唐朝老将尉迟恭、郭子仪等都曾镇守过延安；北宋将韩琦、范仲淹、庞籍、狄青、杨文广、沈括等也都先后驻防延安，抵御西夏的侵扰。可惜，这些历史名人的足迹大都被巨变的沧桑所淹没。

陕北延安的小米还养育了众多叱咤风云的英雄豪杰。隋朝时刘加伦聚众10万，大闹延安府，名震西北；生长在延安的韩世忠抗金救国，成为南宋民族英雄；延安南面的万花山下有个花源头村，当年花木兰就从这里替父从军，成了女中英杰；李自成、张献忠、高迎祥等陕北农民领袖点燃的起义烈火，烧垮了朱明王朝；清朝时，陕北回民为反抗压迫举行过多次暴动；民国初年，陕北张九才也举旗造反。这些英雄业绩给黄土地增添了光彩绚丽的花环。

延安的历史悠久，陕北的豪杰辈出，这里却在漫长的岁月里默默无闻，并没有引起世人的注意。然而，20世纪20年代中期，刘志丹、谢子长等共产党员领导发动武装起义，在黄土高原上产生了陕甘边和陕北两块革命根据地，给西北带来了新的希望和生机。

被埃德加·斯诺称为“现代东方罗宾汉”的刘志丹出生在陕北这块古老的土地上，他在早年中学时期就接受了共产党人的启蒙，1926年从黄埔军校毕业后，成了具有国共双重党员身份的青年军官。大革命失败后，刘志丹逃脱了国民党反动派的“清洗”，在上海为党做了一段时间的地下工作后，于1928年回到故乡，同另一位共产党员谢子长领导陕北武装起义，开始创建革命根据地。他们相继举行了清涧、渭华、旬邑武装起义，组建了南梁游击队，并在1932年2月改编为中国工农红军陕甘游击队，谢子长任总指挥；同年12月，成立了红二十六军第二团。红二十六军成立后，积极进行游击战争，发动组织农民，开辟了以照金为中心的陕甘边游击根据地。此后，几经挫折，成立了红二十六军第四十二师，

重新创建了以南梁为中心的陕甘边革命根据地。

当时陕北地区条件十分艰苦。这里气候恶劣，春季大风多，夏季冰雹频，秋季降霜早，冬季冰雪盖，旱、涝、雹、冻等自然灾害接连不断。贫瘠的土地、恶劣的气候，加之农耕技术落后，致使农业产量很低。交通闭塞，汽车稀少，连大车也不多见，西北古道上走了千余年的马帮和毛驴仍然是主要的运输工具。至于工业，更是少之又少，且大多为零散的家庭手工业。除粮食外几乎所有的日用品，从棉布到针线，乃至吃饭用的碗，都要依赖外购。

1935年10月，历时一年、经过二万五千里长征的中央红军到达陕北，党中央于1937年1月进驻延安。给灾难深重的陕北黄土高原带来了光明，并挽救了陕甘根据地，使陕北和延安进入了有史以来的最辉煌的时期。

延安，在抗日战争时期被称为中国的红都，这是因为中国共产党的领导机关在延安驻了13年，延安成为全国人民心中的革命圣地的缘故。

党中央把革命的大本营设在陕北，有着极其深刻的历史背景和现实依据。

红军长征是一次伟大的战略转移。这次战略转移的落脚点选择在哪里，这是关系到长征成败和中国革命前途的重大问题。红军长征最后到达陕北，并把革命的落脚点放在陕北，是党和红军依据敌我情况的变化，不断改变原定设想和计划，最后一步步确立的。

1934年10月，由于第五次反“围剿”的失败，党中央和中央军委作出了放弃中央苏区、红军主力向湘西转移，去会合红二、六军团，共创新的根据地。这是党中央选择的第一个落脚点。

中央红军经过一个多月的英勇奋战，于12月1日冲破敌人第四道封锁线渡过湘江。至此，部队人员已折损过半。这时，蒋介石已判明红军的行动企图，并在红军前进的路上部署了重兵。在此严重关头，毛泽东主张放弃红军原定计划，改向敌人力量薄弱的贵州前进。这一主张得到党中央和中革军委多数领导人的赞成。

12月18日，中共中央政治局在黎平召开会议，通过了《关于在川黔边建立

新根据地的决议》。

1935年1月1日，中央政治局又在猴场（草塘）召开会议。重申了黎平会议的决定，这是中央红军选择的第二个落脚点。

渡过乌江天险后，中央红军占领遵义及其附近的桐梓、绥阳各县。随后不久，蒋介石便纠集150多个团，几十万人的重兵意欲合围红军。面对敌情的急剧变化，中共中央在遵义会议上做出了放弃在川黔边建立根据地的打算，决计移师北上，渡过长江，入川会合红四方面军，并与红二、六军团一起组成三路红军的协同作战，以摆脱敌人围追堵截的局面。

遵义会议后，红一方面军一渡赤水河，准备北渡长江。这时，蒋介石调集重兵，企图堵击。由于敌情的变化，红军改向川、滇、黔三省交界的云南境内的扎西（今威信）地区集中，进行机动作战，创造云贵川边新苏区。这是中央选择的第三个落脚点。

2月10日，由于各路敌军纷纷向扎西逼近，中革军委决定：红军主力掉头东进，二渡赤水，并于2月下旬在遵义战役中击溃王家烈部八个团，取得长征以来最大的一次胜利。

3月4日的《红星》报在其社论中指出："这是我中央红军从反攻以来空前的大胜利，也是反对五次'围剿'以来一年半中空前的大胜利。这个胜利基本上粉碎了敌人的'追剿'，初步地奠定了我们创造黔北新苏区的基础。"这实际是选择的中央红军的第四个落脚点。

中央红军四渡赤水后，中央红军渡乌江，直逼贵阳。并乘虚进军云南，渡过金沙江。摆脱了蒋介石几十万大军的围追堵截，为红军继续北进奠定了基础。

5月12日，党中央在会理举行了政治局扩大会议。会议决定继续北进，渡过大渡河，进入川北地区与红四方面军会合，建立新的根据地。这是第五个落脚点。

6月18日，中央红军与红四方面军在四川懋功胜利会师。中央决定继续北上，即到川陕甘边建立革命根据地。这是第六个落脚点。

但是，红四方面军领导人张国焘主张西进或南下。9月9日，中共中央政治局在巴西会议上决定采取果断措施，率中央红军一部继续北上，于9月11日北进到达甘肃境内俄界。

9月12日，中央政治局举行俄界会议讨论行动方针问题。会议改变了在川陕甘建立根据地的战略方针，决定“首先打到甘东北或陕北，经过游击战争，打到苏联边界去，打通国际联系，得到国际的帮助，整顿休养兵力，扩大队伍，创建根据地”。

俄界会议后，党中央率领一、三军团，突破天险腊子口，翻越岷山，于9月19日占领甘肃哈达铺。在镇东头一个邮政代办所里，有一张1935年9月15日出版的《大公报》。这是一张四开大报，竖版，其要闻版的大标题是“徐海东窜甘·陕匪势猖獗”“陕北军事形势转变·刘志丹徐海东有合股趋势”。全版通篇高喊“剿匪”口号，却为毛泽东提供了陕北有红军活动的消息。了解到陕北有一个大的苏区根据地，有一支活跃的红军，毛泽东、周恩来等决定首先要到陕北去。同时，党中央宣布组成中国工农红军陕甘支队，共7000多人。

9月27日，陕甘支队占领通渭县的榜罗镇。在榜罗镇休息期间，毛泽东从榜罗镇的一所高级小学校得到很多报纸杂志，从报纸中进一步了解到陕北红军和根据地的情况，同时也了解了日本帝国主义侵略华北的罪行。于是，党中央政治局常委在榜罗镇举行会议，分析研究了当前的形势和陕北的军事、政治、经济状况，认为陕甘支队应迅速到陕北同陕北红军和红二十五军会合。会议

徐海东
（1900.6.17—1970.3.25）

刘志丹
（1903.10.4—1936.4.4）

决定改变俄界会议原定的战略方针，做出了把红军长征的落脚点放在陕北的英明决策。

根据榜罗镇会议做出的战略决策，党中央率陕甘支队通过通渭地区，翻越六盘山，又经过1000多里的艰苦行军和英勇作战，从甘肃进入陕北，于10月18日抵达铁边城。10月19日，党中央和中央红军进驻陕甘革命根据地吴起镇，随后又同十五军团胜利会师。至此，党中央和中央红军主力终于找到了新的立足点，胜利地实现了历史性的战略转移。1936年10月，红一、二、四方面军三大主力在甘肃会宁和将台堡胜利会师，宣告具有伟大历史意义的长征以红军的胜利而结束，宣告中国革命新局面的开始。

11月3日，在甘泉县下寺湾，党中央召开政治局常委会议，听取陕北肃反负责人的汇报，毛泽东说：我们刚刚到陕北，仅了解到一些情况，但我看到人民群众的政治觉悟很高，懂得许多革命道理，陕北红军的战斗力很强，苏维埃政权能巩固地坚持下来，我相信创造这块根据地的同志是党的好干部。果断决定“刀下留人，停止捕人”。立即要求：停止逮捕、停止审查、停止杀人，一切听候中央解决。

这时，党中央正忙于战事，先派国家保卫局局长王首道和贾拓夫等同志组成工作组，前往陕甘晋省委驻地瓦窑堡调查并制止肃反。毛泽东还叮嘱王首道等说：“杀头不能像割韭菜那样，韭菜割了还可以长起来，人头落地就长不拢了。如果我们杀错了人，杀了革命的同志，那就是犯罪的行为。大家要切记这一点，要慎重处理。”

王首道等人首先对陕甘晋省委制造的肃反进行了全面接管，制止了杀人行动。

毛泽东在前线指挥作战的同时，十分关注陕北的肃反问题，他和周恩来、彭德怀从前线致电张闻天、博古，十分肯定地指出：“错捕有一批人，定系事实”，要纠正错误，处理要慎重。据此，中央决定由董必武、李维汉、王首道等五人负责审查肃反案件。

直罗镇战役结束后，毛泽东等从前线回到瓦窑堡。他和中央其他负责同志一起，听取五人小组关于审查肃反案件的汇报。毛泽东再次严肃指出："逮捕刘志丹等同志是完全错误的，是莫须有的诬陷，是机会主义，是'疯狂病'，应予立刻释放。"

刘志丹出狱后，毛泽东和周恩来亲切地接见了他，询问他的健康情况。毛泽东说：你受委屈了，但对一个革命者来说，坐牢也是一种考验，又是一种休息，毛泽东接着说：陕北这个地方，在历史上是有革命传统的，李自成、张献忠就是从这里闹起革命的。这地方虽穷，但穷则思变，穷就要闹革命嘛！这里群众基础好，地理条件好，搞革命是个好地方！刘志丹听了，欣喜万分，立即代表全体获释干部感谢党中央的英明处理，激动地说："中央来了，今后的事情就好办了。"

刘志丹等出狱的消息传出以后，广大军民欢欣鼓舞，奔走相告："老刘得救了！""陕北得救了！"中央红军的同志说："要是叫'左'倾机会主义把这块根据地也搞掉了，中央连歇脚的地方都没有了。"

不久，刘志丹又先后历任西北革命军事委员会（即中央军委）委员、后方办事处副主任兼瓦窑堡警备司令、红军北路军总指挥及陕北红军第二十八军军长等职。

由于党中央、毛泽东及时到达陕北，并采取果断的措施纠正了错误的肃反，才挽救了陕北根据地，挽救了刘志丹。

后来，刘志丹参加了红军的东征。1936年4月14日，刘志丹在山西省中阳县境内的三交镇英勇牺牲，年仅34岁。

4月24日，在革命根据地首府瓦窑堡，数千人集会隆重悼念刘志丹。为了永远纪念刘志丹，边区政府于1936年5月，将刘志丹的家乡保安县改名为志丹县。

1940年，陕甘宁边区政府和当地政府为了永远纪念这位陕北红军和陕北根据地的创始人，在延安志丹县城北的炮楼山和瓦窑山之间的山坡上修筑了刘志丹烈士陵园。陵园依山傍水，环境优美。

1942年，刘志丹牺牲六周年时，毛泽东亲笔题词：“我到陕北，只和刘志丹同志见过一面，就知道他是一个很好的共产党员。他的英勇牺牲，出于意外，但他的忠心耿耿为党为国的精神，将永远留在党和人民中间，而不会磨灭的！”

1943年，当刘志丹陵园落成时，毛泽东又挥笔题写了“群众领袖，民族英雄”八个大字。周恩来的题词是“上下五千年，英雄万万千。人民的英雄，要数刘志丹”。朱德的题词是“红军模范”。这是对刘志丹一生的高度概括和崇高评价。林伯渠的题词是“长使丹心贯日月，拼将热血洗乾坤。拯民卫国更忠党，史绩不刊千载存”。

习仲勋也是党中央和毛泽东在陕北解救的一位红军高级将领。

习仲勋是刘志丹的老战友，在刘志丹领导下从事革命工作，历任重要职务。

习仲勋于1913年10月15日生于陕西富平县淡村镇中合村。

1928年，习仲勋在学校读书时，已是共青团员。当时他虽只有15岁，但因参加了学生反对封建教育制度的学潮，当局即拿他是问，押送西安关入监狱。在狱中他正式转为共产党员。8月他被保释出狱。这时反动当局正在通缉渭华起义的领导者刘志丹。习仲勋从敌人的通缉令的字里行间也看出刘志丹是一位非凡的领导者，不禁产生了敬仰之意，更为他的安全担心。

1932年，习仲勋在甘肃两当举行兵变，失败后到了耀县照金地区。这时刘志丹率中国工农红军陕甘游击队正在这里建立根据地，习仲勋马上去见他。

习仲勋对刘志丹说：“我叫习仲勋。”

刘志丹和他热烈握手，说：“我知道你，年龄小，本事不小，念过初中，又种过庄稼，很会做民众工作。见到你很高兴。”

习仲勋说，我们的起义失败了！

刘志丹说：“要说失败，我比你失败的次数多得多……失败了再干，失败是成功之母。”

刘志丹比习仲勋长10岁，谈吐文雅。他的坦诚，一下子消除了习仲勋的畏惧之心，产生了对他的信任，也好像见了久别的兄长。

刘志丹说："人年轻时，理想多，冲劲大，但经历少，没经验，开始难免失败。对失败也不要怕，吃一堑长一智，接受经验教训再干。"

刘志丹让习仲勋和他住到一起，他们经常一起深入农村，了解民情。为了解决穷人缺粮问题，他们把70多个村庄的群众组织起来，选出代表，成立了分粮委员会，令地主交出多余的粮食，分配给没粮的农民。进一步建立了村政权，成立起游击队。刘志丹率部队离开时，把自己的特务队（警卫队）交给了习仲勋，习仲勋等在这里建立了陕甘边根据地。习仲勋曾任革命委员会副主席、党团书记。

1932年12月24日，中央决定把陕甘工农游击队改编为"中国工农红军第二十六军"。这时搞"左"倾的省委常委杜衡来到红军，指责刘志丹在工作中搞的是"逃跑主义""上山路线""右倾机会主义""不懂马列"，撤了他的职，强令红军北上，打通去苏联的"国际路线"，结果碰了钉子。1933年6月，他又强令南下，说关中地区人口稠密，物产丰富，秦岭地势险要，搞根据地能攻能守。刘志丹劝他不要靠感情办事，他反骂刘志丹是"老右倾机会主义，没有资格讲话"。习仲勋也劝杜衡说："有志丹同志，才有今天的局面，他稳扎稳打，有一整套办法，他又懂军事，你应该听他的意见。"杜衡骂他："你黄毛小子懂得什么！山沟能有马列主义，全是鼠目寸光！"结果部队南下到蓝田，被国民党重兵包围，全军覆没。刘志丹等化装回到照金，习仲勋不顾自己不久前作战负伤的疼痛，马上去见他。习仲勋看着刘志丹更消瘦的身体说："你的处境真难啊！回来了就好，先把身子养好再说。"刘志丹说："我们又上了'左'倾机会主义的

1932年在敌军中进行兵变活动的习仲勋

大当，又吃了一次大亏，真叫人痛心。”

1934年，习仲勋任陕甘边苏维埃政府主席后，刘志丹经常和他一起商谈建政工作。习仲勋经常到农村帮助群众犁地、推磨，了解农民的要求。群众最恨旧社会的贪官污吏，边区政府就订了惩处条例；群众最希望办学，边区政府就在各乡办起列宁小学。有一次山林起火，大家不在乎，习仲勋马上动员大家上山扑火，他说：“老刘说过，我们这儿天旱，有了森林才能涵养水土。再说，我们是靠森林才发展起来的，才有了根据地。”

有一次一个老太婆告状，一见习仲勋就跪下，说：“儿子不孝……”习仲勋马上扶起她说：“我就是你的儿，你有啥话给我说。”一次在路上碰见一个小伙病倒了，习仲勋把他扶起，送到医院看了病，那小伙子事后对人说：“我当他是一个红军，可不知他是主席。”

1934年春，敌人抄了刘志丹的家，刘志丹的父母和妻女都跑到深山。习仲勋知道后，马上派人寻找，把他们接到了根据地。刘志丹从前线回来，看到他自己的家属被接来了，就说：“咱们红军现在不能带家属，我怎么能带这个头。”习仲勋说：“他们在白区待不住，不能一概而论。”刘志丹马上叫妻子到被服厂当工人，父亲送到了亲戚家中，不给公家增加负担。

习仲勋衣服破了一补再补，刘志丹夫人同桂荣见了，给他用自己买的布做了一件棉衣，缝好后用板压着，自己坐在上面往平了压。习仲勋见了说：“嫂子，能穿就行了，不要费心。”同桂荣说：“我给你这漂亮小伙子要缝得漂亮些才行！”习仲勋见了刘志丹的父亲，就叫“老干大”，问好问安，老人逢人便说：“仲勋是个好共产党员。”习仲勋对自己处处要求严格，虽当主席，待遇和战士一样，他的这个作风一直延续了一生。汽车从不让家属用，请客不让家属去，住宅不让修理。吃饭是关中老百姓的家常饭，有时还用来请客。

1935年，刘志丹和习仲勋同遭极“左”分子的迫害，被关押在一起。习仲勋后来回忆说：“我和刘志丹同志一起被关在一个旧当铺里。‘左’倾机会主义路线的执行者搞法西斯审讯方式，天气很冷，不给我们被子盖，晚上睡觉绑着手

脚，绳子上都长满虱子；一天只放两次风，有人拿着鞭子、大刀，看谁不顺眼就用鞭子抽，用刀背砍，在莫须有的罪名下，许多人被迫害致死。”

1945年，抗日战争胜利，在遴选西北局书记一职时，毛泽东说：“我们要选择一个年轻的担任西北局书记，他就是习仲勋同志。他是群众领袖，是一个从群众中走出来的群众领袖。”

是年，习仲勋33岁，时任中共中央组织部副部长。

毛泽东对习仲勋这个评价，始于10年前的印象。1935年，他率领中央红军长征抵达陕北根据地，在几处村落墙壁和大树上，看见张贴时日已久的《陕甘边苏维埃政府布告》，上面署名“主席习仲勋”。后来，他在瓦窑堡，从被“左”倾分子关押中释放出来的同志里，认识习仲勋后，感到惊讶：“这么年轻。”

此时习仲勋年方23岁。

在陕北根据地，少数老同志中曾有一种议论：“陕北救了中央。”习仲勋严正指出：“这句话应该倒过来：‘中央救了陕北。’”他说：“毛泽东和党中央长征尚未到达陕北前，陕北根据地外有国民党重兵，内遭‘左’倾路线的危害，许多优秀的党员干部、知识分子和下级军事指挥员被枪杀、被活埋。毛主席不到陕北，陕北根据地就完了；毛主席晚到四天，就没有刘志丹和我们了；要不是毛主席‘刀下留人’，我早已不在人世。他们（‘左’倾机会主义者）已给刘志丹和我们挖好了活埋坑。”

中华人民共和国成立后，毛泽东对习仲勋曾多次高度评价。

1951年初秋的一天傍晚，林默涵同胡乔木在中南海水中划船休闲，看见毛泽东坐在岸边藤椅上憩息，他们将船划拢岸边，向毛泽东问好。

毛泽东说：“告诉你们一个消息，马上给你们派一位新部长来。习仲勋同志到你们宣传部来当部长。他是一个政治家，这个人能实事求是，是一个活的马克思主义者。”

1952年7月，习仲勋受毛泽东之命，亲赴新疆，妥善地解决了发生在那里的一场民族纠纷事件，稳定了新疆政治形势，使各民族重归于好，和睦如初。

西北地区，幅员辽阔，民族众多，汉、回、藏、维、蒙等十多个兄弟民族，共2350万之众。同时，政治复杂，经济落后。习仲勋提出：一切工作都要在民族团结基础上采取“稳进慎重”的方针进行。“争取各民族上层人士，争取宗教方面人士，然后去发动，不可颠倒过来。”这是习仲勋当时解决民族矛盾的方程式。

争取青海省昂拉部落第十二代千户项谦归顺，是习仲勋在西北地区解决众多民族问题中的一个代表。事后，毛泽东见到习仲勋时，说：“仲勋，你真厉害，诸葛亮七擒孟获，你比诸葛亮还厉害。”

1935年12月17日，中共中央在陕北子长县瓦窑堡召开政治局扩大会议。会议通过了《中共中央关于目前政治形势与党的任务的决议》。23日，毛泽东代表中央作军事问题的报告。经过反复讨论，中共中央接受了毛泽东的主张，决定红一方面军东征山西，并在当天通过了《中央关于军事战略问题的决议》。会后，毛泽东根据瓦窑堡会议决议精神，于12月27日在党的活动分子会议上作了《论反对日本帝国主义的策略》的报告，进一步从理论和实践上阐明了党的抗日民族统一战线策略方针。瓦窑堡会议是遵义会议后中共中央召开的一次重要会议。它科学地总结了两次国内革命战争的基本经验，解决了遵义会议没有来得及解决的政治策略问题，确定了建立抗日民族统一战线的政策。

瓦窑堡会议旧址

1936年2月至5月，毛泽东领导红军进行了东征。

2月5日，毛泽东

来到袁家沟，7日降下皑皑白雪。这是毛泽东初到陕北看见的第一场大雪。他骑马来到黄河边的高家洼塬，实地勘察黄河渡口。站在银装素裹的塬上，面对流速平缓的黄河，不禁诗兴涌动，豪情激昂，写下《沁园春·雪》初稿。

东征历时75天，红军击溃了晋军30多个团的围追堵截，转战山西50余县，歼敌13000余人，俘敌4000余人；同时，东征扩大红军8000余名，筹款50万元，组织地方游击队30多支，建立了县、乡、村苏维埃政权，发展了党的地方组织，在山西播下了抗日的革命火种。红军东征作为一次影响中国革命进程的战略行动，奏响了中国共产党领导下的人民军队奋起抵抗日本侵略军的战斗序曲，为在抗日战争初期中共中央、中央军委把山西作为坚持敌后抗战的战略支点奠定了历史性基础，是中国革命走向胜利的一个极其重要的里程碑。

1936年6月21日，中共中央机关离开瓦窑堡，经安塞县境，于7月3日进驻保安（今志丹县），从此，这里便成了继江西瑞金之后的第二个“赤色之都”。

中共中央在保安期间，先后召开了21次政治局或政治局扩大会议，作出了和平解决西安事变等一系列重大战略决策，先后发布了《关于土地政策的指示》《致中国国民党书》《关于抗日救亡运动的新形势与民主共和国的决议》等重要历史文件。在此期间，中国工农红军一、二、四方面军大会师，红军长征胜利结束。此外，还开办了抗日红军大学，培养了一批我党、我军中高级指挥员。党中央、毛泽东在保安战斗生活的时间虽然不长，但在中国革命战争中发挥了极其重要的作用，因而这里也被誉为红军长征的落脚点和抗日战争的出发点。

1936年，斯诺在保安给毛泽东拍的照片

1937年1月10日，中共中央机关离开保安，于1月13日进驻延安。

西安事变后，东北军撤离延安向西安一带集中。按照与东北军达成的协议，由工农红军接

管延安。但这时，延安还是由国民党地方民团和县府保安队等千余人据守着。周恩来在1936年12月15日赴西安商谈国事的前一天，指示有关同志与国民党县府官员谈判，争取尽可能和平解放延安，如果不行，再由部队解决。12月17日，江华率领红一团进驻延安，接管了县府，并很快组成以王观澜、江华为首的工作委员会，王观澜任书记，江华任延安城防司令兼政治委员。1937年1月初，中央警卫团团长黄霖带领警卫部队到延安，为党中央进驻延安做准备。

1936年，毛泽东和他青年时期的老师徐特立在保安

这时，中共中央和毛泽东还在保安。12月底的一天晚上，毛泽东写好《关于蒋介石声明的声明》，刚搁下笔，见警卫员进来送开水，就嘱咐他说："你们几个都把东西收拾好，借老乡的东西要还清，损坏的要赔偿，我们再过几天就要搬家了。"警卫员问："主席，往哪里搬呀？"毛泽东说："往陕北最大的城市搬，那里有汽车、飞机场、商店，总比保安大多了、好多了。"警卫员猜出来了，问毛泽东："我们是不是要搬到延安去？"毛泽东笑着说："你猜对了，我们就是要搬到延安去。"

1月10日这天，保安的乡亲们都来给毛泽东送行，大家含着热泪说："我们实在不想让您和红军同志走啊！"毛泽东亲切地对乡亲们说："革命形势的发展，使我们不得不离开这里，迁到延安去。到延安去，是为了迎接新的战斗。我们到了延安，永远不会忘记保安人民对中国革命做出的贡献！"这一天，毛泽东率中共中央机关恋恋不舍地告别了前来欢送的乡亲们，离开住了六个月的保安，

向延安出发了。

毛泽东等经过四天的长途行军，1月13日到达延安。快要进城的时候，毛泽东对周围的同志们说：“延安，在陕北来说，是个大地方，是陕北的大城市。过去延安一直在国民党反动派的统治下，现在刚刚解放不久，群众还不了解我们，我们一定要很好地联系群众，要注意群众纪律，要对群众多做宣传工作。”

一天，延安人民听说毛泽东主席来了，都纷纷聚到大路两旁，有红军指战员、机关干部、学生、城乡群众，还有从四乡赶来的赤卫军和甘泉、富县的群众代表。欢迎的人群从北门一直排到数里外的大砭沟口。大家高举着五颜六色的三角形旗帜，上面写着“热烈欢迎党中央、毛主席进驻延安”“中国共产党万岁”“团结起来，打倒日本帝国主义”等口号。

下午2时许，毛泽东等中央领导同志经延安西北川，沿杨家湾、兰家坪、杨家岭小路而下。各界代表立即跑向前去迎接。毛泽东同代表们一一握手问好。这时，有一位代表牵来一匹头扎红布大花球、脖子上系着锃光瓦亮的铜铃铛的高头大马，请毛泽东骑马过河。毛泽东感谢延安人民的盛情，谢绝了骑马，同代表们一起走下河岸，踏着坚冰，走过河去。他和蔼亲切地和代表们肩并着肩，边走边谈。他关切地询问了延安人民的生产、生活状况，又问到各革命团体开展工作的情况。当毛泽东等走到大砭沟口时，沿路两旁响起了锣鼓声、唢呐声和鞭炮声！毛泽东等中央领导同志微笑着，频频向群众点头挥手。欢迎的群众见毛泽东走来，沸腾了，个个欢呼雀跃，欢呼声、口号声和歌唱声响成一片。

从此，延安成为外国人眼中的神秘的红色堡垒，中国人心中的神圣的革命圣地。

一切为了民族最高利益

1936年12月12日，西安事变爆发。中央决定派周恩来率领的中共代表团前去西安协助张、杨处理事变。

17日，毛泽东等中央领导为以周恩来为首的中共代表团送行，周恩来一行乘张学良派来的专机飞抵西安。

12月19日，张闻天主持召开中共中央政治局扩大会议，讨论解决西安事变的基本方针。这时，西安事变发生后各方面的情况已比较清楚，中共中央已明确地提出自己的方针。毛泽东在会上做了报告和结论。他在报告中说："西安事变发生后，南京的一切注意力都集中在捉蒋介石问题上，动员一切力量来对付西安，把张、杨一切抗日主张都置而不问，更动员所有部队讨伐张、杨，这是西安事变发生后所引起的黑暗方面的表现，这对于抗日是不利的。"我们必须指出："目前主要是抗日问题，不是对蒋个人的问题，盲目地拥护蒋个人而不问抗日是完全不对的。"他接着说：在另一方面，西安事变的发生是由于南京政府不立刻对日抗战，尤其是由于蒋介石的"剿匪"政策所造成的。它"能更加促进抗日（力量）与亲日（力量）的分化，使抗日战争更为扩大，这是光明的一面"。我们应该"坚定地站在抗日的立场，对于好的方面发扬，对于黑暗方面给予打击"。他明确地提出反对使内战扩大，也就是争取西安事变和平解决的主张，说："我们主要是要消弭内战与不使内战延长。"

会议讨论时，政治局内部的意见很一致。博古表示："我完全赞成毛主席这个解释。"我们应着重指出，目前的问题是抗日不抗日的问题，不是蒋个人的问题，"不采取与南京的对立"。张闻天说："我们应尽量争取时间，进行

和平调解。”

毛泽东作结论指出：西安事变是站在红军的侧面，受红军的影响是很大的。只有结束内战才能抗日。“现在应估计到这次是可能使内战结束。”“我们应变国内战争为抗日战争。”“我们要争取南京，更要争取西安。”

张学良（1901.6.3—2001.10.14）　杨虎城（1893.11.26—1949.9.6）

会议通过《中央关于西安事变及我们的任务的指示》提出：“反对新的内战，主张南京与西安间在团结抗日的基础上，和平解决。”同时，中华苏维埃中央政府及中共中央联名向南京、西安当局发出通电，表明主张和平解决西安事变。由于政治局内部意见已很一致，这个通电并没有等候共产国际的来电，就在12月19日当天发表了。

为了实现中共中央和平解决西安事变的主张，毛泽东在19日这一天就起草并发出14份电报。其中，发给在西安的周恩来的电报有11份，通报了中央的决定并提出具体的工作部署。发给在前线指挥军事的彭德怀、任弼时的电报有两份，命令他们率领野战军急行军直达长武待命，并派八十一师和二十八军开赴延安接受任务，给张、杨以实际的援助。还致电在南京的潘汉年：“请向南京接洽和平解决西安事变之可能性，及其最低限度条件，避免亡国惨祸。”

1937年2月10日，国民党五届二中全会召开，中共中央向国民党提出五项要求和四项保证，这次会议最终确定了“和平统一”的对内政策，至此，经过中国共产党和毛泽东的斗争，西安事变最终得以和平解决，国共合作抗日的局面初步形成。

西安事变和平解决后不久，为了使根据地广大干部、战士和群众对西安事变和平解决的方针有明确的认识，毛泽东到红军大学作关于和平解决的报告并回答有关疑问。

对于和平解决西安事变，特别是好不容易抓住了蒋介石又把他放了，党内和红军内有些人想不通。一个学员含着泪问，为什么不能杀？蒋介石欠我们的血债太多了，他杀了我们许多同志，将他千刀万剐，也难解心头之恨。毛泽东来到这位学员跟前，语重心长地说："你们大家的心情是可以理解的，正因为我们要报仇雪恨，我们更不能感情用事。杀了蒋介石，只能引起更大规模的内战，中国人打中国人，日本侵略军占领全中国岂不是更容易、更便宜了？"

当时还有人担心，如果蒋介石不谈判，不接受张、杨的抗日主张怎么办？蒋介石心狠手辣，毫无信义可言，放了他，他会抗日吗？对此，毛泽东作了深刻分析。他说：

日本侵略者、国民党内亲日派，他们惟恐我们不会杀掉蒋介石，而蒋介石又最怕死，在这种生死攸关的时刻，蒋介石会认识到抗日则生，不抗日则死。再加上宋氏兄妹的劝说，蒋介石肯定会接受张、杨二将军的抗日主张的……陕北的毛驴很多，毛驴驮了东西是不愿上山的，但是陕北老乡让毛驴上山有三个办法：一拉、二推、三打。蒋介石是不愿抗战的，我们就采取对付毛驴一样的办法来对付蒋介石，拉他，推他，再不走就打他。当然喽，要拉得紧，推得有力，打得得当，驴子就被赶上山了，蒋介石也就抗日了。当前，日本帝国主义和中华民族的矛盾是主要矛盾，我们党领导人民抗战是主要矛盾的主要方面，起决定作用的是我们，国共合作一致抗日是大势所趋。但是，驴子是会踢人的，我们要提防它，这就是既联合又斗争。

毛泽东的报告既生动形象，又发人深思，解决了人们的种种疑虑，从而激发了全党为建立抗日民族统一战线而斗争的积极性。

西安事变和平解决后，中国共产党大义释前嫌，于1937年2月中旬至3月中旬，同国民党举行了五次谈判，最终促成了抗日民族统一战线的建立。

1937年4月初，周恩来在西安谈判后回到延安。左起：秦邦宪、张闻天、毛泽东、周恩来、彭德怀、林伯渠、萧劲光

中共方面以周恩来、秦邦宪和叶剑英为谈判代表，南京政府则派出军事委员会西安行营主任兼第一集团军总司令顾祝同、国民党中央组织部调查科总干事张冲及国民政府军事委员会政训处处长贺衷寒为国民党方面的代表在西安举行谈判。

本来，在西安，蒋介石已亲口向周恩来许下了联共抗日的诺言，并邀周恩来赴南京谈判。但在张学良送蒋被扣以后，蒋介石的诺言是否可信，已使人感到怀疑。于是，1937年1月5日和6日，毛泽东连续拍电指出："此时则无人能证明恩来去宁后，不为张学良第二。"因此，"恩来此时绝对不应离开西安"，应该欢迎"张君（即张冲）到西安与恩来同志协商"。这样，1937年2月12日，国共在西安举行第一次正式会谈。

中共主要代表是周恩来，国民党代表张冲为国民党方面的主要代表。

2月12日下午，会谈开始。起初较为顺利，达成了一些协议。

16日，蒋介石密电顾祝同，红军人数"中央准编其四团制师两师，照中央编

制，八团兵力当在一万五千人。以上之数，不能再多”。关于干部“各师之参谋长与师内各级之副，自副师长乃至副排长人员，应由中央派充也”“其他对于政治者待军事办法商妥后，再由恩来来京另议”。

顾祝同、贺衷寒等根据蒋介石的旨意，在谈判中坚持红军编制两个师。经过激烈争执，双方商议红军编制三个师。

3月8日，双方就共产党在适当时刻公开、苏区政府改为特区政府、红军改编为国民革命军、分期释放在狱的共产党员等问题，达成初步协议，决定由周恩来将一个月来的谈判写成一篇总结性条文，报蒋介石做最后决定。

同日，周恩来将一个月来与国民党的谈判结果电告中共中央书记处并彭德怀、任弼时、刘伯承、张浩。

3月10日，顾祝同约贺衷寒、张冲和周恩来、叶剑英一同修改谈判总结条文。双方在中共政治与红军独立领导问题上激烈争执。顾祝同方没有通过周恩来起草的方案，由贺衷寒另行起草。

3月11日，贺衷寒提出一个修正案，对原已达成的协议做了重大的改动，提出许多中共方面无法接受的条件。

周恩来立即将情况电告中共中央，并根据中央电示，当晚约见张冲，指出由于贺衷寒节外生枝，一切都有根本动摇的可能，要求他以原提条文电告蒋介石，否则只有请张冲回南京见蒋。同时也表示，我党只是不承认贺案，对于两党团结救国和拥护蒋委员长的根本方针，并不因为贺案而动摇。

事情至此已经很清楚，这些问题不是西安的国民党谈判代表所能解决的，需要同蒋介石直接谈判。12日，中共中央书记处同意周恩来的意见，由他向国民党方面“申明西安无可再谈，要求见蒋解决”。

3月13日，中共中央决定召开政治局扩大会议，周恩来回延安开会。行前，顾祝同、张冲向周恩来口头表示他们两人也不同意贺衷寒定的条文，赞同周恩来直接面见蒋介石。

这样，历时一个多月的西安谈判告一段落。只解决了红军改编成三个师，和

在西安设红军办事处的协议。

1937年3月中旬至4月初，周恩来、秦邦宪、叶剑英在杭州与蒋介石、顾祝同、邵力子进行了第二轮谈判。

周恩来在谈判中提出了中共的六项具体要求。

为此，双方唇枪舌剑，你来我往。周恩来和潘汉年不卑不亢，据理力争；而蒋介石和张冲也步步为营，讨价还价。谈判进入了艰苦的拉锯之中。

接下来的几天，双方又易地再谈，几经交锋。中共为民族大业计，又做了些让步；蒋介石也迫于全国抗日浪潮的高涨和为向各方有个交代，采纳周恩来的意见，提出要商量一个永久的合作办法。

蒋介石提出：国共合作，在国民党内阻力很大，是不是可以不提国共合作，只提共产党和他本人合作。周恩来认为这样做会缩小共产党的威望和影响，不能同意。蒋介石没有坚持他的意见，希望周恩来回延安后，拿出一个具体可行的合作共同纲领，然后再到庐山去继续谈判。

3月27日是宋美龄的生日。周恩来和潘汉年给宋美龄送去一束鲜花，并给蒋介石带去一个出人意料的消息："委员长，我们已收到共产国际的电报，苏联内务部已查到蒋经国先生的下落，并批准他立即返回中国。"

蒋介石忽闻此讯，惊喜交加。尽管蒋经国有"不孝"行为，但关山万里，父子分离，音信全无，今朝终有团聚之日了。他感激地说："恩来，你是中共最有理智，也最有人情味的同志。关于释放政治犯的问题请你们先开一张名单过来，查实后分批释放。"见此情景，首倡此事的张冲站在一旁舒心地笑了。

1937年4月中旬，蒋经国乘船抵上海，毛泽东、周恩来还派李克农会同张冲到上海见蒋经国，希望他以民主思想影响蒋介石。

蒋介石又嘱咐张冲："淮南，你尽快编制一套密码，交恩来带回延安，以便今后直接联络。"

3月底，周恩来、潘汉年要离杭返沪，张冲为他们设宴饯行。

4月初，周恩来返回延安向中共中央汇报磋商方案，接着，又要经西安到南

蒋介石与蒋经国合影

方第三次与蒋介石谈判。

1937年6月4日，中共中央副主席、中央军委副主席周恩来上了庐山，下榻国民政府军政部常务次长陈诚上将的公寓。他带来了经过中共中央反复斟酌、在很多重大问题做了让步的《关于御侮救亡、复兴中国的民族统一纲领（草案）》。

然而，当6月8日周恩来与蒋介石、宋子文、张冲举行会谈时，蒋介石却根本不提周恩来递交的纲领，只是提出要成立一个“国民革命同盟会”，具体办法是：“国民革命同盟会由我指定国民党的干部若干人，共产党推出同等数量之干部合组之，我为主席，有最后决定之权。”很明显，蒋介石关于成立“同盟会”的做法，是首先要从组织上将共产党融化在国民党内，减弱甚至消除共产党对其军队和边区政府的独立领导权，一切服从于蒋介石的领导。

周恩来听了之后，心中十分不满。他尽量控制自己的情绪，平静地反问道：“本来，是蒋委员长在杭州要求中共先提出一个合作的纲领来，我们从国家、民族的利益出发，充分考虑到了国民政府和蒋委员长的态度和意见，反复权衡利弊，拿出了一个纲领，却为何又撇开不谈？”

蒋介石没有正面回答周恩来的提问，继续阐述国民党的意见：一旦“同盟会”成立，即可由中共先发表愿与国民党合作、一切服从国民政府、一切服从“同盟会”的宣言，然后由国民政府公布红军编制为三个师，45000人。三个师之上设政治训练处指挥之，由国民政府指定国民党人任训练处正职，由国民政府指定国民党人任三个师的参谋长，具体负责军事行动，朱德、毛泽东必须离开红

军出洋考察。边区政府可由中共建议国民政府方面的人任正职，由你们自行推荐副职。分批释放在狱中的共产党员。由中共方面派人联络南方游击队。

蒋介石的意见相比杭州的谈判有所倒退。周恩来当即严正地表示：我不能同意委员长所提出的同盟会的组织原则和红军指挥机关、边区人事安排的意见，这些原则问题事关重大，我党要慎重考虑。至于朱德、毛泽东是否“出洋”，纯属我党内部问题，只能由我党自行做出决定。

尽管国共两党在合作谈判上存在很大分歧，但双方都希望能够尽快解决分歧，重新携手合作。从6月8日至15日，周恩来除了和蒋介石直接会谈，还分别与宋美龄、邵力子、张治中、张冲等人多次会晤，反复说明中共的立场、态度，会谈、会晤的气氛还是友好的。宋美龄多次向蒋介石进言，要蒋介石充分考虑中共的意见，采取更加灵活的态度，以达到双方礼让，尽快在原则问题上取得大致相同的意见。6月20日，周恩来离开庐山，返回延安。

1937年6月26日，蒋介石去电再邀周恩来上庐山。7月初，周恩来同博古、林伯渠到西安，7日，到达上海。就在这天晚上，震惊世界的“卢沟桥事变”发生了。

在这期间，国民党在庐山召开了一次有关抗战的“谈话会”。

庐山谈话会是以中央政治会议名义召开的各党派及无党派人士谈话会。谈话会从1937年6月初开始筹备，决定在7月15日起的一个月内，分三期邀请200余人参加谈话，征询各界对内政外交的意见。

参加庐山谈话会的来宾和陪客一共有230人。来宾都以个人的身份出席，不代表党派、团体，大多都是知识界、工商界的名流，他们胸前佩戴着大会发给的特制的图形白底蓝色“五老峰”会徽，分别住在牯岭的美国学校、仙岩客寓和胡金芳旅社，自己拥有别墅的来宾和陪客则下榻私邸。

周恩来他们住在陈诚别墅，与一些会员仅一墙之隔，一出门就碰见。博古、林伯渠都说：“何不利用此机会，以我们党代表的身份参加谈话会？”

周恩来就去12号别墅找蒋介石交涉。

蒋介石拒绝："你们是秘密来谈判的，还是不露面的好。"并且说："谈判的事，我与你先谈，林祖涵、秦邦宪就不要来了。"

再谈的时候，蒋介石果然不要林、博二人参加。周恩来向蒋递了《中共中央为公布国共合作宣言》，并要其速转国民党中央社立即发表。

蒋介石不紧不慢，翻了翻，推给邵力子："你看看吧。"又转向周恩来："我有什么意见，会让淮南（张冲）转告你们的。"

周恩来有些着急："上面的日期可是7月15日。"

蒋介石手一扬："这好办，可以改。你们今天刚到，我谈话会那边的事也很忙，就谈到这里吧。"

7月17日上午，一身戎装的蒋介石面对100多名各党派代表、各界名流正式发表《抗战宣言》，郑重宣布：我们已快要临到人为刀俎、我为鱼肉的极人世悲惨之境地，我们不能不应战！至于战争既开之后，我们只有牺牲到底，抗战到底，若是彷徨不定，妄想苟安，便会陷民族于万劫不复之地；如果放弃尺寸土地和主权，便是中华民族的千古罪人！……如果战端一开，那就是地无分南北，年无分老幼，无论何人，皆有守土抗战之责任，皆因抱定牺牲一切之决心！会场不时响起热烈的掌声。

7月17日下午，周恩来、秦邦宪、林伯渠来到"美庐"别墅，与蒋介石、邵力子、张冲举行国共合作第四轮谈判。

周恩来在别墅庭院中握着迎上来的蒋介石的手说：蒋先生，你上午发表的宣言很好！表达了国民政府举全国人力物力，共同抗战的意愿和决心。

两党代表走进"美庐"的会议室，分别坐定。蒋介石兴致颇高地说：贵党关于国共合作的宣言我已看了，很好，我已安排尽快发表。贵党既然承认三民主义，取消苏维埃政府，将红军改编为国民革命军，那我们的合作就已经没有什么大的障碍了。

张冲从公文包中取出一份草案念道：根据国民政府和军事委员会研究决定，同意将延安部队改编为国民革命军，颁布三个师的番号，12个团的编制，共计

45000人，不设独立指挥机关，归属西北行营管辖。师、团二级设政训处，直接指挥军队，由国民党方面委派李秉中、丁维汾等人担任政训处主任，共产党方面派人任副主任。另由国民党方面委派刘伯龙、龚建勋、梁固担任三个师的参谋长，具体负责军事行动。

张冲说完，蒋介石、邵力子的目光都看着周恩来等人。周恩来不慌不忙，端起茶杯，吹了吹浮在水面的茶叶，喝了几口，看着蒋介石说道：我党希望在改编红军时，能多保留一些数量，既然国民政府已决定三个师的编制，我们也就同意照此改编。但是，我党一再声明，改编后的红军指挥权仍然属于共产党，既不能由国民党直接指挥，也不能由两党共同指挥。此外，我们也一再要求，红军改编后，要成立独立的最高指挥机构，直接由军委会统辖。至于红军改编时，各级干部的配备，那是我党内部的事务，只能由我党自行处理。因此，对贵党提出的委派政训处主任及参谋长，我党是不能接受的。

周恩来说完，蒋介石等人互相看了看，都没有作声。过了一会儿，邵力子才字斟句酌地说道：贵党既已声明愿将红军改编为国民革命军，那么，国民政府根据需要，安排人选，依兄弟之见，似也在情理之中。

“邵先生所言不无道理。不过，请问委员长先生，”周恩来平静地说道，“贵党派人担任红军的指挥主官，想必是有所考虑，是认为我军缺乏优秀的指挥员吗？”

“这个，”蒋介石支吾了一下，说道，“贵党的刘伯承、陈赓、林彪、左权都是难得的将才，指挥军队当然是没有问题。”“那么，是不是担心我军不听从军委会的统一调遣，或是不积极抗日呢？”周恩来又平静地问了一句。

“唔。”蒋介石应着，没有作声。邵力子忙说：“贵党在民众中享有威望，抗日主张早已传喻全国，岂会自食其言，失信于民。”

“既然如此，要派人担任我军指挥主官，究竟是为了什么呢？”秦邦宪不禁追问了一句。

蒋介石皱了皱眉头，扬扬手说：“我看，这也不是什么大不了的事，无碍大

局吧。”“不，委员长先生！”周恩来正色说道，“能不能保证改编后的红军的整体性和独立性，是关系到国共两党能不能实现合作抗日的大事。如果贵党想取消我党对军队的独立指挥权，我党是不能接受的。”

“唔，好的，我们会再商量商量的，要使双方都满意。”蒋介石说道，“当前形势严峻，请贵党按三个师的编制尽快改编好部队，随时听候调遣。”

17日下午的谈判结束了，18日下午继续进行谈判，虽然在红军改编后的指挥权上尚未达成完全一致的意见，但蒋介石已口头上表示，尊重共产党的意见，尽量满足共产党的要求。在其他的一些问题上基本取得了一致的意见。

7月20日，蒋介石由庐山返回南京，召集全国军政负责人到南京研讨抗日对策。7月28日至30日，北平、天津相继失陷。

蒋介石再也坐不住了，于31日发表了《告抗战全体将士书》。

蒋介石把康泽叫来，让他在对面的椅子上坐下，焦急地布置：“应该叫共军去和日寇拼。你去通知周恩来，叫他们赶紧出兵，不要等候改编了，各级副职人员、政工人员、行政人员也不派了。”

康泽出了蒋官邸就去给叶剑英打电话，让他火速转告周恩来。

叶剑英回话：“现在陕北正在集中三个师，装备好了，每天可以出发一个旅，由潼关以北的一个渡口渡过黄河，经过同浦路到山西东北部八路军作战的地区去。”

1937年庐山谈判后，八路军相继到作战区。康泽又把情况回报蒋介石，顺便提道：“不如给他们一些给养，使他们在精神上来个愉快。”

蒋介石不及多想，说：“可以。”

7月28日，周恩来、博古、林伯渠返回延安。

7月31日，叶剑英与蒋鼎文继续会晤，要他转告蒋介石，红军改编至8月上旬可以完毕。改编后的指挥机关，按照中共中央意见，朱德、彭德怀任正、副主任。不能以“改编红军”为名而不设指挥机关，由蒋直接指挥。

会谈中，叶剑英得知南京国民政府军事委员会即将召开国防会议，蒋介石有

邀请毛泽东、朱德赴会的意图，便以“万万火急”的电报致电中央书记处：“蒋目前的困难是平津陷落，和平绝望，牺牲已到最后关头……后方无一省一军不拥护中央，蒋无借口，亦无谎可说，蒋只有决心抗战才能维持统治。国防会议的做法是要抗战，大家一致来抗，毛、朱已在被请之列。我想毛不必去，朱必须去。免为人所借口。”

8月1日，在陕西三原云阳镇与朱德、彭德怀安排红军改编事宜的周恩来接到毛泽东转来的张冲急电：蒋密邀毛泽东、朱德、周恩来即飞南京，共商国防问题。

4日，中共中央确定派周恩来、朱德和叶剑英去南京参加国防会议。

5日，周恩来、朱德到西安，会同已在西安的叶剑英飞抵南京。

8月9日，朱德、周恩来和叶剑英应国民党军事委员会委员长蒋介石之邀，赴南京参加国防会议，朱德、叶剑英在西安与云南省政府主席龙云同机飞往南京。在南京付厚岗一号小楼原是张伯苓的住宅，临时借给八路军驻南京办事处使用。

12日，康泽代表蒋介石会见周恩来，他对周恩来7月间给蒋介石的宣言指责道：“委员长的意思，大敌当前不宜提民主，应一律改为民用，为民所用嘛。你们对三民主义的解释有悖于我党宗旨，提同国民党获得谅解而共赴国难等语亦不妥，这实际上只是委员长同你们共党之间的谅解，政府开诚接纳任何党派。”

康泽说着，把修改过的宣言交给周恩来，脸上一副身肩重任而信心百倍的样子。周恩来一直不说话。他习惯于后发制人，尤其对某种突如其来的事情。他的本事是再意想不到的事，也不会让他卡壳。他翻阅一遍宣言，当即表示：“把三项政治主张全部删掉，只留下共产党向国民党的四项保证，请你转告委员长，我们反对如此修改，并主张宣言暂缓发表。你刚才所说的意见，有的可以研究，有的不能同意。”

康泽坚持修改宣言的强硬措施并没得逞。原因是第二天8月13日，日本侵略军突然发动了对上海的大规模进攻，战火威胁着南京政府的心脏地区。于是，国共谈判长期拖而不决的状况被日本人打破了。

为了参加这次国防会议，中共方面不但派出了以周恩来、朱德、叶剑英为代表的参会成员，而且还派出了以红军总政治部副主任邓小平为首的一个工作团。这个工作团主要是为代表团成员在会议中与蒋介石谈判国共合作提供幕后服务。

可是蒋介石的国防会议迟迟不开。周恩来知道，蒋介石还要为阻挠红军改编走上抗日战场制造种种障碍。便趁此机会，利用各种关系，频繁拜会了一大批国民党地方实力派：冯玉祥、李济深、李宗仁、白崇禧、刘湘、龙云、黄琪翔等，开诚布公地向他们阐明我方对共同抗日、改编红军的原则立场和态度，使半年来国共两党会谈的真相大白于天下。

8月13日上午，淞沪抗战爆发。这天，周恩来、朱德、叶剑英就同国民党谈判条件向中共中央提出建议：努力抗战，以巩固蒋介石的抗战决心；红军立即改编，争取开动；力争发表《中共中央为公布国共合作宣言》；催促南京发表红军改编后正副指挥的任命。

8月14日，南京国民政府发表《自卫抗战声明书》，宣告："中国之领土主权，已横受日本之侵略"，"中国决不放弃领土之任何部分，遇有侵略，惟有实行天赋之自卫权以应之。"

8月15日，"陆海空军大元帅"蒋介石下达总动员令，将全国临战地区分为五个战区，并将大批主力部队调往上海方向。

8月17日，日本政府公开宣布放弃"不扩大"方针，向中国发动全面进攻。

8月18日，中共中央书记处给周恩来、朱德、叶剑英发出《关于与国民党谈判的十项条件的训令》，提出两党合作须建立在一定原则上。目前最重要的问题是使中国共产党和红军取得合法地位。要求国民党迅速公开发表宣言，同时要求蒋介石发表谈话；公开边区组织和指挥部；承认红军充任战略的游击支援队；在总的战略方针下进行独立自主的游击战争，发挥红军特长，以及立即发给红军以平等待遇之经费和补充器物等各项条件，以便红军早日开赴前线杀敌。

此时，南京危在旦夕，每天都有十几架飞机在南京上空狂轰滥炸，京城陷入一片混乱之中。这天，冯玉祥风风火火地闯进总统府说："委员长，我这个副委

员长干不下去了，我请求辞职。”

对于冯玉祥，蒋介石与对其他人不同，一来他们是拜把兄弟，二来冯玉祥是一位地方实力派人物，而且在军、政界身居要职，在军队中有很大影响。

冯玉祥（1882.11.6—1948.9.1）

冯玉祥气冲冲地说：“国共和谈大半年了，这么大的事，我这个军委会的副委员长竟然一无所知。你说，我这还算什么副委员长，这个副委员长不该辞职吗？”蒋介石赔着笑脸，显得十分无奈地说：“你恐怕又是听了什么人的蛊惑了吧？”

“我就是听周恩来之言才来找你的。”冯玉祥毫不掩饰地说，“你说我受人蛊惑，我认为我冯玉祥不是个没有主见的人，我就是不理解，人家共产党的军队要求改编为国民革命军，上前线打日本鬼子，这有什么不对嘛，你为何变着法儿找理由不批准呢？”

蒋介石说：“你有所不知。这帮共产党精明得很，他们以抗日为口号，实际上却是想得到政府的承认，得到政府的经费，名正言顺地扩大自己的实力，扩展苏区的地盘，以求羽翼丰满，然后好同政府作对。等到那时，我们可就后悔莫及了。”

冯玉祥说：“委员长真是聪明一世，糊涂一时。红军只编三个师，仅有国军的六十分之一。再说，红军早就高喊抗日，将他改编，他能不上抗日战场？那时，你可以一下把他送到最前线，然后再给他划一个防地范围，不让他越雷池一步不就行了。”

蒋介石听了这话，一反常态地说：“好，就依你的话，同意他们改编。”

在冯玉祥的督促下，蒋介石召来了军政部部长何应钦。

蒋介石说：“敬之，中日交战已经开始，中共方面一直要求到抗日前线，国

共谈判已经进行了半年多。关于收编红军一事，不知你有何看法？”

何应钦说：“既然委员长作出决定，敬之遵照执行就是了。”

蒋介石一笑：“不是执行的问题。我是问你，收编红军，准备给予三个师的番号，三师之上又给什么名义，划归于哪个战区，防区划多大地盘，等等。我想听听你的意见。”

何应钦说：“关于番号问题，我看也不用新编了。整编桂系时空着一个第八路军的番号，就授给红军算了；至于师的番号嘛，那更简单，原来东北军战败全师覆灭，撤销了的番号不少，后来整编时又空出许多番号，随便用三个就行了。”

同日，8月18日，蒋介石召见周恩来与中共代表团。

蒋介石显得非常大度地说：“国共合作谈判经过了很长时间，我们也达成了不少的共识。现在日寇猖狂至极，大有亡我中华之意。在这民族危亡的关头，我认为只有国共团结、一致对外才是上策，为此，我同意将红军收编为国民革命军。”

周恩来一听蒋用“收编”一词，觉得很不满意，但是半年多来蒋终于明确表了态，所以他也就没再去苛求字意，只静静地听蒋介石怎么安排。蒋介石见周恩来没说什么，便朝坐在一旁的何应钦道：“敬之呀，你把具体要求谈一下吧。”

何应钦打开笔记本，说：“中日战争已进入白热化，根据两党几次谈判的意见，军政部提出：红军接受收编以后，列入国民革命军序列，称为第八路军，下设第一一五师、第一二〇师、第一二九师。三师之上，设立第八路军总指挥部，由朱德任总指挥、叶剑英任参谋长、左权任副参谋长、任弼时任政训处主任、邓小平任副主任。三个师的正、副师长均按中共方面提出的人选任命。”

周恩来一听，就知道又有情况，便专门提醒：“何部长是不是说漏了，总指挥部还应有彭德怀任副总指挥。”

“这个问题嘛，我看战时的指挥还是人少为好。”蒋介石在那里绷着脸说。

周恩来马上说：“红军改编后的领导干部配备人选，我们是经过精心研究而

确定的，如果没有什么特殊理由的话，我希望蒋委员长还是不要改动为好。”

蒋介石也说不出什么来，只好对何应钦说：“那就把彭德怀的副总指挥加进去吧。”

何应钦接着说：“第八路军划归第二战区，由阎锡山司令长官指挥。关于八路军的防区，当为太原以北、大同以东的晋察一带。蒋委员长已批示，目前形势十万火急，三师应迅速收编。军委会将在22日公布收编令，红军马上改编，本月底前全部编完，并开赴指定防区担任国防任务。”

周恩来说：“红军接受国民政府军事委员会和军政部的命令，但还必须就作战方针提出自己的观点。改编后的红军坚持在整个战略方针下，执行独立自主的分散作战的游击战争，而不是阵地战或集中作战，不能在战役战术上受束缚。只有如此，才能发挥红军特长，给日寇以相当打击。红军应充任战略游击队，执行侧面作战，不作正面战，协助友军，扰乱与钳制敌人大部，消灭敌人一部。”

蒋介石不吭气，何应钦点头同意。周恩来终于松了一口气。

当天，周恩来、叶剑英将此谈判结果电告中共中央及毛泽东。

同日，周恩来、叶剑英电告毛泽东，说南京方面已同意发表朱德、彭德怀为八路军正、副总指挥，部队以速开为有利。并建议“至少以一个旅为先遣部队，先行东进”。中共中央同意了这个建议。

至此，国共两党关于红军改编为国民革命军第八路军的协议达成。

同时，周恩来、叶剑英还营救了在南京被关押的一批革命同志。

当时，在南京“首都反省院”关着一大批中共党员和革命同志，从西安事变和平谈判开始，中共中央就把“释放一切政治犯”作为国共两党重新合作的一项重要要求提出来，进行多次交涉。“七七”事变之后，国民党政府迫于全国各阶层民众一致要求释放政治犯的压力，释放了一批关在南京中央军人监狱的刑期较短的政治犯，对一些“重要的政治犯”却不予释放。周恩来、叶剑英等利用国共谈判的机会，多次进行交涉，营救被关押在南京几个监狱的同志。

8月18日，周恩来、叶剑英驱车来到“首都反省院”看望狱中难友。

经多次交涉，将500多名难友从国民党监狱救出。其中有共产党员钱瑛、刘宁一、帅孟奇、彭镜秋、黄文杰、王鹤寿、刘顺元、郑绍文、曹瑛、赵希愚、谭天度、萧桂昌、顾玉良、周云德、陈曾固、喻屏、陈春林、熊有清、陈霖、何洛等。这批人出狱后，大部分经西安转送到了延安，一部分送到衡阳八路军办事处办的训练班学习，少数就地分配了工作。后来，他们中的少数人在革命战争中牺牲了，大多数在中华人民共和国成立后担任了重要领导职务。谭天度在百岁寿辰时向前来祝寿的同志说：我能活到今天，多亏当年周恩来、叶剑英解救10年牢狱之灾！

1937年8月21日，周恩来离开南京去山西。此后，在国共两党谈判中一些未能解决的遗留问题，由叶剑英继续谈判和交涉。

8月22日，南京国民政府正式宣布中共在西北的红军改编为国民革命军第八路军的命令，任命朱德、彭德怀为正、副总指挥。

8月25日，中共中央革命军事委员会主席毛泽东和副主席周恩来、朱德正式发布关于红军改编为国民革命军第八路军的命令。

9月11日，按照国民政府军事委员会的命令，第八路军改称第十八集团军，隶属第二战区。

中共中央为了加强统一战线工作，决定成立长江沿岸委员会，周恩来、秦邦宪、叶剑英、董必武、林伯渠为委员，周恩来为书记。

这期间，秦邦宪、叶剑英还根据中央指示，就南方游击队改编问题，同国民党进行了多次谈判。9月下旬，秦邦宪、叶剑英与国民党代表经过谈判，商定将南方八省区中共游击队的主力编为一个军。

9月中旬、下旬，中共中央以博古、叶剑英为代表，就《中共中央为公布国共合作宣言》的修改和发表问题，与蒋介石、康泽等人举行第二次南京谈判。

21日，博古、叶剑英和蒋介石、康泽、张冲在孔祥熙的公馆里会谈，蒋介石同意发表宣言。

9月22日，国民党中央通讯社发表了中共于7月15日提交的《为公布国共合

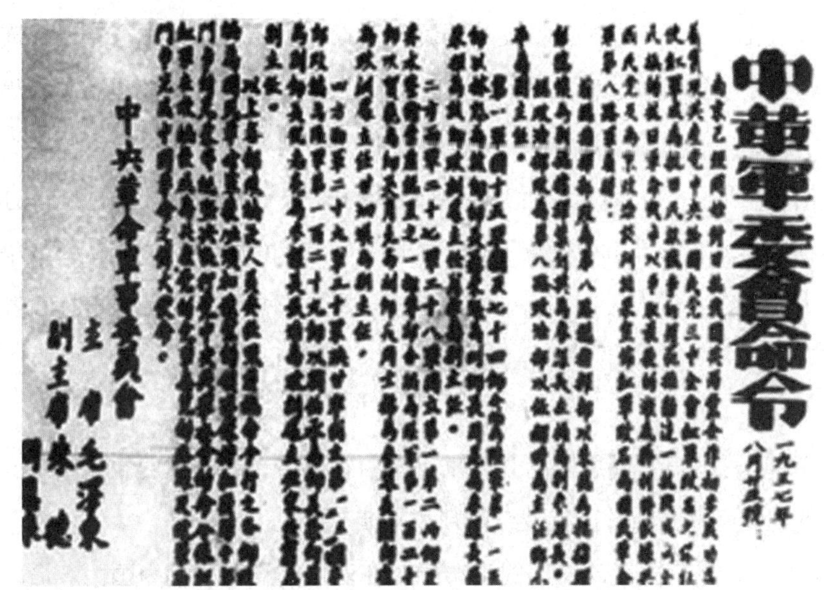

中革軍委會命令

一九三七年八月廿五號

[illegible]

中央革命軍事委員會

主席 毛澤東

副主席 朱德 周恩來

关于红军改编为国民革命军第八路军的命令

作共同抗日的宣言》。

9月23日，蒋介石发表了《对中国共产党宣言的谈话》，《对中国共产党宣言的谈话》表示：“中国共产党人既摒弃成见，确认国家独立与民族利益之重要，吾人惟望其真诚一致，更望其在御侮救亡统一指挥之下，以贡献能力于国家，与全国同胞一致奋斗，以完成革命之使命。”

《对中国共产党宣言的谈话》实际上承认了中国共产党在全国的合法地位。

至此，国共两党在谈判桌上经过七个多月的曲折复杂斗争，终于实现了第二次国共合作，以国共两党为基础的抗日民族统一战线正式形成。

《论持久战》的发表

1938年7月，毛泽东在延安发表了他的不朽军事著作——《论持久战》，成为指导抗战取得胜利的纲领性文献。

在抗战进行到10个月时，1938年5月，不仅东三省难以收复，甚至从山海关到杭州湾，北部、东部中国主要的大城市都已沦入敌囊，19日，徐州会战结束，陈兵黄河东岸的日军正待发起新一轮攻势……日军的猖狂推进，动摇了一些人当初“抗战到底”的信心，一时间，“日本不可战胜，抵抗必亡”的亡国论调甚嚣尘上。汪精卫的公开投敌又成为加在“亡国论”上的重量级砝码。当然，“亡国论”既不会，也不能一统天下。“速胜论”是表面急切而实际缺少佐证、缺乏力量抗衡的另一种声音。战与不可战、亡与不会亡之间，也有人提出“持久战”。然而，“持久”到何年何月，延宕到哪天哪时？当时的抗战形势充满了未知的迷雾，面对中国抗战的前途命运，天下熙熙，谁能作出正确而科学的分析判断？

1936年，毛泽东与斯诺在陕北保安合影

早在1936年7月，抗日战争还没有开始时，毛泽东就在保安同美国记者斯诺的谈话中说过：中日早晚要打一仗；中日这一战，是持久的。他还向斯诺谈到了打持久战的各项方针。1937年，抗日战争刚刚开始时，毛泽东又说过，中日之间

的最后胜负，要在持久战中去解决。

1938年5月，毛泽东深感有必要对抗战10个月来的经验进行总结性解释。尽管1937年8月在陕北洛川召开的党的政治局扩大会议上，党中央就确定了“持久战”的战略方针，朱德、张闻天、彭德怀、周恩来等也都先后对我党持久战的战略方针作过一些说明和解释；同时，国民党著名将领蒋百里在其《国防论》一书中也曾提出过持久战思想，即“苦撑待变，以空间换时间，等待英美援助，以战胜日本”。但上述思想并不系统，也欠深刻，并没引起国人应有的注意和重视。

毛泽东在延安窑洞撰写《论持久战》

延安窑洞里的油灯彻夜不息，窗纸上映着毛泽东奋笔疾书的身影。毛泽东每天这样写着，忘记了时间，忘记了饥饿。警卫员端来冒着热气的饭菜，几次凉了又热，劝毛泽东快吃饭，也无济于事。

春寒料峭，初春的陕北之夜仍十分寒冷。为了让毛泽东安心写作，警卫员翟作军弄来了一盆炭火，他怕主席冻着脚，就把火盆放到了毛泽东的脚边。过了一会儿，翟作军突然闻到了一股刺鼻的烟味，原来毛泽东的两只棉鞋正在冒烟，被烧焦了一大片而他却全然不知。翟作军赶忙跑过去帮毛泽东脱掉棉鞋，弄灭了火星。无奈，毛泽东只好穿上单鞋在寒冷的夜晚继续写作。第二天，毛泽东就病倒了，但他只吃了几片药，没有按医生的嘱咐好好休息，就又撑着病体拿起笔来。

八天九夜就这样过去了。毛泽东的两眼布满了血丝，脸庞也日渐消瘦。初稿完成了，毛泽东稍事休息，便又开始了紧张的修改。他让工作人员抄一遍，然后

自己改一遍，再让工作人员抄一遍……反反复复不分昼夜地一直斟酌、修改了七遍后，才最后定稿。

一天夜里，毛泽东唤来了翟作军，让小翟把一摞厚厚的书稿送到清凉山解放社去。翟作军知道毛泽东的书终于写完了，高兴地答应着向解放社跑去。

几天后，解放社送来了校样，毛泽东又不分昼夜地修改斟酌，还发送给其他中央首长征求意见。1938年7月1日，《论持久战》在《解放》杂志第43、44期（合刊）上正式发表。

《论持久战》是一部寓意深刻的军事哲学著作，也是一部灵活运用马克思主义哲学分析、研究军事问题的经典之作。在这部著作中，毛泽东分析了中日两国的社会形态、双方战争的性质、战争要素的强弱状况、国际社会的不同态度，断言“抗日战争是持久战，最后的胜利属于中国”。文章指出：“中日战争不是任何别的战争，乃是半殖民地半封建的中国和帝国主义的日本之间在20世纪30年代进行的一个决死的战争。全部问题的根据就在这里。”接着，毛泽东深入剖析了中日战争矛盾总体的各个方面，指出“日本的长处是其战争力量之强，而其短处则在其战争本质的退步性、野蛮性，在其人力、物力之不足，在其国际形势之寡助”。而“中国的短处是战争力量之弱，而其长处则在其战争本质的进步性和正义性，在其是一个大国家，在其国际形势之多助”。由此，他将四对矛盾清晰地展现在人们眼前，即敌强我弱、敌退步我进步、敌小我大、敌寡助我多助。

毛泽东不仅指出敌强我弱，而且指出敌不是一般的强，“它的军力、经济力和政治组织力在东方是一等的，在世界也是五六个著名帝国主义国家中的一个”。而我不是一般的弱，鸦片战争以来，“一切为解除半殖民地半封建地位的革命的或改良的运动，都遭到了严重的挫折”。又指出：敌也不是一般的退步，由于它“是一个带军事封建性的帝国主义这一特点，就产生了它的战争的特殊的野蛮性”。而我也不是一般的进步，而是“已经有了资本主义，有了资产阶级和无产阶级，有了已经觉悟和正在觉悟的广大人民，有了共产党，有了政治上进步

的军队即共产党领导的中国红军，有了数十年革命的传统经验，特别是中国共产党成立以来的十七年的经验”。同时，他还对敌小我大、敌寡助我多助等作了细致入微的分析，使人心中豁然开朗。

文章深刻批判了“亡国论”和“速胜论”论调，指出：“亡国论者看重了强弱一个矛盾，把它夸大起来作为全部问题的论据，而忽略了其他的矛盾。他们只提强弱对比一点，是他们的片面性；他们将此片面的东西夸大起来看成全体，又是他们的主观性。所以在全体说来，他们是没有根据的，是错误的。”而速胜论者“或则根本忘记了强弱这个矛盾，而单单记起了其他矛盾；或则对于中国的长处，夸大得离开了真实情况，变成另一种样子；或则拿一时一地的强弱现象代替了全体中的强弱现象，一叶障目，不见泰山，而自以为是。总之，他们没有勇气承认敌强我弱这件事实。他们常常抹杀这一点，因此抹杀了真理的一方面。他们又没有勇气承认自己长处之有限性，因而抹杀了真理的又一方面”。因此，“亡国论”和“速胜论”都是只见部分，不见全体。毛泽东进而指出：“强弱对比虽然规定了日本能够在中国有一定时期和一定程度的横行，中国不可避免地要走一段艰难的路程，抗日战争是持久战而不是速胜战；然而小国、退步、寡助和大国、进步、多助的对比，又规定了日本不能横行到底，必然要遭到最后的失败，中国决不会亡，必然要取得最后的胜利。”

尤其难能可贵的是，毛泽东对于抗战的具体过程及其阶段还进行了具体分析：“持久战，将具体地表现于三个阶段之中。第一个阶段，是敌之战略进攻、我之战略防御的时期。第二个阶段，是敌之战略保守、我之准备反攻的时期。第三个阶段，是我之战略反攻、敌之战略退却的时期。”在防御、相持、反攻三个阶段中，相持阶段是中日战争转变的枢纽。一方面，中国将在相持阶段中获得转弱为强的力量；另一方面，这个阶段将是中国很痛苦的时期，跨过战争的艰难路程之后，胜利的坦途就到来了。为此，毛泽东制定了持久战的具体战略方针，即第一、二阶段，应是战略防御中的战役和战斗的进攻战，战略持久中的战役和战斗的速决战，战略内线中的战役和战斗的外线作战。第三阶段，应是战略的反攻

战。同时，他对中日战争各阶段双方力量对比、变化过程等诸多问题，进行了详细、具体、生动的描述和分析，并指出："中国由劣势到平衡到优势，日本由优势到平衡到劣势，中国由防御到相持到反攻，日本由进攻到保守到退却——这就是中日战争的进程，中日战争的必然趋势。"怎样使这个历史必然趋势尽快变成现实呢？毛泽东为如何开展持久战开了一个大"药方"，这就是：动员全国人民，开展人民战争，即"兵民是胜利之本"，"战争的伟力之最深厚的根源，存在于民众之中"，"只要动员了全国的老百姓，就造成了陷敌于灭顶之灾的汪洋大海，造成了弥补武器等缺陷的补救条件，造成了克服一切困难的前提。"同时，该书还对抗战各阶段中的具体谋略进行了精彩的说明和阐述。《论持久战》中的分析和论述令人叹为观止，通读全文，可以充分感受到它的逻辑力量和思想魅力所在。

《论持久战》是一部具有超前认识的创造性著作，它不仅在国内成为指导抗日战争的科学的军事理论，而且在世界军事学术史上也有极高的学术价值。

毛泽东写完《论持久战》之后，一开始并未考虑出版或者发表的问题，他写作的目的，是在中共高层搞清楚问题，统一认识，因此，他决定先在延安抗日战争研究会上讲一讲。

1938年5月26日至6月3日，用了近10天的时间，毛泽东在延安抗日战争研究会上以"论持久战"为题发表了演讲。演讲中，毛泽东旁征博引、举一反三，以他一贯生动而不失严谨的文风，逻辑缜密地层层推进、梳理，深入浅出地引经据典，摆事实、讲道理……

这篇文章和这次演讲就像拔开了笼罩在人们头上的云雾，对人们当下最关心的问题给出了科学合理而有分量的回答，在延安引起轰动。

陈云听了毛泽东的讲演后，感到毛泽东讲得非常深刻，非常有说服力，毛泽东的理论对全党、对全国抗战，都有重要指导意义。他后来于1941年10月8日在中央书记处会议上说：过去我认为毛泽东在军事上很行，因为长征遵义会议后的行动方针是毛泽东出的主意。毛泽东写出《论持久战》后，我了解到毛泽东在政

治上也是很行的。

于是第二天陈云就对毛泽东说：是不是可以在更大一点的范围给干部们讲一讲？毛泽东考虑后，接受了陈云的建议。

但是，毛泽东考虑到，在更大范围去讲，只能是分别到抗大等学校去讲，到延安各党政机关去讲，可是这样做，一是自己非常忙，抽不出来那么多的时间；二是只由自己去讲，听者仍然有限。于是他便决定把讲稿整理出来，先在党内印发。这样，《论持久战》先在延安油印出来，在党内传阅。

可是，延安油印的《论持久战》数量有限，尽管大家争相传看，仍然有许多干部看不到，特别是在前线的干部，得到油印的《论持久战》更难。于是，毛泽东又决定，印成书，公开发表，不光在根据地发表，也可以在国民党统治区发行。

公开出版《论持久战》的决定做出后，中共中央当作一件大事来办，采取了特别措施。延安当时缺纸，就设法从国民党统治区搞来一些纸，负责排字的同志日夜加班编校，印刷工人日夜加班印刷。

初次印出的《论持久战》，封面由毛泽东亲笔题写书名，扉页印着毛泽东亲笔写的："坚持抗战，坚持统一战线，坚持持久战，最后胜利必然是中国的。"

然而，由于延安当时物资匮乏、技术有限，油印的手册不但质量差，而且数量也非常少，在延安以及各根据地干部群众争相传阅中大有一册难求、洛阳纸贵的味道。于是，陈云又建议将这篇文章送到国民党统治区印刷、发表，同时也可以扩大影响。

《论持久战》的书稿送到了武汉的中共长江局。当时，除了要求印刷成册外，还要求《新华日报》刊登这篇文章。《新华日报》是我党于1938年1月在国统区武汉创刊，公开发行、很有影响的一份报纸。可当时长江局书记王明却以文章太长为由，不准予刊登。从土地革命时期起，王明就自诩为彻底的布尔什维克、真正的马克思主义者，一直对以毛泽东为代表的"山沟里的马克思主义"瞧不上眼。在负责长江局的工作后，他提出"一切通过统一战线，一切服从统一战

线”，右倾投降主义已露端倪。此外，他还不经过中央同意，擅自发表一些言论，与中央分庭抗礼的动机日渐明显。此时此刻，对于摆在案头、毛泽东撰写的这篇《论持久战》他十分不屑。他觉得持久战的理论消极，认为“抗日战争要经历三个阶段”没有根据。满肚子“洋墨水”的他还作了一首诗嘲讽：“四亿弗凭斗志衰，空谈持久力何来？一心坐待日苏战，阶段三分只遁牌。”最后在中央一再致电的情况下，他只同意印刷成册。而印成之后，他却暗中送了几本到苏联，期待着莫斯科“正视”《论持久战》存在的原则性错误……

可是理论见地的高低以及是否具有真正的生命力，不是某个个人就能阻挡或左右的。《论持久战》不但在墙内开花，而且墙外花香浓郁。

时任共产党国际总书记兼管中国事务的是季米特洛夫，他在收到王明的信之后，仔细阅读了毛泽东的《论持久战》，他对毛泽东精辟的分析、科学的诊断拍手叫绝，对毛泽东的雄才大略有了更进一步的认识，对王明的行为十分反感。季米特洛夫从中共代表团团长任弼时那里了解到：“毛泽东不会放弃共产党，中国共产党也绝不会放弃对八路军、新四军的领导”，对毛泽东更加由衷佩服。他在

1938年，毛泽东作《论持久战》报告

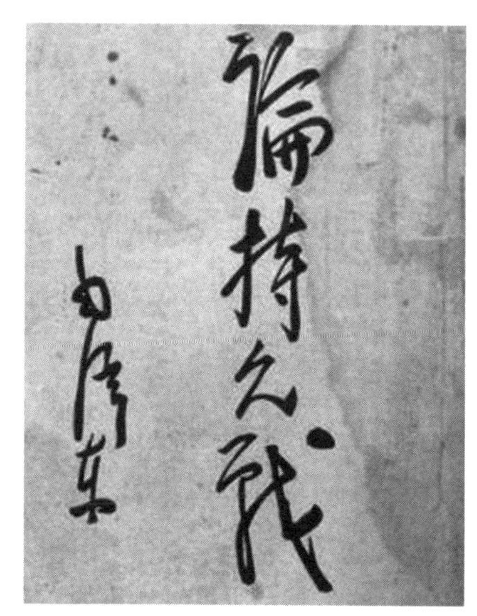

早期版本的《论持久战》

共产国际刊物上发表文章，高度赞扬："有史以来，还没有人把军事问题、战争问题说得这样透彻过，《论持久战》是一本划时代的著作。"

1938年7月6日，在中国抗战一周年前夕，苏共中央《真理报》在头版位置刊登了毛泽东和朱德的照片，表示了共产国际对毛泽东的支持，使毛泽东在中国共产党内的领袖地位得到确认。王明想借《论持久战》做文章，结果搬起石头砸了自己的脚。

武汉会战结束后，在陪都重庆，周恩来第一次向白崇禧介绍了《论持久战》。白崇禧是国民党内的实力派，素有"小诸葛"之誉。其时，国民党内也一直存在着"持久战"的论调，只不过没有人对此进行过探究，更没有人系统而深入地进行阐发。加之，正面战场的失利，大面积国土的沦陷，此时论"持久战"就像托词一样，不免被人侧目。据白崇禧当时的秘书程思远回忆，白崇禧听完周恩来的介绍，有着十分的兴趣，他让周恩来一定送给他一本。在得到这册《论持久战》后，白崇禧进行了认真研读。读完后，白崇禧拍案赞赏，对程思远说："这才是克敌制胜的高韬战略！"他按捺不住心里的高兴，想立刻推荐给蒋介石，但转念想了一下，暂且按下不表。与毛泽东相反，蒋介石很少有长篇宏著，他的文章基本都是由人代劳，记日记也是三言两语。一次，一篇冗长而务虚的报告递给蒋，他看了几页，批了一句"我非纸篓"。基于对蒋的这些了解，白崇禧决定先营造个舆论以"先声夺人"。

白崇禧在国民党上层不断宣扬、介绍"持久战"理论，很快在当时中国军事界产生了重大影响。白崇禧还将毛泽东叹为军事天才，这些都逐渐传到了蒋介石耳中，并引起他的注意。白崇禧趁此向蒋介石转述了《论持久战》的主要精神，并让程思远送了一册过去。不出所料，蒋也对《论持久战》深以为然，武汉会战后的局面也印证了"抗日战争必将经历的三个阶段"。于是在蒋介石的支持下，白崇禧把《论持久战》的精神归纳成两句话："积小胜为大胜，以空间换时间"。并在取得周恩来的同意后，由军事委员会通令全国，作为抗日战争中的战略指导思想。

《论持久战》在成为国共两党领导抗战的共识之外，在国际上也引起了重大反响。当时周恩来寄了一册给在香港的宋庆龄。读完文章后，宋庆龄深为认同毛泽东鞭辟入里的分析判断，她找到自己亲近的朋友爱泼斯坦等人把《论持久战》翻译成了英文，准备在海外出版。毛泽东得知后，特意为英文本写了序言："希望此书能在英语各国间唤起若干的同情，为了中国的利益，也为了世界的利益。"

《论持久战》的英文本在海外发行后，得到了国际上的积极响应和高度评价，据说，丘吉尔、罗斯福的案头上，都放着《论持久战》英文本，斯大林的案头上则放着他专门请人翻译成俄文的《论持久战》的文稿。一位外国记者读了《论持久战》后评论说："《论持久战》发表后，不管中国人对共产主义的看法怎样，不管他们所代表的是谁，大部分中国人现在都承认毛泽东正确地分析了国内和国际的因素，并且无误地描述了未来的一般轮廓。"

史迪威将军只看了一遍《论持久战》，就认定这是一部"绝妙的教科书"，他建议美国政府"加快对华援助"，向中共提供有限数量的武器装备，一定会加快胜利的到来。

值得一提的是，国民党军委会政治部部长陈诚，他是黄埔军校出身，恃才自傲。周恩来向他介绍了《论持久战》的基本思想，并送给他一本《论持久战》单行本。他一开始认为这是毛泽东故意炒作的，因而不屑一顾。

1938年10月下旬，武汉失守，继而长沙沦陷，抗战形势的发展确如毛泽东所预见的那样，陈诚才意识到抗战的艰巨性、复杂性和持久性，于是重新捧起《论持久战》仔细研读。他被毛泽东的精辟分析和科学预见所折服，并结合战例在该书的书眉上写了许多批注，并特地请周恩来到湖南衡山给军官训练学员讲授毛泽东的《论持久战》和《抗日游击战争的战略问题》。据说这本有陈诚批注的《论持久战》至今仍存放在台北陈诚私人图书馆里。

余致浚，中共地下党，抗日战争初期在赣南，打入国民党机关，担任蒋经国的"私人秘书"。在他逝世后，他的家人发现一份材料，里面提道：蒋经国非常

佩服毛泽东写的《论持久战》，仔细反复阅读过七八次之多。

著名诗人、才华横溢的卞之琳，在烽火漫天的抗日战争年代，被革命圣地延安轰轰烈烈的革命运动所吸引，于1938年暑假，在何其芳、沙汀的积极活动和联系下，兴致勃勃地一同前往那个令许多追求进步的人士包括文学青年向往的延安。同年8月底到达宝塔山下。

卞之琳等热血青年被安排随陈赓旅第七七二团在前方体验生活，当时正值全党全军乃至全国人民学习毛泽东《论持久战》的热潮中，卞之琳有幸近距离地感受了《论持久战》所呈现的马克思主义理论与中国实际相结合的魅力。他强烈地感受到了火热的现实。后来，他发挥所长，在延安鲁迅艺术学院文学系代课讲学。这一段时间里，在战火纷飞、生死一瞬间的前线，他为毛泽东超凡的智慧和魄力所折服，也为中国共产党领导的人民军队和人民群众豪迈的革命热情和斗志所感动。于是，诗情奔涌，于1939年11月20日，激情满怀地写下了题为“《论持久战》的著者”的诗歌，讴歌了毛泽东及其光辉著作《论持久战》。

手在你用处真是无限，
如何摆星罗棋布的战局？
如何犬牙交错了拉锯？
包围反包围如何打眼？
下围棋的能手笔下生花，
不，植根在每一个人心中。
三阶段，后退，相持，反攻——
你是顺从了，主宰了辩证法。
如今手也到了新阶段，
拿起锄头来捣翻棘刺，
号召了，你自己也实行生产。

最难忘你那“打出去”的手势，
常用以指挥感情的洪流，
协入一种必然的大节奏。

《论持久战》的高明，连对手也为之折服。旧日军大本营参谋陆军中佐山崎重三郎说：“毛泽东的抗日游击战，堪称世界历史上规模最大、质量最高的游击战。它是一种全民总动员的攻势战略，把百万帝国陆军弄得团团转……在中国打败了日本人。”东京大学教授近藤邦康公开宣称：“我很佩服《论持久战》。日本被中国打败是当然的，这样的以哲学为基础的宏远战略眼光，日本没有。”

当然，最为重要的是，时间的推移、实践的检验，雄辩地证明了抗日战争正是按照毛泽东在《论持久战》中所设想的那样发展的，中国人民最终战胜了侵略者，一百年来第一次在反对外国侵略的斗争中取得了完全胜利。历史见证了毛泽东的科学分析和预测。

延安无土不黄金

从1935年10月到1948年3月，党中央和毛泽东等老一辈无产阶级革命家，在这块古老的黄土地上奋斗、生活了13年。这是中国共产党逐渐成为中华民族中流砥柱的13年，更是决定中国命运的13年。在这13年中，党把延安作为中国革命的大本营和武装斗争的统帅部，从此，中国革命进入了一个崭新的时代。在这片古老的黄土地上，集合了大批中华民族的优秀儿女，延安也因此成为中国红色革命的中心，举世瞩目的革命圣地、中华民族的精神家园。

延安为抗战培养了大批人才。

抗日战争爆发后，4万多爱国青年冲破重重阻力，跋山涉水奔向延安。为了造就抗日救国的人才，中国共产党先后在延安创办了20多所干部学校，培育了各行各业千千万万的干部。曾经有个新闻记者说：延安每个窑洞里都装着几颗炮弹，将来出去爆炸，是了不起的。爱国华侨陈嘉庚，曾到延安，经过考察，得出“中国的希望在延安”的结论。中国人民抗日军政大学是中央到延安后创办的第一所高等军事学府，先后培养了10多万德才兼备的抗日军政人才，为

延安抗日军政大学

延安宝塔山

中国人民的解放事业建立了不可磨灭的历史功勋。

延安培育了我党我军艰苦奋斗的革命精神。

在抗战相持阶段最困难的时期，毛泽东和中央在延安号召全党全军开展了著名的“大生产运动”。中央领导带头参加劳动，毛泽东和他的警卫人员在杨家岭挖地种菜；朱德总司令在王家坪种菜；周恩来、任弼时参加纺线比赛。1941年3月，三五九旅开进南泥湾开荒种地，经过三年的辛勤劳动，把昔日一派荒凉的南泥湾变成了“陕北好江南”，成为大生产运动中的一面旗帜。大生产运动不仅使陕甘宁边区克服了困难，渡过了难关，达到了丰衣足食，而且培育了自力更生、艰苦奋斗的延安精神，改善了党政、军政、军民关系，积累了生产建设的经验，培养和锻炼了一大批从事经济工作的专家和人才，为新中国的经济建设事业奠定了基础。

延安时期，中国共产党确立了全心全意为人民服务的宗旨。

1944年，毛泽东在延安“纪念张思德”的讲话中提出了“为人民服务”的思想。

三五九旅开进南泥湾

张思德（1915—1944），1915年阴历三月六日出生在四川仪陇县六合乡的一个山村贫苦农民家庭。全家靠给地主帮工度日，母亲和哥哥相继冻饿而死，父亲远

正在和战友烧炭的张思德（左）

走他乡，不知所终。张思德成了孤儿，七八岁时，就给地主家割草、放牛，他11岁时才读了几个月的书。1933年，刚满17岁的张思德就参加了工农红军，后来随红军长征来到陕北。

经过党的培养和革命斗争的锻炼，张思德懂得了许多革命道理，于1937年10月光荣地加入了中国共产党，从此变成了一个自觉的革命战士。1940年春，张思德调到中央军委警卫连当通讯班班长。1944年9月5日在安塞县石硖谷烧炭时，他为救战友被埋在炭窑之下，光荣牺牲了。

噩耗传到枣园，毛泽东听了后心情非常难过。他悲痛地说："张思德为我站过岗，你们要在枣园机关里为他举行一个追悼会，我要去参加。"9月8日下午，中共中央直属机关举行了"追悼张思德同志大会"。毛泽东也参加了大会，并且亲自献上一个花圈摆在大会台子中央，花圈的挽联上有他亲笔题写的"向为人民利益而牺牲的张思德同志致敬！"的挽幛，并发表了《为人民服务》的著名讲话。

毛泽东怀着沉痛的心情说："我们的共产党和共产党所领导的八路军、新四军，是革命的队伍。我们这个队伍完全是为着解放人民的，是彻底地为人民的利益工作的。张思德同志就是我们这个队伍中的一个同志。"

"人总是要死的，但死的意义有不同。中国古时候有个文学家叫作司马迁的说过：'人固有一死，或重于泰山，或轻于鸿毛。'为人民利益而死，就比泰山还重；替法西斯卖力，替剥削人民和压迫人民的人去死，就比鸿毛还轻。张思德同志是为人民利益而死的，他的死是比泰山还要重的。"

毛泽东的讲话对张思德的一生做了高度的评价，对中国共产党的宗旨和共产党人的人生观做了系统的概括。张思德是千千万万个革命战士中的普通一兵，是

千千万万个共产党员中的普通一员。毛泽东在战争年代，参加一个普通战士的追悼会，这是第一次，也是他整个革命生涯里仅有的一次。

作为经历了二万五千里长征的一位战士，张思德年轻的生命是平凡的、普通的，可他这种全心全意为人民服务的精神，却像一颗高高升起在东方天幕上的启明星，显示了共产党人远大的前景、辉煌的未来。东岳泰山，为五岳之首，张思德之死重于泰山，因为他的精神价值在漫长的中国革命历程中是无法估量的。

延安时期，我党群众路线正式确立，密切联系群众的作风得到进一步发扬。

党中央和毛泽东在延安期间，时刻关心着延安的人民群众。1944年的一天，中共中央办公厅通知延安市委书记张汉武到枣园毛泽东住处。一见面，张汉武就问："主席，有什么任务？"毛泽东主席问："你知不知道侯家沟有两个小村庄的妇女为什么不生孩子？"张答："知道这个情况，但不知是什么原因。"

"是不是水有问题？"

张汉武不敢下结论。

毛泽东提出："请中央医院去把水化验一下好不好？"张汉武认为很好，可担心"这种小事医院不干"。不久，毛泽东向中央医院下达了去侯家沟化验水的指示。经化验，发现水中含有大量有害物质。医院一方面安排指导群众对饮水进行处理，一方面对群众疾病进行治疗。

延安枣园

一年之后，侯家沟的妇女开始生孩子了，这个山沟里传出了婴儿的哭声。

有一年元宵节的前一天，毛泽东在枣园村外的地头上与两位正在休息的老农拉家常。两位老农告诉他，正月十五是他们的生日。毛泽东笑着说：

“明天正好是元宵节，请你们到我们那里去坐坐，咱们大家一起来贺个寿。”

元宵节的下午，毛泽东派人请来了枣园乡的24位60多岁的老农。在中央书记处小礼堂，毛泽东与他们逐一亲切握手。这些翻了身能够吃饱穿暖的农民流着眼泪感谢主席为他们贺寿。

毛泽东对老人们说：“咱们今天做主人了，好日子还在后头哩！”

欢声笑语中，毛泽东招待大家吃寿饭，还亲自为大家敬酒，他还送给每位老人一条毛巾、一块肥皂作为寿礼。

1945年大年初一的早晨，毛泽东和周恩来、任弼时来到枣园乡政府。领袖们和杨乡长亲切握手。毛泽东问：“杨乡长，你们辛辛苦苦一年了，年可过得好吗？”“好，好。主席和首长们好！”杨乡长又递烟又沏茶。周恩来不让乡长忙乎，让乡长领着他们去给枣园村20多户乡亲拜年。乡长考虑到乡亲们居住太分散，中央首长工作太忙，提出“把各家的家长请到乡政府来”。

枣园村的乡亲们听说中央首长来拜年，扶老携幼，兴高采烈地向乡政府赶来。毛泽东和其他中央首长一起迎接乡亲们，向大家祝贺新年好。他们拉着几位老年人的手，请他们坐下，递烟、让茶，还给小孩子们抓瓜子、花生、糖果。问乡亲们生活上有什么困难，一位老人站起来回答：“托主席的福……年年都有粮食吃，从来没有这么好的日子。”毛泽东从多方面启发乡亲们提意见，乡亲们表示：感激还感激不过来，还能有什么意见。大家纷纷夸奖部队和干部为群众带来的好处……很快，两个小时过去了。离开乡亲们时，毛泽东说：“我是这里的一户居民，和大家接近得

毛泽东在延安与农民交谈

少了。今后，得和大家多接近，希望你们常到我那里去。”

延安时期，毛泽东坚持实事求是的思想路线，更加注重调查研究，以人民的利益为最高标准，不断纠正边区政府及工作人员的错误。

1942年8月的一天，雨越下越大，陕甘宁边区政府小礼堂里正在召开征收公粮会议。忽然，一声巨响，落雷把礼堂的一根木柱击断了，出席会议的延川县县长李彩云不幸触电而死。这件事传出后，有的群众借劈雷发泄不满，说：“打雷为什么不劈死毛泽东？”

对此，毛泽东不同意去追查骂自己的人，更不抓“反革命”，而是派人去弄清了“骂”的原因：边区政府下达的征粮任务过重，老百姓有意见。

弄清真相后，毛泽东指示有关部门将征收公粮的任务从20万担（每担300斤）减至16万担，减征4万担。这件事的妥善处理，更加提高了共产党的威信，更加密切了党群关系。

一天夜里，毛泽东看了一个女人被判死刑的案卷，整夜未眠。第二天，他决定见见这位女死囚。

毛泽东坐在会客室里，被带进来的女犯是个地地道道的庄稼人。毛泽东说：“不用怕，坐吧！”他顺手抓把红枣让她吃，跟她谈家常：“……我是湖南人，在家也种地。”女犯惊奇地问：“你也是种田人家？”

“我们共产党的干部、红军，种地的多，南方人你们不晓得，陕北的谢子长、刘志丹，听说过吧！”

“刘志丹，咱在娘家见过咧！”说到这里，女犯认出了面前这位与自己谈家常的共产党大官：“是毛主席吧？看，那颗痣多像，咱村长辈们说你是个大福星哩！”毛泽东哈哈大笑：“真是这样就好了，就可多为穷苦人办好事了！”他说到这里，那女犯被感动得泣不成声：“毛主席，咱不好哩，咱不该骂政府哩，你枪毙咱吧！”说完，跪在了地上。毛泽东扶起她：“别这样，我们不会枪毙你的。”她见毛泽东这么温和诚恳，便实话实说：“共产党来了，咱分了五亩地。头两年还好，这两年村里官、乡里官、县里官，都不管咱死活啦，要公粮还骂咱

男人和老娘！”

毛泽东问：“村干部、乡干部真的骂人？”她严肃回话：“妇道人家，不敢撒谎！”

毛泽东说：“我信，我信，我是说他们也不到你家看看实情吗？”

“这两年去过一次……买了酒，买了肉，才把村长请来。”毛泽东听到这里，站起来，点燃烟，踱了几步，说：“妹子，说吧！我在听哩！”她被感动了，但反而没多少话要说了：“咱男人走了（夏天被雷电击死的），只求您看在三个娃的分上，早点放咱回，行不？”

“行！行！”

继而，毛泽东招呼有关同志进来，指示说：“派专人送她回家。记住，带上公文，讲明她没有什么罪，是个敢讲真话的好人。对于清涧的公粮问题，社会调查部和边区政府要做调查，该免的免，该减的减……社会调查部对这次捕人应作出深刻反省。我们的组织、干部部门，也要对现任的村以上官员，进行一次审检，把不胜任的，不是全心全意为人民的撤换下来。”那位干部记下了毛泽东的指示，准备向有关部门传达。

然后，毛泽东把一盘红枣装进那位妇女的衣袋，亲切地对她说：“妹子，谢谢你啦，你给我们讲了真话，批评了我们工作中的缺点、错误，你是我们应该尊重的妇女！”

延安时期，边区政府实行了最民主的政治制度。

经过数年的经营，在20世纪40年代初，延安有人口约3.8万人，市区居民的7000人大部分居住在城南，3万多人是中共中央和边区各机关、学校的干部，他们散居在延安及其郊区。

依照瑞金时代的经验，延安人口构成中的这两部分都已被充分地动员和组织起来。在边区和延安市，我党建立了垂直的党政机构和群众团体，党的政令可以自中共中央、边区党委（西北局）、边区政府一直下达到市、区、乡党组织，直至农村中的党支部。

延安所在的陕甘宁边区和全国各抗日根据地一样，都建立了“三三制”政权。统一战线是中国共产党领导革命、战胜敌人的“三个主要的法宝”之一；“三三制”是党在抗日战争时期关于统一战线政权的政策和原则。它明确规定：抗日民主政权中人员的分配比例，共产党员大体占三分之一，“左”派进步分子大体占三分之一，中间分子和其他分子大体占三分之一（党外人士大体共占三分之二）。中共中央在有关文件中强调：共产党员应与这些党外人士实行民主合作，不得一意孤行、把持包办。毛泽东还强调：上述人员的分配是党的真实的政策，不能敷衍塞责。共产党员要坚决反对主观主义和关门主义的作风，实事求是，与党外人士民主合作；使他们有职有权。“所谓领导权，不是要一天到晚当作口号去高喊，也不是盛气凌人地要人家服从我们，而是以党的正确政策和自己的模范工作，说服和教育党外人士，使他们愿意接受我们的建议。”

1941年11月召开的陕甘宁边区第二届参议会，改变了第一届参议会（1939年1月召开）选举边区政府负责人全部是中共党员的状况，不折不扣地执行了“三三制”的政策；选举林伯渠为边区政府主席，开明绅士李鼎铭为副主席。在选举边区政府委员时，当选的18人中本来有中共党员七人；由于超过了“三三制”的规定，德高望重的徐特立主动申请退出，然后按得票多少的次序，改由一名党外人士递补当选。议员代表李丹生在闭幕会上发言说：“共产党说到做到，以信义昭示天下，则天下都是你们的。”李鼎铭说：“我原本不愿出来做事的，是受到毛主席在参议会上的演说的感动才出来的。”

延安时期进行的四次选举，遵照《陕甘宁边区选举条例》的规定和要求，切实做到了“普遍、自由、直接、平等”，堪称国史、党史上民主选举的典范。当时的宣传口号是：“民主政治，选举第一。没有选举，就没有民主。没有民主，就没有革命。”选民们也用民谣、小曲来表达自己的心声：“民主政治要实行，选举为了老百姓。咱们选举什么人？办事又好又公平。”许多足不出村的小脚老太太，都骑着毛驴，翻山越岭，赶到选举地点。为了使不识字的选民能够行使选举权，不少地方还使用了“碗里放豆”“香头烧洞”等便于操作的选举方式，开

创了“草根民主”的先河。

边区政府的“豆选”

延安时期，中共从严治党，反腐倡廉，进一步发扬了我党我军的光荣革命传统。

当时的黄克功案曾震惊国内外。

黄克功，江西南康人，1911年出生。1929年参加了中国工农红军，经历过井冈山斗争和二万五千里长征，参加过多次战斗，负过重伤，在长征中立过大功，历任红军班长、排长、连长、团长等职，也曾从事过师团政治工作。红一、二、四方面军会师时，年仅26岁的黄克功已是身经百战的红军旅长。红军到达陕北后，黄克功进入延安抗日军政大学学习，随后留校任职，先后任军政大学第十五队、第六队队长。这一时期，出生于山西定襄的刘茜（原名董秋月），“愤暴日侵凌，感国难严重”，积极响应党的抗日号召，在党组织的护送下，冒险通过敌人的一道道封锁线到达延安，并进入抗日军政大学第十五队学习。刘茜在抗大第十五队学习时，与时任第

边区政府礼堂

十五队队长的黄克功相识，刘茜的居处又恰巧与黄克功为邻。黄克功被活泼、聪慧年仅16岁的刘茜吸引，在短期接触中两人建立了恋爱关系。

1937年9月，陕北公学正式成立，抗日军政大学第十五队全体人员拨归陕北公学，刘茜也随队转入陕北公学学习，黄克功则被调回抗日军政大学任第六队队长。从此，两人接触的机会减少，关系也渐渐疏远。特别是在交往过程中，他们对爱情及婚姻家庭认识的巨大差异很快就显现出来。刘茜是个年轻美貌、能歌善舞的姑娘，由于工作及性格的原因，刘茜与其他男性有较多的接触，这使黄克功心怀妒意，以致无端猜疑，认为刘茜在陕北公学另有所爱，对他不忠诚，就去信责备刘茜并要求立即结婚。刘茜感觉黄克功过于纠缠，渐生反感，在屡次劝说、批评无效后表示拒绝结婚。黄克功认为“失恋是人生莫大的耻辱”，遂萌发杀害刘茜的动机。

1937年10月5日晚饭后，黄克功将心爱的勃朗宁手枪装进口袋，拉着抗大训练部的干部黄志勇向陕北公学走去。就在公学门前的河边，黄克功遇到刘茜等一群学员，黄克功即招刘茜赴河边散步，让黄志勇先行回校。在河滩上，黄克功开始对刘茜另有所爱进行责备，并要求公开宣布结婚，刘茜予以严厉拒绝。当时，黄克功即拔出手枪对刘茜进行威胁、恫吓，但刘茜并不屈服。恼羞成怒的黄克功失去理智，向刘茜开出一枪，见刘茜倒地未死呼救，黄克功对刘茜头部又加一枪，导致刘茜当场死亡。

黄克功枪杀刘茜后即回校取水洗足，并自行解下外衣及鞋子浸洗，将手枪擦拭，在刘茜过去谈恋爱的信上加填10月4日的日期，以做反证。陕北公学同学见刘茜一夜未归，10月6日早即到黄克功处询问，黄克功假作不知。后群众在河边发现刘茜尸体，并在河边捡到两枚勃朗宁弹壳，始向陕北公学报告；黄克功的警卫员给他擦枪的时候，也发现手枪有刚发射不久的痕迹，给他洗衣服的时候，发现衣服上有新鲜血迹，遂向保卫部作了汇报。领导同志立即找黄克功谈话。这时的黄克功已经恢复了理智，承认刘茜是自己所杀，并毫无保留地从头到尾坦白了自己的杀人罪行并提出接受依法判处。经抗大副校长罗瑞卿向中央领导报告批

准，高等军事法院便依法把故意杀人嫌疑人黄克功逮捕收监，准备依法审判。

黄克功逼婚杀人事件，一时间在边区内外引起了很大的震动。国内外一些报刊把它当成共产党的“桃色案件”，抢先发表，大肆渲染，攻击和污蔑边区政府“封建割据”“无法无天”“蹂躏人权”。这些叫嚣，一时混淆了视听，引起了部分不明真相人士的猜疑和不满；边区社会各界也议论纷纷，看法不一。经党中央同意，延安各单位围绕这一案件组织讨论。一种意见认为，黄克功身为老革命、老红军、老共产党员，强迫未达婚龄的少女与其结婚，已属违法，采取逼婚手段，更违犯了边区婚姻自主原则；他不顾国难当头，个人恋爱第一，达不到目的就丧心病狂地杀害革命同志，这无异于帮助敌人，实属革命阵营的败类；他触犯了边区刑律，破坏了红军铁的纪律，应处极刑，以平民愤。另一种意见认为，黄克功犯了死罪，从理论上说应该处以死刑，不过在这样的国难时期，应该珍惜每一个有用的人才，让其为国效劳；他资格老，少年参加红军，跟着毛泽东干革命，参加过井冈山的斗争，经过二万五千里长征，有光荣革命历史；他功劳大，流过血，为革命屡建战功；当此民族危亡紧要关头，他杀刘茜，已经损失了一份革命力量，我们不能再杀他，又失一份革命力量；应该免除其死刑，减轻刑罚，叫他上前线去，戴罪杀敌，将功赎罪，让他的最后一滴血为中华民族解放而流。

黄克功本人也曾幻想党和边区政府会因为他资格老、功劳大，对他从轻处罚。他还写信给毛泽东，除对自己的罪行进行忏悔外，请求法院念他多年为革命事业奋斗，留他一条生路。当罗瑞卿把抗大组织的意见和群众的反映，原原本本向党中央和毛泽东进行报告时，毛泽东很愤怒地说：“这是什么问题？这是什么问题？这样的人不杀，我们还是共产党吗？！”随即很快作了重要批示，并于10月10日给当时任陕甘宁边区高等法院刑庭审判长的雷经天写了一封信。

最终，黄克功逼婚未遂枪杀少女案件交给了人民公审。10月11日，在被害者所在单位——陕北公学大操场，召开数千人大会，进行公开审判。抗大政治部胡耀邦、边区保安处黄佐超、高等法院检察官徐时奎为公诉人。由审判长雷经

天，抗大、陕北公学群众选出的李培南等四位陪审员以及书记员任扶中组成审判庭。宣布开庭后，起诉人与证人先向大会陈述了黄克功事件的全部细节，经过审讯被告，询问证人，各单位代表也发表了对这一事件的分析、要求，以及结论性的群众意见，然后等着法庭审判。当法官让黄克功发表个人申诉时，他只坦白交代了他的犯罪经过，并作了扼要的检讨，唯一申诉的就是一句话："她破坏婚约是污辱革命军人。"审判长特意问他："在哪些战斗中受过伤、挂过彩？"他历数了许多战斗的地名，人们从他敞开的衬衣里，看到他从臂部到腿部伤疤连着伤疤，犹如打结的老树皮。黄克功讲述最后一个愿望就是："……死刑如果是必须执行的话，我希望我能死在与敌人作战的战场上，如果允许，给我一挺机关枪，由执法队督阵，我要死在同敌人的拼杀中。如果不合刑律，那就算了。"

休庭片刻重新开庭后，审判长庄严地、一字一顿地宣布了判处黄克功死刑的决定。黄克功对此也心服口服，当听说中央已安排对他的家人进行安抚时，感动得霎时痛哭流涕。就在黄克功将要立即执行的时刻，一匹快马在会场外停下，一位工作人员翻身下马，径直向审判长雷经天走去。雷经天接过那位工作人员送上来的一件东西。大会主持人招手让黄克功回到原来的位置上，因为信中建议要当着黄克功本人的面，向公审大会宣读。信是毛泽东写的，信中写道：

> 雷经天同志：你的及黄克功的信均收阅。黄克功过去斗争历史是光荣的，今天处以极刑，我及党中央的同志都是为之惋惜的。但他犯了不容赦免的大罪，以一个共产党员、红军干部而有如此卑鄙的，残忍的，失掉党的立场的，失掉革命立场的，失掉人的立场的行为，如为赦免，便无以教育党，无以教育红军，无以教育革命者，并无以教育做一个普通的人。因此中央与军委便不得不根据他的罪恶行为，根据党与红军的纪律，处他以极刑。正因为黄克功不同于一个普通人，是一个多年的共产党员，正因为他是一个多年的红军，所以不能不这样办。共产党与红军，对于自己的党员与红军成员不能不执行比较一般平民更加严格的纪律。当此国家危急革命紧张之时，黄克

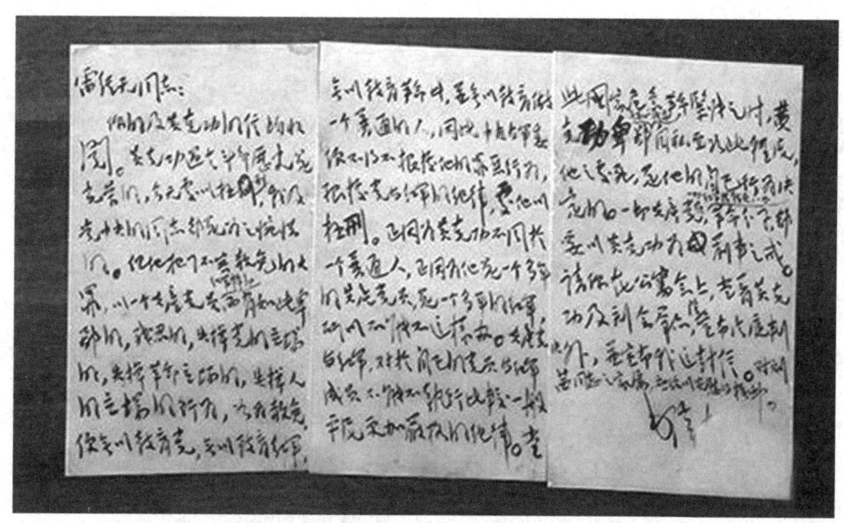

毛泽东给雷经天的信的手稿

功卑鄙无耻残忍自私至如此程度，他之处死，是他自己行为决定的。一切共产党员，一切红军指战员，一切革命分子，都要以黄克功为前车之戒。请你在公审会上，当着黄克功及到会群众，除宣布法庭判决外，并宣布我这封信。对刘茜同志之家属，应给以安慰与抚恤。

毛泽东

1937年10月10日

随着雷经天的声音停止，大家再将目光转向黄克功时，他才如梦一般醒来，高高地昂起头，然后又高呼“中华民族解放万岁”“打倒日本帝国主义”“中国共产党万岁”三句口号，跟着行刑队走出了会场。就这样，一个勇冠三军的红军将领被公审枪毙了。

黄克功被依法处决后，在抗大、在延安，乃至在西安、太原等广大国民党统治区和沦陷区产生了强烈的反响。群众异口同声称赞：“共产党、八路军不诿罪于人，不枉法，公正无私，纪律严明，真是了不起。”当时的陕甘宁政府机关报《新中华报》在10月14日第一版报道：“边区最高法院11日组织公审黄克功枪

杀刘茜案。审讯结果，黄克功自己承认，因为刘茜拒绝他的求婚要求，而实行强迫，终于不遂而以手枪枪杀刘茜。这是苏区中从来所未曾见过。黄克功这种卑鄙行为，是一个革命军人所不容许的……法院为执行群众要求与法律起见，特于公审大会将黄克功执行枪决。”一位来自国统区的参观者给边区高等法院题词，赞扬“陕甘宁边区司法没有‘法制小人，礼遇君子’的恶劣态度”，充满着“平等与正义的精神”。著名民主战士李公朴先生曾这样评价：“它为将来的新中国建立了一个好的法律榜样。”

黄克功被依法处决后，毛泽东还在抗大特意作了一场“革命与恋爱”的讲演，提出了革命青年在恋爱时应遵循的“三原则”——革命的原则、不妨碍工作和学习的原则、自愿的原则。他要求大家从“黄克功案”中吸取教训，要严肃对待恋爱、婚姻、家庭问题，要培养无产阶级的理想和情操，坚决杜绝类似事件发生。三个月后，在抗大的一次宴会上，毛泽东又提起此事，说：“这叫否定之否定。黄克功一粒子弹，否定了刘茜，违反了政策，破坏了群众影响；我们的一粒子弹，又否定了黄克功，坚持了政策，挽回了群众影响，而且使得群众更拥护我们了。”此后，毛泽东多次提到过这件事，指出作为党的干部，居功自傲、贪图享乐、欺压群众、自私自利是万万要不得的。

由中共陕甘宁边区中央局提出、中共中央政治局1941年5月1日批准、陕甘宁边区第二届参议会1941年11月21日通过发布的《陕甘宁边区施政纲领》，在1938年8月《陕甘宁边区惩治贪污暂行条例》的基础上，进一步明确规定“厉行廉洁政治，严惩公务人员之贪污行为，禁止任何公务人员假公济私之行为，共产党员有犯法者从重治罪。”陕甘宁边区参议会和政府还相继制定和公布了《陕甘宁边区保障人权条例》《陕甘宁边区政纪总则》《陕甘宁边区政务人员公约》《陕甘宁边区各级政府干部奖惩暂行条例》《陕甘宁边区宪法原则》等法规，把廉政建设逐步纳入了民主和法治的轨道。

1941年12月底，清涧县张家畔税务分局局长肖玉璧，是1933年参加革命的红军战斗英雄，全身有伤疤90多处，曾任陕甘宁边区某区主席、贸易局副局

长，因贪污3050元，由陕甘宁边区高等法院依法判处执行死刑。《解放日报》（当时的中共中央机关报）在1942年1月5日评论中指出：在“廉洁政治”的地面上，不容许有一个“肖玉璧”式的莠草生长！有了，就拔掉它！

诸如此类的案例，彰显了延安时期“从严治党”的思想和行动。

当年延安的良好风气，得益于各级领导的带头践行，做好样子。为积极参加大生产运动，毛泽东、朱德带头种菜，周恩来、任弼时带头纺线；为同甘共苦，不搞特殊，华侨捐赠的汽车，毛泽东带头不坐，分给了老同志和其他单位坐，宋庆龄给几位领导捎来的营养品，都被送到幼儿园；为厉行节约，支援抗战的著名华侨领袖陈嘉庚率团来延安访问，毛泽东就在窑洞里招待他吃饭，只花了几角钱。

美国记者斯诺在1936年和1939年先后两次长期访问陕北根据地和延安以后写道：我看到毛泽东住在简陋的窑洞里，穿的是打了补丁的衣服，吃的是小米饭和辣椒土豆丝；周恩来睡在土炕上；彭德怀穿的背心是用缴获敌人的降落伞做的；林伯渠的耳朵上用线绳系着断了一只腿的眼镜；林彪请我吃的是“面条宴”；红军大学学员把敌人的传单翻过来当作课堂笔记本使用……“他们坚韧卓绝，任劳任怨，是无法打败的。”斯诺称赞“只见公仆不见官”的“那种精神，那种力量，那种欲望，那种热情……是人类历史本身的丰富而灿烂的精华”，是“东方魔力”“兴国之光”。

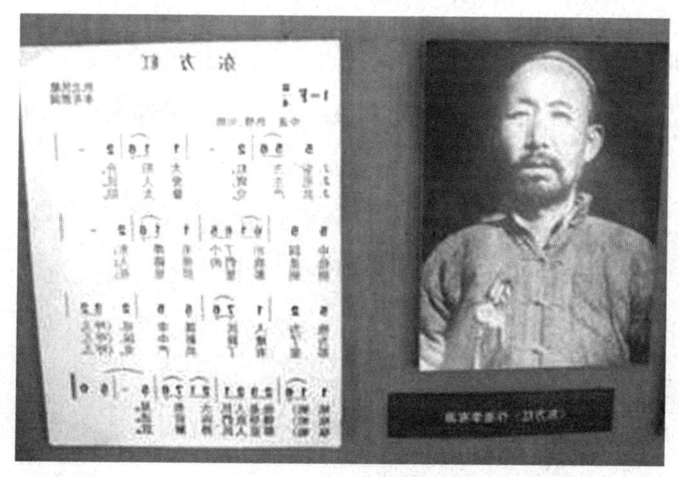

《东方红》与作者李有源

延安时期，中国共产党和毛泽东得到了人民的衷心拥护和爱戴。

《东方红》是在抗日战争期间陕北人民用

以表达对领袖毛泽东主席、对中国共产党由衷的感激之情而创作的颂歌。多少年来，这一颂歌，随着全中国的解放，随着新中国的逐步繁荣、富强，随着人民对毛泽东、共产党热爱程度的提高而越发普及。实为千古绝唱！

这首民歌原为陕北民歌《骑白马》。1943年冬，陕西葭县（今佳县）农民歌手李有源依照《骑白马》的曲调编写成一首长达十余段歌词的民歌《移民歌》。《移民歌》既有叙事的成分，又有抒情的成分，表达在毛泽东、共产党领导下的广大贫苦农民追求幸福生活的喜悦心情。

歌曲编成后由李有源的侄子、农民歌手李增正多次在民间和群众集会上演唱，很受人们欢迎。随后，延安文艺工作者将《移民歌》整理、删修成为三段歌词，并改名为“东方红”，1944年在延安《解放日报》上发表。

1944年，美军观察组一行18人到延安、晋绥、太行等解放区参观访问，谢伟思在发回美国的第一篇报告中写道：“延安民众官吏打成一片，路无乞丐，家鲜赤贫，服装朴素，男女平等，妇女不穿高跟鞋，亦无口红，文化运动极认真，整个地区如一个校园，青春活泼，民主模范，自修自觉、自评，与重庆另一世

1944年，毛泽东、朱德、周恩来、叶剑英、林彪等在延安王家坪会见美军观察组成员

界。”

“重庆有官皆墨吏，延安无土不黄金！”毛泽东对边区社会概括为“十没有”：“这里一没有贪官污吏，二没有土豪劣绅，三没有赌博，四没有娼妓，五没有小老婆，六没有叫花子，七没有结党营私之徒，八没有萎靡不振之气，九没有人吃摩擦饭，十没有人发国难财。”美国记者斯蒂尔赞颂说：“它真像是一首传奇的童话诗，整个延安的城市里，共有四个警察。20世纪40年代里，这真是神话，可是它偏偏是千真万确的事实。”

1945年8月10日，此前访问过延安的黄炎培在重庆出版了《延安归来》。他在书中写道：“每个人得投书街头的意见箱，也个个得上书建议于主席毛泽东。”“公务人员不论男女都穿制服，女子学生装短发，都代表十足的朝气。”“至于中共重要人物毛泽东先生，依我看来是一位思想丰富而精锐又勇于执行者。朱德先生一望而知为长者。此外，轰轰烈烈的贺龙、彭德怀、聂荣臻、林彪、刘伯承……诸位先生（徐向前先生在病中没有能相见）在一般人想象中，一定脱不了飞扬跋扈的姿态。料不到，这几位先生都是沉静笃实中带着些文雅，一点没有狙犷傲慢样子，天天见面笑谈，真是古人所说‘如坐春风中’。这一点太出乎我们意料了。”“我认为中共朋友最可贵的精神，倒是不断地要好，不断地追求进步。这种精神充分发挥出来，前途希望是无限的。”同期访问延安的左舜生也对梁实秋说，在延安的各级政治机关门口没有警卫，任何老百姓都可以排队直入。

1946年春节，延安人民献匾

延安时期确立了党的理论联系实际的优良作风。是毛泽东发表理论文

章最多的时期，也是毛泽东思想更加完备的时期。

这一时期，毛泽东认真研读了众多的哲学著作，在这些著作上做横批、眉批、打钩、画杠、圈点、作注。有些书籍甚至读过多次。毛泽东在阅读、批注这些书籍的同时，也在认真思考这些著作中讲述的基本哲学原理，努力把基本问题搞清楚。在阅读的过程中，毛泽东联系自己的实际，联系中国共产党的实际，联系中国革命的实际，在很多领域进行了充分的阐述和创造性的发挥，经过认真的思考、消化、研究、创造，写出了讲稿，并在陕北公学、抗大亲自讲授，然后组织学员讨论，以发现其中的问题。同时，每讲一次课后，毛泽东都认真补充、完善授课提纲。如是多次讲授，毛泽东对哲学基本理论给予了深刻的理解和创造性发挥。从1937年的6月到8月，毛泽东撰写了《辩证法唯物论（讲授提纲）》，其中《实践论》和《矛盾论》是最为精彩的部分。毛泽东在延安时花在哲学上的工夫，推动了他向马克思主义的中国化方向前进了一步。在积累了丰富的哲学知识基础上，毛泽东于1936年秋到1938年冬开始从事中国革命战争学的研究，阅读了古今中外军事大家的众多著作，并根据自己丰富的革命战争实践经验，先后发表了《中国革命战争的战略问题》《抗日游击战争的战略问题》《论持久战》《战争和战略问题》等著作，形成了毛泽东自己的军事学说，有力地指导了全国人民的抗日战争实践。与此同时，毛泽东对他于20世纪30年代初创立的农村包围城市的革命道路理论进行了进一步的丰富和发展，这一点，突出地表现在1936年冬的《中国革命战争的战略问题》和1938年冬的《战争和战略问题》这两篇著作中。

1940年，毛泽东在延安阅读斯大林著作

从1938年冬起，毛泽东开始把注意力转移到研究中国新民主主义革命的基

本理论方面。1937年4月，延安解放出版社创立后，出版了许多延安所急需的马列著作和社会科学著作。毛泽东对新出版的马列主义经典著作，基本上都阅览一遍，其中尤为喜欢列宁的著作。他喜欢列宁的文风，其语言生动活泼；他读的次数最多的就是列宁的《社会民主党在民主革命中的两个策略》《共产主义运动中的“左派”幼稚病》《国家与革命》等书。1938年到1940年对马列主义经典著作的研究和学习，使毛泽东进一步提高了理论水平，加深了对中国革命的理解。

1939年5月，毛泽东撰写了《五四运动》一文，以纪念五四运动20周年，并发表在延安《新中华报》上。5月4日，毛泽东出席了延安青年群众举行的五四运动20周年纪念会，并以“青年运动的方向”为题作了讲演。在其中，毛泽东发展了关于中国革命问题的思想。10月，党内刊物《共产党人》杂志创刊发行，毛泽东为此写了《〈共产党人〉发刊词》。这篇文章总结了建党以来统一战线、武装斗争、党的建设三方面的发展成果，并深刻地论述了三者的相互关系，提出了党的“三大法宝”的观点。

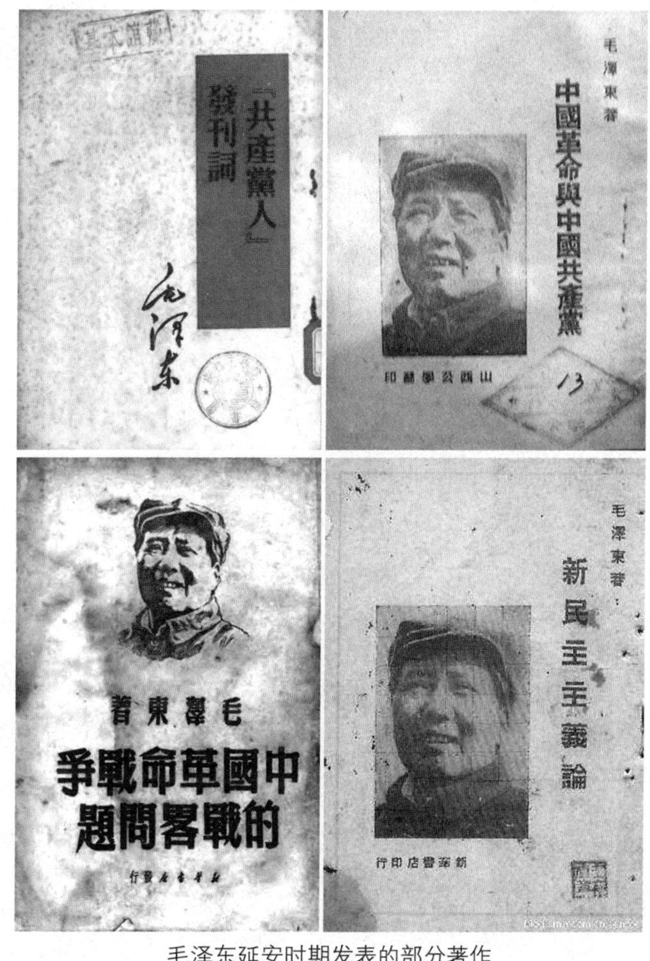

毛泽东延安时期发表的部分著作

为了加深广大党员干部对中国革命的了解，毛泽东参与了《中国革命和中国共产党》教材的编写。在撰写第二章的同时，毛泽东考虑，有一些新民主主义基本理论问题受到结构和篇幅的限制，不能够展开进行充分的分析和论述。故《中国革命和中国共产党》一书完成后，毛泽东便开始投入到《新民主主义论》一书的写作中，对新民主主义的观点给予进一步的发展和更为深刻的论述。

1940年年初，《新民主主义论》发表，引起了巨大反响。

中国共产党成为砥柱中流

中国共产党在抗日战争中发挥了中流砥柱作用。

积极倡导建立和维护抗日民族统一战线，使全国各党、各派、各界、各军团结在抗日的旗帜下，这是夺取抗战胜利的决定性因素。为争取抗日战争的胜利提供了重要的保证。

制定和实施了全面抗战路线和持久战战略方针，实现了对中国抗日战争的正确指导。

中国共产党领导的八路军、新四军深入敌后，开辟了敌后战场，提高了游击战的战略地位，并使19块敌后根据地逐渐成为全民族持久抗战的中坚。

中国共产党不断加强自身建设，努力发挥共产党人的先锋模范作用。赢得了全国人民的信赖和拥护，成为领导民族解放和振兴的坚强核心。

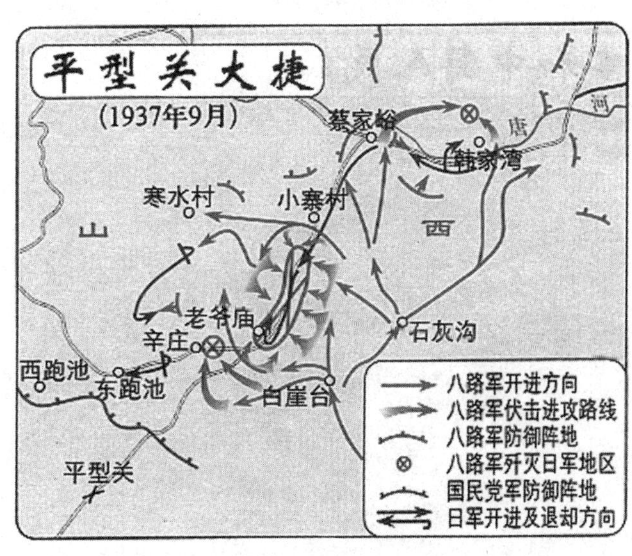

平型关战役示意图

平型关大捷是八路军出师华北抗日战场后首战大捷，同时也是全国抗战爆发以来中国军队的第一个重大胜利。

1937年9月21日，毛泽东电示八路军总部，同意第一一五师集中相应兵

平型关战役中的一一五师指挥所

力，寻机给日军以打击，暂时不分散，以配合平型关地区友军的作战。指出："这个仗必须打好，打出八路军的威风来，给全国人民的抗日情绪来一个振奋。"

平型关在山西繁峙县东北边境，邻接灵丘县，是长城要口之一。它距县城65公里，西去雁门关115公里，南近河北平县界。城门匾额上书"平型岭"三字，关内2.5公里是平型关村。平型关地势险要，古称瓶形寨，周围地形如瓶。明朝时是内长城重要关隘。关北的恒山高峙如屏，关南矗立五台山，两山都是陡峻的断块山，海拔在1500米以上，是晋北的交通障碍。两山之间是一条不太宽的地堑式低地，是河北北部平原与山西之间的最便捷通道。

9月24日夜，八路军一一五师主力三个团冒雨在平型关东北公路两侧山地埋伏，严阵以待。

当时，平型关地区乌云密布，大雨如注。9月24日早晨，前方传来断断续续的炮声。中午，前沿部队报告，敌人正向平型关推进，可能在明天大举进攻。林彪、聂荣臻立即组织各级指挥员到预定伏击地域，再次进行细致的推敲，并当即确定了第六八五团拦头、第六八六团斩腰、第六八七团断尾、第六八八团作为师预备队，实施拦截日军先头部队、切断日军退路、中间突击分割、共同歼灭日军的战斗部署。

秋末的冷风一阵紧似一阵。战士们没有雨衣，只好任凭风雨吹打，沿着崎岖的山沟，踏着泥泞的道路，在黑夜中摸索前进。不巧，又遇山洪暴发，阻挡了部队前进的道路，一些急于涉水的战士被洪水卷走了。大家只得把枪和子弹挂在脖

子上，手牵着手结成坚固的人墙，缓缓地穿过激流。最后，除第三四四旅旅长徐海东率领的一部分部队被洪水挡住外，第三四三旅旅长陈光率领的杨得志、陈正湘之第六八五团和李天佑、杨勇之第六八六团，均按时到达目的地。

徐海东来到乔沟伏击阵地东南侧白崖台师指挥所找林彪，对于他的六八八团没能到达阵地非常遗憾。正在山头拿着望远镜查看地形的林彪只是说“豆腐要当铁打，不能大意，不要轻敌，要留好预备队，要通过这次战斗摸摸敌人的特点”。

25日，日军坂垣师团二十一旅团进入伏击圈。其步兵分乘100多辆汽车走在队伍的最前面；辎重部队的200多辆大车满载着大批军用物资紧跟其后；再后面就是驮着92式步兵炮的骡马炮兵和骑着高头大马的骑兵。车马连成一线，马达声和马蹄声在山谷中回荡。日军鱼贯进入乔沟后，其纵队虽然前后衔接，但由于道路狭窄，加之雨后泥泞，车辆拥挤堵塞，行动较为缓慢。林彪一动不动地看着鬼子先头部队走过去，当敌人的指挥车快接近老爷庙时，林彪喊：“发信号弹！”

已陷入四面包围的日军不甘束手就擒，多次玩命向公路两侧的制高点——老爷庙反扑，战斗进行得异常残酷。刺刀折断了用枪托砸，石头树枝都成了武器。双方伤员扭抱在一起拳击牙咬，直至拼死为止。五连连长曾贤生一人刺死10多个日本兵，并率领全连炸毁日军汽车20多辆。最后，他拉响剩下的一颗手榴弹，与敌人同归于尽。

坂垣获悉所部陷入重围，急令其在蔚县的第二十一旅团第四十二联队主力和进至涞源以西的第九旅团一个联队，火速增援平型关。但均被我一一五师独立团和骑兵营阻止于灵丘以东和以北地区。

15时许，灵丘日军一部驰援，其步兵伴随坦克，向小寨村北隘口连续进攻，企图解救残存的日军，被我军打援部队击退。

打了整整一天，快黄昏时，战斗基本结束了，但山下的敌人仍然在顽强抵抗，河沟汊子里到处都是一股股的鬼子。我军战士们就一股股地打他们，他们死不投降，隐蔽起来，继续抵抗。被打散的敌人躲在一些小窑洞里不出来，战士就

一个窑洞一个窑洞地找。

八路军歼敌坂垣师团1000余人，汽车100余辆，胜利归来

在长长的山沟里，到处都倾覆着鬼子的汽车，烧着了的还在冒烟，汽车上面和车轮下面都是鬼子尸体，半山坡上鬼子的骑兵，连人带马尸横遍野。公路上的汽车和大车还满载着弹药、装备、被服、粮食、饼干、香烟……遍地都扔着枪支弹药，黄呢军服，大头鞋子……

枪声沉寂后，战斗并未结束，长达八里的沟道上没有一名站立的日本军人。聂荣臻亲自指挥部队打扫战场，当时还有不少躺着的日军伤兵，为了抓活口，战前动员时聂荣臻曾专门强调过捕俘的重要意义。没料到许多官兵为此付出了惨重的代价。有一位营长背起一个半死不活的日本伤兵，准备送往急救站，半路上伤兵稍稍缓过劲来，一口咬掉了营长的耳朵；还有一位通信员收电话线时，发现汽车底下躺着一个日本伤兵，受了重伤，呻吟不止，通信员掏出纱布准备为他裹伤，那伤兵却扬手一刀刺进了通信员的腹部……

其实战斗中还是抓了一个日军俘虏，不过不是一一五师，而是附近农民抓的。农民们绑住俘虏的手想把他送给八路军，可日军士兵却疯狂反抗，被愤怒的农民打死埋在山上。

一一五师经一天激战，歼敌1000余人，击毁敌军车80余辆，缴获了大批军用物资。这是抗战以来全国第一个大胜仗，打破了日军不可战胜的神话，八路军也因此威名远扬。

10月初，一一五师经灵丘南部山区下关、阜平到达五台县时，县城张灯结彩，欢迎从前线凯旋的八路军。在五台县，本来八路军不想进城而驻在城外，但

各界群众硬是搭好凯旋门让八路军从城里走一圈，当一一五师首长们骑着缴获日军的高头大马在街上通过的时候，街道两旁聚满了欢迎的群众。

平型关大捷后，毛泽东马上给予肯定。第二天，他立即致电朱德、彭德怀：庆祝我军的第一个胜利。在1938年4月台儿庄大捷后，毛泽东又一次提到平型关大捷：每个月打的较大的胜利，如像平型关台儿庄一类的，就能大大地打击敌人的精神，振起我军的士气，号召世界的声援。1938年5月26日到6月3日在延安抗日战争研究会上，毛泽东在讲演中再次肯定了平型关大捷："平型关的意义正是一场最好的政治动员。如此伟大的民族革命战争，没有普遍和深入的政治动员，是不能胜利的。抗日以前，没有抗日的政治动员，这是中国的大缺陷，已经输了敌人一招。抗日以后，政治动员也非常之不普遍，更不用说深入。人民的大多数，是从敌人的炮火和飞机炸弹那里听到消息的。这也是一种动员，但这是敌人替我们做的，不是我们自己做的。偏远地区听不到炮声的人们，至今还是静悄悄地在那里过活。动员了全国的老百姓，就造成了陷敌于灭顶之灾的汪洋大海。"

蒋介石也先后两次发来贺电。

一二九师挺进太行山。在八年的抗日战争中，共参加大小战斗、战役31000多次，歼灭日伪军达42万余人，成为消灭日寇最多的一个师；解放县城109座，在第一一五师一部配合下，创建了东起津浦铁路，西抵同蒲铁路，南跨陇海铁路，北至德石、正太铁路的晋冀鲁豫边区，面积达18万平方公里，人口达2400余万人，为抗日战争的胜利做出了重大贡献；部队由出师抗战时的9100人发展到近30万人，成为解放战争时期中国人民解放军晋冀鲁豫野战军的基础。

抗日战争时期，中国共产党领导的敌后抗日武装在华北同蒲铁路以东，津浦铁路以西，正太、石德铁路以北，张家口、承德以南广大地区创建了第一个敌后抗日根据地——晋察冀抗日根据地。被毛泽东誉之为"敌后模范的抗日根据地及统一战线的模范区"。

毛泽东曾风趣地说："五台山，前有鲁智深，今有聂荣臻。聂荣臻就是新的鲁智深。"

抗战中的聂荣臻

在聂荣臻的运筹下，又相继开辟了北岳、冀中、冀东、平西、平北根据地，使晋察冀抗日根据地成为华北最大的根据地。

李公朴先生从大后方来到晋察冀，做了六个多月的考察，在15个县、500多个村庄进行了调查访问，他亲眼看到，这里是一个新天地。

特别是根据地在实行民主政治、改善民生方面，成就突出，与国民党统治区形成鲜明对比。在国统区，苛捐杂税愈益繁重，人民不堪重负。国民党军队依靠抓壮丁的办法，把老百姓捆绑到前线，而在这里，到处是参军的热潮。李公朴后来写了《华北敌后——晋察冀》一书。他在书中称颂道："子弟兵是老百姓的儿子，坚决打鬼子的抗日部队的兄弟，是在晋察冀生了根儿的抗日军。"

后来，"人民子弟兵"这五个金光闪闪的大字，成为中国人民解放军的代名词，响遍了中华大地，一直沿用至今。

到1940年，军区主力部队和地方武装已发展到20多万人，其中主力部队有31个团，近10万人，由初建时的4个军分区，发展到17个军分区；晋察冀根据地到抗日战争胜利时，主力部队发展到32万余人，扩大了100倍，民兵发展到90余万人；还先后调往其他战略区32个团和25个架子团。

"黄上岭战役"是中国抗战史上最辉煌的战役之一。

黄土岭战斗的指挥员，是聂荣臻麾下的晋察冀军区一分区司令员杨成武和政委罗元发。而他们的对手则是毕业于日本陆军士官学校的阿部规秀，侵华日军独立混成旅团第二旅团长。

1939年夏，日本继续加大了对抗日根据地的重点"扫荡"。"扫荡"重点由冀中平原转向北岳山区。日军于1939年秋，调集独立混成第二旅团和第

一一〇师团主力共2万余人，对北岳山区进行规模更大、更为残酷的秋季“大扫荡”，企图彻底摧毁抗日根据地。

八路军晋察冀军区接到敌情报告后，即令第一军分区司令员兼政治委员杨成武统一指挥六个多团的兵力，采取“集中优势兵力，各个击破”的作战方针，决定在民兵配合下，先以少数兵力调动、激怒日军，再将其诱至有利地形，集中主力包围歼灭之。

1939年11月3日上午，进犯银坊的日军第一大队在八路军一个小分队的诱击下，进入雁宿崖峡谷，被八路军主力前阻后截，包围在雁宿崖。战至下午4时，日军第一大队除少数逃脱和13名被俘外，其余500余人全部被歼灭。

刚晋升为中将，就在战场上丢了一个大队，阿部规秀很是恼怒，决定亲自率领第二、四大队1500余人，连夜扑向雁宿崖寻找我军主力决战。

11月4日夜，阿部规秀率部越过白石口，进至雁宿崖一带，但是连八路军和老百姓的一个影子都没找到。

11月5日，阿部规秀率部继续向白石口方向前进。八路军牵制部队按预定部署边打边退，诱敌深入，若即若离，阿部规秀欲战不能，欲追不及。当夜，他率疲惫不堪的主力进入司格庄，没找着八路军，便气急败坏地命令部队放火焚烧老百姓的房屋。

几次扑空，急于报仇的阿部规秀“突然得到情报”，其侦察分队终于在黄土

黄土岭战役纪念碑

油画：《黄土岭战役》

岭一带发现八路军，说黄土岭附近有八路军主力活动。6日晨，阿部规秀率领大队人马沿着崎岖山路直扑黄土岭，企图与八路军决战。

日军进入了杨成武、罗元发早在这里布下的“口袋”中。

黄土岭，位于河北涞源、易县交界处，乍听起来像是一座黄土堆起来的土山，实际上是太行北部群山中的一个垭口。由黄土岭通向易县，先是一条五里长的山谷，然后才是平坦大道。

据此，杨成武决心于黄土岭东北上庄子至寨头之间狭谷伏击日军。并于一夜之间完成了对日军的包围。

在八路军完成伏击准备时，谙熟山地战的阿部规秀才恍然大悟，为避免被歼，他在7日凌晨决定收兵返营，但为时已晚。

7日上午，天空飘着密密的细雨，山谷里弥漫着浓浓雾气。

阿部规秀部由30多人的先头部队携几挺重机枪、轻机枪，先行占领路侧小高地，然后大队才跟进。

日近正午，阿部规秀的先头部队到达黄土岭东面的寨陀村，大部队却还拖在上庄子一线。直到下午3点钟左右，后卫部队才离开黄土岭，长长的一队人马陆续进入峡谷中的小路，踏进八路军的包围圈。

随着杨成武一声令下，数千支步枪、100多挺轻重机枪同时开火，把日军压在两三公里长、百余米宽的山谷里。

在八路军一阵猛烈的袭击后，阿部规秀的部队被打得七零八落。为了挣扎摆脱包围，阿部规秀立即整顿部队，向八路军寨陀阵地方向冲击，遭到坚决打击后，又掉头向东，妄图从黄土岭突围，逃回涞源。八路军第三团扼守阵地，死死封锁住日军退逃之路。这时，八路军的增援部队也进一步收拢，后路被堵的日军只能就地抵抗。16时许，阿部规秀旅团主力已伤亡过半，乱作一团。

就在战斗激烈进行的时候，负责迎头阻击任务的八路军第一团团长陈正湘、政委王道帮接到侦察兵报告，发现位于黄土岭与上庄子之间的一个名叫教场的小村庄附近，一座独立院落设有日军的临时指挥所。二人随即命令配属的分区炮兵

营迫击炮连，对准目标轰击。

18时许，连长杨九秤指挥迫击炮向这个临时指挥所轰击。

炮连的李二喜是山西人，他携带火炮赶到了炮位，以最快速度测距定向，调整炮位。连发两发，不偏不倚，炮弹在小院里开了花。随后，他又眼疾手快地调整炮位，朝小山包打了仅剩的两发。

硝烟刚散，陈正湘用望远镜惊奇地发现，小院里日军慌乱地进进出出，山包的日军也拖着伤员仓皇撤出。阿部规秀就在这个指挥所里，他的右腹部和双腿被迫击炮弹片炸伤数处。负伤后约三个小时，即11月7日21时50分，阿部规秀因失血过多而毙命，时年53岁。

当时陈正湘、李二喜还不知道，他们已经在抗战史上写下辉煌的一笔。后来，他们才得知，他们击毙了阿部规秀，是抗战以来八路军击毙的日军最高级别将领。

黄土岭一战，日军死伤900多人，秋季"扫荡"被彻底粉碎。而直到聂荣臻司令员打来电话，杨成武才知道打死了阿部规秀。

黄土岭成了日军的伤心岭。1939年11月21日，东京广播电台公布，日军中将阿部规秀于11月7日在黄土岭阵亡。

1937年10月，贺龙任八路军第一二〇师师长，与政委关向应等率部开赴晋西北抗日前线，共同开创了晋绥抗日根据地。

1938年8月，一二〇师一部和地方武装组成大青山支队，挺进绥远北部，开辟大青山抗日游击根据地。1940年分别成立晋西北行政公署和绥察行政办事处。晋绥抗日根据地是抗日战争时期中国共产党领导的八路军和敌后抗日军民创建的19个重要解放区之一。

八年抗战中，一二〇师和晋绥军区部队共作战10114次，毙伤日伪军100740人，俘虏日伪军18389人。晋绥根据地民兵配合主力或单独作战18718次，毙伤日伪军7733人，俘虏日伪军1876人。我军指战员牺牲13700余人，伤3万余人。

晋绥抗日根据地巍然屹立在黄河以东，在陕甘宁边区的门户上给敌人树起一

道难于逾越的屏障，使日军始终未能越过黄河进犯陕甘宁边区，保卫了延安和党中央，并确保了党中央与敌后各根据地联系的交通线。

山东抗日根据地是中国共产党领导创建的六大抗日根据地之一，是山东省委发动地方武装起义组成的八路军山东纵队与八路军第一一五师主力共同创立的。根据地东临黄海、渤海，北达天津，南接陇海铁路，西到津浦铁路，包括山东大部和河北、江苏的一部分地区，是连接华东与华北抗日根据地的纽带。

1938年8月，根据毛泽东的指示，“八路军鲁东游击纵队指挥部”在延安组建，张经武任指挥，黎玉任政委。这是“八路军山东纵队”领导机关的前身。同月21日，张、黎带领中央分配给山东的165名干部开赴山东。

12月27日，山东纵队在沂水县西部的王庄宣告成立，张任指挥，黎任政委。所属部队整编为25个团24500人，还有地方武装1万余人。至1939年底，山东纵队共作战2000余次，毙伤日伪军4.1万余人，收复城镇20座。山东八路军已达近6万人，党员总数达1万余人，初步开创了多块抗日根据地。

1943年，根据中共中央指示，成立了新的山东军区，罗荣桓任司令员兼政治委员，黎玉任副政治委员，肖华任政治部主任，辖鲁中、鲁南、滨海、胶东、清河、冀鲁边六个军区，所属部队编成13个主力团。

1941年，罗荣桓等与鲁南著名抗日民主人士孔昭同部的高级参议彭畏三合影。左起：陈士榘、陈光、彭畏三、罗荣桓

1944年，山东八路军实行局部反攻，巩固、发展了山东抗日根据地。

1945年，山东军区有27万正规军，罗荣桓指挥部队分五路向日伪军在山东进行大反攻，经一个多月的连续作战，歼灭日伪军6万多

人，控制山东境内的津浦、胶济、陇海铁路，收复除济南、青岛少数城市之外的山东大部地区。

抗联战士

山东抗日根据地军民在八年抗战中，共作战26000多次，歼日伪军50多万人。抗战结束时，根据地发展到2400万人口和12.5万平方公里的土地。

从1945年10月底开始，罗荣桓领导的山东军区部队陆续出发，分三批乘船到东北。除6万余人的正规部队以外，山东军区还派往东北20个基干团，约3万人。这9万名干部战士成为东北民主联军的中坚力量。剩下的20余万正规军也成为第三野战军主力。

东北抗日联军是中国共产党创建和领导的东北各族人民的抗日武装，是中国人民抗日军队的组成部分，是一支用爱国主义和国际主义精神武装起来的人民军队。

东北抗日联军的历史，是一部英勇的、艰苦卓绝的斗争史。东北抗日联军以仅有近4万人的军队对日作战次数10万余次。牵制76万日军，消灭敌人18万，涌现出杨靖宇、赵一曼等抗日民族英雄。表现了中华民族不畏强暴，英勇不屈的

杨靖宇（1905.2.26—1940.2.23）

赵一曼（1905.10.25—1936.8.2）

1939年7月1日，陈毅（前排左一）出席新四军第一届党代会，为主席团成员

精神，有力地支援了全国的抗日战争和世界反法西斯战争。日本外务省公布：满洲共阵亡26.5万多士兵，中国阵亡46万士兵，苏联红军进入东北后，宣布击毙日军8万多。

对东北抗日联军14年艰苦卓绝的英勇斗争，党和人民给予了高度评价，1948年1月1日，中共中央给东北局的电报中指出："前东北地下党组织之党员与抗联干部同志们，在党中央领导与抗日救国的总的政策之下，曾在极艰难复杂环境中对日本帝国主义和伪满洲国进行了长期的残酷的英勇斗争，曾得到东北人民的爱戴。'八一五'东北光复初期，又协同苏联红军及八路军、新四军，最后击败日寇，解放了东北。是中国共产党光荣历史不可分的一部分。"

新四军是抗日战争时期，中国共产党领导的人民军队，全称为国民革命军陆军新编第四军。

1937年10月12日，国民政府军事委员会宣布将湘、赣、闽、粤、浙、鄂、豫、皖八省边界地区（不包括海南岛）的中国工农红军游击队和红军二十八军改编为国民革命军陆军新编第四军。

毛泽东于1944年9月曾评价新四军说："新四军是消灭不了的"，新四军"已经成为华中人民的长城"。

在抗日战争中，新四军抗击和牵制了16万日军，23万伪军，作战2.2万余次，其中对日伪军作战1.9万余次，歼日伪军31万余人；反顽自卫作战3000余次，歼国民党顽固派军14万余人。新四军作战伤亡8.9万余人。新四军从最初的1万余人，发展到拥有主力21.5万余人，地方武装9.7万余人，计31万余人；另有民兵自卫队96万余人。建立了地跨苏、浙、皖、豫、鄂、湘、赣七省的苏南、苏中、苏北、淮南、淮北、鄂豫皖湘赣、皖江和浙东八块抗日根据地，面积达25.3万平方公里，人口3420余万人，为抗日战争的胜利作出了重要贡献。

在后来人民解放军33位著名军事家中，从新四军走来的就有 9 位：叶挺、陈毅、粟裕、徐海东、张云逸、罗炳辉、黄克诚、彭雪枫、李先念。

抗战期间，华北抗日根据地处于极端残酷的战争环境，既要面对日伪的"扫荡"、蚕食、分割与封锁，又要遭受日伪的暗中破坏。但华北抗日根据地军民并没有屈服，他们在中共的坚强领导下，英勇地进行了反"扫荡"、反蚕食、反分割、反封锁、反日伪暗中破坏的斗争，谱写了一曲慷慨激昂的战歌。

华北军民的抗日斗争，更是艰苦卓绝。

冀中是遭日寇侵略的重灾区。自1938年秋起的五个月时间里，日伪军先后对我冀中进行了五次战役进攻和三次分区"扫荡"，妄图摧毁冀中抗日根据地，但在广大军民的英勇反击下，最终将敌人的围攻一一粉碎，取得了巨大的胜利，冀中根据地得到了进一步的巩固和发展。

1942年5月至7月，我冀中军民又胜利粉碎了日军的"五一大扫荡"，坚持和巩固了抗日根据地。

"五一大扫荡"的残酷性史无前例。但英勇的冀中人民为反对日军的侵略暴行，也进行了不屈的斗争，冀中军民在两个月的反"扫荡"中，共作战270余次，毙伤敌人1万余人，粉碎了敌人消灭冀中领导机关和主力部队的企图。日军曾狂妄地叫嚣：冀中地区的游击队战火必将被扑灭，冀中百姓只能在太阳旗下

拔除日军据点

当顺民，冀中平原定可成为“王道乐土”“理想的粮仓”。法西斯匪徒的种种幻想，都被英勇的冀中人民彻底粉碎。

百团大战是中国共产党领导下的八路军在1940年8月至1941年1月间，与日军在中国华北地区晋察冀边区发生的一次规模最大、持续时间最长的战役。八路军的晋察冀军区、一二九师、一二〇师在总部统一指挥下，在河北、山西发动了以破袭正太铁路（石家庄至太原）为重点的战役。

1940年12月10日，八路军总部宣布了百团大战的战果：从8月20日到12月5日的三个半月中，八路军共进行大小战斗1824次，攻克据点2900余个，歼灭日伪军45000余人；缴获各类枪支5942支（挺），各种炮53门；破坏铁路474公里，公路1502公里，桥梁212座，火车站37个，隧道11个，铁轨21.7万余根，枕木154.9万余根，电线杆10.9万余根，收电话线42.4万余公斤；破坏煤矿5座，仓库11所；此外，还缴获和破坏了其他大量军事物资。

从1931年至1945年，中国战场歼敌150余万人，占日军“二战”期间伤亡人数的70%，中国军民伤亡3500余万人，直接财产损失1000亿美元以上，间接财产损失5000亿美元以上。

在八年抗战中，中国共产党领导的人民军队，抗击和包围了侵华日军（不含东北）的69%和伪军的95%。对敌作战12.5万余次，消灭日伪军171.37万余人，占日伪军总数的四分之三以上。夺回了近百万平方公里的土地，解放了1亿人

民，组织了120万的正规部队和220万民兵，建立了19块解放区。我军指战员伤亡60余万人，人民群众伤亡600多万人。可以说，没有中国共产党及其领导的八路军、新四军，就没有抗日战争的胜利。

十二 创建建党新模式

毛泽东一直坚持从严治党。并在实践中不断地摸索经验，寻找适合中国革命和建设的党建道路。

开展延安整风

延安整风，是毛泽东对马克思主义党建思想的一次大发展。它既是全党范围的普遍的马克思主义教育运动，也是一次伟大的思想解放运动。延安整风对强化党的思想、政治、组织、作风建设是一个伟大的创举，堪称党的建设发展史上一座极其重要的丰碑。

通过延安整风，中国共产党全面解决了党内长期存在的“左”倾错误路线影响，解决了遵义会议未能解决的政治路线问题。不仅初步确立了实事求是的思想路线，破除了将苏共经验和共产国际指示神圣化的教条主义，而且还将马克思主义中国化的第一个理论成果——毛泽东思想确定为党的指导思想，从而极大推动了马克思主义中国化的进程，对中国革命和建设事业产生了深远的影响。

1941年1月发生的皖南事变引起了毛泽东的深思，党内存在的“左”右倾错误，影响了革命的发展。项英、袁国平领导的新四军，部队力量的发展比八路军慢得多，八路军发展了五倍，新四军才发展一倍，项英不听从中央指示，最后在皖南事变中，投入蒋介石的罗网。在党内，王明的机会主义错误还没有彻底清除，共产国际关于中国革命的错误指挥，通过王明等人还在起作用。王明在1940年3月公然再版了他在1930年

油画：《毛泽东作整风报告》

11月写的《两条路线》（再版时改为《为中共更加布尔什维克而斗争》）的小册子，主观主义、宗派主义和党八股还在毒害一些人。抗战以来，党吸收了70万新党员，他们大部分出身于农民和小资产阶级，虽然有革命热情和愿意接受教育的愿望，但其中不少人把个人主义、自由主义等非无产阶级思想带到党内，组织上入了党，思想上并没有完全入党。这常常成为不正之风滋长和蔓延的条件。为了解决这方面的问题，毛泽东考虑有必要进行一次大规模的整风运动。

延安整风于1942年正式拉开了帷幕，至1945年4月结束，大体可划分为思想动员阶段（1942年2月至4月），整顿三风阶段（1942年4月至1943年10月）和总结历史经验阶段（1943年10月至1945年4月）。

在整风运动中，毛泽东带头读书。

毛泽东从青少年时就酷爱读书，先读孔夫子的书，后来读马列的书。

毛泽东提出“广收博览”“人的知识面要宽些”，他博览群书，平时读的书涉及政治、经济、文化、军事、科技、教育等许多方面，古今中外，广泛读之。

1919年12月，毛泽东第二次到北京。他回忆说：“我第二次到北京，读了许多关于俄国近况的书，我热切地搜寻当时所能找到的中文共产主义文献……有三本书特别深刻地铭刻在我的心中，建立起我对马克思主义的信仰。我接受马克思主义，认为它是对历史的正确解释后，就一直没有动摇过。这三本书是：陈望道译的《共产党宣言》，这是用中文出版的第一本马克思主义的书，考茨基的《阶级斗争》，以及柯卡普著的《社会主义史》。”毛泽东接触的第二本马列重要著作是列宁的《国家与革命》，时间是1926—1927年。1932年4月，毛泽东开始读恩格斯的《反杜林论》、列宁的《社会民主党在民主革命中的两个策略》《共产主义运动中的“左”派幼稚病》（红军打开漳州时获得）。长征路上，病中的毛泽东在担架上还读《反杜林论》。

毛泽东到延安后更加发愤地读书。延安时期，环境相对稳定，他才有机会较多地阅读马列主义著作。他曾千方百计地搜集马克思主义的各种译本和书籍

整风中战士们在学习

报纸，加紧苦读。1939年1月28日在延安的演说中，他曾说过一段自己的“读书观”：“有了学问，好比站在山上，可以看到很多很远的东西；没有学问，如在暗沟里走路，摸索不着，那会苦煞人。”

毛泽东在整风准备时期阅读和重读了大量的马克思主义经典著作和国内外阐述马克思主义的重要著作。这些书有：《资本论》《社会主义从空想到科学的发展》《列宁选集》《国家与革命》《理论与策略》《马克思恩格斯论艺术》等。特别对列宁的《两个策略》《共产主义运动中的“左”派幼稚病》两本书读的次数最多，在延安至少读过三遍。这两本书是经过二万五千里长征从中央苏区带来的，虽然已经破旧，但他仍然爱不释手。

学习中，毛泽东强调学理论要“有的放矢”。

“有的放矢”是个成语。南宋哲学家叶适曾说过：“论立于此，若射之有的也……的必先立，然后挟弓注矢以从之，故弓矢从的而非的从弓矢也。”毛泽东赋予这个成语以全新的含义。他在《改造我们的学习》中说：“‘的’就是中国革命，‘矢’就是马克思列宁主义。我们中国共产党人所以要找这根‘矢’，就是为了要射中国革命和东方革命这个‘的’的。这种态度，就是实事求是的态度。”在《整顿党的作风》中，他又从马克思列宁主义理论和中国革命实际相联系的角度说：“这种联系，拿一句通俗的话来讲，就是‘有的放矢’。‘矢’就是箭，‘的’就是靶，放箭要对准靶。马克思列宁主义和中国革命的关系，就是箭和靶的关系。”这些话，形象而又深刻地说明了对待马克思列宁主义的正确态度。

毛泽东紧密联系中国革命实际研究和解决问题。他认真研读了众多的哲学著作，在这些著作上做横批、眉批、打钩、画杠、圈点、做注。有的书，他读了三遍，写有某年某月“初读”“二读”“三读”，有些书籍甚至读过更多次。现在保存下来的毛泽东在整风准备时期留有文字批注的哲学书籍共七种八本。批注多而且重点读的是《辩证唯物论教程》（第三版）、《辩证唯物论与历史唯物论》（上册、米丁著）、《社会学大纲》《哲学选集》和《辩证唯物论教程》（第四版）等五本书。在这五本书的天头地脚、边白夹缝中，他共写了2万字的批语。其中《辩证唯物论教程》（第三版）批注最多，有12000字左右，最长的一条批语，达1200字左右。

毛泽东在阅读、批注这些书籍的同时，也在认真思考这些著作中讲述的基本哲学原理，努力把基本问题搞清楚。

1937年4月，延安解放出版社创立后，出版了许多延安所急需的马列著作和社会科学著作。毛泽东对新出版的马列主义经典著作，基本上都阅览一遍，其中尤为喜欢列宁的著作。他喜欢列宁的文风，其语言生动活泼，更喜欢列宁的哲理，因为他所说的在某些方面和中国情况很接近。1938年到1940年对马列主义经典著作的研究和学习，使毛泽东进一步提高了理论水平，加深了对中国革命的理解。

毛泽东学习马列理论不耻下问，从来都是虚心向理论工作者请教。

1937年10月，27岁的艾思奇来到延安，在抗日军政大学任主任教员，是位青年哲学家。他曾用答读者的形式，于1937年4月出版了一本宣传马克思主义哲学的著作《哲学与生活》。

毛泽东在延安读了《哲学与生活》一书，亲笔作了19页摘录，约4600字。后来，他又将《艾著〈哲学与生活〉摘录》送艾思奇阅正。同时附信说：“思奇同志：你的《哲学与生活》是你的著作中更深刻的书，我读了得益很多，抄录了一些，送请一看是否有抄错的。其中有一个问题略有疑点（不是基本的不同），请你再考虑一下，详情当面告诉。今日何时有暇，我来看你。”信中提到的“疑

艾思奇及著作

点”，是指艾思奇有个论点“差别的东西不是矛盾”。毛泽东对这个论点写了一段话：“根本道理是对的，但‘差别不是矛盾’的说法不对。应说一切差别的东西在一定条件下都是矛盾……”

这件事，使艾思奇深受感动和鼓舞。

毛泽东和李达是挚友，同籍湖南，一起参加中共一大，都是马克思主义哲学家。

延安时期，毛泽东赞扬李达的《社会学大纲》是一本好书，是中国人自己写的第一本马克思主义的哲学教科书。毛泽东在写作中也把李达的书作为重要的参考书之一。

到了20世纪50年代，毛泽东经常到武汉视察。李达担任湖南大学、武汉大学校长，二人见面机会较多。中华人民共和国成立后，他们在东湖第一次见面时，李达开口“主、主”了几次，“席”字没说出来。毛泽东说：“你主、主、主什么……你过去不是叫我润之，我叫你鹤鸣兄？”入座后，李达说：“我很遗憾，没有同你上井冈山，没有参加二万五千里长征。”毛泽东说：“你遗憾什么？你是黑旋风李逵，你比他还厉害，他只有两板斧，你有三板斧……你从‘五四’时期，直到全国解放，都是理论界的‘黑旋风’，胡适、梁启超、张东荪、江亢虎这些‘大人物’都挨过你的‘板斧’，你在理论界跟鲁迅一样。”

1958年4月，毛泽东在武汉会见李达，右一为王任重

在延安，毛泽东号召："来一个全党的学习竞赛。"

1938年10月，毛泽东在六届六中全会上，代表中央政治局作了题为"论新阶段"的政治报告。在报告中，毛泽东指出："指导一个伟大的革命运动的政党，如果没有革命理论、没有历史知识、没有对于实际运动的深刻了解，要取得胜利是不可能的。"为此，"一切有相当研究能力的共产党员都要研究马克思、恩格斯、列宁、斯大林的理论，都要研究我们民族的历史，都要研究当前运动的情况和趋势，并通过他们去教育那些文化水平较低的党员。"

他号召在全党的学习竞赛时，"看谁真正学到了一点东西，看谁学得更多一点更好一点"。从六届六中全会开始，经过延安整风学习，"全党干部的学习运动"广泛深入地开展起来。

同年12月23日，毛泽东在中共中央组织部召开的延安党政军民众团体检查工作的干部会议上指出，加紧学习，学习马克思列宁主义，革命运动及中国的历史，从中央委员会各级干部研究较深的理论起，一直到各机关事务人员学习文化止。

根据干部不同情况，毛泽东提出学习内容："按其程度、文化与理论或并重或偏重。"并建立"勤学者奖，怠惰者罚"的制度。

根据这一精神，1939年2月，中共中央成立了干部教育部，领导和组织全党的马克思列宁主义学习。中央干部教育部制订了《延安在职干部教育暂行计

划》，规定了学习内容并统一课程设置及编组。

延安的学习热潮是与开展“五五学习节”活动联系在一起的。1940年3月，中央在《关于在职干部教育的指示》中，规定把5月5日马克思诞辰的这一天定为学习节，并定当年5月5日为第一次学习节，学习节前后，开展纪念活动，总结、检查、评比与考核一年来的学习成绩。

“五五学习节”活动在延安共举行了三次。第一次于当年6月举行，中共中央干部教育部在延安中央大礼堂举行大会，参加者近千人，大会由王首道主持，朱德、任弼时等出席会议并讲了话。李维汉作了题为“延安在职干部一年来学习经验总结”的报告。大会奖励了39个各类干部组成的模范学习小组。其中，陈云、张闻天领导的高级学习组被评为模范小组，朱德被评为模范学员。

第二次学习活动于1941年5月5日举行。这次学习节强调干部学习质量和理论联系实际两个主题。这期间，张闻天写了《提高干部学习质量》一文，说如果做不到这两点，就“还是一个一知半解、道听途说的空头马列主义者，或者始终只能成为在‘马列主义大门外东张西望的流浪儿’”。

第三次学习节是从1942年开始的，由于延安整风运动由准备时期进入普遍整风时期，学习节就改为结合整风运动进行了。

1941年9月26日，中央成立学习研究组，毛泽东任组长，王稼祥任副组长，各地也成立高级学习组。当时在延安参加整风学习的干部有1万多人，以各部门主要负责人为主成立的高级学习组，最初是100多人，后来扩大到250～300人。全国各地的高级学习组由中央管理和指导，延安的高级学习组由政治局和中宣部负责。通过整风运动，许多过去没有读过马列本本的高级干部，这次集中地、认真地读了中央规定的理论书籍；过去读过马列本本的一些领导干部，这次懂得了怎样运用马列主义的立场与方法来认识中国革命问题。

全党学习马克思主义热潮的兴起，大大加强了干部对学习马克思主义理论重要意义的认识。在观念上发生了由原来的“没有文化照样干革命”到“不学不得了”“学了了不得”的重大变化，参加学习的人员也迅速增加，由刚开始时的

2000人，至1942年时增加到10098人。这不仅提高了全党干部的理论和文化水平，也为反对主观主义和教条主义的斗争做了进一步的思想理论准备。

1942年2月1日下午，中共中央党校在大礼堂举行开学典礼。参加大会的有党中央各部门的领导人和全体学员1100余人，会场周围贴着许多标语口号及箴言名句，洋溢着生动活泼的学习气氛。1时半，毛泽东在热烈的掌声中步入会场。

毛泽东演讲的题目是“整顿学风党风文风”，此文在1953年收入《毛泽东选集》时改名为“整顿党的作风”。第二天，延安《解放日报》发表了题为“整顿学风党风文风”的社论；4月27日，延安《解放日报》全文刊载了毛泽东的演讲内容。这样，整顿三风的内容由中央党校逐渐扩展到延安及各革命根据地。

同年2月8日，毛泽东又在中央宣传部和中央出版局联合召开的宣传工作会议上作了题为“反对党八股”的演讲。到会的有党中央各部门的负责人、党内外高级干部和从事文化工作、研究工作、编写工作的干部共800余人。2月11日，延安《解放日报》发表了《宣布党八股死刑》的社论，阐述了党八股和主观主义、宗派主义的关系，党八股的主要特征、危害及彻底废除党八股的最好办法。

毛泽东的两个演讲报告，将延安整风运动由准备时期带入了普遍整风时期。

1942年4月3日，中共中央宣传部发布了《关于在延安讨论中央决定及毛泽东同志整顿三风报告的决定》，“四三决定”规定，在全党整风中必须精读22个文件，其中主要有毛泽东《改造我们的学习》《整顿党的作风》《反对党八股》《反对自由主义》《农村调查序言》《在边区参议会的演说》，刘少奇的《论共产党员的修养》，陈云的《怎样做一个共产党员》等。

在学习22个文件时，许多领导干部以身作则，写读书笔记，交流体会。《解放日报》的《学习》第一期发表了陆定一的《为什么整顿三风是党的思想革命》和陶铸的学习笔记《我对中宣部四三决定的认识》。5月13日，《解放日报》报道了胡耀邦在参加总政治部整风学习座谈会上关于学好22个文件的讲话。5月14日，彭真为《解放日报》写了代论：《领会22个文件的精神实质》。此外，凯

丰、李富春、王若飞、聂荣臻、李维汉、艾思奇、邓力群、冯文彬等，都在《学习》副刊上发表过整风学习的文章。

中共中央直属机关组成了中央直属系统学习委员会，由康生、李富春领导，成员有柯庆施、王首道、李六如、王鹤寿、李克农等21人参加，其中康生、李富春、曾固、徐以新、曹轶欧等5人为常委。

“四三决定”的发布，像和煦的春风，立即吹遍了延安及各抗日根据地。党政军各机关、部队、学校都结合本部门的实际，做了周密细致的安排布置，把整风学习与检查思想作风、工作作风、生活作风结合起来，掀起了整风学习的热潮。

延安整风的第一个重要任务是反对主观主义以整顿学风。

毛泽东指出，学风不是学校的学风，而是全党的学风。学风问题是领导机关、全体干部、全体党员的思想方法问题，是全党同志的工作态度问题，是第一个重要的问题。

为了加强领导，1942年6月2日，中央成立总学习委员会，由毛泽东主持负责，直接领导中央直属机关、军委直属系统、陕甘宁边区系统、文委系统各分区学习委员会和中央党校学习委员会。同日及6月7日、15日，中共中央总学习委员会连续举行三次会议，会议决定：同意李富春所提总学委巡视团各巡视员分工，以后每星期巡视团汇报时，总学委各同志都可以参加。加强《学习》报编辑委员会，解答各方面所提出的问题，由凯丰负总责。参加中央学习组的党、政、军、民各方面的工作同志，混合编为10个小组，毛泽东为第一组组长，高岗、谢觉哉为副组长。由中央宣传部通知全国各地党部，按照延安经验，将整风运动展开到全党。中央总学习委员会和各系统的巡视人员不得向各单位要现成的材料，要用自己的耳和手收集材料等。

毛泽东批评教条主义者说，我们为什么要学习马克思主义呢？是不是我们吃小米不得消化，因此要念消化经呢？我们的同志必须明白，我们学习马列主义不是为着好看，也不是因为它有什么神秘，只是因为它是领导无产阶级革命事业

走向胜利的科学。他说，在中国生活的共产党员离开中国的实际需要来读马列主义，纵令你把马列主义读一万遍一千遍，也还是假马列主义，这样的“马克思主义理论家”，也还是一个“老鼠上秤钩——自己称自己”的理论家。他批评说，教条有什么用处？说句不客气的话，实在比狗屎还不如，我们看，狗屎还可以肥田，教条主义呢？既不能肥田，有什么用处呢？猪用嘴巴在地里拱坑，碰到石头，知道转弯；教条主义者碰得头破血流还不知道转弯，比猪还蠢，教条主义者就是这样一些不实事求是，不按实际情况办事的主观唯心主义者。

毛泽东指出，经验主义者轻视理论，把狭隘局部的经验当作普遍的真理，忽视马列主义的学习，不注重研究新情况新问题。他们把局部经验到处搬用，也同样有害于革命。

他指出，教条主义和经验主义两种表现形式虽不同，但本质却是一样的，都是以主观与客观相分裂，认识和实践相脱离的唯心论和形而上学为特征的。

毛泽东的整风报告使人心胸顿开，思绪万千。在延安的清凉山、凤凰山、宝塔山，在窑洞里，在各级干部学校的校园里，到处可以看到三三两两的人群，聚集在一起讨论切磋，交换学习心得。

延安成了一所干部重新学习的大学校。有人说，如果沦陷以前的北平是座学生城，那么，北平沦陷以后，延安就是一座学生城。伟大的学习运动，像阵阵春风吹醒了人们的头脑，拂去了思想上的尘埃。

从1942年8月初开始，延安各单位先后从整顿学风学习阶段转入党风学习阶段，至12月中旬结束。在四个月中，党和毛泽东在批判宗派主义的同时，提出了加强全党的团结和党与人民群众团结的基本原则，规定了正确处理党内外各种关系的基本方针和方法。

毛泽东指出，宗派主义是主观主义在组织关系上的一种表现。我们如果不要主观主义，要发展马克思列宁主义实事求是的精神，就必须扫除党内宗派主义残余，以党的利益高于个人和局部的利益为出发点，使全党达到完全统一的地步。

毛泽东提出了加强全党的团结与人民团结的基本原则：全党要认真实行个人

服从组织、少数服从多数、下级服从上级、全党服从中央的民主集中制。必须顾全大局，每一个党员、每一种局部工作、每一项言论和行动，都必须以全党利益为出发点。共产党员要倾听人民群众的意见，要联系人民群众。

1942年9月1日，中共中央政治局通过了王稼祥起草的《关于统一抗日根据地党的领导及调整各组织间关系的决定》（以下简称《决定》）。《决定》的中心思想是强调党的一元化领导。《决定》发布后，中央建立和健全了在各地的代表机构，理顺了党政军民的相互关系。

关于反对对外的宗派主义问题，毛泽东指出："一部分共产党员，还不善于同党外人士实行民主合作，还保存一种狭隘的关门主义和宗派主义的作风。""国事是国家的公事，不是一党一派的私事。因此，共产党只有对党外人士合作的义务，而无排斥别人，垄断一切的权利。"

经过整风，共产党人和非党人士的合作关系有了明显的改进。

1943年，国民党为了配合其发动的第三次反共高潮，印发了所谓的《告边区父老书》，制造李鼎铭被撤职的谎言。他看了非常生气，当即在报上发表了《驳斥关于我被"撤职"的谣言》，他说，我身为党外人士，与共产党合作两年，并没有感到共产党的任何歧视和排斥，我亲眼看到全边区参加"三三制"政权的党外人士，同样没有一个人感到共产党的歧视和排斥。共产党对于民选来的党外人士是开诚相见，崇尚友谊，表现了最高的信任和尊重。

1944年，赴延安的中外记者参观团一位记者访问李鼎铭后说李鼎铭是"有职有权的"，"他对我们的谈话是真心实意的"。

毛泽东在整顿学风中还对延安存在的"小广播"提出批评，再次提出反对自由主义的问题。

1942年12月6日，中共中央总学委会发出《关于肃清延安"小广播"的通知》，该通知指出了"小广播"的严重危害，要求彻底清除。延安大学举行了由全校师生参加的反对自由主义讨论大会，会议由校长吴玉章主持，并有中组部、妇委会、总政、电影团等机关的同志列席。这次大会对延安大学存在的自由主义

倾向进行了彻底清算，从而带动和促进了其他各部门反对自由主义的斗争。

反对党八股以整顿文风是从1942年12月到1943年3月进行的。

对于反对党八股的重要性，毛泽东指出："我们反对主观主义和宗派主义，如果不连党八股也给以清算，那它们还可以躲起来。""如果我们连党八股也打倒了，那就算对于主观主义和宗派主义最后'将一军'，弄得这两个怪物原形毕露，'老鼠过街，人人喊打'，这两个怪物也就容易消失了。"

毛泽东曾风趣地列举了党八股的八大罪状：空话连篇，言之无物；装腔作势，借以吓人；无的放矢，不看对象；语言无味，像个瘪三；甲乙丙丁，开中药铺；不负责任，到处坑人；流毒全党，妨害革命；传播出去，祸国殃民。

1942年12月8日，中共中央总学习委员会发出了《关于文风学习的通知》，号召全体参加学习的同志以学习学风和党风的精神来学习文风。要求每个同志，认真检查自己过去和现在的工作与自己所写的文件、作品，借以坚决地、彻底地肃清党八股的余毒。

为了克服党八股，毛泽东向全党介绍了他编辑的《宣传指南》。《宣传指南》包含了四篇文章：一是从《苏联共产党（布）历史简要读本》中摘录的关于列宁怎样做宣传工作的部分。二是从季米特洛夫在共产国际七大的报告中摘录的"应当学会不用书本上的公式而用为群众事业而奋斗的战士们的语言和群众讲话"的有关部分。三是从《鲁迅全集》里选出来的有关部分：鲁迅在复《北斗杂志》讨论怎样写文章的一封信中列举了38条写文章的规则。四是中国共产党六届六中全会关于宣传的民族化。

文风教育中各机关、学校、部队每个人都检查了工作中的形式主义现象，检查了写文章、作决议，作报告的党八股作风，特别是文教宣传部门，用了更多的精力进行了文风的学习，成效更大。

结合整风，组织学习党史，是毛泽东提高全党马克思列宁主义水平的一个重要举措。他指出，有必要也必须研究党的历史，如果不把党的历史搞清楚，不把党在历史上所走的路搞清楚，便不能把事情办得更好。"只有认清自己的过去，

总结经验和教训，党才能提高认识，才能克服困难，胜利前进。”

为学好党史，在毛泽东的主持下，中共中央书记处编印了《六大以来》《六大以前》两部大型文件集，后又编印了《两条路线》，作为高级干部学习总结党史之用。

这三本书在党内产生巨大反响。一方面，许多同志了解了党的历史的一些基本情况；另一方面，又有利于犯错误的同志回忆那段历史的思想和工作情况，改正错误。

在1942年3月，毛泽东在中共中央学习组作了《如何研究中共党史》的报告后，从中央到地方各根据地的各级党校、陕北公学、抗大及各地革命与军事干部学校都积极投入到对党的历史的学习和研究之中，进而在全党形成了研究学习中共党史的热潮。

当年中共中央领袖们聚居的地方杨家岭位于延安城西北约三公里，是个小山村。据说明朝太保杨兆的墓在此，故原名“杨家陵”。1938年11月20日，日本飞机首次轰炸延安城，中共中央机关当夜便从城内凤凰山麓迁入这个小山村，从此改名“杨家岭”。

毛泽东住在小山坡的三孔窑洞里，左侧是刘少奇的窑洞，右侧是朱德、周恩来的窑洞。

胡乔木被任命为毛泽东的文化秘书（后来成为政治秘书）后，一时竟不知做些什么。他心里十分不安。他鼓足勇气，走向毛泽东的窑洞。想去问毛泽东该做什么工作，一进去见毛泽东正埋头校对文件清样，就说道：“让我来校对吧！”

毛泽东笑道：“好呀！”

于是，胡乔木从毛泽东手中接过清样，拿到自己办公室里校对。这是他头一回学做秘书工作。

胡乔木所校对的，是《六大以来重要文件汇编》清样。这是中共中央书记处编印的一本“大部头”文献集，此书于1941年12月在延安正式出版，收入1928年6月中共六大以来至1941年11月期间的党内文件557篇，分上下集出版。此书

是供中共高级干部整风学习用的，借以弄清中共六大以来的党内路线斗争问题。这“大部头”在正式出书之前，先是把文件印成活页文选分发。胡乔木当时所校对的，正是文件活页文选的清样。

1949年4月，毛泽东和胡乔木在香山交谈

胡乔木做过编辑，又有文字功底，所以经他校对的清样，不仅没有错别字，而且更正了一些文件最初误印的地方。毛泽东对这位年轻人的工作十分满意。

胡乔木晚年回忆说：“当时没有人提出过四中全会后的中央存在着一条‘左’倾路线。现在把这些文件编出来，说那时中央一些领导人存在主观主义、教条主义就有了可靠的根据。有的人就哑口无言了。毛主席怎么同‘左’倾路线斗争，两种领导前后一对比，就清楚地看到毛主席确实代表了正确路线，从而更加确定了他在党内的领导地位。”

从1942年4月起，中共中央西北局组织部开始举办党史报告会，警备区、沿河三县、陇东、关中、三边、延安等地的代表作了党史报告。

杨尚昆回忆：“系统地读了‘党书’，有一个鲜明的比较，才开始认识到什么是正确路线，什么是错误路线，什么是创造性的马克思主义，什么是教条主义。‘党书’在延安整风中确实发挥了巨大作用，是犀利的武器。”

毛泽东得知中央党校一些学员对党史上重大问题讨论不清楚的情况后，于1944年3月20日，由彭真陪同，来到一部礼堂给党校各部学员，还有中直机关和西北局的干部做《学习和时局》的演讲报告，向大家口头传达了中央政治局对党

史上几个重大争论问题的基本结论，他不用文稿，话语简洁，观点透彻，给大家留下了深刻印象。

毛泽东引导大家回顾过去党的历史上反对陈独秀、李立三错误路线时，在斗争方法上的两个主要缺点：“一方面，没有使干部在思想上彻底了解当时犯错误的原因、环境和改正此种错误的详细办法，以致后来又可能重犯同类性质的错误；另一方面，太着重了个人的责任，未能团结更多的人共同工作。”他说，这次讨论党史的方针是，以马列主义的立场、观点和方法，来全面地唯物、辩证地分析和研究党的关系，肯定一切或者否定一切都是错误的。

他鼓励大家，讨论党的历史是为了向前看，应当有所进步，应当采取革命的乐观态度，他风趣地说：“炮子会打死人，肚子要吃饭，路要脚走，这是三原则。”他讲到这里，听报告的同志们受到感染，都由衷地笑了。

毛泽东报告后，学员们以中央对党史的基本结论为正确准绳，继续深入讨论六大，通过思想小结，达到了认识统一。

这一时期，中共中央还组织过去曾在各革命根据地和红军中工作过的干部，座谈和总结党的历史经验。先后召开了红七军历史座谈会、潮梅地区党史座谈会、湘鄂赣边区党史座谈会、湘赣边区党史座谈会、闽西地区党史座谈会、闽粤边区抗日时期党史座谈会、红五军团历史座谈会、赣东北边区党史座谈会等。这样，经过自上而下和自下而上相结合，把总结党的历史和各地区的历史经验密切结合起来，使党的干部从切身实践经验出发，分析党的路线是非，吸取经验教训，统一了思想认识。

在整风运动中，毛泽东把高级干部讨论党的政治路线作为重要举措。

整风运动是分高级干部的整风和全党干部的普遍整风两个层次进行的。毛泽东认为，整风运动的主要对象是党的高中级干部，特别是高级干部。他们犯的思想错误最顽固，只要将他们的思想打通了，下级干部的进步就快了。

高级干部的学习整风及显著成效主要体现在两次中央政治局的整风会议上。

从1941年9月10日至10月22日，中央召开政治局整风会议，前后40多天，

开了五次会。毛泽东在第一天会上作报告，主要讲了三个问题。一是指出苏维埃运动后期的“左”倾机会主义是主观主义的统治。他说，苏维埃后期的主观主义自称为“国际路线”，穿上马克思主义的外衣，其实是假马克思主义。1933年中央苏区反“邓毛谢古”实际上是“指鸡骂狗”，“在苏维埃运动后期，五中全会精神……这些都比立三路线的‘左’倾在政治上表现得更完备”。二是分析了主观主义的根源和遗毒，认为它们的根源是过去党内“左”的传统，共产国际某些思想的影响和中国广大小资产阶级的影响。三是提出了克服主观主义和宗派主义的16条办法。

在五次会议上，有28人次发言，都表示拥护毛泽东的报告。一些曾经在历史上犯过错误的同志，本着对中国革命高度负责的态度，进行了沉痛检讨。

张闻天第一个检讨。他两次发言说：土地革命后期的工作，同意毛主席的意见，“当时的路线是错误的”。政治方面是“左”倾机会主义，策略是盲动的；军事方面是冒险主义，打大的中心城市等；组织上是宗派主义，不相信有实际经验的老干部；思想上是主观主义与教条主义，不研究历史与具体实际情况。这些错误在反五次“围剿”中发展到最高峰，使党受到很严重的损失。他说：“我是最主要的负责者之一，应当承认错误，特别在宣传错误政策上我应负更多的责任。过去没有做过实际工作，现在还要补课。”会后，他主动要求去农村调查，从1942年1月至1943年5月，他在陕北神府、绥德、米脂和晋西北兴县等地的几十个农村调查了近一年半时间。

博古也两次发言检讨。他说：“1932年至1935年的错误，我是主要的负责人，应负更多的责任。我过去只学了一些理论，拿了一套公式教条来反对人家。四中全会上我与王明、稼祥等反对立三路线的教条主义，也是站在‘左’的观点上反的，是洋教条反对土教条。当时我们完全没有实际经验，党的许多决议是照抄国际的。过去长时间对错误没有认识，这次学习会检查，感到十分沉痛。”

王稼祥检讨说：“我也是实际工作经验很少的，在莫斯科学了一些理论，回国后参加反立三路线的斗争，是主观主义反主观主义，教条主义反教条主义。”

任弼时在会议上作检讨发言，承认自己当年“反对所谓‘狭隘经验主义’是错误的”，并说自己“毫无军事知识”，却在当年中央苏区召开的南雄会议上对毛泽东所坚持的苏区内部也能打仗的正确主张不以为然。

这次会议还提出了两个重要问题。一是提出经验主义是主观主义的一种表现形态。张闻天在第二次发言中指出：教条主义常与经验主义结合而互相为用，教条主义无经验主义者不能统治全党，经验主义者常做教条主义者的俘虏。经验主义者也是主观主义，故能与教条主义者合作。此后，毛泽东在《整顿党的作风》中讲主观主义的两种形态，采纳了张闻天的这个观点。二是提出刘少奇是白区工作正确路线的代表。陈云说：过去10年白区工作中的主观主义，在刘少奇、刘晓到白区工作后才开始改变。刘少奇批评过去白区工作路线是错误的，现在检查起来，他代表了过去10年来白区工作的正确路线。他提出，有些干部位置摆得不适当，要正位，如刘少奇将来的地位要提高。陈云的这个意见即被中央采纳。

康生在发言中以当年王明副手的身份指责王明实际上与博古有着一样的思想，他还特别指出王明回国后也犯了错误。康生还说，主观主义的错误路线把白区工作弄光了。如果中央那时是刘少奇负责，情况将是另一样。

这次会议的发言者，对1932年至1935年的中央路线的认识趋于一致，都承认是路线错误。但涉及评价六届四中全会，认识的分歧较大。有的认为四中全会决议基本正确，比较多的发言是没有完全否定四中全会，但持明显的批评态度。王明两次发言：表示同意毛泽东的报告，承认1932年至1935年的错误是路线错误，但强调六届四中全会的路线是正确的。王明说，他对博古、张闻天在中央苏区的政策是“不同意的”，对五中全会提出的“苏维埃与殖民地两条道路决战”的主张也是“不同意的”。王明强调自己在莫斯科期间就曾反对过博古的错误，博古应是“苏维埃后期最主要的错误负责者”，与他没有关系。他还对到会的与未到会的、担任中央领导的与未担任中央领导的、健在的与去世的近20人的这样那样的“错误”，逐个地进行了批评，唯独不说自己有什么政治错误。他的这个态度引起与会者很大不满。会后，毛泽东同其他人一起找他谈话，他拒不认

错，反而批评中央的方针政策太“左”，《新民主主义论》太“左”，建议中央发表声明不实行新民主主义，与蒋介石设法妥协。他最后表示决心与中央争论到底，到共产国际去打官司。这以后，王明称病，既不参加政治局会议，也不参加中央整风会议。

这次会议检讨历史上和延安工作的主观主义和宗派主义，初步统一了中央领导层的思想，为1942年开展的全党性整风做了思想理论上的准备。

1941年10月13日，中央书记处会议决定组织“清算过去历史委员会”，由毛泽东、王稼祥、任弼时、康生、彭真五人组成，委托王稼祥起草《关于四中全会以来中央领导路线问题结论草案》（以下称《结论草案》），毛泽东对《结论草案》作了较大修改。

《结论草案》对第三次“左”倾路线的负责者、性质、表现、产生的根源等问题进行了全面的阐述和概括。指出：“这条路线的主要负责人是王明同志与博古同志，这条路线的性质是‘左’倾机会主义的，而在形态的完备上，在时间的长久上，在结果的严重上，则超过了陈独秀、李立三两次的错误路线。”

《结论草案》指出，“左”倾路线产生的社会根源，“主要的是小资产阶级思想在无产阶级队伍中的反映。中国极其广大的生活痛苦的小资产阶级群众的存在，是我们党内右的特别是‘左’的错误思想的来源。”《结论草案》还指出，遵义会议“实际上克服了当作路线的‘左’倾机会主义”，解决了当时最主要的问题——错误的军事路线、错误的领导方式和错误的干部政策，“实质上完成了由一个路线到另一个路线的转变，即是说克服了错误路线，恢复了正确路线。”《结论草案》原准备提交中央政治局通过，随着整风开始后，党内一系列文件的陆续编出，以及党的高级干部对历史问题讨论的逐步深入，从而感到《结论草案》某些内容对某些问题的认识，需要进一步充实和修正，这样，它没有由中央政治局通过而被搁置起来。但其很多重要内容和思想观点，保存在后来由六届七中全会通过的《决议》中。

由于王明在1941年“九月会议”上认为抗战以来中央的路线错了，1943年

“九月会议”在继续深入讨论苏维埃运动后期的错误路线的同时，着重讨论了抗战时期党中央的路线是非。这次会议开得时间更长，参加扩大会议的人数更多。

这次整风会议正处在打退国民党酝酿发动的第二次反共高潮之际，国共关系再度紧张，反对国民党的“右倾投降”成为主要倾向。会议对于错误路线的批评，在基本方向和内容上虽是正确的，但在言辞上比上次会议要尖锐许多，涉及的人更多，会议的空气有时很紧张。

会上，除了与会者作一般性发言外，主要由犯过错误的同志进行整风检查，并对王明的路线错误展开批判。

博古发言说：同意毛主席说的抗战时期存在路线问题，一条是以毛主席为首的正确路线，一条是王明在武汉时期的错误路线。林伯渠批评王明是“洋共”，引用许多马、恩、列、斯的话来欺负我们许多“土共”，以“洋钦差”自居，硬搬外国经验来指导中国革命。朱德批评了抗战以来的王明路线错误。说王明路线的实质是不要领导权，不要政权，不要枪杆子，不要游击战争，不了解中国革命的特色就是靠游击战争来发展我们的力量。朱德回顾自己的历史说：“与毛主席在一起时，打仗就能胜利；离开毛主席，有时打仗就要吃亏。跟毛主席在一起时虽有争论，但最后还是顺从了毛主席的领导。在长征路上，张国焘屡次逼我表态，我一面虚与委蛇，一面坚持中央立场，这是我离开毛主席后利用自己一生的经验来对付张国焘，最后与中央会合了。”他很感慨地说：“毛主席办事脚踏实地，有魄力、有能力，遇到困难总能想出办法，在人家反对他时还能坚持按实际情况办事。他读的书不比别人少，但他读得通，能使理论实际合一。我们这次学习，就要学好毛主席办事的本事。”他的讲话，对于把全党认识统一到以毛泽东为代表的正确的思想和路线上来发挥了重要影响。

周恩来从重庆回延安参加了这次整风会议。他严于律己，在会议期间，他检讨了自己在六届四中全会、临时中央、中央苏区、1937年“十二月会议”和武汉工作期间的错误，诚恳地表示：今后应好好读几本马列的书，特别是要将毛主席的全部文献好好地精读和研讨一番，提高思想方法。

王明请病假一直没有到会，最后由他夫人孟庆澍代笔，他本人签名，给毛泽东并中央政治局写了检讨信，表示要改造自己的思想，纠正教条主义宗派错误。

毛泽东提出延安整风的方针是“惩前毖后，治病救人”。

《诗经·周颂·小毖》中有“予其惩，而毖后患”一语。“惩前毖后”即由此演化而来，毛泽东古为今用，借古喻今，赋予它新的生命。在延安整风中他采取了“惩前毖后，治病救人”的方针，既弄清思想，又团结同志。毛泽东对这一方针做了详细的解释：“对以前的错误一定要揭发，不讲情面，要以科学的态度来分析批判过去的坏东西，以便使后来的工作慎重些，做得好些。这就是‘惩前毖后’的意思。但是我们揭发错误，批判缺点的目的，好像医生治病一样，完全是为了救人，而不是为了把人整死。一个人发了阑尾炎，医生把阑尾割了，这个人就救出来了。任何犯错误的人，只要他不讳疾忌医，不固执错误，以至于达到不可救药的地步，而是老老实实，真正愿意医治，愿意改正，我们就要欢迎他，把他的病治好，使他变为一个好同志。这个工作绝不是痛快一时，乱打一顿，所能奏效的。”

1943年3月5日，毛泽东在政治局整风会议上讲话指出：这一次我们主要是弄清思想，总结经验教训，要使同志们懂得犯错误不是个人的偶然现象，而是社会现象，是小资产阶级的急性病。我们强调产生错误的社会原因，不强调个人责任。不要否定一切。四中全会到遵义会议这段历史，我与博古等在一起工作，有共同点，都要打蒋介石，都要搞土地革命，分歧点就是如何打蒋介石，这是策略上的分歧。多数同志企图否认六大，说基本上是错误的。我认为六大虽有缺点错误，但基本路线是正确的。二十八个半布尔什维克的派别现在没有了，经验主义宗派也没有了。党的历史上的两个宗派，已经不存在了。现在比较严重的是各种山头主义，主要原因是长期农村分割和缺乏教育，历史上的问题不是主要的了。

毛泽东的讲话，是对政治局整风会议关于党的历史问题讨论的总结。讲话纠正了会议过程中的偏差，与会同志表示拥护，犯过错误的同志解除了思想包袱，

未犯错误的同志对一些历史问题有了正确看法。

早在延安整风之前，在清算张国焘错误路线的时候，曾经不适当地牵连了原红四方面军的其他一些同志，毛泽东知道后，就出面做思想工作，找一些同志谈话并道歉。有人反映红四方面军的同志不被重用，毛泽东知道这个情况以后说，我们要把张国焘与四方面军广大干部区别开来，四方面军的干部是我们党的干部，红一、二、四方面军的同志要一视同仁。这样，就教育争取了原四方面军的广大同志。后来，张国焘叛逃时，连警卫员都不跟他走。

参加整风的每个同志在学习文件的过程中，对照检查自己的思想、工作和历史，认清哪些是正确的，哪些是错误的，最后写出总结，确定努力方向。同时，提倡同志之间互相批评，互相帮助，改造错误，但主要是依靠个人的自觉性，开展自我批评。

在整风学习中，出现一股自我反省的热潮。延安《解放日报》刊登了邓力群的《我来照镜子》、崔哲的《宗派主义倾向在我身上是怎样具体表现的》、王恩华的《二十年来我的教条主义》等。中央党校二部安子文带头进行“脱裤子，割尾巴”，进行自我检查，在党校起了表率作用。

自我反省使许多人恍然大悟，认识到自我改造是共产党人的重要修养。一些参加革命多年的老红军、老同志，也普遍地受到了教育。一个红军旅长说：“这是最彻底的整风，洗了澡，擦了背，一切大的小的毛病都揭露了，医治了，使我受到最宝贵的教育。”李维汉在回顾延安整风时深有感触地说：“这是我们党的黄金时代。我个人世界观的根本转折是在延安，我的工作有些成绩也是在延安，延安是我的第二故乡，思想的故乡。”

毛泽东纠正了“抢救运动”中的错误。

康生的“抢救运动”打破了运动的平静。1938年初，康生在延安还在吹捧王明。据当时在延安的司马璐回忆，当康生陪同王明给设在枣园的敌区干部训练班受训的干部作报告时，康生“领导我们高呼‘我们党的天才领袖王明同志万岁’”。但1939年2月，康生担任中央社会部部长兼情报部部长、敌区工作

1942年，毛泽东在高级干部会议上作报告

委员会副主任，成了中共情报和政治保卫工作的最高负责人后，他迅速成了延安炙手可热的人物。他以中共的“捷尔仁茨基”（苏联十月革命后肃反机关“契卡”的首任领导人）自居，很快将延安的保卫机构分门别类建立和完善起来。

当整风开始后，康生掌握着对人的生杀予夺之权，他威风凛凛，经常身着俄式皮夹克，足蹬长皮靴，手牵洋狗，每次外出至少有四名保镖跟随，已成为延安最令人恐惧的人物。整风学习开始不久，康生便把中央研究院作为重点，后又转入审干，把中央党校也作为重点。中央研究院的前身是马列学院，院长是洛甫（张闻天），该院为我党培养了大批理论骨干。但康生对中央研究院的评价是“教条主义的大本营”，并亲自插手中央研究院的整风运动，矛头指向许多党内的老同志和青年党员。

毛泽东认为：“整风是思想上的清党，审干是组织上的清党。”中共中央决定由中央总学委负责领导这项工作，日常事务由康生主持。为了加强对审干工作的领导，中央还成立了反内奸斗争委员会，由刘少奇任主任，康生、彭真、高岗为副主任。

在当时十分复杂的社会政治环境下，在各种敌对势力千方百计对中国共产党和根据地进行渗透和破坏的情况下，对干部队伍进行一次认真的审查是完全必要的，通过这项工作可以清除特务，纯洁革命队伍。鉴于以往的经验教训，毛泽东向有关负责人强调：“我们过去在肃反中有很沉痛的教训。我们这次无论如何不

要搞逼供信，要调查研究，要重证据。”

1942年1月，康生在西北局高干会上作了《关于锄奸问题》的报告，在报告中大肆宣传“延安特务如麻”，说什么“一种特务是打进来的，如戴笠派来的特务”，“一种是拉出去的，即在我们队伍里发展他们的人做特务工作”。报告后，少数单位审查干部开始，接着各单位也都纷纷跟了上来。

4月下旬，康生在中央社会部的干部会议上说：王实味的《野百合花》在香港报纸上发表了，并责成中央研究院组织批判。中央研究院召开了揭发批判王实味的斗争会，康生多次出席，并给王实味戴上“托派分子”的帽子。

五六月间，康生策划了对王实味的批判。王实味是中央研究院文艺研究室的研究员，整风开始以后，他发表了《野百合花》《政治家、艺术家》等杂文，接着又在中央研究院的《矢与的》壁报上发表了几篇短文。他在这些文章中指责延安干部群众之间隔阂很大，干部不以平等态度待人，对人缺乏关怀爱护，“到处乌鸦一般黑”，而有的人却认为延安的黑暗面“算不得什么”“天塌不下来”“不能提倡平均主义”等。

对王实味的这些错误言论，毛泽东曾不指名地批评过，说整风中有些人不是从正确的立场说话，而是用绝对平均主义的观念和冷嘲热讽、放暗箭的办法。冷嘲热讽和暗箭是一种腐蚀剂，不利于团结等。毛泽东的批评显然是为了纠正偏向，是善意的，而康生则是利用了这一问题。

成全、王里夫妇二人过去认识王实味，到延安后也有所接触，潘芳、宗正夫妇二人同王实味是邻居，来往较多，康生便把他们与王实味的关系定为“托派关系”，对他们先后开了72天的批斗大会，把他们与王实味一起打成“反党集团”。

7月2日，毛泽东写信给康生，要求把他阐述防奸工作的两条路线的一段话刊载在《防奸经验》第6期上。毛泽东写的这段话是：“防奸工作的两条路线。正确路线是：‘首长负责，自己动手，领导骨干与广大群众相结合，一般号召与个别指导相结合，调查研究，分清是非轻重，争取失足者，培养干部，教育群

众。'错误路线是：'逼，供，信。'我们应该执行正确路线，反对错误路线。"但是，在实际工作中，由于过分严重地估计了敌情，由于抗日根据地处于同外界隔绝的状况，对干部的历史状况的调查研究十分困难，在这方面所花的力气不多，出现了严重的偏差。

康生与毛泽东在延安

7月15日，康生在中央直属机关大会上作了危言耸听的《抢救失足者》的报告后，更出现相当普遍地大搞"逼供信"的过火斗争，使整风运动中的审干工作变成了抢救失足者运动，单在延安地区十几天内就骇人听闻地揪出所谓特务分子1400多人，造成大批冤假错案，使审干工作大大偏离了正确的轨道。

11月，康生等人在西北公学把张克勤打成"特务"。张克勤是甘肃地下党的一名党员，那时还不到20岁。由于他的父亲在兰州开了一个照相馆，光顾照相馆的自然是什么人都有，国民党的军官、特务之类的人也去。据此，康生就说张克勤父亲的照相馆是"特务联络点"，张克勤是他父亲派到延安来的"特务"，于是逼迫张克勤承认，张不承认，就批斗他7天7夜，张克勤终于承认了自己是"特务"，还"供"出一个"红旗党"。此后，"红旗党"越来越多。

康生把整风学习中正常的检讨、反省引向审干、肃反，并且把它说成是一种规律，杜撰出"整风必然转入审干，审干必然转入肃反"的谬论。

1943年4月1日晚，康生召集边区保安机关的负责人开会布置，提出拘捕名单。当时担任边区保安处一局局长的师哲问康生："要抓的人有没有材料，没有确切材料，怎么审问？"康生回答说："有材料还要你们审问干什么？"这一夜之间就抓了260多人。

当时，轰动一时的"绥德特务"案件也是假案的典型。绥德师范师生员工共

350多名，“失足者”竟达162人。分区的“特嫌”有2000多人。康生不仅在延安到处推广“绥德经验”，还通过新华社，广发到各根据地。

中央党校副校长彭真和中央社会部副部长李克农看到问题的严重性，向毛泽东作了报告。毛泽东听完后说：我看是扩大化了。我们要很快纠正这一种错误做法。我们的政策是一个不杀，大部不抓。这些同志的问题是会搞清楚的，现在可不能随便作结论。我们如果给哪一个同志做错了结论，那就会害人一辈子。现在做错了我们要给人家平反，给受害的同志道歉。要彻底纠正这种“左”倾扩大化的错误。

7月30日，毛泽东明确指示停止“抢救失足者运动”。

8月15日，中共中央通过了《关于审查干部的决定》，重申了审查干部的九条方针，纠正反特扩大化和逼、供、信错误。

12月22日，毛泽东主持召开了中央书记处工作会议，主要讨论反特斗争问题。会议认为，延安反特务斗争的过程中，是由熟视无睹到特务如麻。反特斗争，从好的方面看：真正清查出一批特务分子；从阴暗方面看：扩大了特务组织，某些部门或某些地方，产生了群众恐慌的现象。产生上述偏向的主要原因是：对中央的有关方针掌握不够，忽视调查研究工作，不重证据，领导干部忙于路线的学习，放松了对审干工作的领导。会议决定，今后延安审查干部应转入新的阶段，即甄别是非轻重的阶段。

在会议的讨论中，任弼时率先否定了康生关于知识分子大多是特务的谬论。他说：抗战后到延安的知识分子总共4万余人，就文化程度而言，初中以上约70%，初中约30%。据恩来讲，截至1943年，国民党员有一百几十万人，其中学生党员约3万人，主要是在1940年以后发展的。国民党绝不会把3万学生党员都送到延安来。在延安的新知识分子，大多数是在1937年、1938年进来的，其中3600多人是地下党撤退来的。他认为，抗战后到延安的知识分子有80%～90%是好的，他们是为了抗日救国、为了革命到延安的。“抢救运动”中，有的单位把80%的新知识分子弄成“坦白”分子，应予否定。他还说，最初的审干工作是好

的，后来的“抢救运动”就是强迫坦白，现在要进行甄别，取得经验教训。敌后根据地不能采用延安的“抢救运动”的办法。

毛泽东同意任弼时的分析，他说：对特务分子也要分清重要的与普通的，自觉的与被迫的，首要的与胁从的。有些青年在抗战初期加入国民党，是为了抗日，不是错误，他们的主要错误是没有向党报告。

1944年1月24日，中共中央发出了经毛泽东审改的关于对坦白分子进行甄别工作的指示，指出：根据延安的初步经验，在坦白分子中，属于职业特务的是极少数，变节分子也是少数，有党派问题（加入过国民党、三青团，入党时未向党报告）的分子，被欺骗蒙蔽的分子及仅属党内错误的分子三类占绝大多数，对这些人在分清是非后均应平反，取消特务帽子，而按其情况作出适当结论。对于被特务诬告或在审查时完全弄错了的，要完全平反。在反特斗争中要注意保护好人，防止特务诬害。

此后，各单位根据中央指示的精神，对审干工作中的扩大化错误进行了复查、甄别、平反，分别情况做出实事求是的结论。

对肃反扩大化中受到错误对待的人，毛泽东不止一次地表示要对此负责任，并先后多次向受害者赔礼道歉。对此，胡乔木回忆说：“毛主席从1944年上半年起就主动承担责任，进行了自我批评。毛主席到中央党校作报告，在大会上就讲了三次。第一次是1944年5月。他说：在整风审干中有些同志受了委屈，有点气是可以理解的，但已进行了甄别。现在摘下帽子，赔个不是。我举起手，向大家敬个礼。第二次是在1944年10月。他说去年审查干部，反特务，发生许多毛病，特别是在‘抢救运动’中发生过火，认为特务如麻，这是不对的。去年‘抢救运动’有错误，夸大了问题，缺乏调查研究和分别对待。这都已经过去了。第三次是在1945年2月，准备召开七大了，他还说：这两年运动有许多错误，整个延安犯了许多错误。谁负责？我负责。因为发号施令的是我。戴错了帽子的，在座有这样的同志，我赔一个不是。凡是搞错了的，我们修正错误。”

在党的七大上，当毛泽东看到有人提出保障人权的意见时，又一次在大会上

说，审干运动无非是对大家人权不尊重嘛！我代表党中央在党的代表大会上向大家赔礼道歉，错了的中央负责，请大家不要计较。

1940年下半年，彭德怀指挥百团大战给日伪军以沉重打击，鼓舞了中国军民抗战的斗志。在延安的一次会议上，有一些同志批评彭德怀是“入股革命”、有野心、背着党中央擅自发动百团大战，导致过早暴露实力，彭德怀很恼火。会后，他找到毛泽东和周恩来，想交换下意见。在毛泽东居住的窑洞里，三个人坐到一起，毛泽东首先真诚地对彭德怀说：“我先给你作检讨。造成这样子的后果，责任全在我，事先没得向你通气，事后又没得向你作解释，这也是老同乡我的不对。……百团大战是无可非议的。”接着他耐心讲了有同志不满的原因，指出了自己和彭德怀各自存在的错误之处。

听了这番话，彭德怀气消了。他说：“同志间的了解、信任胜过最高奖赏，有主席今晚这席话，就是现在叫我去死，也是死而无憾了。”毛泽东让彭德怀多给自己提意见，彭德怀说：“那好，言不透，意不明，话不说完，心不静。……对你，我只有一条意见，会前应该给我老彭打个招呼，叫我也有点思想准备。”

最后，彭德怀郑重其事地说：“你毛泽东，我彭德怀，他周恩来，我们在党内都要自觉地接受党的监督和约束，办任何事都要从党和人民的利益出发，我们谁也不能头脑发热、独断专行、随心所欲。否则的话，势必给党和人民造成无可挽回的损失。如果发生了这种反常的事，那么对我们来说，就是欠了党和人民的债，是有罪的啊！”

毛泽东十分认同彭德怀的话，也非常感动，他握住彭德怀的手说：“你讲得太好了，我建议将你的这个观点，写到我们的党章里去。”

延安整风时，中央党校十四支部里有一个姓马的同志，过去在旧军队里干了一些对不起人民的事。整风进入批评和帮助阶段，同志们对他这段历史有看法，要求他在支部大会上讲清楚。他的抵触情绪很大，讲不上几句就发脾气。他的检查通不过，情绪愈加反常，时而暴跳如雷，时而忧心忡忡。当时，毛泽东每个星期都要到党校俱乐部去一次，听取同志们对整风的反映。

一天，十四支部支委陈云在党校俱乐部把这位老马的问题向毛泽东作了汇报，毛泽东亲切地说，整风不是整人，我们的方针是惩前毖后，治病救人，思想不通可以等一等，不要搞得太紧张，批评要注意方式方法，要和风细雨嘛！

陈云回去后，按照毛泽东的意思和支部的同志交换了意见，提出批评要讲究方法，事后，陈云多次找老马谈心。在课余时间里，支部书记、支委、小组长找他拉家常。他情绪消沉，不思茶饭，同志们就把饭菜端到他面前，关心他，体贴他。对群众的急躁情绪，支部也做了工作。老马有些问题不愿在大会上讲，支部也不勉强，让他个别向组织上谈清楚。后来，老马放下了思想包袱。一天晚上，他竟然哭了起来，很后悔自己以前做错了事，对不起党，对不起同志。第二天，他就把自己的问题向组织上全部坦露出来。大家趁热打铁，对他进行了热情的帮助。他提高了思想觉悟，整风后主动要求上前线，并且成绩突出，后来受到了重用和提拔。

1945年的春节，纷纷扬扬的瑞雪覆盖了延河两岸的山峦。一天，任军委三局局长和通信学校政治委员的王诤兴高采烈地从枣园回到局部说，明天要到枣园去给毛泽东同志拜年，各电台、总机除了当班的同志以外都去，毛泽东同志要亲自给大家讲话。消息一传开，同志们奔走相告，有些人激动得一夜都没有睡稳觉。

次日拂晓，分散在西川里的通信战士，陆续从四面八方朝着局部裴庄汇拢而来。队伍在延河畔集合好，王诤亲自带队，秧歌队走在最前面，恰似一条蜿蜒的长龙，迎着朝霞向枣园出发了。

在这浩浩荡荡的队伍中，绝大多数都是从大后方和敌占区来的青年知识分子。在“抢救运动”中，他们有的被关禁闭，有的遭受轮番围攻，幸亏毛泽东及时发现了这一严重错误，党组织做了一些善后工作，但仍有许多同志始终背着沉重的思想包袱。

队伍来到枣园崖畔下的场坪上停下来，围成了一个大圆圈儿。不一会儿，毛泽东头戴灰棉帽，身穿旧灰棉制服，微笑着健步走到场中央。他高声说道：

“三局的同志今天到这里来给我拜年，现在我先给你们拜年！你们辛苦了！！”话音未落，激起了全场一片热烈的掌声。毛泽东首先强调了通信工作的重要性，赞誉通信战士是“无名英雄”，勉励大家要安心和热爱技术工作。然后，渐渐把话题转到了“抢救运动”方面。

毛泽东说：“你们当中有不少同志在运动中受了委屈，一些同志被戴错了帽子，大家有些怨气是不是？”他亲切的目光扫视着群众，接着说：“‘抢救运动’是把敌人的力量估计过大，把自己的力量估计小了。搞得草木皆兵，‘特务’如麻，伤害了很多好同志。好在这是一场夜间演习，用的不是真枪实弹，用的是石灰包，夜间看不清楚，一时分不清敌我，打在身上留下几个石灰包印。天亮一看，原来打的是自己人，打错了。这时候，把石灰印拍掉，给你敬个礼，赔个不是：‘同志，我打错你了！’”毛泽东顿了顿，语气沉重地说：“这个错误的责任不在哪个本单位的领导，责任要由中央来负，主要由我来负，因为我是发号施令的。同志们，我这里给那些受了委屈的同志行个脱帽礼，向大家赔礼道歉了。”

说到这里，毛泽东摘下帽子，伸出胳膊，环顾了一下大家，恭恭敬敬地行了个鞠躬礼。啊！领袖给战士脱帽鞠躬了，这是多么平凡的形象，多么磊落的胸怀，多么伟大的风度！此时此景，那些在“抢救运动”中受了打击和冤枉的同志，一个个热泪扑簌簌地夺眶而出。

毛泽东接着幽默地说：“现在我把帽子拿下来了，赔一个不是，敬一个礼。那么受委屈的同志你怎么办呢？你应该还一个礼吧！你不还礼，我的帽子就只好老拿在手里。”

听着毛泽东这诙谐风趣的话语，场上的情绪立刻活跃起来。这时一股寒风吹来，拂起毛泽东蓬松的头发，卷起场上的阵阵雪粉。许多同志不约而同地说：“请主席把帽子戴好吧！”

随着大家轻松的情绪，毛泽东戴好帽子，转而语调深沉地说：“我们在整风审干工作中，得到了两条经验，一条经验就是取得了成绩，另一条经验就是犯了

错误。我们党在七八年中由九万发展到一百多万，有些坏人混了进来，不纯的分子混了进来。一方面确有特务，应采取严肃态度，从思想、组织上加以纯洁；另一方面，不是特务如麻，要实事求是，采取谨慎态度。不谨慎就要出乱子，就要冤枉自己的同志。我们党有一条规矩，叫作坚持真理，修正错误，一切从实际出发，凡是做对了的，就要坚持，凡是做错了的，就要纠正。对所有戴错帽子的同志，都要向他们承认错误，赔一个不是。这是我们的进步，是我们全党的一个进步。中国革命要胜利，就要采取这种态度。”

毛泽东那生动形象的比喻和深入浅出的道理，就像温馨的春风，融化着枣园坡上的冰雪，驱散了积压在人们胸中的阴云。

秧歌扭起来了，高跷踩起来了，旱船跑起来了，悠扬的唢呐声划破了天空。当演到秧歌剧《夫妻识字》时，王诤告诉毛泽东，“那个扮演婆姨的女演员，就是从大后方来的知识青年，在运动中也曾成了被‘抢救’的对象，你看她今天表演得多好咧！”毛泽东听了，微笑着不住地点头，时而报以热烈的鼓掌。

毛泽东这样诚恳地承担责任的态度非常感人。许多受过冤屈的同志最初气很大，经过毛泽东这样多次地赔礼道歉，不仅气消了，反而感到不安。对运动中的事大家不计较了，同志间的团结增强了，心情重新舒畅了。

毛泽东正确处理和对待“抢救运动”的错误，为全党树立了批评与自我批评的光辉范例。

提出了文艺要为工农兵服务的宗旨

在延安，毛泽东提出了文艺要为工农兵服务的宗旨。

1942年5月2日，中共中央宣传部在延安杨家岭召开文艺座谈会。

5月23日，在延安文艺座谈会上，毛泽东发表了《在延安文艺座谈会上的讲话》，提出了文艺要为工农兵服务的正确方向。《在延安文艺座谈会上的讲话》是对五四以来中国新文化运动的经验和教训的总结，它联系延安和各抗日根据地文艺界存在的问题，提出了中国共产党解决这一系列问题的理论和政策。

当时，延安的物质生活已十分艰苦，但精神文化生活却十分丰富。中共在延安创办了一批报刊，计有《新中华报》（1941年扩大为《解放日报》）、《解放》周刊、《共产党人》《八路军军政杂志》《中国青年》《中国妇女》《中国工人》《中国文化》等。延安最大的出版单位解放社还出版了《马恩丛书》等各种理论和政治宣传读物。1939年，萧三从苏联返回延安，办起了俱乐部，迅速将交际舞传播了开来，交际舞会、京剧晚会、大合唱以及《日出》《雷雨》等话剧，使延安的革命生活又增添了一种活泼欢快的气氛，延安的文艺工作者也十分活跃起来，除了间或有日军的空袭，延安似乎已远离战时生活环境。

但是，在前进的征途上，许多作家和文艺工作者也遇到了新的问题，主要是他们对新环境、生活、人物和服务对象不熟、不懂，有严重脱离实际、脱离群众的现象存在，一些不正确的思想观念也在影响着他们的工作。

毛泽东对文艺界的状况作了大量的调查研究，他把鲁艺、“文抗”等单位的文艺工作者，个别或一批批地请到他家里进行交谈，详细地询问作家、艺术家的思想和写作情况。与毛泽东谈过话的人有何其芳、严文井、萧军、周立波、曹葆

华、姚时晓、刘白羽、罗烽、欧阳山、草明、艾青、丁玲等人。

在延安的作家群中，毛泽东是很赏识丁玲的。1936年11月中旬，丁玲在地下党的营救下，从被国民党囚禁长达三年的南京到了党中央所在地保安。当天晚上，中央宣传部在一间大窑洞里开会欢迎她。党中央的一些领导同志参加了晚会，周恩来、张闻天等许多人讲了话。在这个晚会上，丁玲第一次见到毛泽东。西安事变后，丁玲在随军经甘肃赴三原的途中收到了前线指挥部转交的毛泽东给她的《临江仙》词电文：

壁上红旗飘落照，西风漫卷孤城。
保安人物一时新。
洞中开宴会，招待出牢人。

纤笔一支谁与似，三千毛瑟精兵。
阵图开向陇山东。
昨天文小姐，今日武将军。

这首诗词充分体现了毛泽东对丁玲的器重和对文艺工作的高度重视。

延安时期的丁玲

1940年，丁玲发表了《三八节有感》的文章。这是一篇散文式杂文，它从关心妇女社会地位出发，就恋爱、婚姻、家庭等方面，列举出种种障碍，最后提出妇女要“取得平等，得首先强己”。这之中，有批评延安地区一些干部的，也有积极的建议。但文章遭到红军中一些高级将领的怒斥。

毛泽东当时曾找丁玲做了一次长谈。他说：

“我们要不要自我批评？要的。”“但是你要进行批评，先得肯定人家的好处，说他怎样艰苦，怎样打胜仗，怎样有功劳，说我们这个党是了不起的，是伟大的，光荣的。然而再说我们还有一点缺点，还有封建残余，一些男同志对女同志的看法还不一样。”

“而你开门见山就说女同志受压迫、受歧视，人家就受不了啦。”

毛泽东平和安详的谈话，丁玲听来倍觉亲切。她表示，一定要轻装上阵，再为革命文艺奉献自己的一切。

毛泽东在向艾青征求意见时说：“有些文章，大家看了有意见。你看怎么办？”艾青表示，开个会，你出来讲讲话。毛泽东又问：“我说话有人听吗？”艾青认真地说：“至少我是听的！”谈话后，毛泽东写信让艾青代他搜集文艺界反面的意见，艾青接到信后，夜以继日，挥笔疾书，根据他到延安一年的体会和感触，从正面提意见的角度，给毛泽东写了8000字的长文。

经过一个多月的调查研究，毛泽东取得了十分积极的成果。他摸清了文艺队伍的状况，全面掌握了正反两方面的意见，为开好座谈会做了充分准备。

一张薄薄的粉红色油光纸，上面印着几行字，算是当年延安的“豪华型”请帖了：

为着交换对于目前文艺运动各方面的问题的意见起见，特定于5月2日下午一时半在杨家岭办公厅楼下会议室内开座谈会，敬希届时出席为盼。

毛泽东
凯　丰

这张请帖发到延安文艺界人士手中。从1942年5月2日起所召开的座谈会，后来闻名于世，即“延安文艺座谈会”。

在粉红色的请帖上，跟毛泽东一起署名的凯丰，本名何克全，当时的中共中

央宣传部副部长，代理部长。

5月2日下午1时多，延安文艺明星——周扬、丁玲、艾青、陈荒煤、何其芳、林默涵、刘白羽、周立波、华君武、吕骥、陈波儿、萧军……会聚在杨家岭“飞机楼”底层南厅。

“飞机楼”是杨家岭这小山村里当年的一幢“现代化”建筑。砖石结构，当中三层，两侧一层，从山上往下看，如同一架张开双翅的“飞机”，人称“飞机楼”。“飞机楼”乃中共中央办公楼，是中共中央机关工作人员和附近军民在1941年建成的。

底层南厅，是中共中央会议室兼饭堂。这时，摆了20多条长板凳，放上一张办公桌，就算是文艺座谈会的会场。办公桌上铺了一块白布，权且作为主席台。

除毛泽东、凯丰以外，当时在延安的中央政治局委员朱德、陈云、任弼时、王稼祥、博古、康生等也都出席了会议。被邀请参加会议的文艺工作者连同中央和一些部门负责人，共100余人。座谈会举行过三次全体会议，有几十位党内外作家发言，毛泽东自始至终地参加了这三次会议。

5月2日，当人们差不多到齐的时候，毛泽东从他的窑洞朝“飞机楼”走来。不几分钟，就到了。凯丰主持会议，毛泽东发表讲话。毛泽东的一侧，坐着速记员。毛泽东讲话时，手中只有一份简单的提纲。

毛泽东和参加延安文艺工作者座谈会的代表合影

毛泽东出语幽默，他说："我们有两支军队，一支是朱总司令的，一支是鲁总司令的。"那"朱总司令"，人人皆知是朱德总司令，而"鲁总司令"倒是头一回听说。经毛泽东解释，与会者方知是指鲁迅。毛泽东的意思是说，一支是武装的军队，一支是文化的军队，共产党要有文武两支军队。

那天，毛泽东提出了关于文艺工作的五个问题，以期引起与会者的讨论，即立场问题、态度问题、工作对象问题、熟悉生活问题和学习问题。

毛泽东说完这番话之后，大家就展开讨论。座谈会上，不少作家争先恐后地发言，有的谈自己的见解，有的对其他人的发言提出不同意见。这次会后，报纸并没有作报道。

据何其芳回忆："中间休息的时候，毛主席站在会议室的门口。外边的光线射进来，我才注意到毛主席的褪色的灰布裤子的两个膝头部分，补了两块颜色鲜明的蓝布补丁。"

林默涵是会议的出席者之一，他回忆，那天有一位作家的发言口气很大，颇为出格。林默涵和许多出席者都有点听不下去了。这时，只见胡乔木霍地站了起来发言，对那位作家当场加以批驳。全场的目光，都投向胡乔木。林默涵记得，胡乔木的发言，很尖锐、很明朗，也很坚决，尽管那位作家很有名气。平素，胡乔木言语不多，然而，这一次发言，给大家留下的印象很深。

5月13日，延安戏剧界40余人集会，座谈剧运方向和戏剧界团结等问题。会议从早到晚，开了整整一天，中心是"文艺运动的普及和提高"的问题。与会者一致认为，一两年来延安的"大戏热"是一种偏向，不适当地强调了提高，忽视了广大工农兵的需要，自觉不自觉地把观众对象局限于机关公务人员、学生、知识分子的狭小圈子，以后应更着重于普及工作。但普及与提高两者的关系是什么呢？大多数人认为普及和提高是同一工作的两方面，要有精确的分工，又要有有机的联系，另一些人认为应把两者分开，使它们各自专门化起来。

5月14日，萧军在《解放日报》上发表《对于当前文艺诸问题之我见》，文章开头说："5月2日由毛泽东、凯丰两同志主持举行过一次'文艺座谈会'，作

者为参加者之一。”这是第一次在出版物中报道了延安召开文艺座谈会的消息。该文于6月12日由《新华日报》转载，又把这一信息传递到了国统区。

5月16日召开座谈会的第二次会议。整天时间，毛泽东都在认真地听取大家的发言，并不时地做着记录。有几个人的发言格外引起与会者的注意。一位作家从“什么是文学艺术”的定义出发，讲了一个多小时文学基本知识，引起大家的不满。

一二〇师战斗剧社社长欧阳山尊根据自己几年来在前线和农村工作、学习的体会，讲了前线部队和敌后群众对于文艺工作的迫切需要，以及实际斗争给予文艺工作者的教育，认为文艺工作者应该有一分热，发一分光，甚至发两分光，这样做似乎付出很多，但实际上学到的东西更多。他呼吁延安的文艺干部到前方去。从毛泽东的表情上可以看出，他对这个发言很满意。柯仲平报告了民众剧团在农村演出《小放牛》受欢迎的情况，他说：“不要瞧不起《小放牛》，我们就是演《小放牛》，群众很喜欢，老百姓慰劳的鸡蛋、花生、水果、红枣，我们都吃不完，装满了衣袋、行囊和马褡。”他的发言引起大家的欢笑，毛泽东也很高兴，但他说：“如果老是《小放牛》，以后就没有鸡蛋吃了。”会上也有人继续发表“人类之爱”和“爱是永恒的主题”“不歌功颂德”之类的言论。

经过讨论甚至争论，座谈会在5月23日下午闭幕。那天，出席的人最多，会议干脆在“飞机楼”前的广场上举行。先是由朱德讲话。他针对前两次会上出现的一些思想观点和情绪指出：一个人眼睛长得再高，也要看得起工农兵；中国第一、世界第一，都得由工农兵群众批准。他不点名地批评了萧军。萧军在第一次会议上发言说：“红莲、白藕、绿叶是一家，儒家、道家、释家也是一家；党内人士、非党人士、进步人士是一家，政治、军事、文艺也是一家。虽说是一家，但他们的辈分是平等的，谁也不能领导谁……我们革命，就要像鲁迅先生一样，将旧世界砸得粉碎，绝不写歌功颂德的文章。像今天这样的会，我就可写出10万字来。我非常欣赏罗曼·罗兰的新英雄主义。我要做中国第一作家，也要做世界第一作家。”

朱德说，不要怕谈“转变”思想和立场，不但会有转变，而且是“投降”。他说，他自己就是看到共产党能够救中国而由旧军人“投降共产党的”。我投降无产阶级，并不是想来当总司令，我只是替无产阶级打仗、拼命、做事。后来打仗多了，事情做久了，大家推我做总司令。

他说，共产党、八路军有功有德，为什么不该歌不该颂呢？针对有的作家感觉在延安怀才不遇，没有受到更大的重视，便借用唐朝著名诗人李白的两句诗来发泄内心的不满，“生不用封万户侯，但愿一识韩荆州”，意思是说在延安没有知人善任的韩荆州。朱德说，现在的“韩荆州”是谁呢？就是工农兵。因此，我们搞文艺工作的同志，要密切联系工农兵群众，用我们的笔杆子，为广大人民服务。

有的同志觉得延安生活不好，太苦了。其实比起我们从前过雪山草地的时候，这已经是天堂了。有的同志说，外面大都市里吃的、住的、穿的东西比延安好，但是那再好，是人家的呀，延安的东西再不好，也是我们自己的呀。

毛泽东在总结发言中说：“朱总司令讲得很好！”

朱老总的发言深入浅出，生动有力，很受文艺家们欢迎。他发言后，趁着落日的余晖，与会者簇拥在“飞机楼”前，由摄影家吴印咸为与会者摄影留念。

晚饭后，毛泽东作长篇讲话。广场上点起了汽灯。据人们回忆：“主席讲话时，手中拿着一份毛笔写的提纲。他即兴而讲，讲得很风趣，很深刻，对许多争论不已的问题作了结论。”

人们专注地听着毛泽东的讲话。他以深刻的洞察力和高度的概括力，把全部问题归结为一个“为什么人”的问题，即文艺要为工农兵服务和如何服务的问题。在对这个根本问题给予充分的马克思主义阐述的基础上，对座谈会之前和座谈会期间延安文艺界反映出来的思想观点，一一分析、辩驳。他希望文艺工作者积极投入整风运动，划清无产阶级和小资产阶级两种思想、革命根据地和国民党统治区两种区域的界限，毫不迟疑地同新的群众结合起来，克服“唯心论、教条主义、空想、空谈、轻视实践、脱离群众等缺点”，写出“为人民大众所热烈欢

迎的优秀的作品”。

那天，速记员做了速记。胡乔木作为毛泽东的秘书，也在汽灯下仔细做了笔记。毛泽东的讲话，在延安文艺界产生了巨大的影响。

座谈会后的一周内，毛泽东又两次发表关于文艺问题的讲话，对座谈会讲话内容作进一步申述。

第一次是5月28日在整风高级学习组的会议上。他指出：召开文艺座谈会的目的，就是要解决一个“结合”问题，“文学家、艺术家、文艺工作者和我们党的结合问题，与工人农民结合、与军队结合的问题”。这是一个“长期的过程”。而为了实现这几个“结合”，又必须“解决思想上的问题”，即“要把资产阶级思想、小资产阶级思想加以破坏，转变为无产阶级思想”，这是“结合的基础”。党的政策就是“要小心好好引导小资产阶级出身的艺术家，自觉地不是勉强地、慢慢地和工农打成一片”，“以工农的思想为思想，以工农的习惯为习惯”，如此才能写好工农，教育工农。

第二次是5月30日在鲁艺。他提出著名的“小鲁艺”“大鲁艺”的观点，提出现在学习的地方是“小鲁艺”，只在“小鲁艺”学习是不够的，还要到“大鲁艺”学习，这“大鲁艺”就是工农兵群众的生活和斗争。鉴于鲁艺曾有过的片面强调提高的倾向，毛泽东说：长征经过的毛儿盖地方有许多又高又大的树，那些树也是从豆芽菜一样矮小的树苗苗长起来的。提高要以普及为基础，不要把“豆芽菜”随便踩掉了。

毛泽东是著作巨匠，他的著作，通常是由他自己亲笔写就。这一回，只有很简单的提纲，无法发表，他嘱咐秘书胡乔木根据速记稿加以整理。

于是，整理毛泽东讲话稿的任务，便落到胡乔木头上。他确实是很合适的人选。他整理时，参考了速记稿，也参考了自己的笔记。他的整理稿，分两部分：毛泽东在5月2日的讲话，为“引言”；5月23日的讲话，为“结论”。

1942年的冬天，延安天寒地冻。胡乔木常常是通宵达旦地准备文稿，致使他肠胃不好。毛泽东心疼这位才子，他把延安人民送给他的一件虎皮大衣转赠胡

乔木，以示关怀。胡乔木十分珍惜这件礼物，直至他逝世后，才由其子女赠送给家乡的盐城市图书馆，放在“胡乔木藏书纪念室”里公开展出。

胡乔木的整理稿交给毛泽东之后，毛泽东又做了仔仔细细的修改。毛泽东的著述态度甚为严谨，除了那些命令、电报、声明要马上发出去之外，重要的、不急于赶时间的著作，他总要斟酌、推敲多遍。

1943年3月10日，中共中央文委和中共中央组织部召集党的文艺工作者共50来人开会，号召大家遵照毛泽东在延安文艺座谈会上的讲话精神，深入群众，深入生活。中共中央宣传部代部长凯丰和中共中央组织部部长陈云在会上讲了话。于是，延安文艺界掀起了下乡热潮。

为了配合这一形势，经毛泽东同意，3月13日延安《解放日报》刊登了毛泽东《在延安文艺座谈会上的讲话》（以下简称《讲话》）部分内容。这是《讲话》首次公开发表。

直至1943年10月19日，为了纪念鲁迅逝世七周年，经毛泽东仔细改定，《讲话》才在这一天全文发表于《解放日报》。

翌日，中共中央“总学委”发出《关于学习毛泽东〈在延安文艺座谈会上的讲话〉的通知》，指出：“《解放日报》10月19日发表的毛泽东同志在1942年5月延安文艺座谈会上的讲话是中国共产党在思想建设、理论建设的事业上最重要的文献之一，是毛泽东同志用通俗语言所写成的马列主义中国化的教科书……”

该通知要求把《讲话》“尽量印成小册子”，列为“整风必读的文件”。随着时间的推移，《讲话》产生的影响越来越大，成为毛泽东的主要著作之一。

《在延安文艺座谈会上的讲话》的发表，标志着新文学与工农兵群众相结合的文艺新时期的开始。一批批振奋人心的作品相继破土而出。在短短几年内，在戏剧、音乐、美术、木刻和文学的创作等方面，都取得了丰硕的成果。

在活跃的戏剧工作中，首屈一指的是大秧歌运动。除此之外，以《白毛女》为代表的新秧歌剧也迅速崛起。延安和边区的戏剧改革也取得了突出成绩，中央党校俱乐部编演的《逼上梁山》受到了毛泽东的称赞。延安评剧研究院编演的

美国媒体拍照的1946年《白毛女》剧照

《三打祝家庄》也再次赢得声誉。延安和边区的音乐也掀起了新的一页，《黄河大合唱》是抗战创作中最成功的一个新型歌曲。

许多作家在毛泽东文艺思想指引下，在塑造工农兵形象和反映伟大的革命斗争方面获得了新成就，在文学的民族化、群众化上取得了重大突破。出现了赵树理的《小二黑结婚》《李有才板话》，丁玲的《太阳照在桑干河上》，周立波的《暴风骤雨》，李季的《王贵与李香香》，贺敬之、丁毅的《白毛女》，阮章竞的《漳河水》，孙犁的《荷花淀》等作品。在国统区，党领导下的进步文艺界团结广大作家，发挥了重大战斗作用。艾青、田间及七月诗派的诗歌创作，茅盾、巴金、老舍、沙汀、艾芜、路翎的小说以及曹禺、夏衍、陈白尘、宋之的、吴祖光的戏剧创作，在反映现实的深度、广度与多样化方面都达到了新的水平。

主持制定第一个历史“决议”

在整风后期，毛泽东主持制定了党的第一个历史性的“决议”。

在中国共产党的历史上，有过两个历史性的“决议”，第一个“决议”产生于民主革命时期的延安整风后期。第二个“决议”是在中华人民共和国成立后的改革开放初期。

1944年5月21日，在延安的杨家岭召开中共六届七中全会。出席会议的正式代表为17人，即中共中央委员和候补委员。胡乔木作为毛泽东秘书、政治局秘书，列席了会议。

会议选出毛泽东、朱德、刘少奇、任弼时、周恩来为主席团，决定改由主席团处理日常工作，书记处及政治局停止行使职务。这五人主席团，到了一年后的中共七大，都成为书记处书记，人称“五大书记”。除了任弼时因病于1950年早逝之外，毛、刘、周、朱四人核心一直保持到“文革”爆发。

这次中共中央全会，从1944年5月21日举行第一次会议，直至1945年4月20日结束。历时11个月，开了八次全体会议。

会议如此漫长，内中的原因是在于此会为中共七大做准备工作。种种准备工作之中，最费时的要算是起草《关于若干历史问题的决议》（以下简称《决议》）。

在五人主席团之中，指定由任弼时主持《决议》的起草工作。

参加起草《决议》委员会的中央委员有刘少奇、周恩来、张闻天（洛甫）、博古等七人。

胡乔木也参与起草，但最初却不是由他执笔。

这是一项高难度的起草工作。《决议》中的每一句话，都要反复斟酌，因为涉及对中共以往的一桩桩历史事件的评价。

毛泽东亲自过问《决议》的起草工作。对于《决议》最初的稿子，他很不满意。推倒重来，又改一稿，仍不满意。最后，指定胡乔木执笔。

当时参与有关工作的一位人士回忆："胡乔木这人，思路特别清楚。乱麻似的一大堆党史问题，经他的笔一梳理，变得条理分明，一下子就清楚了。"

1971年毛泽东去南方视察时，曾说及《决议》："别人几个月没有搞出头绪，是胡乔木理清的。"

胡乔木有自己的独特优势。他在毛泽东身边工作，对于毛泽东的观点非常明了；他参与编选了整风中的三本书，熟悉了中共党史一系列文件、决定；他列席了政治局会议、书记处会议，听了中共高层领导的一系列报告，熟知种种内情；更重要的是，他具有相当的理论功底和文学修养。

比之于整理毛泽东《在延安文艺座谈会上的讲话》，比之于为《解放日报》撰写社论，起草《决议》的难度要高得多。但胡乔木能担当起这一重任。

《决议》是对党的历史经验的总结，是全党智慧的结晶。最早的《决议》草案稿是任弼时在1944年5月写成的，题目是"检讨关于四中全会到遵义会议期间中央领导路线问题的决议（草案）"。它是以1941年秋毛泽东委托王稼祥起草的《关于四中全会以来中央领导路线问题结论草案》为基础的，主体部分的内容基本相同，同时又反映了1943年9月会议以来的新认识。稿子写成后分送政治局委员征求意见，并由胡乔木做了比较大的修改。任弼时又在胡乔木的修改稿上作过三次修改，题目也改为"关于四中全会到遵义会议期间中央领导路线问题的决定（草案）"。接着，又由胡乔木写了一个稿子。中央指定张闻天对历史决议稿做了认真的修改和补充。

在《决议》草案起草过程中，党的高级干部进行了多次讨论，充分发扬了党内民主。在1945年三四月间，讨论进入加紧进行阶段，高岗、李富春、叶剑英、聂荣臻、刘伯承、陈毅、朱瑞、林枫等负责的各个组，连续开会讨

论，提出很多意见。所有讨论中提出的重要意见，都及时向毛泽东汇报。党中央、毛泽东和党的历史问题决议准备委员会认真地研究了这些意见，将合理的有益的意见尽量吸收在《决议》中。

《决议》反反复复地起草着，前前后后写了三次草案，大的修改达14次之多。

从1941年10月起草《关于四中全会以来中央领导路线问题结论草案》算起，前后经过将近四年的时间，《决议》才得以完成。1945年4月21日，毛泽东在中共七大开幕的预备会议上谈到《决议》时说："我们现在学会了谨慎这一条。搞了一个历史决议案，三番五次，多少对眼睛看，单是中央委员会几十对眼睛看还不行，七看八看看不出许多问题来，而经过大家一看，一研究，就搞出许多问题来了。没有大家提意见，我一个人就写不出这样完备的文件。"参与这一集体创作的每一个人都对这一历史文献作出了自己的贡献，有一些同志作了较多的贡献。历史事实和档案材料明确无误地表明，贡献最大的始终是毛泽东。

毛泽东一直十分关心这个决议的起草。1945年春天，他在张闻天修改后的稿子上开始进行修改。他前后作了七次修改。

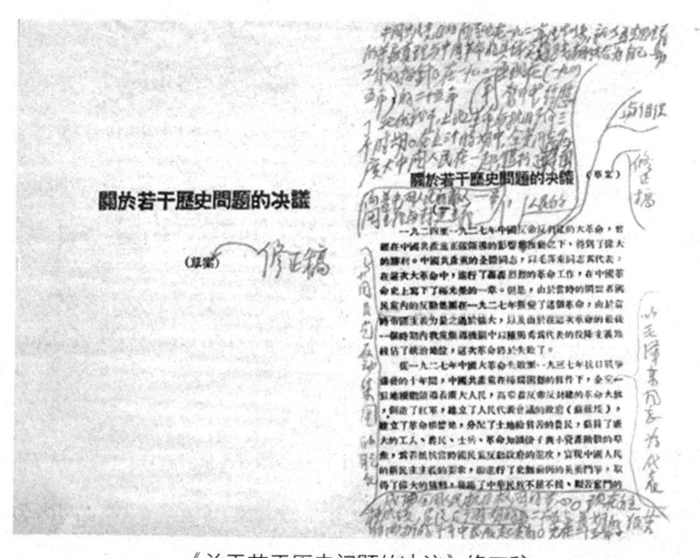
關於若干歷史問題的決議

(草案)

修正稿

關於若干歷史問題的決議 (草案)

《关于若干历史问题的决议》修正稿

在第一次修改中，毛泽东将题目确定为"关于若干历史问题的决议"，并且增写了新的内容，如"团结全党同志如同一个和睦的家庭一样，如同一块坚固的钢铁一样，为着获得抗日战争的胜

利与中国人民的解放而奋斗”，就是这次写上的。在第二次修改中，毛泽东强调了六大的正确方面，批评四中全会在过分地打击犯了立三路线错误的同志、错误地打击所谓犯调和路线错误的同志后，还错误地打击了当时所谓“右派”中的绝大多数同志，并对受打击的被诬为“右派”的何孟雄、林育南、李求实等做了肯定的评价。他还指出遵义会议纠正了当时具有决定意义的军事上和组织上的“左”倾错误，确立中央的新的领导，这是中共党内最有历史意义的转变。在这份稿子上，毛泽东写了一段批语：“弼时同志：请邀周、朱、洛、刘（如在此时）看一下，是否这样改，然后印若干份，编号发给40多个同志，再集他们座谈一次，就可定议，再交七中全会通过。”以后，毛泽东在3月26日的稿上做了些文字增删，在4月7日和8日又先后修改三次。这以后再修改了一次。在4月7日的修改稿上，毛泽东在起始部分加写了一大段话：“中国共产党自从它在1927年产生以来，就以马克思主义的普遍真理与中国革命的具体实践相结合为自己一切工作的指针……”

中国共产党中央委员会关于若干历史问题的决议

1980年版《决议》

《决议》第一次以文件的形式，对若干重大历史问题作出结论。

《决议》总结了中国共产党成立以来的历史经验，分析、批判了中共历史上一“右”三“左”的错误，特别着重于对以王明为代表的第三次“左”倾错误作了批判。《决议》肯定了遵义会议的历史意义，肯定了此后在中共全党确立的毛泽东的领导。

《决议》高度评价毛泽东运用马克思列宁主义解决中国革命问题的贡献，系统地总结出合乎中国民主革命实际的一整套理论、路线、方针和政策。这个《决议》对于统一全党的思想，加强全党的团结起了重大作用，极大地推动了中国革命事业的发展。

《决议》原计划交中共七大讨论通过。后来，为了使中共七大能够集中讨论

中共关于抗战建国的方针，经准备出席中共七大的各代表团同意，于1945年4月20日，任弼时主持召开扩大的七中全会，讨论并通过了朱德准备的军事工作报告和原则上通过《关于若干历史问题的决议》。

毛泽东心情舒畅地在会上作了长篇发言。他说：《决议》不但是领导机关内部的，而且是全党性质的，与全国人民有关系的，对全党和全国人民负责任的。《决议》把许多好事都挂在我的账上，我的错误缺点没有挂上，不是我没有而是没有挂，为了党的利益没有写上。这是大家要认识清楚的，首先是我。孔夫子七十而从心所欲不逾矩，我即使到七十岁，相信一定也会逾矩的。

《决议》在1945年8月9日召开的七届一中全会第二次会议获得一致通过。

《决议》起草过程中，根据毛泽东的意见，曾把三次草案都送给王明看。在《决议》获通过那一天，王明发出长信致任弼时阅转毛泽东并中共六届七中全会。王明写道："首先，我对这个决议草案的第一个基本认识，就是这个决议草案在党的历史问题、思想问题和党的建设方面，有重大的积极建设性的意义。"

王明还表示："我不仅以一个党员的资格，站在组织观点的立场上，完全服从这个决议，而且要如中央所指示者，以一个第三次'左'倾路线开始形成的主要代表的地位，站在思想政治观点的立场上，认真研究和接受这个决议，作为今天自己改正政治、组织、思想各方面严重错误的指南。"

王明表示"心悦诚服"地承认毛泽东的正确和功绩。

连王明都如此"拥戴"《决议》，有点出乎意料。

但后来的情况表明王明言不由衷。在他叛离中共之后，在苏联写了《中共五十年》一书，则痛骂《决议》："臭名昭著的中共（六届）七中全会的《决议》，是公开伪造中共历史的第一个文件。"这一段话，才是王明真正的"心声"。

历史选择了毛泽东

在延安时期，形成了以毛泽东为核心的党的第一代领导集体。通过延安整风和党的七大，党和人民选择了毛泽东作为自己的领袖，并把毛泽东思想作为全党的指导思想。

中国共产党第七次全国代表大会于1945年4月23日在延安召开。从六大至七大整整隔了17年，相距这样长的时间，是有其特殊历史原因的。

早在1931年1月，中共六届四中全会的决议案中即提出了要召集党的第七次全国代表大会，后来由于中共中央和红军忙于粉碎国民党的五次“围剿”并进行了长征，无暇顾及七大的筹备事宜。

1937年12月，中央政治局会议通过了《中央政治局关于召集七次全国代表大会的决议》，决定“最近时期内”召集党的七大，并成立了25人的准备委员会，毛泽东任主席，王明任书记，委员会下设立秘书处。1938年3月，中共中央政治局召开会议讨论召开七大的问题。会后，张闻天3月10日为中共中央起草了《中共中央委员会为召集中共第七次全国代表大会告全党同志书》，但未发出。4月14日，任弼时代表中共中央写的《向共产国际的报告大纲》中说，希望共产国际对第七次大会给予指示，并派代表指导。9月召开的中共六届六中全会，作出了《关于召集第七次全国代表大会的决议》，并批准了1937年12月会议关于召集七大的决议，同意准备委员会向全会提出的报告。会议还决定七大代表为350人。1939年6月14日，中央书记处发出《关于七次代表大会通知》（第二号）。决定代表名额增至450人。7月21日，中央书记处又发出了《关于七次代表大会通知》（第三号）。要求除选举正式代表外，增选候补代表150人。《关

于七次代表大会通知》规定，各地要于1939年9月1日前选举完毕。各地选出了出席七大的代表，1940年部分代表陆续到达延安。由于战争环境的恶化，代表人员不能到齐，会议具体日期未定。代表们有的进党校学习，有的暂时分配了工作。后来，又准备在1942年召开七大，但由于日本帝国主义的大规模“扫荡”和国民党顽固派的封锁，陕甘宁地区出现了严重困难，这个时期，全党开展了整风运动和大生产运动，集中力量克服边区在经济上的困难。七大又一次被推迟。

1943年8月1日，中共中央政治局发出《关于七大代表赴延出席大会的指示》，决定在1943年底召开七大，但后因日本侵略者对各解放区的“扫荡”更加频繁，七大再次延期。

1944年5月21日至1945年4月20日召开了中共六届七中全会，中共中央正式决定了七大召开的日期和议程。

与七大开会的时间数度更改一样，会议地点的确定也是反复了多次，最终才落脚到了延安杨家岭。

中共中央最初考虑是在陕北安塞县举行党的七大，并打算在那里修建一座可供大会用的礼堂。可是，交通不便，同时生活物资比较缺乏，供应难以跟上。中央只好放弃了这一方案。

接着，有关部门建议把会议地点放在延安枣园。于是，经中央同意后，便在后沟山坡上专门修了一座供大会用的大型礼堂，还建了一些供代表们暂住的窑洞。然而，待一切就绪后，他们发现这里的水源严重不足，因此只得另找地方。

后来，经多方权衡并报中央书记处拍板同意，又将七大会址选定在延安杨家岭。

杨家岭的地形比较平坦，地势也相对开阔；而且已经建有不少窑洞，可作为与会代表的住处直接使用。只需建一座大会用的礼堂就可以了。

这里原有一座可容纳三四百人的砖木结构、茅草覆顶的礼堂，1941年冬天，一位临时住在礼堂还没有分配工作的文艺青年为取暖引发了火灾，虽烧毁了礼堂，但在其原址上可以重建。

会址确定后的第三天，李富春就请延安自然科学院的建筑专家杨作材，重新设计修建方案。杨作材加班加点拿出了两个修建方案。一个是规模相当宏大，足够全部中央机关人员在一幢建筑内工作的方案。李富春看了这个方案开玩笑说："你不是想在这个地方建都吧？"另一个方案因为比较实用更像个开会的地方，就确定下来。

1941年底，尽管天寒地冻，还是备料开工了。仅花了一年多的时间，到1942年就建成了。这个礼堂朴素大方、壮观美丽，并体现了中西合璧的设计风格特点。外观是苏联式，内部是陕北窑洞式的石拱结构。礼堂占地1056平方米，礼堂大厅长36米、宽34米、高11米，可以容纳上千人。修建这么一座礼堂，在当时的延安，可称得上"宏伟建筑"了。当年，这是延安唯一有木梁和木柱的大型建筑物。

七大会场是由鲁艺美术系教师钟敬之设计的，整体风格简朴而富有新意：主席台中央悬挂着毛泽东、朱德的巨幅侧面头像，两边各插三面党旗，主席台前后与左右两侧的长条桌后各陈放着五把椅子，供主席团就座。主席台前沿的石拱上书写着"在毛泽东的旗帜下胜利前进"的大幅标语，标语两侧挂有马克思、恩格斯、列宁、斯大林的画像。礼堂两边挂有六个很大的V字形旗座，旗座上插着党旗，并钉有一个标语牌，上书"坚持真理，修正错误"八个字，礼堂后墙上书写着"同心同德"四个大字，正厅摆放着200条长凳。

1944年下半年，党中央组织有关人员开始了七大会议所需物资的筹措工作。党中央根据实际情况，制定了筹措物资的基本原则：因陋就简，尽可能就地取材。

需要赶印大量的会议材料，而纸张又恰恰是最奇缺的。筹委会的成员便组织有关人员，以当时遍地都是的马兰草做原料，采用土法上马，制造出了一种比较适用的马兰纸，解决了纸张的供应问题。

当时，陕甘宁边区的"大生产运动"已取得显著成效，部分物资已可供应会议。1945年初，党中央组织的七大筹粮组从山西境内将粮食顺利运送到了延

安。闻此喜讯，毛泽东立即拍板定案："开会，七大不能再延期！"

700名代表从四面八方冒着枪林弹雨千里迢迢赴延安。代表们大都来自沦陷区或抗日根据地，有的化装成商人、小贩或乞丐，提前几年出发；有的是由游击队护送来的；有的则是通过伪军的关系护送来的；有的是从国外辗转归来的；有的在路上遇到敌人袭击身负重伤，甚至牺牲在奔赴延安的途中。

1942年1月13日，刘少奇正在主持中共华中局会议时，中共中央通知他回延安参加七大。当时，华中局的同志曾挽留刘少奇，中共中央没有同意华中局的要求，坚持要刘少奇返回延安，并让他顺道解决山东问题。

2月13日，毛泽东亲自打电话给陈毅、刘少奇："少奇返延，须带电台，并带一部分得力武装沿途保卫。"

3月19日，刘少奇等人动身，穿越日伪军严密封锁的陇海路，于3月底到达山东抗日根据地。

刘少奇在山东期间，顺利解决了山东抗日根据地领导人之间的团结问题。7月下旬，刘少奇离开山东抗日根据地，向陕北进发，于12月30日到达延安。

陈毅是在1943年11月从华中抗日根据地赴延安参加七大的。当时，华中局代书记、新四军代政委饶漱石为了打击和排挤陈毅，发动了"黄花塘事件"（饶漱石利用整风之机突然向陈毅发难，千方百计地排挤打击陈毅，最后迫使陈毅离开新四军军部，以他本人如愿以偿获取要职而告终）。事后，饶漱石给毛泽东、刘少奇发去一份长达1500字的电报。在电报中，饶漱石首先挑拨陈毅与毛泽东、刘少奇的关系，接着又歪曲和捏造一系列的事实，攻击陈毅。

陈毅也向中共中央发电报报告了事情的经过，并着力检讨了自己的错误和缺点，表达了团结工作的愿望。

11月8日，毛泽东复电陈毅并告饶漱石："我们希望陈来延安参加七大。陈来延期间，其职务由云逸暂行代理，七大后仍回华中，并传达七大方针。"

11月25日一早，陈毅踏上赴延安的路程，经过三个月的跋涉，于1944年3月7日抵达延安。3月16日，华中局和新四军出席中共七大代表团成立，公推陈毅

和张鼎丞任正、副主任。

彭德怀和刘伯承是1943年9月一起去延安的。他们去延安是参加整风运动，之后留在延安参加了七大。刘伯承任晋冀鲁豫代表团主任。其他根据地的领导人贺龙、聂荣臻等也先后来到延安。

南方各省七大代表奔赴延安时，曾历尽艰辛。1939年11月，香港党组织选出的七大代表有钟明等五人，由东江纵队派人护送到韶关，与广东省的七大代表会合，组成广东代表团。随后，分别化装到桂林，在八路军办事处集中，辗转到泾县云岭新四军军部，后又转移到中共中央东南局驻地丁家山。在这里，他们与浙江、广西、湖南、江西、福建、上海、闽粤边、苏南等九个地区参加中共七大的代表共41人会合。

1940年1月，东南局让七大代表对外称“服务团”，在新四军军部一个连的护送下，从芜湖乘坐两只大木船，绕过日军的巡逻艇，渡过长江，到新四军江北指挥部半塔集。半个月后，又从皖东北两渡古金河抵达鲁南山区八路军一一五师师部抱犊崮。经过一个星期的休息后，一一五师派老六团团长贺东生率一个加强连护送“服务团”经泰西、东平、湖西、鲁西进入冀南根据地。8月，冀南军区派一个团护送过平汉路，到达八路军总部。随同总部转移到太行山区。

9月，徐向前由山东经八路军总部去延安，总部派了两个团护送，总部让“服务团”和徐向前同行。他们连闯五道封锁线，于12月26日下午，41人终于全部到达延安。他们整整历时一年，跨越11个省，行程万余里，可谓一次艰苦的“长征”。

1940年4月，根据中共中央晋察冀分局的决定，北岳区党委、冀中区党委、冀东区党委选出的七大代表在阜平县集中组成一个行军大队，由赵振声（李葆华）等带队赴延安参加七大。途中，为了避免与敌人遭遇，代表们只能走山路、走小路，夜行军。

队伍从太原市西南白水镇通过铁路后，沿着山路继续向前走。不久，日军发现了他们，在山顶上疯狂地向他们射击。代表们紧急从山路上撤下来，从山沟里

突围。这场战斗使晋察冀七大代表损失较大，有的代表被打死，有的被打伤，有的被俘。天亮后，幸存的代表们才陆续突围出来，经过两个多月的艰难跋涉，于6月底到达延安。

新四军和皖南地区代表们的遭遇最为惨烈。他们一行24人，在到达安徽无为时，被国民党反动派扣押起来，最后全部被杀害。

到1945年4月，出席七大的代表们从四面八方会集到宝塔山下。一时间，延安群星璀璨，几乎中国现代史上所有革命精英都聚集在这里。当时延安的条件很差，大批的七大代表到延安后，由于没有大的招待所，代表们除一部分住到中共中央党校外，其余的分散住在附近的机关、部队、学校里。尽管到延安后住得很简陋，吃得也很简单，他们在延安看到了新气象。因此，他们怀着兴奋的心情，等待那激动人心的时刻到来。

中国共产党第七次全国代表大会于1945年4月23日至6月11日在延安杨家岭中央大礼堂召开。出席大会的正式代表547人，候补代表208人，代表全国212万名党员。

大会通过了毛泽东《论联合政府》的政治报告、朱德《论解放区战场》的军事报告。大会提出党的政治路线是：放手发动群众，壮大人民力量，在党的领导下，打败日本侵略者，解放全国人民，建立一个新民主主义的中国。大会强调毛泽东思想为全党的指导思想。大会通过的新党章强调了群众路线和党的民主集中制原则。这次大会是团结的大会，胜利的大会，为抗日战争和夺取新民主主义革

毛泽东在七大上作报告

命在全国的胜利奠定了基础。

为留下宝贵资料，延安八路军总政治部电影团负责人吴印咸于会前就赶到了会场，了解拍摄条件，反复研究，确定拍摄办法。

为节约胶片，吴印咸首先了解了大会的主要议程，精打细算胶片的数量，从开幕到闭幕做了仔细而周密的拍摄安排。从任弼时主持开幕，毛泽东作《两个中国之命运》的开幕词到最后毛泽东所作的题为“愚公移山”的闭幕词，每个重要的议程和会议瞬间，吴印咸都没有放过。

会议期间，吴印咸和电影团的同志担当起为大会既拍电影又拍照片的双重任务。

拍摄参加七大的中共领导人时，吴印咸运用多种艺术表现手法，使拍摄的照片既反映了人物的真实面貌，又突出了每个人物发言时的不同特点。

众多照片中，七大全景的那张照片最费心思，也是流传最广的照片之一：醒

杨家岭七大会场

目的标语和横幅，庄严隆重的大会场面，毛泽东主席站在主席台上讲话，党的领导整齐地端坐在台上，代表们在台下认真聆听……

这张全景照片，看起来好像是用广角镜头拍摄的，其实，在当时的艰苦条件下，吴印咸手中只有几部老式相机，而且都是固定的标准镜头，根本不可能拍出如此宽阔的场景。吴印咸就用接片来对照片进行处理。

受当时条件局限，这张合影没有发给每位代表。七大代表750多人，加上工作人员将近1000人，给每人加洗一张照片是一个极大的数目。所以，几乎没有一位七大代表得到过这张照片。当时能看到这张照片的也是极少数。直到中华人民共和国成立，博物馆陈列出这张集体合影时，一些七大代表才第一次看见照片上的自己。

大会在高度民主和高度集中相结合的基础上，经代表们充分酝酿和讨论，选举产生了新的中央委员会。毛泽东提议要把几位犯了错误的同志包括当时的王明，选进中央委员会。

毛泽东指出，王明等人的错误，是在一定历史条件下犯的，特别是中国的小资产阶级像一片汪洋大海，而中国还没有什么小资产阶级政党，他们之中革命的人都加入了中国共产党，当然也把他们的思想情绪带了进来，这是不足为怪的。现在经过整风，惩前毖后，治病救人，已经把是非弄清楚了，就不应当太看重个人的责任……

七大选举投票之后，几个计票员正在后台忙碌地统计每位候选人得的票数。这时，一个身躯高大的人突然出现在计票员们面前，大家抬头一看，原来是毛泽东来到了他们的工作现场。计票员们个个惊讶不已，连忙给主席让起座来。

毛泽东从容地坐了下来，笑容满面地对大家说："你们辛苦了。"接着，他详细问起每人得票的情况。

大家将已经计算出来的票数向他做了报告。他又很关心地询问张闻天与博古的得票情况，还特别问了王明的得票多少，能不能选上中央委员。因为票数还未统计完，计票员如实做了回答："张闻天得票还可以，而博古和王明得票少，能

不能选上还很难说。”

毛泽东沉思片刻，然后说：“最好能选上。”略作停顿，他又说：“七大是一次团结的大会，犯了错误的人也有代表性，起码代表和他一起犯过错误的人。我们不要把犯过错误的人推出去，而要团结他们。犯了错误，改了就好。”

毛泽东平静地坐在那里，耐心等待着计票员们把选票统计完毕。

当毛泽东看到博古（中委最后一名）、王明（中委倒数第二名）最终选上中央委员时，显得十分高兴，他对计票员们说：“这就好了，七大真正成为一个团结的大会。”

毛泽东针对这件事说，如果选不上，大家心中都会不安的。一人向隅，满座为之不欢。

在大会选举中，由于毛泽东的举荐，李立三当选为中央委员。按得票多少，李立三排第15名。

党的七大推选李立三为中央委员一事，对李立三震动很大。他对党、对毛泽东怀有真诚感激的心情，顿时精神大振。李立三在谈到毛泽东的“惩前毖后，治病救人”方针时，十分激动地说道：“1930年我犯了路线错误，给党的事业造成了严重损失，想起来就十分痛心。我曾用‘残酷斗争，无情打击’的办法，对待那些持不同意见的同志们。等到我离开中央的工作岗位，决心重新学习、从头做起的时候，米夫、王明却把这个办法用在我的身上，使我吃尽了苦头。我犯错误的时间不到半年，他们叫我在苏联作检讨，却没完没了。把我搞得像小媳妇一样，不敢多说半句话，不能多走半步路。他们实际上是要置我于死地。在那种处境之下，如果思想不健康，缺乏对共产主义的坚定信念，就会丧失信心，看不见前途，对未来失去希望。”

中央委员的选举本来是45名，但王稼祥的票数没过半数而落选了。党中央、毛泽东对王稼祥的功过有正确的评价，在选举中央候补委员时有意将王稼祥列为第一候选人。毛泽东在给代表们做工作时说：王稼祥同志犯过路线错误，但他是有功劳的。在二、三、四次反“围剿”战争中，他提出过正确意见，遵义会议上

发挥了重要作用，在六届六中全会上，从莫斯科回来的王稼祥同志对共产国际的意见作了正确的传达。选举结果，在33名中央候补委员中，王稼祥名列第二。杨尚昆回忆当时的情景，说是“毛主席帮助稼祥同志‘竞选’”。

七大的保卫工作细致缜密而天衣无缝。

七大前，日军的飞机多次飞临延安上空轰炸，军民伤亡较大。

鉴于此，为了保证七大会议的顺利召开，在大会开幕前夕，党中央特地调集了防空部队，加强了安全保卫工作。

七大期间，代表们的业余生活是轻松愉快的。在七大召开的50天里，大会为代表们安排了比较丰富的文体活动，有体育活动，电影晚会、歌剧、话剧等文艺演出。会议休息时，有的代表在院子里聊天，有的则抓紧时间打乒乓球或克郎球。

文艺活动更为丰富，每个星期六的晚上举办舞会，中央领导同志和一些代表都穿着布鞋或草鞋在王家坪的桃林草地上跳交谊舞。参加舞会也是要凭七大代表证才能进场。

七大召开前，延安上演了《甲申三百年祭》《李秀成之死》等话剧。这是鲁迅艺术学院和留守兵团部队艺术学校等文艺剧团为七大代表们准备的节目。

除了舞会、话剧，七大期间还给代表们放映了《列宁在十月》《列宁在1918》等苏联电影。这些影片有的是译制好的，没译制的就由苏联回来的同志

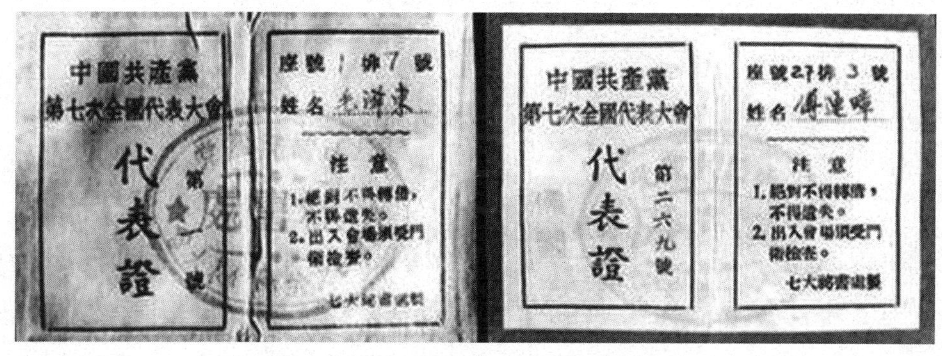

毛泽东、傅连暲的七大代表证

当场做口头翻译。

6月10日晚，全体七大代表观看大型歌剧《白毛女》，会场气氛极为活跃。由王昆主演的《白毛女》，由延安鲁艺根据当时流传于河北平山、阜平一带“白毛仙姑”的民间传说集体创作。

为了庆祝七大的召开，有些机关和部队专门设计了一些纪念品，赠送给七大代表作为留念。

中共中央党校赠送的纪念品是：一个4.7cm×7.2cm的小本子，上面印着毛泽东侧面头像，下面写着“敬祝七大代表健康”，落款为“中共中央党校赠”。

延安鲁艺文供社送给七大的礼物是刻着毛泽东像的纪念章。

七大代表的纪念品中十分珍贵的是代表证。这是大会秘书处为代表们专门制作的。代表证的尺寸只比火柴盒稍大。材料是用质地较硬的纸，外面用紫红色的绸布做面料，精心制作而成。封面没有文字，打开代表证，可以看到左边印有代表证的编号，右边印有代表的姓名、座位号及注意事项，中间加盖有“中国共产党第七次全国代表大会秘书处”的椭圆形的红色印章。代表证在大会召开之前必须填写妥当，并分送到代表手里。开会时，代表出入会场时须出示代表证，接受门卫的查验。这个代表证如此精致“袖珍”，既体现了那个年代的艰苦条件，又说明大会是经过非常细致而精心准备的。

毛泽东成为中国共产党的领袖，有其历史的必然性。

毛泽东是中国共产党的创建人之一，他出席了多次党的全国代表大会。然而，1922年的中共二大、1925年的中共四大和1928年的中共六大，毛泽东却未能出席。他曾说，我是“一、三、五不论，二、四、六分明”。“分明”的意思是说有三次党代会他没参加，历史有明白的记录。“不论”的意思是说，他在党的一大、三大、五大上自己发言不多，有时就是发表了正确的意见，也没能被重视或被采纳。

但毛泽东是个讲原则、追求真理、捍卫真理的人，是为真理奋不顾身的人。他是个看见大海就激动的人，他提倡实事求是，有“反潮流精神”。在他参加的

几次党代会上，不管他的意见是否被采纳，他都会用自己的聪明睿智、高超机敏的深刻洞察力，去分析问题，研究问题，为了党和人民的利益，不顾个人得失，从不随波逐流，人云亦云；对于正确的观点，勇敢地去捍卫，坚持真理，并去说服别人，争取多数。

中共一大召开时，毛泽东担任会议的记录工作，并作过一次发言，介绍长沙党组织的情况。在这次会议中，毛泽东并没有引经据典，畅谈马克思主义理论，而是略显沉默寡言。

作为出席了中共一大的长沙小组的代表，中共成立之后，毛泽东很快回到湖南，着手组建湖南地方党组织。1921年10月，湖南的共产党支部成立，毛泽东担任书记。此后，毛泽东又大力在工人和学生中发展党员，成立了中共安源支部等，又于翌年建立了统一的中共湘区执行委员会。这一时期的毛泽东是一位卓越的实干家，他是完全有资格作为代表参加党代会的，而且他也是准备参加党的二大的。问题是，毛泽东自己说，没有参加二大。1936年，毛泽东在陕北保安的窑洞里与来访的美国记者埃德加·斯诺谈话时明确说："到1922年5月，湖南党——我那时是书记……我被派到上海去帮助反对赵恒惕的运动。那年冬天，（应是7月，夏天）第二次党代表大会在上海召开，我本想参加，可是忘记了开会的地点，又找不到任何同志，结果没有能出席。"李达在1955年8月的回忆中也确定"毛主席没有出席这次代表大会"。

1923年6月，毛泽东在广州参加了中共三大，并在大会上作了多次发言。他坚持接受1月12日共产国际执行委员会关于在中国实行国共合作的决议，以共产党员个人身份加入国民党，建立各民主阶级革命统一战线，他既批评张国焘等人怀疑国共合作的"左"倾错误言论，又不同意陈独秀与马林提出的关于"一切工作归国民党"的"右"倾口号与观点。他认为，这种"右"倾妥协退让态度使革命潜伏着危机，并强调指出中国共产党必须坚持独立自主的原则，坚持共产党在政治上、组织上的独立性。

陈独秀在中共三大上所作的报告中，只字未提农民运动。在讨论中，围绕建

立各民主阶级革命统一战线的农民运动问题，开展了一场激烈的争论。陈独秀在辩论中夸大了中国农民的缺点与弱点。他认为“中国农民更是宗法观念、反动思想、神权帝王迷信、散漫不集中的‘四不像’”，又认为“农民居住散漫势力不集中，文化低下，生活欲望简单，易于趋于保守。中国土地广大易于迁徙，畏难苟安，这三种环境是造成农民难以加入革命运动的原因”。

毛泽东针对陈独秀的上述错误观点，在中共三大讨论发言中指出：“党的工作重点应放在城市工人运动上，同时也应特别注意农民运动。”他向大会指出：“任何革命，农民问题都是最重要的。”

毛泽东还列举历史上主要农民起义，诸如秦代的陈胜、吴广、项羽、刘邦，汉代的张角，隋朝的李密，唐朝的黄巢，元代的朱元璋，明代的李自成，清代的太平天国洪秀全等。每次造反与革命，都是以农民暴动为主力。中国国民党在广东有基础，也是因为有农民组织起来的军队。如果共产党也注意农民运动，把农民发动起来，不难形成像广东那样的局面。

毛泽东这种非凡的见解，使代表们耳目一新，深获绝大多数代表们的支持与赞同。但陈独秀对此却不以为然。

大会通过了毛泽东、谭平山起草的《农民运动问题的决议案》。遗憾的是在决议案中没有采纳毛泽东关于没收地主的土地分给农民，实现“耕者有其田”的正确主张，对农民革命斗争目标不够明确。

在中共三大上，毛泽东第一次进入中央执行委员会（相当于后来的政治局）。中共三届一次执委会推选出陈独秀、蔡和森、谭平山、毛泽东、罗章龙五人组成中共中央局，负责中央日常工作，以陈独秀为委员长，毛泽东为中央局秘书，罗章龙为会计，毛泽东协助陈独秀处理中央日常工作。中央局设在广州。其后，在同年9月，中央局机关迁往上海。

1924年1月国民党一大召开，在孙中山的提名下，毛泽东被选为国民党中央候补执行委员。

因回湖南养病，毛泽东无法出席中共四大。1925年1月11日至22日，中共四

大在上海召开。不过，这时的毛泽东却不在上海。原来，此前国民党上海执行部的内部斗争已逐渐公开化，国民党右派叶楚伧等刻意排斥毛泽东，甚至“用尽办法”要赶跑毛泽东。此时，毛泽东又积劳成疾，遂于1924年12月请假回湖南养病，因而无法出席中共四大。

1927年，蒋介石发动了“四一二”反革命政变。4月27日，中共五大在武汉开幕，这次大会在危急关头没有制定有力的措施挽救革命。毛泽东在这次大会上被选为中央候补执行委员。

会上，瞿秋白、蔡和森、毛泽东、任弼时、恽代英等许多代表发言，对陈独秀的“右倾投降主义”错误进行了批评。陈独秀不得不承认一些错误。但由于当时全党对陈独秀的“右倾投降主义”还缺乏一致的深刻的认识，因此，会议没能改变陈独秀的“右倾投降主义”路线。大会在陈独秀的操纵下拒绝讨论毛泽东向大会提出的关于加速深入开展农民斗争，立即解决农民土地问题的提案，甚至把毛泽东排斥于大会之外，剥夺他在大会上的表决权。他是候补中央委员，只有发言权，没有选举权。

会议期间，或许受到瞿秋白散发小册子的启示，毛泽东也想把他的《湖南农民运动考察报告》以下简称《报告》发给代表。他把《报告》交给大会秘书处后，秘书处油印了300份。5月2日分组讨论，秘书处负责人周唯桢安排余义明发给代表。余义明找来一个藤提篓，将《报告》装在提篓中，刚发了20几份，就被彭述之发现了。彭述之命令余义明立即停发，并将余义明带到陈独秀跟前。陈独秀大为恼火，责问余义明：“是谁让你发的？”余义明胆怯地答道：“是周唯桢同志叫我发的。”彭述之一气之下，勒令立即如数收回。余义明赶紧找来龚士希和自己一起收回了已发出去的《报告》，全部交给了彭述之。

毛泽东失望了。他扬长而去，此后再也没有参加会议。迷茫中，他登上蛇山，心情苍凉。“烟雨莽苍苍，龟蛇锁大江。”后来他回忆说：“大革命失败的前夕，心情苍凉，一时不知如何是好。”

五大后不久，1927年8月7日，毛泽东在汉口参加了中央召开的中共中央紧

急会议，史称“八七”会议，在会上又提出了“枪杆子里面出政权”的著名论断，毛泽东在会后作为中央特派员领导了湘赣边界的秋收起义，率工农武装“上山”，开辟了井冈山革命根据地。

中国共产党第六次全国代表大会于1928年6月18日至7月11日在苏联莫斯科召开。此时，毛泽东正在井冈山上，自然无法与会。

“毛主席”这个称呼，在全中国几乎家喻户晓，但人们称毛泽东为主席，最早是在中央苏区的瑞金。

1935年1月的遵义会议选举毛泽东为政治局常委，使他进入了党的领导核心。实际上确立了毛泽东在党内的领导地位。在第二次进驻遵义后，中革军委于3月4日决定设置前敌司令部，朱德为司令员，毛泽东为政治委员。毛泽东在军事指挥上的位置进一步突出。

在1935年11月3日政治局会议上，鉴于中革军委主席朱德仍随红四方面军行动，于是决定成立西北革命军事委员会取代中革军委，毛泽东为主席，周恩来、彭德怀为副主席。

1936年10月，红一、二、四方面军先后实现胜利会师，长征结束。于是中央撤销西北革命军事委员会，成立统一的中央革命军事委员会，毛泽东为主席，周恩来、张国焘为副主席。在1937年8月召开的洛川会议上，再次调整中央革命军事委员会的组成人员，毛泽东仍为主席（书记），朱德、周恩来为副主席（副书记）。

抗战全面爆发后，王明在共产国际的批准下来到延安，受到中共中央的热烈欢迎。毛泽东在致辞中盛赞其为“昆仑山上下来的神仙”。1937年12月政治局会议上，调整了政治局常委组成人员，共9人：张闻天、毛泽东、王明、康生、陈云、周恩来、张国焘、博古和项英。

由于王明不了解中国抗战的实际形势，再加上他一贯具有严重的教条主义，存在着把共产国际指示神圣化的倾向，因此很快就陷入了“右倾投降主义”的误区，在理论上和实践上给中国的抗战事业造成了严重的损失。为了总结抗战以来

的经验教训，确定中国共产党在抗战新阶段的基本方针和任务，并把全党的认识统一到正确的思想上来。

中国共产党第六届中央委员会第六次全体会议（中共扩大的六届六中全会），于1938年9月29日至11月6日在延安桥儿沟召开。参加会议的中央委员和党中央各部门、全国各地区的领导干部共55人，是党的六大以来到会人数最多的一次中央全会。

全会前的9月14日至27日，中共中央召开政治局会议，实际上是六届六中全会的预备会议。在14日的会议上，王稼祥传达了共产国际的指示和共产国际执行委员会总书记季米特洛夫的意见：认为中共一年来建立了抗日民族统一战线，政治路线是正确的，中共在复杂的环境和困难的条件下真正运用了马列主义；明确指出中共中央领导机关要以毛泽东为首解决统一领导问题，领导机关要有亲密团结的空气。

在中共六届六中全会（扩大）上，王稼祥再次传达了共产国际的指示和季米特洛夫的意见。毛泽东代表中央政治局作了《论新阶段》的政治报告，并代表中央作了总结报告。毛泽东提出“使马克思主义在中国具体化”的科学命题。全会批准了以毛泽东为首的中央政治局的路线，基本上克服了抗战初期王明的右倾错误，统一了全党的思想，从政治上、思想上和组织上为实现党对抗日战争的领导奠定了基础。特别是全会肯定了毛泽东在全党的领导地位，从而在党的历史上具有重大的历史意义。

延安整风运动开始后，1943年3月16日至20日，中央政治局会议通过了《中共中央关于中央机构调整及精简的决定》，决定毛泽东为政治局主席和中央书记处主席，书记处由毛泽东、刘少奇和任弼时组成，根据政治局决定的方针处理日常工作。规定书记处会议所讨论的问题，主席有最后决定权。

这是毛泽东在组织上正式成为中国共产党最高领袖的开始。

中共六届七中全会通过了刘少奇提议的以原中央政治局主席毛泽东为中央委员会主席的决议，同时决定在会议举行期间，由主席团处理中央日常工作，书记

中共扩大的六届六中全会主席团成员。前排左起：康生、毛泽东、王稼祥、朱德、项英、王明。后排左起：陈云、博古、彭德怀、刘少奇、周恩来、张闻天

处和政治局停止行使职权。

1945年4月23日至6月11日，中国共产党第七次全国代表大会在延安杨家岭中央大礼堂召开。

会议通过了新的党章，选举了新的中央委员会。6月19日，中共七届一中全会召开，选举毛泽东、朱德、刘少奇、周恩来、任弼时、陈云、康生、高岗、彭真、董必武、林伯渠、张闻天、彭德怀13人为中共中央政治局委员。其中，前五人为中央书记处书记，毛泽东为中央委员会、中央政治局、中央书记处主席。直到1976年毛泽东逝世，他一直是中国共产党历届中央委员会的主席。

当时的中共中央书记处，相当于之后的中央政治局常委会。至此，以毛泽东为核心的中共第一代中央领导集体正式形成，这是中国革命历史的正确抉择和必然结果。

“古之成大事者，不惟有超士之才，亦有坚忍不拔之志。”毛泽东曾经历了人生道路上的起起落落，且多次受到不合理的批判。然而在每一次考验到来的时候，他总能以一个无产阶级革命者广博的胸怀、平和的心态去面对，这也是他最终成长为中国革命第一代领导集体核心的关键所在。可以说，是历史选择了毛泽东。

党的七大把“毛泽东思想”作为全党的指导思想。毛泽东思想是马列主义与中国革命实际相结合的第一次历史飞跃，它的形成和发展有一个历史过程。

在党的历史上，王稼祥第一个提出了“毛泽东思想”。

从1940年始，在延安的《解放》周刊和《中国文化》等刊物上，逐渐出现称颂毛泽东对马列主义理论贡献的文章，陈伯达、艾思奇、和培元、张如心等纷纷撰文，赞颂毛泽东“深刻地灵活地根据辩证唯物主义理论与方法阐明中国革命的规律性”，使马列理论与中国具体的革命实践相结合，与中国的历史实际相结合。

张如心原名张恕安，于20世纪20年代后期在莫斯科中山大学学习，原属国民党“左”派，后加入中国共产党，30年代初返国进入江西中央苏区，后随长征到达延安，长期在张闻天领导下的马列学院从事马列主义理论的教学工作。早在1941年2月，即在其撰写的文章中首先提出“毛泽东同志的思想”的概念。同年秋，国统区的文人叶青在阅读了毛泽东的一系列著作后，提出了“毛泽东主义”的问题。只不过，他认为这个“主义”是“中国农民主义”，是“太平天国洪秀全的再版”。1941年12月底，张如心被调任毛泽东的读书秘书。他对此进行了批驳，并于1942年2月18日在《解放日报》上发表《学习和掌握毛泽东同志的理论和策略》一文，指出“毛泽东同志的理论和策略正是马列主义理论和策略在殖民地半殖民地半封建社会中的运用和发展，毛泽东同志的理论就是中国的马克思列宁主义”。张如心的观点得到了包括邓拓在内的众多理论工作者的赞同。

1946年张如心著《论毛泽东》封面

从1942年春开始，“毛泽东主义”开始在延安的理论界和领导干部之中得到广泛讨论。绝大多数党员和干部赞同这种提法，但是也有一些人认为毛泽东的理论不能称之为“主义”，还达不到“主义”的水平。毛泽东本人也多次发言，不同意“主义”的提法。

由于毛泽东反对提“毛泽东主义”，

1943年7月5日，王稼祥在《解放日报》上为纪念中国共产党成立22周年和抗战6周年撰写的《中国共产党与中国民族解放的道路》一文中，首先使用了“毛泽东思想”这个概念，明确提出：“毛泽东思想就是中国的马克思列宁主义。”“毛泽东思想”这一科学概念提出后，很快被全党同志所接受。在此前后，朱德、刘少奇、周恩来、陈毅、邓小平等纷纷发表文章或演说，论述毛泽东的思想。

对于“毛泽东思想”的提法，毛泽东十分谦逊。在中央党校学员讨论什么是“毛泽东思想”时，毛泽东发表自己的意见说，这不是我一个人的思想，是千百万先烈用鲜血写出来的，是党和人民的集体智慧。他还说，我个人思想是发展的，我也会犯错误，比如，我写一些东西，写了又改，改了又写，为什么改了又改呢？就是因为有错误嘛！

1943年是毛泽东的50寿辰，党内一些同志提议给毛泽东祝寿，并提出宣传“毛泽东思想”，中共中央宣传部副部长凯丰把这一意见告诉了毛泽东。毛泽东遂于1943年4月22日复信给凯丰，信中写道：“我的思想（马列）自觉没有成熟，还是学习的时候，不是鼓吹的时候，要鼓吹只宜以某些片段去鼓吹（例如整风文件中的几件），不宜当作体系去鼓吹，因我的体系还没有成熟。”

刘少奇在中共七大《关于修改党的章程的报告》中，提到“毛泽东”的名字达105次，他全面地阐释了毛泽东在理论上对马列主义所作的贡献，正式提出中共的思想理论基础为“马列主义与中国革命实际相结合的产物——毛泽东思想”。七大确立毛泽东思想为党的指导思想并写入党章。大会通过的《中国共产党章程》中明确写道：“中国共产党，以马克思列宁主义的理论与中国革命的实践之统一的思想——毛泽东思想，作为自己一切工作的指针。”

就在全党掀起宣传毛泽东思想的热潮时，毛泽东却表现得十分冷静，他提出，“不要把我的名字与马、恩、列、斯并列”。

七大后，作为党的领袖的毛泽东，为教育全党，总是把自己摆在马、恩、列、斯学生的地位，保持谦虚谨慎，力戒骄傲，多次提出不要再用“毛泽东思

华北大学负责人合影，左二为吴玉章

想”的提法。

1948年8月13日，吴玉章为了准备在华北大学开学典礼上的讲话，致电周恩来说：“我想在大会上说主要的要学‘毛泽东主义’。把‘毛泽东思想’改成‘毛泽东主义’，并作如下的定义：‘毛泽东主义，是帝国主义与殖民地革命时代的马克思主义，它是马克思列宁主义的向前的发展，它是以马克思列宁的理论与中国革命的实践相结合而产生出来的。’这样说是否妥当，请同主席和少奇同志商量后，赐以指示。”

8月15日，毛泽东亲自给吴玉章复电说：“那样说是很不适当的。现在没有什么‘毛泽东主义’。因此不能说‘毛泽东主义’。不是什么‘主要地要学习毛泽东主义’，而是必须号召学生们学习马、恩、列、斯的理论和中国革命的经验。这里所说的‘中国革命经验’是包括中国共产党人（毛泽东也在内）根据马、恩、列、斯理论所写的某些小册子及党中央各项规定路线和政策文件在内。另外，有些同志在刊物上将我的名字和马、恩、列、斯并列，说成什么‘马、恩、列、斯、毛’，也是错误的。你的说法和这后一种说法都是不合实际的，是无益有害的，必须坚决反对这样说。”

1948年11月21日，毛泽东在审阅共青团的有关文件时，给刘少奇、朱德、周恩来、任弼时、彭真的信中提出：将“青年团文件中‘毛泽东思想’改为‘马列主义’一点，请会商决定”。1948年12月下旬，他把《草案》中另两处提到“毛泽东思想”的地方都作了类似的修改。

1949年3月13日，毛泽东在中共七届二中全会上的总结中，针对王明关于毛泽东思想的“定义”指出：“马克思主义的普遍真理与中国革命的具体实践的

统一。应该这样提法，这样提法较好。而不应该如王明的提法‘毛泽东思想是马列主义在殖民地半殖民地的应用和发展’，这种提法不妥当。因为照王明同志的提法，则有点划分市场的味道。世界上殖民地半殖民地的范围很宽，一划分开，就似乎是说，斯大林就只能管那些工业发展的地方，而殖民地半殖民地就归我们管，那岂不就把马克思主义的市场缩小了……我们不要忙于想宽了，先把中国事情做好，如果有可以运用到其他国家者，自然有人运用的。不要做这种定义。”

他指出：“为什么不应当将中国共产党人和马、恩、列、斯并列呢？我们要普遍宣传马克思主义，不反对也不应该反对宣传中国的东西。但比较缺乏的是马、恩、列、斯，我们党的理论水平低，不够，也翻译了很多书，但实际未做得很好的宣传……所以现应在全国全世界善于宣传马、恩、列、斯关于唯物主义，关于党和国家的学说，政治经济学等。而不要把毛与马、恩、列、斯平列起来。我们说，我们这一套是一个国家的，这样说法就很好，就比较好些。如果平列起来一提，就似乎我们自己有了，似乎主人就是我，而请马、恩、列、斯来做陪客。我们请他们来不是做客的，而是做先生的，我们做学生。科学的东西，不能调皮。”

1950年8月19日，由毛泽东提议，并经中央政治局同意，将1945年4月20日中国共产党第六届中央委员会扩大的第七次全体会议通过的《关于若干历史问题的决议》作为附录收入《毛泽东选集》。《毛泽东选集》将《关于若干历史问题的决议》中的“毛泽东思想”改为“马克思列宁主义思想”“马克思列宁主义的路线”“毛泽东同志的路线”“以毛泽东同志为代表的马克思列宁主义的思想”，或者删掉。

1951年7月20日，习仲勋在中共中央西北局干部会议上所作《为加强马克思列宁主义和毛泽东思想的宣传而奋斗》的报告中说：“中国革命以‘星星之火’到全国胜利，就是马克思列宁主义理论的广泛传布并与中国人民的革命斗争相结合的发展过程，就是毛泽东思想发扬光大并取得了伟大胜利的发展过程。毛泽东思想是中国共产党的指导思想，是中国人民革命运动的指针。”毛泽东审阅这个报告时，在上文最后一句的“毛泽东思想”后面，增加了“就是马列主义和中国

革命相结合的思想。”

1952年9月25日，毛泽东审阅《人民日报》总编辑邓拓送审的国庆社论提纲时，将提纲中“毛泽东思想”五字勾掉，并批示：“邓拓同志：此件已阅，不要将‘毛泽东思想’这一名词与马列主义并提，并在宣传上尽可能不用这个名词。”

1953年4月10日，毛泽东在审阅《中国政治法律学会章程（草案）》《中国政治法律学会成立宣言草稿》时，将其中五处提到“毛泽东思想”的字样全部勾掉，并批示：“彭真同志：凡有‘毛泽东思想’字样的地方，均应将这些字删去。”

1954年4月1日，毛泽东审阅中国人民解放军军事学院院长兼政治委员刘伯承关于颁发毕业证件的请示报告时，将附件中“在毛泽东军事思想的基础上努力学习”一句改为“在毛泽东同志的号召下努力学习”。

根据毛泽东的指示精神，1955年10月20日，在由胡乔木执笔写成的八大新党章修改稿初稿中，已经没有七大党章中两处涉及毛泽东思想的部分了。在初稿之后，新党章又修改了五次，才向八大提出修改稿。在这五次修改中，也没有哪一位中央领导提出加进七大党章中有关毛泽东思想的部分。1956年9月10日毛泽东审阅后批示：“两件改处都看过，同意这些修改。”

中国共产党第八次全国代表大会通过的《中国共产党章程》中明确规定：“中国共产党以马克思列宁主义作为自己行动的指南”“党在自己的活动中坚持马克思列宁主义的普遍真理同中国革命斗争的具体实践密切结合的原则”，就没有再提“毛泽东思想”。

十三　运筹帷幄出奇兵

解放战争是中国两种命运、两个前途的大决战。是中国共产党领导的波澜壮阔的新民主主义革命的最高潮。

在这一时期，毛泽东领导全党以革命的两手对付反革命的两手，同以蒋介石为头子的国民党反动派以谈对谈，以打对打。

这一时期，是毛泽东军事思想发展到炉火纯青的成熟期。解放战争中军事斗争占着主导地位。毛泽东前无古人的军事天才得以充分发挥。他运筹帷幄、决胜千里，胸中自有雄兵百万，他和战友们一起，在世界上最小的指挥部里指挥了世界上最壮阔的人民战争。他指挥人民解放军以弱胜强，以120万正规军和220万民兵，在人民群众支持下打败了美式装备的国民党800万军队，创造了军事斗争的奇迹。在中外战争史上记下了浓重的一笔。

毛泽东浑身是胆

抗战胜利后，蒋介石三邀毛泽东去重庆谈判。

日本投降后，蒋介石一方面庆幸抗战的胜利，一方面却忧心忡忡。他在日本受降之日，写下了这样的感想："呜呼！抗战虽胜，而革命并未成功；第三国际政策未败，共匪未消，则革命不能曰成也。勉乎哉。"

蒋介石的想法充分暴露了他要发动内战的反革命阴谋。但此时，他内战的部署还没就绪，而国际国内又是一片和平的呼声，他不得不先玩弄起两面手法，一面高喊和平，一面积极备战。

1945年8月14日，蒋介石采纳张治中和吴鼎昌的建议，向延安发去了第一份电报：

"万急，延安

毛泽东先生勋鉴：

倭寇投降，世界永久和平局面，可期实现，举凡国际、国内各种重要问题，亟等解决，特请先生克日惠临陪都，共同商讨。

事关国家大计，幸勿吝驾，临电不胜迫切悬念之至。"

中共中央判断，蒋介石这个电报不外乎两个目的：一个是借口毛泽东不去重庆，好将内战责任嫁祸于共产党，如果毛泽东去谈判就给予共产党几个部长席位，迫使共产党交出军队和解放区政权；另一目的，就是利用谈判拖延时间，掩盖他调兵遣将，夺取抗战胜利果实的事实。

8月16日，毛泽东电复蒋介石：

朱德总司令本日曾有一电给你陈述鄙方意见，待你表示意见后，我将考虑和你会见的问题。

同日，毛泽东派人同国民党派驻延安的联络参谋周励武、罗伯伦说：“毛先生不准备去重庆，待蒋委员长答复朱德电报后，再做考虑。”

蒋介石得电后便估计毛泽东不敢赴重庆。因为十年内战时期他就在江西悬赏毛泽东的人头，现在毛泽东肯定不敢上门送头！

8月20日，蒋介石又致电毛泽东：

大战方告终结，内战不容再有。深望足下体念国家之艰危，悯怀人民之疾苦，共同勠力，从事建设。如何以建国之功，收抗战之果，有赖于先生惠然一行，共定大计，则受益拜会，岂仅个人而已哉！特再驰奉电邀，务肯惠诺为感。

毛泽东于8月22日回电：

兹为团结大计，特先派周恩来同志前来进谒。

当天他又接见周励武、罗伯伦，告以本党决定先派周恩来去重庆。

周励武、罗伯伦这几天在延安四处打探毛泽东意向，得到的所有消息，都是毛泽东不可能去重庆。于是，二人给重庆发去密报：“毛泽东不会去重庆谈判。”蒋介石要的就是这个情报。他认定毛泽东不会来重庆，因此，根本不做任何和谈准备，而是忙于调兵遣将，抢夺各大城市和战略要地。

8月23日，毛泽东主持召开中央政治局扩大会议，研究判断当前国内形势。

他认为：当前内战的威胁是存在着的，但国民党有很大困难，至少今年不会有大内战，所以暂时和平是可能的，必需的。毛泽东决定亲自出去，他还建议由刘少奇代理自己的职务，建议书记处增补陈云、彭真二人，以便毛泽东、周恩来不在时书记处仍有五人开会。这表明毛泽东已经充分考虑到此行的危险。

这一天，蒋介石第三次致电延安：

> 承派周恩来先生来渝洽商，至为欣慰。惟目前各种重要问题，均待先生面商。时机迫切，仍盼先生能与恩来先生惠然偕临，则重要问题，方得迅速解决。国家前途实利赖之。兹特备飞机迎迓，特再电驰速驾。

蒋介石假戏真唱，锣鼓喧天，三封邀请电报在广播电台反复播发，各报纷纷转载，一时间，蒋介石的和谈“诚”意传遍中外，美国、苏联呼吁中国和平，国内的中间派也心思大动，各界纷纷劝说毛泽东成行，把谈判的皮球踢到了延安。

8月26日，毛泽东亲自起草《中共中央关于同国民党进行谈判的通知》，判断形势：“在内外压力下，可能在谈判后，有条件地承认我党地位，我党亦有条件地承认国民党的地位。造成两党合作（加上民盟等）、和平发展的新阶段。”又分析了第二种可能：“如果国民党要发动内战，它就在全中国和全世界面前输了理，我党就有理由采取自卫战争，击破其进攻。”

此时，斯大林也电促国共和谈。

斯大林于8月20日、22日，曾两次致电毛泽东，说：“考虑到日本投降和国共双方关系的恶化，这次会晤是必要的。”声称“中国不能再打内战，要再打内战，就可能把民族引向灭亡的危险地步”。又称：“蒋介石已再三邀请你去重庆协商国事，在此情况下，如果一味拒绝，国际、国内各方面就不能理解了。如果打起内战，战争的责任由谁承担？你到重庆去同蒋会谈，你的安全由美、苏两家负责。”

毛泽东收到电报后很不高兴，“甚至是很生气”，但是，斯大林是当时国际

共产主义运动的最高指导者，毛泽东不能不尊重他的意见。（摘自《找寻真实的蒋介石》杨天石著，山西人民出版社2008年5月出版）

中国是苏联最大的邻国，两国边境线长达数千公里，因而构成对苏联东部安全的潜在威胁。为了建立东方安全带，斯大林以参加对日战争为诱饵，说服美国与其共同迫使中国签署了一个《中苏友好同盟条约》，从而达到了把外蒙古从中国分离出去以及在中国东北地区享有独占权益的战略目标。为实现这个战略构想，战后初期苏联对华方针的重要内容，同其他共产党活跃的欧洲国家一样，也是推行“联合政府”政策。

在四五月间两次与美国驻华大使赫尔利的谈话中，斯大林称蒋介石是“无私的”，是“爱国者”，但应在政治上对中共让步，以求得军令的统一。斯大林还表示，不能认为中国共产党人是真正的共产党人，苏联从来没有，今后也不会帮助中国共产党人。同美国一样，莫斯科也希望看到一个在蒋介石统治下的民主和统一的中国。

显然，斯大林认为在中国出现的应该是以资产阶级政党为核心的联合政府。但中国共产党的主张与此不同。毛泽东在《论联合政府》中提出的中共的一般纲领是建立“新民主主义的国家制度”，即共产党领导的联合政府，推翻国民党的一党专制。

面对国内的形势及斯大林的态度，毛泽东如何下决断呢，这是摆在他面前的一个难题。

中共没想到斯大林会下一道“不许革命”的禁令，8月22日，在《中央、军委关于改变战略方针夺取小城市及广大乡村的指示》中指出：“苏联为中、苏条约所限制及为维持远东和平，不可能援助我们。蒋介石利用其合法地位，接受敌军投降，敌伪只能将城市及交通要道交给蒋介石。在此种形势下，我军应改变方针，除个别地点仍可占领外，一般应以相当兵力威胁大城市及广大乡村，扩大并巩固解放区，发动群众斗争，并注意训练军队，准备应付新局面，作持久打算。”

至于苏军管制下的东北，中共仍坚持“迅速争取”，只因不明苏联的立场，

所以决定先派干部去那里发动群众，建立地方政权和地方武装，是否派军队占领，还要视情况而定。

不难看出，一开始，斯大林在国共两党之间采取了左右逢源的政策。苏联红军出兵东北当然不仅仅是为了消灭日本关东军，其主要目的是为了使东北地区成为苏联的势力范围和东方安全屏障。

斯大林于1945年12月30日对访苏的蒋经国说："苏联政府已经从延安召回了所有的代表，因为他们不同意中国共产党人的举动，"苏联政府仍然"承认蒋介石政府是中国的合法政府"，并认为中国"不能有两个政府，两支军队"，尽管"中国共产党人不同意这一点"。

由于得知东北的行政权将交给国民党，于是，中共中央要求"晋察冀和山东准备派到东三省的干部和部队，应迅速出发，部队可用东北军及义勇军等名义，只要红军不坚决反对，我们即可非正式地进入东三省。不要声张，不要在报上发表消息，进入东三省后开始亦不必坐火车进占大城市，可走小路，控制广大乡村和红军未曾驻扎之中小城市，建立我之地方政权及地方部队"。"热河、察哈尔两省不在中苏条约范围内，我必须完全控制，必须迅速派干部和部队到一切重要地区去工作，建立政权与地方武装"。

中共军队突然大量出现在东北，一时搞得苏军不知所措。冀热辽军区曾克林部进攻山海关日军时，不仅与苏军联合发出最后通牒，还得到苏军炮火支援，到达沈阳时却受到苏联驻军百般阻拦，被围困在火车上整整一天；进驻沈阳的中共先头军队从苏军转交的日本军火库中获取了大量武器装备，而徒手赶来的后续部队却吃了闭门羹，什么也没有得到；还有些进入东北的部队，不仅得不到急需的通信器材和印刷设备，甚至还被苏军缴械，并禁止他们在苏军占领区活动。

9月14日，苏军华西列夫斯基元帅派代表飞到延安，传达莫斯科的要求，并与中共领导人进行协商。苏联代表明确表示：苏军不久即行撤退，苏联不干涉中国内政，中国内部的问题由中国自行解决。还私下应允，已经进入东北的中共军队，如果不用八路军名义，不公开与苏军接洽，苏军可以"睁一只眼，闭一只

眼”，还提出希望中共派负责人前往东北，以便随时联系，协调行动。锦州、热河两省则可以完全交给中共接管。16日，苏蒙联军代表又转告中共中央，“坚决要求八路军主力火速北开”，接收其所占领之内蒙古及东北各地，“确保北面及内蒙古地区，以便同外蒙苏联经常保持联系”。

苏联的意图很明显：表面上国共军队都不得进入东北，但允许中共军队卡住进入东北的咽喉要道，一旦苏军撤退，中共便可抢先占领东北。这样，苏联既没有破坏中苏条约，又能保证内蒙古、东北地区在自己掌控之中。机不可失，莫斯科的表态促使中共更加坚定了进军东北的决心。

斯大林对华政策的根本目标是确保苏联在东北（还有外蒙古）的独占地位，因此，苏军在1945年底准备撤离东北，把政权交给国民党的时候，仍然与中共保持着联系并秘密给予帮助。

根据斯大林的态度，毛泽东表明了自己的态度。8月26日的政治局会议上，毛泽东讲述了中共参加重庆谈判的原则和方针。既然谈判，就需做出让步，中共的原则是“在不伤害双方根本利益的条件下”达到妥协。让步的限度是“第一批地区是广东至河南的根据地，第二批是江南的根据地，第三批是江北的根据地”。但是，在陇海路以北直到外蒙古的地区，“一定要我们占优势”，“东北我们也要占优势”。毛泽东说，如果不答应这些条件，就不签字，并“准备坐班房”。“随便缴枪”是绝对不行的，延安也不会“轻易搬家”。

在这种情况下，从年轻时代就无所畏惧的毛泽东毅然赴重庆。

毛泽东的这次重庆之行是冒着极大的风险的，堪称冒天下之大不韪。毛泽东自己心里也十分清楚：蒋介石想在重庆除掉他，易如反掌。中华人民共和国成立以后，毛泽东曾回忆道：“蒋介石把我请到重庆来谈判，说要和平，两党联合，和平建国。当时我向党中央作了交代，到重庆后，如果蒋介石把我杀了或关了，那就由刘少奇同志来代替我。”据后来披露的史料来看，以戴笠为头子的国民党特务确实有暗杀毛泽东的计划。但是，特务们的暗杀阴谋并没有得逞，毛泽东在重庆待了40多天后，安全地离开重庆回到延安。

中央会议决定周恩来先去重庆，至于毛泽东是否要去重庆，大家意见不统一。

周恩来表示想前去“侦察”，最主要的是看看蒋介石开的盘子。主席是否亲自去，根据谈判情况而定，总要谈得拢才能去，对蒋介石的阴谋须有所考虑。

朱德支持毛泽东去重庆，认为毛泽东出去有利，而且此次安全系数比过去要高些。去，对将来选举运动有利。朱德还幽默地说：“让蒋介石当总统，我们当副总统吧。”

彭德怀接着说：“我主张主席暂时不去，等我和老蒋打一下，把他的气焰打一点下来，主席过几个月再去时机成熟些。”

经过深思熟虑，毛泽东决定亲往重庆与蒋介石进行和平谈判。8月24日，毛泽东复电说：“鄙人极愿与先生会见，商讨和平建国大计。俟飞机到，恩来同志立即赴渝晋谒。弟亦准备随即赴渝。”

8月27日，延安来了一架美国飞机，美国大使赫尔利和国民党政府代表张治中“促驾”来了。

蒋介石之所以选中张治中到延安，第一是因为他与周恩来在20世纪20年代同在黄埔军校任职，周恩来为政治部主任，张治中为军事教官，两人私交较深；第二是在国民党高级将领中，张治中是从未与中共军队作过战的极少数人之一；第三是在内战问题上他一贯主和，所以共产党对他有一定的信任。

这天夜里，延安各机关、部队党支部紧急传达中共中央决定毛泽东亲自去重庆进行和平谈判的通知。延安的干部和群众，力主毛泽东不能去。因为蒋介石在政治上是不讲信义的，他曾三次扣押过不同意见的要人。

1929年蒋桂战争前夕，蒋介石把李济深软禁在南京汤山；1931年因所谓“约法”问题意见不合，把国民党元老胡汉民软禁在汤山；1936年西安事变后，张学良送蒋回南京，有宋子文、宋美龄和外国人端纳作连环保，保证张安全返秦，结果蒋介石到达南京一下飞机就翻脸不认账，张学良被囚禁已10年。

谁能保证毛泽东的安全？

为了尽一切可能争取和平，为了揭露美帝国主义和蒋介石的内战阴谋，以团结和教育广大人民，毛泽东义无反顾。他说，我们应该去。如果我们不去，就恰恰中了蒋介石的诡计，他正是希望我们不去，以便借此说我们拒绝和平，发动内战。

8月28日下午，毛泽东、周恩来、王若飞在赫尔利、张治中陪同下登机。机场上，毛泽东拒绝了吴玉章老人的最后一次劝阻：“谢谢你的好意，我注意一点儿好了！”他说完毅然起程。

下午3时37分，一架草绿色的军用客机，冲破山城上空厚厚云层，带着震耳欲聋的隆隆巨响，徐徐降落在九龙坡机场的跑道上。

出发前，在延安枣园，准备出远门的毛泽东不能不“打扮”起来……向来随随便便，即使穿了打着大补丁的裤子，照样坦然走上讲台的毛泽东，这一回，忽

左为毛泽东赴重庆谈判前在飞机舱口向欢送的人群挥手告别。右下图为毛泽东赴重庆谈判前与当时美国驻华大使赫尔利、张治中合影

地焕然一新，先是穿上了一件崭新的白绸衬衫，再穿上了一套崭新的灰蓝色中山装——那是叶剑英有“预见”，在北平为他定做了这么一套“礼服”，此时派上用场了。照毛泽东的习惯，他的衣服总是做得那么宽大，特别是裤脚管，肥大得足以伸进另一条腿。在延安窑洞里穿惯布鞋的他，此时换上了一双崭新的黑皮鞋。只是他的黑皮鞋是老式方头的，而蒋介石的黑皮鞋则是时髦的尖头的。

自从1927年毛泽东发动秋收起义，上了井冈山，便过着游击生活。即使在延安，也是过着农村式的生活。这次去重庆，是他平生头一回坐飞机，是他18年来第一次进入大城市，第一次在西装革履和高跟鞋的世界中露面。作为和蒋介石平起平坐的中共领袖，他也就“包装”了一番。“我是不是太洋气了一点？”当周恩来进来的时候，毛泽东问他道。周恩来把脑袋稍微歪了一下，打量着毛泽东，说道：“主席，您的帽子好像小了一点。”往常，毛泽东头上戴着的是灰色的八角帽，帽子正中是一颗鲜红的五角星。眼下，要去重庆，自然不能戴八角帽。他换上了一顶俄式呢礼帽，确实小了一点，那是江青昨天特地跑到苏联医生阿洛夫那里借来的。于是周恩来赶紧拿来一顶巴拿马盔式帽，给毛泽东试戴，倒是正合适。那顶帽子是周恩来的。毛泽东不好意思了，说道：“我怎能夺人所爱？”周恩来道：“重庆我比您熟，总可以再搞到一顶，这顶就送给您吧。”于是，那顶盔式帽，也就成了毛泽东赴重庆的重要“道具”，曾出现在许许多多照片之中。

8月28日下午，与毛泽东、周恩来、王若飞同乘一架飞机的还有毛泽东的随行人员胡乔木和陈龙等。

毛泽东坐在最前排的一间单人舱中，周恩来、王若飞、赫尔利、张治中等人紧靠着毛泽东。

当飞机升向空中，毛泽东要周恩来告诉飞行员，让飞机在延安上空转一圈，说：“我要向陕北人民道个别。”

飞机在延安上空绕了一圈，随后向南飞去。

飞机在中国的西部飞行，从西北飞向西南，飞过渭河、黄河。

胡乔木探过身去，问道："主席，我们能不能回来？"毛泽东沉吟片刻，从容地说："不管它，很可能是不了之局。"

胡乔木揣摩，这"不了之局"大概是：你想要我们交出军队和解放区，不可能；你想消灭我们，也不可能；你要谈判，我来了；你不要和平，那是你的事。

过了一会儿，毛泽东转身问随行人员："去重庆，你们怕吗？"

"不害怕！"

"对！这次去重庆，有两种可能性：一种是谈判成功，那咱们就从从容容地回来；另一种可能是被扣押，坐大牢，甚至杀头。但也用不着怕！要是坐牢的话，我们就在牢中看书学习。"

经过四个多小时的飞行，下午 3 时，一架标有"美国姑娘"的飞机由远而近，飞机缓缓地降落在重庆戒备森严的九龙坡机场。几十位记者、数百名民主人士代表在酷暑中怀着激动的心情焦急地等待着，都希望一睹中国另一位政治领袖的风采。

舱门打开，第一个走出舱门的是一个头戴巴拿马盔式帽、身着灰蓝色中山装、身材高大、动作稳健的人，他就是毛泽东。顿时，灯光闪烁，掌声如雷。

但毛泽东没在机场停留，只是发表了一个书面谈话：本人此次来渝，系应国民政府主席蒋介石先生之邀请，商讨团结建国大计。现在抗日战争已经胜利结束，中国即将进入和平建设时期，当前时机极为重要。目前最迫切者，为保证国内和平，

1945年8月28日，毛泽东率领中国共产党代表团从延安飞抵重庆，图为民主人士张澜等与毛泽东在机场合影

实施民主政治，巩固国内团结。国内政治上军事上所存在的各项迫切问题，应在和平、民主、团结的基础上加以合理解决，以期实现全国之统一，建设独立、自由与富强的新中国。希望中国一切抗日政党及爱国志士团结起来，为实现上述任务而共同奋斗。本人对于蒋介石先生之邀请，表示谢意。

毛泽东的演讲才能及他的恢宏的气魄和潇洒的个人风采，使山城各界为之倾倒，这对国民党右派阵营是一个有力的震动。

毛泽东亲临重庆的消息使海内外震惊，驻渝的中外记者纷纷发出专电，报道毛泽东抵渝盛况，盛赞毛泽东的气魄与胆识和我党谋求和平、民主、团结的诚意。重庆各界纷纷发表谈话指出：毛泽东来渝“是中国的一件大事情”，“维系着终归目前和未来历史及人民的福。”工人们高呼：“毛泽东——我们的领袖”，其他各界人士惊呼毛泽东的行动是“弥天大勇”。

而国民党《中央时报》以最小的字体、最少的版面登载毛泽东抵渝消息，有意缩小和故意诋毁我党谋求和平的巨大影响。

在重庆，周恩来巧妙安排，全力保护毛泽东的人身安全。

毛泽东一行抵达重庆后，他的安全问题成为“压倒一切”的首要问题。周恩来始终放心不下，时刻都在为此操劳，生怕有什么闪失。在重庆机场当中共代表团上了汽车准备前往宾馆休息时，周恩来叫住了正要上车的张治中。张治中忙问：“周先生，什么事情？”周恩来充满焦虑地答道：“是这样，毛先生的住宿与安全问题还需商量商量。”其实，毛泽东及其率领的中共代表团一下飞机，蒋介石的代表周至柔就告诉毛泽东：“蒋先生已为您准备了专门接待美国客人的招待所，那里地方好，设备全。”但毛泽东朗声笑道：“我是中国人，不是美国人，不住美国人住的招待所。”婉言谢绝了蒋介石的精心安排。张治中很能理解周恩来的忧虑，便对他说：“据我所知，除了这处招待所外，蒋先生还准备了市郊黄山和山洞林园两处，可由您选择。”周恩来考虑了一会儿，说：“哦，还有这两处。我想市郊黄山距市区太远，交通不太方便。山洞林园是蒋先生的住所，与蒋先生做邻居，有他在旁保护，毛先生的安全自不必担忧。但是

官宅森严，对各界人士的来访，恐是大大不方便了。这样吧，让毛先生先到化龙桥红岩村13号的十八集团军办事处工作居住，您看如何？”张治中认真思考了一会儿，对周恩来说：“可以，可以。如果那里住得不方便，周先生可再来找我。”说完，两人分别钻进了自己的汽车离开机场。

周恩来陪同毛泽东参加重庆谈判

毛泽东一共在林园住了两个晚上。第三天，迁至红岩办事处二楼居住，周恩来也搬到毛泽东住房的对面住下。为了保持安静，在毛泽东休息时，周恩来在室内只穿袜子走路。他还特别叮嘱工作人员，要保持安静，他们那时都是穿着布鞋甚至赤着脚在室内走路。但是，毛泽东在红岩办事处一住下来，就感到很多不便。红岩不仅地处偏僻，道路崎岖不平，上下山的台阶也太多，而且周围特务密布，对来访的人十分不便，对毛泽东的人身安全也构成了很大的威胁。

周恩来考虑再三，认为唯一比较合适的地点就是张治中的官邸，即位于上清寺中山西路18号的桂园。那里的房舍不是太大，但完全够用，距离周恩来自己的住所曾家岩50号和红岩新村都较近，并且靠近大街，汽车进出十分方便。于是周恩来随即向张治中提出要求，张治中立即爽快地答应了。随后张治中一家搬至一所旧宅居住，将桂园腾了出来，作为毛泽东的会客、工作和休息之地。毛泽东住进桂园时握着张治中的手说：“文白兄如此隆情厚意，我只好领情了。”

毛泽东住进桂园后，周恩来仍然觉得安全问题还是首要问题。他首先对毛泽东所住房子的睡床、座椅等逐一进行仔细检查，然后亲自布置警卫工作。当时，毛泽东从延安带来了一名贴身警卫员，叫颜太龙，加上原在重庆从事党的领导人警卫工作的龙飞虎、陈龙，总共只有三人，周恩来觉得警卫力量太单薄。几天后，周恩来和中共代表团其他成员认为毛泽东一直住在桂园不合适。所以，为

了安全和工作上的方便，毛泽东又住到红岩八路军办事处，只到桂园接待来自各方面的客人。毛泽东从此就住在红岩八路军办事处二楼东北角一间较大的房间。干部们则轮流在室外高地上放哨，以保证安全。周恩来特别交代警卫人员："要机警细致，在任何情况下都要确保主席的安全，不许有任何一点疏忽。"

1945年毛泽东在重庆期间，周恩来除了和国民党代表举行谈判外，其他时间几乎都和毛泽东在一起，朝夕相处，形影不离。和毛泽东外出参加各项活动时，周恩来总是走在毛泽东的前面，观察周围的情况，充当毛泽东的贴身保镖；出席宴会时周恩来常常代替毛泽东与各方人士干杯，这一方面是考虑到毛泽东酒量有限，怕伤了身体；另一方面是防止别有用心的人在酒里下毒，谋害毛泽东。与此同时，宴会上的饭菜总是周恩来先尝一下，觉得无异常情况才让毛泽东吃。

在重庆谈判期间，国民党政府派了一个宪兵排来给毛泽东当警卫，还派了司机给毛泽东开车。为了保卫毛泽东的安全，周恩来交代保卫人员要跟派来的司机搞好关系，关心他们吃饭，给他们烟抽。还交代要拿点钱补贴他们，让他们每天都有点肉吃。周恩来还亲自向他们说："大家辛苦了。"同时又提出希望说，毛泽东是我们共产党的领袖，是工人阶级和劳动人民的领袖。重庆这个地方车子多，路又窄，不好走，要注意安全。周恩来还跟司机热情握手。司机以感激的心情回答："请放心。"事后他们又感慨地说："周恩来这么大的官，还和我们握手，关心我们的生活，这在国民党内是见不到的，国民党的大官只是知道关我们，打我们，骂我们，共产党官兵平等。"国民党警卫班的人员在寝室闲谈时也说："国民党的大官总说周恩来厉害，但他对我们当兵的却是很好。"

国民党知道了这些情况，感到害怕！蒋介石下令对派来的宪兵每个星期要换防一次，并且全部换走。办事处的同志跑来报告周恩来说："我们刚刚和他们搞熟了关系，这一来，又得从头做起了！"周恩来回答："这不是很好吗！别说他们一星期换一次，三天换一次，隔天换一次才好呢。这样，我们宣传的面不是更广泛了吗？"他鼓励同志们说："他来一批，你们就做一批的工作嘛！"

蒋介石邀毛泽东来谈判，其立足点是毛泽东不来，所以谈判的具体方案毫无准备。毛泽东和中共代表团一到，他已是手忙脚乱了，在政治上也已陷于被动局面。

8月28日晚饭后，毛泽东坐在桌前开始读报。周恩来征得毛泽东同意，前往桂园与张治中、邵力子等人商谈次日的谈判安排。王若飞以及随同而来的政治秘书胡乔木因另有公事，搭乘周恩来的车子，到了红岩八路军办事处。警卫队队长龙飞虎及警卫员陈龙、颜太龙、齐吉树则坐在毛泽东房间里擦拭随身携带的武器。

不一会儿，三个身穿国民党军服、全副武装的彪形大汉，径直推门走了进来。

在毛泽东的房里，龙飞虎、陈龙插在衣兜里的手，迅速扳开了机头。这时，对方一位军官模样的人开口了：

“屋里只留下毛先生，其余的人请回避。”

龙飞虎等人根本不理睬他，站在毛泽东前面，仍是一动不动。正在双方相持不下的时候，仍旧坐在桌前的毛泽东慢悠悠地对几个警卫人员说：

“你们几个先到前面回避一下吧。我有事情，你们不必管我了！”

但几个警卫人员仍是犹豫不决，不愿离开。在毛泽东又一次示意下，他们才很不情愿、很不放心地来到前院的一个小走廊上。这里毕竟是蒋介石的老巢呀，到处是特务、宪兵，他们一个个紧握手枪，屏住呼吸，观察着事态的发展。

很快，庭院走廊上三步一岗五步一哨全布满了荷枪实弹的国民党士兵。就在这时，除了毛泽东房间的灯亮着外，其他的灯突然一下子全部熄灭了。

见此情景，从延安跟随毛泽东来重庆的齐吉树从兜里“唰”地一下掏出手枪，就要往毛泽东屋里冲。这时，在重庆已跟随周恩来数年、深谙敌情的警卫队队长龙飞虎用他那粗壮有力的胳膊把齐吉树摁住了，并说道：“老蒋又在演戏了！”

就在这时，只见一位肩披呢制黑披风、身穿国民党特级上将制服的人，在七八个人的前呼后拥下快步向毛泽东的房间走来。

“蒋介石来了！”龙飞虎说。

“哪一个？”

“中间那个。”

大约20分钟后，蒋介石从毛泽东的房间里走了出来，又在众人的簇拥下登上汽车，很快便消失在茫茫的夜幕之中。

毛泽东的警卫人员立即冲进了他的房间。

毛泽东放下手中的水杯，坦然一笑：“你们知道刚才是谁来了吗？是蒋介石探望我来了。说起来，我与蒋介石快有20年没见面了。”

“他们来那么多人，为什么让我们出去？”

“你们在这里，人家蒋介石不放心嘛！”毛泽东笑着回答，口气中有几分轻蔑。

从毛泽东房间里出来，几个警卫人员还在嘀咕刚才的事：“怪不得今天下午，他们三番五次地来人要求我们进行武器登记。原来，蒋介石是怕我们胡来，真是以小人之心度君子之腹！”

是夜8时，蒋介石在林园设宴招待中共代表。这是毛、蒋自1927年第一次国共合作破裂后的首次会面。宴会上双方频频举杯，相待以礼。席后蒋介石邀请毛泽东在林园过夜，他说：

“这里很安静，希望你能睡个好觉。”

林园是一个鬼斧神工的人间仙境，坐落在山城重庆西郊的歌乐山南麓。它是林森昔日

重庆谈判时，毛泽东和蒋介石举杯共饮

的官邸；林园里四面青山，峰峦叠嶂，曲径通幽。在林海深处，有一个圆形石桌。有趣的是，毛泽东来渝的第二天，便是在这张石桌旁与蒋介石拉开了谈判的序幕。这张石桌亦由此留名青史，被称之为“谈判桌”。

毛泽东在重庆与蒋介石进行了几次面对面的交锋。

说起来，毛泽东和蒋介石是老相识了。二人早在1926年就第一次同台演讲过。

1926年1月4日上午，中国国民党“二全”大会在广州中央党部大礼堂开幕。大会主席为汪精卫，秘书长则为共产党人吴玉章。毛泽东坐在代表席上，座位为15号。到会代表156人，中共党员约占100人。

蒋介石在1月6日下午，向大会作了军事报告。

1月8日下午，毛泽东在会上作了《宣传部两年经过状况》的报告。

1月18日下午，毛泽东和蒋介石相继上台讲话。这是毛泽东和蒋介石头一回同台作报告，也是毛泽东、蒋介石、汪精卫头一回同台亮相。12年后，三人分别成了共产党、国民党、日伪政府三方首脑。

这次毛泽东赴重庆，完全出乎蒋介石的预料，使他陷入被动地位。

8月28日晚，毛泽东没有睡好。

29日清晨，吹拂着千树百花的秋风，送来阵阵清香，风景独好的林园内，莺啼蝉叫，黄鹂鸣翠。

毛泽东打破了在延安时的工作与生活习惯，早早地起床了，到外面散步，呼吸着外面清新的空气，不时伸开双臂，舒展着身躯。

在曲径蜿蜒的林中小道上，齐吉树陪毛泽东漫步于楼旁的甬道上。

他们走出房门，顺着柏油马路下来，侧旁是一条长长的长满青苔的台阶，他拾级而上，缓缓前行，渐进林荫深处。

然而，他们突然站住了。透过茂密的枝叶隐隐约约看见一个人，而且这个人正朝着他们这边走来。

“蒋介石！”毛泽东有些意外。

蒋介石猛一抬头，躲闪不及地突然站住了。

真是狭路相逢！

“润之先生，你早上也有散步的习惯？”蒋介石一边支吾着，一边伸手指了指侧旁不远的那张圆形的石桌，“来，坐下谈，坐下说好吗？”

这张石桌造得巧：直径不过两尺有余，似一巨蘑，连同四个圆柱形石凳嵌在林间一块空旷的石板上，三面嶙峋怪石围成了一个扇形。一盆蓬勃的花置放在那露水未干的石凳上，这盆花好像有灵性，它端端正正的姿态，全神贯注的神情，仿佛只要二位要人同意，此时此地就可以拉开谈判的帷幕。

二人坐下后，开始了对话。

“润之先生，你怎么起得这样早哇？听说你有晚上办公习惯，怎么，来这里不习惯？”蒋介石以兄长的语气，显得十分关心地对毛泽东说。

毛泽东面含微笑道：“岁月如逝水，有道是前30年睡不醒，后30年睡不着嘛！蒋委员长不知有没有这个体会？”

蒋介石一下子就感到毛泽东话锋的锐利，忙岔开话题：“嗯，嗯，润之来到这天府之国的雾都，感觉如何？”未等毛泽东回答，蒋介石接着说：“四川的土地肥沃得很哩！林森老先生生前对我说：在这里的任何一块土地上，就是插上一根龙头拐杖，来年也会生根发芽、开花结果的，林老先生十分钟情于这块土地，所以，死后就长眠于此间山水中，前年年底政府为林老先生举行了奉安典礼后，才将先生的梓棺由官邸大礼堂移入墓中的。润之如有兴趣余可陪你去那里看看……”

毛泽东明白这是蒋介石有意绕开正题，即答道：“小弟不敢有劳委员长大驾陪同，改日，余定要拜谒林主席之墓。林老先生在担任国民政府主席期间，对日态度强硬，力主抗战，深受国人爱戴。林主席去世时，我们曾发来了‘领导抗战，功在国家，溘闻逝世，痛悼同深’的唁电，以示对林主席的崇敬。”

毛泽东牵着话头，来个峰回路转，步步深入，使蒋介石提及往事，重温旧情。毛泽东趁机切入正题：“八年抗战，让我们坐在了一起，我想国共两党是

否可能通过推心置腹的谈判，商讨出巩固而坚实的团结建国大计，从而像今天这样，殊途同归，不期而遇，不仅坐得下来，而且坐得下去呢！”

聊了一阵子，要进早餐了，他俩才从石凳上站起，道别。蒋介石笑笑，身体慢慢地站起来：“现在我们去用早餐，有什么话，早餐以后再说吧！”

两人顺着步梯缓缓而下，边走边谈。他们在此只是邂逅相逢，但它在历史上却能写上重重的一笔。作为“见证人”，石桌为他们提供了一个不大不小的唇枪舌剑的战场，一场具有历史意义的谈判竟然在这晨雾缭绕的林间敲响了锣鼓。

上午，毛泽东与周恩来、王若飞在桂园同张治中商谈谈判的内容和程序问题。下午，双方开始正式会谈。蒋介石摆出一副大家的风度，对毛泽东和周恩来说：“政府方面尚未提出具体方案，是为了表明政府对谈判并无一点成见，愿意听取中共方面的一切意见，希望中共本着精诚坦白之精神，提出自己的意见。”

毛泽东十分诚恳地表示自己的意见：“我们到这儿来，一句话，是为了和平，中共希望通过这次谈判，使内战真正结束，实现永久的和平。”

蒋介石不等毛泽东说完，就接上道：“中国没有内战。”

毛泽东毫不客气地批驳道：“要说中国没有内战，蒋主席恐怕是自欺欺人吧！”接着，毛泽东历数十年内战及抗战以来的大量事实，证明内战不但在中国存在，而且从未停止过。毛泽东说：“从‘九一八’事变以后，就产生了和平团结的需要。我们表示了，但是没有实现，到西安事变以后，‘七七’抗战以前才实现了。抗战八年，我们一再表示愿意谈判解决各种摩擦。”毛泽东对蒋介石“中国无内战”的论调严词批驳后，蒋介石在他当天的日记中万分沮丧地写道：“脑筋深受刺激。”显然，蒋介石对自己三邀毛泽东弄巧成拙的举动，已是叫苦不迭、后悔不已。

在林森公馆里时，毛泽东吐烟时望着蒋介石摆手，立刻意识到：蒋介石是个烟酒不沾的人。于是，毛泽东默默地把手中燃着的香烟掐灭。以后，毛泽东在重庆的40多天里，在与蒋介石的多次交谈中，一直克制着没有抽烟。蒋介石也注意到了这个细节。事后，蒋介石曾对秘书陈布雷说：“毛泽东此人不可轻视。他

嗜烟如命，手执一缕，绵绵不断。但他知道我不吸烟后，在同我谈话期间，竟绝不抽一支。对他的决心和精神，不可小视。”

那天夜里，蒋介石在日记中写道：“正午会谈对毛泽东应召来渝后之方针，决心诚挚待之。政治与军事应整个解决，但对政治之要求予以极度之宽容，而对军事则严格之统一不稍迁就。”蒋介石提及的“正午会谈”，是指那天中午他召集核心会议，商谈国共会谈的方针。

有一次，蒋介石向毛泽东提出了中共必须交出政权和军队，中国才有和平的底牌，然后大言不惭地说：“和，就照这条件和；不然，请你回延安带兵来打。”

毛泽东微微一笑说：“蒋先生，现在打，我实在打不过你，但我可以用对日敌之办法对你，你占点线，我占面，乡村包围城市，我们再周旋十年如何？”

在最后一次蒋、毛会面时，蒋说：“我们二人能合作，世界就好办；国共两党，不可缺一，党都有缺点，都有专长。我们都是五六十的人了，十年之内总要搞个名堂，否则对不起人民。”

毛泽东在谈判期间广交朋友，展示了中国共产党人广阔胸襟和个人的坦荡风采。

在重庆国共两党谈判期间，毛泽东十分注重同社会大众、各民主党派和无党派人士建立联系，通过演讲、会见、谈话、私访等形式与公众进行双向沟通和交流，最大限度地孤立国民党反动势力，积极宣传我党和平建国的正确思想与主张，扩大统一战线，为我党树立起良好的公众形象。

8月30日下午，毛泽东、周恩来等来到被称为“民主之家”的特园，拜访了中国民主同盟主席张澜。毛泽东从未见过张澜，但两人神交已久。毛泽东向张澜介绍了解放区开创和建设的实情，解释了中共中央8月25日《宣言》中提出的六项紧急要求。张澜连称“很公道”，并且说蒋介石要是良知未泯，就应采纳实施。毛泽东说：“民主也成了蒋介石的时髦货，他要演民主的假戏，我们就来他一个假戏真做，让全国人民当观众，看出真假，分出是非，这场戏也就大

有价值了。”

一夜豪雨大杀秋老虎的威风，给山城人民带来清爽的新凉。

9月1日下午6时左右，黄家垭口一带挤满了人。各式轿车衔尾而至，党政军要人们、苏联大使馆的官员们下了车，向小巷内的中苏文化协会走去。中苏文协孙科会长和邵力子副会长在这里举行盛大的鸡尾酒会，庆祝《中苏友好同盟条约》签订。这种冠盖如云的集会在陪都并不稀罕，今天却有些异样。官方守口如瓶，消息却不胫而走。拥挤在街头的人们兴奋地交谈着：“毛泽东！今天毛泽东要来参加！”在细雨中守候在黄家垭口街头的人越来越多。一个老公务员模样的行人问明了情况，惊呼道：“什么，毛泽东要来？”他即刻止步，在屋檐下找好一个位置，感叹说：“咳，毛先生啊，真说得上是一身系天下之安危了。”

在中苏文协二楼，是另一番热闹景象。正厅挂着中苏两国的国旗，摆着丰盛的酒馔，陪都的党政军要人、民主党派人士、文化艺术界和工商界人士，共300多人济济一堂。很少在社交场合露面的孙夫人宋庆龄和访问苏联新近归来的郭沫若交谈，陈立夫在和孙科碰杯，发出洪亮笑声的是冯玉祥将军，军服整洁的是陈诚部长和张治中部长，抚着长髯的是沈钧儒和谭平山，彼得罗夫大使和他披着轻纱、身着盛装的夫人频频与新老朋友干杯……

酒会气氛热烈愉快，但人们却流露出期待的神情，因为实际上只有一位嘉宾：毛泽东。

当毛泽东一行来到黄家垭口时，时间正是7点。

守候在这里的群众谁也没有见过毛泽东。前几天《大公报》刊载过一幅毛泽东的画像，那模样既粗野又凶恶；而《新民报》记者赵超构的《延安一月》，却说毛泽东额头宽宽的、鼻梁端端正正的，颇有“贵族气概”，是一个开心时能“恣意尽情捧腹大笑”的人。

那辆黑色轿车驶近路口，人群突然潮动：“毛泽东，毛泽东！”“毛泽东来了！”

从汽车里走出一个相貌堂堂的高个子，周恩来伴随着他，确乎是毛泽东无疑

了。“毛泽东来了！我看见毛泽东了！”人们七嘴八舌地欢呼。

在去会场入口的路上，一个人突然上前紧握住毛泽东的手，默默地端详着他。毛泽东大声问：“你是周谷城先生吗？”

“是的。”答话的声音嘶哑而颤抖。

故人哪！这是1921年长沙省立第一师范的同事、1927年搞农民运动的同志。

泪水涌上毛泽东的眼睛，他伸出手指比画着，感慨万千地说：“一十八年了！”

“你从前胃出血的病好了吗？”周谷城问。

“我这个人啊，生得贱，”毛泽东的笑容掠过一股冰雪的寒意，“在家有饭吃，要生病；拿起枪当‘土匪’，病就没有了。”

他辞别故人，向入口走去。那里已是人声鼎沸，中国话杂着俄国话：“毛泽东来了！”

掌声雷动。毛泽东在周恩来、王若飞伴随下到会了。

数不清的陌生的、热情的脸，应接不暇的问好和握手。

“欢迎你，毛先生！”

“毛先生，你好！”

“欢迎！欢迎！”

“您来了，中国就有希望了！”说这话的人热泪纵横。

步上二楼，酒会的主人孙科院长迎上前来握手。他们举起酒杯，毛泽东说：“为民主团结的中国……”孙科说：“为中华民国万岁……”

“干杯！”

全场响起热烈的掌声。

宋庆龄容光焕发，从人群中走过来和毛泽东、周恩来握手，举杯祝酒。今天并非他们的第一次见面，8月30日毛泽东由山洞林园回城，他登门拜访的第一个人就是宋庆龄。

冯玉祥急步向前，两手握住毛泽东的手，热切地说：“前天失迎，抱歉得很！”他举起杯来，对毛泽东和孙夫人说：“毛先生来了，中苏友好条约缔结了，来来，让我们为总理的三大政策的实现而干杯！”毛泽东和宋庆龄都痛快地一饮而尽，在如潮的掌声中，魁梧的冯将军背过身去用手帕擦了擦眼睛。

毛泽东同邵力子副会长、陈诚部长祝酒。

彼得罗夫大使趋前致礼，举杯用生硬的中国话说：“我真高兴见到您！”

国民党元老、司法院副院长覃理鸣握住毛泽东的手，嗫嚅着说不出话，眼泪夺眶而出。

然后是郭沫若、茅盾……人们纷纷和毛泽东握手、干杯。毛泽东一面答礼，一面轻轻地抿一下酒杯，脸上已经泛起红晕。寸步不离的周恩来一把接过他的酒杯，乐呵呵地宣布：“我今天是专门来代他喝酒的。”周恩来豪爽地喝干了一杯又一杯盛情难却的酒。

毛泽东被簇拥着到阳台上去休息。因抨击四大家族官僚资本而遭到过逮捕和监禁的经济学家、教育家马寅初和他谈笑着，羡慕毛先生年轻健壮，马寅初算了算说：“你比我小了一肖年纪哩！”毛泽东笑着回答：“你也正年轻嘛，看你这样仙健，只显得40来岁啊！”马寅初家住远郊歌乐山，周恩来即刻安排，会后用车护送。

毛泽东又和坐在一旁的覃理鸣老先生交谈了，他以晚辈的谦恭亲切地祝愿覃老先生保重身体，健康长寿。

一位民营报纸的记者在一旁观察着，构思自己的报道，其头脑中已然扫除了“土匪”形象，作出结论：实际上“他那斯文和沉着亲切的举止是使任何人喜欢的”。

8时许，毛泽东向大家告辞了，还得赶赴另外的社交活动。人们恋恋不舍地同他握别，“老朋友二十年不见面了啊！”“有机会再谈谈吧！”

“一定，一定！”

薄暮的街头，细雨纷纷，万头攒动。

受周恩来指派写一篇酒会特写的夏衍以这样的描写结束他的文章：

“毛主席上车的时候，门内外的人齐声鼓掌了，‘毛先生’‘欢迎欢迎！’人像潮一般推动，‘毛先生，欢迎你！’这是发自内心地渴望着团结、和平、民主的人民的声音！”

毛泽东不仅会见冯玉祥等愿意与我党合作的国民党“左”派，特别是主动会见陈立夫、戴季陶等国民党右派，引起“朝野”震动。

他说：“国民党是一个政治联合体，也有左中右之分，要作具体分析，不能看作铁板一块。”

毛泽东向不同意他会见国民党右派的同志解释道：“他们的确是一贯反共的。但是我们来重庆干什么呢？不就是为了跟反共头子蒋介石谈判吗？国民党现在是右派当权，要解决问题，光找“左”派不行。“左”派是赞成与我们合作的，但他们不掌权。解决问题还要找右派，不能放弃和右派的接触。”

戴季陶，名传贤，字季陶，号天仇，出生于四川广汉。他早年与马君武、宋耀如等人一同留学日本，追随孙中山先生，不久便与蒋介石结为密友。由于文才出众，戴季陶还担任过孙中山的秘书。

1920年前后，戴季陶潜心研究马列主义，与沈玄庐、陈独秀、李汉俊等人过从甚密，宣传过俄国十月革命。戴季陶为中共的创建做了不少前期准备工作，但他最终没有参加中国共产党。1925年孙中山先生逝世后，戴季陶在上海专事反共理论著述，以国民党的理论家自居，与蒋介石的关系也更密切。1926年、1927年戴季陶曾两次出任中山大学校长，1928年2月又当上国民党宣传部部长。10月，戴为国民党中央执行委员、国民政府考试院院长，且连任20年之久，任到1948年。

抗战胜利，举国欢腾。戴季陶与众不同，高兴不起来。一是在蒋介石那里日渐失宠。二是身体每况愈下，常辗转难眠，晚上须服安眠药，方可有短时间的入梦。更重要的是，他的死对头共产党的势力发展壮大。早在抗战期间，他就对八路军、新四军的不断壮大十分担心，主张强力压制共产党领导的根据地。而今抗

战胜利了，戴季陶更加害怕羽翼丰满的共产党取国民党而代之。

他极力反对国共谈判，对蒋介石说：“切不可视共产党为合法之团体，匪首为正当之人物，言论为正当之道理。”

戴季陶和毛泽东是老相识。毛泽东担任国民党宣传部副部长时，部长就是戴季陶。戴虽然反共坚决，思想保守，但对毛泽东来重庆还是欢迎的，特别是对毛泽东登门拜访他十分高兴。

重庆“桃园”里的两栋小洋楼，便是于右任、戴季陶的官邸。

1945年9月3日下午，毛泽东原定去拜访于右任，他在王秘书、警卫人员护送下，在“桃园”门前下车。守门的毕恭毕敬地说：“蒋委员长正在于院长家做客。”

毛泽东客气地回道：“那么，我们就先看看同院住的戴季陶先生吧！”

毛泽东一行被引进，去见戴季陶。

毛泽东的主动拜访，使戴季陶深感意外，因此他不仅措手不及，局促不安，诺诺连声，也感慨良深。

等毛泽东离去后，他便请张治中代为约请毛泽东。戴季陶在邀请毛泽东的信中说：“前日毛先生惠访，未得畅聆教言，深以为歉！一别20年，一切国民所感受之苦难已解决，均系毛先生此次欣然惠临重庆，不可不一聚也。”

9月13日，毛泽东等如约出席。席间，他们回首往事，把酒言欢。戴季陶的秘书陈天锡后来回忆说，戴季陶于“席终客散，亦无一言提及，似有不足言之隐”。

毛泽东从戴府出来回头去见于右任时，正好碰上了也要去看戴季陶的蒋介石。二人狭路相逢，蒋介石问毛泽东去哪里，毛泽东说去见了戴季陶。蒋介石一怔，随后佯笑着说：“好，见见好，见见好。”

全面内战爆发后，随着时间推移，蒋军从进攻转入防御，败绩接踵，继辽沈战役大败后，又在平津、淮海战役中一败涂地。戴季陶忧心如焚，向左右哀叹：“时局日下，衰病之身，毫无所补，每一念及，则深惶汗。”

1948年7月10日，戴季陶毫不犹豫地卸下扛了20年的考试院院长的职务，考虑到蒋介石的面子，改任国史馆馆长。9月和10月，因寝食不宁，戴季陶两次吃了过量的安眠药，都被及时抢救而苟延残喘。12月28日，戴季陶黯然登机飞往广州，行前去考试院上下各室看了又看，流露无限眷恋之色，情不自禁悲从中来，唏嘘涕出："这一去，不知何日重又来？恐是不再矣！"说着竟如孩童般号啕大哭起来，如丧考妣。也不知什么原因，到广州不久，就将11个平时供拜的用古铜铸造的千手观音佛，亲自送到六榕寺，放在觉皇殿中，还和殿中佛教会同人胡毅生谈禅，话中提到，不久自己会脱离此恶世，好像预知死期将至。

蒋介石下野后，在家乡溪口以国民党总裁的身份遥控时局，确定台湾为"复兴基地"，布置党政军要员撤往台湾，通知戴季陶入台。戴季陶一口拒绝："不去了，但愿回四川老家以竟终年，伴父母于九泉，尽人子之责。"

1949年2月10日，他对秘书说："判断下来，国军难以据守西南，四川必为共产党所得。他们不会放过我，我也不甘当他们的阶下囚。"

"为党国尽节，此其时矣！"身病加心病的戴季陶，既不愿随蒋介石残喘台湾，又怕成为共产党的俘虏，所以曾嘲笑陈布雷自杀行为的戴季陶，三个月后也决计效法陈布雷杀身成仁，得个党国忠臣的好名声。

1949年2月11日夜间，戴季陶面对窗外的风声雨声，自感油尽灯枯，绕室徘徊了好一阵后，吞下了大量安眠药。第二天上午，左右不见戴季陶起床，大着胆子叫唤，没有回音，于是边喊边敲门，仍是毫无反应，料是有了异常，急忙撬门入室，发现戴季陶已气绝身亡。13日，"戴传贤在穗逝世"的消息见诸报端。当局为防动摇民心士气，在电讯中只字不提自杀，而是说：查戴氏向患心脏病，每晚需要服安眠药始能入睡，来穗后亦然。昨晚或进服安眠药过多，以致影响心脏，于12日晨8时不起……

蒋介石是在12日当天得到戴季陶自杀报告的，据蒋经国的日记记载："父亲闻耗悲痛，故人零落，中夜唏嘘。对于这位盟兄不愿随他去台湾，蒋介石颇为不满，但较之那些'临难变心'投向中共的'乱臣贼子'，他尚感欣慰，故而在挽

词中称赞其‘才识恢宏，勋尤懋著’”。

重庆陈立夫官邸。铁栅门外，一片绿叶红花，门前守卫森严，一所漂亮的住宅立在僻静、优美的花园之中。

这天晚上，毛泽东和周恩来以及王炳南秘书等人坐在汽车里，一边看着重庆的市容，一边抽烟说笑。

毛泽东的眼光一亮，手握着烟，笑着说：“你们肯定心中不同意我来找这位反共头子、杀革命人士如麻的陈立夫的，但你们想想，现在国民党是右派掌权，不找右派解决不了问题。”

陈立夫，原名陈祖燕，浙江吴兴人。自幼受中国传统的旧式教育，入私塾读四书五经，打下了极好的古文基础。13岁时，他离家到上海读书，15岁时考入南洋路矿学校中学部。1916年，陈立夫在叔叔陈其美遭人暗杀后，靠三叔陈蔼士资助完成中学学业，并以第一名的优异成绩毕业。1917年，他考入天津北洋大学，学习矿业。陈立夫读书时蒋介石也供过他学费，蒋陈两家关系甚为亲近，他称呼蒋介石为“蒋三叔叔”。

1928年起，陈立夫开始担任国民党中央组织部调查科主任、国民政府军事委员会机要科主任、中央党部秘书长等职。他和陈果夫一道，组织“中央俱乐部”，在国民党内形成一个很有权势的CC系。后来逐步扩充成为一个庞大的特务系统，发展成中国国民党中央执行委员会调查统计局（简称“中统”），从事反对共产党、迫害进步人士的活动，并对付国民党内反蒋派系的抗争。他深受蒋的信赖。1929年，国民党第三次全国代表大会以及以后的第四、五、六次代表大会上，陈均被选为中央执行委员。

1944年底他重任国民党中央组织部部长。在蒋介石发动内战期间，历任国民党中央政治委员会秘书长、国民党政府教育部部长、立法院副院长等职。1945年抗日战争胜利以后，对于国共两党进行的和平谈判，他极力反对，认为“与共产党谈判只会助长共产党的势”“对共产党问题，只有动大手术才行”。

对这样一个反共的头号人物，毛泽东并没有放弃去接触和争取，在重庆谈判

期间，曾经三次去拜访陈立夫兄弟。第一次是1945年9月7日，毛泽东一行人前往陈公馆去拜访陈立夫。可是刚巧陈立夫外出，这一次没有拜访成。9月18日，毛泽东去拜访陈立夫。陈立夫对这次突然来访不知所措，于是以体弱多病为理由，婉言谢绝了。两次都没有拜访成功，毛泽东并没有灰心，遂于9月20日第三次拜访了陈立夫。这一次，陈立夫对毛泽东的拜访已经有了心理准备。两人见面以后，先是寒暄了一阵子，之后毛泽东立即转入了正题："立夫先生，还记得第一次国共合作的情景吧？那可是令我终生难忘啊。"

"毛先生，立夫早就有句话想跟你说。我认为，中国人应该信仰三民主义，只有三民主义才能救中国。马列主义是外来的，不符合中国的国情。"

毛泽东听罢一笑，说："陈先生，我正想就这个问题向你求教呢。孙中山先生'提倡联俄、联共、扶助农工'，所以我们才取得了第一次国共合作的胜利。而你们三民主义呢，却是反共、剿共、压制工农，千方百计置共产党于死地而后快。这难道是拯救中国吗？"

见毛泽东这么尖锐，陈立夫略显尴尬，他连忙说："毛先生，你这可言重了吧？"

毛泽东此时立即收起笑容："陈先生，恐怕言不为重吧。10年内战，你们对共产党进行了五次'围剿'，迫使红军北上长征。但是不知你们想过没有，为什么共产党不但没有被消灭，反而发展壮大了……"

"所谓'石头过刀，茅草过火'，厉害得很啦！我毛泽东被追得东奔西跑，好不难堪哟！——这段历史你经历了吧！"

"毛先生，抗日战争爆发，我们不是进行了第二次国共合作吗？"

毛泽东站了起来："别忘了，是国民党的积极'剿共'，才引进了日本帝国主义的侵略，并且差点导致亡国灭族之祸。难道这个教训还不够发人深省吗？"毛泽东继续说："我们上山打游击，是国民党剿共逼出来的，是逼上梁山。就像孙悟空大闹天宫，玉皇大帝封他为弼马温，孙悟空不服气，自己鉴定是齐天大圣。可是，你们却连弼马温也不给我们做，我们只好扛枪上山了。""现在，又

是个好机会，请国民党认清人心所向，不要重蹈覆辙。”

陈立夫明知毛泽东在批评国民党，对毛泽东坦荡的胸怀，不敢怒又不敢言，内心慌乱无以措辞，只好说：“我对这一次的国共和谈一定尽心效力，一定尽心效力！”

在关系到中国两种命运、两个前途的关键时刻，毛泽东不顾个人安危，身系天下，以无产阶级革命家的宏伟气魄和胆略，深入虎穴、与敌周旋。不但向世人昭示了中国共产党争取和平民主的诚意，还让人们看到了中共领袖的“弥天大勇”和不凡的人格魅力。在与蒋介石及国民党各派人士的谈判及接触中，毛泽东高屋建瓴、坦荡潇洒、话锋机敏、谈古论今，使对手折服，朋友激动兴奋，人民深受鼓舞，充分显示了毛泽东战略家的深谋远虑和对敌斗争艺术的高超娴熟。

在重庆谈判期间，毛泽东送给柳亚子的一首诗引起了极大的社会轰动。

柳亚子是毛泽东在第一次国共合作时结识的老朋友。他1887年出生于江苏吴江分湖之滨的一个世代耕读之家。1900年他私撰《上清光绪皇帝万言书》，主张废黜西太后，支持光绪皇帝变法维新。1902年考取秀才后到上海爱国学社读书，与“革命军中马前卒”邹容相交，在思想上完成了由维新到革命的飞跃。

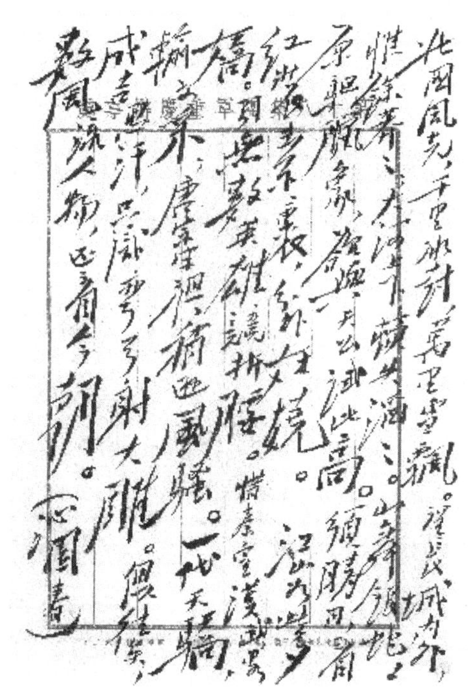

毛泽东1945年给柳亚子书写的第一件《沁园春·雪》

1906年，柳亚子加入中国同盟会，秘密谒见了孙中山先生。1909年11月13日，他与陈去病、高天梅发起成立了中国近代史上第一个革命文学团体：南社。1923年，创建了新南社。

1949年8月，毛泽东和柳亚子在一起

1924年，柳亚子加入了改组后的国民党，当选为中央监察委员会委员。“四一二”政变后，被通缉，他经上海东渡日本避难。1928年回国，进行反蒋活动。1948年元旦，他与宋庆龄、李济深等人创建了中国国民党革命委员会。他与毛泽东早在1926年5月就结下了深厚的友谊。1929年春，柳亚子写了《存殁口号六首》，每首怀念活着和死去的各一人，其中第一首写道：“神烈峰头墓草青，湖南赤帜正纵横。人间毁誉原休问，并世支那两列宁。”诗中“两列宁”原注“孙中山、毛润之”。

1945年8月30日，刚到重庆不久，毛泽东就在重庆桂园寓所宴请柳亚子、沈钧儒等人。席间，柳亚子赠毛泽东七律一首：“阔别羊城十九秋，重逢握手喜渝州。弥天大勇诚能格，遍地劳民战尚休。霖雨苍生新建国，云雷青史旧同舟。中山卡尔双源合，一笑昆仑顶上头。”9月2日，《新华日报》以“赠毛润之老友”为题，发表了这首诗。9月6日，毛泽东在周恩来、王若飞的陪同下，又到重庆沙坪坝南开学校津南村看望柳亚子。

柳亚子是年59岁，个子不高，白白胖胖，温文尔雅，说话口吃，诵诗时却流畅。他是一个胸无城府的直肠子，又是一个火暴的急性子。正如他自己所说：“我的脾气太急，写字像冲锋一般，喜欢赤膊上阵，杀了一阵，胜败不问。”

毛柳的共同话题很多，除往事、旧友外，还有他们酷爱的诗文、历史。每次见面或写信，柳亚子都要把自己的诗作朗读或抄录给毛泽东。毛称赞柳诗“慨当以慷，卑视陆游陈亮，读之使人感发兴起”，对自己的诗作却秘而不宣。虽然，

在此之前他的《七律·长征》已流传于世间。柳亚子为完成亡友林庚白的《民国诗选》，想收录毛泽东的长征诗，10月2日这天向毛索句，看来也未达到目的。毛矜持地表示，“我只能读，不能做”。文史之外，他们最热烈的话题便是时局和政见了。

柳亚子激昂慷慨地结结巴巴地陈述了他的某种“赤膊上阵”的主张，这已经不是第一次了，这天他还决然主张未来的联合政府应由毛泽东（而非蒋介石）来主持，并兴冲冲地即刻就要润之一起拟定联合政府的人选。毛泽东则娓娓而谈，大抵是开导他目前还未到具体解决的时候，前途是光明的，道路却是曲折的。这次谈话的效果很好。柳亚子回家后赋诗道：“如坐光风霁月中，矜平躁释百优空。与君一席肺肝语，胜我十年萤雪功。”并再次向毛泽东索诗。10月7日，毛泽东将《沁园春·雪》题赠柳亚子，并附信说：“初到陕北看见大雪时，填过一首词，似与先生诗格略近，录呈审正。”

沁园春·雪

北国风光，千里冰封，万里雪飘。望长城内外，惟余莽莽；大河上下，顿失滔滔。山舞银蛇，原驰蜡象，欲与天公试比高。须晴日，看红装素裹，分外妖娆。

江山如此多娇，引无数英雄竞折腰，惜秦皇汉武，略输文采；唐宗宋祖，稍逊风骚。一代天骄，成吉思汗，只识弯弓射大雕。俱往矣，数风流人物，还看今朝。

词上阕前半部活画出北方全幅雪景。万里长城，滔滔黄河，群山高原，无不在万里冰封雪飘之下；后部却又一洗前部寒素冰冷之气，出之以生机盎然、灿烂辉煌的暖景，抒发胸中颠倒乾坤、豪情满盈的壮志，谓之亘古未有；下阕有横绝千古、傲睨八方之概，绝无古人之悲观。这阕词即景抒情，融情景于一体，转接自然，于技法上说属一流，而其中境界尤为特异，开千古未有之新境。

得到毛泽东题赠的《沁园春·雪》后，柳亚子很快作出了和词《沁园春次韵和毛润之咏雪之作，不尽依原题意也》。10月下旬，柳亚子将毛泽东的赠诗与自己的和词，在中苏文化协会举办的“柳诗尹（瘦石）画联展”上展出，并将两词送交《新华日报》，要求同时发表。大概是发表毛泽东的词须经本人同意的缘故，《新华日报》于11月11日单独刊出了柳亚子的和词。

毛泽东赴重庆，在当时引起了很大的轰动，他的武略文韬早已是举国景仰。在诗画联展上传出毛泽东有词《沁园春·雪》后，山城文化界纷纷流传开来，等到柳亚子的和词公开发表后，更多的人在打听原词《沁园春·雪》。重庆《新民报》当时的办报方针是“中间偏左”，事实上是十分倾向于进步的，从主笔赵超构到下面的编辑记者，倾向民主进步的人很多。此时，重庆《新民报·晚刊》的副刊《西方夜谭》，是由著名的剧作家吴祖光先生当编辑。在山城皆盼毛泽东原词的氛围下，吴祖光先生设法拿到了这首词的抄件，读后他深为欣赏，当即就在11月14日的副刊上予以公开发表，还加上了一段编者按语：“毛润之氏能诗词，似鲜为人知。客有抄得其沁园春咏雪一词者，风调独绝，文情并茂，而气魄之大，乃不可及。”在编者按之后，就是那首千古绝唱。

在当时的国统区，不要说毛泽东的诗词，平时就是他的名字，都是见不到的。这首词一发表，顿时在山城引起了巨大的轰动。一时间，人们争相传诵，好评如潮。郭沫若、王若飞的舅父黄齐先生等纷纷步原韵作《沁园春》。范文澜先生称该词“气魄的雄健奇伟，词句的深切精妙，不只苏辛低头，定评为词中第一首，就是三百篇以下各体诗歌如大雅大明诸篇，但与本篇相较短长，不免尚有逊色”。柳亚子将它称为“千古绝唱”，谓“虽东坡、幼安，犹瞠乎其后，更无论南唐小令、南宋慢词矣”。此前，为争取中国的和平民主，毛泽东不惜冒着生命危险亲赴重庆谈判，已经深深打动了社会各界。一阕《沁园春·雪》，又充分展示了毛泽东博大的胸襟和盖世的才华，进一步地征服了人心，使人们从毛泽东及其领导的共产党身上，更多地看到了中国的光明和希望。

在重庆，无人敢与毛泽东比诗。

毛泽东该词发表后，赢得广泛赞誉。流传极广，次韵相和者甚多。这首词在全国产生了轰动。

蒋介石也从报纸上读到了这首词，他不相信这是毛泽东填的词。尽管他不会填词，但凭着直觉，他品味到这是一首气势磅礴的好词，该词借古说今意境不俗。论武，蒋介石可跟毛泽东较量一番；论文，蒋介石怎能和毛泽东相提并论。

他找来了谋士陈布雷。这是一位替蒋介石起草文件的文人，有“国民党内第一笔”之称。他对中国诗词的了解要比蒋介石多得多。蒋介石问他：“布雷先生，你看毛泽东这首《沁园春·雪》词是他做的吗？”尽管蒋介石希望陈布雷说出“不是”这二字，但是陈布雷是一个忠实于主人的文人，他觉得不能对蒋介石撒谎，于是他说：“是的。”回答使蒋介石感到失望。

蒋介石又问陈布雷：“你看毛泽东这首咏雪词如何？”陈回答：“气度非凡，气吞山河，可称当今诗词中难得的精品。至于对历史人物的评价嘛，因为是诗词，也只能这样说了。据我所知，毛泽东对中国古代文学和古代历史是非常精通的，填词作诗，算不得什么难事。”而蒋介石却说：“我看他的词有帝王思想”，“他想复古，想效法唐宗宋祖，称王称霸。”“这个嘛，倒是有。”陈布雷小心地回答着。要“赶紧组织一批人写文章批判他！要让全国人民知道，毛泽东来重庆不是来和谈的，而是为称帝而来的。”一时间“批判”与“反批判”轰轰烈烈，卷起一场空前的文化风云。国民党宣传部门还搞了场“比诗”闹剧，意在弄出一首盖过《沁园春·雪》的词，然后以国民党领袖人物的名义发表。

《中央日报》《和平日报》（即原《扫荡报》）等，接连刊登词，词牌皆用《沁园春》，总是标明“步和润之兄”“次毛韵”，或者干脆标上“和毛泽东韵”。一名号称“三湘词人”的易君左写的《再谱〈沁园春〉》说：

异说纷纭，民命仍悬，国本仍飘。痛青春不再，人生落落；黄流已决，天浪滔滔。邀得邻翁，重联杯酒，斗角钩心意气高。刚停战，任开诚布信，难制妖娆。

朱门绣户藏娇，令瘦影婆娑弄腰。欲乍长羽毛，便思扑蹴；欠贪廪粟，犹肆牢骚。放下屠刀，归还完璧，朽木何曾不可雕。吾老矣，祝诸君“前进”，一品当朝。

最后，由于始终拿不出像样的东西，国民党只好悻悻然收场。这一闹，倒是使毛泽东诗名大振，在国共两党领袖人物的竞争中，增加了文化人格的魅力。

直至1984年，从台湾出版的新书中，又透露了鲜为人知的当年秘闻：国民党曾暗中通知各地、各级组织，要求会写诗填词的国民党党员，每人“次毛韵”填一首或几首《沁园春》，以便从中选拔优秀之作，署以国民党高级领导人的名字发表，以求把毛泽东的《沁园春·雪》比下去！国民党出此下策，实在是迫于无奈。蒋介石手下武夫多，却选不出能与毛泽东匹敌的诗才。征集上来的词作虽多，奈何均为平庸之作，尽管后来他们又在重庆、上海拉了几位“高手”凑数，终因成绩平平，拿不出手。后来台湾一位叫孟绝子的政论家，在谈到这件事时，不留情面地说：“可惜，国民党徒虽多，但多的只是会抓人、关人、杀人、捞钱的特务贪官，是只会写写党八股的腐孺酸丁级的奴才文官和奴才学者。”结果“毛泽东级”的《沁园春》一直到逃离大陆时，国民党连一首还没有写出来。“比”又自取其辱，最后，国民党终于不得不使出他们惯用的无赖招数：造谣，说毛泽东是“草寇”“不学术”，他的《沁园春·雪》一词为柳亚子代笔等云云。将近40年后，台南神学院孟绝子从一位当年参与跟毛泽东“赛诗”的国民党要员那里得知内情，便写入他的《狗头·狗头·狗头税》一书。此书列入李敖主编的《万岁评论》丛书，于1984年出版。

在谈判中，周恩来舌战群儒，充分展示了他高超斗争艺术。

国民党代表对谈判并无诚意，只不过成天地虚与委蛇，一切的提案都要由中共方面提出，他们只是消极地应付，并肆意设置障碍，蓄意破坏和谈。谈判在艰难进行。实际上，谈判在蒋介石“有恃无恐”的情形下进行，是在毛泽东、周恩来顾全大局、坚持和平的情形下进行。

会谈的最初四天，先就政治、军事问题作一般性商谈。由于国民党对这次谈判并没有真正的诚意，所以他们根本没有准备谈判方案。为了便于谈判进行，使谈判能取得具体成果，只好由中共方面先提出意见。

9月3日，周恩来将中共方面拟订的两党谈判方案11项交给国民党代表转蒋介石。它的要点是：确定和平建国方针；承认各党派合法平等地位；承认解放区政权及抗日部队；严惩汉奸，解散伪军；政治民主化，党派平等合作，等等。

中共是从实现和平、团结、民主的愿望出发，并单方做出重大让步。但是，国民党方面却连把这11项作为讨论的基础也不接受。11项提出的第二天，9月4日上午，蒋介石召集张群、王世杰、邵力子、张治中四人开会，把他仓促拟出的《对中共谈判要点》交给他们。这个“要点”中最重要的，是强调“军令、政令之统一”，并严格控制中共军队以12个师为最高限度。

中共对蒋介石的态度早有预料。当天晚上，周恩来、王若飞就同国民党代表就实质性问题进行商谈。国民党代表张群等一开口就表示：“兄等此次所提条件，距离尚远”“有数点根本无从讨论。”他们提出：现“亟须确定者尚是谈判之态度与精神。”

周恩来立刻作了一个长篇的回答，来说明中共的谈判态度。他先指出：具体问题的解决，不免遭遇困难，这自在我方意料之中。为了求得问题的解决，我方已做了尽可能的让步。

在周恩来申明中共的立场后，张群无法反驳，只好怯懦地说：“恩来兄所谈之政治基础，我甚了解。倘如兄弟所提承认解放区政权，重划省区而治，则根本与国家政令之统一背道而驰了，势将导致国家领土分裂，人民分裂。”

周恩来当即回答：“此次所提解放区解决办法系为让步合作考虑，期使两党不致对立。不然，无论在国民大会席上或国民大会闭幕以后，国民党都是居于第一党，而我党政治地位尚复有何保障？所以我们坦白提议，要求政府承认我党在地区的政治地位。”

在蒋介石的授意下，国民党代表又要求中共把军队交出来，说是决不可再蹈

军阀时代的覆辙，并称：中共此时如愿放弃其地盘，交出其军队，则其在国家的地位与国民中之声誉，必更高于今日。周恩来当即反驳说：“兄等以封建军阀割据来比拟中共，我不能承认。我以为两党已拥有武装，且有十八年斗争历史，此乃革命事实发展之结果。今日我等商谈，即在设法避免双方武装斗争，而以民主之和平方式为政治之竞争。”说到这里，周恩来又直截了当地反问：“我们认定，打内战是国内外情势所不容许，只能以政治解决。本此宗旨，我党已提出解决问题之方案，不知政府方面对于此事之解决所准备之具体方案如何？”这一反问，把国民党代表问得张口结舌，无言以对。

国共双方几经交锋之后，美方对中共的态度不仅惊骇，而且慑服。当着蒋介石的面，赫尔利和魏德迈都叫“头痛”，说毛泽东气魄不凡，远非重庆国民党人士所能比拟。特别对周恩来印象极深，他帮助毛泽东在谈判桌上和国民党代表进行针锋相对的斗争，舌战群儒，震慑敌手，在西方著名政治家中也极为少见！周恩来的特点，在于表现了坚定的原则性，能在不损害人民根本利益的前提下采取异常灵活的战略。周恩来坚持国共两党地位要平等，反对国民党视共产党为被统治者，并以统治者自居，蒋方对此殊难坚持却又非坚持不可，其结果就显露了他们态度蛮横，穷凶极恶。

鉴于国民党阵脚混乱，在政治上完全陷于被动，于是蒋介石急忙召集军政心腹商谈对策。于是谈判不得不中断三天。

9月8日，双方继续谈判。周恩来首先指出：近日来，国民党的报纸纷纷攻击中共为“割据”。他慨叹地说：“似此理论之争，我方亦将强调结束党治，召开各党派会议，组织联合政府，以相对抗。如此，谈判成为僵局，问题即不能解决。”他追问：“依据我方之建议，我党军队已裁去一半，地区亦已退出一半”，“其他政治会议、国民大会与自由问题等，我方皆已提出解决办法，皆未蒙答复。希望政府能够对此有所说明。”在周恩来一再追问下，张群才拿出一份《对于中共九月三日提案之答复》，共11条，对中国共产党提出的基本要求都加以拒绝。从10日至21日，国共双方代表曾进行了六次谈判。17日，毛泽东又同

蒋介石、赫尔利进行商谈。国民党一直坚持顽固态度，致使谈判没有取得任何进展。

双方争执得最激烈的是军队和解放区的问题。中国共产党认为，在八年抗战中做出了重大贡献的解放区军队应该得到合理的编制。解放区现有120万军队，在大量裁减后至少也应整编为16个军48个师。蒋介石却力图缩小并编散它，坚持不能超过12个师。双方意见悬殊，相持两周，仍无进展。为了打开僵局，中共又做了让步。周恩来在19日对国民党代表说，昨晚和今日上午同毛泽东讨论的结果："关于军队数目，赫尔利大使拟议中央军与中共军队之比数为五分之一，我方以此比例先考虑，愿让步至七分之一，即中央现有263个师，我方应编43个师"；"如中央军队缩编为60个师，中共军队应为10个师；中央军队如缩编为120个师，中共应有20个师。"

关于军队的驻地，解放区的范围，中共也做了很大的让步。周恩来说："我方拟将海南岛、广东、浙江、苏南、皖南、湖北、湖南、河南境内，黄河以南等八个地区的军队撤退，集中于苏北、皖北及陇海路以北地区，此为第一步。""第二步再将苏北、皖北、豫北三地区之军队撤退，而将中共所有之43个师集中驻防于山东、河北、察哈尔、热河与山西之大部分，绥远之小部分，与陕甘宁边区等七个地区。至于解放区亦随军队驻地之规定而合一。"

中国共产党即使做了如此重大的让步，国民党政府仍不肯接受。蒋介石还得意地对赫尔利说："周恩来他们提出了'政府应承认解放区各级民选政府合法地位'的方案，我一口拒绝了。我说解放区在日本投降以后，应成为过去。也就是说，解放区该取消！全国政令必须统一。"

为了避免和谈破裂，中共采取了十分克制的态度，在解放区问题上再次作了让步。

这时谈判已持续了三个多星期，仍未取得进展。21日，周恩来在会上愤怒地指出："今日我等之商谈，系出于平等之态度，然而国民党之观念是自大的，是不以平等待中共的。故国民党及其政府皆视我党为被统治者，自西安事变以来即

一贯如此。”他坦率地说明客观存在的事实，“现在政府尚在国民党统治时期，我们何能将军队、政府交与一党政府。因此政府今日欲求达到统一全国军政之理想，必须采取民主之方式，循一定之步骤，而非可一步登天，一蹴即就。”

赫尔利也找毛泽东谈话，要求中共交出解放区，要么承认，要么破裂。毛泽东沉着地回答：“不承认，也不破裂，问题复杂，还要讨论。”

为了打破僵局，中共再一次提出“解放区重新进行县级民选”的方案，又被蒋介石拒绝了。

赫尔利对蒋说：“委员长不必着急，拖延对我们有好处。”

蒋介石急问：“我想了解，我们的部队和你们的海军陆战队，是不是运得差不多了？如果前方已经开火，那干脆再拖几天。”

“不，不！”赫尔利说，“最好还是按计划进行；谈判是要谈的，运兵是要运的，这才显出我们手法高明。如果谈判由我们主动破裂，甚至把毛泽东在重庆解决，那都是下策！为逞快一时，会打乱整个战略部署。”

“我是同意拖下去，不是谈下去。”蒋介石说，“不过，过去我围剿中共十年，骂他们是土匪，今天却同他们面对面坐着谈判，欢迎会上还和他们碰杯，真是冤家路窄啊！”

赫尔利说：“对于蒋先生的心情我们是了解的。不过，你可以放心，用不到今年年底，你的精锐部队可以动员到100万人进攻中共；而我们的海军陆战队呢，魏德迈将军早已向你保证过，至少有11万人参加作战。你想，你以前十年内战，曾经有过这么庞大的队伍，这么多的新式武器吗？”

蒋介石高兴地说：“好，好！我再答复中共，继续谈判，决不在此时此地破裂，请你们放心好了。”

21日会谈后，周恩来、王若飞不得不中断同国民党代表的谈判。周恩来并向各党派、国民党内的民主派和文化界、新闻界、产业界、妇女界等，广泛解释中国共产党的主张，说明导致谈判陷入僵局的真相。蒋介石已经看到，一味施加高压是无法使中国共产党屈服的，如果谈判破裂或无结果而散，他向国内外都难以

做出交代。在国内外舆论的压力下及美国方面的“规劝”下，在谈判中断的第三天，国民党代表又主动找中共代表要求重开谈判。在这以后，谈判气氛在表面上也较前有所缓和。

在军事问题上，中共方面再次表示在公平合理整编全国军队的条件下，愿将他们所领导的军队缩编至24个师，至少20个师的数目。国民党方面表示：中共所领导的抗日军队缩编为20个师的数目可以考虑。至于军队驻地问题，可由中共方面提出方案，讨论决定。双方并商定：为具体计划解决军队整编有关问题起见，组成三人小组，中共方面代表为十八集团军参谋长叶剑英，国民党方面代表为军政部次长林蔚和军令部次长刘斐。

在棘手的解放区问题和国民大会问题上，双方申述了各自的立场。27日，周恩来说，解放区问题，鉴于双方未能达成协议，可暂时维持现状，即现在各省政府所能治理之地，由省府治理之，省府不能治理者由解放区治理之。国民大会问题，双方没有达成协议。中共方面声明：“中共不愿因此项问题之争论而破裂团结。”双方同意将此项问题提交政治会议解决。

鉴于全国人民十分关心国共会谈情况，周恩来提出，将一个多月来谈话记录整理出来，其中总的方针、军事问题、政治会议问题等，双方同意或彼此意见接近的，择其能发表者发表之，以慰人民的渴望。国民党代表表示同意。10月5日，周恩来将他起草的《会谈纪要》提交讨论。这份《会谈纪要》写得很有特色，不仅把双方已一致同意的内容在文字上确定下来，并且对没有取得一致的问题也分别说明双方各自的看法，在解放区地方政府问题上还说明了中共方面先后提出的四种方案和双方目前争执所在，表明了继续商谈的愿望。双方就《会谈纪要》又进行了两次讨论，并做了修改。但对《会谈纪要》在什么时候发表，又发生争执。这时，进犯晋东南上党解放区的阎锡山部队被解放区军民击败，毛泽东又提出返回延安。于是，这个具有历史意义的文献《政府与中共代表会谈纪要》，经过艰难曲折的斗争，终于在10月10日下午由双方代表签字、公布，和群众见面了。

重庆谈判的末期，协定的主要条款，已基本达成共识。于是，周恩来于9月底会见张治中说："毛主席想早点回去，早点签订协议好不好？"

张治中问："预定哪一天走？"周恩来回答："预定10月1日。"稍停又说："让毛主席一个人回去，我们可不放心啊。"张治中说："我既然接毛先生来，当然要负责送他回去，但10月1日不行，我的活动很紧张，都安排了日程，要在10月10日后才行。"周恩来说："好，我回去商量看。"10月8日上午，张治中通知周恩来："蒋主席同意毛先生《会谈纪要》签字后回延安，并用他的专机'美龄'号送。"张治中还透露，蒋介石要他在《会谈纪要》签字后即飞兰州去新疆迪化解决伊犁地区问题。周恩来觉得只派专机，如没有政府的人陪送，安全还是没有保障。他灵机一动，对张治中说："那您能不能先送毛主席回延安，再飞兰州呢？"张治中说："可以，但还要请示蒋主席。"当天下午，张治中就得到了蒋介石的批准：先送毛泽东回延安，再飞往兰州。毛泽东回延安的日期也随即商定：10月11日乘机返回。

10月8日晚，张治中在军委会大礼堂设盛大宴会为毛泽东及其率领的中共代表团饯行。在宴会进行中，发生了李少石事件。

当天下午，十八集团军驻渝办事处的秘书李少石在回家途中遭到枪击。李少石是国民党"左"派领袖廖仲恺的女婿，这一事件是一起有预谋的截杀，还是误杀？是不是重大历史事件？对于即将签订的《双十协定》以及毛泽东的生命安全有没有影响？这一系列的问题不得不让人深思。周恩来听到宪兵司令张镇的情况介绍后立即离开会场，在走出会场的过程中，他亲自交代跟在后面的钱之光和陈

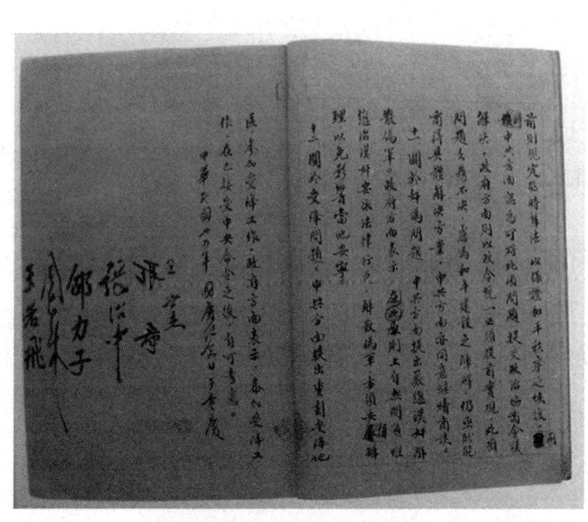

国共重庆谈判签订的《双十协定》

龙、龙飞虎等人加强对毛泽东的安全保卫工作，以防万一，并质问宪兵司令张镇，要求张镇用自己的汽车亲自护送毛泽东回到住处。然后，周恩来打电话给戴笠和蒋介石，要求他们彻查此事。散会后，毛泽东坐着张镇的车，安全地回到红岩。后经过多方核实，终于弄清了李少石事件的真相是一次意外。

10月11日上午9时许，毛泽东在经历了43个日日夜夜后，在张治中和周恩来、王若飞陪同下从桂园前往机场。临行前，他同桂园的工作人员和担任守卫的国民党宪兵都热情地一一握手告别，向他们表示谢意。到机场后，他又同前来送行的蒋介石的代表陈诚以及其他友好人士握手道别，然后偕同张治中、王若飞登上一架草绿色的双引擎C47型运输机。经过近四个小时的飞行，在下午1时30分回到延安。

张治中之所以亲自护送，还是为了保证毛泽东的安全。据阎锡山当时的机要秘书日后回忆，当时他的确看到一封要谋杀毛泽东的电报，后因有张治中陪同，不能下手。在旅途中，毛泽东对张治中说："我在重庆调查了一下，大家都说你能做到民主领导，也不弄钱，而且你为和平奔走是有诚意的。"张问："何以见得？"毛说："你把《扫荡报》改为《和平日报》就是一个例子。《扫荡报》是江西围攻我们时候的报纸，你要改名字，一定会有些人不赞成。"张治中闻言深感安慰。

飞机上天后，周恩来还不放心，他指示工作人员立即赶回红岩，要求电台一直保持同延安台的联络。下午1时半，红岩电台收到延安急电，当周恩来看到"毛主席已安全返延"几个字后，心中的一块石头总算落了地，才安心地去睡觉。

10月17日，毛泽东在延安干部会上作了《关于重庆谈判》的报告。

他说："这次谈判是有收获的。国民党承认了和平团结的方针和人民的某些民主权利，承认了避免内战，两党和平合作建设新中国。"他同时也指出："还有没有达成协议的。解放区的问题没有解决，军队的问题实际上也没有解决。已经达成的协议，还只是纸上的东西。纸上的东西并不等于现实的东西。

事实证明，要把它变成现实的东西，还要经过很大的努力。”但不管怎样，“谈判的结果，国民党承认了和平团结的方针。这样很好。国民党再发动内战，他们在全国和全世界面前输了理，我们就更有理由采取自卫战争，粉碎他们的进攻。”他十分明确地告诉大家：“成立了《双十协定》以后，我们的任务就是坚持这个协定，要国民党兑现。”目前，蒋介石正在部署进攻解放区，“中国的问题是复杂的，我们的脑子也要复杂一点。人家打来了，我们就打，打是为了争取和平。不给敢于进攻解放区的反动派很大的打击，和平是不会来的。”“在半年左右的时间内，局势还会是动荡不定的。我们要加倍地努力，争取局势的发展有利于全国人民。”

挺进中原布全局

1947年6月，刘邓大军挺进大别山，揭开了人民解放军战略进攻的序幕。

在美国大力援助下，蒋介石以“受降”为名，调兵遣将，从陆上、海上、空中纷纷向解放区周围集结。自1946年6月下旬开始，蒋介石先后向中原解放区、苏皖解放区、山东解放区、晋冀鲁豫解放区、晋察冀解放区、晋绥解放区和东北解放区发动了全面进攻；并以重兵包围陕甘宁解放区。战争的火焰又在中国大地上蔓延开来。

战争之初，国民党军在实力上较之人民解放军占有巨大的优势。蒋介石拥有430万人的庞大军队，其中包括陆军正规军86个整编师，248个旅，约200万人，以及相当数量的作战飞机、作战舰艇、重炮及坦克；而人民解放军则只有127万人。蒋介石统治区的面积为730余万平方公里，占全国总面积的76%，人口为3.39亿人，占全国总人口的71%，并控制了几乎所有的大中城市、交通命脉和几乎全部的近代工业和军事工业；而解放区的面积只为230万平方公里，人口1.36亿人，经济主要依靠落后的农业和分散的手工业。此外，蒋介石还得到了美国帝国主义在军事上经济上的全面援助。美国用它的武器为蒋介石装备了22个整编师，移交

毛泽东与美国记者安娜・路易斯・斯特朗

的海军舰艇有131艘。装备了飞机936架，运送了54万人的兵力到内战前线。

毛泽东提出：一切反动派都是纸老虎。蒋介石和他的支持者美国反动派也都是纸老虎。

1946年8月的一天，在延安的一棵果树下，毛泽东与美国著名记者和作家安娜·路易斯·斯特朗谈话。他生动而幽默地指出，历史最后将证明，我们的小米加步枪要比蒋介石的飞机加坦克还要强些。虽然中国人民在帝国主义和中国反动派的联合进攻之下，将要受到长时间的苦难，但是，这些反动派总有一天要失败，我们总有一天要胜利。这原因不是别的，就在于反动派代表反动，而我们代表进步。

毛泽东关于“一切反动派都是纸老虎”的论断有力地武装了中国人民，也武装了世界人民。斯特朗在14年后十分感慨地说：“这句话照亮了这14年世界大事的进程。”

1946年7月20日，毛泽东为中共中央起草了《以自卫战争粉碎蒋介石的进攻》的党内指示。他在分析了“蒋介石虽有美国援助，但是人心不顺，士气不高，经济困难。我们虽无外国援助，但是人心归向，士气高涨，经济亦有办法”之后，以十分肯定和明确的口吻告诉全党：“我们是能够战胜蒋介石的。全党对此应当有充分的信心。”

1946年6月，蒋介石30万军队大举进攻我中原解放区，党中央和毛泽东指示中原军区要“立即突围，生存第一，胜利第一”。留得青山在，不怕没柴烧。只要活下来，只要突围出去，就是胜利。

中原军区5万人在李先念等人的率领下，兵分三路，展开了惊心动魄的中原大突围，从而拉开了解放战争的帷幕。中原军医部队突破国民党军的重重包围和堵截，胜利完成了战略转移任务，保存了力量，牵制了国民党军大量兵力，从战略上有力地策应了华北、华东解放军部队的作战。

1946年10月1日，毛泽东总结了三个月战争实践中的经验教训，为中共中央起草了另一份党内指示——《三个月总结》，重申了关于“我们是能够战胜蒋介石”

的论断，指出，“七、八、九三个月的作战，业已证明此项断语是正确的。”

从1946年8月到12月，延安新华社和《解放日报》根据毛泽东的指示，除大量报道了人民解放军歼灭敌人的新闻外，连续发表了多篇论证战局发展的社论、述评，从各个方面论述了“蒋必败、我必胜”的根据。

毛泽东的论断像一把犀利的剑，刺破浓密的乌云，让全国人民看到了希望的曙光。

为了打赢这场战争，毛泽东和他的战友们制定了以歼灭国民党军有生力量为主而不是以保守地方为主的积极防御的战略方针。人民解放军执行这一方针，在解放区六个大的作战区域内，不断给国民党军以有力打击。到1947年2月底，共歼灭国民党军71万人，迫使蒋介石放弃了全面进攻，而集中重兵于陕北、山东两个战场上，实行“重点进攻”。

蒋介石以30万人的兵力进攻只有2万人民解放军的陕甘宁边区，以40万人的兵力进攻山东解放区。

胜利的消息一个又一个传来。到了1947年6月底，经过一年浴血奋战，人民解放军在付出了30余万人的伤亡和解放区大片土地被占领的代价之后，终于取得了歼灭国民党军112万人的胜利。国民党军由430万人下降为373万人，解放军却由127万人上升到195万人。双方兵力、装备上的差距缩小了。

与此同时，在国民党统治区域内，“反饥饿、反迫害、反内战和反对美国干涉中国内政”的人民运动遍及几十个大中城市，形成了反对蒋介石统治的第二战线。中国战事的发展，比人们预料的要快些。

1947年5月和6月，国民党向山东、陕北发动的重点进攻已成强弩之末，但在兵力对比上，国民党军仍占优势。他们在全国仍有248个旅，其中31个旅共20多万人压在陕北战场上，56个旅共40多万人放在山东战场上，对解放区实施重点进攻。

毛泽东根据战局发展的形势，客观全面和深刻地分析了敌我双方基本情况和敌人的战略企图，正确选定了中原地区作为我军转入战略进攻的突破口，以大别

山作为此次战略反攻的主要目标，这充分体现了他非凡的远见卓识。

大别山，位于鄂豫皖三省交界处，为长江、淮河的分水岭，长270公里。相传唐朝大诗人李白曾登上大别山主峰白马尖，观赏了南北两侧的景色，发现山南山北两侧景色截然不同，不禁赞叹道："山之南山花烂漫，山之北白雪皑皑，此山大别于他山也！"大别山由此得名。

大别山山川秀美，人杰地灵。这里是明代"医圣"万密斋、京剧鼻祖余三胜、辛亥革命元勋张振武、方志学家王葆心的故乡。沧桑的古老历史，丰富的人文资源，传奇的风云故事，神秘的遗址遗迹，特别是1947年，刘邓大军千里跃进大别山，更是大别山浓重的历史上更加绚丽多彩的一个亮点。

大别山是一个具有光荣传统的老革命根据地。早在党的创立时期，这里就开始有党的活动，并较早建立了党的组织。第二次国内革命战争时期，鄂豫皖革命根据地成为仅次于中央革命根据地的全国第二大革命根据地。这是因为大别山地区具有深厚的革命基础，便于我军立足生根。

毛泽东经过慎重考虑，决定将这关系中国革命前途命运的战略实施，交给晋冀鲁豫的刘邓野战军去完成。这是毛泽东独具慧眼识英才，是对刘邓两位军政统帅的高度信任：一个是胆大心细的军事家，一个是具有卓越政治能力的政治家，二者可谓不二人选。

6月3日，毛泽东和中央军委电令刘、邓：晋冀鲁豫野战军主力积极准备于6月底突破黄河，挺进中原，其任务是：主力四个纵队15个旅首先突破黄河防线，在鲁西南开辟战场，再依托鲁西南、豫皖苏前进阵地，跃进大别山，在鄂豫、皖西开辟战场。由陈赓、谢富治率二个纵队和一个军，在晋南、豫北强渡黄河，截断陇海线，挺进豫陕鄂边界，配合陕北我军反击蒋军的重点进攻。

由徐向前、薄一波率第八、十一纵队和太行、太岳、冀南军区所部，担任内线作战，扩大解放区，加紧军工生产，大力发展农业生产，从物资上支援南征主力。

刘邓大军立即行动起来。

刘伯承与邓小平

邓小平与刘伯承是一对难得的搭档。二人对于重大问题的决策，在两人未取得一致意见之前，不轻易拿到会议上讨论。中央军委的电令，经过他俩一个下午的讨论，加上一个夜晚的“消化”，至清晨7点钟，邓小平就来到刘伯承的住处，两人在一起把计议定妥，才决定开会。

会议开始了，邓小平向刘伯承说：“司令员，你先讲。”

刘伯承把蒋介石的重点进攻称为“哑铃战术”，他说：“蒋介石收缩兵力，握成两个拳头，一个打在山东，一个打在陕北。他的这个战略就像哑铃，两头粗，中间细，连接山东与陕北的中原正面战场，只有刘汝明集团的两个军又六个旅，而这个哑铃的把子就是中原的腹心大别山。”

刘伯承从战略高度阐述了中央军委、毛泽东主席的战略意图，将千里跃进大别山，称为“围魏救赵”之举，将晋冀鲁豫野战军主力深入中原作战的任务，称为“断把”行动：击断哑铃的把子。

刘伯承的话音刚落，邓小平就接着说：“下决心是需要魄力的，我们下个决心吧，因为这是关系到中国革命战争的一个重大转折！”

邓小平感慨地说：“不少的同志提出来了，我们连续作战五个月，尚未得到休整补充，就这么匆忙地丢掉后方南下，困难大得很。”

“但是，机不可失，时不再来，形势由不得我们呀！党中央、毛主席作出这样的战略决策，那是看准了时机的，是站在了全局的高度看问题的。现在，蒋介石还在拼命搞他的重点进攻，把重兵放到了山东和陕北。党中央和毛主席就是要利用这个绝好的机会。司令员已经讲过，我们不能等到山东、陕北都把老蒋的重点进攻打破了，再等到我们在内线休整好了，再从从容容地渡河南下，哪有这样

的好事情哟？”

“我们要去的地方，那是一个什么地方，大别山哪！这是敌人战略上最敏感而又薄弱的部位，就像人的软腰处。我们这么一去，就成了一把尖刀，插在了敌人的心脏上。不是吗？震慑南京，威逼武汉，扼住长江，钳制中原，蒋介石必定调动山东、陕北的部队回援，这就可以达到中央和毛主席预期的战略。一句话，中央迫切需要我们到大别山站住脚跟，拉开我们战略进攻的序幕！我看，用不了多久，蒋介石就要捂着屁股到处躲我们的板子了。”

邓小平不喜欢长篇大论，此刻，他却意犹未尽地讲下去：“我们挺进到大别山去，毛主席说，无非是三种前途。一是付出了代价站不住脚，再转回来；二是付出了代价站不稳脚，在周围打游击；三是付出了代价站住脚。但是，我们要有充分的思想准备，往最坏处着想，从最好处努力。”

中央军委的电令在发出40多个小时之后，晋冀鲁豫野战军就行动了。

1947年6月5日，刘邓签发了《晋冀鲁豫野战军司令部关于敌前渡河战术指导》的训令，要求各部队做好敌前渡河的一切准备，执行战略进攻的任务。训令中特别强调“务必从思想认识上解决不愿提前渡河的问题”。

6月21日，野战军直属队营以上干部会议在石林召开，邓小平在会上作战略进攻的动员报告。将近两个小时的报告，强烈地吸引着干部们的情绪，极大地增强了他们渡河南征的信心。

22日，野战军司令部从石林移驻安阳河南岸的蒋村。在蒋村，又于夜间召开了附近部队营以上干部参加的渡河南征的最后动员大会，刘伯承、邓小平都在会上作了鼓舞军心的动员报告。

相隔四天后，刘伯承、邓小平率领野战军司令部挺进到黄河北面的寿张县。在这里，已经能够看到滔滔黄河水，听得见黄河怒涛的吼声。下午4时，刘邓签发了《强渡黄河实施鲁西南战役的补充命令》，命令指出：“此次作战关键，首在迅速准确地割裂包围分散之敌。各纵队在渡河后，即应不顾疲劳地大胆实施这种割裂和包围，以便各个歼灭之。防止敌向西南逃走，纠正任何可能

丧失战机的现象。”

从6月中旬起，野战军主力的五个纵队，积极地进行强渡黄河的准备，特别是船只的征集，专门集中训练了一批水手和船工。邓小平与刘伯承两次策马黄河沿岸，顶着烈日，迎着黄河河谷的滚滚风沙，观察蒋军的防御火力，选择强渡的渡口。

黄河，这条中华民族的母亲河，似一条黄色巨龙，卷着万顷泥沙，唤着九天雷霆，烟波荡荡，浊浪滚滚。6月下旬的黄河，正是洪汛开始到来的季节，河里的水比平常增加了许多，更是无滩不险。由于1938年蒋介石下令决堤花园口，将黄河水引入黄河故道，致使这条天然的屏障，从山西南端的风陵渡，到山东济南一带，千里之内，洪波汹涌，滔滔黄浪，飞腾冲荡。国民党军的四个师，在南岸的险要地带，到处修筑防御工事和明碉暗堡，形成一条蒋介石自认为足抵40万大军的坚固防线。

从6月27日起，在寿张县以东、张秋镇至濮县以南、临濮集之间150公里的黄河北岸，晋冀鲁豫野战军主力及支前民兵、民工18万人，静静地隐蔽在八个渡

刘邓大军渡黄河

河段口，等待着战斗信号。

6月30日，一个月明星稀的夜晚，十几万人马，随着午夜12时整的战斗信号，河滩上爆发出万钧雷霆和千顷暴雨，隐藏在芦苇中的数百门大炮，纷纷昂然扬起炮口，向河对岸射出一发发炮弹。在排山倒海的爆炸声中，无数的船只在八个县水手的操纵下，像离弦的箭突然开出，直穿黄河浊浪，向河南岸驶去。行进速度最快的部队只用了五分钟就渡过了河面，登上黄河南岸。

邓小平、刘伯承站在黄河北岸上，看着月光下气壮山河的渡河大军，把大河搅得炮火轰鸣、火光摇曳的壮丽场景，不觉感慨万千。

在7月1日凌晨之前，野战军主力的12万人马，已全部渡过黄河。蒋介石寄予厚望的“黄河防线”，竟在一夜之间被刘邓大军冲击得荡然无存。

7月4日黄昏，刘伯承和邓小平在寿张县蔡楼渡口乘坐一条大木船，渡过了黄河。此时，天上繁星闪烁，一轮明月照着滚滚的黄河，当船击中流时，天上来了飞机，投下的照明弹将黄河河面照得如同白昼。刘伯承和邓小平让船工们别害怕，邓小平幽默地说，这是蒋介石怕咱们夜间渡河看不见特地来点灯了。船上的人都笑了起来。

敌人做梦也没有想到刘邓大军如此神速。当蒋介石在南京官邸从国防部作战厅厅长郭汝槐处获知这一消息时，顿时面色苍白，两眼惊呆，半天说不出话来。正在赴宴的美国大使司徒雷登不禁叫道：这简直是惊人的事件！不亚于当年法国“马其诺防线”被攻破！你们花着平均每月3000万银圆的美援军费，使用着世界上头等先进的美械装备，竟然一枪不放，号称抵40万大军的防线被人突破，国军力量，日见式微！

美国记者杰克·贝尔登在《中国震撼世界》一书中说：“我经历了多次战争，但从未见过比共产党这次胜利强渡黄河更为高明出色的军事行动。说它高明并不在于这次军事行动本身，而主要在于对这一军事行动的构想：它的胆识、气魄，特别是他们创造性的想象力。”

蒋介石见状，尴尬地表示说：

“大使先生放心，我将亲自到前线指挥，把刘邓逐回黄河以北！”

蒋介石亲自在郑州调兵遣将。他慌忙于7月7日发布了全国“戡乱”总动员令，召开作战会议。他点名由毕业于保定陆军军校，又在黄埔当过教官的“双料福星”刘峙，率领18万大军对付刘邓。蒋介石担心刘峙不是刘邓的对手，又加派新任国防部部长白崇禧、新任参谋总长陈诚，赶赴郑州帮助刘峙调兵部署，制订作战计划，逼迫刘邓背水一战，将其歼灭于陇海路与黄河之间。

晋冀鲁豫野战军司令部在山东菏泽召开了军事会议。

地图上标出了两支粗大的箭头。一支箭头从陇海路上的开封向东北方向延伸。在这个方向，刘峙动用了三个整编师，奔向黄河边上的东明、定陶、曹县。另一支箭头，从汤山、虞城指向西北，加入这一路进攻序列的有国民党军的主力第五军、整编十一师和整编八十师。

刘峙的意图是以优势兵力对刘邓大军主力实施钳形攻势，分进合击。

会上，邓小平讲话说：“我考虑到有两个方案。一个是暂时避开敌人的锋芒，将我主力迅速撤到黄河以北休整一段时间，然后南下寻机歼敌。这个方案从我们局部的情况考虑，是比较有利的。但这样一来，就增大了对陈毅、李先念他们的压力，对全局不利。另一个方案是咬紧牙关再打一仗，就是司令员说的折断刘峙的一支箭头。这样，我们的包袱就背得更重。但陈毅、李先念他们就轻松得多。我的意见是，我们既然过河插到这儿来了，就是来打仗的，实行第二个方案！”

邓小平坚定地说：“我们决不去学韩信。在对待生死的问题上，我们只能有一种选择。为着人民的利益，我们要生存下去，让敌人去跳黄河！敌人是在平均使用兵力，造成了尾大不掉的局面……”

刘伯承说：“此时不打，更待何时？”“蒋介石这是摆了条‘死蛇阵’，简直是首尾难顾。我们打出去，逼敌人背水而战！”

邓小平接着说：“战役第一步是先打弱敌，破其全局部署！”

蒋介石的企图，早已在刘伯承、邓小平的预料之中。因此，刘、邓决定将计就计，采取“攻其一点（郓城）、吸其来援（金乡）、啃其一边（定陶）、各个

击破”的战术打击敌人。

1947年7月1日，鄄城守敌弃城南逃菏泽，我军收复鄄城县城。2日，巨野守敌弃城而逃，我军收复巨野县城。7日黄昏，第一纵队对郓城被围之敌发起总攻，经过一夜激战，8日攻克郓城，全歼敌整编五十五师师部及其所辖的二十九、七十四两个旅计10862人，缴获山炮10门、迫击炮52门、各种枪支9199支。

随即，我军又发起了定陶战役。

定陶守敌是第六十三师第一五三旅，原系广东陈济棠的老部队。蒋介石在庐山避暑时，该部当过卫戍部队。1947年5月，调他们去山东，走到半路，刘邓大军过了黄河，又改变计划被调到定陶。

敌一五三旅抵定陶的第二天，为防刘邓部队靠近城池，把距定陶五里以内的村子全用大炮推平了，把庄稼和正在结果的梨树、核桃树都毁掉了。

定陶的我军军属多，共产党员多，一五三旅制订了在一个星期内消灭全县共军军属和共产党员的计划，仅在三天内，即杀害、活埋了1000多人，正在大屠杀计划实施期间，刘邓大军的第六纵队日夜兼程，逼近了定陶。

在通向定陶城的路边上，到处是脚穿白鞋，头顶孝布，泪水哗哗流的欢迎解放军的定陶百姓，情景十分凄惨。

7月5日夜晚，第六纵队以突然的动作袭占了定陶四关，完成了对敌一五三旅的合围。

杜义德两天两夜没合眼，第六纵队司令员王近山在豫北战役中负伤住进医院，杜义德军政两副担子一肩挑。

7月10日下午，杜义德接到刘邓攻城的命令。

19时整，三颗红色信号弹腾空而起，炮击开始。

20时零5分，步兵发起冲击。

7月11日凌晨1时，第六纵队攻克定陶，全歼守军第一五三旅4300多人，缴获各种大炮15门，轻重机枪123挺，步枪2100余支。定陶的乡亲们抬着棺木，扬

着纸钱，吹着哀乐，请求纵队首长按他们的风俗给牺牲的战士们安葬。

郓城、定陶失守之后，国民党军收缩了战线。其第二兵团司令长官王敬久认为我军不是西取菏泽，便是东取济宁。于是，他将整编七十师调到巨野东南的六营集，将整编三十二师调到金乡以北的独山集，将整编六十六师调到金乡西北的羊山集，自己则率指挥所和炮兵营到达了金乡。国民党军在菏泽与济宁之间摆成了一条长约50公里的长阵。

刘伯承和邓小平决定对王敬久各部展开攻击。

羊山集是个有千余户居民的大镇。它依山而居，此山叫羊山。东西走向，五里长，东头有一个圆圆的山包，似仰着的头；中间似弯着背的腰；西头小山包包一个个挤在一起，似翘着的尾巴。远远望去，像是一只正在吃奶的小羊羔。

蒋介石认为，刘邓部队连续作战，伤亡巨大。只要整编六十六师在羊山集把共军主力牵制住，待各路增援部队迅速到达后，就可形成与刘邓主力决战的态势。于是，他一面命令整编六十六师师长宋瑞珂死守羊山集，一面命令国民党军各路增援部队向羊山集快速集结。

敌整编六十六师进入羊山集后，连日的大雨使壕沟里灌满了水，依山环水的地势使这里易守难攻。

羊山集战役纪念塔

7月15日，我第二、第三纵队开始了对羊山集的攻击。

敌整编六十六师老兵多，火力强劲，与我军反复争夺阵地，为了尽快解决战斗，二纵和三纵不断加强攻击力量，反复冲锋，部队出现巨大的伤亡。

刘伯承、邓小平分别征求了二纵队陈再道和三纵队陈锡联的意见，决定以陈再道为主进行统一指挥，陈锡

联协助指挥，联合攻击羊山集。

7月27日，连绵的大雨骤然停止。傍晚6时30分，我军对羊山集的最后总攻开始了。在二纵队陈再道司令员统一指挥下，我二、三纵队和六纵队的一个旅等几支部队，对敌人发起了总攻击。野炮、山炮、榴弹炮集中火力猛烈轰击长达40分钟，炮声隆隆，大地颤抖，如山呼海啸。羊山集变成了一片火海。水塘里的积水，全被映得通红。

28日上午，羊山集战役胜利结束，我军将敌六十六师全歼，俘敌9000余人，毙伤5000余人，六十六师中将师长宋瑞珂被生俘。缴获野炮12门、迫击炮16门、各种小炮102门，机枪525挺，长短枪数千支。为了纪念和庆祝这一伟大胜利，刘伯承欣作《记羊山集战斗》诗一首，诗曰：

狼山战捷复羊山，
炮火雷鸣烟雾间；
千万居民齐拍手，
欣看子弟夺城关。

历时28天的鲁西南战役，虽然国民党调集10个整编师、25个半旅，18万余人，又出动战斗机、轰炸机1500余架次，但刘邓大军以15个旅兵力，共歼灭国民党军四个整编师师部及九个半旅6万余人，收复了黄河南岸的大片地区。

早在7月23日，毛泽东就致电刘邓，电报全文800余字，其中一段说：“刘、邓对羊山集、济宁两点之敌，判断确有迅速攻歼把握则攻歼之。否则，立即集中全军休整十大左右，除扫清过路小敌及民团外，不打陇海，不打新黄河以东，亦不打平汉路，下决心不要后方，以半个月行程，直出大别山，占领大别山为中心的数十县，肃清民团，发动群众，建立根据地，吸引敌人向我进攻打运动战。”

7月27日，毛泽东又致电刘邓：“望你们立即集结全军休整补充半个月，执

行中央梗（7月23日）电任务”，并提议刘邓大军于8月15日左右挺进大别山。

在攻克羊山集的当日，刘、邓致电中央军委，提出在陇海路南北机动两个月左右，同时积累南下所需物资和经费后直下大别山。

一天以后，毛泽东给刘伯承、邓小平发来一封“极秘密的电报”说：现陕北情况甚为困难（已面告陈赓），如陈谢及刘邓不能在两个月内以自己有效行动调动胡军一部，协助陕北打开局面，致陕北不能支持，则两个月后胡军主力可能东调，你们困难亦将增加。

刘、邓二话没说，于7月30日复电，半个月后行动，跃进到敌人后方去，直出大别山。

8月1日，刘、邓等在郓城以南赵家楼野战军司令部召开各纵队首长会议，商定何时进军大别山，会议开得异常热烈。最后，刘伯承经与邓小平的简短交谈后，郑重宣布说：我和小平同志一致认为，我军跃进大别山，是党中央、中央军委赋予我们的战略任务，是我们考虑一切的出发点和落脚点。然后他阐明了定下决心的依据和理由、进军部署。

刘伯承又说：“决胜料势，决战料情，情势既得，在断不疑。行动越早越快越好，今天下达命令，明天晚上开始行动。”

邓小平说：“请参谋长立即起草电报，报中央和中央军委。”

电报发出去三个小时，中央复电：“决心完全正确”“在情况紧急不及请示时，一切由你们机断处理。”

从鲁西南到大别山，直线距离在1000公里以上。沿途必须通过国民党控制区，目的地则是国民党控制区的腹地。

在刘邓大军的目标前方，横亘着一个令人谈之色变的黄泛区，还有汝河、涡河、沙河、颍河、洪河及淮河，共六条大江大河。

此时，国民党军各路部队开始向鲁西南战场快速移动而来，以图对刘邓大军主力形成钳形攻击态势。

更严重的是，又有了关于黄河南岸老堤即将决口的传闻，让人忧虑。连日的

大雨使黄河水位猛涨，滦口附近的水位已经由平时的两米猛增到30米以上，每秒流量已达到2034立方米。

刘邓大军过黄泛区

刘伯承催促参谋人员迅速了解黄河水情，确切了解陇海路以南、淮河以北、津浦路徐州、蚌埠段以西、平汉路郑州、信阳段以东地区的地形、河流、交通和道路情况，并在地图上准确地标示出来。

8月6日，是刘、邓最后定下提前南进大别山决心之日。

下午，刘伯承和邓小平、李达等一起来到了作战室，召集司令部有关处、科的干部会研究下一步部队战略性动作。

刘伯承再次强调，大军南进，必须立即行动。机不可失，时不我待，要当机立断，行动越早、越快越好。他随即简明扼要地做了四个纵队分三路开进的部署。

邓小平等刘伯承讲完后，马上站起来说："刘司令员的意见和部署非常正确，我完全同意。我们下决心不要后方，直接捣蒋介石的心脏大别山，逼近长江、威胁武汉三镇和蒋介石的老巢南京，把战线从黄河边向南推进到长江边。古人说过，'卧榻之侧，岂容他人酣睡。'我军的战略行动，必将迫使蒋介石调兵回援。这样我们就能配合全国各个战场的兄弟部队，彻底粉碎蒋介石的重点进攻，彻底扭转全国战局。"

为了掩护刘邓大军跃进大别山，毛泽东命华东野战军第一、第三、第四、第八、第十共五个纵队，暂由刘伯承、邓小平指挥。华东野战军的任务是坚持内线作战，以牵制国民党军。

正当敌军迷惑不解之际，1947年8月7日黄昏，刘邓大军兵分三路，开始了千里跃进大别山的战略行动。

8月12日，刘邓大军各路部队全部越过了陇海铁路。

16日11时，刘邓大军开始向黄泛区前进。

此刻的蒋介石，依然认为“共军北渡黄河之公算最大”，而刘邓部越过陇海路不过是“北渡不成向南流窜”，下一步刘、邓的企图必是“越过平汉路西窜”。他作出了错误的军事部署：一方面仍命国民党军队向郓城、巨野一线前进，尾追“共军”；另一方面让罗广文部去水集，防止共军北渡黄河。

这为刘邓大军南下争取了宝贵的时间和空间。

黄泛区并非古已有之。1938年6月，蒋介石为阻止侵华日军南下，在郑州花园口掘开黄河大堤，使黄河改道，夺贾鲁河、颍河河道，在皖北颍上注入淮河。黄河决堤，给中原人民带来了深重的灾难，河南、安徽、江苏三省1250万人因此陷入洪水之中，广阔肥沃的田野，变成了一片汪洋，89万人死于非命。当年的《中央日报》也曾报道说：“洪水猛溢，尸漂四野；赤地千里，饿殍载道。”

刘邓大军赶到黄泛区时，为了争取时间，把敌人甩得更远，部队当天晚上就开始过黄泛区。

黄泛区遍地积水污泥，没有人烟，没有道路。战士们臂挽着臂，手牵着手，踏着没膝的污泥，走一步，拔一步。即使这样，还是有些战士走着走着就陷进去了，一会儿工夫污泥就漫到胸口了，陷在泥里的战士喊道：“不要过来，这里是泥潭！”其他战士就用几条绑腿连起来，扔给他，让他抓着拖了出来。人还好办，一般都能拖出来，那些马和骡子一陷进去就使劲挣扎，越挣扎陷得越深，只好眼巴巴地看着它陷进去不见了。最苦的是那些炮兵和汽车兵，汽车开进污泥里，就在原地吼着不动，战士们只好推的推，拖的拖。平日，野炮都是由大车拉的，最重的榴弹炮得用十轮卡车拉，现在官兵们只能把那些炮卸下拆散，再用人力扛着或抬着通过泥沼，有些实在弄不动的汽车和重炮，也只好忍痛扔掉了。

经过一夜一天的跋涉，刘邓大军终于全部渡过了黄泛区。

蒋介石这时才觉察共军并非"慌不择路""抱头南窜"，而是有目的地直奔大别山。他急忙命令顾祝同，从开封移至郑州坐镇指挥，除督促北面的国民党军尽快追赶刘邓大军外，还命令乘火车到了平汉线南段的吴绍周的八十五师，立即在确山下车，返回汝河南岸堵击。

大军过了沙河后，刘、邓立即指示各纵队：敌已判明我到大别山，正部署堵击中。要公开向全军指战员正式宣布跃进大别山的任务。各部队要再次实行轻装，埋藏和炸毁一些笨重武器和车辆，并提出了"走到大别山就是胜利"的口号。

8月19日，刘、邓率指挥部在平舆县杨埠渡过洪河，又经过急行军，于23日到达汝河北岸黄柳营附近。

汝河宽60米，水流不算太急，但河深岸陡，无法徒涉。

8月23日晚，刘伯承和邓小平所在的中路第六纵队前卫第十八旅已抢占了柳营、柿树园及河对岸的大雷岗村。

24日上午，河岸四野一片寂静。中午时分，汝河南岸突然烟尘滚滚，在西侧的公路上，黑压压的国民党军蜂拥而至。傍晚，十八旅的指战员冒着敌机的轰炸在汝河上架起了浮桥。国民党军把汝河南岸一线的村庄都点燃了，大火将夜空照得黑里透红。十八旅陷入进退两难的境地：对岸敌情不明，不敢贸然打过去；可如果继续等待，一旦敌人在南岸布防完毕，后续部队渡河将面临巨大危险。

危急时刻，纵队司令员、政治委员一起来到了第十八旅临时指挥部，深夜，刘伯承、邓小平、李达也一起来到这里。他们对十八旅整整一天没有采取有效行动感到十分不满。

李达在油灯下展开了地图说："敌人已发现我军进军大别山的战略企图，正以十几个师的兵力从背后向我追击，有三个整编师距离我们只有50余里。明天上午就会赶到，而河对面有敌人四个旅阻拦，敌人企图想拉住我主力在汝河一带决战，破坏我们的战略计划。"

刘伯承镇静地说："如果让后面的敌人赶上，把我们夹在中间，不但影响整

个行动计划，而且会使我军处于不利地位。我们要采取进攻手段，从这里（他用手在地图上一画）打开一条通路，一定要实现毛主席的战略计划，要懂得，自古狭路相逢勇者胜！要勇，要猛！从现在起，不管白天黑夜，不管敌人的飞机大炮，要从敌人阵地上打开一条血路冲过去！野司要从你们这里渡河！”

邓小平斩钉截铁地说：“千钧一发啊！现在除了坚决打过去以外，没有别的出路。桥断了，再修！敌人不让路，就打！今天过不去汝河，后面敌人明天就赶到了。过不去就得分散打游击，或者转回去，这就是说，我们完不成党中央交给我们的战略任务。在最紧急的关头，正是考验我们共产党员和革命军人的时候。我们要不惜一切牺牲，不惜一切代价，坚决打过去！”他说：“十八旅要从正中杀出去，向两边拉开，打开通路并顶住敌人。”

刘伯承嘱咐大家：“要记住，我们的集结地点是彭店！”

子夜2时，十八旅的冲击开始了。炮火冲天，弹雨横飞，腹背受敌，决死一战。十八旅各团攻下一个村庄，接着又向前面的村庄扑过去。终于，在天亮时，指战员们由渡口向南打开了一条长约五公里、宽约三公里的通路。

这是在毫无遮蔽的平原上杀出的一条血路。

当十八旅不顾一切冲击的时候，十六旅担负着在河边掩护渡河任务，旅长尤太忠感到了沉甸甸的压力。

凌晨3点左右，尤太忠带四十七、四十八两个团加上旅直，不到七个营的兵力，固守大、小雷岗和桥头堡，掩护大军安全渡河。

凌晨5点，刘伯承、邓小平出现在尤旅指挥所。

“进小雷岗的是哪个团？”刘伯承问。

“四十八团，首长请进掩体吧！”

“小雷岗一定要守住！”

邓小平嘱咐说：“部队全部通过后，把浮桥拆掉！”

早上6点，敌人开始轰击小雷岗。四十八团的战士们经过激战，打退了敌人的进攻。

8点多，敌人又发起了进攻。

四十八团前沿部队的伤亡已经过半，敌人已突入小雷岗，占领了一大半村子。

情况十分危急。敌人的飞机不停地扫射、轰炸，战士们顶着弹雨，拼命地奔跑着。

下午4点，4万多南下大军，200多辆大车，几乎都已经通过了汝河。

十六旅后卫四十六团最后过河，通过浮桥后，将浮桥炸掉。下午6时许，敌人到达河北岸。

刘邓大军以“破釜沉舟”的英雄气概胜利渡过了汝河。

在这两军狭路相逢的汝河岸边，刘邓大军是勇者，是胜者，汝河可以做证。

8月26日，刘伯承、邓小平和六纵队一起赶到了淮河，这是千里跃进大别山的最后一个关口。

刘邓大军南渡淮河充满了传奇色彩。有许许多多在大别山群众中流传的神话：有的说是五黄六月，下着棉花疙瘩那样大的雪，解放军是踏着冰封的河面越过黄河和别的大河来的；有的说是每人背了一个大葫芦漂浮过这些河流来的；又有的说，是起了一阵大黄风，把刘伯承将军的60万人马满山遍野地一刮就刮到大别山来的。

淮河发源于河南南部的桐柏山，流经豫、皖、苏三省，在中原是条大河。每年的5月至10月是这条河的高水位期，连续几天下了急雨，宽宽的河面上泛着浊浪，水流湍急。部队到达时恰逢上游河水突然上涨，不能徒涉；由于敌人破坏，船只仅仅搜寻到十几只，而后边追敌正全力扑来。

听说要过大军了，附近的老白姓都被吓跑了，整个纵队找了半天才找到了十几条小船，这些船还是被老百姓沉到水里后又被打捞上来的。

形势急转直下，气氛变得极为紧张。

原来，敌十几个师和旅紧紧地跟在后面追上来了，其中曾在汝河边堵击刘邓大军的敌八十五师已经到达彭店，离淮河仅30公里，正在猛烈地向后卫十六旅

四十六团进攻。

先刘、邓一步赶来指挥渡河的李达参谋长要求十八旅必须在午夜12点钟以前渡完。

十八旅政委李震焦急地站在岸边，部队拥挤在渡口，要靠10多只小船在午夜12点以前把全旅渡过淮河，完全是不可能的。

李震找到李达，请求延长一下时限，李达只好把时间又推到了拂晓前。

27日2时，十八旅才渡过淮河一半不到。这时，刘、邓赶到了河边。

李达把渡河进展情况汇报完后，刘伯承一直在沉思。

刘伯承忽然抬起头问李震："河水真的不能徒涉吗？"

李震说："河水很深，不能徒涉。"李震的口气非常肯定。

屋里依然很静，每个人心里都沉甸甸的。

这时，邓小平打破沉默，果断地说："伯承同志先过去指挥部队作战，际春同志一同过去掌握。我和李达留在这里，李达指挥部队过河，我负责断后，指挥部队阻击尾追的敌人。"

刘伯承立即站了起来，斩钉截铁地说："政治委员说的，就是决定。立即行动！"

真是患难见真情，刘、邓在最危急的时候相互支持、相互配合得如此完美！

天已经渐渐地亮了，李震正在渡口满头大汗地指挥着渡河，刘伯承走来了，手里拿着一根长长的竹竿。

刘伯承上了船。船一离岸，刘伯承就在船边晃动着，不知道他在干什么，有不少人还在议论："司令员在干啥？""是啥东西掉河里了吧！"

河中忽然传来了刘伯承的声音："李震同志，能架桥呀！我试过好多地方，河水都不大深呀！"又大声地喊："告诉李参谋长，叫他坚决架桥！"

站在岸边的指战员们恍然大悟，刘伯承原来是在船边用竹竿试探河水深浅。

李震刚要上船时，接到了刘伯承派人送来的一张纸条："河水不深，流速甚缓，速告李参谋长架桥。"

李震到了对岸，刘伯承还站在那里。他看见李震就问：“布置架桥工作没有？”

李震忙讲：“李参谋长已经按照执行了！”

刘伯承还不放心，又叫李震用他的名义写信给李达，要想尽一切办法，坚决迅速架桥。

李震写完信，念给刘伯承听了一遍，刘伯承说：“在那圆圈的外边再套一层圆圈，要叫我们干部注意才行！”

信送走了。刘伯承看着李震，很严肃地说：“粗枝大叶就要害死人！”又用那根长长的竹竿在地上重重地顿了一下，重复了一句：“要害死人！”

李震惭愧地低下了头，静静地站着，刘伯承的话一字一句像千斤重锤打在他的心上。

刘伯承同六纵队指战员一起测量淮河河水深浅。

十八旅副政委刘昌在半夜时，就带着直属队用竹排渡过了淮河，在南岸建立了一个指挥所。天刚亮，他看见马夫和喂马的都来了，刘昌很奇怪地问他们：“你们怎么过来了？”

马夫是个小个子四川兵。他说：“我会水，水刚到嘴边，过来的。”刘昌大喜，忙从日记本上撕下一张纸，写条告诉李震，这里可以过来，然后让马夫赶紧给李震汇报。

这时，李震也接到了五十三团的报告，说是他们团一个马夫牵着马徒涉过了淮河。还没报告完，刘昌的信也已经到了。

李震高兴地写纸条准备让通信员赶去报告刘伯承。纸条刚写完，刘伯承的警卫员骑着马气喘吁吁地赶来了，送来了刘伯承一封信，说他亲自看见上游有人牵马过河，证明淮河完全可以徒涉，让李震赶快转告李参谋长，不要架桥了，叫部队火速从上游徒涉。

部队迅速组织徒涉，在浅水区放上浮标，很有秩序地排成四路五路六路，浩浩荡荡地过来了。

刘邓大军过淮河

这时太阳出来了，从西南飞来了两架敌机，进行轰炸、扫射，子弹噗噗地打进水里，炸弹落在河里，溅起了一两丈高的水柱，但大家没有理会它，冒着弹雨过河。

四十六团赶到淮河边时，水已经涨到了鼻子下，只好大个子负责小个子，会游泳的帮助不会游泳的，跌跌撞撞地总算全团过了河。

担任阻击任务的四十九团，是最后渡过淮河的。全团刚渡过淮河，吴绍周带领的国民党八十五师后脚就赶到了，他命令部队也立即徒涉，不料人马一下水，还没到河心，就被河水卷走了。吴绍周忙让部队停止过河，望着淮河，不禁仰天长叹："共产党啊共产党，真有命，刚刚过去，水就涨了！"

刘邓大军刚过完河，上游的洪峰就不早不晚地赶来了，一下子把国民党军的追兵隔在了淮河北岸。陆续到达淮河岸边的国民党军十多个旅，齐刷刷地停在了岸边，造桥、修船，足足忙活了十多天才过了淮河。

40多年后，邓小平回忆起抢渡淮河的情景，语气诙谐、轻松："过淮河，天老爷帮了一个大忙，能够徒涉。过去没有人知道淮河是能够徒涉的，那一次刚涨起来的河水又落下去了。伯承亲自去踩踏，恰好就是那个时候能徒涉，这就非常顺利了。不然，我们过淮河还是能过，但会有伤亡，以后的斗争会更困难一些。"

自古得中原者得天下。为了"将战争引向国民党区域"，毛泽东制定了三

军挺进，“经略中原”的战略部署：刘邓大军跃进大别山，以淮河以南、长江以北、平汉路以东、淮南铁路以西为作战范围。以晋冀鲁豫野战军一部的陈谢大军从晋南南渡黄河，挺进豫西，以黄河、渭水以南、汉水以北、平汉路以西、西安以东为作战范围。以华东野战军主力的陈粟大军，挺进鲁西南，进军豫皖苏边区，以黄河以南、淮河以北、平汉路以东、运河以西为作战范围。三路大军呈“品”字形配合作战，互为犄角，逐鹿中原，目标直指国土腹地的国民党控制区域。为进一步造成敌人错觉，出敌不意，毛泽东又命令西北野战军出击榆林，调动进攻陕北的胡宗南集团北上，以华东野战军一部在胶东积极钳制敌人，以此掩护解放军主力的战略进攻行动。

刘伯承登上大别山三角峰

邓小平在河南光山县北向店作报告

邓小平把中原战场概括为“四水三山会中原”。四水：江、淮、河、汉；三山：泰山、大别山、伏牛山。要在这三山、四水之间创建中原解放区，就必须首先控制住大别山。刘、邓号召部队勇挑重担，不怕困难，义无反顾地创建巩固的大别山根据地，一定要站住脚，生下根。

毛泽东在陕北高兴地说：“解放战争好比爬山，现在我们已经越过山坡，爬过山顶，最吃力的阶段已经过去，战争形势的新转折已经到来了！”

1947年8月，陈谢集团突破黄河天险之后，以伤亡千人的代价，将陇海铁路

截断，开辟了洛阳至陕县之间的战场。

到了10月，陈谢集团自南渡黄河以来，已连续攻占县城12座，歼灭国民党军4万余人，控制了陇海铁路250公里的地段，割断了国民党军胡宗南与顾祝同两大军事集团间的联系，调动了进攻中原和进攻陕北的国民党回援。初步实现了中央军委预定的作战目标。

华东野战军于9月8日晚至9日晨，在鲁西南发动了沙土集战役。歼灭国民党军整编五十七师师部和两个旅共9500余人。

1947年10月上旬，粟裕、陈赓会师。在中原战场上，刘邓大军，陈赓的太岳兵团，粟裕的华野西兵团，形成了“品”字形的战略格局。

战况变幻莫测，紧张激烈。作战指挥的电报频繁来往于毛泽东和各战场指挥员之间。毛泽东如同一位天才的音乐大师，娴熟地指挥着这首威武雄壮的交响乐。他依然吃着陕北老乡运来的黑豆，依然频繁地转移驻地，但这些都丝毫影响不了他那战略家、军事家机敏而周密的思维。消息不断传来，人民解放军在所有战场上的攻势，构成了全面进攻的总形势。

在古今中外的军事史上，谁曾见过这样一种战略进攻？敌人的兵力还占有一定优势，敌人的主力还重重压在解放区的土地上，人民解放军的一部分主力却钻到了敌人的后方，纵横驰骋，待敌人醒悟过来，调转兵力，人民解放军却已在敌人的软腹部生根立足了。

在古今中外的军事史上，谁又曾见过这样的一种战略进攻？既有外线，又有内线；既有以进攻形式开创新解放区，又有以反攻形式收复一切失地。

毛泽东和他的战友们把解放战争推向高潮，他们极大地丰富了战略进攻的理论。中国大地上发生的这一历史性转折，引起了国际舆论界的关注。美联社对此评述到：陈毅、刘伯承似乎奉共军最高军事委员会的命令，将山东战场转移到华中。合众社引用中立观察家的话称：刘伯承部突入国民党区对全国军事形势意义甚大。将其认为骚扰性袭击，实属不智。有的外国军事观察家指出：仅此一点，就使毛泽东堪称“军事大师”。

拿延安换一个中国

解放战争时期，毛泽东率领中共中央主动撤离延安，和胡宗南23万大军在陕北展开了周旋，拿延安换取了全中国。这一战略决策，恰好与湖湘文化的集大成者王船山所说的“跳出孤危，反兵内援”的军事思想是一脉相承的。

毛泽东在陕北，可以说“运筹帷幄，决胜千里”，始终掌握着战争的主动权，我军开展灵活机动的运动战，集中优势兵力，各个歼灭敌人，以少胜多，以弱胜强，扭转了时局，在战略进攻阶段取得了辉煌胜利。

蒋介石挑起全面内战后，中共中央和中央军委所在地延安，成为胡宗南集团必欲占领的战略要地。

胡宗南进攻延安，可以说蓄谋已久。全面内战爆发前后，他曾多次向蒋介石建议突袭延安：一次是1946年5月18日，胡宗南提出《攻略陕作战计划》，要采取“犁庭扫穴”、直捣延安的闪击行动， 次是同年10月中旬，他再次向蒋提出作战计划，要求在11月初突袭延安，侵占陕北，出人意料的是这两次建议都被蒋介石复电“暂缓执行”。为什么蒋介石并不急于动手？时任胡宗南机要秘书的中共地下党员熊向晖做了这样的分析：“胡在抗战间没有多少战功，想攻占陕北提高声望。蒋认为目前攻占陕北，军事上意义不大，政治上不到火候，命他暂缓。”

那么，蒋介石为何又要决定进攻延安？除去军事上连连失利而不得不改变战略方针以外，还与“外交”方面有关。蒋介石得到消息说，1947年3月10日，美、苏、英、法四国外长将在莫斯科开会，要讨论中国问题，由此引起蒋介石的深切关注。他担心这些大国尤其是美、苏进行和平调停，决心在他们开会期间突

击占领延安，造成既成事实，彻底关上外国调停的大门，因而必须尽快进攻延安。蒋介石在日记中毫不掩饰此时的心情：“此时行之，对于战略与外交，皆有最大意义也。”此外，从美国驻华大使司徒雷登在3月23日致国务卿马歇尔的电报来看，蒋介石这时大大增加了对于苏联政府的疑惧：“担心他们可能正策划另一次行动，甚至担心他们可能会以某种方式承认延安。”

从以上分析看，不论是军事还是外交需要，蒋介石都会迫不及待地进攻延安。

1947年2月28日，蒋介石把他的西北军政大员胡宗南召至南京，具体部署进攻延安，想以攻占延安来实现其“摧毁匪方党、政、军神经中枢，动摇其军心，瓦解其斗志，削弱其国际地位”的心愿。蒋介石把在西北的34个旅25万兵力组成南、西、北三个集团，以其“西北行辕”的马鸿逵、马步芳和“晋陕绥边区总部”的邓宝珊军在西线和北线钳制配合，以第一战区胡宗南主力从南线突破，夺取延安。其意图是，驱逐中共中央和人民解放军总部出西北，在延安及其附近围歼西北解放军，或逼解放军东渡黄河，由胡宗南部与黄河以东的国民党军夹击而歼灭之。

胡宗南是蒋介石的得意门生，黄埔军校第一期毕业，为蒋介石嫡系亲信。早在20世纪30年代，他就在陕西、甘肃一带担任“剿共”军务，红军在长征北上和西征中都和他交过手。抗战初期，胡宗南曾参加淞沪战役。但从1938年秋后，他就脱离抗日前线，率第十七军团驻防陕甘地区。名为防日军西渡黄河，实为包围和封锁中共中央所在地的陕甘宁边区。以后胡宗南的官越当越大，升任为国民党第三十四集团军总司令，第八战区副司令长官，归他指挥的部队越来越多。胡宗南部也由数万人扩充为二三十万人的庞大军事集团，该部对日本侵略军消极避战，却对边区发动了几次大规模的军事进攻。蒋介石这支养精蓄锐的王牌军，现在就要对延安和整个陕甘宁边区采取“犁庭扫穴”的行动了。

3月8日，延安各界在南门外大操场举行保卫延安万人大会。中共中央领导人朱德、周恩来、彭德怀在会上发表讲话，和大家一起振臂高呼：保卫延安，保

卫边区，保卫党中央，保卫毛主席！彭德怀在讲话时，习惯地挥动着粗壮的右臂。当他以洪亮的声音说道：11年前红军和敌人是一与二十之比，我们打了胜仗，现在我们要打胜仗，将来还要打胜仗！“胡宗南的35个团有很大可能被消灭在这里。……那时恐怕我们要打到西安去了。”万名干部、群众报以雷鸣般的掌声和口号声。

彭德怀在保卫延安大会上讲话

会后，彭德怀即赴延安南边金盆湾至鄜县（今陕西省延安市富县）一线的主要防御地带观察地形，检查工事，和前线指挥员研究作战方案。彭德怀对重要防御地段的每一片山林，每一条小路，每一个山口都认真查看一遍，对担任金盆湾重要防御阵地的教导旅的团以上指挥员说：我们面对的敌人是强大的，要准备打硬仗，打恶仗。

3月10日晚，胡宗南到洛川召开旅以上军官会议，宣布进攻延安的作战计划，成立了前进指挥所。决定由董钊率七个旅、刘戡率四个旅、廖昂率四个旅，共15个旅计15万人，伙同马鸿逵、马步芳及邓宝珊部队共34个旅23万余人，杀气腾腾，直奔延安。

胡宗南对众将领说：领袖授命我们进攻延安，彻底摧毁共产党的根据地，大家要不负领袖重托，奋勇作战，建立奇功。胡宗南信心十足地说：三日之内占延安，只要占了延安，共军就得过河。

两日后，胡宗南以近百架飞机对延安及附近地区狂轰滥炸。同时由董钊、刘戡率领，分左右两路从洛川宜川支线出动，采用钳形攻势直扑延安。

当时陕甘宁边区全部野战军仅6个旅，2.6万多人，与国民党军的25万兵力之比约为1：10；加上地方兵团警备第一旅和第三旅，也只有3万多人，约为1：8。不仅兵力处于绝对劣势，而且武器装备差，弹药奇缺。陕甘宁边区只有150多万人口，土地贫瘠，野战军的兵员补充和物资供应都极为困难。

根据中共中央军委的部署，教导旅及警三旅第七团共5000余人，在富县、临真镇以北地区，采取机动防御抗击进犯之敌。张宗逊第一纵队为右防御兵团，新四旅为预备队，位于富县西南地区待机。

毛泽东从全国战局出发，根据“存人失地，地终可得”的原则，作出了主动撤离延安的战略决策，并决定在路险沟深的陕北高原，采用“打圈子”的“蘑菇战术”，对付10倍于己的敌军。

针对现实情况，毛泽东指出：蒋介石是个小气鬼，一贯以占地盘为胜利，而且占领一个小小的村庄也舍不得放的。我们暂时放弃延安，就是把包袱让敌人背上，使自己打起仗来更主动、更灵活，而敌人背的包袱越多越走不动，到那时，我们就能大量消灭敌人。

他诙谐而坚定地对一些同志说，将来人们会看到，蒋介石占领延安，绝不是他们的胜利，而是搬起石头砸自己的脚，他就要倒霉了。暂时放弃延安无损于解放战争的整个大局，现在敌人拼命要我们的延安，可以，我们奉送几孔窑洞。只要我们大量消灭敌人的有生力量，就会收复失地，夺取新地方的。今天我们放弃延安，是暂时的，这意味着将来我们要解放西安、解放南京、解放全中国，大家肯定会同意，拿延安换全中国，合算。

3月11日上午，国民党空军开始对延安狂轰滥炸。12日，刘少奇、朱德、任弼时、叶剑英带领中央机关一部分人员，离开延安枣园转移到子长县（瓦窑堡）办公。毛泽东、周恩来从枣园后沟搬到王家坪人民解放军总部，同彭德怀住在一起。

3月13日凌晨，胡宗南以倾巢之力，用15个旅的兵力分为左右两路由宜川、洛川向延安发动猛烈进攻。同时，国民党空军再次出动大批飞机，对延安狂轰滥炸。西北解放军在延安外围部队，利用工事顽强阻击敌人，尽量争取较多的时间，保证毛泽东和中央机关从延安安全撤退。

延安城内，凄厉的防空警报不时响起，国民党飞机分别从西安、郑州、太原机场起飞，会集在延安上空，将成吨炸弹倾泻下来，好端端的延安变成了一片火海。

这天下午，一颗重磅炸弹落在毛泽东的窑洞前面，如雷轰响，地覆天翻，窑洞门窗玻璃全被震碎，飞溅的弹片把门前的大槐树削去一块树皮，树叶散落了一地，刺鼻的硝烟气味和钢铁燃烧的酸性气味布满了四周，呛得人们喘不过气来。警卫参谋贺清华不顾一切地推开毛泽东窑洞的门，刚要呼喊什么，一下又噎住了，原来毛泽东与周恩来、彭德怀正在聚精会神地看地图，毛泽东手中的铅笔缓缓移动，不时地与他们两人说着什么。过了好一会儿，毛泽东才直起身子，朝窗外看了看，用手弹弹身上的尘土，自言自语说："他们这一阵风不行，连我一个人也吹不动，我们的风刮起来就不得了，要把他们连根拔起呢！"

"是呀！是呀！"周恩来会心地笑了，遂接上说："看来，得给他们刮风了！"

毛泽东这时才发现了贺清华，遂问他说："客人走了吗？"

"客人，哪个客人？"贺清华没有理解毛泽东的意思，显出一脸茫然。

"飞机呀！"毛泽东手中的铅笔往上指了指，又说道，"喧宾夺主，讨人嫌，明天要彭大将军好好招待他们一番。"

大家都 起笑了，贺清华这才明白"客人"是谁，忙说："走了，走了。说不准还来。"

这时，萧参谋拿着一块弹片匆匆走进来，焦虑地说："主席，您看这就是刚才落在门口的那个炸弹的弹片，多危险啊，您还是赶快进防空洞吧！"

毛泽东接过弹片，在手里掂了掂，不紧不慢地说："发财发财，是好钢啊，

能打两把菜刀呢！”说罢，对警卫排长阎长林说：“去，你们赶快去查查群众受到什么损失没有？”

晚上，阎长林调查回来后，向毛泽东作了汇报。

3月16日，毛泽东根据战局的进展情况，及时签署了保卫延安的命令。

就在毛泽东发布保卫延安命令的同一天，胡宗南也调整了作战方案，当日对延安发起了更猛烈的进攻。解放军守备兵团临危不乱，按照毛泽东的部署，予敌以坚决回击。

3月17日，成群结队的飞机又加强了对延安的轰炸，并且还是集中向王家坪、杨家岭一带投弹，由于边区防空部队重机枪火力的阻击，敌机不敢飞得很低，投弹的准确率比以前大大降低了。而地面部队的进攻推进得很快，前锋敌人已经近在咫尺，激烈的枪炮声清晰可闻，情况已经很危急了，可是，毛泽东仍然若无其事，在昏暗的灯光下继续观看战报，批阅电文，或对着地图勾勾画画，似乎没有感觉到情况的危急。

叶子龙轻手轻脚走到毛泽东身边：“主席，准备明天晚上出发，你看……”

毛泽东抬起头来看了看他：“到什么地方去，我怎么不知道？”

“情况是这样的。”叶子龙解释说，“这几天敌机在延安轰炸得很厉害。大家都很关心您的安全，周副主席、任弼时同志都有个想法，想请您早点离开延安，转移到后方去。”

毛泽东神情变得严肃起来：“你不要说了，大家没动，我毛泽东不会先走，我有言在先，要最后撤离延安的。别听敌人吹嘘他的‘战略轰炸’有多厉害，延安的市民机关和部队不全都很好吗？中央警卫团这两天打得很出色嘛，有什么可怕的？”毛泽东说到这里，语气和缓下来，“听总参的同志说，延安防空部队昨天击伤两架敌机，坠落在洛川附近。你马上通知总参，送两口肥猪去犒劳他们！”

叶子龙知道毛泽东的脾气，他说不走，谁劝也不行，只好无奈地退出窑洞，赶忙去通知总参了。

3月18日，国民党军全天对延安轰炸，地面部队步步逼近。

这天一早，彭德怀把警卫排长阎长林召去，仔细询问了他们的有关情况之后说："敌人已经很近了，我们就要撤离延安，大家都很关心主席的安全，很多同志希望主席早过河东，可他却一定要留在这里！"彭德怀说到这里特别叮嘱阎长林道："主席一向说话算数，不顾个人安危，我们党要顾！你们一定要照顾好他，无论在什么情况下，都绝对保证他的安全，必要时可以采取强制性措施，抬也要把他抬走！"

"彭总，您放心吧，我们保证做到！"阎长林昂首挺胸地答道。

这天下午，周恩来把中央警卫团的负责同志找来，要他们立即做好掩护中央机关撤离延安的准备，并告诉担任阻击任务的部队，务必坚持到夜里12点，待毛泽东和中央机关安全转移后方可撤离。

前线的情况异常紧急，侦察员们的报告不断传来：

敌军主力已经到达七里铺；

敌军先头部队抵近吴家枣园，与我阻击部队展开激烈战斗；

延安机场发现小股敌人……

而这时的毛泽东，依然稳坐在他的窑洞内，正和周恩来同第二纵队司令员王震谈话，气氛活跃而又轻松，像什么危险也没有一样。突然，东南方向枪声大作，噼噼啪啪，响成一片。这时，彭德怀跑步赶来，喘着粗气吼道："怎么你们还不走？快走快走，一分钟也不要待了！"

形势已经十分严峻，大家感到非常着急。多年之后，毛泽东当时的警卫员李银桥回忆起这段危险经历，仍如昨日：

中央警卫科参谋龙飞虎来不及报告就破门而入："主席，彭总发脾气了，请你立刻出发。"

王震忙说："主席，今天就谈到这里吧。你必须尽快撤离。"

周恩来也劝道："主席，时候到了，该走了。"

毛泽东倾听门外，外面没了彭德怀的声音，显然是去前线了。毛泽东稳坐在

椅子上问："机关都撤完了吗？"

"早撤光了。"好几个喉咙抢着回答。

"群众呢？"

"全撤离了。"

"嗯，"毛泽东满意地嗯了一声，"好吧，吃饭！"

枪声已是近在耳畔，一阵紧似一阵，中间还夹杂了喊杀声和手榴弹的爆炸声。同志们火烧眉毛一般急，饭菜早已装在饭盒里准备带到路上吃，这时不得不拿出来，又摆放在毛泽东面前。毛泽东吃饭历来是狼吞虎咽，可今天却细嚼慢咽，"蘑菇"起来。原来，毛泽东有言在先，他要最后一个撤离延安，要看看胡宗南的兵是个什么样子。

这时，周恩来请回了彭德怀。彭老总一脚门里一脚门外就吼起来："主席怎么还不走！龟儿子的兵有什么好看的？走走走，部队代你看了。你一分钟也不要待了，马上给我走，快给我走！"

毛泽东皱了皱眉，用他那浓重的湖南口音幽默地说："把房子打扫一下，文件不要丢失，带不了的书籍可以留下来摆整齐，让胡宗南的兵读一点马列主义也有好处嘛！"

司机周西林踩动油门，汽车马达一阵隆隆急响。

"你们愿意走吗？"毛泽东走出窑洞，仰望矗立在延河边土山上的宝塔，喃喃着。良久，他把嘴角一沉，对站立身旁的周恩来及所有工作人员说："我本来还想看看胡宗南的兵是个什么样子，可是彭老总不答应，他让部队代看。我惹不起他，那就这样办吧。"

毛泽东登车之际，蓦然又回首，发表宣言一般大声说道："同志们，走吧。我们还会回来的！"

1947年3月18日傍晚，毛泽东和他的战友们在激烈的枪炮声中离开了生活、战斗近10年的延安。

毛泽东、江青和警卫排长阎长林带领几个警卫，坐第一辆吉普车，这是美军

观察小组走时留下的车子。周恩来和他的几名警卫，坐第二辆吉普车。警卫排的其他战士，则乘坐一辆美式吉普，还有一辆带拖斗的吉普车，装着一些必需物品，紧紧跟在后面。为了谈话方便，出发时毛泽东、周恩来和王震坐在第一辆车上，其他车辆紧随而行，在苍茫的暮色中缓缓驶出延安，彭德怀以深情的目光，看着毛泽东的车队渐渐远去。

车队离开王家坪后，顺着延河向南开去，从清凉山的山脚一拐，沿着延（安）榆（林）公路向东北方向驶去。

毛泽东依依不舍地离别了延安，从此踏上转战陕北的艰险征程。他化名李得胜，意为“离”开延安，最后夺取“胜利”的意思，充分体现了他的高超军事斗争艺术。

我防御部队在“保卫党中央，保卫毛主席”口号的鼓舞下，从3月13日起，依托既设阵地，交替掩护，节节抗击进攻之敌，并不断实施反击。经过六天激战，予敌重创。

毛泽东率前委在转战陕北途中

部队在完成掩护党政军领导机关转移和群众疏散的任务后，于3月19日主动撤出延安。

中外纪者分乘六辆吉普车奔赴延安

3月19日上午，国民党军胡宗南部开进了空空荡荡的延安城。这位第一战区司令长官得意扬扬地给蒋介石发了报捷电报："我军经七昼夜激战，第一旅终于19日晨占领延安，是役俘虏敌5万余，缴获武器弹药无数，正在清查中。"

蒋介石立即回电给予嘉奖，其侍从室通知南京与西安等地的商店和居民，一律悬挂国旗，燃放鞭炮，庆祝中外瞩目的"陕北大捷"。报纸电台可劲地聒噪，大肆宣传国军的所谓胜利，中外记者跃跃欲试，纷纷申请到战地采访。

这下可急坏了胡宗南，本来是中共中央主动撤出的，到哪里去找共军的"5万俘虏"？为了欺骗记者，只好连夜在延安周围新建10座"战俘营"，抓来500多名农民，又从国军中挑选出1500多名"伶俐"士兵，突击排练一番，一个"战俘营"给记者参观完后，这2000名"战俘"再赶往下一个"战俘营"进行展览，不料给一些眼尖的记者认出来，结果闹出大笑话。

3月25日早晨，在熊向晖等人的陪同下，刚刚到延安不久的胡宗南对王家坪、杨家岭、枣园进行了仔细查看。在枣园毛泽东住过的窑洞里，他从抽屉中取出一张字条，上面是毛泽东的笔迹："胡宗南到延安，势成骑虎，进又不能进，退又退不得，奈何！奈何！"

1947年3月25日，国民党《中央日报》载："毛泽东、周恩来等已迁往佳木斯，或已潜逃出国。"

毛泽东一行撤离延安后，于3月18日傍晚抵达延川县永坪镇以南的一个小山村。第二天上午9点左右，正准备继续上路的时候，停在村口的汽车被国民党军

飞机发现，在猛烈的轰炸和扫射中，毛泽东乘坐的那辆汽车被打穿了几个窟窿，但所幸没有人员伤亡。又走了两天之后，21日晚，一行人抵达清涧县境内的一个名叫高家崄的小山村，这个只有20多户人家的小山村位于咸阳至榆林公路以东约五公里处。

毛泽东打算在这里住几天。

胡宗南部已经从延安向北追击而来。虽然没有任何可靠的情报证明毛泽东和他的部队到底在哪里，但是胡宗南判定，共军主力一定固守在延水以北地域，并会聚集在绥德至延安的公路两侧。

胡宗南的战役部署是：采取两翼包抄的战术，向他猜测的共产党军队集结地域实施合围。

在清涧县高家崄村住了四天的毛泽东从高家崄出发到达了距离延安仅百公里的子长县任家山村。

3月28日，毛泽东一行又转移到了清涧县以北石咀驿附近的枣林子沟。这个小山村只有十来户人家。毛泽东住的窑洞的主人叫吴进增，他看见毛泽东时显得有些拘谨。毛泽东问："老乡，我们住在这里很打扰你，如果我们住进去，你住在哪里？"吴进增说："坡上是我兄弟家，我可以住在那里。"

凌晨，毛泽东在陕北农民吴进增的窑洞里主持召开了中共中央书记处会议。会议正式讨论了中共中央是继续留在陕北还是东渡黄河进入山西的问题。

毛泽东详细阐述了他决定留在陕北的理由：中共中央在延安十多年，一直处于和平环境中，现在一有战争就走了，如何向陕北人民交代？有人说陕北的敌我力量对比是十比一，敌人过于强大，出于安全考虑也要离开这里。但是，我们留在陕北，就可以牵制住胡宗南的二十三万大军，蒋介石就不能轻易地把这支大军投到全国其他战场上去，就可以减轻其他战场的压力。

任弼时主张不留在陕北，希望中央及部队全部东渡黄河到山西去。他认为，中央是指挥战争的中枢，各解放区的领导都主张中央转移到晋西北或者太行山等比较安全的地方去，以指挥全国战争。现在中央在陕北的处境极其险恶，一面是

黄河天堑，三面是敌人，军事上讲这样的位置如同绝地。万一让胡宗南一网打尽怎么办?

毛泽东说："哪里最安全? 人民拥护我们的地方最安全，我看中央在陕北的安全有保证。"争论到最后，大家说，要留在陕北就都留下。但毛泽东又不同意，说不要让胡宗南真的把我们一网打尽。

第二天，会议形成最后的决定：毛泽东、周恩来和任弼时继续留在陕北，主持中央和军委工作；刘少奇、朱德、董必武组成中央工作委员会，以刘少奇为书记，东渡黄河前往华北，担负中央委托的任务；叶剑英、杨尚昆留在晋西地区，负责中央机关的后方工作。

决心已定，连夜行动。毛泽东一行则离开枣林子沟前往子洲县。毛泽东主张只留下一个警卫班，其余官兵全部跟随朱总司令过黄河。但是朱德坚决不同意，命令警卫团的手枪连、骑兵连和两个步兵连留下来跟随毛泽东。

4月5日，毛泽东到达靖边县境内的青阳岔。

此时，留在陕北的中央机关，按照军事编制实行轻装，并编为四个大队，成立统一指挥的司令部，任弼时任司令员，陆定一任政治委员。为了保密，周恩来建议给每个人起个代号，任弼时叫史林，陆定一叫郑位，毛泽东叫李得胜，周恩来叫胡必成。

毛泽东在王家湾已经住了一个多月。王家湾在青阳岔的西南方向，村子很小，双羊河绕村向北流去。

6月6日清晨，国民党军飞机飞临王家湾村上空。一支蒋介石亲自派来的电台侦测小组发现了王家湾地区存在一个电台群，于是判定毛泽东就在此地。蒋介石命令胡宗南不惜一切代价围追捕杀，一直犹豫不决的胡宗南只好下了决心："就是牺牲两个师也要捉到中共首脑！"

6月7日，刘戡部3万兵力从西、南两个方向向王家湾直扑而来。

此时，负责警卫中共中央和中央军委机关的作战部队仅有四个半连，兵力200多人。而彭德怀的主力远在几百里之外的陇东。

形势顿时危急起来。

晚上，就向哪个方向转移的问题，毛泽东与任弼时再次发生争论。毛泽东主张向西转移，任弼时坚决反对，他认为，彭德怀主力尚在陇东无法赶来，敌人目标明确，数量巨大，而且就是从西边来的，如果往西走？万一与敌人迎面相遇怎么办？此外，西边除了刘戡的部队之外，还有马鸿逵的八个骑兵团，向西显然回旋的余地很小，甚至有被包围的危险。只有向东走相对安全，万不得已还可以东渡黄河进入山西。毛泽东一听过黄河就火了。他说，敌人估计彭德怀在陇东回不来，我们只好向东转移，他从西面和南面围过来，就是要把我们往黄河边赶，即使不把我们消灭，赶过黄河就是他们的胜利。“过黄河，我们迟早要过的，现在不是时候，现在向东是绝路，因为这是敌人早已算好了的，就是要我们落入陷阱。”

此时，雷声隆隆，天要下雨了。

为转移而提前出发探路的人员已经向东走去，毛泽东坚决不走，持续了一整天的争论依旧在激烈进行。最后，周恩来提出一个折中的办法：先向北走一段，然后再向西北方向转移。

6月8日晚，雷电交加，大雨滂沱，国民党军整编第二十九军军长刘戡部的追击部队距毛泽东所在的王家湾仅隔一个小山头了。无论任弼时如何急切地催促，毛泽东就是不肯动身。毛泽东说，我看到敌人再走也不迟。

周恩来、任弼时和陆定一凑在一起紧急商量。商量的结果是：既然他要看到敌人才走，是否可以找一个同志留下来替他看？

毛泽东听到这个建议后，问三支队副参谋长的汪东兴：“敢不敢留下来等着敌人？”

汪东兴说：“主席让我留下来，我就留下来，不看到敌人我不离开。”

毛泽东说：“给你一个排，看到敌人再走，还要打他们一下。”

9日凌晨3点，毛泽东终于离开王家湾，在大雨中顺着村后的小路一路向西。

山路泥泞，毛泽东浑身被雨淋透。驮电台的骡子滚下山沟摔死了，警卫战士

摸黑爬下山把电台拖了上来。山头的那一边枪声不断，警卫战士看见山头上人影绰绰，那是刘戡的电台测向分队正举着天线侦测毛泽东的电台方向。

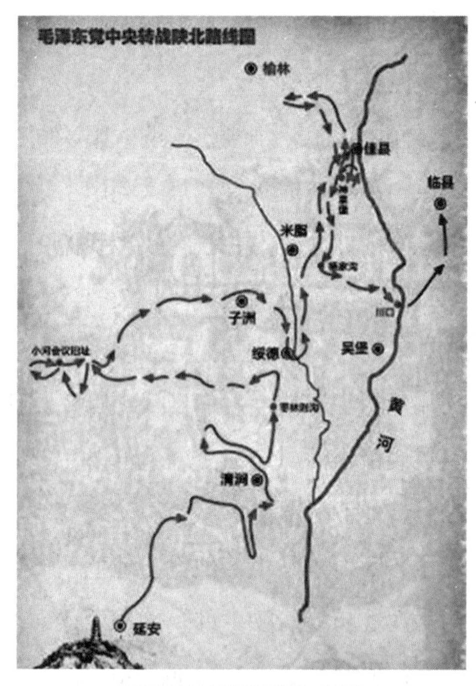

毛泽东转战陕北路线图

天蒙蒙亮的时候，毛泽东走上了一条简易公路，他问身边的王家湾村民兵队长老白：“附近有什么村子？”

老白说：“最近的村子叫小河村，但距离公路太近，怕不安全。”

毛泽东说：“就进这个村。”

毛泽东本想在小河村休息一下，至少把衣服烤干，但警卫战士刚把电台架设起来，侦察兵就报告说，刘戡的部队正朝着这个方向迂回。

于是，一行人向西转移。

此时，刘戡正坐在王家湾村毛泽东曾住过的那间窑洞里。他的部下抓来了一个70多岁的老汉和一个10多岁的女娃。被吊在树上的老汉紧闭双眼，滚在泥水里的女娃尖声哭叫，但刘戡最终还是没有得到任何关于毛泽东去向的信息。

大雨断断续续。

远处的山沟里和山头上，国民党军追兵的人喊马嘶之声清晰可闻。“隔了一个山，就像隔了一个世界哩。”毛泽东对身边的警卫战士说。在当地老乡的带领下，毛泽东一行在敌军的缝隙中绕来绕去。10日早晨天亮时，到达靖边县天赐湾村。

火升起来，人们忙着做饭和烤衣服，这时，侦察兵报告：刘勘的部队已经越过小河村追过来了；另一支国民党军追兵，董钊的整编第一军也自南而来，两支追兵现距天赐湾都不足10公里。机枪声从不远的地方传来，人们迅速收起电

台，紧急准备转移，警卫战士被分成几个小组分别跑向村外，连毛泽东的内卫排也被派出去侦察了。

雨过天晴，刚刚露出的太阳瞬间就成为一轮烈日，撤出天赐湾的毛泽东走进一条山沟里。他说："敌人向山上来，我们立刻就走。敌人顺沟过去，我们就住下。我估计，敌人并没有发现我们。"然后，毛泽东作出一个惊人的判断：敌人"12点钟以后可能要退"。没有人认为毛泽东的判断有令人信服的理由，毛泽东说，老百姓不喜欢国民党军队，不会对他们说实话，别看他们追得凶，实际上刘勘和董钊都不知道我们到底在哪里。他们从延安和安塞来，是为了执行蒋介石部署的袭击小河村的命令，他们既然已经占领了小河村，就算执行了命令也完成了任务，他们只要能向蒋介石交差就行。他们只带了四天的口粮，走到小河村就吃光了，老百姓又不给他们，他们不撤退大队人马吃什么呢？我们现在位于胡宗南与马鸿逵防线的接合部，他们两人向来钩心斗角，都想保存实力和削弱对方，他们谁都不会到这个接合部来和我们真枪实弹地打。

毛泽东娓娓而谈，不时用手做着手势，围在他身边的干部战士都静静地听着。

12点刚过，各路侦察分队纷纷报告说，追兵顺着山沟向保安方向去了。人们无不叹服毛泽东的卓越洞察力。

毛泽东在陕北指挥战争

毛泽东一行在天赐湾住了七天。

电台架好之后，毛泽东给各解放区首长发了平安电报："本月9日至11日刘勘率四个旅至我驻地游行一次，除民众略有损失外无他损失，中央仍在卧牛城附近地

方工作。我主力现在陇东作战，并准备于下月初调陈赓纵队过河，与边区部队协力歼灭胡宗南，夺取大西北。”

此时，内战爆发整整一年。

毛泽东认为，蒋介石占领大城市，仅仅是得到了一些“空荡荡的大楼和美国的大号新闻标题”，国民党军队却为此损失了有生力量。

一年中，在中央军委和毛泽东的领导下，我军总兵力由内战爆发时的127万人，增加到149.2万人，其中野战军从61万人增加到92.6万人；而国民党军队的总兵力从内战爆发时的470万人下降到379万人，其正规军兵力从200万人下降到150万人。

中共中央在撤离延安时，预计敌占延安后必然非常骄横，指示西北野战兵团集中兵力打运动战。彭德怀和习仲勋将野战兵团主力集结在延安东北的甘谷驿、青化砭地区，以第一纵队独一旅的二团二营在延安西北诱敌迷敌，并同敌人保持接触，佯作掩护主力撤退之势，诱敌主力上安塞。

胡宗南部在进占延安后忘乎所以，认为西北野战兵团“不堪一击”，已“仓皇北窜”，随即将其前进指挥所由洛川移至延安。除以一部兵力巩固所占领的交通线外，将主力集结于延安附近，急于寻找野战兵团主力决战，但却侦察不出野战兵团主力的动向。由于野战兵团的一部分兵力在延安西北的积极活动，边战边退，敌人误认为野战兵团主力向安塞方向撤退。随即以整编第一军的第一师、第九十师五个旅的兵力，由延安沿延河两岸向安塞前进。24日占领安塞。为保障其主力的侧翼安全，另以整编第二十七师之三十一旅（缺第九十一

油画：《毛泽东转战陕北》

团），由临真镇向青化砭前进，建立据点。

1947年3月21日晚，野战军电台截获并破译了胡宗南发给三十一旅的电报。彭德怀为抓住战机，不顾已是三更半夜，和习仲勋、张文舟、徐立清到作战值班室查看地图，分析研究敌情。在判明敌军动向后，彭德怀决心采取伏击战术，歼灭侧翼之敌三十一旅，打好撤离延安后的第一仗。

3月22日上午，彭德怀和习仲勋接连向中央军委报告：胡宗南21日令三十一旅经川口渡延水，进至青化砭筑工据守，限24日到达。“我军拟以伏击或乘其立足未稳彻底歼灭该敌”。同时令野战兵团各纵、旅于22日晚和23日拂晓前，按指定地点隐蔽集结，看好地形，并封锁消息。

彭德怀把部队部署于青化砭附近蟠龙川东西两侧及以北区。第一纵队在川之西山，第二纵队和教导旅在川之东山，北面新四旅在青化砭东北。布成了对沿咸榆公路北进的敌军张开口的口袋阵。待敌后尾通过房家桥后束紧袋口，截断敌之退路，进行两侧夹击。另以独一旅为预备队，并监视安塞、延安方向之敌。

为确保初战胜利，彭德怀和习仲勋、张文舟、徐立清及旅以上指挥员到青化砭四周察看地形，在现地分配战斗任务，具体部署了兵力。

青化砭位于延安东北50余里处，在一条40多里长南北走向的蟠龙川中。咸榆公路沿大川而上，穿过青化砭。公路两侧为连绵起伏的山地，便于隐蔽部队出击，是打伏击的理想战场。

24日拂晓前，野战军各旅进入伏击阵地。当时陕北高原的山地尚未完全解冻，春寒料峭，冷气袭人。指战员们伏在冰冷的山岭上，紧握钢枪，严密注视着河川，随时准备出击。可是从天明等到下午5时未见敌军踪影。彭德怀命令各部于下午6时后撤出阵地休息。

指战员们埋伏了一天而敌人没来，预定的歼敌计划未能实现。这下子，议论纷纷。有些人担心离延安这么近，会不会走漏了消息；有的人沉不住气，怀疑情报的可靠性。彭德怀说：老根据地的群众是不会去向敌人告密的，情报也是不会错的。敌人是一定会来的。他分析说：胡宗南虽然是个草包，但是他的主力由延

安北上安塞之后，需要派兵保障其侧翼安全，这一点军事常识他还是有的，不然他怎么能捞一个陆军上将当呢？何况他有大炮、坦克，有汽车，又想捕捉我主力部队，这陕北唯一的一条公路，他能不走吗？所以说，他一定要来。

当晚，彭德怀和习仲勋向毛泽东和中央军委报告：敌三十一旅24日到达拐峁，停止前进，可能是待补粮食。我们明日仍按原计划部署待伏三十一旅。

3月25日凌晨4点左右，寒星闪烁，群山灰蒙。西北野战兵团主力进入原地区设伏。早晨6时许，胡军第三十一旅由川口、拐峁沿公路向青化砭前进，其空中侦察和地面的火力搜索，都没有发现野战兵团的伏击部队。于是大模大样朝前走，机枪、小炮裹着枪衣、炮衣，还捆在驮子上。10时左右，其先头部队进至青化砭附近，后卫过了房家桥，整个行军纵队完全进入彭德怀布下的伏击圈内。在信号枪发过后，西北野战兵团按预定部署，在石绵羊沟紧紧封住袋口，拦头断尾，东西两侧部队以排山倒海之势，猛烈夹击敌人。迅速将敌压至不到七公里长，只有二三百米宽的川沟里。敌军首尾不能相顾，兵力尚未展开就完全丧失指挥，顷刻间乱作一团。经过一个多小时的激战，三十一旅直属队及九十二团2900余人全部被歼灭，旅长李纪云被俘。整个战斗打得非常快速，干脆利索，子弹消耗少，缴获多，当时被新华社称为“模范战例之一”。

战斗结束后，彭德怀兴奋地说：“敌人气势汹汹，可是在眼前这小小的战场上，我们以绝对优势兵力压倒了他。在具体战斗中，就得杀鸡用牛刀！”

青化砭之战是西北野战兵团撤离延安后，彭德怀依靠优越的群众条件和有利地形，彻底歼灭敌人的第一仗，既打击了胡宗南

彭德怀与习仲勋在陕北指挥三战三捷

军的嚣张气焰，又振奋了西北野战兵团的斗志，提高了边区军民的胜利信心。

青化砭歼灭战给了胡宗南当头一个闷棍。他总结教训，采取其国防部制定的“方形战术”，实行宽正面集团式的“滚筒”前进。队伍开进时集结几个旅为路，数路并列，缩小间隔，互相策应。白天走山脊岭，轻易不下山沟；夜间露宿山头，构筑工事，稳扎稳进。

彭德怀采取了相应的对策：组织小部队在敌兵团的前后左右不断进行袭扰，长时间地疲惫消耗敌人。野战军主力选择有利于机动的地点隐蔽，耐心等待敌人弱点暴露和兵力分散再行聚歼。彭德怀说，你大部队滚筒式一跃再跃，我就让你在滚动中推磨转圈，把你当小毛驴那样牵着走。

青化砭战斗后，胡宗南判断西北野战兵团主力在延安东北地区，即于3月25日令其整编第一军、第二十九军共11个旅，由安塞、延安、临真镇地区，兵分三路，经延长向延川、清涧地区前进，企图在这一线寻歼野战军主力。

3月26日，彭德怀向中央军委报告：“胡宗南目前寻我主力决战。”“我们拟顺应敌人企图，诱敌向东。以新四旅之两个营，宽正面位置于青化砭东及其东南，节节向延川方面抗击。”

从3月29日至4月3日，敌人先后占领延川、清涧、瓦窑堡（子长）三城。但连连扑空，未找到西北野战兵团主力，其部队却被拖得疲惫不堪，给养也严重困难。

4月初，毛泽东给彭德怀、习仲勋来电提出：“我军歼击敌军必须采取正面及两翼三面埋伏之部署方能有效，青化砭打三十一旅即是三面埋伏之结果。”彭德怀认为敌人已改变战法，重兵集团密集行动，我以不足3万的兵力，对挤成一团的8万敌军，既难包围，也难分割，因而我方也需改变战术。他同习仲勋等商量后，即向中央军委报告，说明自青化砭战斗后，敌异常谨慎。不走大道平川，专走小道山梁；不单独一路前进，而是数路并列，纵横三四十里以10个旅布成方阵。以致三面伏击已不可能，任何单面击敌均变成正面攻击。敌人此种小米碾子式的战法，减少了我各个歼敌的机会，须耐心长期地疲困他，消耗他，迫

其分散，寻找弱点歼灭之。

毛泽东对彭德怀的意见深为赞许，说，作为一个指挥员，就是要善于根据情况的变化，独立地做出决断。即给彭德怀、习仲勋回电：敌10个旅密集不好打，你们避免作战很对。数日内仍以隐蔽待机为宜。

彭德怀以少量兵力同敌人周旋，使胡宗南的数万军队，在延长、延川、清涧、子长一带兜了个大圈，处处扑空。敌军在陕北的千山万壑之间转了12天，“武装大游行”400余里，也不知西北野战兵团主力在何处。胡军士兵在无数山梁之间爬上爬下，睡野地、啃干粮，还经常挨游击队袭击，精疲力竭，士气沮丧。4月初，陈赓部在晋南展开强大攻势，晋南之敌告急。胡宗南不敢再北进转圈，便以整编第七十六师守备延川、清涧，以第一三五旅留守瓦窑堡，主力于4月5日南下蟠龙、青化砭集结补给。

彭德怀趁敌主力南撤之机，于4月6日在永坪地区对刘戡的整编第二十九军打了一次伏击，歼敌600多人后撤出战斗。这时，胡宗南判断西北野战兵团主力已转移到牡丹川（延安市）、李家川（子长县）地区，遂决定彻底“扫荡”牡丹川以北并摧毁我游击根据地。于是集中主力八个旅，分别由蟠龙、青化砭向西北方向移动，调一三五旅南下策应，企图“会同瓦窑堡南下之一部包围匪军而歼灭之”。

在瞬息万变的西北战场上，西安地下党组织发挥了重要作用。4月11日，中央军委收到西安来的情报：清涧敌第二十四旅一个团于本日调赴瓦窑堡。该团到后，一三五旅可能调动。中央军委当即将此情报电告彭德怀。

12日，野战兵团司令部查明董钊、刘戡两个整编军的主力，正由蟠龙、青化砭向西北方向移动。经对胡军调动情况的综合分析，判断敌一三五旅可能南下向其整编第二十九军靠拢。歼敌的机会已经到来，彭德怀决心在该旅同第二十九军会合前把它消灭掉。彭德怀部署第一纵队于蟠龙西北牡丹川、云山寺一线，坚决阻击敌八个旅，迟滞其北进；以第二纵队、教导旅、新四旅设伏于瓦窑堡以南，准备伏击一三五旅，并决定将南面进攻之敌主力吸引到蟠龙西北，把一三五旅歼

灭于瓦窑堡以南。为了不暴露意图，他命令伏击部队让出一三五旅可能经过的高地，务必诱其就范。

4月13日，彭德怀在后四湾野战兵团司令部驻地召开旅以上干部会。会上他风趣地说："敌人游行了10多天，寻找我军主力，到处扑空。他们认为这次找到了，急匆匆扑了过来。好吧，这次就答复他们的要求，就在这个地方来个虎口夺食。"他边说边在地图上的羊马河一带画了一个圈。

会议结束，已是深夜，窑洞外呼啸的冷风卷着沙土，不时钻了进来。彭德怀半躺在炕上，反复琢磨：全歼第一三五旅，关键在于能不能把敌军北上的八个旅拖住，不使其增援。他觉得有必要具体了解一下阻击地区的情况。于是起身走出窑洞，跨上马，带着随行人员，直奔第一纵队独一旅旅部，他询问了独一旅旅长王尚荣关于阻击的准备情况后，指着地图上蟠龙西北的榆树峁子、云山寺、元子沟一线说："你们一纵队今天就在这一线摆出一个决战的架势来，把敌人一大坨坨引过去。""三五八旅已把第一军吸引向西，你们如能把二十九军阻在羊马河以南，歼灭一三五旅的任务就完成了一半。只要你们能坚持到下午2点钟，就算完成了任务。"

佯装野战兵团主力的第一纵队，在"每天只让敌军前进5—10里"的命令下，采取运动防御，积极顽强抗击。以两个旅的兵力拖住了董钊和刘戡两个军共八个旅的主力。坚守阵地的指战员高兴地说：敌人执行彭总命令的准确性与我们差不多！

胡宗南断定西北野战兵团主力在蟠龙以西地区，命令整编第一军和第二十九军猛进；同时命令一三五旅火速南下，以便围歼我野战兵团主力。

4月14日8时，胡军一三五旅离开瓦窑堡，沿瓦、蟠大道两侧高地逐山跃进。上午10时左右，同西北野战兵团担任诱敌之小部队接火。胡军且战且进，全部进入羊马河以北高地，被预先埋伏在这一地区的第二纵队和教导旅、新四旅包围。野战兵团形成了以四个旅围歼敌人一个旅的绝对优势。一三五旅前不能进，后不能退，急电胡宗南速派援兵解围。

下午2时左右，彭德怀到前线的一个团指挥所观察战斗进展情况。他看到我军炮弹在敌群中开花，敌军像丧家犬一样乱跑瞎撞，连声赞扬：“打得好，打得好！”下午4时，我军全歼一三五旅4700余人，创西北战场歼敌一个整旅的先例。彭德怀得知敌代旅长麦宗禹已被俘，笑道：“这会儿就不需要他代理了！”

这时董钊、刘戡所率八个旅主力，正遭野战兵团第一纵队的顽强抗击，寸步难行。南北对进的两部胡军，相距不及50余里，却再也“会合”不上了。

中央军委在接到彭德怀、习仲勋全歼一三五旅的报告后，向各战略区发出通报说：这一胜利证明，仅用边区现有兵力，不借任何外援，即可逐步解决胡军。证明忍耐等候，不骄不躁，可以寻得歼敌机会。望对全军将士传令嘉奖，并通令全边区军民开庆祝会，鼓励民心士气，继续歼敌。

4月15日，毛泽东致电彭德怀、习仲勋，提出了西北战场“蘑菇”战术的作战方针。电报指出：我之方针是继续过去办法，使敌达到十分疲劳和十分缺粮之程度。“将敌磨得精疲力竭，然后消灭之。”彭德怀说：我们贯彻毛主席的方针是采取不即不离，把敌人缠住，找准机会消灭他。

国民党军进入边区后，很难搞到西北野战兵团行动的情报，成了聋子和瞎子。其部队行动主要根据空中侦察，往往主观推断。4月下旬，国民党军空中侦察，发现绥德、米脂以东黄河各渡口集合了一批船只，解放军多路小部队向绥德方向前进。敌军统帅部断定我军主力正向绥德附近集结，准备东渡黄河。命胡宗南部迅速沿咸榆公路北进，又令驻榆林的邓宝珊部二十二军南下米脂、葭（佳）县策应，企图南北夹击，将我西北野战军一举歼灭于葭县、吴堡地区，或逼野战军东渡黄河。胡宗南除以一六七旅旅部带一个团加一个保安总队，加强蟠龙的守备外，命刘戡、董钊率九个旅于4月26日从蟠龙、永坪分左右两路向北进犯。

次日19时，彭德怀和习仲勋向毛泽东报告：“董、刘两军27日15时进抵瓦市，有犯绥德模样。”“我野战军本日隐蔽于瓦市东南及西南，拟待敌进逼绥德时，围歼蟠龙之敌。”毛泽东复电：“计划甚好，让敌北进绥德或东进清涧时，然后再打蟠龙等地之敌。”

为了造成敌军错觉，彭德怀以三五九旅一部及从其他旅中各抽出的一个排，配合绥德分区部队，扮演主力向北撤退，节节抗击敌人。沿途故意丢弃一些部队的臂章、符号、破旧鞋袜和衣物，制造假象，诱敌加快北上。

延安东北的蟠龙镇，是胡宗南部前方补给基地，储存着大量军用物资。守敌一六七旅是蒋介石嫡系整编第一师的主力旅，装备精良。加上地方反动武装陕西人民自卫军第三总队，兵力近7000人。蟠龙是个小盆地，群山环抱，地势险峻，易守难攻。敌人利用蟠龙周围高地，修筑许多大、小地堡，组成地堡群，形成交叉火力网；环绕地堡群挖有宽、深各六七米的外壕。其东山主阵地集玉峁，更是工事坚固，明碉暗堡，星罗棋布。

攻打蟠龙是西北战场第一次攻坚作战。彭德怀分析，野战兵团南下攻打蟠龙，敌军必然回援，但最快也要三四天才能到。必须抢在敌军之前攻下蟠龙。他在作战会上说："最少我们有四天的攻击时间。但这是场攻坚战。如果说青化砭、羊马河两仗我们是吃了两块肥肉，那么，蟠龙这一仗我们要准备啃骨头，要切实做好攻坚、打硬仗的各项准备。"

当胡军主力向北疾进时，彭德怀率领野司机关进驻一个叫新庄的小山村里。这里同敌人仅隔几个山头，相距才1000米左右，随时都可能遭到敌人的袭击。司令部的人员都荷枪实弹，严密注视着敌人的行动，准备随时同敌人战斗。彭德怀说："敌人怕我们打他的埋伏，是不敢下到山沟来的。"他若无其事，躺在土炕上，筹划着打击敌人的方案。当侦察员报告：敌人过去了。他从炕上一跃而下，说："'大路朝天，各走一边'，敌人向北，我们向南，各走各的路，各办各的事噢！"即命令队伍向蟠龙进发。

4月29日，彭德怀、习仲勋发出围攻蟠龙的作战部署。以一纵队、二纵队之独四旅及新四旅攻歼蟠龙守敌，三五九旅一部和教导旅分别阻击南北可能增援之敌。30日，野战兵团迅速包围了蟠龙镇。5月2日晚，进攻蟠龙的战斗打响。野战兵团缺少攻坚火炮，主要靠土工作业和爆破作业来摧毁敌人的坚固工事。从2日夜晚打到3日晨，只夺取了敌人的前沿据点，外壕不能通过，几次攻击都未能

奏效。

这时，彭德怀下令停止攻击，主力进行休整，各攻击部队召开连排干部会、战士会，发扬军事民主，讨论如何夺取主阵地。指战员纷纷献计献策，提出采用对壕作业逼近铁丝网、攻击部队轮番佯攻等多种有效办法。根据这些建议，彭德怀调整了攻击部署，集中火力，再次发起猛烈攻击。当天打下集玉峁，动摇了守敌。

5月4日，野战兵团夺取了蟠龙之东山、北山主阵地，黄昏后从四周居高临下向蟠龙镇敌人猛攻。夜晚12时，蟠龙攻坚战胜利结束，全歼一六七旅6700余人，活捉了旅长李昆岗等。缴获夏季军服4万套，面粉1万余袋，子弹100余万发。

5月9日，当疲惫不堪的敌军主力从绥德赶到蟠龙时，街上已空无一人。5月8日，新华社记者在《评蟠龙大捷》一文中，写了一首打油诗，刻画胡宗南军的狼狈相："胡蛮胡蛮不中用，咸榆公路打不通；丢了蟠龙丢绥德，一趟游行两头空！六千官兵当俘虏，九个半旅像狗熊；害得榆林邓宝珊，不上不下半空中。"

西北野战军在战斗中实行军事民主的做法，得到毛泽东的高度评价。1948年初，毛泽东曾对陈毅说："你们要好好学习西北部队的民主作风，特别是战斗指挥上的民主。"陈毅也说："这样的民主是正确的，适合打胜仗的要求。"1948年1月30日，毛泽东在其撰写的《军队内部的民主运动》一文中又提道："此项军事民主，在陕北蟠龙战役和晋察冀石家庄战役中，都实行了，收到了极大效果。"

西北野战军在蟠龙战役中俘虏的国民党军第一六七旅官兵一部

撤离延安后一个半月内，

西北野战兵团在敌强我弱、力量对比悬殊之下，接连取得了青化砭、羊马河、蟠龙三战三捷，歼敌1.4万余人，稳住了陕北战局，极大地鼓舞了我西北军民的胜利信心。野战军指战员对彭德怀的指挥艺术高度信赖，说：这是老鹰抓小鸡，一次一个旅、两个旅，一个个地把敌人收拾干净。就连敌人也不能不承认彭德怀指挥之高明。刘戡曾对其一六五旅旅长李日基说："彭德怀有实战经验，指挥相当谨慎，又非常灵活。"

1947年5月14日黄昏，在安塞县真武洞举行了5万余军民参加的祝捷大会。从真武渠到山坡上，坐满了充满胜利喜悦的西北野战兵团指战员、民兵和四乡农民。周恩来、陆定一从百里外翻山越岭赶来参加。会上，周恩来代表中共中央祝贺西北军民的巨大胜利，并宣布了一个使人们更加激动的消息：党中央和毛泽东同志自从撤出延安后，一直留在陕北与边区军民共同奋斗！他号召边区军民下定决心，全部消灭胡宗南军队，收复延安，解放大西北。并同全国军民一道，将卖国的蒋家军全部消灭。

彭德怀检阅了主力部队和游击队，并在大会上讲话说：我们有党中央、毛主席的直接领导，有兄弟解放区的配合；我们有广阔的良好的回旋地区，有边区人民的拥护和帮助，有忠实于人民解放事业的全体将士的艰苦努力。只要我们不犯错误，不骄傲，和人民团结一致，共同努力不懈，就能全部消灭蒋胡军，解放大西北。

1947年8月，西北野战军遵照中央军委指示，集中野战军八个旅主动出击，夺取榆林，但未能达到预期目的。不过，这次作战却实现了调动胡宗南主力北上，配合陈谢兵团南渡黄河的战略目的。

西北野战军撤围榆林后，为避免我各后方机关及医院遭受损失，遵照毛泽东的指示，贺龙、习仲勋率领中共西北局、边区政府和联防军机关于8月18日渡过黄河。这一行动，造成了国民党军的错觉。胡宗南认为西北野战军攻榆林不克，损失巨大，"仓皇逃窜"，势将东渡黄河，即令其主力迅速追击，"勿失此千载良机"。据此，他令整编第二十九军军长刘戡率五个旅向葭县（今陕西省榆林市

佳县）疾进；令钟松整三十六师向镇川堡方向前进，“协同整二十九军压迫彭匪主力于葭县附近黄河地障而歼灭之”。

敌人的行动，特别是敌整编第三十六师的迅速南下，使毛泽东、周恩来等率领的中共中央机关和西北野战军被挤压在葭县、米脂、榆林三县间南北三四十里、东西五六十里的狭小地区内，不仅西北野战军回旋余地小，而且中共中央领导机关的处境异常危险。为保障中共中央的安全，彭德怀一面派许光达率第三纵队到乌龙埔、曹庄一带接应；一面急电中央军委，请毛泽东率中央机关向野战军主力靠近。同时，他还派部队进行侦察，准备粉碎胡宗南的合围计划。

彭德怀判断，敌整编第三十六师主力必将经沙家店地区东进，遂决心在刘戡、钟松两部夹击之势尚未形成之前，利用整三十六师一字摆开、孤军冒进的有利时机，以伏击手段在沙家店地区歼灭该敌，粉碎胡宗南的企图，并报告了中央军委。军委复电彭德怀：“完全同意你对三十六师的作战计划。”这时，毛泽东、周恩来等率领中共中央机关已转移到距沙家店仅10公里处的葭县梁家岔。

梁家岔是个坐落在山顶东面坡地上的小村子，村上仅有20来户人家。毛泽东率众人一到，挤得村上处处是人，简直没有一处落脚的地方。几百人的队伍一律宿营在窑洞外面。大树下、土坎旁甚至牲口棚里，都成了人们落脚栖身的地方。

指挥作战的司令部设在借到的两间窑洞里。机要科的人员立刻在石板锅台上装了电话，同时跑出去架好了电话线。时间不长，西北野战军指挥部的电话就接通了。

毛泽东立刻命令：“要彭总，我要跟他直接通话！”

很快，电话铃响了：“喂，是呀——我是毛泽东！”

大家一听“毛泽东”三个字，都兴奋得简直要跳起来了！自从撤离延安、转战陕北途中的毛泽东一直化名“李得胜”，今天公开自称毛泽东，像是一记春雷，振奋得人心激动不已；同时也说明了形势的发展已经到了一个伟大的转折点，敌人彻底灭亡的日子已经不远了！

毛泽东大声说：“向全体指战员讲清楚，这是对整个战局有决定意义的一战，要坚决、彻底、干净、全部地消灭敌人，不让一个敌人跑掉！”

“要挖战壕！你们侧水侧敌，大意不得……要注意！初战必胜，胜了就争得主动……那不行！没有粮食就杀马吃肉，打完了仗再说！”

毛泽东在转战途中，身边离不开的“三件宝”是柳木棍、帆布躺椅、补丁棉袄；现在柳木棍用不着，补丁棉袄穿不着，只有帆布躺椅可以派上用场了。

一切准备就绪，一场大战就要开始了！

8月19日晚，钟松部第三十六师通过沙家店，并逐渐进入我伏击圈。

8月20日，毛泽东下达了战斗命令：“好！战役开始，狠狠地打！”

就这样，毛泽东撤离延安半年后的最大一场战役，也是扭转陕北战局、彻底打败胡宗南重点进攻的关键性的一场重要战役在毛泽东亲自坐镇和命令下，在彭德怀的具体实施和指挥下，打响了！

战役打响后，毛泽东一直坐守在梁家岔窑洞里的电话机旁，一边用电话同前线的彭德怀、张宗逊和习仲勋联系，一边与身边的周恩来、任弼时一起查看地图、关切地注视着战役的每一步进展情况和具体事态的发展变化……

战役在进行中，各解放区和战区的电报也不时发送到梁家岔，送到毛泽东的手中。

这时的毛泽东，或看电报，或与周恩来和任弼时交换意见，或回写电文；只要电话铃一响，又马上抛开一切去接电话，或听取沙家店前线战况的汇报，或发出明确指示，或下达各项命令……

毛泽东一连三天两夜，除了吸烟就是喝茶水，再就是吮一些白兰地酒，刺激一下脑部神经；白天这样，夜间也是如此。

周恩来和任弼时关心毛泽东，一直伴在毛泽东的身边，周恩来更是寸步不离，协助毛泽东指挥战斗。

战役进行到第三天。

天蒙蒙亮，天上下起了大雨。雨大得像是天河决了堤，如浇如注地从天上直

泼下来，梁家岔一带山前山后顷刻之间一片水汽。

沉沉的雨幕中，雷声隆隆、大地颤动……

这时的毛泽东，突然冒雨走出窑洞，静听片刻之后，回头大声对大家说：“你们都到山上去听炮声吧！炮声猛烈时，回来一个人向我报告！”

一些人冒雨跑向窑洞外的土山上，尽管个个淋得像从水里捞出来似的，但大家的心情格外激动——刚才听到的隆隆声响，不是雷声，是炮声！这炮声吸引得人们朝山上跑得更快了……

窑洞里，电话那头传来捷报：彭德怀指挥西北野战军，在两个半小时的时间里，全歼敌三十六师一个旅，活捉了顽敌旅长刘子奇！

小小的梁家岔，电报频频；小小的窑洞里，电键声声——从敌人的电报中得到消息，钟松已是惊恐万状，像只丧家犬似的急于跑路；刘戡北援受阻，一怕受斥责、二怕被消灭，便逗留在黄河边上打转转，再不敢向钟松靠拢半步。气急败坏的胡宗南一面点名大骂钟松“饭桶”“笨蛋”，命令他“不许突围”“固守待援”，一面指名道姓地痛骂刘戡，下令要将其“撤职查办”“军法从事”……

整整三天两夜，沙家店战役终于以我军的胜利宣告结束。我军以伤亡1839人的代价，毙伤俘敌6000余人，粉碎了国民党军对陕北的重点进攻，从根本上扭转了西北战局，使陕北的战略形势基本稳定，也为中共中央领导机关创造了一个安全的环境。

彭德怀说：“这是陕北战局的转折点，”“基本上改变了敌我形势。”中共中央也高度评价了沙家店战役的胜利，指出：“经此一战，局势即可改变，利于陈谢南进。”

临近傍晚，小小的梁家岔热闹非凡。

打了胜仗，人们自然高兴。人多地方小，大家就聚到村外不远处的山坡上，开起了庆祝会。

会上，唱歌的、跳舞的、拉二胡的、吹口琴的，凡是人们能想出又能办得到的娱乐方法，大家都用上了。

第二天，毛泽东、周恩来、任弼时与不多的几名警卫人员，骑上马，来到了西北野战军司令部的驻地东原村。

西北野战军司令员彭德怀、副司令员张宗逊、副政委习仲勋和西北野战军的其他首长一起，远远地迎出了村。一块田接一块田长着庄稼的原野上，立刻响起了热烈的喧笑声和西北野战军战士们的欢呼声。

指战员们都抢上前来争着同毛泽东握手："毛主席好！毛主席辛苦了！"

毛泽东先是在窑洞中间站着，后来被人们让到炕沿上坐了下来。他对大家说："同志们这一仗打得好！搅乱了蒋介石的一场春梦啊！""胡宗南是个没有本事的人，虽然阴险毒恶，可惜志大才疏；他那么多军队，拿我们没得一点办法！我们打了这么多次，就是没吃过败仗。"

习仲勋插话说："他也有本事呢！"

"噢，胡宗南的本事在哪里呀？"毛泽东笑着问道，"说说看吗！"

习仲勋说："他的本事就是一切按着毛主席的计划行动，还不敢走样子呢！"

一句话把大家都说笑了。毛泽东接着说："同志们，陕北战争已经'翻过了山坳坳'，最吃力最困难的时期已经过去了，一去不复返了。战争的主动权又掌握在了我们手里，掌握到了人民手中。"说到这儿，毛泽东张开左手扳着右手的手指头，笑着数着说道，"青化砭、羊马河、蟠龙、沙家店，这几仗打下来被我们吃掉他六七个旅，2万多人马！我们打垮了胡宗南自命的常胜将军，俘获了他的四大金刚中的三个，他的四座'金缸'被我们搬掉三座——何奇、刘子奇、李昆岗，现在只剩下一

沙家店战役遗址

口‘缸’，叫啥子……”

“叫李日基！”周恩来提醒说。

湖南话将“日”说成“二”，毛泽东幽默地说：“对了，叫李二吉——这次没捉到他，算他一吉；下次可能还捉他不到，再算一吉；第三次可就无吉可言、逃不脱！”

毛泽东富有表情的讲话，引得人们哄堂大笑，西北野战军的首长们带头拍响了热烈的掌声。

接下来，毛泽东又向大家详细分析了全国的形势和西北的战局，同西北野战军的将军们讨论了下一步转入外线作战的诸多问题……

面对胜利，毛泽东很是兴奋，挥笔以新华社记者的名义写了《新华社记者评西北之捷》的评论文章。

1947年10月末，中央前委离开神泉堡向南，转移去米脂县的杨家沟。

米脂县因在中国历史的三国时期出了个美女貂蝉而闻名四方。这里的经济文化比较发达，历史遗留下来的封建势力也不小。杨家沟更是米脂县境内远近闻名的封建堡垒，是个大村子，住有200多户居民，有钱有势的人家就占了70多户。

前委住进一座逃跑的地主大院子，院内正面一处窑洞的门窗上装着玻璃、罩着纱窗，宽大的门前还有个阳台，窗洞上方飞檐彩绘，颇有些城市建筑的风格。

毛泽东一边看一边幽默地说：“这房子三面临崖，崖深数十丈，只有一条通路。房子北面制高点上有围墙碉堡，土枪土炮是难攻进来的。看来这家地主不简单，不但会剥削人，还懂点军事常识哩！”

院内东面的六孔窑洞归毛泽东使用，西面的三孔窑洞归周恩来。任弼时住在不远的另一个院子里。

11月6日，在杨家沟，毛泽东向苏联拍发了一封电报——《致电斯大林元帅庆贺十月革命30周年》。

30年前的11月7日，是俄国苏维埃社会主义革命在列宁的领导下武装占领冬宫夺取政权取得胜利的日子，即俄历的10月25日，在俄国历史上又称“十月革

命”。

11月8日，《人民日报》发表了毛泽东的这封贺电：

庆祝全世界反对帝国主义斗争的先驱——苏联日益强盛，庆祝中、苏两大民族的伟大战斗友谊日益增进。

11月中旬，杨家沟的土地改革运动也开始了。凡是村里重要的土改会，毛泽东总要参加，为了庆祝贫苦的农民翻身分得了土地，毛泽东还亲笔书写了“劳动人民翻身纪念碑”九个大字，找人刻好了，高高地竖立在了山上。

自小河会议决定实行战略反攻以后，刘邓、陈粟、陈谢三路大军挺进中原，取得很大胜利，各野战军也先后转入反攻。到9月间，人民解放军已转入了全国规模的进攻，战争主要在国民党统治区进行。为总结18个月的解放战争的经验，解决与战争密切联系的土改、统一战线问题，根据战争胜利发展的新形势，制定夺取全国胜利的纲领和重要的方针政策问题，中共中央决定于12月在杨家沟召开中央会议。

12月，中央会议是在中国革命伟大转折关头召开的一次具有重大意义的会议。参加会议的除已在杨家沟的毛泽东、周恩来、任弼时和陆定一外，还有陕甘宁边区负责人彭德怀、林伯渠、习仲勋、张宗逊、马明方、张德生、王维舟，晋绥边区负责人贺龙、李井泉、甘泗淇、赵林，中央后委机关负责人李维汉、王明、谢觉哉、李涛等19人。中央工委和其他解放区负责人因交通不便没有参加。这是延安撤退后规模较大的一次会议。为了在会前做好准备工作，从12月7日至24日，开了18天的预备

杨家沟会议毛泽东旧居

中央政治局12月会议的与会者。后排右起：毛泽东、周恩来、秦邦宪（博古）、林伯渠、张国焘、彭德怀、康生；前排右起：刘少奇、陈云、王明、凯丰、项英（1937.12）

会议，主要是讨论毛泽东所写的《目前形势和我们的任务》报告稿。毛泽东、周恩来、任弼时都和大家一起座谈研究。

12月25日至28日正式开会。毛泽东在25日就他的报告作了说明，他主要讲了敌我形势、统一战线、美苏关系三个问题，接着大家进行了热烈的讨论。

12月26日，周恩来在会上作了军事形势的报告。他对战争第二年各条战线的发展、解放区的情况、蒋管区群众运动状况，以及敌我双方力量的变化，都作了详细的阐述和分析。

这一天，也是毛泽东54岁的生日。

来自根据地的许多中央委员和各部队的首长，都想借机会给毛泽东祝祝寿，建议大会统一改善一下伙食，大家一起吃顿寿面。

毛泽东知道后反对说："我不同意这样搞呢！理由有三：战争期间，许多同志流血牺牲，我们应该纪念他们；现在群众缺吃少穿，我们不能多吃粮食；我今年才54岁，往后的日子还长哩！"

大家认为毛泽东说得对，此议只得作罢。

在28日会议结束的那天，毛泽东作结论时说：这次会议是一次令人高兴的会议，与洛川会议相似，都是在时局发展中召开的。20年来未解决的革命力量在斗争中的优势问题，今天解决了。局面的开展，胜利可期。虽然我们工作中还有严重的缺点，困难还很多，但都是可以解决的。这次会议所制定的政治、经济纲领，比《新民主主义论》和《论联合政府》中提出的纲领有进一步的发展。

会议最后通过了毛泽东的《目前形势和我们的任务》。会议认为这个报告是“在整个打倒蒋介石反动统治集团，建立新民主主义中国时期内，在政治、军事、经济各方面带纲领性的文件”。《目前形势和我们的任务》交新华社公开发表后，在党内外和国内外都产生了很大影响。国民党统治区的地下党组织收到后，大大提高了对形势的认识和胜利信心，他们通过各种方法向工人、学生、各界爱国人士进行宣传后，团结了更多的群众，扩大了爱国民主统一战线，使反内战、反饥饿的群众斗争更加发展。

陈毅从华东赶到杨家沟时，会议已结束一周。他看了会议文件，了解了会议情况。毛泽东、周恩来和他详谈了向江南作战略跃进的问题。陈毅于1948年2月4日返华东。

从1948年1月至3月21日中央离开杨家沟这个时期，中央集中力量解决新形势下关于土改、整党、工商业、统一战线、新区工作等方面的具体政策和策略问题，特别注意纠正当时党内主要的“左”的错误倾向，使各种工作循着正确方向胜利前进。毛泽东根据12月会议精神为中央起草了一系列有关党的方针政策和策略的重要指示。1月18日，起草了《关于目前党的政策中的几个重要问题》的指示，2月3日，起草了《在不同地区实施土地法的不同策略》的指示。2月11日，起草了《纠正土地改革宣传中的“左”倾错误》的指示。2月15日，起草了《新解放区土地改革要点》的指示。2月27日，起草了《关于工商业政策》的指示。3月1日，起草了《关于民族资产阶级和开明绅士问题》的指示。

以上这些指示，对于巩固和发展解放区和保障解放战争的胜利，都起了十分

重要的作用。

党中央在12月会议期间，同时也指挥解放军在各个战场进行胜利的反攻。

1948年1月11日，周恩来在西北高干扩大会上作了关于全国战争形势的报告。他详细叙述了一年来解放战争取得的伟大胜利。他说："我们中央已经决定一直打下去，不要再走弯路，一直走到胜利。""我们可以这样看：三五年消灭蒋介石，全国胜利。我们要有这个信心。"他特别强调政策的重要性，他说：我们的军队打到外线后要注意政策，"掌握政策的基本方针是要争取多数，反对少数，集中力量打击消灭当前主要敌人，而不应多树立敌人"。

2月23日，毛泽东接到彭德怀从前线发来的电报，报告说展开宜川战役的一切准备工作业已就绪，请示毛泽东下达歼灭刘戡所统二十九军的作战命令。毛泽东同周恩来、任弼时协商后，随即给彭德怀回拍了"明日发起攻击"的命令。

2月24日，西北野战军围歼刘戡所统率的二十九军的宜川战役，打响了。

2月25日，毛泽东在杨家沟得到消息，陕甘宁边区政府副主席李鼎铭先生不幸去世，不胜感怀与悲怆，遂亲笔写了挽词，悼念这位延安时期曾建议毛泽东"精兵简政"的开明绅士：

李鼎铭先生与其他许多和李先生一样的开明士绅，在中国人民民族民主斗争的困难时期，在日本帝国主义者进攻中国时期，在美帝国主义者援助蒋介石匪帮举行反革命内战时期，抱着正义感毅然和中国共产党合作。一切反对帝国主义侵略反对蒋介石独裁，赞助人民革命战争，同情消灭封建制度实现土地改革的真正爱国的民主的开明士绅，无论过去与现在都是中国民族革命统一战线的一分子，对于李鼎铭先生的逝世表示我们的悼念之意。

3月1日上午，彭德怀从宜川前线来电称，由于完全按照毛泽东和周恩来、任弼时的周密部署作战，战役进展情况顺利，并请毛泽东和周恩来、任弼时放心："三日内缴刘戡脑壳上报！"

接电报后，毛泽东风趣地说："在朱官寨我就对彭老总讲过了，我要的是刘戡的七个旅，不要他的脑壳！"

周恩来笑道："刘戡丢了他的七个旅，就是我们不要他的脑壳，蒋介石和胡宗南也不会放过他的！"

毛泽东听罢哈哈大笑："看起来，刘戡这颗脑壳，还是让彭老总收下为好喽！"

3月3日，彭德怀发来电报，西北野战军一举攻克宜川，全歼国民党整编第二十九军3万余人，敌军长刘戡被当场击毙——宜川大捷，从而实现了彭德怀在朱官寨时和两天前向毛泽东许下的诺言"缴刘戡的脑壳上报"！

3月4日，周恩来向中央机关宣布："同志们，我们的党中央和毛主席准备过黄河到华北去了！"同志们欢呼雀跃。这说明解放战争已经到了一个转折点。

3月5日，《人民日报》发表了毛泽东在2月25日为李鼎铭先生追悼大会上写的挽词。

3月8日，周恩来和任弼时指示中央直属机关负责人廖志高、汪东兴、叶子龙、邓洁等召开机关行政会议，研究中央机关由陕北转到华北的准备工作。随后，审查批准了他们的方案，并指示他们注意检查群众纪律。由于战争影响，陕北群众粮食困难，除通知晋绥支援外，周恩来和任弼时决定，将中央机关未用完的小米和黑豆几十担，留给当地政府救济粮食困难的群众。

为了便于指挥伟大的战略决战和准备夺取全国胜利的各种工作，中央决定离开杨家沟东渡黄河，经晋绥边区转至华北平山县西柏坡同中央工委合并。3月20日，即离开杨家沟的前一天，毛泽东为中央写了在陕北的最后的一个文件：《关于情况的通报》。通报指出，我军经过12个月的作战，兵力也大大地增强了。总计我军现有10个兵团，正规兵力已达132万余人。尚有非正规军、地方部队、后方军事机关、学校等116万余人。全军总计为249万余人，比1946年7月以前，兵力和战斗力都大大加强了。国民党军队不仅战斗力大大降低，数量也减少了。1946年7月以前，其正规部队、非正规部队连特种部队、海空军等总共435.5万人。而在1948年2月，总共365万人，即是说，减少了65.5万人。通知指出："估计再打一个整年，即至明年春季的时候，敌我两军在数量上可能达到大体上

平衡的程度。”“五年左右（1946年7月算起）消灭国民党全军的可能性是存在的。”目前南北两线敌军除在大别山和淮河以北地区尚有机动部队，还有主动权外，“其余一切战场的敌军，全是被动挨打。”

这个通报发到各野战军和各解放区后，大大提高了军民的胜利信心。这个通报中所列举的敌我两军的统计数字，是非常精确的，这是周恩来直接领导的几个参谋长期积累、精细统计出来，又经过周恩来亲自核算过的。

3月21日，毛泽东、周恩来、任弼时率领中央机关告别住了四个月的杨家沟，经过两天路程于23日来到吴堡县川口渡口，东渡黄河。毛泽东上了第一条船，周恩来、任弼时上了第二条船。毛泽东挥动双手，向河滩上、山坡上欢送的人群致意。

毛泽东站立船上，显得特别激动、高兴。忽然，他对支队参谋长叶子龙说：“脚踏黄河，背靠陕北，怎么样，给我照一张相吧！”叶子龙立即拍下了这具有历史意义的镜头。毛泽东笑道：“好啊……把陕北的高原和人民，把黄河水照下来了，这是很有意义的纪念。”

船行至中流，巨浪夹杂着冰块咆哮着，小木船忽而跃上浪尖，忽而跌入波谷，船工们奋力划动双桨，挥动杉篙，小木船压浪疾进。忽然，毛泽东的老青马被挤进了河里，但它却跟着船游上了岸。毛泽东高兴极了。

木船终于划离了河心，毛泽东长长地呼了一口气，摇摇头对大家说：“你们可以藐视一切，但是不能藐视黄河！藐视黄河，就是藐视我们这个民族……”

1948年3月，毛泽东在东渡黄河的船上

船上的人也纷纷松了一口气，随着木船的行移，绕过一片河滩，大家才算是彻底放了心。

船近东岸，船上的人纷纷向岸上的人群张望，毛泽东却再一次回望黄河，长叹一声："唉！遗憾！"

从1947年3月18日撤离延安，到1948年3月23日东渡黄河，中共中央转战陕北共一年零五天。在这一年中，中国人民解放军在党中央、中央军委正确领导下，粉碎了蒋介石几百万兵力的全面进攻和重点进攻，转入了全面反攻，使战争形势发生了根本性的变化。

在黄河东岸，河边的沙滩上站满了前来迎接的人们。

毛泽东和周恩来、任弼时等中央领导同志与前来迎接的地方领导同志热情握手、互相问候，大家说着话，一起离开了黄河岸边。队伍顺着湫水河的河沟向东北方向走了20多里路，傍晚来到了寨则山村。

3月24日，队伍继续出发。临近傍晚时来到了三角镇的双塔村。

25日上午，毛泽东拿上他那根转战陕北时一直拄在手上的柳木棍，走出窑洞，开始在院中散步。

忽然，毛泽东向站在院口的警卫人员问道："给我喂马的老侯住在什么地方？"

警卫员立正了回答："他就住在南边，不远。"

毛泽东说的老侯，叫侯登科，河南人，年龄比毛泽东还大些，背已经有些驼了，平常总把绑腿打得紧紧的，腰间的皮带上别着个盛烟的荷包，饱经风霜的脸上布满了战争岁月留下的印痕。

他在二万五千里长征途中就一直跟随着毛泽东，为毛泽东喂马，对毛泽东有着深厚的感情。到了延安，他个人负责喂养毛泽东的三匹牲口，把牲口调养得膘肥体壮，每匹牲口从来没有出过什么毛病。老侯年纪大些，可在转战陕北途中，无论多么劳累，也无论情况多么危急，他从来没有掉过队。他常对人讲："为了革命，为了毛主席的身体和安全，喂马是我心甘情愿的哩！""我不能拿枪上前

线，又不会拿起笔来写东西，我就会铡草煮料喂牲口。毛主席骑着我喂的牲口指挥部队打胜仗，我越干越有劲头。”

毛泽东来到侯登科住的地方，见老侯正在向灶里拨火给牲口煮料。

毛泽东大步走上前去握住他的手，亲切地说：“老侯，谢谢你啦！咱们在陕北一起转战，全靠你喂马；二万五千里长征时，也靠你喂马。今天我们要坐汽车了，你不能和我们一起去，你要随机关一起行军。你年纪大了，走路不方便，就骑上这匹老马走吧；机关可能老弱病号多，你也是老人，又有病，你就骑上这匹老青马吧！你同你的领导讲，就说这是我的建议。”

侯登科用他那布满青筋的手紧紧地握着毛泽东的手，双眼淌着泪，颤抖着说：“主席，你放心吧！我能走，主席头里走，我牵着马随后就来，翻大山的时候，兴许还用得上这匹马……”

侯登科抽手用袖子擦了擦眼角，又说：“我有困难了，走不动了，一定会按主席说的去办……”

“这就好，这就好！”毛泽东说罢，向老侯告了别，“那我们就先走了，到晋察冀军区去等你，你要多多保重啊！”

侯登科见毛泽东要走了，恋恋不舍地一直送毛泽东来到汽车旁，两眼含泪凝视着毛泽东上了汽车。车开了，侯登科一路小跑地奔到村口向汽车挥手，看着随车扬起的一路灰尘，再也禁不住老泪纵横了……

毛泽东带领人们乘车离开双塔村后，一路北上，当天傍晚到了山西兴县的蔡家庄，这里是晋绥军区的所在地。西北军区司令员贺龙和政委李井泉，已经带人等候在村口了。

3月26日，毛泽东在蔡家庄听取了贺龙和李井泉的工作汇报后，十分风趣地说：“你们不是说我瘦了吗？那好，我要在你们这里叨扰几天，好好吃几顿再走！”

在接下来的几天时间里，毛泽东在村上多次召见地方政府的领导人进行谈话，并到村上去找老乡们座谈，对晋绥解放区的土改和整党工作进行多方面的调查，听取了中共晋绥分局领导同志的汇报，并召开了有区、县干部，土改工作团

干部和贫农团代表参加的座谈会。毛泽东还委托任弼时对蔡家庄的土改工作进行详细调查。

4月1日，毛泽东在中共晋绥分局干部会议上发表了讲话，肯定了党的领导对土改工作中错误倾向的批判，第一次最完整地提出了新民主主义革命的总路线和总政策，同时阐述了土改的总路线和总政策。

4月2日，毛泽东又同《晋绥日报》的编辑人员进行了谈话，勉励他们努力办好党报，并向他们阐述了无产阶级新闻工作的路线和方针。

4月3日，毛泽东和周恩来、任弼时带领中央机关的先头人员乘车离开了蔡家庄，一路东进，出兴县而达岢岚、走五寨而抵神池，四天行程数百公里，于4月6日傍晚来到了长城脚下的雁门关。

4月7日，毛泽东率车队进驻代县县城。第二天，毛泽东驱车率队继续向东行进，出代县过繁峙，经坝墙子转向南下，傍晚来到杨林街村。

这里已是五台山地区。毛泽东不顾连日乘车行军的颠簸和疲劳，又兴趣不减地叫上周恩来，一起冒着漫天的风雪连夜上了五台山。

毛泽东与中央前委机关夜宿五台山显通寺

五台山是山西境内历史上有名的佛教圣地，方圆数百里，由五座山峰环抱而成。五峰高耸，峰顶平坦宽阔，如垒土之台，故称五台。五峰之外称台外，五峰之内称台内，台内又以台怀镇为中心。五台之间遥相呼应，各有其名：东台称望海峰，西台称挂月峰，南台称锦绣峰，北台称叶斗峰，中台称翠岩峰。

周恩来介绍说：“五台山台内寺庙有39座，台外8座，第一座寺庙是台内的

‘显通寺’，规模很大，也最古老。相传始建于东汉年间，当初叫‘大孚灵鹫寺’，唐朝的武则天给改了名字叫‘大华严寺’，明太祖朱元璋又赐名为‘大显通寺’。听说寺中有三间铜殿和两座铜塔，还有一个重万斤的大铜钟呢！”

毛泽东幽默地说：“今日我们不当和尚，也要去撞撞他的钟哩！”

由于天黑雪大，毛泽东和周恩来上了一层台阶又一层台阶，进了一重庙门又一重庙门；在一位老和尚和几位年纪稍长一些的和尚陪伴下，二人借着大殿里燃起的烛光参观了无量殿里的无量寿佛，听老和尚介绍了寺里的明版藏经、华严经字塔和各种供器。最后毛泽东饶有兴致地来到三间大铜殿前，观看了精巧的铸造和铜柱额面上的花纹、窗格上铜雕的棂花。

由于有五台县县长等人的陪同，庙里的老和尚对毛泽东一行人很恭敬。

老和尚启开楼门，对毛泽东和周恩来说：“施主请进，这里就是声及全山的铜钟了。”

进到楼内，果然见到一口比人还高的大铜钟悬挂在那里，周恩来请毛泽东用悬在铜钟旁的击木撞一撞铜钟，毛泽东先是看一看老和尚，老和尚随即合掌施礼说：“施主远道而来，撞击铜钟，必能声震寰宇，为寺庙增辉。”

毛泽东这才抬手对周恩来说：“我们俩人一起来么！”

“好的！”周恩来上前，和毛泽东一起动手推动击木用力撞响了铜钟。浑厚洪亮的声音传出寺外，像是要把漫天的风雪惊散似的，传响了整个五台山……

1948年4月9日，毛泽东乘汽车离开台怀，晚上到达河北省境内的龙泉关。

4月10日，毛泽东到达了河北省阜平县的西下关村。

下午，毛泽东驱车到了阜平县的城南庄。这里是晋察冀军区司令部，军区司令员聂荣臻挑选了军区院内最靠南两间好房子给毛泽东居住和办公。

5月1日，蒋介石在“行宪国大”上宣誓就任总统；而毛泽东在城南庄发布《五一劳动口号》，号召“打到南京去，活捉蒋介石！”蒋介石气得发抖，授意特务机关把魔爪悄悄伸向毛泽东。

5月中旬的一天，东方刚呈现鱼肚白，工作了一夜的毛泽东写完最后一份文

件——关于召开全国政协会议的通知，服下两片安眠药，很快睡沉了。

到吃早饭的时候，聂司令员发现敌人的侦察机来了，便放下饭碗，直奔毛泽东的房间。司令员和李银桥、阎长林等意料到敌机马上就要来轰炸，决定立即喊醒主席："主席，敌人飞机要来轰炸了，请你赶快到防空洞去！"毛泽东轻松幽默地说："不要紧，没有什么了不起！无非是投下一点钢铁，正好打几把锄头开荒。"这时，军区司令部一位同志跑来报告："两架B-25型轰炸机已经飞到城南庄上空。"话音刚落，轰炸机便在头顶上轰鸣。聂荣臻司令员让毛泽东转移。李银桥、阎长林把毛泽东刚拉出门，三颗摆成一束的炸弹落在毛泽东房前，但幸好是"臭弹"没爆炸（这是兵工厂工人反对国民党打内战而造的臭弹）。趁机，他们强拉着毛泽东向距这里100多米的防空洞猛跑。刚跑离住房不太远，敌机丢下的炸弹连续在毛泽东住的小院里爆炸，浓烟滚滚，火药味四散。毛泽东的住房被炸了，房子的玻璃、两个暖水瓶和一些生鸡蛋全炸碎了。见到这些，聂荣臻和李银桥等都出了一身冷汗，越想越后怕：要是稍微迟疑几分钟离开这房子，后果简直难以想象。

显然，敌机是按既定目标轰炸的，聂荣臻命令政治部立案调查。后来，通过保定敌档破获：军区后勤部所属大车烟厂副经理孟宪德、司令部小伙房司务长刘从文被国民党军统保定站阜平小组吸收为特务，是他们密报毛泽东住址而遭此轰炸的。经聂荣臻和薄一波政委审核、批准，将二犯处决了。

1948年5月3日，听到城南庄被敌机轰炸的消息，周恩来、朱德、任弼时都及时赶过来看望毛泽东，刘少奇也从平山县驱车赶来城南庄看望毛泽东。

聂荣臻为了安全起见，重新安排毛泽东的住处，让毛泽东迁到了城南庄北边的花山村居住。这里山清水秀，环境优美，十分幽静。

5月26日，毛泽东离开了花山村，乘车向党中央和解放军总部的所在地西柏坡行进。

十四 『天翻地覆慨而慷』

毛泽东和党中央在西柏坡指挥了人民解放军的战略决战和渡江战役，为最后推翻蒋家王朝，建立新中国打下了坚实基础。

“最后一个农村指挥所”

西柏坡中共中央旧址

西柏坡，这个光耀中国革命史册的名字，原本是河北省平山县一个只有百十来户的普通山村。1947年5月，中共中央工委选定这个地方，1948年5月，毛泽东率领中共中央、中国人民解放军总部移驻这里，使这个普通的山村成为“解放全中国的最后一个农村指挥所”，成为中国共产党领导全国人民和人民解放军与国民党进行战略大决战，创建新中国的指挥中心。从此，西柏坡以其独特的贡献，彪炳于中国革命史册，树起一座不朽的历史丰碑。

“新中国从这里走来”，这是作家闫涛在其创作西柏坡纪实文学《东行漫记》时概括出的一句名言，并作为这部纪实文学的副题。

据史书记载，西柏坡原名“柏卜”，始建于唐代，因村后坡岭上翠柏苍郁而得名。1935年，该村一位教书先生将“卜”改为“坡”，又因与“东柏卜”村相对而居，遂改名为“西柏坡村”。

西柏坡位于滹沱河北岸、平山县中部，正处于华北平原和太行山交会处。一片向阳的马蹄状山坳里，百十来户人家的小山村三面环山，一面临水，西去径入太行山腹地，东下沿河大道直达大平原。交通方便，易守难攻。不远处即是汉

代名将韩信以7000兵打败20万敌军的“背水一战”之古战场，战略位置十分重要。在绵延千里的太行山中，平山历来是兵家必争之地。该县县志中记载：平山，北岳控其东，太行揖其西，北依林峰，南对光禄；右襟冶水，左带滹沱；万山嵯峨，百川浩浩；钟灵毓秀，物华天宝。独特的地理位置，造就了它成为全国著名的革命根据地的先决条件。

平山县群众基础好。大革命时期就建立了共产党的组织，到1946年，全县党支部为608个，共产党员由1931年的60人发展到19535人。自抗日战争以来，平山县为晋察冀和晋冀鲁豫两大根据地所环抱。是晋察冀边区第二、第四军分区领导机关所在地，中共中央北方分局、晋察冀边区政府、晋察冀军区等首脑机关也曾在这里居住长达三年半。抗战时期平山是抗日模范县，早有“北方兴国”之誉。抗战初期，由1500多名平山子弟组成的“平山团”，曾荣获“太行山上铁的子弟兵”之殊荣，被调到陕北担任延安的卫戍任务，参加了南泥湾垦荒并数次受到毛泽东的接见。

优越的地理位置，发达的经济，坚实的群众基础，相距适中的村落分布，遂使西柏坡成为中央工委驻地的最佳选择。西柏坡一带村庄很多，为什么偏偏选中西柏坡作为中央工委的驻地呢?

1947年5月3日，刘澜涛陪同刘少奇、朱德到达平山县封城村，与正在指挥正太战役的聂荣臻、萧克、罗瑞卿等会面。当谈到工委的驻地时，晋察冀的领导请求中央工委留在本区，刘少奇、朱德考虑后，经在陕北的毛泽东等同意，中央工委留在了晋察冀。

中央工委决定留驻晋察冀，而具体在哪里安营扎寨，当年参与工委驻地选址的安子文追述：“当时有两种意见，一是到阜平，与晋察冀领导机关挨上，联系比较方便。阜平是个老区，群众基础好，但村庄小，居住分散，经济条件差，俗称：阜平不富。另一种是平山县的东西黄泥、柏坡一带，村子多，村庄大，距离近，八年抗战时被誉为‘乌克兰’，又是老区，日寇盘踞过，群众基础好，不利的是日寇烧的房子未修复。”经过讨论确定在平山县的柏坡、洪子店一带选址。

中央工委决定在平山选址后，安子文奉命带人到洪子店、东西黄泥、南北庄、柏坡、夹峪及郭苏一带勘察，发现西柏坡比较适中。朱德还派他的秘书潘开文、卫士长齐明臣和聂荣臻的一位对这一带非常熟悉的副处长实地选择。1997年10月18日，潘开文回忆：“于是，我们一行带上地图沿滹沱河骑马向上，边走边看，一直走到洪子店、东西黄泥，然后又折回来到东西柏坡、夹峪、柏里、郭苏等，并将勘察情况绘成草图交首长决策。我们认为西柏坡比较合适，尽管许多房子被日本鬼子烧了。但根基很好，全是石头的，也很多，比较容易修复。”中央工委确定以西柏坡为驻地后，各机关先后驻在附近的北庄、南庄等村，并积极进行腾房、建房。建房工作主要由中央党校的同学承担，所需材料由晋察冀局的黄敬负责解决。经过一个月的紧张施工，7月初中央工委正式搬到西柏坡。为了适应战争的需要，中央工委当时对外称“工校”或“劳大”，刘少奇任校长，朱德为董事，分别称胡校长（胡服，刘少奇化名），朱校董。

中央工委进驻西柏坡之后，帮助晋察冀野战军打了四次规模较大的胜仗，歼敌6.2万余人。其中解放石家庄战役尤为著名。1947年10月31日，朱德参加了晋察冀野战军区司令部召开的旅以上干部会议，与杨得志、罗瑞卿、杨成武等共同拟定了攻打石家庄的战略部署。11月1日，又致电聂荣臻、肖克，要求晋察冀军区必须充分准备好人员的补充。8月6日至12日，在朱德的周密布置下，晋察冀野战军歼敌2.4万余人，胜利解放了石家庄。在总结作战经验教训时，朱德欣然写下了《七律·攻克石门》：“石门封锁太行山，勇士掀开指顾间。尽灭全师收重镇，不叫胡马返秦关。攻坚战术开新面，久困人民动笑颜。我党英雄真辈出，从兹不虑鬓毛斑。”

毛泽东来到西柏坡时，正是解放区土改后第一个麦收时节，似乎他给这块土地带来了福分，又似乎是这块土地知道他要来，滹沱河两岸小麦金浪滚滚，是西柏坡村少有的好年景。芒种过后，家家户户庆丰收，中央大院的人们也非常高兴。为了祝贺毛泽东、朱德、刘少奇、周恩来、任弼时五位书记经一年多转战，在西柏坡会合，准备召开一次联欢会，地址就选在大院中央的打谷场上。人们见

毛泽东满面笑容来到门前，大伙一下围拢过来，高兴极了。一位勇敢的姑娘走近毛泽东说：“主席，我们在河东一年没见过您了。听说您在陕北有几次情况非常危险，真急死人了。”毛泽东操着浓重的湖南口音笑着说：“你们为我们担心，我们也为你们担心哩！现在我们又见面了，你们没想到这么快吧？我也没想到这样快呀！”打谷场上一片笑声。朱总司令大声说：“今晚的联欢会，莫要变成座谈会呀！大家都来跳舞吧。”这一号召，大家都跳起来了。人们一起联欢，感到格外亲切。跳过一场舞，时任副主席的周恩来对大家说：“我提议，把延安晚会的那个热闹劲带到西柏坡来。”大家齐声说：“好！”于是打谷场院上又出现了扭秧歌、大合唱和小歌剧等节目。

成立于一年多前枣林沟会议上的中央前委、中央工委、中央后委，随着中共中央的会合，业已胜利完成了各自的历史使命，即自行撤销。

西柏坡，从此成了中共中央新的所在地，成了指导中国革命走向全国胜利的中枢神经。

毛泽东驻足而赞：西柏坡“是个理想的总指挥部”。周恩来称这里是“毛主席、党中央进入北平，解放全中国的最后一个农村指挥所”。党中央和毛泽东等领导人在这世界上最小的指挥部里指挥了世界上最波澜壮阔的人民战争。

西柏坡中共中央五位书记像

党中央在西柏坡仅仅住了10个月的时间，但在中国革命史上却留下了辉煌灿烂的篇章，迎来了如旭日东升的新中国。简单说，那就是：中共中央与人民解放军的五位总指挥，毛泽东、刘少奇、朱德、周恩来、任弼时，是在西柏坡这里指挥各个战场，打败了国民党800万军队，推翻了蒋家王朝，这才

“走来”了新中国。如果没有在西柏坡的“伟大转折”，没有在西柏坡获取的天翻地覆的伟大胜利，新中国便不能“走来”。所以有人说，“新中国是从西柏坡打出来的”，说得不错，形象而生动。战争虽然没有在西柏坡，但中共中央在这里，解放军总部在这里，所有的重要战役，也就是整个的解放战争的大部分重要战役，是由这里发出的命令，是由这里指挥的。在这里决定了中国的命运，在这里决定了建立新中国。

当年在淮海战役中被俘的原国民党十二兵团司令黄维，在他被特赦后做的第一件事，就是到西柏坡看一看，他想知道，毛泽东怎样在短短四个月，就指挥人民解放军打败了国民党800万军队。迈进军委作战室的门，黄维站住了。借着幽暗的光线，他打量着屋子里简陋的一切，一动不动，站了许久。

对于失败的原因，黄维也许已想过不少，可面对这四间小小土屋，不由让他感到震惊。几间寒冷的民房，与豪华的总统府相比，是相差太远了。黄维深深低下了他那高傲不屈的头颅，由衷地发出了一声叹息：共产党伟大，国民党当败，国民党当败啊！

西柏坡，这个绿水环绕，翠柏掩映的普通北方小山村，由于党中央、中国人民解放军总部和毛泽东主席的进驻这一千载难逢的机遇而驰名中外，并深深影响了中国20世纪的历史进程。西柏坡也因此像井冈山、瑞金、延安一样成了中国革命的圣地。

全国土地会议召开

1947年7月，中央工委在西柏坡召开了全国土地会议，将解放区的土改推向了新高潮。

土地制度的改革，是民主革命的中心内容，也是保证革命战争胜利的最基本的条件。早在1946年5月4日，中共中央就曾发出《关于土地问题的指示》，即著名的《五四指示》，将党在抗战时期实行的削弱封建势力的政策，改变为消灭封建势力，实现“耕者有其田”的政策。各解放区根据《五四指示》，迅速开展了土地改革运动，取得了很大的成绩。但是，限于当时的历史条件，为了争取更多的人参加反对国民党的自卫战争。《五四指示》中没有明确宣布废除封建土地制度，农民的土地要求没有得到满足，影响了群众的反封建斗争和支援革命战争的积极性。

随着人民解放军转入战略进攻，解放区不断扩大，支援前线的负担不断增加，在这种形势下，只有实行彻底的土地改革运动，满足广大农民对土地的迫切要求，才能充分调动农民的革命和生产积极性，支援全国规模的解放战争，取得最后的胜利。

为了总结前一段工作的经验，统一制定更加适合形势需要的土地改革政策，中共中央早在1947年1月就曾做出决定，准备当年5月在延安召开土地会议，并为此发出了通知，要求各地认真做好准备。后来，由于延安失陷，情况发生了变化，土地会议改由中央工委在西柏坡召开。

会议的一切重大问题，都是由中央工委请示当时在陕北的党中央，而后确定下来的。据统计，在中央工委与中共中央之间有关会议重大问题的请示与复电，有八

次之多。全国土地会议讨论和决定的重要事项以及会议的开法，都反映了党中央的指导思想，因此，把全国土地会议视为党中央领导召开的土地会议，是不为过的。

1947年7月17日，党的全国土地会议在河北平山西柏坡村召开。会议由中央工委书记刘少奇主持，出席这次会议的有晋察冀、冀晋、察哈尔、太行、太岳、晋冀鲁豫、冀鲁豫、冀南、冀热辽、晋绥、山东、陕甘宁、东北等13个解放区的代表110余人。会址设在西柏坡村恶石沟的西岸一块较平的空地上，主席台上搭着布棚，代表们坐在木板上或石头上听刘少奇作报告。会议分两个阶段进行。第一阶段用了一个月的时间，由各地代表汇报情况，提出问题，并展开讨论。在这个基础上，把问题集中后，再转入第二阶段，讨论决定会议的主要议题。会议根据各地汇报的情况，经过讨论分析，认为各地贯彻《五四指示》以来，土地改革运动虽然取得了很大成绩，但大部分地区存在土改不彻底的问题。究其原因，一是指导土改的政策本身不彻底；二是存在党内不纯的问题；三是领导上存在官僚主义。会议决定：实行普遍彻底平分土地的方针，着重反对干部中存在的右倾思想，结合土改整编党的队伍。9月13日，会议通过了《中国土地法大纲》。10月10日，中共中央作出决议，正式公布这个大纲。

《中国土地法大纲》，全文共16条。它的主要内容是：

第一，规定“废除封建及半封建剥削的土地制度，实行‘耕者有其田’的土

向农民宣传《中国土地法大纲》

翻身农民热烈拥护《中国土地法大纲》

地制度。”明确指出废除一切地主的土地所有权，废除一切祠堂、庙宇、寺院、学校、机关及团体的土地所有权；接收地主的牲畜、农具、房屋、粮食及其他财产，征收富农多余的上述财产。对于富农，只废除其封建式剥削部分，即出租的土地。对于富农经营的土地仍承认其所有权，这就将地主和富农进行了区分。它不仅纠正了《五四指示》对地主照顾过多的不彻底性，而且公开举起了废除封建地主所有制的革命旗帜，具有重要的历史意义。

第二，规定“乡村中一切地主的土地及公地由乡村农会接收，连同乡村中其他一切土地，按乡村全部人民不分男女老幼，统一平均分配，在土地数量上抽多补少，在质量上抽肥补瘦，使乡村人民获得同等的土地，并归个人所有。”这个规定在总体上有利于满足广大农民，首先是贫雇农的土地要求，也可以避免重复历史上“地主不分田富农分坏田”的错误。而且办法简单，便于实行，易为文化水平低下的农民所接受。

第三，规定“分配给人民的土地，由政府发给土地所有证，并承认其自由经营、买卖及在特定条件下的出租的权利。”“保护工商业界的财产及其合法的营业，不受侵犯。”这些规定是完全正确的。

《中国土地法大纲》不仅继承以往土地法的经验，而且又有自己的特点。

首先，它明确规定了适合中国国情的地权政策。在新民主主义革命时期，关于地权问题是一切土地法的关键。1931年2月27日，毛泽东在给江西省苏维埃的信中明确提出：“这田由他私有，别人不得侵犯。”“租借买卖由他自主。”这样农民不仅有土地使用权，而且有所有权。《中国土地法大纲》明确肯定了这一政策。这就使这部土地法具有鲜明的民主革命特征。其次，大纲纠正了过去土地法中“左”的错误。明确规定地主及其家庭，分给与农民同样的土地及财产，家居乡村的国民党军队官兵，国民党政府官员、国民党党员及敌方其他人员，甚至汉奸卖国贼及内战罪犯，其家庭在乡村，未参与犯罪行为，也与农民同样对待。这些规定对于孤立蒋介石一小撮反动势力，彻底消灭封建剥削制度，稳定社会秩序是有益的。最后，土地法大纲内容简洁，原则明确。刘少奇提出“决议不能

长，类似《五四指示》，原则上明确，具体办法不肯定，给各地机动。”中共中央同意并肯定了这一原则。各个根据地根据不同的历史条件、土地状况等实际情况在《中国土地法大纲》公布后，大都制定了补充办法。

《中国土地法大纲》的实施成为共产党战胜蒋介石的基本条件，在近代中国，农村土地问题之严重，为社会各界所共识。许多政治家、革命家高度重视土地问题的解决。孙中山一手创建了平均地权和“耕者有其田的”学说，却无法实现。而自蒋介石叛变革命后，在执政的20余年，也提出过不少有关土地问题的法规，但其核心都是为了维护封建的土地制度，所代表的是中国的大地主大买办阶级的利益。

只有中国共产党才能解决中国亿万农民的土地问题。《中国土地法大纲》的制定和实施，使1.6亿人口的解放区彻底消灭了封建制度，使解放战争获得了政治、经济和军事力量的源泉，具有重要的历史意义。

全国土地会议以后，土地改革运动在各个新老解放区蓬勃地开展起来，一场席卷封建势力的暴风骤雨，摧毁着中华半壁江山的封建土地制度。中央工委以极大的注意力，关注和指导着各个解放区农村土地改革和整党运动的开展。为了取得运动全过程的第一手材料，中央工委曾组成工作团，直接领导工委所在地平山县的土改和整党运动。工委自始至终与各地保持密切联系，深入调查研究，通过多种渠道及时了解各地运动发展情况，总结经验教训，一方面向中共中央报告，一方面通报各地区引以为鉴。

《中国土地法大纲》的实施，对于改变国共两党力量对比起了重要作用。土改的开展，调动了广大农民的革命积极性，为了保卫胜利果实，他们踊跃参军。仅晋冀鲁豫解放区参军农民有148万人，东北解放区达150万人。他们踊跃支援前线。从1946年到1950年10月，民兵参加大小战斗114700次，歼敌20多万人。特别是著名的三大战役中，解放区人民出民工539万人，出动牲畜1036300头，支援粮食9.5亿斤，为保证三大战役的胜利做出了重大贡献。

高屋建瓴发动三大战役

毛泽东与中央军委指挥的三大战役是人民解放军与国民党反动军队的战略大决战，它消灭了蒋军的主力，使蒋家王朝陷入土崩瓦解之中。

为推动全国革命形势的迅速发展，中共中央于1948年9月8日至13日在西柏坡召开了一次政治局扩大会议，史称“九月会议”。到会的政治局委员7人，中央委员和候补中央委员14人，重要工作人员10人。其中有华北、华东、中原、西北的党和军队的主要负责同志。

9月，西柏坡被一片浓荫覆盖着，微风从山里吹过，给人送来阵阵清凉。毛泽东在这里迎接了纷纷到来的将领们。中央政治局会议就要召开了，这是从延安撤出后的第一次政治局会议。会议规模很大，能够到会的政治局委员、中央委员、候补委员都来了，但尚不能称中央全会。因为还有许多领导人因忙于指挥作战无法前来。

贺龙来了，他还是那样风尘仆仆，豪爽开朗。这一次，他站在毛泽东面前，不再为毛泽东的消瘦担心了。在小河会上，他曾深深地替毛泽东担忧过。他曾不止一次地想办法弄到一些吃的，从黄河东岸送给在西岸同敌人周旋的毛泽东。

徐向前仍然少言寡语，他的身体一直被疾病困扰着，但这丝毫没有影响他指挥作战。3月份，晋冀鲁豫军区5万多人发起夺取临汾战役。血战72天，拔掉了晋南地区这个敌人仅有的孤点。接着，他又通过卓越的指挥，率领三个纵队和地方武装，打了晋中战役，歼灭了阎锡山的正规军、地方军10万人，这个数字比徐向前统率的总兵力6万余人还多了4万人。

邓小平的吉普车带着一路风尘开进西柏坡，毛泽东走上前，紧紧握住邓小平

的手。一股巨大的情感将他们联结在一起。毛泽东细细打量着邓小平，他还是那么精干、那么坚毅，目光炯炯，充满力量，毛泽东喜欢这种气质。在这个时刻，他们都想到了去年6月30日的那个夜晚，那个十多万人马强渡黄河的惊心动魄的夜晚。没有那一夜，就不会有今天。

毛泽东和战友们都沉浸在无比的喜悦中，沉浸在胜利形势带来的喜悦中，沉浸在老战友久别重逢带来的喜悦中。

然而，过去的一切仅仅是开始。人人都知道，一场更为激烈、更大规模的双方的主力决战，即将在中国大地上展开。对于人民解放军的将领来说，这是从未经历过的作战，也是期待已久的作战。

西柏坡被大战之前的激动笼罩着，只有到了夜晚，它才又恢复以往的静谧。将领们大概都睡了，但毛泽东还没有睡，在那间狭小而简陋的屋子里，他仍在工作。卫士点起两盏汽灯，毛泽东在灯下不停地吸着烟，烟雾弥漫在整个屋子里，他在思考问题，这些问题涉及各个方面。

会议根据毛泽东的提议，通过了“人民解放军第三年仍然全部在长江以北和华北、东北作战”的战略决策。毛泽东要求条件比较好的野战军，都要确立打“前所未有的大歼灭战的决心”。

根据“九月会议”的精神，中央军委颁发了“关于统一全军组织及部队番号的规定”。全军分为“野战部队、地方部队和游击队”。“野战军现时分四个，

中央军委作战室旧址

以地名区分，即中国人民解放军西北野战军，中原野战军，华东野战军，东北野战军。”不久，分别改称第一野战军、第二野战军、第三野战军、第四野战军。华北野战军直属解放军总部。这样，我军形成了一个更为统一的总体，为战略决战做好了充分的准备。

“九月会议”后，党中央、毛泽东把握时局，抓住有利战机，适时决定进行伟大的战略决战，组织指挥了辽沈、淮海、平津三大战役。

为研究部署指挥三大战役，五大书记晚上8点开始，到毛泽东的办公室里开会办公，打“通宵战”。

这种“按月亮规律办事”的通宵工作法，并不是每一位书记都能完全适应的。在五大书记中，朱德年纪最大，有时开着会，他就打盹了。“哎呀，我睡着了。”他醒来后总是抱歉地说。周恩来说：“没关系，你休息一会儿，就能坚持到底了。”毛泽东说：“咱们这一段会议多，总司令在开会时稍微休息一会儿，精力更充沛，是一件好事嘛。”有时，毛泽东等人也劝朱德早一点回去休息。朱德却说：“这么重要的事，我回去也睡不着。”任弼时患有高血压病，当感到不适时，他就靠在躺椅上合眼静休一会儿，其他同志有时也劝他早回去休息。他说：“我比你们都年轻，你们都坚持工作，我回去休息那怎么行呢？我应当比你们多做一点事情才对呀！”毛泽东、刘少奇、周恩来显得精力充沛。周恩来那时还兼任军委总参谋长，经常是夜里不睡，白天还得干。

毛泽东对周恩来、任弼时说：“我们三个人打疲劳战打惯了，在陕北打了一年，打败了蒋介石妄想消灭我们的野心。现在咱们再在一起打一段疲劳战，为的是彻底打败蒋介石，解放全中国。不然，事情这么多，又这么重要，少数人做不了主呀！”周恩来说：“这个疲劳战是很辛苦的，但效率也是很高的。”

人民解放军经过两年的英勇作战，到1948年秋，敌我力量对比进一步出现了有利于革命而不利于反革命的变化。我军已经增加到了280万人，第一线总兵力则超过了敌人。经过新式整军运动，全军指战员的政治素质和战斗力也大大加强了。而此时，国民党军队的全面防御和分区防御都已经破产，为了避免各个被

歼，蒋介石决定实行重点防御，实际上已经失去了完整的战线，缺少进行战略机动的兵力。同时，国民党在政治上已经空前孤立，矛盾重重，陷于分崩离析的困境之中；经济上一片混乱，通货膨胀、物价飞涨，已处于崩溃的边缘。而这时解放区的政治经济形势却是蒸蒸日上。面积达到235.5万平方公里，占全国总面积的24.5%，人口有1.68亿人，占全国总人口的35.3%。而且经过土地改革，解放区的后方进一步巩固。

这些情况表明，人民解放军同国民党军队进行战略决战的时机已经成熟。

“九月会议”后，中央军委即发起了济南战役，从而揭开了战略决战的序幕。

济南，南距徐州，东距青岛各300多公里，人口70万人，南依泰山，北濒黄河，地形险要，胶济、津浦两条铁路在这里会成一个“丁”字形，它是连接华东、华北、中原三大战场的战略枢纽。国民党军在济南有守军11万人，由第二绥靖区司令官、国民党“名将”王耀武统率。抗战时期，日军曾在这里修筑了许多钢筋水泥工事，国民党军“接收”后，又在原有的基础上做了进一步的加固。外三层、内三层、高三层、低三层，高大的城墙加宽阔的水濠，密布着数不清的地堡、活动堡、夹壁墙、电网、铁丝网、陷阱、梅花桩、拒马、鹿砦、地雷等。用“固若金汤”四字来形容济南的工事，是不过分的。

9月中旬，有关济南战役的作战部署业已完成。华东野战军38万人作战部队陆续进入“攻济打援”阵地。弹药粮秣被源源不断地运到前线，由民工组成的担架队也纷纷到达前线。

在“九月会议”之前和会议期间，毛泽东没有间断起草有关济南战役的电报。毛泽东希望此次作战能带来夺取敌人拥有重兵据守的大城市的经验，同时也考虑到了华东地区下一步的作战。他认为，攻占济南可以拔掉国民党军安在山东解放区腹地的钉子，使华东、华北解放区连成一片，以利于支援今后的大规模作战，同时，也有利于华东野战军无顾虑地全力南进，争取冬春夺取徐州。

济南城内驻守着王耀武部九个正规旅、五个保安旅和特种兵部队，兵力约

10万人。同时，其南面还驻扎着邱清泉、李弥和黄百韬的三个机动兵团约17万人。一旦济南受到攻击，他们随时可以北上增援。

从7月中旬开始，围绕着打济南的作战方针、战役部署，毛泽东同粟裕、陈士榘、唐亮、张震、许世友、谭震林、王建安之间进行了频繁的磋商。

8月15日，毛泽东致电中原野战军刘伯承、陈毅、邓小平，指出9月华野“攻济打援”是一次重要作战，要求他们有力配合。

粟裕计划9月16日发起攻击，预计15天至20天攻克济南。

1948年8月25日，毛泽东致电粟裕、谭震林，指定正在养病的许世友担任济南攻城部队指挥员。毛泽东看重的是许世友勇猛的作战作风。

接受任务的许世友迅速赶往山东兵团司令部。他认为，济南攻坚必须像杀牛一样杀其要害，对济南守军要采取“牛刀子战术”：集中兵力和火力，东西并举，数把尖刀冲开血路，向守军的心脏凶狠地剜下去。

毛泽东信任、倚重许世友，许世友拥戴、崇拜毛泽东，他们之间结下了深厚的同志情、战友爱，留下了许多感人至深的佳话。

济南战役山东兵团指挥所旧址：历城区仲宫镇西南尹家店村

9月16日晚，济南战役按预定计划发起。

9月19日晚，吴化文率国民党整编第九十六军军部和整编八十四师师部以及第一五五旅、一六一旅、独立旅等部约2万人宣布起义，并将济南机场和周围防区移交给了宋时轮、刘培善指挥的我攻城西兵团。

20日晚，攻城西兵团经激战突破并向商埠突击，东兵团主力亦开始了展开近迫作业，准备攻城。

9月22日下午，商埠被攻城部队占领。

这天，蒋介石乘飞机亲临济南城上空督战。飞机在济南城上空盘旋几圈之后，他与王耀武通了电话说：“你已经挫败共军的数次进攻，证明你的10万将士都是党国的忠勇之士，全国军民都希望你再次创建天下奇功。”王耀武说：“学生明白。”

解放军攻克并进入济南

22日晚，东西兵团从三个方向突破外城。

9月23日，济南外城已被全部攻占。

9月23日上午9时，徐州“剿总”总司令刘峙和国民党军空军副司令王叔铭飞临济南上空，用无线电与王耀武通了话，要王坚守待援。

9月23日18时，许世友下达了攻击内城的命令。

24日凌晨，攻城兵团各路突入内城，于当日黄昏全歼济南守敌。

王耀武决定“三十六计，走为上”，他说：我们不能自戕。我受蒋总裁栽培，代表了黄埔精神，决不能坐以待毙，束手就擒。上午11点半，在猛烈的炮火中，他带着四个卫士以“巡视阵地”为由从大明湖北极阁东北角出逃，通过早已挖好的地道出城，而后丢掉制服，化装成老百姓混过了城外的哨卡，企图逃往还有美军驻扎的青岛。

时已立秋多日，但天气迟迟未见凉爽，空气中飘浮着闷热的气息。

9月28日早8时左右，寿光县公安局政卫队战士刘金光、刘玉民、张宗学三人站立在屯田村西北角大桥上，警惕地注视着过往行人。大桥是沧潍公路的必

经之地。这时远远驶来的两辆胶轮大车引起了三个战士的注意。车上拉着五男两女，其中一人白手巾蒙头，棉被盖身，病恹恹地躺在车上。车被拦下后，一行人皆回答是从济南逃难出来的商人，但口音却都不像济南人。见他们形迹可疑，战士们便连人带车送到了距此不远的县机关。

审讯干事王洪涛在他们身上查出赤金元宝两个、银币11元、纸币6000余元并通行证一张。在随后的盘问中发现几人的回答都是支支吾吾、前言不搭后语。

一个叫乔堃的一到禁闭室就不断要求谈话。当日下午3点半，王登仁股长再次对其进行审讯。

“你是哪里人？”

乔堃环顾四周问：“你是县长吗？”

“你问我是否县长干什么？”

“我已经到了这个地步，干脆我就说了实话吧，我是王耀武呀！那几个人是我的卫士，我要找县长谈谈……”

一切真相大白！乔堃就是王耀武！

王耀武随后被送至华东野战军司令部，转往益都参加解放军官训练团学习。他写信给吴化文：“君为座上宾，弟为阶下囚，你当初起义时应当对我说一下，咱们一起起义不好吗？”对此，吴化文说：“他是老蒋的嫡系，他愿死而后已，我却犯不着那样！当初我如果劝他和我一块起义，他不杀了我才怪呢！”

1959年12月4日，中华人民共和国最高人民法院宣布对包括王耀武在内的33名战犯特赦释放。之后，在周恩来总理的亲自关心安排下，王耀武先是在当时的北京大兴县参加了一段时间的农业劳动，后与溥仪、杜聿明等一道成为全国政协文史资料研究委员会文史专员，1964年起任全国政协委员，1968年7月在北京病逝。

济南战役，华东野战军经八昼夜激战，以伤亡26000余人的代价，共歼国民党军10.4万余人，俘虏高级将领23人，开创了人民解放军夺取国民党军重兵坚守的大城市的先例。济南战役的胜利，使华北、华东两大解放区连成一片，为华东

野战军会同中原野战军南下陇海铁路以南举行更大规模的歼灭战创造了有利条件。周恩来后来说：“三大战役的序幕是济南战役。”

五大书记指挥战争

济南战役胜利的消息传到西柏坡时，毛泽东正在他的小屋里安睡，他已经许多日没有真正的睡眠了。保健医生给他服了安眠药，周恩来不忍心叫醒他，希望他能尽快恢复精神，因为一次新的、大规模的作战业已在北线开始了。

中共中央决定把战略决战的第一个目标选择在东北战场。东北地区是中国重工业最发达的地区和最大的产粮区，也是侵华日军最早侵占的地区。1945年日本战败投降后，东北即成为国共两党两军争夺的焦点。当时，东北的形势对我军有利。到1948年8月，东北解放区面积已占东北全境的97%，区内人口占东北总人口的86%。东北野战军已拥有12个步兵纵队、1个炮兵纵队、1个铁道兵纵队、

1948年8月7日，毛泽东起草了关于东北主力攻击锦榆线给林彪等的电报

14个独立师和3个骑兵师，共70余万人，加上地方部队，总兵力达105万人。

东北蒋军由国民党东北“剿总”总司令卫立煌指挥，辖有4个兵团，共计14个军44个师55万人，但已被分割在长春、沈阳、锦州三个互不相连的地区内，长春、沈阳的补给已全靠空运。

为实现歼灭卫立煌集团的战略目的，毛泽东早在1948年2月7日就致电东北野战军，提出“对我军战略利益来说，是以封闭蒋军在东北加以各个歼灭为有利”的设想。并要求东北野战军下一步考虑南下北宁线作战，截断敌军由陆上撤向关内的通路。毛泽东的主张，显然是先打锦州。

毛泽东提出的这一战略构想，人们用通俗的语言称之为“关门打狗”。顾名思义，自然是把东北的大门关起来，然后从容歼敌。毛泽东深知关住东北大门并不是一件易事，为了这一战略构想的实现，他等待了很久，并且还在等待着。对于南下作战的关键是拿下锦州这一点，东北野战军领导人开始时似乎还没有足够的认识。

7月30日，毛泽东致电林（彪）、罗（荣桓）、刘（亚楼），指出：你们应当首先考虑对锦州、唐山作战，只要有可能，就应攻取锦州、唐山，全部或大部歼灭范汉杰集团，然后再向承德、张家口打傅作义。但是，东北野战军领导人对能否攻取锦州仍有顾虑。在接到毛泽东的电报后，他们于8月1日再次向军委报告称：锦州经常驻有六七个师的兵力，城市工事业已完成，故不拟攻锦州。直到9月6日，林、罗、刘向中央军委报告，才表示完全同意中央军委的指示。对此，毛泽东感到很高兴，于9月7日致电林、罗、刘说：“置长、沈两敌于不顾，专顾锦榆唐一头为宜。”

9月10日18时，林、罗、刘遵照军委指示并依据他们对战役发起后敌情的可能变化，制定出正式攻击锦州前的兵力部署，至此，在毛泽东的多次启示与说服下，东北野战军领导人终于开始将军委南下北宁线作战的决心付诸行动了。

9月12日，辽沈战役正式开始。东北野战军发起北宁线作战。位于冀东的第十一纵队突袭昌黎、滦县一带，先后攻占昌黎、北戴河等要地。

大决战，必然是一场恶战。东北野战军5个月没打仗，一直在练兵，而卫立煌的30万主力于沈阳周围，也在厉兵秣马，伺机而动。在这片黑土地上，一方是百万大军兵强马壮，一方是集中了国民党军“五大主力”中两大主力的精锐之师：新一军和新六军。这样两支军队一旦交战，必是惊天动地，震山撼岳。

军委和林、罗、刘间的无线电波仍在频繁地传递着，以便最后确定“攻锦打援”的部署。遵照毛泽东的指示，林、罗、刘在锦州北“四五九高地”附近的帽儿山上设立了直接指挥所——“野司”观察指挥所。

10月9日，锦州外围战开始。

锦州是一座坚固设防的城市。它的四周坐落着帽儿山、大小紫荆山、罕王殿山等山峰，山势起伏绵延，锦州国民党军利用这种地势和日伪时期的工事，构成坚固的外围阵地。市区工事经过数次整修，以新市区土城垣和原来的老城为主干，依靠城北高地和城南小凌河、女儿河，构筑起以制高点和坚固的建筑物为支撑的主阵地，又以这些主阵地为主体，形成点与点相连、以点制面的纵深防御体系。城墙上密布明暗火力点，城墙外还设有壕沟、铁丝网、鹿砦和雷区。城内亦有依托高大建筑构成的各个核心据点。

经过四天激战，东北野战军攻锦部队于10月13日攻占了锦州城北、城南、城东外围所有据点，将国民党军全部压缩于锦州城内。

在锦州外围战的第二天，东北野战军第二兵团司令员程子华指挥的塔山阻击战也开始了。

林彪（中）、罗荣桓（右）、刘亚楼（左）在锦州前线

塔山村位于锦州、锦西之间，距离锦州国民党军防御前沿不足30公里，距离锦西不足10公里。村北有条东西走向的丘岭，

丘岭不高，最高点白台山仅为海拔261米。这条小山岭以塔山为中心，东起海滨，西到虹螺山30余公里，是由锦西增援锦州的必经通道，守住这条通道，阻住援敌，是保障夺取锦州的关键。正可谓“塔山虽小，干系重大”。锦州、锦西两地仅相距40公里，两个战场炮声相闻，在如此狭窄的地域上打阻击，既无回旋余地，也无险可守。但是，东北野战军阻援部队决心“死守不退”“人在阵地在”“决不让敌人前进一步”。

10月10日凌晨4点，国民党“东进兵团”对塔山正面阵地发起了猛烈进攻。蒋介石不仅组织了11个师的陆军兵力，还投入了大量的海空军力量，准备在塔山孤注一掷。

塔山村外，国民党“赵子龙师”与共产党四纵狭路相逢。独立九十五师号称“赵子龙师”，宣称在华北战场没有一块攻不下来的阵地，没有丢过一挺机枪，是国民党军王牌中的王牌，主力中的主力。如果没有这样强劲的对手，塔山阻击战就不会成为中国解放军历史上最为残酷的阵地防御战。

东野35岁的四纵纵队司令员吴克华尽管早已身经百战，但这样残酷的考验还是第一次。继打渔山失守之后，紧接着便是更猛烈的进攻。敌机低空投弹，炮弹密如蝗群，几十分钟落弹5000余发。工事全被摧毁，铁轨枕木漫天飞舞。

10日这一天，国民党军共发起了九次冲锋，国民党军伤亡1100人，四纵伤亡319人。11日的战斗，国民党军伤亡1300人，四纵伤亡563人。

13日这天，国民党军伤亡1245人，四纵伤亡1048人。

东北野战军对锦州的总攻就要开始了。

在距离锦州仅40公里的塔山，国民党军增援部队没能向锦州前进一步。

14日5点30分，国民党“东进兵团”展开四个师的兵力，向塔山阵地发起全线攻击，敢死队冲锋，督战队押后。

10月15日凌晨2点，趁着夜色，大批国民党军悄悄潜进了东野第四纵队的阵地，但其敢死队的偷袭却以失败告终，天亮以后，国民党“东进兵团”，派出了五个师的兵力，在督战队的逼迫下发起了最大规模的全线进攻。蒋军见到用尸体

堆积起来的工事望而生畏。到中午12时，蒋军全线溃退，战役结束。

但经过之前五天的激战，四纵的防线比任何时候都更加稳固。

英雄的塔山被敌机轰炸削去了一米多，不少烈士的鲜血染红了阵地，但我军阵地却像钢铸铁浇一般，巍然屹立。

在东面，10月14日10时，刘亚楼下达了总攻令。东野炮纵集中500门大炮向锦州城内预定目标猛烈轰击。11时30分，各突击队发起冲击。至15日18时，攻克锦州城，全歼国民党守军10万余人，生俘东北“剿总”副总司令兼锦州指挥所主任范汉杰和第六兵团司令卢浚泉。

截断了北宁线，封闭了东北与华北的陆上通道。长春守敌动摇，一部起义，一部投诚，长春顺利解放。至此，辽沈战役第一阶段结束。

第二阶段从10月20日开始至28日，进行了辽西会战。廖耀湘西进兵团所属新一军、新六军、新三军、第七十一军和第四十九军共计五个军12个师10万余人全部被歼灭，兵团司令廖耀湘、新六军军长李涛、第七十一军军长向凤武、第四十九军军长郑庭笈被俘。新一军军长潘裕昆和新三军军长龙天武只身逃回沈阳。

第三阶段是11月2日至9日，我军攻占沈阳、营口，国民党军除刘玉章率第五十二军军部及所属第二十五师等几千人乘船从海路撤逃外，其余14000余人全部被歼。至此，辽沈战役结束。

辽沈战役历时52天，东北野战军以伤亡6.9万人的代价共歼灭蒋军47.2万余人，其中毙伤敌官兵5.68万人，俘虏32.43万人，反正及投诚6.49万人，起义2.6万人，俘虏蒋军少将以上高级军官186名。

11月3日，中共中央电贺东北野战军，热烈庆贺他们解放沈阳，全歼守敌并从而完成解放东北全境的伟大胜利。

辽沈战役后，蒋军总兵力下降到290万人，我军总兵力上升至300万人。国共双方的正负位置，已经颠倒过来了。毛泽东信心十足地说：“这样，我们原来预计的战争进程，大为缩短。”“现在看来，只需从现在起，再有一年左右的时

间，就可能将国民党反动政府从根本上打倒了。”

1948年的10月份，蒋介石除了在东北的军队丧失殆尽之外，还有另外一个失败，这就是华北“剿总”偷袭石家庄计划的破产。

在辽沈战役期间，蒋介石亲自飞北平，同华北“剿总”总司令傅作义密商、策划，集中新编骑兵第四师、整编骑兵第十二旅和第九十四军，配备400辆汽车、100吨炸药，组成一支快速纵队，以突然行动偷袭石家庄。对于此案，傅作义的说法是以“围魏救赵”的战法，既解太原被围之危，又减轻东北卫立煌集团的压力。然而，当人们注意到石家庄距西柏坡仅有几十公里的时候，这个行动计划暗含的目的就不言而喻了。

当罪恶的阴谋指向西柏坡的时候，西柏坡依然如故。解放了的人们仍在遵循着那个古老的节律生活着，日出而作，日落而息。代表着生命存在的缕缕炊烟照旧一天三次地升起又飘散。

毛泽东和他的战友们居住在这里，如同一户户普通的村民。西柏坡没有重兵守卫，有的只是重重叠叠的山峦和郁郁苍苍的树木。

毛泽东对周恩来说：“蒋傅合谋，趁我华北主力打到归绥、太原去了，来偷袭我军后方，想一下子摧毁我中央首脑机关，最好是把你我都捉了去。好家伙！还蛮厉害呢。”周恩来说：后天拂晓他们就要来了，我们的主力不在身边。我们还是就近抽调一部主力取捷径迎击。当即，根据毛泽东和中央军委的决定，周恩来以军委名义向华北军区司令员聂荣臻、华北一兵团徐向前和二兵团杨得志及地方部队下达了紧急命令，一场粉碎蒋傅偷袭西柏坡的大战开始了。

尽管作了紧急部署，但从军委接到情报，到敌人28日拂晓发起总攻，仅有三天时间，我军距各作战地点较远，如果让敌人抢先到我们家门口就麻烦了。面对这种情况，毛泽东对周恩来说：“我们不妨也来学学诸葛亮，唱段空城计。即我们在动员华北军民准备粉碎敌人进攻的时候，还要通过新华社把蒋介石、傅作义的阴谋作公开的揭露，向他们宣布我华北军民已做好准备，必将歼灭敢于来犯之敌。他们晓得我们已有准备，就会大为泄气，甚至不敢来犯。我们还要警告蒋

介石、傅作义：北平是这样的空虚，你们究竟还要不要北平？”周恩来称赞说：“主席，你真是活孔明！当初诸葛亮用空城计吓退了司马懿，你这一揭露虽不至于把敌人完全吓跑，至少也能使敌人不敢快速疾进，那粉碎敌人的偷袭就容易多了。”

10月26日晚，在面对即将到来的10万敌军，而我军尚未到达指定地点、西柏坡仅有1000多兵力的情况下，毛泽东的“空城计”开演了：新华社用口语连续播发毛泽东写的新闻稿《华北各首长号召保石沿线人民，准备还击蒋傅军进扰》。新闻稿端出了敌人的偷袭计划，也宣布了我们总动员的要求，表明军民做好了准备。敌人听到广播后，乱了阵脚：蒋介石暴跳如雷，傅作义更感不妙。蒋傅的精锐兵团摸不准我军的底子，行军迟缓，解放军的两条腿得以跑在了敌人骑兵之前，造成了阻击和南北夹击之势。10月31日，新华社播发了毛泽东设“空城计”的另一篇文章，文章说：“整个蒋介石的北方战线，整个傅作义系统，大概只有几个月就要完蛋，你们却还在那里做石家庄的梦！”在新闻攻势面前，傅作义的10万人马军心涣散。

仿佛是一场噩梦。蒋介石、傅作义挖空心思设计的偷袭计划，就这样半途而废，宣告破产了。

傅作义原想捞点资本，保存实力，结果是“偷鸡不成反蚀米”。在这次为期十多天的行动中，傅作义损失部队近4000人，战马240余匹，汽车90多辆，以及大宗的作战物资。部队在回撤途中，埋怨情绪有增无减，生怕遭到解放军堵截，个个落荒而逃。

历时七天，敌人的各路人马死的死、逃的逃、退的退，连西柏坡的边也没沾上，蒋傅偷袭阴谋迅速破产了。

气急败坏的国民党军统帅部面对日趋恶化的形势及连连败北，又紧急拟订了“徐蚌会战”计划，将国防部与徐州“剿总”指挥的7个兵团、2个绥靖区，共34个军、82个师，约80万人猬集在徐、海、蚌地区，以阻我南下，屏障南京，做垂死挣扎。蒋介石声称：徐蚌会战是政权“存亡最大之关键”。

1948年9月24日早上，济南战役结束的当天，粟裕给毛泽东发来电报，说攻济战斗日内即可结束，如敌停止北援，我们下步行动，建议即进行淮海战役。该战役可分为两阶段：第一阶段以苏北兵团攻占两淮，并乘胜收复宝应、高邮，而以全军主力位于宿迁至运河车站沿线两岸，以歼灭可能来援之敌，如敌不援，或因被阻而改经浦口长江自扬州北援，则我于两淮作战结束前后，即进行战役第二步，以三个纵队攻占海州、连云港，结束淮海战役，而后全军转入休整。

粟裕是一位成熟干练的高级指挥员，他对战争的感觉和对战争时机的捕捉常常是机敏而准确的，毛泽东很赞赏他这种不无天赋的指挥才能。全面内战爆发后，他指挥华中野战军在苏中地区，面对四倍于己的国民党军进攻，机智应战，七战七捷。华中野战军转入苏北，与山东野战军联合作战后，粟裕协助陈毅指挥进行了莱芜战役，又大战孟良崮，歼灭了骄狂不可一世的国民党军"五大主力"之一的整编第七十四师。

陈毅对粟裕给予了极高的评价，他认为我党20多年来创造的杰出军事家并不多，粟裕、陈赓等先后脱颖而出，前程远大，将与彭德怀、刘伯承并肩迈进，这是我党与人民的伟大收获。

9月25日19时，毛泽东起草了致饶漱石及粟裕并告许世友、谭震林、王建安、刘伯承、陈毅、李达电，指出："我们认为举行淮海战役，甚为必要。"

11月5日，顾祝同在徐州"剿总"召集会议之后，敌各兵团开始向徐州收缩，黄百韬立即赶回新安镇部署西撤行动。就在这时刘峙却打来电话，命令他在新安镇等待从海州西撤的四十四军，于是，黄百韬将西撤时间推迟了一天，并临时更改西撤部署。

11月6日21时，华东野战军向中央军委报告了这一情况，并同时决定当晚提前发起战役。毛泽东复电粟裕、陈士榘、张震等："完全同意六日二十一时电所述攻击部署，望你们坚决执行。非有特别重大变化，不要改变计划，愈坚决愈能胜利。在此方针下，由你们机断专行。不要事事请示，但将战况及意见每日或每两日或每三日报告一次。"

11月8日，黄百韬兵团在一片混乱中继续向徐州撤退，其中兵团部和两个军渡过运河，华东野战军立即调整部署，命令各纵队迅速展开追击、堵击。

1948年12月17日，在安徽萧县蔡洼村，淮海战役总前委合影，左起：粟裕、邓小平、刘伯承、陈毅、谭震林

情况万分紧急，如果抓不住黄百韬兵团，在此之前的一切部署和努力都将前功尽弃。在此关键时刻，徐州“剿总”第三绥区副司令官、中共地下党员何基沣、张克侠率该绥区第五十九军全部和七十七军两个师2.3万人起义了。

11月9日23时，毛泽东再次致电粟裕、张震并告华东局，陈毅、邓小平和中原局，指出：“应极力争取在徐州附近歼灭敌人主力，勿使南窜。华东、华北、中原三方面，应用全力保证我军的供给。”

其实，早在10月22日13时毛泽东关于举行徐外围、蚌埠作战，相继攻取宿县、蚌埠，坚决彻底地破毁津浦路，使敌交通断绝，陷刘峙全军于孤立地位的电报已大体勾画出了“隔断徐蚌，就地歼灭刘峙主力”的轮廓，使战役意图超过了原来的设想，并预示出战役决心开始由“小淮海”向“大淮海”的过渡。而11月9日23时毛泽东所发出的电文，则最后确立了将国民党军刘峙集团歼灭于徐州附近的决心，使最初意义上的淮海战役发展为南线两大野战军同中原国民党军的一场规模宏大的决战。“小淮海”变成了“大淮海”。

这将是一场规模巨大而又异常艰苦的作战。我军60万对敌人80万，有如一锅没有煮熟的夹生饭。但是，毛泽东确立了决心，他要两大野战军共同努力，把这锅夹生饭一口一口地吃下去。

中央军委审时度势，及时由刘伯承、陈毅、邓小平、粟裕、谭震林五人组成总前委，邓小平为总前委书记，统一指挥两大野战军23个纵队以及华东、中原、华北的冀鲁豫军区的部分地方武装，共65个师（旅），在以徐州为中心，东起海州、西止商丘、北自临城、南达淮河的广大地区，与国民党重兵集团进行战略决战。

10月1日，在西柏坡，党中央最后审定了《淮海战役作战计划》后，毛泽东、周恩来和朱德离开总部作战室，一起走进毛泽东朴素整洁的办公室。

"我们总算熬出来了！"毛泽东点燃一支香烟，深有感触地说："20年来，我们长期处于防御地位。自从刘邓南征后，我们的革命战争，才在历史上第一次转入了进攻。"

"是啊！自古谁得中原，谁可得天下。我们取得了东北、华北，再取得中原，就得到了全中国。"朱德说，"我是多么希望中原战士们，了解自己最光荣的任务！"

周恩来说："决战阶段的斗争，是全战争或全战役中最激烈、最复杂、最变化多端的，也是最困难、最艰苦的，在指挥上来说，是最不容易的时节。"毛泽东说："淮海战役为南线空前之大战役。此战役胜利，长江以北局面即可大定。"

担当着党中央给予的重任，肩负着全国人民的嘱托，总前委成员先后来到了淮海战场。当邓小平和陈毅指挥罢郑州战役，来到淮海前线，淮海战役第一阶段已如火如荼地进行着。粟裕、谭震林指挥华东野战军，已把黄百韬兵团的12万人马包围在碾庄地区面积约18平方公里的一块荷叶形圆圈里。

邓小平后来回忆说："淮海战役是二野、三野联合作战，用毛主席的话说，二野三野联合作战，不只是增加一倍两倍的力量，数量变，质量变，这是一个质的变化。"

战役第一阶段，是从11月6日到22日。在总前委书记邓小平和刘伯承、陈毅、粟裕、谭震林的指挥下，在徐州战场上经15天战斗，我华野主力全歼蒋军

黄百韬兵团10余万人于碾庄，我中野部队业已把徐州敌军陷于战略包围之中。

华东野战军对碾庄圩的攻击，采取四面向中心突击的战法。11月11日，突击部队向各自正面的敌军阵地发起猛攻。11月13日晚，华东野战军对碾庄圩的攻击再次开始。

与此同时，在碾庄圩的西面，阻击徐州东援之敌的战斗打响了。

中央军委的决策是，决不能让增援的敌军到达碾庄圩，但也不能打得太狠让敌人缩回徐州。

17日上午，顾祝同飞到碾庄圩上空，用地空联络电台与黄百韬通话。他告诉黄百韬，增援的邱清泉和李弥打得很艰苦，建议第七兵团主动向西突围，争取与邱清泉和李弥的部队会合。黄百韬明白，这就意味着增援无望了，他没再埋怨什么，只是说："我总对得起总长，牺牲到底就是了。"

19日夜幕降临的时候，碾庄圩四周炮声大作，轰击除夜间11时停止约两个小时外，一直持续到次日天明。

21日黄昏，碾庄圩被攻克。

22日下午，黄百韬逃到吴庄，自杀身亡。

党中央于1948年11月25日向淮海前线总前委发来贺电，在周恩来起草，毛泽东批发的电报中，称"此重要成就，深堪庆贺"。

淮海战役第二阶段，是从11月23日到12月15日。由华野配合中野彻底歼灭黄维兵团。

黄维所率的第十二兵团，是国民党军主力兵团，是蒋介石军事力量的支柱。蒋介石、白崇禧迫于形势，投下这张王牌。黄维兵团由确山和驻马店出发，投入淮海作战，企图扭转战局。

11月24日上午，第十二兵团强渡浍河，钻进了中原野战军预设的口袋。黄维发觉处境危险，即令部队撤至浍河以西，向固镇方向转进，企图会同第六兵团再沿津浦铁路向北进攻。中原野战军各纵队当晚全线出击，发起双堆集战役。至次日，将第十二兵团合围于以双堆集为中心纵横各7.5公里的区域内。27日，黄

维集中四个主力师向东南方向突围，被击退。其第八十五军第一一〇师师长、中共地下党员廖运周在突围中率部起义。此后，黄维调整部署，以村落为基点，用坦克、汽车及大量器材构筑了许多掩体，形成环形防御阵地，转入固守。中原野战军适时改变战法，采取坚决围困，稳步攻击，攻占一村，巩固一村，逐个歼灭的战法。同时进行大规模近迫作业，逐渐构成完整的进攻阵地。

总前委在邓小平书记主持下，开会研究作战部署。在小李家村这座小小茅屋里，灯火通宵达旦亮着。从北面可以听到我军遏止杜聿明军沉重的炮声，南面清楚地听到围歼黄维兵团猛烈的爆炸声，东面可以听到阻击李延年兵团的炮声。在徐淮广大战场上，正进行着中国战史上空前规模的战略大决战。而这小小的李家村，是巨大战场的中心；就在这破旧的黄泥巴草房里，总前委决定了"吃一个（第十二兵团），夹一个（杜聿明集团），看一个（第六、第八兵团）"的战役部署。

黄维兵团不仅是蒋介石的嫡系部队，还具有武器装备的优势，在这种情况下进行大规模的战略决战，中原野战军压力巨大。

中原野战军参战部队只有七个纵队和三个旅，部队自大别山转出后，未能得到及时的补充，整个中原野战军，可以参战的总兵力约12万人，与对手黄维兵团的总兵力持平，但在装备上与黄维兵团有很大差距。

刘伯承在干部会上告诫大家："打仗总有主攻方向和牵制方向，总有吃肉和啃骨头。过去我们顿顿吃肉，现在啃一回骨头就受不了的样子，这是什么思想？这是什么思想方法呢？我要告诉大家，不要以为上回啃了骨头，这次就让你吃肉。要准备这次啃骨头，下次还啃骨头，第三次还是啃骨头！"

邓小平接着说："这是决战，要把蒋介石的脊梁打断，即使在这场决战中，中原野战军全部打光，其他各路大军也能渡过长江去，解放全中国！"他提出了"拼老命"的口号，要求"人人都要有烧铺草的决心。"中原地区的百姓有个习俗，人死了之后要把他睡过的铺草拖到野地里烧掉，所以人死了也叫"烧铺草"。

12月12日，刘伯承、陈毅发出“敦促黄维立即投降书”，规劝黄维立即放下武器投降。黄维拒绝投降，仍试图作最后抵抗，以待援兵。

我军各攻击集团于13日发起攻击，15日16时，我军发起总攻，黄维见难以支持，只得提前突围。在半路，黄维乘坐的坦克发生故障，只好下车步行，被我军追上俘虏。

从12月6日至16日，黄维第十二兵团四个军和一个快速纵队，共11个师10万余人，除零散人员逃脱外，近乎被全歼。

战役的第三阶段，是从12月15日到1949年1月10日。

1960年，前英国陆军元帅蒙哥马利来中国访问，周恩来设宴欢迎，中国末代皇帝溥仪、“红色资本家”荣毅仁、原国民党将领杜聿明等也应邀参加了这次宴会。宴会上，周恩来向蒙哥马利逐一介绍到席的客人。当介绍到不久前获得特赦的杜聿明时，周恩来诙谐地说了一句：“他同陈毅作过战。”蒙哥马利转脸看着陈毅，发现陈毅正对着杜聿明微笑。陈毅走上前去，同杜聿明亲切握手。蒙哥马利问：“你们谁战胜了？”周恩来指着陈毅说：“他胜利了。”蒙哥马利又问杜聿明：“在那次战役中，你有多少军队？”杜聿明说：“有100万。”蒙哥马利说：“拥有100万军队的统帅是不应该被打败的。”杜聿明笑着说：“可是陈毅元帅有200万人，因为我手下的人最后都跑到他那边去了。”

淮海战役被俘的蒋军官兵

1949年1月6日，中国农历腊月初八。华东野战军对从徐州西逃而又被围在河南

永城地区的杜聿明集团发起了总攻。

华东野战军以10个纵队、25个师（旅）组成东、南、北三个突击集团。

战至10日，全歼杜聿明集团，俘杜聿明，击毙第二兵团司令官邱清泉，李弥化装逃脱。至此，淮海战役结束。

战役期间，中共中央华东局、中原局和冀鲁豫分局全力组织支前工作。浩浩荡荡的支前大军，日夜活跃在战场上。支前民工共543万人，担架20.6万副，大小车辆88.1万辆，挑子30.5万副，牲畜76.7万头，船只8539只，汽车257辆，由后方向前线运送弹药1460万斤，筹运粮食9.6亿斤，由前线向后方转运伤员11万余名，有力地保障了大规模作战的需要。后来陈毅元帅曾深情地说，淮海战役的胜利是人民群众用小车推出来的。

淮海战役经过66天的激战，我军以伤亡13万人的代价共歼敌55.5万人，其中包括蒋介石“五大主力”中的第十五军和第十八军，是中外战史上歼敌最多规模最大的一次战役。长江中下游以北的广大地区获得解放，国民党统治的心脏地带——京、沪一带完全暴露于人民解放军的攻击之下。

1948年11初，辽沈战役胜利结束后，敌华北“剿总”傅作义集团面临着东北、华北我军联合打击的威胁，已成惊弓之鸟。由于美、蒋、傅之间的矛盾，华北敌军是撤是守，是南逃还是西窜，尚举棋不定。傅作义错误地估计我东北野战军至少需要三个月以后才能入关作战，所以未定下立即逃跑的决心，采取了暂守平津，

支前民工“车轮滚滚”

保持海口，扩充实力，以观时局变化的方针。依据这一方针，傅作义将其所辖的蒋、傅两系军队共四个兵团12个军约55万人，收缩在以北平、天津为中心，东起唐山、西至张家口长达500余公里的铁路线上，摆成一字长蛇阵。将其嫡系部队配置在平绥路北平至张家口段，将蒋系部队配置在北平及其以东地区，必要时，可丢下蒋系部队自行西逃。

从全国形势来看，我军将傅作义集团留在华北，就地歼灭，对战局发展最为有利。因此，中央军委决定：撤围归绥，缓攻太原，并同意与傅作义进行谈判，以麻痹敌人。同时，令东北野战军主力于11月下旬秘密迅速入关，在华北我军协同下，约百万大军举行平津战役。

遵照中央军委的统一部署，华北第三兵团于11月29日开始包围张家口地区之敌。12月6日，敌第三十五军两个师突出我军对张家口的包围圈后东窜，8日被我军华北第二兵团包围在新保安地区。

为了不使敌人决策狂跑，尽快地完成对平津塘诸点的包围，毛泽东于12月11日及时下达了关于平津战役作战方针的指示，令西线各部对张家口、新保安诸敌，在两星期内“围而不打”，令东北野战军主力，要不惜疲劳，不怕减员，不怕受冻受饥，以最快速度同时切断津、塘和平、津之间敌人的联系，对敌形成“隔而不围”的战略态势，再行休整，然后从容攻击。同时，指示淮海前线我军对杜聿明集团：“两星期内不作最后歼灭之部署”，以稳住敌人，使其不好下从海上逃走的决心。至12月21日，东北野战军主力提前完成了对平津塘之敌的战略包围，封闭了平津之敌由海上南逃之路。至此，傅作义集团即被我军“一概包围了”。

我军遵照军委“先打两头，后取中间”的方针，先打新保安和塘沽两点。12月22日，华北军区第二兵团攻克新保安，全歼守敌第三十五军的两个师；23日，张家口守敌5万余人突围逃跑，被我华北军区第三兵团及东北野战军第四纵队于24日全部歼灭于张家口以北地区。

为了统一对平津战役的领导和指挥，党中央于1949年1月10日决定由林彪、

罗荣桓、聂荣臻三人组成总前委，林彪为书记。塘沽地区因地形不利，不便歼敌，东北野战军建议，经中央军委批准，我军改为攻取天津。

天津水网密布，加之市区地形复杂，不利于大兵团作战。市区北面、西面较高。城南地形开阔，南北两面都有高大坚固的建筑物，东西两面多为坟地。城的中心地带有海光寺、中原公司等高大建筑物。这些很难改变的自然条件，造成了天然障碍物。

1948年6月，陈长捷从兰州调来，初任天津防守司令兼警备司令官时，就积极督令所属各部队对蒋军上官云相时期所筑的工事加以增修，遍设永久性的强固地堡阵地，到我军攻城前，市区内外共有380座大碉堡，以这些地堡为核心，布设了许多地堡群，构成了坚固的防御体系。

1月14日，东北野战军五个纵队22个师34万人在刘亚楼指挥下，采取东西对进，拦腰斩断，先南后北，各个歼灭的作战部署，对天津守敌发起进攻，经29小时激战，于15日解放天津，全歼守敌13万人。俘虏津塘防区副司令兼天津警备司令陈长捷。17日，塘沽守敌5.8万人从海上逃走。至此，北平之敌完全孤立，陷入绝境。

天津解放后，北平国民党守军25万人，陷入了人民解放军的重重包围之中。我军为保护这一文化古城，决定继续与敌进行谈判，争取以和平方式进行接管，同时，亦训令部队做好强攻的准备。

北平是我国的古都。春秋战国时为燕都，辽时为陪都，金、元、明、清至民国初为都城，是中国历史文化名城。它有3000多年的悠久历史，自古为北方军事交通重镇。从12世纪中叶起作为历代都城前后近800年，存明清宫苑坛庙古建筑群居全国之冠，扬名于世。为了保护古都北平不受战火的摧残和人民生命财产安全，毛泽东这位杰出的战略家，在运筹平津战役时，便将和平解放北平作为战略目标。

毛泽东曾对身边工作人员说：“北平和平解放具有世界意义。这不仅减少了敌我伤亡和损失，更重要的是保护历史文物古迹，使之免遭战争的破坏，对我们

的子孙后代大有好处。全世界的友人都会拥护我们这样做的。”

根据毛泽东的这一谋略思想，1949年1月，聂荣臻曾向清华大学的梁思成教授请教，北平城墙的什么部位可以作为爆破的突破口，既不损坏古老的文物，又对居民的住宅损坏最小。我军的攻城方案，最初打算选南城的西城门作为突破口，那座城门在围城期间只为菜市打开过几次。后来梁教授指出，北平有两三座城门是未曾修复过的纯粹的明代建筑，在几个世纪里从来没有改变过，也没有损坏过，南城的西城门就是其中的一座。如果被摧毁，那会是不可弥补的损失。梁教授建议，北城城墙的东部，日本人曾修过一座新城门，城墙里只有一大片空地，是过去科举考试的考场，在义和团运动时已经遭到破坏，这是最佳的一个选择。

我军有关人员还请梁思成在地图上标出北平城内外重要文物古迹所在，并把这份有标记的地图发至各部队作为遵循。这件事深深地打动和影响着梁思成及其他爱国知识分子，这份示意图上的标注，也成为以后国家第一批重点文物保护单位选择的目标。

为保护这座历史古城，面对敌人的层层设防，我军将士在制定精确战术时，按规定要尽量避免使用重武器，准备做出重大人员牺牲，使北平完整地回到人民的怀抱，这充分体现了中国共产党为民族利益而献身的崇高精神。

人民解放军北平入城式

在北平陷于绝境

的情况下，毛泽东于1949年1月14日发表了《关于时局的声明》，明确指出："国民党反动统治机构即将土崩瓦解，归于消灭"，"中国共产党愿意在八项条件的基础上进行和平谈判"，并强调指出"对于任何敢于反抗的反动派，必须坚决、彻底、干净、全部消灭之"。据此，平津前线解放军于1月18日向傅作义发出最后通牒，并规定了1月21日中午12时为最后答复期限。对傅作义集团来说，这是两枚销魂落魄的震撼弹。傅作义终于1月20日接受和平改编的条件。北平守敌8个军、25个师，全部开出城外，听候改编。

1月31日，我军进驻北平，北平宣告和平解放。

1949年2月3日，人民解放军举行了解放北平的入城式。

平津战役历时64天，我军以伤亡39万人的代价，共歼灭和改编敌军50个师52万人，解放了华北大部地区。

北平和平解放，小小的西柏坡村成为人们向往的地方。

2月1日，到达解放区的各民主党派，各人民团体、文化艺术界、新闻界、社会科学界及其他各方面的有影响的爱国人士李济深、沈钧儒、马叙伦、郭沫若等56人联名致电中共中央主席毛泽东、人民解放军总司令朱德并转全体将士，祝贺人民解放军的伟大胜利。

1949年2月，周恩来和前来西柏坡的原国民党将领傅作义（右三）、邓宝珊（右四）及前来商谈国共和平谈判和南北通航通邮等问题的"上海和平代表团"成员的合影

2月2日，毛泽东起草与朱德联名给李济深、沈钧儒、马叙伦、郭沫若等56

位民主人士的复电：诸先生长期为民主事业而努力，现在到达解放区，必能使建设新中国的共同事业获得迅速的成功。

这一天，毛泽东又为中共中央起草了祝贺平津解放的电文：林彪、罗荣桓、聂荣臻、薄一波诸同志及东北人民解放军、华北人民解放军全体同志们：庆祝你们解放北平、天津，从而基本上解决了全华北的伟大胜利。

2月22日，毛泽东在西柏坡接见了傅作义。他与傅作义一见面，傅作义立正行了一个军礼，连说："我有罪！"毛泽东双手握着傅作义的手，亲切地说："谢谢你，你做了一件好事嘛，宜生先生。假如说，你过去有错误的话，那么现在功过权衡，还是功大于过，也是有功人员。"傅说："在我有生之年还要做一些对人民有益的事情，弥补我过去的错误。"毛泽东说："将来你们都是人民解放军的一员了，和人民解放军一样看待，绝不受歧视。"傅当即表态："我保证把工作做好。"毛泽东高兴又风趣地说："过去我们在战场见面，清清楚楚，今天，我们是姑舅亲戚，难舍难分。蒋介石一辈子耍滑头，最后还是你把他甩掉了。"傅点头说："是！"毛泽东说："我俘虏你的人员，都给你放回去。你可以接见他们，我们准备把他们都送到绥远去。"傅作义不解其意地问："我怎么处理呢？还要送到绥远去，为什么呢？"毛泽东说："他们到了绥远，可以现身说法，共产党对他们一不搜腰包，二不侮其人格；可以帮助在绥远的人学习学习，提高认识嘛。""有了北平的和平解放，绥远问题就好解决了。可以先放一下嘛，等待他们的起义。还是以前说的，给你们编两个军。对于你们来说，走革命的道路，要过好几个关，但主要的是要过好军事关。这一关过好了，以后土改关、民主改革关，将来还有社会主义关等就好过了。"交谈的气氛十分融洽，傅作义毫无顾虑，他向毛泽东表达了今后工作的意向，毛泽东同意提议他担任水利部部长，并对傅作义的安全保卫工作做了安排。

从1948年9月12日开始到1949年1月31日结束的辽沈、淮海、平津三大战役，历时142天，共歼灭国民党正规军144个师，非正规军29个师，154万人。国民党赖以维持其反动统治的主要军事力量基本上被摧毁。三大战役的胜利，奠定

西柏坡毛泽东故居

了人民解放战争在全国胜利的巩固基础。

“力拔山兮”、摧枯拉朽的三大战役好似铁铸钢浇无丝毫焊接之痕迹的锁链，惊天动地，波澜壮阔。勾勒这气势磅礴的战争画卷的如椽之笔，正是毛泽东等老一辈无产阶级革命家在西柏坡挥动的。村中，一幢只有四间陋室的小平房，成了指挥包括三大战役在内的20余次规模较大的战役的解放军总部。电台设在附近的燕尾沟、窑上、通家口等村中。总部院内只有一个小电话总机。身为中央军委副主席兼总参谋长的周恩来对此说得十分形象，他曾风趣地说：“我们这个指挥部是世界上最小的指挥部，我们一不发人，二不发枪，三不发粮，天天发电报，就把敌人打败了。”整个三大战役期间，中央军委共发出了197份电报。内容多由毛泽东亲笔起草，而后派人骑马或开车送窑上等村发往各个战场。电报以“A”标级，A字越多则越为紧急。三大战役期间的电报多为“AAAA”，也有五个A或三个A的，只要是四个A以上的，则表示刻不容缓，得立即送呈周恩来，随即签发，并注上请毛、朱、刘、任阅。如特别重大，周一人不能定夺，他则亲自前去请示毛泽东。对十万火急之事，便将几位书记召到毛泽东住所议处。其简洁明快、决断迅捷，绝非当今有些影视或文学作品中所屡见的那种领袖们开会时烟雾盈室的情景。实则可见的是中央机要室和作战室里电话频频；领袖们的办公室内，灯火彻夜通明；参谋们手持电报，穿梭于机要室、作战室和领袖们的土屋之间，紧张有序，敏捷无声。因条件较差，甚至连绘图用的红蓝铅笔都难以为继，只得间以土法染成的红蓝毛线标图。

在战局多变的日子里，军委作战室每周开一次总结会，总结、分析一周战局变化，提出下一步作战计划和设想，朱总司令常来军委作战室，每周一次的总

结会他是必到的，并对作战室的工作给以具体的指示。军委作战室分作战科、情报科、战史资料科。具体工作任务是研究、汇集敌我战场的作战情况，及时向党中央、毛泽东汇报，根据党中央、毛泽东的指示下达命令。作战室的墙上挂满了军用图，用红蓝毛线标出战场情况。工作人员每天都围坐在桌旁紧张地工作着。军委作战室所提供的大量的军事资料都要经周副主席、朱德认真研究、核对并拿出自己的意见之后，才送到毛泽东那里去。

毛泽东与周恩来在西柏坡研究战事

三大战役胜利结束，毛泽东兴奋到了极点，然而也疲惫到了极点。卫士李银桥感到，到了该为主席梳头的时候了，因为梳头可以促进脑部的血液循环，减轻疲劳，恢复精力。

毛泽东仰在靠椅上对李银桥说："痛痛快快梳个头，痛痛快快歇口气！"李银桥拿起梳了，慢慢地给他梳头。因为毛泽东主席的头发浓密、坚硬，只能慢慢梳。李银桥精心地梳理着，忽然从他乌黑油亮的头发中发现了一根白发。"主席，您有了一根白头发……给您拔下来吧？"毛泽东说："拔吧。"于是，李银桥仔细挑出那根白发，捏紧底根，猛一揪，拔了出来。然后，把白发拿到毛泽东眼前。毛泽东双眼仔细地看着自己的那根在三大战役期间出现的白发，笑着说出两个字："值得。"

1948年底，中央军委在西柏坡召集各野战军和几个军区的后勤部部长开会。1949年元旦，中央举行"新年聚餐"。毛泽东、朱德、刘少奇、周恩来、任弼时等领导亲切地接见了大家，并向大家祝酒。勉励同志们，要努力工作，准备向长江以南进军，将革命进行到底。

“宜将剩勇追穷寇”

渡江战役是中国人民将革命进行到底，彻底粉碎国民党企图“划江而治”的一次重大战略行动。

战略大决战胜利结束后，中国的政治形势已经十分明朗：中国人民革命战争在全国范围内的胜利已经不需要太长的时间了，国民党政府正像一艘破船那样将从历史上沉没。

蒋介石在军事上惨遭失败、政治上众叛亲离、经济上迅速崩溃的情况下，美国政府又拒绝了他所提出的增加美援和公开发表支持国民党政府声明的要求。在日暮途穷，内外交困，走投无路的情况下，1949年元旦，蒋介石发表了一篇“求和”声明。宣称，在保存伪宪法、伪法统和保全国民党军队等条件下，愿与共产党商讨“停止战争、恢复和平的具体办法”。

一向同蒋介石存在尖锐矛盾的桂系首领李宗仁、白崇禧趁机以和谈为名，要逼蒋下野以取而代之。

这场越来越热闹的“和平”活动，使国内一部分人产生了不切实际的幻想。有一些中等资产阶级和上层小资产阶级分子，害怕革命的进一步发展会损害他们的利益，希望革命就此止步，或者带上温和的色彩。有的资产阶级右翼分子要共产党把人民革命战争“立即停下来”，反对“除恶务尽”。

在国际上，也出现各种各样的议论，似乎中国人民的革命斗争应该适可而止。

早在解放战争刚刚开始之初，斯大林一直相当固执地认为：中国共产党及其武装力量要同由美国支持的蒋介石政权全面抗衡，其力量对比是太悬殊了，而且

悬殊得几乎无法比拟。当然，这位指挥苏联红军战胜了希特勒军队的最高统帅对中国这样一个情况特殊的东方大国并不很了解。出于苏联自身利益的需要，同时也是出于苏联需要拉拢南京政权以制约美英等西方国家在华势力的需要，斯大林一直保持着与蒋介石的正式外交关系。

但由于斯大林清楚，即使让蒋介石掌握了中国政权，中国也不能算是以苏联为首的东方阵营中的一员，因为蒋介石亲西方的态度是鲜明的。因此斯大林一直在谋求让中国共产党也能参加到蒋介石领导下的联合政府中去。

自信的斯大林对毛泽东的为人了解得太不充分，他打电报向毛泽东建议说："你党应该维持国内和平，再不能打内战了，否则有把中华民族引向毁灭的危险。"

当这份署名为"菲利波夫"（斯大林）的电报传到毛泽东手上时，毛泽东看了看，随手把它放在桌上，淡淡一笑，风趣地说："这事恐怕要问问全党和全国人民答不答应了。"他又向身边的同志进一步说："人家说我们想打内战，可这内战是谁挑起的制造的却没闹明白。"

这位从中国湖南走出来的共产党领袖素来有不受人指挥的性格，他有着与斯大林一样的自信和坚毅。所不同的是，毛泽东的自信是建立在对中国国情的深入了解和仔细分析之上的，而远在莫斯科的斯大林缺少的正是这样一点关键的东西。

毛泽东分析后得出的结论是："中国共产党有能力推翻国民党的反动统治。对于国民党当局制造的假和谈，真内战的伎俩我们只能是采取'针锋相对，寸土必争'方针。"

毛泽东放下了斯大林的电报，既没有盲目听从斯大林的建议，也没有去向苏联政府请求物质援助，他决心让历史来说话。

当中国人民的胜利就要成为历史事实时，斯大林又派出一位政府要员到中国向中国共产党传达他的意思。

1949年1月31日，在西柏坡，中国共产党迎来了一批不平常的客人，他们的

米高扬（右二）在西柏坡

到来竟是这样的凑巧，几乎刚刚是与北平和平解放的同一时间。

迎来的贵客是苏联共产党中央政治局委员米高扬一行人组成的秘密访华团。他们的飞机在石家庄降落，然后乘吉普车来到西柏坡。

对于米高扬的到来，中国同志给予了热情的接待，在条件还很差的情况下几乎倾注全力使苏联朋友感到满意。

米高扬笑容满面地在整洁舒适的农家窑洞似的屋里住下后，四处打量了一番。只见屋内粉刷洁白，桌上铺着白布，放着插满鲜花的花瓶，给人一种心情舒畅的气氛。

"好！好！没料到这儿的环境这么美妙。"米高扬拍拍松软的被子，显得很满意。

"这是毛主席和周副主席特地关照的，要我们在条件不好的情况下尽力照顾好苏联同志的生活。"负责接待的同志彬彬有礼地回答。

米高扬嗯了一声，在桌旁坐了下来，他望着窗外一片皑皑的白雪，似乎又勾起自己的回忆。

几年前，身为苏联部长会议副主席的阿纳斯塔斯·伊凡诺维奇·米高扬曾受斯大林的派遣，直飞南京同蒋介石政权进行过外交洽谈。当时斯大林的重心还是偏在南京政权一边的，他派米高扬去南京向蒋介石了解中国的战局进展和未来情况。当米高扬带着蒋介石请求苏联在军事上、政治上给予全面援助的信函飞回莫斯科后，斯大林还一直相信蒋介石有能力控制中国局势，有可能达成与毛泽东联合组阁的协议呢！

当然，蒋介石最后的表现使斯大林彻底失望了，才有了苏联方面对中共的全面支持与声援。

毛泽东以及中国领导人与米高扬的正式而秘密的会晤开始了。

米高扬一行人在西柏坡整整待了七天。在七天中，毛泽东、朱德、刘少奇，周恩来、任弼时同他们进行了三次长时间的会谈，希望得到苏联方面对即将诞生的新中国予以全力的声援和支持，会议进行得极为诚恳，简朴的会议室内气氛平和而轻松。毛泽东面前的烟灰缸几乎每次都要让烟头塞得满满的，他亲自主持和参加了这次马拉松式的会谈。

对于毛泽东曾准备到苏联去的事，米高扬说：斯大林同志很关心中国革命形势的发展，经过研究，认为中国人民解放战争正处在关键的时刻，毛泽东同志不能离开指挥作战的岗位。同时，也考虑到安全问题和毛泽东同志的身体健康。因此，斯大林决定派我们来，听取毛泽东同志及中共中央的意见。

然而，米高扬等苏联同志在会谈中神态始终很严肃，不苟言笑，就是不表一次态。

“米高扬同志，您认为我们的看法合适吗？”

毛泽东用征询的眼光盯着对方。

“毛泽东同志，请允许我把您的意见带回苏联，向斯大林同志汇报吧！”

米高扬轻轻用手指弹弹桌面，显得很恳切。

当涉及又一个需要苏联同志表态的问题时，米高扬又微微耸耸肩头，仍显得十分严肃，认真地摇摇头说：“让我把你们的看法都带回去行吗？”

毛泽东笑了笑，笑得很潇洒，他风趣地用手指指米高扬面前那本记得密密麻麻的工作日记说：“米高扬同志真是个速记好手呀。”

“哈哈哈……”

屋里发出了一阵阵轻松的笑声。

然而有时米高扬也发发火，他对自己带来的翻译不得力而十分不悦，有时竟拍着桌子责骂译员。好在有主人的周密考虑，那位译员才算没被他赶出会议室。

最后一次会谈中，毛泽东把人民解放战争的发展形势和步骤安排，以及新中国政权的性质，方针、外交等全面的考虑向米高扬和盘托出，以期用诚意表明中共方面的态度。

当米高扬听完后，他思忖了一下，皱皱眉头，偏起脑袋来说："实在有些遗憾，我这次来这儿可只是带了两只耳朵来的，我回去后一定向斯大林同志全面认真地汇报。"

出于礼貌，毛泽东没有让他再为难了。毛泽东心里清楚，因为斯大林在中国革命的问题上的确犯过许多错误，因此他们现在不得不对中共领导人的意见要小心慎重起来。这当然不能说是一件坏事，毛泽东笑了笑，握住米高扬的手，没有再说什么，只是友好地点了点头。

当然，个性鲜明的毛泽东对米高扬的态度自然是不会很满意的。当天夜里，毛泽东站在自己房间里，与周恩来等领导人在分析着，研究着。

这些中共的高级领导人对苏联和斯大林的多次不支持中国人民的解放战争的态度也是知晓的。他们聚集在自己领袖身边，对米高扬这次所持的态度表示了各自的不同见解。

毛泽东一言不发，听着大家的意见。他扔下手中的红蓝铅笔，站起身来，一手叉腰一手指着墙上的大地图，看了看后，不紧不慢地说道："到了这种时候了，我们眼看就要过长江了，还有人想阻止。说千万不要过长江，过了江就会引起美国的出兵，中国就有可能出现南北朝。"

毛泽东幽默地做了个手势，转过身来看看他的战友，又问道："你们各位看呢？"

大家你看看我，我看看你，会意地笑了。

"是啊！"毛泽东坦然地挥挥手，干脆大声说，"我毛泽东可是管不了那么多了。"

随着毛泽东的话音，屋里发出一阵笑声，中共的领导者们深知主席的话意，他们相信毛泽东的分析和判断。

毛泽东走到窗前，推开窗户，一手叉腰，一手拿着香烟，长长地吸了一口，久久地望着外边……

窗外，夜空深沉，万籁俱寂，四下出奇的安静，除了偶尔刮起的风声，大地沉睡得十分安详。

又一个清晨来临了，淡淡的朝霞给远方的地平线抹上了几道神奇的色彩，冬日的早晨自有它的迷人之处，那皑皑白雪像铺在大地上的一床白被子，柔和而厚实，令人心醉。

米高扬完成了使命，要回莫斯科去了。清晨，他迈着慢悠悠的步子来到一座高坡上，眼望着分布在这片山洼中的中共中央机关所在地，远处那窗口盏盏不灭的灯光还映着中共领导人埋头工作的身影。

米高扬感慨了，他努力在记忆中搜索着自己同中国国共两方高级领导人打交道的每一件事情，每一个细节，禁不住说："中国共产党的领袖们很坚定呀，他们正在按自己的意愿指挥一场改写中国历史的战争。"

米高扬忠实地带着斯大林的旨意来到了中国西柏坡，七天后又忠实地带着斯大林的旨意回到了苏联，结束了这次访华活动。

米高扬回国后，毛泽东始终坚定的按照中共中央的既定方向，一步又一步地把中国革命的形势推向新的高潮。

1948年12月30日，毛泽东在西柏坡为新华社写了题为"将革命进行到底"的新年献词，明确提出，"必须用革命的方法，坚决彻底干净全部地消灭一切反动势力"。他还用《伊索寓言》农夫与蛇以怨报德的故事，形象通俗地说明中国人民决不怜惜蛇一样的恶人，号召各民主党派、各人民团体真诚合作，粉碎美蒋反动派的阴谋。并针对少数人的模糊和动摇，强调："这里是要一致，要合作，而不是建立什么'反对派'，也不是走什么中间路线。"

为了坚定党内、军内和人民群众将革命进行到底的决心，1949年1月6日至8日中共中央在西柏坡举行政治局会议，讨论通过了毛泽东起草的《目前形势和党在一九四九年的任务》的报告。毛泽东断言：我们已经有把握在全国范围内战胜

国民党，并要求全党提高警惕，做好应付包括美国出兵在内的任何事变的思想准备。他强调“革命力量愈强大，愈坚决，美国进行直接的军事干涉的可能性也就愈小”。

根据上述精神，1月14日，毛泽东又发表了《关于时局的声明》，揭露了蒋介石“和平”建议的虚伪性，但是为了迅速结束战争，减少人民的痛苦，中国共产党愿意在惩办战争罪犯、废除伪宪法、废除伪法统、依据民主原则改编一切反动军队等八项条件的基础上与国民党政府进行和平谈判。

1949年1月21日，众叛亲离、无可奈何的蒋介石被迫“引退”，回到老家奉化，由李宗仁出来代行“总统”职务。但蒋介石实际上仍掌握着对国民党政府残存的大权，在幕后操纵军政大权。

蒋介石玩弄的这一“和平”把戏，本是缓兵之计，其目的是为了赢得时间，依托长江以南的半壁河山，重整军力，伺机反扑。因此，他下台前就对战争进行了部署；“引退”后，仍以国民党总裁的身份积极扩军备战。将京沪警备总司令部扩大为京沪杭警备总司令部，任命汤恩伯为总司令，统一指挥江苏、浙江、安徽三省和江西省东部的军事，会同华中“剿匪”总司令白崇禧指挥的部队组织长江防御。到1949年4月，国民党军在宜昌至上海间1800余公里的长江沿线上，共部署了115个师约70万人的兵力。其中九江以西由白崇禧统率40个师25万人防守；湖口以东由汤恩伯统率75个师45万人防守。此外，尚有海军舰艇130余艘、飞机300余架配合陆军作战。

李宗仁上台后，第二天就致电毛泽东，表示“即愿开始谈判”。同时，又向印度大使表示：长江以南的广大地区，四川和云南两省，西藏、甘肃、青海这些中国内陆的边远地区，以及新疆和西藏这些广大领土，共产党势力还未到达，即使共产党南下，他还可以退到重庆，继续和共产党对抗。怀着这样的如意算盘，他和谈的腹案，当然是“两分天下”“划江而治”。

毛泽东对这一切自然看得很清楚，但他为了减少战争对人民的损害，早日实现和平，还是复电李宗仁表示愿意同南京政府进行和平谈判。

2月22日，毛泽东、周恩来在石家庄西柏坡接见了以“上海和平代表团”名义赶来的颜惠庆、章士钊、邵力子、江庸四人，就国共和平谈判及南北通航、通邮等问题，广泛交换了意见。

以毛泽东为首的中央军委，已和蒋介石打了多年交道，对蒋介石的缓兵之计已洞烛其奸。因而，一方面以极大的耐心同国民党举行谈判，争取和平渡江、和平解放全中国；另一方面，调兵遣将，准备进行渡江战役。战役总前委根据中央军委总的意图，于1949年3月31日制定了《京沪杭战役实施纲要》，决定组成东、中、西三个突击集团，采取宽正面、有重点的多路突击的战法实施渡江作战。

4月1日，南京政府和平谈判代表团到达北平，首席代表是张治中。

会谈以小型会议为主，小会在东交民巷六国饭店，后改名国际饭店，即现今的华丰宾馆，大会在中南海勤政殿。

4月2日到12日，由双方代表个别交换意见。4月2日，双方代表按照头天晚上商定的办法，在六国饭店进行个别交谈。周恩来和张治中谈，叶剑英和黄绍竑谈，林伯渠和章士钊谈，李维汉和邵力子谈，聂荣臻和李蒸谈，林彪和刘斐谈。争论的焦点集中在战犯问题上。

在中南海勤政殿开过五六次会议。每次会议中共代表都是义正词严，而张治中则是措辞委婉，而且有几次都是只有双方首席代表发言，其他代表则基本上不讲话。谈判中周恩来发过一次脾气。其原因是张治中在发言时举了一个很不恰当的例子。他说，中国这个大家庭原来是哥哥当家，可是没有当好，把家管得很糟；弟弟能干，能把家管好，当然哥哥就该把钥匙交给弟弟。但不管怎么说，兄弟总是一家人嘛，不能把哥哥当成罪犯。

国共两党在中南海勤政殿谈判

周恩来听了这些话，当即拍案而起，他严正地斥责说："你们难道像兄弟一样对待我们了吗？国民党从1927年算起，杀了成千上万的共产党人，这笔账人民是要清算的！你们一小撮反动派挑起了全面内战，这些难道仅仅是没有管好家吗？"

在周恩来义正词严的讲话面前，会场气氛立刻紧张起来，张治中只好连连道歉。

4月13日晚，以周恩来为首的中共代表团同以张治中为首的南京政府代表团，举行第一次正式谈判，讨论由中共代表团提出的和平协议方案。15日晚，谈判双方举行第二次会议。张治中回忆到：这次会议以后，代表团一致的意见，"表示只有接受这个《国内和平协定》为是。"并决定派人带文件回南京去，劝国民党政府接受。16日，毛泽东致电前线指挥员：南京是否同意签字，将取决于美国政府及蒋介石的态度。如果他们愿意，则可能于4月22日签字，否则谈判将破裂。"你们的立脚点应放在谈判破裂用战斗方法渡江上面，并保证于22日一举渡江成功。"

4月22日，南京政府复电，断然拒绝接受《国内和平协定》。第二天，作为中国人民革命军事委员会主席的毛泽东和中国人民解放军总司令朱德联名发出《向全国进军的命令》，命令人民解放军："奋勇前进，坚决、彻底、干净、全部地歼灭中国境内一切敢于抵抗的国民党反动派，解放全国人民，保卫中国领土主权的独立和完整。"

周恩来得到张治中坚持回南京复命的消息后，当即赶到六国饭店和张治中谈话。

张治中在谈话中，向周恩来强调了"复命"的理由。

西安事变的时候，周恩来晚到了一步，张学良陪同蒋介石回南京的飞机已经起飞了。天真和轻信，铸成了张学良被无期监禁的悲剧。周恩来每每想到这件事，就感到十分痛惜。因此，他非常诚恳地挽留张治中说，现在的形势，你们无论回到南京、上海或广州，国民党的特务都会不利于你们的。西安事变时，我们

已经对不起一位姓张的朋友，今天不能再对不起你了！周恩来的话真挚、温和而又坚决，张治中被深深地打动了。

张治中和中国共产党一直保持着友好的关系。早在大革命时期，他就同周恩来、恽代英等共产党人建立了友谊。在黄埔军校左右两派学生的斗争中，他是同情共产党的，也曾经因此受到国民党右派的攻击。此后，即使在国民党反共高潮中，他也没有随波逐流，改变自己的态度。抗战时期，在重庆，他同周恩来等友好交往，对共产党的了解也进一步加深。抗战胜利后，他力主和平建国，并积极促成国共两党的重庆谈判。1945年，张治中受周恩来委托，到新疆成功地解救了被盛世才监禁多年的100多名共产党干部，使他们安全地回到延安，为共产党保存了一批重要的骨干力量。1945年8月27日，张治中代表国民党当局去延安迎接毛泽东到重庆谈判，张治中作为国民党谈判首席代表，为《重庆谈判纪要》的签署做出了贡献。

中共代表们也先后到六国饭店看望南京代表，进行劝留。林伯渠、李立三劝他们说：过去在重庆、南京谈判破裂后，我方代表并不撤退，保留未来和谈恢复的接触，现在挽留你们，也是同样意思。你们留下来，也就是坚持和平的主张，是对和平的支持。

周副主席所说的“西安事变”中对不起姓张的朋友是指张学良，在“西安事变”后，张学良不听劝说去见蒋介石，结果遭到了蒋介石的软禁和迫害。张治中对蒋介石的翻云覆雨、寡廉鲜耻、心狠手辣早有所闻，听了周副主席情词恳挚的

渡江战役

劝说，于是决定留下，南京代表团其他成员也决定留下。

依据毛泽东、朱德的命令，1949年4月20日晚和21日，人民解放军第二、第三野战军遵照中央军委的命令和总前委的《京沪杭战役实施纲要》，兵分三路，先后发起渡江。举世瞩目的渡江战役打响了。为了有利于东、西两路兵团作战，并在渡江后迅速会师，我军决定中路兵团30万人提早在4月20日午夜渡江。午夜时分，千万只战船出现在长达100多公里的江面上。一小时后，渡江突击队先后攻占了闻新洲、紫沙洲、黑沙洲、鲫鱼洲等江心洲。紧接着，他们强渡夹江，建立了滩头阵地，直指板子矶。与此同时，我军大炮轰掉了敌军主碉堡，强渡战士首先登岸。到21日凌晨，渡江第一梯队突破敌军防线，敌军自芜湖西南的港口至铜陵的江防地带全部土崩瓦解，丢盔弃甲，夺路南进。

中路大军突破天堑的当天晚上，东、西两路大军接连发起了渡江攻势。

西路兵团35万人从下午5时开始全线进攻，在30华里长的战线上，排列着300多门大炮，经过一个小时的猛烈炮击，摧毁了敌军的前沿阵地。接着，在贵池至马当的200华里长的江面上，从各港口涌出的数千只战船，立即向南岸驶去，很快突破了敌军的西边江防。22日我军又解放了贵池、彭泽等地，猛扑浙赣线，向敌军纵深进攻。

在西路大军强行渡江的同时，我东路大军35万人于21日下午7时也发起攻击，在申港、靖江地区南渡。战船冒着密集的炮火向前猛冲，首批八个团的兵力，在不到一个小时的时间内，就在圩塘镇至王坍镇、申港至夏港及长山两侧三个地段登上南岸，歼灭了据守敌军。接着，最先登岸的突击营战士，即与驻守在江阴县的起义人员会合，机智地活捉了国民党要塞司令戴戎光，摧毁了江阴要塞，敌军纷纷向南溃退。

当我三路大军向国民党的千里江防展开猛攻的时候，集结在滁县以南地区的我三十五军，4月20日开始，也对南京正面的江浦、浦镇、浦口地区发起攻击。至22日，国民党第二十八军见我大军已接近浦口，便星夜缩回南京。23日上午，我各师先后到达浦口，打开了解放南京的北大门。我三十五军乘胜前进，飞

渡南京。当晚，人民解放军胜利占领南京，红旗插上了“总统府”，国民党反动政府宣告灭亡。

解放军占领国民党的统治中心南京，毛泽东奋笔写下了著名的《七律·人民解放军占领南京》：钟山风雨起苍黄，百万雄师过大江。虎踞龙盘今胜昔，天翻地覆慨而慷。宜将剩勇追穷寇，不可沽名学霸王。天若有情天亦老，人间正道是沧桑。

“宜将剩勇追穷寇，不可沽名学霸王。”这两句诗清楚地表达了毛泽东要把革命进行到底的决心。当人民解放军南渡长江时，国民党的总兵力还有204万人，控制全国人口的58%，城市的63%，土地面积的73%。上海、青岛等地还驻有美、英等国的军舰和海军陆战队。但国民党军队的精锐主力已被歼灭，剩余的军队中只有白崇禧部和西北的马步芳、马鸿逵部还有较强的战斗力，胡宗南部正由西北向西南撤退。由于人心已去，士气涣散，已难以组织坚强有力的抵抗。

人民解放军渡江成功后，东、中两集团对南京、镇江、芜湖地区南逃之国民党军实行钳形合围。广大指战员不顾疲劳，不畏道路泥泞，不怕饥饿，猛追逃敌，并于28日至29日在郎溪、广德地区将国民党军四个军大部、两个军一部共6万余人包围歼灭。5月3日，第三野战军一部解放杭州，至7日，第二野战军占领贵溪、上饶、金华等城并控制了浙赣线。至此，汤恩伯集团一部逃往福建，主力25个师约20万人退守上海。

总前委依据战局发展，以第三野战军八个军于5月12日发起上海战役，经激烈战斗，于27日攻占上海，汤恩伯集团除5万人乘军舰逃跑外，15万人被歼。6月2日，三野一部解放崇明岛，渡江战役胜利结束。

渡江战役历时42天，人民解放军百万大军一举突破国民党军的长江防线，并以运动战和城市攻坚战相结合，合围并歼灭其重兵集团。此役，共歼灭国民党军11个军部、46个师共43万余人，解放了南京、上海、武汉等大城市，以及江苏、安徽两省全境和浙江省大部及江西、湖北、福建等省各一部，为之后解放华东全境和向华南、西南地区进军创造了重要条件。

十五　『我们决不当李自成』

毛泽东在延安对黄炎培说，共产党能跳出周期率，后来又多次说，我们不当李自成。

召开中共七届二中全会

在中国革命胜利的前夕，中国共产党为了解决新形势下所面临的一系列重大问题，于1949年3月5日至13日，在西柏坡召开了七届二中全会。出席会议的中央委员34人，候补中央委员19人，由毛泽东、刘少奇、周恩来、朱德、任弼时组成的全会主席团主持了这次会议。

七届二中全会会址

七届二中全会会场

会场设在中央大院的西北角，即由毛泽东住处往朱德住的后沟路过的那个山嘴西侧。这不是民房，是临时搭建的，土坯垒墙，檩条搭顶，没用椽子，将苇帘直接搭在檩上，上面便抹泥封顶了。这座房子比不上民房坚固，但比民房宽敞得多，一间要顶四五间，人称中央小礼堂。由于当时再没有比这大的房子，因此临时将它布置成了会场。会场上用的东西大部分是从石家庄拉来的战利品，一小部分是在西柏坡做的。会场没有鲜花，没有扩音设备，没有座位牌，毛泽东始终坐在主席台一张长条桌旁，他和每一位与会者一样，随时做着笔记。在主席台的两侧放了两张方桌，各有两名记录员。下面摆放了四个沙发和一些长条椅，是供朱

德、刘少奇、周恩来、任弼时等同志用的，但也没有固定的位置，往往一张沙发上坐两三个人，长椅上是三四个人，来得早的坐在前面，来得晚的坐在后面，而住在中央大院的同志则是自己带凳子，散会后再搬回去。主席台上方挂有马、恩、列、斯和毛泽东、朱德的画像，下面是写有“中国共产党”字样的两面党旗，在两侧墙上也分别悬挂着党旗，后墙上挂有向全会汇报的战争态势示意图。

毛泽东在七届二中全会上作报告

七届二中全会是解放战争时期中共召开的唯一的一次中央全会，会议做出的各项政策规定，不仅对迎接中国革命的胜利，而且对新中国的建设事业，都起着巨大的指导作用。

全会听取并讨论了毛泽东的报告，批准了1945年6月七届一中全会以来中央政治局的工作，批准了由中国共产党发起的关于召开新的政治协商会议及成立民主联合政府的建议，批准了毛泽东主席关于以八项条件为基础与南京政府进行和平谈判的声明，全会最后通过了《中国共产党第七届中央委员会第二次全体会议决议》（以下简称《决议》）。

刘少奇、朱德、任弼时、林伯渠等在七届二中全会上

《决议》指出：人民解放军永远是一个战斗队，对于这一点不能有任何的误解和动摇。人民解放军又是一个工作队，随着战斗的逐步减少，工作队的作用就增加了。我们必须准备把210万

野战军全部地化为工作队，必须把210万野战军看成一个巨大的干部学校。

《决议》指出：从1927年到现在，我们的工作重点是在乡村，在乡村聚集力量，用乡村包围城市，然后取得城市。采取这样一种工作方式的时期现在已经完结。从现在起，开始了由城市到乡村并由城市领导乡村的时期。党的工作重心由乡村移到了城市。

《决议》最后强调：我们很快就要到全国胜利了。因为胜利，党内的骄傲情绪，以功臣自居的情绪，停顿起来不求进步的情绪，贪图享乐不愿再过艰苦生活的情绪，可能生长。因为胜利，人民感谢我们，资产阶级也会出来捧场。可能有这样一些共产党人，他们是不曾被拿枪的敌人征服过的，他们在这些敌人面前不愧英雄的称号；但是禁不起人们用糖衣裹着的炮弹的攻击，他们在糖弹面前要打败仗，我们必须防止这种情况。夺取全国胜利，这只是万里长征走完了第一步。中国的革命是伟大的，但是革命以后的路程更长，工作更伟大、更艰苦。务必继续保持谦虚、谨慎、不骄、不躁的作风，务必继续保持艰苦奋斗的作风。

为此，会议还根据毛泽东的提议，做出了六条规定：一不做寿，二不送礼，三少敬酒，四少拍掌，五不以人名作地名，六不要把中国同志同马、恩、列、斯平列。

党的七届二中全会为党的工作重心从农村转移到城市，转移到以生产建设为中心，使中国由农业国逐渐转变为工业国，由新民主主义社会逐渐转变到社会主义社会，从政治上、思想上、理论上和方针政策上做了充分的准备，并描绘了新中国的宏伟蓝图，具有极为重大的历史意义。

进京赶考

中共七届二中全会还郑重宣布："新中国将定都北平！"

对于定都何处，毛泽东在这一期间曾征求过王稼祥的意见。

1949年元旦刚刚过去，西柏坡冬日的寒流便渐渐减弱。毛泽东在西柏坡指挥三大战役的同时，也在思考着即将诞生的新中国的选都事宜。从当时的国内、国际条件出发，毛泽东和党中央曾想定都哈尔滨。随着三大战役即将胜利结束这一时局的重大发展，认为有必要重新考虑选都问题。

恰在这时，王稼祥、朱仲丽夫妇来看望毛泽东。

前不久，王稼祥从苏联治病回国后，任中共中央东北局委员、城市工作部部长，他与毛泽东有着深厚的革命情谊；朱仲丽之父朱剑凡与杨开慧之父杨昌济系至交，毛泽东1920年任湖南第一师范附小主事时，朱剑凡安排他寄宿自己创办的周南女校，二人结为忘年交，毛泽东为朱仲丽世兄。王稼祥与朱仲丽喜结良缘，还是毛泽东搭的桥。

1941年，王稼祥和夫人朱仲丽在延安

对于王稼祥、朱仲丽夫妇的到来，毛泽东兴高采烈，惊喜地说："稼祥，来来来，快坐下，今日我有件大事要向你讨教。"

王稼祥一边与主席亲切握手，一边谦和地说："这可不敢当，主席有话请讲。"

毛泽东谈了和平解放北平的想法之后，

接着说："我们很快要取得全国的胜利了，我想听听你的意见，我们的政府定都在何处？历史上，历朝把京都不是定在西安，就是开封，要不就是南京、北平。我们的首都定在哪里最合适呢？中央虽有考虑，但还没有最后定案。"

王稼祥开门见山地回答："是不是定在北平？"

毛泽东神采奕奕，点了点头，微笑着说："谈谈你的理由。"

王稼祥这位学识丰富的革命家、外交家运用排中律，阐明定都北平的理由。

王稼祥首先以肯定的口吻说："南京离东南沿海太近，从当前的国际形势看，这是它的很大缺陷，我们定都，当然不能选在南京。"

"西安如何呢？"

"西安的缺陷是太偏西，现在不是秦汉隋唐时代了，今天中国经济重心是在沿海和江南，由此看来，西安也不合适。"

毛泽东谈及有的同志认为开封、洛阳作为古都，是否可以考虑定都问题。

王稼祥认为，开封、洛阳经济落后、交通不便，"也失去了作为京都的地位。"

毛泽东兴致勃勃地问："你认为最合适的建都地点在哪里？"

按照规律，择都应从政治上着眼，现中国南方尚未解放，我们的根据地主要在北方，宜定都北平。基于这一考虑，成竹在胸的王稼祥淋漓尽致地表达了自己的观点："北平位于沿海地区，属于经济发达圈内，而且扼守连接东北与关内的喉咙地带，战略地位十分重要，可谓今日中国的重心所在。同时，它靠近苏蒙，与社会主义苏联和蒙古人民共和国国界长而无战争之忧。虽然离海近，但渤海是中国内海，有辽宁、山东两个半岛拱卫，战略上十分安全。一旦国际上有事，不致京师震动。此外，北平是明清两代500年帝都，从人民群众的心理上，也乐意接受。考虑到这些有利条件，我的意见，我们政府的首都应该选在北平。"

"哈哈哈！"毛泽东爽朗的笑声中包含着对老战友远见卓识的赞赏，"稼祥，你的分析，正合我意。看来，我们的首都，就定在北平了。不过，北平现在还在傅作义之手哩。"

“我们很快就会进入北平的。”王稼祥的话语中充满了自信。

毛泽东高瞻远瞩地说；“是啊，我们很快就要进入北平了，我希望能够和平进入北平，最好北平不要打！”

由于工作重心的转移，七届二中全会的召开，加速了中共中央迁往北平的进程。早在1949年1月召开的中央政治局会议以后，党中央就决定从西柏坡迁入北平。1月19日，即派中央直属机关供给部副部长范离等一行前往已被我军占领的北平西郊，其主要任务是选定中央机关的驻地。

中共中央和中国人民解放军总部迁移北平，是一件具有重大历史意义的大事，党中央十分重视，确定由周恩来、任弼时、杨尚昆主管这项工作。1949年2月初即着手迁移的准备工作，并为此成立了由杨尚昆和曾山负责的转移委员会，统一处理撤出西柏坡和迁移过程中的有关事宜。派往北平的先遣组则统一由李克农负责，下设筹备、收发、招待三个处，分别负责对外交涉、备置用具、社情调查、布置警卫、营地修葺建设、安排过往人员住地等事宜。根据中央的指示，中共中央华北局、北平市委、北平市政府和北平驻军也成立了由叶剑英、聂荣臻、程子华、刘亚楼、李克农组成的迎接中央迁平组织委员会。

为了做到万无一失地组织好这次转移，专门制定了各机关部队转移前后应该遵守和注意的事项，其主要内容包括：转移前要对全体人员进行教育；要妥善处理好与驻地居民关系中一切未了事宜。在转移过程中必须绝对服从指挥，严格遵守三大纪律八项注意；要发扬阶级友爱精神，团结互助；要遵守当地政府法令，尊重群众风俗，不得增加群众负担。进入城市后要做到四不：不乱讲话乱吃东西，不乱跑，不乱动手，不乱收人。五要：认清环境、分清敌友、提高警惕，爱护公共物资、遵守公共纪律，保持艰苦朴素的优良传统，向工人与劳动人民学习，切实执行政策法令、遵守三大纪律八项注意及各种制度。三讲究：礼貌、正派、整洁。这些规定非常周到、具体，充分体现了党中央对这次转移的高度重视，也是我党我军的光荣传统和优良风范的体现。

3月20日，转移委员会发出通知，对转移中有些人员的处理问题，作出了

一般的不准退职的规定，并规定“老弱或有疾病不能继续工作，但也不愿意退职或回地方工作者，不得劝其退职，也不得嫌弃，仍随原机关转移，妥为照顾。”“老弱不能继续工作而确实自愿退职者（回家后确实能生活者）可准予退职……除必须给以足够路费外，并应按其军龄及家庭情况对其以后生活分别给予适当的关照。”

3月21日，第四野战军政治部保卫部部长钱益民和司令部作战科科长尹健带着100辆大卡车和20辆吉普车，分别从北平、天津出发，专程前往西柏坡；叶剑英和铁道部部长滕代远则于24日带着三列专列前往涿县，去迎接毛泽东、党中央向北平转移。

3月23日，西柏坡的冬天已过去，天气特别晴朗，平时很少有汽车出入的党中央所在地突然来了20多辆卡车和吉普车，引来了不少正在春耕的老百姓围观。宁静的西柏坡弥漫着一种欢乐与喜悦的气氛，大家悄悄地奔走相告：“毛主席、周副主席要进北平了！”

这天，周恩来一改通宵办公、白天休息的习惯，上午8点就起床了。他来到毛泽东的住处。听说主席要工作人员9点前叫他起床，周恩来说，不要这么早叫，10点钟叫也不晚。10点钟，周恩来最先走进了毛泽东的办公室。

周恩来问：“主席，休息好没有？路途很长，很辛苦的。”毛泽东意味深长地笑道：“今天是进京赶考的日子，不睡觉也高兴啊！”周恩来会意地说：“我们都应考及格，不要退回来。”毛泽东说：“退回来就失败了，我们决不做李自成！”

毛泽东为什么提到李自成？在做进驻北平准备的这段时间，他想了很多。但是，他想的不是与他斗了几十年的蒋介石，而是想到了明末农民起义领袖李自成。

明末，以李自成为领袖的大顺军在人民的支持下，所向披靡，经过16年的奋斗灭亡了明王朝。1644年，李自成占领北京。在这以后，李自成及其部下居功自傲，贪图安逸，从将军到士兵，个个乘机中饱私囊，军纪败坏，士气瓦解，一

支能征善战的大军，占领北京43天即被腐化侵蚀，变成了毫无战斗力的乌合之众。当吴三桂引清军一到，堂堂的大顺朝顷刻之间便烟灭灰尽了。

这一历史悲剧引起有识之士的思考，郭沫若写下《甲申三百年祭》。他写道：自然，假如从整个的历史运动来看，经历了十六七年才达到这最后的阶段，要说难也未尝不是难。但要达到这最后阶段的突变上，有类于河堤决裂，系积年累月的浸渐而溃迸，要说容易也实在显得太容易了。在过短的时期之内获得了过大的成功，这却使李自成以下如牛金星、刘宗敏之流，似乎都沉沦进了过分的陶醉里去了。进了北京以后，李自成便进了皇宫。丞相牛金星所忙的是筹备登基大典，招揽门生，开科选举。将军刘宗敏所忙的是拶夹降官，搜括赃款，严刑杀人。纷纷然，昏昏然，大家都像以为天下就已经太平了一样。近在肘腋的关外大敌，他们似乎全不在意。山海关仅仅派了几千兵镇守，而几十万的士兵却囤积在京城里面享乐。尽管平时的军令是怎样严，在大家都陶醉了的时候，竟弄得刘将军“杀人无虚日，大抵兵丁掠抢民财也”了。

郭沫若的文章是在1944年3月写成，并发表在重庆《新华日报》上，不久就传到延安，立即引起了中国共产党人的重视。在抗日民族战争胜利之际，中国共产党领导的新式农民革命战争，会不会重蹈旧式农民战争的覆辙，这不能不引起毛泽东等人的深深思考。4月12日，毛泽东在延安高级干部会议上指出：“我党同志对于几次骄傲，几次错误，都要引为鉴戒。近日我们印了郭沫若论李自成的文章，也是叫同志们引为鉴戒，不要重犯胜利时骄傲的错误。”同年11月21日，毛泽东在给郭沫若的信中说道：“你的《甲申三百年祭》，我们把它当作整风文件看待。小胜即骄傲，大胜更骄傲，一次又一次吃亏，如何避免此种毛病，实在值得注意。”

在西柏坡，毛泽东就多次提醒不要重犯类似李自成的错误。

薄一波在《若干重大决策与事件的回顾》中写道：平、津接管工作，中央决定由彭真、叶剑英和黄克诚、黄敬同志分别主持。彭真任北平市委书记，叶剑英同志任军管会主任兼市长；黄克诚任天津市委书记兼军管会主任，黄敬同志任市

长。毛主席又谈到了郭沫若写的《甲申三百年祭》。他说，我们不能像李自成进北京，一进城就变了。这个时期，毛主席当着中央和大区的一些同志的面说，新中国快要成立了，我们这些人将来都是要上历史的，不能像李自成进北京那样，要约法几章。这次毛主席又重提这一点，足见面对全国胜利的形势，怎样预防当政后重蹈李自成式的因胜利而骄傲而腐化的覆辙，已成为他反复思考的大事。他还向我谈了党内特别是党的高级干部一定要做到“几不”，即不做寿、不祝酒、不以人名作地名、活人不上舞台等。毛主席的这些话，不久得到了党的七届二中全会认可，形成全党必须遵守的规定。

七届二中全会以后，西柏坡的中央机关开始做进城的准备工作了。有一天，毛泽东问李银桥：“银桥，要进城了，你准备得怎么样啊？”

“东西都收拾好了，随时可以行动。”李银桥有把握地回答说。

“这里呢？”毛泽东指了指李银桥的太阳穴，见他不解其意，便又说：“小心，不要中了资产阶级的糖衣炮弹，不要当李自成。”

毛泽东又把中央直属单位和警卫部队的干部召集起来，语重心长地告诫说：我们就要进北平了，我们进北平可不是李自成进北京，他们进城后就腐化了。我们共产党进北平，是要继续革命，建设社会主义，一直到共产主义。

在距李自成失败305年后的1949年，在距郭沫若发表《甲申三百年祭》后的第五个年头，毛泽东要率领中国共产党进驻北平，这是同一个城市，然而会不会重蹈覆辙呢？

面对胜利，毛泽东和他的战友始终保持着清醒的头脑。

23日上午11点，几位领导在欢声笑语中率领中共中央机关和中国人民解放军总部浩浩荡荡地离开了中国农村最后一个根据地，踏上了赶考的路程。

这是又一个阳春三月。

毛泽东问同车的警卫战士：“你们记得这几次行动的时间吗？”

“记得呢。”

“说说看。”

“1947年3月18日咱们撤离延安。”

“去年3月呢？ 泽东又问。

“去年3月2 咱们过了黄河。”

“今天是 啊？”

“今天 23日。”

“对 去年只差了一天。”毛泽东说，“我们向北平前进。三年中三次大行动全 份。明年3月呢？”

年3月我们应该全国解放了。”警卫战士肯定地说。

对，等全国解放了，我们就不用再搬家了。”

一车人全笑了，连全神贯注开车的司机也笑了起来。

天黑之前，车队在唐县附近的淑闾村宿营下来。毛泽东睡在村民李大明家用门板搭成的铺上。前半夜同村里的干部谈话，后半夜就坐在小凳子上，以门板当桌，写开了文章，直到天亮。

第二天中午到了保定。河北省委根据中央的电报精神，取消了欢迎。但是车队经过保定西门外的广场时，许多人看见这么多小车，纷纷跑来看热闹，一时人群熙熙攘攘，万头攒动。

省公安厅忙请示河北省委书记林铁。那时，保定是河北省省委所在地。省公安厅说：“毛主席来保定，在街上被人认出来了。首长走时还要通过市区，是不是要停止一切行人通行，净一下街？”

周恩来正与林铁交谈，他插嘴说：“安全工作要布置好，要保卫毛主席和中央同志的安全，这很好，但不要净街，不要限制群众的自由，更不能影响商店开门营业。主要的是要把街上的交通秩序搞好。”

保定没有采取任何戒严措施。毛泽东简单地洗了一把脸，就问林铁有什么问题需要解决。林铁刚要说，周恩来抢先说：“主席昨晚在淑闾村同干部谈话，一夜也没睡，让主席先休息一下，你们先准备，包括吃饭，不超过一个小时，下午还要走。”吃过饭后，紧接着汇报，到下午3点半就又上路了。当天傍晚，

毛泽东一行离开了保定，到达涿县。

以北平市市长叶剑英为首的组织委员会对中共中央在来北平的沿途警卫、对空警戒、阅兵以及城市庆祝等等都做了极严密的部署，每一个细小的环节都考虑周到了，沿途的每一段都有具体而又细致的分工。

从唐县到涿县，由华北军区负责；涿县到长辛店，由四野的四十二军负责；长辛店到西直门，由四野的四十一军负责；西直门到香山，由李克农负责；对空警戒，包括西苑机场、香山等处的对空警戒，均由刘亚楼负责。

叶剑英、聂荣臻和李克农联名将研究结果电告了西柏坡，并建议为了保证中央首长的安全和休息，中共中央从西柏坡到涿县后改乘火车。

周恩来在请示了毛泽东后，于第二天傍晚给北平市委发来了一份电报：

同意来电所提的各项布置，我们预定24日晚宿涿县，请派一负责干部到涿县等候我们。由涿县到北平的专车可做准备。是坐汽车还是坐火车，等我们到涿县后再做决定。请你们仍做两种情况的准备。

3月24日，北平市市长叶剑英从北平城中打来电话，说请毛主席和中央首长今晚上乘火车进北平；明天下午安排了西苑机场阅兵式，并且邀请了各界人士。叶剑英说："这也算我们对各界的欢迎吧。"

天黑以后，叶剑英和滕代远乘坐给毛泽东准备的专列来到涿县，准备接毛泽东进城。因为没有战争，再加上北平铁路局的工人大力保护，北平到涿县的铁路还没有被破坏。叶剑英到时，坐吉普车从西柏坡到达涿县的毛泽东正在和河北的领导同志研究如何接管城市的问题。叶剑英一进门，就把进北平的具体安排报告了毛泽东。先坐火车进北平，经过丰台，停在清华园火车站。下火车后，坐汽车去颐和园，好好睡个午觉。下午在西苑机场阅兵。毛泽东点头表示同意。然后，周恩来又和叶剑英具体研究了从涿县出发的问题。因为到达北平的当天下午要阅兵，并与民主人士见面。时间太紧，火车必须在凌晨开出。

经最后商定，3月25日凌晨2点钟，毛泽东等人先乘火车进北平，按计划来到了颐和园。

进了颐和园，毛泽东和中央首长一边欣赏沿途的优美风景，一边登上山坡，走进已经布置好的益寿堂。屋子正中是三张大圆桌子，桌面上铺着洁白的桌布，上面放着餐具和酒杯，还有两瓶白色葡萄酒。由叶剑英、聂荣臻陪同，餐桌上气氛浓烈。毛泽东一边吃一边说：“这鱼很好吃，是什么地方养的？”叶剑英说：“这是昆明湖的鱼，味道非常鲜美。”

毛泽东说：“过去想吃昆明湖的鱼是不可能的，今天终于吃上了。”叶剑英高高地举起酒杯，说：“请主席喝杯酒吧，今天是很值得纪念的日子。”毛泽东高兴地说：“好，咱们都干了这一杯。”大家碰起杯来。

1949年3月25日下午3点，西苑机场上空升起四颗照明弹，南边缓缓开来一溜的敞篷吉普车，站在车上的毛泽东在最前面。他穿着黑布棉大衣，戴一顶黑色便帽，很精神地站在一辆淡绿色的吉普车上。第二辆车上是朱德和周恩来，再后面，是刘少奇、任弼时、林彪、罗荣桓、叶剑英等领导人的车子。

这次阅兵由四野参谋长刘亚楼任总指挥，第四野战军出三个步兵团、一个摩托化团、二个炮兵团和一个坦克营。领袖到场时，以36门礼炮各鸣四响演习弹，共144响以示庆祝。

1949年3月25日，毛泽东在北平西苑机场阅兵

一声响亮的立正，站在队前的干部都举起手向领袖敬礼。毛泽东等也举起右手给部队还礼。车过之处，欢呼声如惊蛰的串串春雷。它压住了机场上的一切声音。

毛泽东在每一个方队前总要高呼：

“同志们好！”

左起：沈钧儒、朱德、董必武、李济深、陈其瑗、郭沫若、黄炎培、毛泽东、林伯渠、马叙伦

“同志们辛苦了！”

队列里立刻爆发震天回应：

“首长好！”

“为人民服务！”

“毛主席万岁！”

毛泽东的车经过“塔山英雄团”的旗帜前时，稍稍停了一下。他深情地注视着这面用血染成的英雄战旗，轻轻地说：“这是锦州战役作战的部队啊。”

在长长的受阅行列中，细心的军事记者刘白羽数了一下，有40多面彩色的英雄旗帜。在众多的红旗中，似乎“塔山英雄团”的这一面旗最红。

当车队来到民主党派、人民团体、无党派人士和群众的代表队列面前时，毛泽东、刘少奇、朱德、周恩来、任弼时等人下了车，和他们一一亲切握手，互致问候。

最先和毛泽东握手的是队列中一位农村来的母亲，她的独子牺牲在解放战争中，她用自己也经受了战争和敌人监狱考验的双手，紧紧握住毛泽东的手。民主人士也纷纷涌上来和毛泽东握手。民主人士中，好多都是毛泽东在重庆谈判时甚至更早些时候就认识了的老朋友。他们在最黑暗的时候，坚决支持了革命，如今，大家相会在阳光灿烂的北平，彼此都有千言万语要说。

毛泽东和民主人士的交谈在不知不觉中过去了半个小时。眼看着天越来越暗，周恩来急得直看表，对大家说："朋友们、先生们，谢谢大家来这里欢迎毛主席。天快黑了，请诸位先生先回去休息，以后还有很多很多的见面机会。"

这时，西边天上照明弹已如灿烂的纷纷花雨，给新生的北平披上了美丽的节日盛装。这载入史册的一天平安地过去了。

毛泽东在西苑检阅部队后，乘车沿着高低不平的山道，来到一座清静幽雅的院落门前，只见门额上写着"双清别墅"四个大字。

双清别墅是香山一景。因有两股从岩石中潺潺流出的清泉而得名。相传在700多年前，金章宗来到香山，梦见自己在这里拉弓射箭，有泉水喷涌而出。第二天，他令人在梦中射箭之处掘土觅泉，果然挖得两眼清泉，于是取名"梦感泉"，后改称"双清"。清代乾隆皇帝在泉边的石崖上题过"双清"的字样。

北洋政府时期，慈善教育家、政府总理熊希龄于1917年在香山修建了"双清别墅"，后来，他曾用这套别墅创办过驰名中外的香山慈幼院。

北平刚解放时，城里情况复杂，党中央决定暂不进城，于是，毛泽东就在双清别墅暂时住了下来。

"春有百花秋有月，夏有凉风冬有雪"，双清别墅以淡雅幽静而著称。院内，许多古老的苍松翠柏枝繁叶茂。夏天，树荫之下凉爽宜人，院中荷池飘香，叠石环抱；气温比城里低五度左右；冬天，这里背风向阳，比城里温度稍高一点，故有冬暖夏凉之称。

"这个院子好大哟，比我们在西柏坡住的院子又大又漂亮，来到这里真是文思泉涌啊！"毛泽东感叹地说。

院内主房是一排坐北朝南的高大平房。除有卫生间、卧室、小餐厅外，中间有一个能容纳20来人的大会客厅。毛泽东住在正房里，他的家属子女们住在院子西头平台上的几间平房里。双清别墅有两个门，北门是平常出入的大门，门内有卫士值班室；东门则是通往警卫班的住处，警卫班住在另一个小院子里，那里也是一排平房。

香山双清别墅

朱德、刘少奇、周恩来、任弼时等中央领导人，都住在双清别墅北面的大院子里。那个院子房子多，住得比较集中。两院相距二三百米，有一条石板路相连，各种车辆可以通行。

毛泽东逐渐熟悉了双清别墅的环境。他在这里指挥了百万雄师横渡长江的战役，写下了《人民解放军占领南京》的光辉诗篇。中央也在这里举行了多次重要会议，研究讨论建国的大政方针。

毛泽东对双清别墅情有独钟，他喜欢周围的碧水蓝天、绿树青山，他想长期在这里办公和生活。

毛泽东和党中央初到香山时，为了保密和安全，双清别墅对外称劳动大学，简称“劳大”。后来逐渐被人猜出是中央机关，于是也引起了敌特分子及国民党散兵游勇的注意。

但香山离城较远，而且中央机关住得比较分散，交通、通信、供应、人员往来都不方便，再加上安全问题，劝说毛泽东进驻中南海的问题便提了出来。

5月，中南海清理工作初见成效，周恩来、林伯渠、李维汉等在丰泽园建筑群中找到几间保存相对完好的房子栖身。丰泽园位于南海北岸的西侧，其中东配院题匾菊香书屋，自成一座标准四合院。1949年，此院已不见一盆菊花，根据

楹联“庭松不改青葱色，盆菊仍靠清净香”，可推想全盛时期黄花分外香的情景。起初，林伯渠住在菊香书屋，周恩来带着他的工作班子搬进来时，林伯渠看他们人多就把房子让了出来。周恩来在菊香书屋居住的时候，已经组织修建科整修，准备迎接毛泽东。

当时的中南海丝毫没有皇家园林的优美华丽，处处凋残破损，枯枝败叶当阶罩，腥臭弥漫太液池。华北军区300名士兵放干污水，忙活了一个春天，才把至少百年没清理过的淤泥挖净，淤泥里甚至还挖出不少枪支和手榴弹。战士们又从山上采来条石砌湖岸，建码头，引泉水，养鱼类，到1949年夏天，中南海终于碧波荡漾。

一天，周恩来和叶剑英来到双清别墅。周恩来试探着说：“主席，剑英同志想汇报一下中央领导机关搬家的时间、地点及市里的有关问题。”

“好啊，你们先说说看。”毛泽东微笑着说，他似乎已猜到他们的来意。

叶剑英说：“根据工作需要，准备请主席和其他领导同志到中南海工作、生活……”

“我不喜欢中南海！”没等叶剑英说完，毛泽东便神态严肃地说。“凡是皇帝住过的地方，我都不想去，为什么非到中南海，非到皇帝住过的地方呢？要去你们去，我是不去的。”

周恩来见毛泽东态度坚决，忙解释说：“这是他们的初步设想，也是征求主席的意见，我们可以商量嘛。”

毛泽东对这个问题很敏感，他再次强调：“这个地方我不去，为什么非要把我关进红墙大院内，与群众隔开，我们不能学李自成。”

第一次劝说毛泽东进中南海，就这样被否决了。

但时间不长就发生了“香山兵变”，毛泽东极不情愿地搬进了中南海。

那是4月初的一天。上午9点多钟，值班室突然响起紧急集合哨声。正在休息的警卫人员，全副武装，立即集合。

中央办公厅警卫处处长汪东兴神情严峻地在队前说：“同志们，据可靠情

报，今天晚上傅作义的警卫团约两个营的兵力阴谋袭击香山，我们要加强警戒，保卫毛主席，保卫党中央！具体部署由阎排长安排。”

阎长林接着讲话说：“他们虽然来的兵力不多，我们也不能大意，这里是党中央、毛主席的驻地，必须保证中央首长的安全。具体的任务是，李银桥组负责内部警卫，保证毛主席的安全但不能干扰他的工作；李家骥组负责江青同志安全；马武义带领两名队员，下山探听情况，并随时联络……”

警卫战士听了讲话后，群情激昂，他们迅速各就各位，进入一级战斗准备。根据周恩来的指示，此事只报告了江青，而没有让毛泽东知道，以免干扰他的工作。

原来，在和平解放北平的谈判中，党中央根据傅作义要求，同意给他保留了一个加强警卫团。但该团里有些顽固分子并没有转过弯来。其中有两个营长得知中共中央首脑机关在香山，便煽风点火，阴谋袭击香山，这一情况傅作义并不知道。

那天早晨，那两个营长见团长不在军营内，便趁早操时站在操练场的一个平台上做反动鼓动：“弟兄们，傅将军虎落平阳，实属无奈，被逼上梁山作了假和平，意在保存实力，东山再起。现在机会来了，毛泽东就住在香山，有种的跟我来，我们去袭击香山，干掉毛泽东，去向蒋总统献礼，我们就有享不尽的荣华富贵。”

在他们的煽动下，两个营的人马在西郊八里庄秘密集中，阴谋策划各种袭击方案。他们把在改编时我党安排在该团的政工干部都抓了起来。这时，幸亏有李克农安插在该团后勤部里的秘密党员，乘早上买菜之机，及时把事变情况报告了李克农。李克农立即向周恩来作了报告。周恩来又立即打电话给代总长聂荣臻，令他马上调集部队包围傅作义的警卫团。

聂荣臻急令二〇七师派一个团的兵力对翠微路八里庄的傅警卫团实行包围，并解除其武装。

二〇七师从延安起就担任中共中央的警卫工作，后从该师抽调一个团组建中

央警卫一团，即后来的八三四一部队。这个师警卫经验十分丰富，战士们个个都是神枪手。

日落西山，暮色苍茫。华北军区作训处处长唐永健指挥一个团，迅速登上近百辆大卡车。每辆大卡车都用篷布严严实实地裹着，汽车直奔八里庄。很快包围了正准备出发的傅作义警卫团的叛军。为避免流血冲突，我军先用喇叭对其喊话：“警卫团的弟兄们，你们已被包围了！傅作义将军诚心诚意弃暗投明，重新做人，你们不要听信反动军官的煽动，赶快放下武器，我们保证你们的生命安全。”

本来就没有多少信心的叛军士兵，听到喊话后，军心开始动摇。有的士兵趴在墙头上，透过稀疏的树丛，看到营区外我军层层包围，不觉心惊胆战，把头缩了回去。

经过几个小时的宣传瓦解，并进行了和平谈判，叛军最后缴械投降。

夜里12点，驻守香山的警卫部队得知傅作义警卫团被我独立师缴械，才从各自的哨位撤了下来。

第二天早晨，工作了一夜的毛泽东出门散步，才知道夜里发生了情况。他边走边对阎长林说：“别搞那么紧张嘛，为我毛泽东，害得你们不睡觉可不行啊！”

事后不久，傅作义到香山拜访毛泽东，他感慨地说：“毛先生，我坦率地说，在我与中共干部三个多月的共事中，亲眼看到他们工作认真负责，不尚空谈，没有胜利者的傲气，有事平等商量，使我深受感动。”

在场的周恩来接着说：“我们的工作也不十全十美，有时也会发生一些不愉快的事情，比如刚刚发生的‘香山事件’，就来不及同傅先生打招呼。”

毛泽东接过话头说：“这件事我知道，请傅先生谅解。我们都了解蒋委员长这个人，他什么事情都干得出来，我就不相信他不在我们周围安插特务，不在你傅作义身边派奸细。”

听毛泽东这样说，傅作义忙欠身微笑说：“我非常感谢毛先生、周先生对

菊香书屋

我的关心，对此我将永记心中。”

于是，震惊一时，又鲜为人知的“香山事件”，在周恩来的亲自指挥下圆满解决了。

这次事件后，为了中央首长的安全和工作方便，周恩来再次动员毛泽东搬进中南海，毛泽东仍然不同意。他说：“我不搬，我不做皇帝，这个叶剑英真固执。”

“你还是应该听听父母官的。”周恩来笑笑说，他同意叶剑英的意见但又不好直说。

“我偏不听，这是原则问题嘛！”

“剑英坚持你进中南海也是原则呀，这个地方连围墙也没有。”

“不谈，不谈。”毛泽东打断了周恩来的谈话。

然而，风景秀丽的中南海是召开会议和办公的最佳场地，也很安全，四周的红泥高墙就是一道坚固无比的天然屏障。

“主席不住进去，我们就不能高枕无忧嘛！”在一次会议上，周恩来对坐在一旁的刘少奇这样说。

在众多同志的反复劝说和强烈要求下，毛泽东少数服从多数，不得不搬进了中南海。

1949年6月的一天，他坐在双清别墅的凉亭中，无奈地对叶子龙说：“听人劝，吃饱饭。搬就搬吧。你也准备准备，咱们进城！”毛泽东并不是一下子就搬进中南海，从6月份开始入住，实际几个月来总是两头跑，隔不久就要回香山住，恋恋不舍，直到开国大典前夕才正式定居中南海。

毛泽东在丰泽园的菊香书屋，一住就是27年。

参考书目

[1] 逄先知,金冲及.《毛泽东传（1893-1976）》.北京: 中央文献出版社,1996.

[2] [美]埃德加·斯诺,汪衡.《毛泽东自传》.北京:中国青年出版社,2009.

[3] 张耀祠,崔永琳.《张耀祠回忆毛泽东》. 北京:中共中央党校出版社.1996.

[4] 李锐.《毛泽东同志的初期革命活动》. 北京:中国青年出版社,1957.

[5] [美] 埃德加·斯诺,董乐山.《红星照耀中国》.北京:人民文学出版社,2016.

[6] 叶永烈.《红色的起点》.广西:广西人民出版社,2005.

[7] 叶永烈.《历史选择了毛泽东》.北京:华夏出版社,2015.

[8] 邵维正.《日出东方——中国共产党创建纪实》. 北京:人民出版社,2011.

[9] 毛岸青,邵华.《中国出了个毛泽东》丛书. 北京:中央文献出版社,中央党校出版社等,1993.

[10] 李健.《红船交响曲》.北京:中共党史出版社,1998.

[11] 李捷,于俊道.《实录毛泽东》.北京:长征出版社,2013.

[12] 张很友.六届四中全会代表团在中央苏区[J].《党史文汇》,1995,(2).

[13] 朱文华.《陈独秀传》.北京:红旗出版社,2009.

[14] 黄仲芳,李春祥.《王佐将军传》.北京:解放军出版社,1990.

[15] 中共中央文献研究室.《朱德传》.北京: 中央文献出版社,1993.

[16] 石永言.《遵义会议纪实》.北京: 解放军文艺出版社,1991.

[17] 侯保重.《遵义会议:决定中国历史命运的三天. 上海:上海人民出版社，1995.

[18] 石仲泉.《从转折走向辉煌——苟坝会议研究文集》.北京:中央党校出版社,2007.

[19] 朱仲丽.《我知道的毛主席》. 北京:中国青年出版社,1998.

[20] 姚金果.《张国焘传》. 北京:红旗出版社,2009.

[21] 《李先念传》编写组.《李先念传》.北京:中央文献出版社,2009.

[22] 军事科学院军事历史研究所.《中国工农红军长征全史》.北京:军事科学出版社,2011.

[23] 王树增.《长征》. 北京:人民文学出版社,2016.

[24] 谭智勇.《四渡赤水》. 北京:人民出版社,2014.

[25] 魏巍.《地球的红飘带》.北京:人民文学出版社,1991.

[26] 肖思科.《延安红色大本营纪实》.北京:解放军出版社,2007.

[27] 宋柏.《毛泽东在延安》.陕西:陕西人民教育出版社,1993.

[28] 中共中央文献研究室.《任弼时传》.北京:中央文献出版社,2004.

[29] 杨奎松.毛泽东发动延安整风的台前幕后[J].《近代史研究》,1998,(4).

[30] 房成群.《毛泽东与延安整风运动》. 陕西:陕西人民出版社,1993.

[31] 胡乔木.《胡乔木回忆毛泽东》. 北京:人民出版社,2003.

[32] 王旗.毛泽东与伍兰花[J].《现代企业》,2007,(6).

[33] 军事科学院军事历史研究部.《中国抗日战争史》（上中下）.北京: 解放军出版社,1991.

[34] 赵鲁杰.《解放战争全记录》.四川:四川人民出版社,2007.

[35] 王树增.《抗日战争》.北京:人民文学出版社,2015.

[36] 解力夫.《解放战争》.河北:河北人民出版社,1990.

[37] 朱鸿召.《延安缔造》.陕西:陕西人民出版社,2013.

[38] 杨天石.《找寻真实的蒋介石：还原13个历史真相》. 北京:九州出版社,2014.

[39] 杨奎松.《中间地带的革命》.广西:广西师范大学出版社,2012.

[40] 沈志华.《中苏关系史纲：1917-1991年中苏关系若干问题再探讨》.北京:新华出版社,2007.

[41] 中共重庆市委党史工作委员会.《重庆谈判纪实》.重庆:重庆出版社,1945.

[42] 张文木.《重温毛泽东战略思想》. 山东:山东人民出版,2016.

[43] 毛泽东.《毛泽东选集》（1-4）.北京:人民出版社,1991.

[44] 胡绳.《中国共产党的七十年》.北京:中共党史出版社,1991.

[45] 中央文献研究室.《毛泽东文集》. 北京:人民出版社,1996.

[46] 中央文献研究室,军事科学院.《毛泽东军事文集》.北京:中央文献出版社,军事科学出版社,1993.

[47] 中央文献研究室第一编研部,军事科学院战争理论和战略研究部.《军事统帅毛泽东》. 贵州:贵州人民出版社,2007.

[48] 中共中央文献研究室,逄先知.《毛泽东年谱（1893-1949）》.北京:人民出版社,中央文献出版社,1993.

[49] 中共中央文献研究室.《毛泽东年谱（1949—1976）》.北京:中央文献出版社,2013.

[50] 中共中央党史研究室.《中国共产党历史》第1卷. 北京:中共党史出版社,2011.

[51] 中共中央党史研究室.《中共党史大事年表》.北京:人民出版社,1981.